Orgueil et Préjugé

DU MÊME AUTEUR

Sense and Sensibility (Raisons et sentiments) (1811)
Pride and Prejudice (Orgueil et Préjugés) (1813)
Mansfield Park (1814)
Emma (1815)
Northanger Abbey (1818) posthume
Persuasion (1818) posthume

Jane Austen
Orgueil et Préjugé

Traduit de l'anglais
par Béatrice Vierne

LE SERPENT A PLUMES

Collection Motifs

MOTIFS n° 201

N° ISBN : 2 907 57304 7

À PROPOS DE L'AUTEUR

Jane Austen naît le 16 décembre 1775, au presbytère de Steventon, dans le Hampshire, comté du sud de l'Angleterre. Elle est la septième enfant et la seconde fille de ses parents. Son père, George Austen, ministre du culte anglican, est un homme fort érudit qui préside lui-même à l'éducation de ses fils (et de ses filles), ainsi qu'à celle de quelques autres jeunes gens accueillis chez lui moyennant finances. Sa mère, née Cassandra Leigh, est une femme d'excellente famille, énergique, sagace et fort spirituelle. La famille Austen est très unie et l'atmosphère qui règne au presbytère est dans l'ensemble des plus gaies. Entre sept et neuf ans, Jane fréquente deux écoles pour jeunes filles, avec sa sœur aînée Cassandra, mais sans y apprendre grand-chose, et sa formation intellectuelle et surtout littéraire est assurée par son père, féru de littérature, et par deux de ses frères, James et Henry. Un autre de ses frères, Edward, est adopté tout jeune par des parents éloignés et fort riches, mais il ne cessera jamais de voir sa famille, et Jane séjournera souvent par la suite dans son beau domaine de Godmersham, dans le Kent. Jane n'est pas encore entrée dans l'adolescence qu'elle commence à écrire. Les pages burlesques, d'une gaieté débridée, qu'elle écrit entre sa douzième et sa seizième année et dédie à ses proches révèlent déjà un talent exceptionnel.

On ne sait pas exactement à quel moment Jane Austen est passée de ces courtes œuvres de jeunesse aux ouvrages plus ambitieux qui assureront son renom, mais on pense qu'une première version de *Sense and Sensibility*, sous forme de roman épistolaire, intitulée *Elinor and Marianne*, était terminée dès 1796. Entre 1796 et 1797, l'écrivain travaille à une première version de *Pride and Prejudice*, qui porte le titre de *First Impressions* (premières impressions). Son père la juge assez intéressante pour entrer en rapport avec un éditeur londonien, Cadell, afin de la faire publier à compte d'auteur ; l'éditeur ne donne pas suite, ce qui n'empêche pas la famille Austen de garder une excellente opinion de l'œuvre, même si Jane elle-même n'en est pas vraiment satisfaite. En 1797 et 1798, elle travaille à un manuscrit qu'elle appelle *Susan*, qui n'est autre que la première mouture de son futur *Northanger Abbey*.

Au printemps de 1801, George Austen prend sa retraite et va s'installer avec sa femme et ses deux filles à Bath, cité thermale élégante du comté de Somerset. Jane quitte à regret sa vie de campagnarde pour une existence citadine. Son père meurt en 1805 et les trois femmes partent s'installer à Southampton. Jane Austen n'écrit guère pendant cette période; tout au plus commence t-elle un roman, bientôt abandonné, *The Watsons*. Néanmoins, *Susan* est acheté en 1803 par la maison d'édition Crosby, mais n'est finalement pas publié.

En octobre 1808, le frère de Jane Austen, Edward, devenu par son adoption Edward Knight, se retrouve veuf avec de nombreux enfants, et il propose à sa mère et à ses sœurs un cottage situé sur son domaine de Chawton House, dans le Hampshire. Elles y emménagent en juillet 1809. Ravie de retrouver l'existence rurale qu'elle apprécie tant, Jane se remet au travail avec ardeur. Elle reprend entièrement *Elinor and Marianne* pour en faire *Sense and Sensibility*; l'œuvre paraît à l'automne 1811, sans nom d'auteur, et connaît aussitôt le succès. *Pride and Prejudice* est publié en janvier 1813. *Mansfield Park*, commencé en 1814, paraît en 1815. À cette époque, à la suite d'une indiscrétion de son frère Henry, Jane Austen n'est plus en mesure de garder l'anonymat et elle se voit même priée de dédier *Emma* au prince régent, le futur George IV. Henry, encouragé par le succès d'*Emma*, rachète à la maison Crosby le manuscrit de *Susan* que Jane retravaille sans doute pour en faire *Northanger Abbey*. En 1815, elle commence *Persuasion*, qui sera terminé en 1817, peu de temps avant sa mort. Malgré la maladie qui la mine, elle entreprend aussitôt une nouvelle œuvre, *Sanditon*, qu'elle n'aura pas le temps d'achever.

En mai, elle part s'installer avec sa sœur Cassandra dans la ville de Winchester, afin de bénéficier des soins quotidiens de son médecin, mais le praticien doit avouer son impuissance, et sa patiente meurt le 18 juillet 1817, à quarante et un ans. Elle est inhumée dans la superbe cathédrale de Winchester.

NOTE DE LA TRADUCTRICE

À l'époque de Jane Austen, il était d'usage dans les familles bien nées qui comptaient plusieurs filles encore célibataires de désigner la fille aînée, et elle seule, sous le nom de «Miss X». Les sœurs cadettes, quant à elles, répondaient aux noms de «Miss Mary X» ou «Miss Susan Y», à moins que l'on ne s'adressât directement à elles dans le cours de la conversation, auquel cas on pouvait à la rigueur omettre le prénom. Lorsque l'aînée se mariait, la suivante prenait à son tour le titre de «Miss X», et ainsi de suite. Dans les paragraphes qui vont suivre, «Miss Bennet» sans autre précision ne peut donc s'appliquer qu'à Jane Bennet, de même qu'avant le mariage de celle-ci «Miss Lucas» ne peut désigner que Charlotte.

D'autre part, les jeunes filles ne faisaient qu'à partir d'un certain âge (en général quinze ou seize ans) leur «entrée» dans le monde, qui devait, à ce qu'on espérait, les mener dans les plus brefs délais au mariage. Une fois lâchées ainsi dans la société, il leur était possible d'aller en visite, d'assister aux dîners, soirées et bals publics, bref de mener, dûment chaperonnées bien sûr, une vie sociale relativement active. Toutefois, lorsqu'il y avait dans une famille plusieurs filles d'âges assez rapprochés, ce qui n'était pas rare à cette époque où les familles étaient nombreuses, il arrivait que l'on gardât les cadettes à la maison tant qu'on n'avait pas réussi à «caser» les aînées.

Chapitre I

Il est une vérité universellement admise : c'est qu'un célibataire doté d'une solide fortune a certainement besoin d'une épouse.

Si peu connus que soient les sentiments et les opinions d'un tel homme, lorsqu'il vient s'établir quelque part, cette vérité est si bien ancrée dans les esprits des familles voisines qu'elles voient en lui le bien légitime de l'une ou l'autre de leurs filles.

« Avez-vous entendu dire, mon cher Mr Bennet, lui demanda un jour sa moitié, que le domaine de Netherfield Park est enfin loué ? »

Mr Bennet répondit que non.

« C'est pourtant le cas, reprit-elle. Mrs Long sort d'ici à l'instant et elle m'a tout raconté. »

Mr Bennet garda le silence.

« Ne voulez-vous donc pas savoir qui l'a loué ? s'impatienta sa femme.

– Vous êtes, vous, désireuse de me l'apprendre et je ne vois aucun inconvénient à vous entendre. »

L'invitation suffisait amplement.

«Sachez, mon cher, qu'à ce que dit Mrs Long, Netherfield a été retenu par un jeune homme fort riche, du nord de l'Angleterre; il est venu lundi, dans une voiture à quatre chevaux, visiter l'endroit, et il s'en est trouvé si enchanté qu'il a conclu sur-le-champ avec Mr Morris; il doit venir s'y installer avant la Saint-Michel et l'on attend, dès la fin de la semaine prochaine, une partie de ses domestiques.

– Comment s'appelle-t-il?

– Bingley.

– Est-il marié ou célibataire?

– Oh, célibataire, voyons, mon ami! Un célibataire très fortuné, quatre ou cinq mille livres de rentes par an. Quelle aubaine pour nos filles!

– Comment cela? En quoi sont-elles concernées?

– Mon cher Mr Bennet, repartit son épouse, que vous êtes donc agaçant! Vous devez bien vous douter que j'espère le voir épouser l'une d'entre elles.

– Est-ce dans ce but qu'il vient s'installer par ici?

– Dans ce but? Allons donc, vous dites des âneries. Mais il n'y aurait rien d'étonnant, pourtant, à ce qu'il s'éprenne de l'une d'elles, et c'est pourquoi il vous faudra lui rendre visite dès son arrivée.

– Je n'en vois guère la nécessité. Allez-y donc, vous, avec nos filles, ou plutôt qu'elles y aillent toutes seules ; cela vaudra peut-être mieux, car, comme vous êtes aussi charmante qu'elles, Mr Bingley risquerait de s'amouracher de vous.

– Vous me flattez, mon cher. J'ai eu mon heure de beauté, je ne le nie pas, mais je n'ai maintenant plus guère de prétentions de ce côté. Quand une femme est mère de cinq filles adultes, elle doit cesser de se préoccuper d'être belle.

– Il est rare, en l'occurrence, qu'elle le soit encore assez pour s'en préoccuper.

– Quoi qu'il en soit, mon ami, il faut absolument aller rendre visite à Mr Bingley quand il arrivera dans le voisinage.

– Je me garderai bien de m'y engager, je vous l'assure.

– Mais pensez à vos filles. Songez seulement au parti qu'il représente pour elles. Sir William et Lady Lucas sont décidés à faire le premier pas pour cette seule raison, car vous savez bien qu'en général ils se font une règle de ne jamais se déranger pour les nouveaux venus. Vous devez absolument y aller, sans quoi il nous sera impossible, à nous autres, de le fréquenter.

– Ne péchez-vous point par excès de délicatesse ? Je gage que Mr Bingley sera ravi de vous voir ; et je lui adresserai quelques lignes, par votre entremise, afin de lui assurer que je consens de tout cœur à son mariage avec celle de mes filles qu'il lui plaira de choisir ; j'en profiterai, toutefois, pour glisser un mot en faveur de ma petite Lizzy.

- Je vous prie de n'en rien faire, par exemple ! Lizzy n'est en rien supérieure aux autres : et je prétends, moi, qu'elle est loin d'avoir la beauté de Jane ou l'heureux caractère de Lydia. Mais il faut toujours que vous en fassiez votre favorite.

– Aucune d'elles n'a de grandes qualités à faire valoir, remarqua son mari. Elles sont, toutes les cinq, aussi sottes et aussi ignorantes que les autres jeunes filles, mais Lizzy possède néanmoins une certaine vivacité qui fait défaut à ses sœurs.

– Mr Bennet, comment avez-vous le cœur de médire ainsi de vos propres enfants ? Vous prenez plaisir à me contrarier. Vous n'avez aucune pitié pour mes pauvres nerfs.

– Vous vous trompez, ma chère. J'ai le plus grand respect pour vos nerfs. Ce sont mes vieux amis. Voici au moins vingt ans qu'avec considération, je vous entends m'en parler.

– Ah, vous ne pouvez savoir combien je souffre !

– Oserai-je espérer, cependant, que vous vous remettrez, et que vous vivrez assez longtemps pour voir une foule de jeunes gens nantis de quatre mille livres par an venir s'établir dans les environs ?

– Quand bien même il en viendrait vingt, cela ne nous servirait à rien, puisque vous refusez de leur rendre visite.

– Ma chère, comptez sur moi, quand il y en aura vingt, je leur rendrai visite à tous. »

Mr Bennet était un si curieux mélange d'intelligence, de sarcasme, de réserve et de caprice que vingt-trois années d'expérience conjugale n'avaient pas suffi à sa femme pour percer à jour les mystères de sa personnalité. Son caractère à elle n'était point si difficile à démêler. C'était une femme de piètre entendement, de peu d'instruction et d'un tempérament ombrageux. Dès qu'elle était contrariée, elle se croyait victime de ses nerfs. Le but unique de son existence était de marier ses filles. Ses joies, les visites et les commérages.

Chapitre II

Mr Bennet fut parmi les premiers à rendre visite à Mr Bingley. Il en avait eu, dès le début, la ferme intention, tout en assurant jusqu'au dernier moment à sa femme qu'il n'irait pas; et elle ignora, d'ailleurs, tout de cette démarche jusqu'à la soirée qui suivit. La vérité fut alors révélée de la façon que voici. Ayant observé sa seconde fille fort occupée à orner un chapeau, Mr Bennet lui adressa soudain ces mots:

«J'espère qu'il plaira à Mr Bingley, Lizzy.

– Ce n'est toujours pas nous qui pourrions savoir ce qui plaît à Mr Bingley, intervint Mrs Bennet d'un ton acerbe, puisqu'il nous est impossible de le fréquenter.

– Vous oubliez, ma mère, que nous aurons l'occasion de le voir dans les bals publics, lui rappela Elizabeth, et que Mrs Long a promis de nous le présenter.

– Peuh, je suis sûre qu'elle n'en fera rien. N'a-t-elle pas elle-même deux nièces? C'est une égoïste et une hypocrite pour qui je n'ai pas la moindre estime.

– Moi non plus, renchérit son époux. Et je suis ravi de constater que vous ne comptez pas sur ses bons offices. »

Mrs Bennet ne daigna pas répondre, mais, incapable de se contenir, elle se mit à gronder une de ses filles.

« Cesse donc de tousser ainsi, Kitty, pour l'amour du ciel ! Pense un peu à mes pauvres nerfs. Tu les mets à vif.

– Kitty ne possède pas le moindre savoir-tousser, remarqua son père. Elle tousse à contretemps.

– Je ne tousse pas pour mon plaisir, rétorqua Kitty d'un ton dolent.

– À quand ton prochain bal, Lizzy ?

– Dans quinze jours demain.

– Mon Dieu, c'est pourtant vrai, s'écria sa mère, et Mrs Long ne revient que la veille ; il lui sera donc impossible de nous le présenter, puisqu'elle-même ne le connaîtra pas !

– Dans ce cas, ma chère, c'est vous qui aurez l'avantage de pouvoir présenter Mr Bingley à votre amie.

– Impossible, Mr Bennet, impossible, puisque je ne le connaîtrai pas, moi non plus ; comment avez-vous le cœur de vous moquer ainsi ?

– Je rends hommage à votre circonspection. Il est certain que des relations vieilles de quinze jours sont tout à fait superficielles et qu'on ne saurait véritablement connaître un homme en si peu de temps. Mais si ce n'est pas nous qui prenons l'initiative, quelqu'un d'autre s'en chargera, et il est juste, après tout, que Mrs Long et ses nièces aient leur chance. Par conséquent, comme elles n'y sauraient voir qu'une marque de bienveillance, si vous vous dérobez à ce devoir, je m'en acquitterai moi-même.»

Les jeunes filles tournaient vers leur père des yeux écarquillés. Quant à leur mère, elle ne sut que balbutier:

«Balivernes ! Balivernes !

– Que peut bien signifier cette exclamation catégorique? poursuivit son époux. Dois-je comprendre que vous tenez le rite des présentations et l'importance qu'on y attache pour des balivernes? Ah, ma chère, je ne saurais faire chorus avec vous sur ce point. Qu'en dis-tu, Mary, toi qui es, je le sais, une jeune personne qui réfléchit profondément et qui lit des livres savants pour en tirer des citations?»

Mary aurait bien voulu prononcer quelques paroles empreintes de sagesse, mais elle se trouva prise de court.

«Pendant que Mary rassemble ses idées, reprit son père, revenons-en à Mr Bingley.

– Mr Bingley m'insupporte ! explosa sa femme.

– Ah, voilà qui me navre; mais pourquoi ne pas me l'avoir dit plus tôt? Si j'avais su cela ce matin, jamais je ne serais allé lui rendre visite.

La chose est fâcheuse, en vérité, mais à présent que j'ai sauté le pas, il ne nous sera plus possible d'échapper à cette fréquentation. »

Leur étonnement à toutes ne déçut pas ses espérances ; celui de Mrs Bennet surpassa peut-être encore celui de ses filles, ce qui ne l'empêcha pas, une fois apaisé le premier tumulte de sa joie, de déclarer qu'elle s'en était doutée depuis le début.

« Ah, que c'est donc généreux à vous, mon cher Mr Bennet ! Mais je savais bien que je finirais par vous convaincre. J'étais sûre que vous aimiez trop vos filles pour négliger une telle relation. Eh bien, me voilà ravie ! Et dire que vous y êtes allé ce matin et que vous ne nous en avez pas soufflé mot avant ce soir ! Quel taquin vous faites !

– Et maintenant, Kitty, tu peux tousser tant que tu voudras », lança Mr Bennet ; et sur ces mots, il quitta la pièce, lassé des transports de sa femme.

« Quel excellent homme de père vous avez là, mes filles, s'écria-t-elle dès que la porte se fut refermée. Je me demande comment vous pourrez jamais le remercier de sa bonté ; et moi de la mienne, d'ailleurs. Je vous prie de croire que lors qu'on arrive à nos âges, il n'est pas si agréable de faire tous les jours de nouvelles connaissances ; mais voyez, il n'est rien que nous ne fassions pour votre bonheur. Lydia, mon trésor, je suis certaine que Mr Bingley t'invitera à danser au prochain bal, bien que tu sois la plus jeune.

– Quant à cela, je ne me fais aucun souci, répliqua Lydia avec aplomb, car si je suis la plus jeune, je suis aussi la plus grande.»

Elles passèrent le reste de la soirée à tâcher de deviner avec quelle promptitude Mr Bingley rendrait sa visite à Mr Bennet et à décider quand il serait séant de l'inviter à dîner.

Chapitre III

Cependant, malgré toutes les questions qu'elle put poser à son sujet, avec l'aide de ses cinq filles, Mrs Bennet ne parvint pas à soutirer à son mari un portrait satisfaisant de Mr Bingley. Elles l'attaquèrent de toutes sortes de façons, alternant les questions directes, les ingénieuses suppositions et les lointaines hypothèses; mais il sut déjouer leur adresse à toutes; et elles durent, pour finir, se rabattre sur les renseignements de seconde main de leur voisine, Lady Lucas. Le rapport qu'elle avait à faire était hautement favorable. Mr Bingley avait subjugué Sir William. Il était encore tout jeune, merveilleusement beau, tout à fait charmant, et, comble de bonheur, il se proposait d'assister au prochain bal, accompagné de nombreux amis. Qu'aurait-on pu imaginer de plus délicieux? L'amour de la danse n'était, à coup sûr, qu'un prélude à l'amour tout court, et l'on se prit à fonder les plus vives espérances sur le cœur de Mr Bingley.

«Que je vive assez longtemps pour voir une de mes filles heureuse maîtresse de Netherfield, et toutes les autres aussi bien mariées, et il ne me restera plus rien à désirer», confia Mrs Bennet à son époux.

Au bout de quelques jours, Mr Bingley vint rendre la politesse à Mr Bennet, et passa une dizaine de minutes en sa compagnie dans sa bibliothèque. Il avait nourri l'espoir de faire la connaissance des jeunes filles de la maison, dont on lui avait beaucoup vanté la beauté, mais il ne vit que le père. Les demoiselles, pour leur part, eurent plus de chance, puisqu'elles eurent l'occasion de constater, de leurs propres yeux, par une des fenêtres du premier étage, qu'il portait un habit bleu et montait un cheval noir

Une invitation à dîner suivit de peu cette visite et Mrs Bennet avait déjà composé le menu qui devait faire honneur à ses talents de maîtresse de maison, lorsque arriva une réponse qui différa tous ses beaux projets. Mr Bingley se voyait dans l'obligation de se rendre à Londres dès le lendemain, et il lui était, de ce fait, impossible d'accepter l'honneur qu'on lui faisait. Mrs Bennet en fut toute déconfite. Elle n'imaginait pas quelles affaires pouvaient bien le rappeler en ville si peu de temps après son arrivée dans le Hertfordshire; et elle commença à craindre qu'il ne fût toujours par monts et par vaux, sans jamais se fixer à Netherfield, comme il l'aurait dû. Lady Lucas apaisa un peu son inquiétude en avançant l'idée qu'il n'était peut-être allé à Londres que dans le but de réunir toute une cohorte d'amis pour le bal ; et le bruit courut peu après que Mr Bingley devait y amener avec lui douze dames et sept messieurs. Les jeunes filles, que désespérait ce surcroît de danseuses, se rassérénèrent à la veille du bal en apprenant que ce n'étaient pas douze mais six jeunes personnes seulement qui étaient arrivées de Londres avec lui, ses cinq sœurs et une cousine. Et lorsque le jeune homme et ses invités pénétrèrent enfin dans la salle de bal, on s'aperçut qu'ils n'étaient que cinq en tout et pour tout : Mr Bingley lui-même, ses deux sœurs, le mari de l'aînée et un autre jeune homme.

Mr Bingley était bel homme et distingué : il possédait une agréable tournure et des manières ouvertes et simples. Ses sœurs étaient deux fort belles femmes, d'une élégance indiscutable. Son beau-frère, Mr Hurst, n'avait pour lui qu'une certaine prestance d'homme du monde ; mais son ami, Mr Darcy, attira bientôt tous les regards, tant par sa haute et harmonieuse silhouette, son beau visage et sa noble allure, que par la rumeur qui circulait dans toute la salle moins de cinq minutes après son arrivée et qui le disait maître de dix mille livres de rentes annuelles. Les messieurs s'accordèrent à louer sa grande distinction, les dames à le trouver infiniment plus séduisant que Mr Bingley, et on le considéra, au début de la soirée, avec la plus vive admiration, jusqu'au moment où son attitude donna naissance à un mécontentement qui fit refluer la vague de sa popularité; il s'avéra, en effet, qu'il était fier, qu'il s'estimait supérieur à toute la compagnie et qu'il ne daignait pas en être satisfait; dès lors, tous ses immenses domaines du Derbyshire ne suffirent plus à l'empêcher d'avoir une physionomie rébarbative et désagréable, et de ne pouvoir en aucun cas être comparé à son ami.

Mr Bingley eut tôt fait de lier connaissance avec toutes les personnes d'importance: il était gai et expansif, il dansa toutes les danses, se déclara furieux de voir le bal se terminer si tôt et parla d'en donner un lui-même à Netherfield. Des qualités aussi exquises se passent de commentaires. Quel contraste entre les deux jeunes gens! Mr Darcy ne dansa qu'une fois avec Mrs Hurst et une fois avec Miss Bingley, il refusa de se laisser présenter aux autres jeunes personnes, et passa le reste de la soirée à arpenter la salle, adressant, à l'occasion, quelques mots à l'un ou l'autre de ses quatre amis. On fut vite fixé sur son compte. C'était l'homme le plus orgueilleux et le plus détestable qui fût, et tout le monde espérait bien ne jamais le revoir. Parmi ses ennemis les plus virulents se rangeait Mrs Bennet, dont la vague antipathie avait dégénéré en un ressentiment tout à fait personnel, à la suite de l'affront qu'il avait infligé à l'une de ses filles.

Les cavaliers se trouvant en minorité, Elizabeth Bennet avait dû se résigner à faire momentanément tapisserie. Or, en cette occasion, Mr Darcy se tenait assez près d'elle pour qu'elle pût entendre sa conversation avec Mr Bingley qui, abandonnant un instant sa partenaire, était venu inciter son ami à se joindre aux danseurs.

« Allons, Darcy, lui dit-il, je veux que tu danses. Il m'est insupportable de te voir sottement planté là, seul dans ton coin. Tu ferais beaucoup mieux de danser.

– Certainement pas. Tu sais fort bien que j'ai horreur de danser avec une partenaire que je ne connaisse pas particulièrement. Au sein de cette assemblée, cela tournerait vite au supplice. Tes sœurs ne sont pas libres et ce serait pour moi une punition que de devoir m'exhiber avec une autre cavalière.

– Je ne voudrais pas pour un empire être aussi difficile que toi ! s'écria Bingley. Je te jure que je n'ai jamais vu réunies autant de charmantes jeunes filles, et d'ailleurs tu peux constater par toi-même que plusieurs d'entre elles sont exceptionnellement jolies.

– C'est toi qui danses avec la seule beauté de la pièce, répondit Darcy en jetant un regard à l'aînée des demoiselles Bennet.

– Oh, c'est la plus divine créature que j'aie jamais rencontrée. Mais il y a là, assise juste derrière toi, une de ses sœurs qui est tout à fait jolie, et je gage qu'elle doit être charmante. Laisse-moi donc demander à ma partenaire de te présenter.

– De qui veux-tu parler ?» Il se retourna pour contempler brièvement Elizabeth, mais, leurs regards s'étant croisés, il détourna le sien et déclara d'un ton froid : «Elle est passable, mais loin d'être assez belle pour me tenter. Et je ne suis pas d'humeur, vois-tu, à me mettre en frais pour une jeune personne que les autres négligent. Tu ferais beaucoup mieux de rejoindre ta cavalière et de te délecter de ses sourires, car tu perds ton temps avec moi.»

Mr Bingley suivit ce conseil et Darcy s'éloigna, laissant Elizabeth en proie à des sentiments rien moins que cordiaux à son égard. Elle narra néanmoins l'anecdote à ses amis avec beaucoup de verve, car elle était d'un naturel vif et enjoué qui se plaisait à débusquer le ridicule.

La soirée se passa, dans l'ensemble, fort agréablement pour toute la famille. Mrs Bennet avait eu le plaisir de remarquer que sa fille aînée excitait l'admiration des habitants de Netherfield. Mr Bingley avait dansé deux fois avec elle, et ses deux sœurs l'avaient tout spécialement distinguée. Jane n'en était pas moins ravie que sa mère, mais elle avait la joie moins bruyante. Elizabeth était heureuse pour Jane. Mary s'était entendu désigner à Mr Bingley comme la jeune fille la plus cultivée du voisinage. Quant à Catherine et à Lydia, elles avaient eu la chance de ne jamais manquer de partenaires, ce qui constituait encore pour elles le comble de la félicité un soir de bal. Ce fut donc dans une atmosphère de franche bonne humeur qu'elles regagnèrent

Longbourn, le village où elles vivaient et dont leur famille occupait le plus beau domaine. Mr Bennet n'était pas encore couché. Il lui suffisait d'ouvrir un livre pour ne plus voir passer le temps; et ce soir-là, il était en outre assez curieux de savoir comment s'était déroulée une soirée qui avait donné lieu à des espoirs aussi mirifiques. Il aurait pris un malin plaisir à voir son épouse cruellement déçue dans ses plus chères illusions, mais il eut tôt fait de comprendre qu'il n'en était rien.

«Ah, mon cher Mr Bennet, commença-t-elle à peine entrée dans la pièce, nous avons passé une soirée délicieuse, le bal était parfaitement réussi. J'ai bien regretté votre absence. Vous ne sauriez vous imaginer combien Jane a pu être admirée. Tout le monde a reconnu qu'elle était particulièrement en beauté; et Mr Bingley l'a trouvée si ravissante qu'il a dansé deux fois avec elle. Vous vous rendez compte, mon ami: j'ai bien dit *deux* fois; et elle est la seule qu'il ait invitée à deux reprises. Il a commencé par inviter Miss Lucas. Que j'étais donc mortifiée de le voir lui offrir son bras! Mais, Dieu merci, il ne l'a pas trouvée du tout à son goût; elle n'est d'ailleurs au goût de personne, vous le savez; et en regardant Jane danser, il a paru tout saisi. Il a aussitôt demandé qui elle était, il s'est fait présenter et il l'a invitée pour les deux danses suivantes. Puis il a dansé avec Miss King, puis avec Maria Lucas, puis avec Jane de nouveau, puis avec Lizzy, puis, pour la «Boulanger»...

– S’il avait eu pitié de moi, coupa son mari impatienté, il n’en aurait pas invité la moitié. De grâce, épargnez-moi la liste de ses partenaires ! Que ne s’est-il tordu la cheville dès la première danse !

– Ah, mon ami, reprit Mrs Bennet, il m’a littéralement conquise. Il est si merveilleusement beau. Et ses sœurs sont des femmes charmantes. Jamais je n’ai rien vu de plus élégant que leurs robes. Je ne crois pas me tromper en vous disant que la dentelle qui ornait la toilette de Mrs Hurst… »

Elle dut s’interrompre derechef, car Mr Bennet se refusait à parler chiffons. Force fut donc à sa femme de se rabattre sur un autre aspect de la soirée, ce qu'elle fit en lui narrant, avec la plus grande amertume et non sans exagération, la grossièreté incroyable de Mr Darcy.

« Mais je puis vous garantir que Lizzy ne perd rien à ne pas lui plaire, conclut-elle, car c’est un individu parfaitement désagréable et odieux qui ne vaut certainement pas la peine que l’on se mette martel en tête. Si hautain et si vaniteux qu’il en était insupportable ! Et il se pavanait dans tous les coins, tout plein de sa grandeur ! Pas assez belle pour qu’il consentît à danser avec elle ! J’ai bien regretté que vous ne fussiez point là, mon cher, pour le remettre à sa place, comme vous savez le faire. Dieu, que j’abomine cet homme ! »

Chapitre IV

Lorsque Elizabeth et Jane se retrouvèrent seules, cette dernière, qui n'avait fait, jusque-là, qu'un éloge plutôt tiède de Mr Bingley, confia à sa sœur toute l'admiration qu'elle éprouvait.

« Il est exactement tel que doit être un jeune homme, dit-elle : raisonnable, aimable, enjoué, et il possède sans conteste les manières les plus engageantes que j'aie jamais vues, un parfait mélange d'aisance et de courtoisie !

– Sans compter qu'il est aussi fort beau, ajouta Elizabeth, comme doit veiller à l'être tout jeune homme qui se respecte. On peut donc estimer qu'il ne lui manque rien.

– J'ai été extrêmement flattée par sa seconde invitation à danser. Je ne m'attendais pas à un tel compliment.

– Vraiment ? Eh bien moi, je m'y attendais pour toi. Mais c'est une des grandes différences qui existent entre nous. Toi, les compliments te prennent toujours par surprise et moi, jamais.

Qu'y avait-il de plus naturel que de te réinviter ? Il aurait fallu qu'il fût aveugle pour ne pas remarquer que tu étais cinq fois plus jolie, au moins, que toutes les autres femmes de l'assistance. Ce n'est pas sa galanterie qu'il faut remercier. Ma foi, il est indéniablement fort charmant et je t'autorise à le trouver à ton goût. Tu t'es entichée de garçons autrement sots.

– Voyons, Lizzy !

– Taratata, tu sais très bien que tu es beaucoup trop prête à aimer la terre entière. Tu ne trouves jamais de défauts à personne. À tes yeux, tout le monde est bon et aimable. Je crois bien ne t'avoir jamais entendue dire du mal de qui que ce soit.

– C'est que je ne voudrais pas risquer d'être trop prompte à critiquer ; mais je dis toujours ce que je pense.

– Je le sais bien, et c'est justement ce qui me surprend. Intelligente comme tu l'es, comment peux-tu rester honnêtement aveugle aux sottises et aux absurdités d'autrui ? La candeur feinte n'a rien d'exceptionnel ; elle court les rues. Mais tu es bien la seule dont la candeur soit tout à fait dénuée de calcul et d'ostentation – la seule à ne voir chez chacun que ce qu'il peut y avoir de louable, quitte à l'enjoliver encore s'il le faut, et à passer les défauts sous silence. Ainsi, les sœurs de ce jeune homme t'ont plu, elles aussi ? Elles sont pourtant loin d'être aussi aimables.

– De prime abord, je te l'accorde; mais dès qu'on lie conversation avec elles, on s'aperçoit qu'elles sont tout à fait charmantes. Miss Bingley doit s'établir chez son frère et tenir sa maison, et nous allons trouver en elle une voisine des plus agréables, ou je me trompe fort.»

Sa sœur l'écouta en silence, mais elle n'était pas convaincue: au bal, les deux jeunes femmes n'avaient rien fait pour se concilier la bonne opinion de leurs nouveaux voisins; Elizabeth, plus fine observatrice que Jane et moins influençable, n'ayant en outre été l'objet d'aucun égard susceptible d'adoucir son jugement, n'était guère encline à les considérer d'un œil favorable. À vrai dire, les sœurs de Bingley étaient ce qu'on a coutume d'appeler des dames de qualité, c'est-à-dire qu'elles ne manquaient ni d'amabilité, pourvu qu'elles fussent satisfaites, ni de séduction lorsqu'elles voulaient plaire, mais qu'elles étaient consumées par l'orgueil et la vanité. Plutôt jolies femmes, au demeurant, éduquées dans l'un des tout premiers pensionnats de Londres, nanties chacune de quelque vingt mille livres, habituées à dépenser plus que de raison et à fréquenter des personnes d'un certain rang; bref, disposées en tout point à se trouver parfaites et à mépriser les autres. Les Bingley étaient issus d'une famille fort respectable du nord de l'Angleterre, et les deux sœurs se rappelaient beaucoup plus volontiers cette circonstance que l'origine mercantile de leur fortune à tous trois.

À la mort de leur père, Mr Bingley avait hérité de près de cent mille livres. Mr Bingley père avait eu l'intention d'acquérir un domaine familial, mais il avait quitté ce monde avant de l'avoir fait. Son fils caressait le même dessein, et il allait parfois jusqu'à choisir le comté où il entendait s'établir ; mais comme il était désormais pourvu d'une bonne maison et de tous les avantages afférents à ce genre de manoir, il n'était guère douteux, pour ceux qui connaissaient le mieux sa nonchalance naturelle, qu'il se contenterait de passer à Netherfield le restant de ses jours, laissant à la génération suivante le soin d'acquérir une terre.

Ses sœurs tenaient absolument à le voir propriétaire, mais bien qu'il ne fût encore que locataire, Miss Bingley ne refusait pas pour autant de faire les honneurs de sa table, et Mrs Hurst, mariée à un homme dont la fortune n'égalait pas la distinction, était toujours prête à considérer comme sienne la demeure de son frère chaque fois que cela lui convenait. Mr Bingley était majeur depuis deux ans, à peine, lorsqu'il lui prit fantaisie, au hasard d'une recommandation, d'aller visiter Netherfield House. Il s'y rendit, passa une demi-heure à parcourir les lieux, au-dedans comme au-dehors, fut séduit par le site et par les pièces d'apparat, satisfait de l'éloge que lui en faisait le propriétaire, et il retint le domaine aussitôt.

Il existait entre Darcy et lui une très solide amitié, bien que leurs caractères fussent diamétralement opposés. Darcy appréciait chez son ami son côté malléable, ouvert, docile, bref tout ce qui s'éloignait le plus de ses propres dispositions, dont il n'avait pourtant jamais paru se plaindre. Bingley, quant à lui, avait une foi aveugle dans l'affection que lui portait Darcy et il tenait son jugement en haute estime. Du point de vue de l'entendement, Darcy l'emportait. Bingley était loin d'être sot, mais son ami était supérieurement intelligent. Il était aussi hautain, réservé et difficile à contenter; et son abord, tout en étant celui d'un homme bien élevé, manquait de chaleur. Sous ce rapport, Bingley n'avait rien à lui envier: il était sûr de plaire partout où il passait; Darcy n'arrêtait pas d'offenser les gens.

Les remarques que leur inspira à chacun le bal de Meryton furent d'ailleurs parfaitement caractéristiques. Jamais Bingley n'avait vu des gens plus charmants, des jeunes filles plus jolies; tous ses nouveaux voisins lui avaient paru incarner le comble de l'amabilité et de la prévenance; il n'y avait pas eu trace de formalité ni de raideur, et il s'était très vite senti l'ami de toute l'assemblée; quant à Miss Bennet, c'était un ange, et on ne pouvait rien imaginer de plus parfait. Darcy, au contraire, n'avait vu qu'un ramassis d'êtres presque tous dénués de beauté et totalement privés de goût, dont aucun n'avait éveillé chez lui le moindre intérêt et dont il n'avait pas reçu plus d'égards que de plaisir. Miss Bennet était certes jolie, mais elle souriait trop.

Mrs Hurst et Miss Bingley voulurent bien admettre la justesse de cette critique, mais elles professaient néanmoins envers Jane des sentiments d'admiration et de sympathie, déclarant qu'elle était délicieuse et qu'elles n'avaient aucune objection à faire, avec elle, plus ample connaissance. Il fut donc entendu que Miss Bennet était charmante, et Bingley s'estima autorisé par cet éloge à penser d'elle ce qu'il lui plaisait.

Chapitre V

À peu de distance de Longbourn vivait une famille avec laquelle les Bennet étaient sur un pied de grande intimité. Sir William Lucas avait tenu, naguère, à Meryton, un négoce qui lui avait permis d'amasser une fortune considérable ; puis, devenu maire de la bourgade, il avait été anobli, à la suite d'une requête adressée au roi par ses soins. Il avait pris cet honneur un peu trop à cœur, peut-être, car il en avait conçu un brusque dégoût à la fois pour ses affaires et pour sa résidence dans cette petite ville de province. Il avait donc abandonné les unes et l'autre pour aller s'établir, avec sa famille, dans une demeure sise à un mile environ de Meryton, qui avait pris dès lors le nom de Lucas Lodge. Là, Sir William pouvait, avec délices, méditer sur sa propre grandeur et, libéré désormais des entraves du commerce, s'adonner sans partage à ses devoirs de bon voisinage qu'il étendait d'ailleurs à la terre entière. En effet, quoique transporté de fierté à la pensée du rang qui était à présent le sien, il n'en tirait pas la moindre vanité. Il se confondait, au contraire, en prévenances auprès de toutes ses relations, et sa présentation à la cour de Saint-James avait fait de cet homme inoffensif, liant et obligeant de nature, un modèle de courtoisie.

Lady Lucas était une excellente pâte de femme, suffisamment sotte pour être une voisine appréciée de Mrs Bennet. Le couple avait plusieurs enfants dont l'aînée, jeune personne intelligente et sensée de quelque vingt-sept ans, était l'amie intime d'Elizabeth.

Après chaque bal, une rencontre entre les demoiselles Lucas et les demoiselles Bennet s'imposait, car il fallait absolument qu'elles échangeassent leurs impressions; et dès le lendemain de leurs festivités à Meryton, les Bennet virent arriver à Longbourn, de bon matin, leurs voisines toutes prêtes à écouter et à raconter.

«La soirée a fort bien débuté pour vous, Charlotte, dit Mrs Bennet à Miss Lucas, avec une courtoise maîtrise d'elle-même. Vous avez été la première élue de Mr Bingley.

– Certes, mais il m'a semblé qu'il préférait la deuxième.

– Ah, vous voulez parler de Jane sans doute, parce qu'il a dansé deux fois avec elle. Il est certain que cela paraît dénoter de sa part une espèce d'admiration... d'ailleurs, je crois que c'est en effet le cas... j'ai entendu là-dessus quelque chose...

mais je ne sais plus trop quoi... il était question, me semble-t-il, de Mr Robinson.

– Peut-être songez-vous à ce que j'ai entendu Mr Bingley dire à Mr Robinson ? Ne vous l'ai-je donc pas rapporté ? Mr Robinson lui a demandé si nos bals de Meryton lui plaisaient, s'il ne trouvait pas qu'il y avait dans la salle une infinité de jolies femmes et *laquelle* lui semblait la plus jolie. Et Mr Bingley de répondre, sans hésiter, à cette dernière question : "Oh ! l'aînée des demoiselles Bennet, sans aucun doute : c'est une opinion qui ne saurait se discuter."

– Peste ! Voilà qui est en effet parler net... et qui laisserait supposer.. mais pourtant cela ne mènera peut-être à rien, vous savez.

– Les conversations que j'ai surprises en valaient davantage la peine que les tiennes, Eliza, reprit Charlotte Lucas. Et Mr Darcy est loin de tenir des discours aussi flatteurs que son ami. Pauvre Eliza ! Dire que tu n'es que *passable* !

– Ah, je vous en prie, n'allez pas donner à Lizzy l'idée d'être contrariée par sa grossièreté, car c'est un homme si odieux que le malheur serait plutôt de lui plaire. Mrs Long m'a confié hier soir qu'il était resté assis tout près d'elle pendant une demi-heure, sans desserrer les dents.

– En êtes-vous sûre, ma mère ? intervint Jane. N'y aurait-il pas quelque erreur ? Je suis certaine d'avoir vu Mr Darcy lui parler.

– Eh oui, parce qu'elle a fini par lui demander ce qu'il pensait de Netherfield et qu'il lui était donc impossible de ne pas répondre; mais elle m'a assuré qu'il avait l'air furieux de s'entendre adresser la parole.

– Miss Bingley, expliqua Jane, prétend qu'il n'est guère loquace, sinon avec ses amis intimes. En leur compagnie, il est tout à fait charmant.

– Je n'en crois pas un mot, ma chérie. S'il était si charmant que ça, il aurait parlé à Mrs Long. Mais je ne suis pas en peine de deviner ce qui s'est passé; tout le monde dit qu'il est bouffi d'orgueil et je gage qu'il aura, Dieu sait comment, entendu dire que Mrs Long ne possède pas de voiture et qu'elle était venue au bal dans une berline de louage.

– Peu m'importe qu'il n'ait point adressé la parole à Mrs Long, avoua Miss Lucas, mais j'eusse aimé qu'il dansât avec Eliza.

– Une autre fois, Lizzy, conseilla Mrs Bennet, c'est moi qui refuserais de danser avec lui, si j'étais à ta place.

– Je crois, ma mère, être en mesure de vous promettre de ne *jamais* être sa cavalière.

– Son orgueil, reprit Miss Lucas, me heurte moins que celui de beaucoup d'autres, car il est fondé. Comment s'étonner qu'un jeune homme qui possède prestance, rang, fortune et tant d'autres choses en sa faveur ait une haute opinion de lui-même? Il a, si j'ose m'exprimer ainsi, le *droit* d'être orgueilleux.

– Ce que tu dis là est fort juste, rétorqua Elizabeth, et je lui pardonnerais volontiers son orgueil, s'il n'avait mortifié le mien.

– L'orgueil, fit remarquer Mary, qui se piquait de profondeur dans ses réflexions, est un défaut très répandu à ce que je crois. Toutes les lectures que j'ai pu faire me persuadent qu'il s'agit d'un travers des plus courants, auquel la nature humaine est particulièrement encline, et que rares sont ceux d'entre nous qui ne nourrissent pas quelque sentiment de satisfaction intime à la pensée de telle ou telle de leurs qualités, réelle ou imaginaire. La vanité et l'orgueil sont deux choses bien différentes, encore que les deux mots soient souvent pris pour des synonymes. On peut être orgueilleux sans être vaniteux. L'orgueil a plutôt trait à ce que nous pensons de nous-même ; la vanité à ce que nous voudrions voir les autres penser de nous.

– Si j'étais aussi riche que Mr Darcy, lança un des jeunes Lucas qui avait accompagné ses sœurs, je ne me soucierais pas d'orgueil. J'aurais une meute de chiens et je boirais une bouteille de vin par jour.

– Dans ce cas, tu boirais beaucoup plus que de raison, décréta Mrs Bennet, et si je t'y prenais, je te confisquerais ta bouteille. »

Le garçon protesta qu'il ne la laisserait pas faire, elle continua à proclamer que si, et leur dispute ne prit fin qu'avec la visite.

Chapitre VI

Mrs Bennet et ses filles ne tardèrent pas à rendre visite aux dames de Netherfield, qui, pour ne pas être en reste de savoir-vivre, se firent conduire quelques jours plus tard à Longbourn. Les charmantes manières de Miss Bennet achevèrent de lui gagner la bienveillance des visiteuses ; et tout en trouvant la mère insupportable et les cadettes trop insignifiantes pour leur adresser seulement la parole, elles firent comprendre aux deux aînées qu'elles souhaitaient se lier plus intimement avec elles. Jane reçut cette marque d'estime avec le plus vif plaisir, mais Elizabeth persistait à déceler dans leur attitude envers tout le monde, sans même excepter sa sœur, un dédain qui l'empêchait de les trouver aimables ; cependant, si déplaisantes que fussent leurs façons de faire, elle attachait un certain prix à leurs avances auprès de Jane en ce qu'elles reflétaient fort probablement l'admiration que lui vouait leur frère. Il devenait, en effet, évident à chacune de leurs rencontres qu'il admirait fort Miss Bennet, et il n'était pas moins évident aux yeux d'Elizabeth que Jane se laissait aller au penchant qu'elle s'était senti pour lui dès le début et qu'elle était en passe d'en être éperdument amoureuse; la cadette, toutefois, constatait avec satisfaction que cet amour ne risquait guère de se découvrir à des yeux moins avertis que les siens, car Jane alliait à des sentiments passionnés une parfaite maîtrise d'elle-même et une contenance uniformément enjouée, bien faites pour la mettre à l'abri de soupçons impertinents. Elle fit part de ses réflexions à son amie, Miss Lucas.

«Il peut être réconfortant, en effet, répondit Charlotte, de parvenir à donner le change en pareil cas, mais parfois, cet excès de circonspection peut se retourner contre vous. Si une femme cache trop adroitement son amour à celui qui en est l'objet, elle risque de laisser passer l'occasion de se l'attacher; et ce lui sera alors une piètre consolation de se dire que personne d'autre qu'elle ne soupçonnait l'existence de son penchant. Vois-tu, il entre dans presque tous nos attachements une telle part de gratitude ou de vanité qu'il n'est pas prudent de les livrer à eux-mêmes. Il nous arrive à tous de *commencer* à aimer sans raison – une légère préférence est tout à fait naturelle – mais bien peu d'entre nous ont le cœur assez ferme pour tomber vraiment amoureux sans recevoir d'encouragements. Neuf fois sur dix, une femme aura intérêt à montrer plus d'affection qu'elle n'en ressent. Ta sœur plaît à Bingley, c'est indéniable, mais si elle ne favorise pas cette attirance, il se peut fort bien qu'il n'aille jamais plus loin.

– Mais elle la favorise, pour autant que sa nature le lui permette. Et si je puis, moi, discerner l'estime qu'elle a pour Bingley, il faudrait qu'il fût un bien grand niais pour ne pas la découvrir à son tour.

– N'oublie pas, Eliza, qu'il ne connaît pas aussi intimement que toi la personnalité de Jane.

– Mais enfin, si une femme est éprise d'un homme et ne cherche pas à le lui cacher, il finira bien par s'en apercevoir.

– C'est possible, s'il la voit assez souvent. Certes, Bingley et Jane ont d'assez fréquentes occasions de se côtoyer, mais ce n'est jamais pour bien longtemps. Et comme ils ne se voient qu'au sein de vastes assemblées, il leur est impossible de passer tous leurs instants à converser ensemble. Jane devrait donc profiter au maximum de toutes les demi-heures au cours desquelles elle peut accaparer son attention. Lorsqu'elle sera sûre de lui, elle aura bien le temps de tomber aussi amoureuse qu'elle le voudra.

– Cette tactique est excellente, lorsqu'il n'est question de rien d'autre que de faire un beau mariage, répondit Elizabeth. Et si j'étais résolue à me procurer un riche époux, ou même un époux tout court, je veux bien croire que je l'adopterais. Mais cela n'a rien à voir avec les sentiments de Jane; elle n'agit point par calcul. Pour le moment, elle serait bien en peine d'évaluer l'étendue de son affection pour lui, sans parler de son bien-fondé. Elle ne le connaît que depuis quinze jours. Elle a dansé deux fois avec lui à Meryton; elle l'a vu chez lui, un matin, et depuis, elle a dîné quatre fois à la même table. Cela ne suffit guère à lui permettre de juger ce qu'il vaut.

Certes non, telles que tu présentes les choses. S'ils n'avaient fait que dîner à la même table, elle n'aurait pu juger tout au plus que de son appétit. Mais tu ne dois pas oublier qu'ils ont aussi passé quatre soirées ensemble – et que quatre soirées peuvent être fort instructives.

– Oui-da. Ces quatre soirées leur auront permis de constater qu'ils préfèrent tous deux le vingt-et-un au commerce, mais pour autant que je sache, elles n'auront jeté aucune lumière sur le reste de leurs qualités et de leurs défauts.

– Ma foi, conclut Charlotte, je souhaite de tout mon cœur le succès de Jane. Quant à moi, je pense que si elle devait l'épouser demain, elle aurait autant de chances d'être heureuse avec lui que si elle passait une année entière à étudier son caractère. Le bonheur conjugal est une véritable loterie. Les dispositions des deux conjoints ont beau être parfaitement connues et en totale harmonie avant le mariage, cela n'assure en rien leur félicité ultérieure. Elles finissent toujours par devenir suffisamment différentes ensuite pour que chacun ait sa part de déconvenues ; mieux vaut ignorer autant qu'il est possible les défauts de l'être auprès duquel on va passer sa vie.

– Tu me fais rire, Charlotte, mais ton raisonnement ne tient pas debout. Tu le sais fort bien, et tu sais aussi que jamais tu n'agirais de la sorte. »

Tout occupée à observer les prévenances dont Mr Bingley comblait sa sœur, Elizabeth était à cent lieues de se douter qu'elle-même commençait à éveiller un certain intérêt chez son ami. Mr Darcy lui avait, tout d'abord, à peine concédé la moindre beauté. Au bal de Meryton, il n'avait éprouvé à son égard aucune espèce d'admiration ; et à leur deuxième rencontre, il ne l'avait regardée que pour la critiquer. Mais dès qu'il eut fini de démontrer, tant à lui-même qu'à ses amis, que pas un de ses traits n'était louable, il s'aperçut que la belle expression de ses yeux sombres prêtait au visage d'Elizabeth une intelligence hors du commun. Cette découverte fut suivie de plusieurs autres, également vexantes. En effet, l'œil implacable de Mr Darcy eut tôt fait de discerner plus d'un manque de parfaite symétrie dans la silhouette de la jeune fille, mais force lui était de reconnaître qu'elle était gracieuse et fine ; et bien qu'il prît soin d'affirmer que ses manières n'étaient pas celles du grand monde, il ne s'en laissa pas moins prendre à leur gaieté pleine d'aisance. De tout cela, Elizabeth demeura parfaitement ignorante. Pour elle, il n'était que l'homme qui ne savait se rendre agréable nulle part et qui ne l'avait point trouvée assez belle pour l'inviter à danser.

Il se prit à souhaiter mieux la connaître, et dans le but de s'entretenir lui-même avec elle, il vint se mêler à ses conversations avec d'autres. Ce manège attira l'attention d'Elizabeth. La chose se passait chez Sir William Lucas, où se trouvait réunie une nombreuse compagnie.

«Je voudrais bien savoir pourquoi Mr Darcy a cru bon de venir écouter ce que le colonel Forster et moi avions à nous dire, confia Elizabeth à Charlotte.

– Seul Mr Darcy pourrait te répondre.

– S'il persiste, je veillerai certainement à lui faire savoir que je comprends où il veut en venir. Il a l'œil fort moqueur et si ce n'est pas moi qui ouvre le feu des impertinences, j'aurai bientôt peur de lui.»

Le voyant peu après approcher, sans manifester toutefois l'intention de leur adresser la parole, Miss Lucas mit son amie au défi de se mesurer au jeune homme, ce qui ne manqua pas d'inciter Elizabeth à se tourner vers Darcy pour lui dire:

«Ne m'avez-vous pas trouvée particulièrement éloquente tout à l'heure, Mr Darcy, lorsque j'ai importuné le colonel Forster pour qu'il nous donne un bal à Meryton?

– Fort énergique, en tout cas, mais chacun sait que le sujet décuple l'énergie des dames.

– Vous êtes bien sévère à notre égard.

– Ce sera bientôt son tour d'être importunée par les autres, Mr Darcy, intervint Miss Lucas. Je vais ouvrir le piano, Eliza, et tu sais ce que cela signifie.

– Tu te fais de l'amitié une idée plus qu'étrange !... à vouloir toujours que je joue et que je chante avant et devant tout le monde ! Si encore j'avais la vanité musicale, tu me serais infiniment précieuse, mais en l'occurrence, je préférerais ne pas avoir à me produire devant des personnes habituées, sans nul doute, à n'entendre que les meilleurs interprètes. »

Cependant, comme Charlotte insistait, elle céda :

« Fort bien, s'il le faut, c'est entendu. »

Puis coulant un regard compassé en direction de Mr Darcy, elle ajouta :

« Il existe un excellent vieux dicton qui est, je n'en doute point, familier à tout le monde ici : “Garde ton souffle pour refroidir ton porridge !” Eh bien, moi, je garderai le mien pour mieux moduler ma chanson. »

Elle chanta, en s'accompagnant au piano, de façon charmante, mais nullement inoubliable. Au bout d'un air ou deux, avant d'avoir pu combler les vœux de plusieurs admirateurs qui la priaient de continuer, elle fut remplacée, avec impatience, par sa sœur Mary qui, étant la seule des cinq à n'être point jolie, s'était donné beaucoup de mal pour se cultiver et acquérir des talents de société, si bien qu'elle guettait avidement chaque occasion de briller.

Mary n'avait pas plus de génie que de goût, et sa vanité, si elle l'avait rendue appliquée, lui avait donné aussi un air prétentieux et des façons pédantes qui eussent nui à un talent bien supérieur au sien. On avait écouté avec beaucoup plus de plaisir Elizabeth, simple et sans affectation, alors qu'elle jouait nettement moins bien ; et Mary, lorsqu'elle eut terminé un long morceau, s'estima heureuse de pouvoir glaner des éloges et susciter un peu de gratitude en jouant des airs écossais et irlandais, à la demande de ses deux sœurs cadettes qui, en compagnie de quelques jeunes Lucas et de deux ou trois officiers, avaient formé un embryon de bal, à un bout du salon.

Mr Darcy se tenait tout près d'eux, rempli d'une muette réprobation à les voir passer la soirée ainsi, au détriment de toute conversation ; pris tout entier par ses pensées, il ne s'aperçut point que Sir William Lucas était à ses côtés avant de l'entendre lui adresser ces mots :

« Voici une distraction des plus plaisantes pour les jeunes gens, Mr Darcy ! Tout compte fait, rien ne vaut la danse, et je la tiens, quant à moi, pour un des plus exquis raffinements des sociétés civilisées.

– Certes, monsieur. Et qui possède en outre l'avantage d'être en vogue parmi les sociétés moins civilisées. Tous les sauvages savent danser. »

Sir William se contenta de sourire.

« Votre ami est un danseur émérite, observa-t-il au bout de quelques instants, en voyant Bingley se joindre au groupe. D'ailleurs, je ne doute pas que vous soyez vous-même passé maître en cet art.

– Vous m'avez vu, je crois, danser à Meryton, monsieur.

– En effet, et ce ne fut pas pour moi un mince plaisir. Allez-vous fréquemment danser au palais de Saint-James ?

– Jamais, monsieur.

– Vous estimez, peut-être, que l'endroit ne se prête guère à ce genre de distraction ?

– À mon avis, aucun endroit public ne s'y prête.

– J'en conclus que vous avez une demeure à Londres. »

Mr Darcy s'inclina.

« J'ai parfois songé, moi aussi, à m'établir dans la capitale car j'apprécie fort le grand monde. Mais je n'étais point sûr que l'air de Londres conviendrait à Lady Lucas. »

Il se tut, espérant une réponse, mais son compagnon n'était pas disposé à la faire ; apercevant, au même instant, Elizabeth qui se dirigeait vers eux, Sir William fut frappé par une idée qui lui parut du dernier galant, et il l'interpella.

« Ma chère Miss Eliza, pourquoi ne dansez-vous point ? Mr Darcy, permettez-moi de vous présenter en la personne de cette jeune demoiselle une cavalière éminemment attrayante. Vous ne pourrez, j'en suis sûr, refuser de danser devant tant de beauté. »

Et saisissant la main d'Elizabeth, il s'apprêtait à la mettre dans celle de Mr Darcy qui, malgré sa surprise, semblait tout disposé à la prendre, lorsqu'elle la retira vivement, en déclarant à Sir William d'une voix altérée :

« Je vous assure, monsieur, que je n'ai aucune envie de danser. Et je vous prie de croire que ce n'est pas dans le but de quémander un partenaire que je suis venue par ici. »

Mr Darcy la pria aussitôt, avec une courtoisie pleine de gravité, de bien vouloir lui faire l'honneur de danser avec lui, mais ce fut en vain. Elizabeth était bien résolue, et les supplications de Sir William en personne ne parvinrent pas à l'ébranler.

« Vous êtes si excellente danseuse, Miss Eliza, qu'il est cruel à vous de me refuser le plaisir de vous contempler. Et ce monsieur a beau être, d'une manière générale, hostile à ce passe-temps, je suis sûr qu'il ne peut avoir aucune objection à nous obliger pendant une demi-heure.

– Mr Darcy est la politesse même, remarqua Elizabeth en souriant.

– Certes, mais si l'on songe à ce qui l'y incite, ma chère Miss Eliza, on ne saurait s'étonner de sa complaisance : car qui refuserait une telle partenaire ? »

Elizabeth se détourna avec un regard malicieux. Sa résistance avait été loin de lui nuire dans l'esprit du jeune homme, et il songeait à elle avec un certain plaisir, lorsque Miss Bingley l'aborda en ces termes:

«Je gage que je puis deviner ce à quoi vous rêvez.

– Voilà qui m'étonnerait.

– Vous êtes en train de vous dire qu'il serait tout à fait insupportable de passer plusieurs soirées ainsi – en pareille compagnie. Et je dois dire que je partage pleinement votre avis. Je suis à bout de nerfs. Tous ces gens sont aussi insipides que bruyants, aussi creux que gonflés d'eux-mêmes. Je serais bien aise d'entendre vos critiques à ce sujet.

– Votre supposition est totalement erronée, je vous assure. Mon esprit était en proie à des réflexions beaucoup plus agréables. Je méditais sur l'immense plaisir que peuvent procurer deux beaux yeux, quand ils brillent dans le visage d'une jolie femme.»

Miss Bingley leva aussitôt les siens vers ceux de Mr Darcy et voulut savoir à quelle dame revenait le mérite de lui inspirer de telles pensées. Il répondit, avec une belle intrépidité

«À Miss Elizabeth Bennet.

– Miss Elizabeth Bennet! répéta Miss Bingley. Je suis au comble de la stupeur. Depuis quand est-elle devenue votre égérie? Et dites-moi, je vous prie, si je dois vous présenter tous mes vœux de bonheur?

– Voilà justement la question que j'attendais. L'imagination des dames va bon train : elle passe de l'admiration à l'amour, et de l'amour au mariage en un clin d'œil. Je savais que vous alliez me présenter tous vos vœux de bonheur.

– Mon Dieu, si vous le prenez sur ce ton, je vais finir par croire que l'affaire est déjà conclue. Vous aurez, en vérité, une belle-mère délicieuse, qui sera, bien sûr, toujours fourrée chez vous, à Pernberley. »

Il l'écouta se divertir ainsi, avec la plus parfaite indifférence, et le flegme du jeune homme l'ayant convaincue qu'il n'y avait en fait aucun danger, elle laissa libre cours à sa verve.

Chapitre VII

Tout le bien de Mr Bennet consistait presque entièrement en un domaine qui rapportait deux mille livres par an et qui, malheureusement pour ses filles, devait échoir à sa mort, faute d'héritier mâle, à un lointain cousin. Et la fortune de leur mère, quoique substantielle pour une personne de sa condition, ne pouvait guère remédier à ce triste état de choses. Le père de Mrs Bennet avait été notaire à Meryton et lui avait laissé quatre mille livres.

Elle avait une sœur, mariée à un certain Mr Philips qui avait été clerc de leur père, avant de lui succéder à l'étude, et un frère qui exerçait à Londres un négoce fort respectable.

Le village de Longbourn n'était qu'à un mile de Meryton. Cette distance convenait fort bien aux jeunes demoiselles Bennet qui allaient, en général, trois ou quatre fois la semaine présenter leurs respects à leur tante, et visiter la boutique de modiste située juste en face de chez elle. Les deux benjamines, Catherine et Lydia, se montraient particulièrement assidues : étant plus évaporées que leurs aînées, il fallait bien, si rien de plus intéressant ne s'offrait, une promenade jusqu'à Meryton pour faire passer la matinée et alimenter les conversations de la soirée. Et malgré cette totale absence de nouveautés qui caractérise le plus souvent la vie de province, elles parvenaient toujours à soutirer à leur tante quelque cancan inédit. Pour le moment, d'ailleurs, elles ne risquaient guère de se trouver privées de ces plaisirs, grâce à l'arrivée encore récente d'un régiment de la garde nationale qui devait passer l'hiver dans les environs et dont Meryton était le quartier général.

Les entrevues de Mrs Philips et de ses nièces abondaient depuis en renseignements passionnants. Chaque jour qui passait enrichissait leur savoir quant au nom et à l'histoire de tous les officiers. Elles ne mirent pas longtemps à découvrir où chacun logeait, et elles finirent par faire la connaissance de ces intéressants jeunes gens. Mr Philips leur avait rendu visite à tous, révélant ainsi aux deux sœurs une source de joies encore insoupçonnées. Elles n'avaient plus que le mot « officier » à la bouche ; et la fortune considérable de Mr Bingley, dont la seule mention suffisait à mettre leur mère en transe, leur paraissait sans intérêt à côté d'un uniforme d'enseigne.

Après avoir essuyé leurs épanchements là-dessus pendant une matinée entière, Mr Bennet fit remarquer d'un ton froid :

«Si je m'en fie à vos sujets de conversation, vous devez être les deux plus grandes sottes du royaume. Cela faisait déjà quelque temps que je le subodorais, m'en voici à présent pleinement convaincu.»

Catherine, déconcertée, ne répondit rien, mais Lydia continua, avec la plus parfaite indifférence, à exprimer toute son admiration pour le capitaine Carter et son espoir de le rencontrer dans le courant de la journée, car il partait pour Londres le lendemain matin.

«Je m'étonne, mon cher, intervint Mrs Bennet, de vous voir si prompt à juger vos filles sottes. S'il fallait que je trouve à redire aux enfants de quelqu'un, ce ne serait toujours pas aux miens, par exemple.

– Si mes filles sont sottes, j'espère ne pas être le dernier à m'en apercevoir.

– Certes, mais il se trouve qu'elles sont, toutes les cinq, fort intelligentes.

– Il s'agit là, je m'en flatte, de notre seul et unique sujet de discorde. J'avais espéré que nous serions toujours et sur tout du même avis, vous et moi, mais je me vois aujourd'hui dans l'obligation de vous contredire, car je trouve nos deux plus jeunes filles suprêmement niaises.

– Voyons, mon cher Mr Bennet, vous ne voudriez quand même pas que ces petites se montrent aussi raisonnables que père et mère. Je suis sûre que quand elles auront notre âge, elles ne se soucieront pas plus des officiers que nous ne le faisons nous-mêmes. Je me rappelle encore le temps où j'aimais, moi aussi, les habits rouges... tenez, si je vous disais que je les aime toujours, dans le fond de mon cœur; je vous jure que si un élégant jeune colonel, possédant cinq ou six mille livres de rentes, venait me demander la main d'une de mes filles, je ne lui dirais pas non; et sachez qu'à mon avis l'uniforme du colonel Forster lui seyait à ravir, l'autre soir, chez Sir William.

– Maman, s'écria Lydia, figurez-vous que le colonel Forster et le capitaine Carter fréquentent beaucoup moins la boutique de Miss Watson qu'au début de leur séjour, à ce que dit ma tante. Elle les voit maintenant bien plus souvent à la librairie Clarke.»

La réponse de Mrs Bennet fut interrompue par l'entrée d'un serviteur venu remettre à Jane une lettre qu'on apportait de Netherfield. Le messager attendait la réponse. Mrs Bennet, les yeux brillants de plaisir, se mit à harceler sa fille de questions sans attendre qu'elle eût fini de lire.

«Eh bien, Jane, qui t'écrit? De quoi s'agit-il? Que te dit-il? Voyons, hâte-toi de tout nous raconter. Fais vite, mon ange.

– C'est un petit mot de Miss Bingley», répondit Jane, et elle lut à voix haute.

«Ma chère amie,

«Si vous n'avez pas la bonté de venir dîner avec

Louisa et moi, aujourd'hui même, nous risquons fort de nous haïr toute notre vie, car une journée entière de tête-à-tête entre deux femmes ne saurait se terminer sans querelle. Venez donc dès que possible, lorsque vous aurez reçu ceci. Mon frère et ces messieurs doivent dîner avec les officiers.

«Votre fidèle,

«Caroline Bingley.»

– Avec les officiers ! s'exclama Lydia. Je m'étonne que ma tante ne nous en ait rien dit.

– Il dîne dehors, se lamenta Mrs Bennet. Quelle malchance !

– Puis-je avoir la voiture ? demanda Jane.

– Non, ma chérie, il vaut mieux que tu prennes ton cheval, car il me semble qu'il va pleuvoir. Comme cela, tu seras obligée de passer la nuit là-bas.

– La manœuvre est astucieuse, reconnut Elizabeth, mais il faudrait être sûr qu'ils ne vont pas proposer de la faire ramener.

– Non pas, car les messieurs prendront la voiture de Mr Bingley pour aller jusqu'à Meryton, et les Hurst n'ont pas de chevaux pour la leur.

– Je préférerais vraiment y aller en voiture.

– Mais, ma chérie, je t'assure que ton père ne peut se passer des chevaux. On en a besoin à la ferme, n'est-ce pas, Mr Bennet ?

– Il arrive bien souvent qu'on en ait besoin là-bas, sans pouvoir les obtenir pour autant.

– Mais si vous les réquisitionnez aujourd'hui, vous faciliterez les desseins de ma mère», déclara Elizabeth.

Elle finit par faire admettre à son père que les chevaux n'étaient pas disponibles, si bien que Jane dut se résoudre à prendre son cheval de selle. Sa mère l'accompagna jusqu'à la porte, en lui prédisant d'un ton guilleret un temps exécrable. Ses espoirs ne furent pas déçus; Jane n'était pas partie depuis bien longtemps que la pluie se mettait à tomber dru. Ses sœurs n'étaient pas tranquilles, mais sa mère ne se départit pas de sa bonne humeur. Les averses persistèrent sans trêve toute la soirée; Jane ne pouvait certainement pas revenir.

«Quelle bonne idée j'ai eue là!» s'écria à plusieurs reprises Mrs Bennet, comme si elle eût été personnellement responsable des intempéries. Ce ne fut toutefois que le lendemain qu'elle put apprécier toute l'étendue de sa victoire. Les Bennet achevaient à peine leur petit déjeuner, lorsqu'un domestique de Netherfield apporta pour Elizabeth le billet suivant:

«Très chère Lizzy,

Je me sens fort mal ce matin, probablement parce que je me suis fait tremper jusqu'aux os hier. Mes bons amis refusent de me laisser rentrer chez nous tant que je n'irai pas mieux. Ils me pressent aussi de voir Mr Jones – alors ne vous inquiétez pas si vous entendez dire qu'il est venu m'ausculter; d'ailleurs, je ne souffre guère que d'un mal de gorge et d'une forte migraine.

Ta sœur, etc.»

«Eh bien, ma chère, dit Mr Bennet lorsque Elizabeth eut fini de leur lire cette missive, si votre fille tombe gravement malade et qu'elle vient à mourir, il nous sera aisé de nous consoler en nous disant que tout cela fut fait dans l'espoir d'appâter Mr Bingley et sur votre ordre exprès.

– Bah! Je ne me fais aucun souci pour elle. On ne meurt pas d'un méchant petit rhume. Elle sera très bien soignée, et tant qu'elle restera là-bas, tout ira pour le mieux. Si je pouvais disposer de la voiture, j'irais la voir moi-même.»

Elizabeth, que cette lettre avait alarmée pour de bon, était bien résolue à se rendre auprès de sa sœur, avec ou sans voiture; et comme elle n'avait rien d'une amazone, il ne lui restait plus qu'à aller à pied. Elle annonça son intention.

«Comment peux-tu être assez sotte pour y songer, avec toute cette boue? s'écria sa mère. Tu ne seras pas présentable lorsque tu arriveras là-bas.

– Je serai bien assez présentable pour Jane – c'est tout ce qui m'intéresse.

– Serait-ce une allusion, Lizzy, et faut-il que je fasse atteler? s'enquit son père.

– Non pas, non pas. Je ne cherche nullement à éviter cette marche. Qu'importe la distance lorsqu'on a une bonne raison de la couvrir ? Il n'y a que trois miles, je serai de retour pour le dîner.

– Dieu sait que j'admire la diligence que suscite ton altruisme, observa Mary, mais ne dit-on pas que notre raison doit toujours contrôler les impulsions de nos sentiments ? À mon avis, un effort ne devrait jamais être plus violent que ne l'exigent les circonstances.

– Nous allons t'accompagner jusqu'à Meryton », proposèrent Catherine et Lydia. Elizabeth accepta et les trois sœurs se mirent en route.

« Si nous nous dépêchons, dit Lydia chemin faisant, nous aurons peut-être l'occasion d'apercevoir le capitaine Carter avant son départ. »

À Meryton, elles se séparèrent. Les deux cadettes s'arrêtèrent chez l'épouse d'un des officiers, tandis qu'Elizabeth continuait seule sa route. Elle traversa à vive allure un champ après l'autre, escalada des clôtures, franchit d'un bond des flaques d'eau, avec une fougueuse impatience, et lorsqu'elle arriva enfin à portée de vue de Netherfield, ses chevilles étaient douloureuses, ses bas salis et son visage tout rose de chaleur.

On l'introduisit dans la petite salle à manger où toute la compagnie, sauf Jane, se trouvait réunie, et où son entrée fit sensation. Mrs Hurst et Miss Bingley avaient peine à croire qu'elle eût parcouru trois miles de si bon matin, par un temps aussi détestable et toute seule de surcroît. Elizabeth sentait bien, d'ailleurs, qu'elles ne l'en méprisaient que plus. Elles la reçurent, cependant, avec la plus grande courtoisie, et leur frère, quant à lui, se montra mieux que courtois : il fut bienveillant et affable. Mr Darcy, par contre, ne trouva pas grand-chose à lui dire, et Mr Hurst resta muet. Le premier était partagé entre son admiration pour le teint éclatant d'Elizabeth après pareil exercice, et une certaine réprobation, car il ne lui semblait pas que les circonstances justifiassent qu'elle fût venue de si loin sans être accompagnée. Le second n'avait que son repas en tête.

Elizabeth s'enquit de l'état de sa sœur, mais les nouvelles n'étaient guère rassurantes – Miss Bennet avait mal dormi et, bien qu'elle n'eût pas voulu rester au lit, elle était fort fiévreuse et trop mal en point pour quitter sa chambre. Elizabeth fut ravie d'être conduite auprès d'elle sans plus tarder, et Jane, que seule la crainte d'inquiéter ou de déranger sa sœur avait empêchée de lui dire, dans son billet, combien elle désirait cette visite, fut enchantée de la voir entrer. Elle n'était pourtant pas de force à soutenir une conversation, et lorsque Miss Bingley les eût laissées seules, elle ne sut que répéter combien elle était reconnaissante de toutes les bontés qu'on avait pour elle. Elizabeth l'écouta en silence.

Les maîtresses de maison vinrent les rejoindre dès la fin du petit déjeuner, et Elizabeth elle-même se prit à les trouver aimables lorsqu'elle vit de quelle affection et de quelles prévenances elles entouraient sa sœur. L'apothicaire arriva et, après avoir ausculté la malade, annonça, comme on pouvait s'y attendre, qu'elle souffrait d'un mauvais refroidissement dont il importait de venir à bout. Il lui conseilla de regagner son lit et promit diverses potions. Elle obtempéra sans protester, car les symptômes de fièvre empiraient et sa tête la faisait cruellement souffrir. Elizabeth ne quitta pas sa chambre un seul instant, et les deux autres dames y passèrent, elles aussi, le plus clair de leur temps. Les messieurs étant sortis, elles n'avaient rien de mieux à faire ailleurs.

Lorsque trois heures sonnèrent, Elizabeth se sentit dans l'obligation de partir et annonça son intention bien à contrecœur. Miss Bingley lui proposa leur voiture qu'elle ne se fit pas trop prier pour accepter, mais à l'idée de se séparer de sa sœur, Jane manifesta une si vive agitation que Miss Bingley dut transformer son offre de voiture en une invitation à passer les jours suivants à Netherfield. Elizabeth y consentit volontiers et l'on dépêcha à Longbourn un serviteur chargé de communiquer la nouvelle aux Bennet et de rapporter des vêtements de rechange.

Chapitre VIII

À cinq heures, les dames de la maison se retirèrent, afin d'aller faire toilette, et à six heures et demie on vint annoncer à Elizabeth que le dîner était servi. Il lui fut toutefois impossible de répondre favorablement aux questions courtoises qui l'assaillirent alors de toutes parts et qui lui permirent de constater, non sans plaisir, que Mr Bingley était de loin le plus empressé. Jane n'allait pas mieux, au contraire. À ces mots, les deux sœurs s'écrièrent à trois ou quatre reprises qu'elles étaient profondément navrées, qu'il était tout à fait odieux d'avoir un mauvais rhume et qu'elles-mêmes avaient une sainte horreur de la maladie ; après quoi elles n'y pensèrent plus ; et leur visiteuse put se repaître de toute son ancienne antipathie, en voyant à quel point Jane leur était indifférente dès qu'elles ne l'avaient plus sous les yeux.

Leur frère fut, à vrai dire, la seule personne de la maison dont elle eut à se louer. Son inquiétude pour Jane était évidente, et sa sollicitude envers elle-même fort agréable; et elles parvinrent presque à lui faire oublier que tous les autres la considéraient, à ce qu'elle pensait, comme une intruse. Il fut à peu près le seul à lui prêter attention. Miss Bingley était accaparée par ses devoirs envers Mr Darcy, et sa sœur ne l'était guère moins. Quant à Mr Hurst, son voisin de table, c'était un homme indolent qui ne vivait que pour manger, boire et jouer aux cartes et qui, lorsqu'il eut compris qu'elle préférait un simple rôti à un ragoût, ne trouva plus rien à lui dire.

Dès la fin du repas, Elizabeth remonta au chevet de sa sœur, et à peine eut-elle quitté la pièce que Miss Bingley se mit en devoir de la vilipender. La visiteuse possédait, assura-t-elle, des manières exécrables qui reflétaient un fâcheux mélange d'orgueil et d'impertinence; elle n'avait pas plus de conversation que de goût, d'élégance ou de beauté. Mrs Hurst partageait cet avis, et elle renchérit:

«Bref, je ne lui connais aucune qualité, si ce n'est d'être une excellente marcheuse. Je ne suis pas près d'oublier son arrivée de ce matin! Sans mentir, elle avait presque l'air d'une démente.

– Tu as parfaitement raison, Louisa. J'ai eu le plus grand mal à garder mon sérieux. D'ailleurs, sa visite ne rimait à rien! Pourquoi faut-il qu'elle galope par monts et par vaux parce que sa sœur est enrhumée? Et qu'elle se présente chez les gens hirsute, les cheveux tout ébouriffés?

- Précisément. Et son jupon ! J'espère que tu as remarqué son jupon, couvert de boue sur six pouces au moins ; et la robe censée le dissimuler à nos regards ne remplissait pas du tout son office.

– Tu nous traces peut-être un portrait tout à fait fidèle, Louisa, intervint Bingley, mais je dois t'avouer que je n'ai rien vu de tout cela. Pour ma part, j'ai trouvé Miss Elizabeth Bennet spécialement en beauté lorsqu'elle est entrée dans la petite salle à manger ce matin. Son jupon sale m'a totalement échappé.

– Mais *vous*, vous l'avez remarqué, n'est-ce pas, Mr Darcy ? lança Miss Bingley. J'ai bien l'impression que vous n'aimeriez pas voir *votre sœur* se donner ainsi en spectacle.

– Certainement pas.

– Parcourir trois ou quatre ou cinq miles, je ne sais combien il y en a, dans la boue jusqu'aux mollets, et seule, sans la moindre escorte ! Est-ce une façon de se tenir ? Il me semble que cela dénote une espèce d'esprit d'indépendance et une suffisance parfaitement détestables, et un manque de respect pour le décorum qui sent bien sa provinciale.

– Cela dénote aussi une affection pour sa sœur qui fait plaisir à voir, rétorqua Bingley.

– J'ai bien peur, Mr Darcy, poursuivit Miss Bingley à mi-voix, que cette mésaventure n'ait fâcheusement entamé votre admiration pour ses beaux yeux.

– Pas le moins du monde, répliqua-t-il. La promenade en avait avivé l'éclat.»

Cette déclaration fut suivie d'un court silence, puis Mrs Hurst reprit:

«J'ai la plus grande estime pour Jane Bennet, elle est vraiment tout à fait charmante, et je souhaiterais, de tout mon cœur, la voir bien mariée. Mais avec de tels parents et une famille aussi vulgaire, je crains qu'il n'y faille point songer.

– Je crois t'avoir entendue dire que leur oncle est notaire à Meryton?

– Oui, et elles en ont un autre qui habite aux environs de Cheapside.

– Voilà qui arrange tout! repartit sa sœur, et elles éclatèrent de rire.

– Cheapside tout entier pourrait bien être peuplé de leurs oncles qu'elles n'en seraient pas moins charmantes d'un iota, s'emporta Bingley.

– Certes, mais cela doit forcément amoindrir de façon considérable leurs chances d'épouser des hommes de quelque importance dans le monde», déclara Darcy.

Bingley ne trouva rien à répondre; mais ses deux sœurs s'empressèrent de faire chorus, et continuèrent, pendant quelque temps encore, à se divertir aux dépens de la famille si commune de leur chère amie.

Prises, cependant, d'un nouvel accès de tendresse au sortir de table, elles se rendirent dans sa chambre, en attendant le café. Jane allait toujours fort mal, et sa cadette refusa de la quitter avant une heure avancée de la soirée. Elle eut alors la satisfaction de la voir s'endormir, et il lui parut convenable, sinon agréable, de descendre retrouver ses hôtes. Lorsqu'elle pénétra dans le salon, elle les trouva tous occupés à jouer à la Mouche, et elle fut aussitôt invitée à se joindre à eux, mais elle déclina cette offre, car elle les soupçonnait de jouer gros ; se réfugiant derrière ses devoirs de garde-malade, elle expliqua qu'elle passerait à lire les brefs instants dont elle disposait. Mr Hurst la regarda, tout surpris.

« Vous préférez lire plutôt que de jouer aux cartes ? s'étonna-t-il. Voilà qui est tout à fait singulier.

– Miss Eliza Bennet méprise les jeux de cartes, dit Miss Bingley. C'est une dévoreuse de livres, et rien d'autre ne lui plaît.

– Je ne mérite pas plus le compliment que le blâme, protesta Elizabeth. Je ne dévore pas les livres et beaucoup d'autres choses me plaisent.

– Je suis certain, en tout cas, que vous prenez plaisir à soigner votre sœur, glissa Bingley, et j'espère que vous aurez bientôt la satisfaction de la voir tout à fait rétablie. »

Elizabeth le remercia du fond du cœur, avant de se diriger vers une table sur laquelle étaient posés plusieurs volumes. Bingley offrit aussitôt d'aller lui en chercher d'autres ; tous ceux que contenait sa bibliothèque.

«Et je voudrais, tant pour votre amusement que pour ma réputation, que leur nombre fût plus important; mais je ne suis qu'un bon à rien, et j'ai beau avoir peu de livres, je suis pourtant loin de les avoir tous lus.»

Elizabeth lui assura qu'elle pouvait fort bien s'accommoder de ceux qui se trouvaient là.

«Je m'étonne, fit observer Miss Bingley, que mon père n'ait laissé qu'une si modeste bibliothèque. La vôtre, à Pemberley, est admirable, Mr Darcy!

– C'est la moindre des choses, répondit-il, car elle est le fruit des efforts de plusieurs générations

– Et vous-même l'avez énormément étoffée.. vous n'arrêtez pas d'acheter des livres.

– C'est que je ne conçois pas qu'on puisse, à notre époque, négliger une bibliothèque de famille.

– Négliger! Je suis sûre que vous ne négligez rien de ce qui peut embellir encore ce noble endroit. Charles, quand tu feras bâtir ta demeure, j'espère seulement que tu sauras lui donner un peu de la beauté de Pemberley.

– Je l'espère aussi.

– Mais, trêve de plaisanteries, je te conseille vraiment d'acquérir une terre dans la même région et de prendre, en quelque sorte, Pemberley pour modèle. Pas un comté d'Angleterre ne vaut le Derbyshire.

– Très volontiers: j'achète même Pemberley, si Darcy est vendeur.

– Je te parle de ce qui est possible, Charles.

– Ma parole, Caroline, je crois bien qu'il serait plus facile de se procurer Pemberley en l'achetant qu'en l'imitant. »

Elizabeth était si absorbée par cette conversation qu'elle en oubliait son livre. Elle finit, d'ailleurs, par l'abandonner tout à fait pour se rapprocher de la table de jeu, où elle s'installa entre Mr Bingley et sa sœur aimée, afin d'observer la partie.

« Miss Darcy a-t-elle beaucoup grandi, depuis le printemps ? demanda Miss Bingley. Sera-t-elle aussi grande que moi ?

– Je le pense. Pour le moment, elle est à peu près de la taille de Miss Elizabeth Bennet, peut-être même un peu plus grande.

– Je meurs d'envie de la revoir ! Je ne connais personne d'aussi délicieux. Quelle noble allure ! Quelles manières exquises ! Et puis c'est une jeune fille qui possède de si multiples talents pour son âge. Elle joue du piano à ravir.

– Je reste toujours ébahi, déclara Bingley, par la patience qu'il doit falloir à toutes les jeunes filles pour acquérir leurs innombrables talents.

– Allons donc, voilà que toutes les jeunes filles possèdent d'innombrables talents à présent ! Mon cher Charles, que nous chantes-tu là ?

– Mais oui, toutes, je t'assure. Elles savent toutes peindre des dessus-de-table, recouvrir des paravents et tricoter des bourses. Je n'en connais pas une, pour ainsi dire, qui n'en soit capable, et je te donne ma parole que jamais on ne m'a présenté à une inconnue sans me préciser aussitôt qu'elle possédait tous les talents.

– Ta liste de ce que l'on range d'ordinaire parmi les talents de société n'est que trop exacte, observa Darcy. C'est en effet bien souvent le terme qu'on emploie à propos de femmes qui ne le méritent justement que parce qu'elles ont tricoté une bourse ou recouvert un paravent; mais je suis loin de partager ton opinion quant au mérite de ces dames en général. Je ne puis, pour ma part, me vanter d'en compter, parmi tout l'éventail de mes relations, plus d'une demi-douzaine qui soient, véritablement, des femmes du monde accomplies.

– Moi non plus, c'est certain, renchérit Miss Bingley.

– Dans ce cas, nota Elizabeth, vous devez inclure dans l'idée que vous vous faites de la femme du monde accomplie une infinité de qualités.

– Mais oui, j'en inclus, en effet, énormément.

– Cela va sans dire, s'écria sa fidèle acolyte. On ne saurait tenir pour accomplie une femme qui ne sorte nettement de l'ordinaire. Si elle veut prétendre à ce titre, elle doit avoir, tout d'abord, une parfaite maîtrise de la musique, du chant, du dessin, de la danse et des langues vivantes. Puis elle doit posséder, en outre, un certain je-ne-sais-quoi dans son allure, le ton de sa voix, sa façon de marcher, de parler et de s'exprimer, sans quoi elle ne le méritera encore qu'à demi.

– Elle doit, en effet, posséder tout ce que vous dites, reprit Darcy, mais elle doit aussi y ajouter quelque chose de plus substantiel en cultivant son esprit par des lectures étendues.

– À présent, je ne m'étonne plus que vous n'en connaissiez que six. J'aurais plutôt tendance à m'émerveiller que vous en connaissiez une seule.

– Avez-vous donc une si piètre opinion de votre sexe que vous jugiez la tâche impraticable?

– J'avoue que je n'ai jamais, pour ma part, rencontré une telle femme. Jamais je n'ai vu, réunis chez une seule personne, les capacités, le goût, le zèle et l'élégance que vous me décrivez.»

Mrs Hurst et Miss Bingley se récrièrent toutes les deux contre l'injustice de telles réserves, et elles commençaient à protester qu'elles avaient parmi leurs amies des myriades de femmes répondant à cette description, lorsque Mr Hurst les rappela au jeu en se plaignant amèrement de leur inattention. Ceci mit fin à toute conversation, et Elizabeth quitta la pièce peu après.

«Eliza Bennet, déclara Miss Bingley dès que la porte se fut refermée, est de ces jeunes personnes qui cherchent à se faire valoir auprès du sexe fort en dénigrant le leur; et je veux bien croire que beaucoup d'hommes s'y laissent prendre; mais, si vous m'en croyez, il ne s'agit là que d'un artifice fort mesquin et d'un méchant stratagème.

– Il entre, sans aucun doute, répondit Darcy, à qui s'adressait surtout ce discours, de la mesquinerie dans tous les artifices auxquels s'abaissent parfois les dames pour captiver les cœurs masculins. Tout ce qui s'apparente à de la ruse est méprisable. »

Cette réponse ne fut pas suffisamment au goût de son interlocutrice pour l'encourager à poursuivre.

Elizabeth les rejoignit encore une fois pour annoncer que l'état de sa sœur s'était aggravé et qu'elle n'osait plus la quitter. Bingley insista pour qu'on allât sans attendre quérir Mr Jones, tandis que ses sœurs, convaincues de l'incompétence d'un apothicaire de campagne, recommandaient d'envoyer un exprès à l'un des plus éminents praticiens de la capitale. Elizabeth refusa d'en entendre parler, mais elle répugnait moins à céder à l'offre de leur frère. On décida, finalement, de faire venir Mr Jones à la première heure le lendemain si l'état de la patiente ne s'était pas sensiblement amélioré d'ici là. Bingley était bourrelé d'inquiétudes, et ses sœurs firent savoir qu'elles étaient au désespoir. Elles parvinrent néanmoins à apaiser leur chagrin en chantant quelques duos après le souper, tandis que leur frère ne trouva un peu de réconfort qu'en ordonnant à son intendante de veiller à ce que la malade et sa sœur fussent entourées de toutes les marques d'attention possibles.

Chapitre IX

Elizabeth passa la plus grande partie de la nuit dans la chambre de sa sœur, et le lendemain matin elle eut la satisfaction de faire parvenir une réponse plutôt favorable à Mr Bingley tout d'abord, par l'entremise de la domestique venue, de très bonne heure, prendre des nouvelles de sa part ; puis, un peu plus tard, à ses sœurs, par le truchement des deux élégantes personnes qui les servaient. Toutefois, en dépit de cette amélioration, elle demanda que l'on voulût bien expédier à Longbourn un billet par lequel elle priait sa mère de venir juger par elle-même de l'état de Jane. La missive partit aussitôt et la requête qu'elle contenait fut exaucée sans tarder : Mrs Bennet, accompagnée de ses deux plus jeunes filles, se présenta à Netherfield peu après le petit déjeuner.

Si Jane avait couru le moindre danger, sa mère aurait été au désespoir. Mais une fois assurée que la maladie de sa fille aînée n'avait rien d'alarmant, elle perdit tout désir de la voir se rétablir trop promptement, puisque son retour à la santé devait selon toute probabilité coïncider avec son départ de Netherfield. Elle fit, par conséquent, la sourde oreille aux prières de Jane, qui souhaitait être ramenée chez elle. Au demeurant, l'apothicaire, arrivé presque en même temps que Mrs Bennet, ne jugeait pas non plus la chose indiquée. Après s'être attardées un court instant au chevet de la malade, la mère et ses trois filles valides suivirent Miss Bingley dans la petite salle à manger lorsqu'elle vint les y convier. Elles y retrouvèrent Mr Bingley, qui exprima aussitôt l'espoir que Mrs Bennet n'avait pas trouvé sa fille plus souffrante qu'elle ne s'y attendait.

« Oh, que si, monsieur, répondit-elle. Elle est beaucoup trop mal en point pour qu'on puisse la transporter. Mr Jones dit qu'il n'y faut point songer. Nous allons donc être dans l'obligation d'abuser un peu plus longtemps de votre hospitalité.

– La transporter ! s'écria Bingley. Mais c'est hors de question ! Je suis sûr que ma sœur refusera d'en entendre parler.

– Vous pouvez être certaine, madame, que Miss Bennet recevra les meilleurs soins possibles tant qu'elle restera parmi nous », assura Miss Bingley sur un ton de politesse glacée.

Mrs Bennet se confondit en remerciements.

« Je vous assure, ajouta-t-elle, que si elle n'avait pas d'aussi excellents amis, je ne sais ce qu'il adviendrait d'elle, car elle est très malade et souffre affreusement. Mais elle supporte son mal avec une patience d'ange, comme toujours, du reste, car elle possède sans conteste le caractère le plus doux que je connaisse. Je dis souvent à mes autres filles qu'elles ne lui arrivent pas à la cheville. Vous avez là, Mr Bingley, une bien jolie salle à manger, et cette vue sur le petit sentier de gravier est charmante. Il n'y a pas, dans toute la contrée, une seule demeure qui vaille Netherfield. J'espère que vous ne serez pas pressé de nous quitter, bien que votre bail soit si court.

– Tout ce que je fais, je le fais en homme pressé, répondit-il. Par conséquent, si je me décidais un jour à quitter Netherfield, je serais probablement parti en moins de cinq minutes. Pour le moment, cependant, je m'y considère comme tout à fait fixé.

– C'est exactement le genre de réaction que je vous aurais prêté, s'écria Elizabeth.

– Tiens, tiens, commenceriez-vous à me connaître? demanda-t-il en se tournant vers elle.

– Mon Dieu, oui… Je crois vous connaître parfaitement.

– J'aimerais prendre cela pour un compliment, mais il me paraît pitoyable d'être aussi aisément percé à jour.

– Cela dépend. Il ne s'ensuit pas forcément qu'une personnalité secrète et compliquée est plus ou moins estimable qu'une personnalité telle que la vôtre.

– Lizzy, interrompit sa mère, je te prie de te rappeler où tu es et de ne pas discourir à tort et à travers, comme on te permet de le faire à la maison.

– Je ne m'étais pas rendu compte, continua aussitôt Bingley, que vous observiez les caractères. Ce doit être une étude fort distrayante.

– Oui, mais les caractères les plus compliqués sont les plus divertissants. Ils ont au moins cet avantage.

– La vie provinciale, remarqua Darcy, ne peut fournir en général qu'un nombre limité de sujets pour ce genre d'étude. Dans une communauté de province, on évolue au sein d'une société extrêmement restreinte et peu variée.

– Oui, mais les gens eux-mêmes changent tellement que l'on trouve perpétuellement quelque nouveauté à observer chez eux.

– Ah, ma foi oui ! s'écria Mrs Bennet, vexée d'entendre le jeune homme parler ainsi de la province. Je vous certifie que sous ce rapport, la campagne vaut bien la ville. »

Tout le monde resta ébahi, et Darcy, après un regard appuyé, se détourna sans un mot. Mrs Bennet, qui s'imaginait avoir remporté sur lui une victoire sans appel, voulut parfaire son triomphe.

« Quant à moi, je ne vois pas en quoi Londres est tellement supérieure à la province, si ce n'est par ses boutiques et ses édifices publics. La campagne est infiniment plus agréable, ne trouvez-vous pas, Mr Bingley ?

– Quand je suis à la campagne, déclara-t-il, je voudrais n'en jamais repartir ; et quand je suis en ville, c'est à peu près la même chose. Chacune a ses avantages et je puis y être également heureux.

– Oui-da, parce que vous possédez une heureuse nature. Mais ce monsieur (en regardant Darcy) semblait insinuer que la province ne valait rien du tout.

– Voyons, ma mère, vous vous trompez, intervint Elizabeth, rouge de confusion. Vous n'avez pas du tout compris Mr Darcy. Il a simplement voulu dire qu'il n'y a pas en province une aussi grande variété de gens qu'à Londres, et vous devez bien reconnaître qu'il a raison.

– Certainement, mon petit, personne n'a jamais prétendu le contraire. Mais quant à dire qu'on ne rencontre personne dans notre voisinage... Je crois bien qu'il n'en existe guère de plus vaste, et je sais que nous sommes reçus chez vingt-quatre familles. »

Ce fut uniquement par compassion pour Elizabeth que Bingley parvint à garder son sérieux. Sa sœur, moins discrète, tourna le regard vers Mr Darcy avec un sourire qui en disait long. Elizabeth, désireuse de changer de sujet au plus vite, demanda à sa mère si Charlotte Lucas était venue à Longbourn en son absence.

« Oui, elle est venue hier, avec son père. Sir William est un voisin si charmant, n'est-ce pas, Mr Bingley ? Et puis c'est un homme du monde consommé, le comble du raffinement et de l'amabilité. Il trouve toujours quelque chose à dire à chacun. Voilà ce que j'appelle du savoir-vivre, et tous ces gens qui se croient si importants et qui n'ouvrent jamais la bouche se trompent du tout au tout.

– Charlotte a-t-elle dîné avec vous ?

– Non, elle a préféré rentrer chez elle. J'ai cru comprendre qu'on avait besoin d'elle pour les petits pâtés. Pour ma part, Mr Bingley, je n'emploie que des serviteurs capables de faire leur travail sans l'aide de personne ; mes filles ne sont pas élevées de la sorte. Mais chacun est libre d'agir à sa guise, et les petites Lucas sont tout à fait gentilles, je vous assure. Il est bien dommage qu'elles ne soient point jolies ! Non pas que je trouve Charlotte tellement ingrate, mais il faut dire que nous sommes tout spécialement liées avec elle.

– Elle m'a paru fort aimable, dit Bingley.

– Certes, oui, mais avouez qu'elle est bien laide. Lady Lucas elle-même me l'a souvent dit et m'a envié la beauté de Jane. Dieu sait que je n'aime guère chanter les louanges de mes propres enfants, mais il faut bien dire que Jane – bref, ce n'est pas tous les jours qu'on en voit d'aussi belles. C'est ce que tout le monde dit, en tout cas, je ne me fie pas qu'à mon parti pris. Tenez, alors qu'elle n'avait que quinze ans, il y avait chez mon frère Gardiner, à Londres, un monsieur si épris d'elle que ma belle-sœur était convaincue qu'il allait lui demander sa main avant son départ. Mais, pour finir, il ne l'a pas fait. Sans doute la trouvait-il trop jeune. Il a tout de même écrit en son honneur quelques vers fort bien tournés, ma foi.

– Et qui mirent un terme à sa passion, ajouta Elizabeth, impatientée. Et ce n'était pas, si vous m'en croyez, la première passion dont on triomphait de la sorte. Je me demande qui a le premier découvert combien la poésie est efficace pour chasser l'amour.

– J'ai toujours appris à considérer que l'amour se nourrissait au contraire de poésie, protesta Darcy.

– Un grand bel amour en pleine santé, peut-être. Tout profite à ce qui est déjà fort. Mais s'il ne s'agit que d'un petit penchant chétif, je suis persuadée qu'un bon sonnet doit en venir à bout. »

Darcy se contenta de sourire ; et un silence général s'installa, qui fit frémir Elizabeth, car elle craignait de voir sa mère se couvrir encore de ridicule. Elle aurait voulu faire diversion, mais ne trouvait rien à dire ; au bout de quelques instants, Mrs Bennet se mit à remercier encore une fois leur hôte de toutes ses bontés pour Jane, en le priant d'excuser le dérangement supplémentaire que lui causait la présence de Lizzy. Mr Bingley lui répondit avec une courtoisie sincère, et il obligea sa sœur à suivre son exemple et à prononcer les formules d'usage. Elle s'exécuta de fort mauvaise grâce, mais Mrs Bennet ne s'en formalisa point et fit bientôt demander sa voiture. À ce signal, sa plus jeune fille s'avança. Kitty et elle avaient passé toute la visite à chuchoter ensemble, et le résultat de leurs conciliabules était que la benjamine devait rappeler à Mr Bingley qu'il avait promis, à sa première apparition publique, de donner un bal à Netherfield.

Lydia était une grande et forte fille de quinze ans, au teint éclatant. Son caractère enjoué en avait fait la préférée de sa mère, à l'affection de qui elle devait son entrée si précoce dans le monde. Elle était pleine de vie et d'entrain et possédait un sentiment inné de sa propre importance que les attentions des officiers, séduits à la fois par les bons dîners de l'oncle et les manières ouvertes de la nièce, avaient transformé en véritable assurance. Elle était donc tout à fait de taille à entreprendre Mr Bingley sur un tel sujet, et elle lui rappela de but en blanc sa promesse, ajoutant que ce serait une honte pour lui que d'y manquer. La réponse du jeune homme à cette brusque attaque mit du baume au cœur de Mrs Bennet.

«Je suis tout disposé, je vous l'assure, à respecter mes engagements, et dès que votre sœur sera rétablie, je compte sur vous-même pour fixer la date du bal. Mais vous n'auriez sûrement pas le cœur d'aller danser alors qu'elle est souffrante.»

Lydia se déclara parfaitement tranquillisée.

«Vous avez raison, il vaut beaucoup mieux attendre que Jane soit remise, d'autant que cela permettra au capitaine Carter de revenir à temps à Meryton. Et puis, lorsque vous aurez donné votre bal, ajouta-t-elle, j'insisterai pour que les officiers nous en donnent un, eux aussi. Je dirai au colonel Forster qu'il serait indigne de vouloir s'y soustraire. »

Sur ces mots, Mrs Bennet et ses cadettes prirent congé. Elizabeth en profita pour remonter aussitôt au chevet de sa sœur, abandonnant sa conduite et celle de sa famille aux commentaires des deux dames de la maison et de Mr Darcy. Rien ne put, cependant, inciter ce dernier à se joindre aux critiques formulées contre elle, malgré tous les traits d'esprit que Miss Bingley put lui décocher sur les *beaux yeux*.

Chapitre X

Cette journée ne différa guère de la précédente. Mrs Hurst et Miss Bingley vinrent passer toute une partie de la matinée auprès de la malade, dont l'état s'améliorait lentement, et, dans la soirée, Elizabeth rejoignit ses hôtes au salon. La table de jeu, cependant, resta où elle était. Mr Darcy écrivait une lettre à sa jeune sœur, et Miss Bingley, assise à ses côtés, surveillait la vitesse à laquelle il progressait, prête à détourner son attention à tout propos par des messages à Miss Darcy. Mr Hurst et Mr Bingley jouaient au piquet sous le regard intéressé de Mrs Hurst.

Elizabeth sortit son ouvrage, et les bribes qui lui parvenaient de la conversation entre Darcy et sa compagne suffirent à la distraire. Les compliments incessants dont Miss Bingley abreuvait le jeune homme, que ce fût sur son écriture, sur la régularité de ses lignes ou encore sur la longueur de sa lettre, et l'indifférence totale avec laquelle il recevait ses louanges formaient un étrange dialogue qui concordait fort bien avec l'opinion qu'elle avait de chacun.

« Que Miss Darcy va donc être contente de recevoir une telle lettre ! »

Pas de réponse.

« Vous écrivez à une vitesse remarquable.

– Vous vous trompez, j'écris plutôt lentement.

– Que de lettres vous devez avoir ainsi l'occasion d'écrire au cours d'une année ! Sans compter les lettres d'affaires ! Moi, je trouverais cela odieux !

– Il est donc fort heureux qu'elles m'incombent, plutôt qu'à vous.

– Dites, je vous prie, à votre sœur que j'ai hâte de la revoir.

– Je le lui ai déjà dit une fois, comme vous me l'aviez demandé.

– J'ai bien peur que votre plume ne soit pas à votre convenance. Permettez-moi de la tailler. C'est une chose que je fais à ravir.

– Je vous remercie, mais je les taille toujours moi-même.

– Comment faites-vous pour écrire si régulièrement ? »

Silence.

« Dites à votre sœur que je suis charmée des progrès qu'elle fait à la harpe. Et faites-lui savoir, s'il vous plaît, que je suis tout à fait transportée d'admiration par son ravissant petit projet de dessus-de-table que je trouve infiniment supérieur à celui, de Miss Grantley.

– Me permettrez-vous de remettre vos transports à ma prochaine lettre? Pour le moment, je n'ai pas assez de place pour les exprimer convenablement.

– Oh, cela n'a aucune importance. Je la verrai en janvier. Mais, dites-moi, Mr Darcy, lui écrivez-vous toujours des lettres aussi longues et aussi délicieuses?

– Elles sont longues, en général, mais il ne m'appartient pas de décider si elles sont toujours délicieuses.

– Je tiens pour une règle absolue que si l'on peut écrire sans peine une longue lettre, elle ne peut être qu'intéressante à lire.

– Voilà un compliment qui ne convient pas du tout à Darcy, Caroline, lança Bingley, car il n'écrit *pas* sans peine. Il cherche à caser trop de mots de quatre syllabes, n'est-ce pas, Darcy?

– Il est certain que nos styles sont fort différents.

– Oh, quant à cela, protesta Miss Bingley, Charles est le correspondant le plus brouillon que je connaisse. Il oublie la moitié des mots et rature l'autre.

– Mes idées se succèdent avec une telle rapidité que je n'ai même pas le temps de les exprimer... si bien que mes correspondants, eux, finissent par n'avoir aucune idée de ce que je leur raconte.

– Mr Bingley, déclara Elizabeth, votre modestie ne peut que désarmer la critique.

– Rien n'est plus trompeur, fit observer Darcy, qu'un faux-semblant de modestie. Quand il ne masque pas l'indigence intellectuelle, il n'est le plus souvent qu'une vantardise détournée.

– Et que cache, à ton avis, mon récent petit accès de modestie ?

– La vantardise. Tu es, en réalité, très fier de tes défauts épistolaires, car ils proviennent, à ce que tu penses, d'une rapidité de pensée et d'un manque de soin dans l'exécution qui, s'ils ne sont pas à proprement parler admirables, ne t'en semblent pas moins du plus haut intérêt. Pouvoir faire n'importe quoi avec rapidité est un talent que l'on se félicite toujours de posséder, et ce sans consentir à remarquer les imperfections du résultat final. Ainsi, lorsque tu as déclaré ce matin à Mrs Bennet que si tu te décidais jamais à quitter Netherfield, tu serais parti en moins de cinq minutes, c'était une espèce de panégyrique, de couronne que tu te tressais ; et pourtant, que pourrait avoir de si louable une précipitation qui t'obligerait à négliger des détails importants et qui ne pourrait être d'aucune utilité ni à toi ni à personne ?

– Ah non, c'est trop fort ! s'écria Bingley. Il est insupportable de s'entendre rappeler le soir toutes les âneries que l'on a pu débiter le matin. Note bien que j'étais persuadé, sur mon honneur, de ne dire que la stricte vérité, et que je le suis encore. J'ai donc au moins le mérite de ne pas avoir usurpé le masque de la précipitation inutile dans le seul but de me faire valoir auprès des dames.

– Je veux bien croire que tu étais sincère, mais, vois-tu, je ne suis pas du tout convaincu que tu partirais, en fait, si soudainement. De tous ceux que je connais, tu es l'homme dont la conduite dépendrait le plus du hasard. Et si, comme tu montais à cheval, un ami venait à te dire: "Bingley, il vaut mieux attendre la semaine prochaine", tu suivrais fort probablement son conseil – tu ne partirais point – et, s'il t'en priait, tu resterais encore un mois entier.

– Vous venez tout simplement de démontrer que Mr Bingley ne rendait pas du tout justice à son bon naturel, déclara Elizabeth, et vous avez tracé de lui un portrait beaucoup plus flatteur qu'il ne l'a fait lui-même.

– Je vous suis fort reconnaissant, lui dit Bingley, de transformer les paroles de mon ami en un compliment sur la douceur de mon caractère, mais je crains que vous ne leur donniez là un tour qui ne soit pas du tout au goût de ce monsieur. Car il aurait certainement une bien meilleure opinion de moi si, dans ces circonstances, j'opposais un refus catégorique avant de m'éloigner dans un nuage de poussière.

– Mr Darcy estimerait-il alors que la légèreté de votre décision initiale serait, en quelque sorte, rachetée par votre opiniâtreté à vous y tenir?

– Ma foi, je serais fort en peine de vous expliquer le pourquoi du comment… il vaut mieux que Darcy le fasse lui-même.

– Tu voudrais que je justifie une opinion que tu as choisi de me prêter, mais à laquelle je n'ai jamais souscrit. Cependant, en admettant que les circonstances soient telles que vous les imaginez tous deux, songez donc, Miss Bennet, que l'ami qui est censé lui demander de rentrer chez lui et de remettre ses projets à plus tard s'est contenté d'exprimer un désir, de présenter une requête sans offrir un seul argument en faveur de son opportunité.

– À vos yeux, il n'est donc pas méritoire de céder volontiers aux instances d'un ami ?

– Céder sans raison ne fait honneur à l'intelli gence de personne.

– Il me semble, Mr Darcy, que vous ne donnez aucun poids à l'amitié et à l'affection. L'estime que nous portons à celui qui nous l'adresse nous incite souvent à céder de bon cœur à une prière, sans attendre de nous laisser convaincre à grand renfort d'arguments. Je ne parle pas du cas particulier que vous avez imaginé pour Mr Bingley. Mieux vaut peut-être attendre qu'il se présente avant de mettre en cause la sagesse de son hypothétique conduite. Mais dans des cas généraux et ordinaires, entre deux amis dont l'un est prié par l'autre de modifier une décision de peu d'importance, auriez-vous vraiment une piètre opinion de la personne en question, si elle exauçait ce souhait sans attendre un déluge de raisons ?

– Ne serait-il pas préférable, avant de poursuivre cette discussion, de préciser plus exactement le degré d'importance de la requête, ainsi que le pied d'intimité sur lequel sont censés se trouver nos deux protagonistes ?

– Absolument ! approuva Bingley. Que l'on nous donne tous les détails, sans oublier la taille et la corpulence respectives des deux individus, car ces éléments joueront dans l'affaire un rôle dont vous ne soupçonnez peut-être pas toute l'importance, Miss Bennet. Je vous garantis que si Darcy ne me dépassait pas de plusieurs têtes, je ne lui témoignerais pas autant de déférence. D'ailleurs, je puis bien vous dire que je n'ai rien vu de plus lamentable que lui en certains endroits et dans certaines situations, tout spécialement chez lui, le dimanche soir, lorsqu'il n'a rien à faire. »

Mr Darcy sourit, mais Elizabeth crut s'apercevoir qu'il était passablement vexé, si bien qu'elle modéra son hilarité. Miss Bingley, visiblement outrée de l'entendre traiter aussi cavalièrement, accusa vertement son frère de ne proférer que des sottises.

« Je vois où tu veux en venir, Bingley, affirma son ami. Tu n'aimes guère les discussions et tu veux mettre un terme à celle-ci.

– C'est possible. Les discussions ressemblent trop à des disputes, et si Miss Bennet et toi voulez bien suspendre la vôtre jusqu'à ce que j'aie quitté la pièce, je vous en saurai gré. Vous pourrez alors dire de moi tout le mal que vous voudrez.

– Ce que vous demandez là, assura Elizabeth, ne requiert de ma part aucun sacrifice. Mr Darcy ferait beaucoup mieux de terminer sa lettre. »

Mr Darcy suivit ce conseil et reprit, en effet, sa plume.

Lorsqu'il eut mis le point final, il pria Miss Bingley et Elizabeth de les régaler d'un peu de musique. Miss Bingley se précipita au piano et, après avoir poliment prié son invitée de commencer, offre que cette dernière s'empressa de décliner avec une égale courtoisie et une tout autre fermeté, elle s'y installa.

Mrs Hurst vint chanter avec sa sœur, et, tandis qu'elles étaient ainsi occupées, Elizabeth ne put manquer de remarquer, tout en feuilletant quelques partitions qui se trouvaient sur l'instrument, avec quelle fréquence le regard de Mr Darcy venait se poser sur elle. Elle ne pensait guère pouvoir mériter l'admiration d'un personnage aussi insigne; pourtant il était encore plus étrange d'imaginer qu'il la regardait parce qu'elle lui déplaisait. Elle finit par s'expliquer la chose en se disant qu'elle attirait son attention parce qu'il discernait dans son apparence, plus que dans celle des autres personnes présentes, quelque chose qui offensait particulièrement ses notions de la correction. Cette hypothèse ne lui causa, au demeurant, aucun chagrin. Elle ne le trouvait pas assez agréable pour se soucier de son approbation.

Après quelques airs italiens, Miss Bingley varia les plaisirs en jouant une joyeuse chanson écossaise. Presque aussitôt, Mr Darcy, s'étant approché d'Elizabeth, lui dit:

« N'éprouvez-vous pas, Miss Bennet, une grande envie de profiter d'une si belle occasion de danser ? »

Elle lui sourit sans répondre et il répéta sa question, assez surpris de son silence.

« Oh, je vous avais bien entendu la première fois, assura-t-elle, mais sans pouvoir décider immédiatement quelle réponse vous donner. Vous vouliez, je le sais, que je vous dise oui, ce qui vous aurait permis de mépriser mes goûts. Mais je me complais toujours à déjouer ce genre de piège et à priver autrui de son dédain prémédité. C'est pourquoi j'ai résolu de vous répondre que je n'ai aucune envie de danser. Et maintenant, méprisez-moi, si vous l'osez !

– Je n'oserai jamais, je vous l'assure. »

Elizabeth, qui avait pensé le froisser, fut stupéfaite de le trouver si galant, mais il y avait chez elle un mélange de charme et de malice grâce auquel elle ne risquait guère d'offenser les gens ; et jamais Darcy n'avait été à ce point ensorcelé. Il était convaincu que, n'eût été la parentèle si inférieure de la jeune fille, il aurait été en grand danger de tomber vraiment amoureux.

Miss Bingley en avait vu ou deviné assez pour être jalouse, et le vif désir qu'elle manifestait de savoir sa chère Jane enfin rétablie n'était pas étranger à son impatience d'être débarrassée d'Elizabeth.

Elle s'évertua, plus d'une fois, à susciter l'animosité de Darcy envers cette dernière en l'entretenant de leur mariage supposé et en lui décrivant les délices d'une telle union.

« J'espère, commença-t-elle le lendemain, au cours d'une promenade avec lui dans le jardin, que lorsque cet événement si désirable aura eu lieu, vous saurez par vos discrètes allusions faire comprendre à votre belle-mère tout l'avantage qu'elle aurait à tenir sa langue ; et, si toutefois la tâche n'est point trop rude pour vous, que vous parviendrez à guérir les sœurs cadettes de cette manie qu'elles ont de courir après les officiers. Et enfin, mais j'ose à peine aborder un sujet aussi délicat, que vous tenterez de réfréner chez l'élue de votre cœur ce petit je-ne-sais-quoi qui frise la vanité et l'impertinence.

– Avez-vous d'autres suggestions à formuler pour favoriser mon bonheur conjugal ?

– Mais oui ! Installez, je vous en prie, dans votre galerie de tableaux, à Pemberley, les portraits de vos oncle et tante Philips. Placez-les donc à côté de votre grand-oncle, le juge. Ne font-ils pas partie de la même corporation ? Ils exercent dans des branches différentes, voilà tout. Quant au portrait de votre Elizabeth, il est inutile d'essayer de le faire faire, car aucun peintre ne saurait rendre justice à ses beaux yeux.

– Il serait, en effet, fort malaisé d'en saisir l'expression, mais leur couleur, leur forme, la longueur et l'épaisseur de leurs cils, qui sont si remarquables, tout cela pourrait être reproduit. »

Au même instant, ils se heurtèrent à Mrs Hurst et à Elizabeth en personne, qui débouchaient d'un autre sentier.

« Je ne savais pas que vous aviez l'intention de vous promener, s'écria Miss Bingley, assez confuse car elle craignait d'avoir été entendue.

– Vous vous êtes conduits de façon abominable, gourmanda Mrs Hurst, en vous sauvant ainsi, sans dire que vous sortiez. »

Puis, s'emparant du bras encore libre de Mr Darcy, elle laissa Elizabeth continuer seule. Le sentier ne pouvait accueillir plus de trois personnes de front. Le jeune homme, aussitôt conscient de la grossièreté, lança :

« Cette allée n'est pas assez large pour nous tous. Il vaudrait mieux gagner la grande avenue. »

Elizabeth, cependant, qui ne se sentait aucune envie de supporter leur compagnie, répondit en riant :

« Non pas, non pas, restez où vous êtes. Vous formez un groupe charmant qui vous met tous trois singulièrement en valeur. Tout le pittoresque en serait gâché par l'adjonction d'une quatrième. Au revoir. »

Et elle détala lestement pour aller se promener de son côté, ravie à la pensée d'être de retour chez elle d'ici un jour ou deux. Jane allait déjà suffisamment mieux pour envisager de quitter sa chambre pendant quelques heures le soir même.

Chapitre XI

Lorsque les dames se retirèrent après le dîner, Elizabeth courut rejoindre sa sœur et, s'étant assurée qu'elle était bien protégée du froid, elle l'accompagna jusqu'au salon, où Jane fut accueillie par les démonstrations de joie de ses deux amies; et jamais Elizabeth ne les avait vues aussi charmantes que durant l'heure qu'elles passèrent toutes ensemble à attendre les messieurs. Elles étaient brillantes causeuses, mettant de l'exactitude à décrire les réceptions, de la verve à narrer les anecdotes et de l'esprit à se moquer de leurs connaissances.

Mais dès l'entrée des trois hommes, Jane cessa de les intéresser. Les yeux de Miss Bingley se tournèrent aussitôt vers Mr Darcy, et à peine avait-il fait quelques pas dans la pièce qu'elle avait déjà une remarque à lui communiquer. Lui, cependant, s'adressa aussitôt à Miss Bennet pour la féliciter poliment de son retour à la santé; Mr Hurst vint lui aussi s'incliner légèrement devant elle, en assurant qu'il était «enchanté», mais il fallut attendre les saluts de Bingley pour discerner enfin de la prolixité et de la chaleur. Le jeune maître de maison respirait le bonheur et multipliait les prévenances: il passa la première demi-heure à empiler des bûches sur le feu, de peur que le changement d'atmosphère ne fût fatal à son invitée; et, sur ses instances, elle vint s'installer de l'autre côté de l'âtre, ce qui l'éloignait de la porte. Il s'assit alors auprès d'elle et n'adressa pour ainsi dire plus la parole aux autres. Elizabeth, penchée sur son ouvrage dans le coin opposé, se réjouissait de le voir faire.

Lorsqu'ils eurent pris le thé, Mr Hurst glissa, à l'intention de Miss Bingley, quelques allusions à la table de jeu, mais ce fut en vain. Elle savait de source sûre que Mr Darcy n'avait point envie de jouer aux cartes et la demande directe que finit par lui adresser son beau-frère fut à son tour impitoyablement rejetée. Elle lui assura que personne ne désirait se joindre à lui, et le mutisme observé par toute la compagnie parut corroborer ses dires. Mr Hurst en fut quitte pour s'étendre de tout son long sur l'un des canapés et s'assoupir. Darcy prit un livre et Miss Bingley s'empressa d'en faire autant. Mrs Hurst, occupée avant tout à jouer avec ses bracelets et ses bagues, se joignait, de temps à autre, à la conversation entre son frère et Miss Bennet.

Miss Bingley paraissait au moins aussi passionnée par la rapidité avec laquelle Mr Darcy parcourait son livre que par le volume qu'elle-même tenait entre les mains. Elle ne cessait de lui poser des questions ou de regarder par-dessus son épaule. Toutefois il refusait obstinément de se laisser entraîner à deviser, et se contentait de répondre laconiquement aux remarques de la jeune fille, sans même lever les yeux. Finalement, après avoir désespérément tenté de s'intéresser à son propre livre, qu'elle n'avait d'ailleurs choisi que parce qu'il s'agissait du second tome de l'œuvre que lisait Darcy, elle bâilla bruyamment avant de déclarer :

« Quelle plaisante façon de passer la soirée ! Tout compte fait, je crois bien que rien ne vaut un bon livre. On se fatigue de tout plus vite que de la lecture ! Quand je serai moi-même maîtresse d'une demeure, je serais désolée qu'elle ne contînt pas une excellente bibliothèque. »

Personne ne lui répondit. Elle bâilla derechef, se débarrassa de son livre et parcourut la pièce du regard, en quête de distractions. Ayant entendu son frère parler d'un bal à Miss Bennet, elle se tourna aussitôt vers lui, en disant :

« À propos, Charles, songes-tu sérieusement à donner un bal à Netherfield ? Avant de t'y décider, je te conseille de sonder les opinions des personnes présentes. Je ne crois pas me tromper en t'affirmant que nous sommes plusieurs ici pour qui un bal serait plutôt une corvée qu'un plaisir.

– Si c'est de Darcy que tu veux parler, rétorqua son frère, il pourra toujours aller se coucher avant le début des mondanités, si cela lui chante ; mais quant à ma décision, elle est déjà prise. Dès que Nichols aura préparé suffisamment de bouillon, j'enverrai mes invitations.

– J'irais au bal beaucoup plus volontiers si les choses s'y déroulaient autrement, expliqua sa sœur. Mais la façon dont ils sont organisés, d'habitude, a quelque chose d'insupportable et d'assommant. Il serait pourtant bien plus intelligent, me semble-t-il, de passer le temps à converser plutôt qu'à danser.

– Bien plus intelligent, ma chère Caroline, tu as raison, mais alors ce ne serait plus un bal. »

Miss Bingley ne répondit pas, et au bout de quelques instants, elle se leva pour arpenter le salon. Sa silhouette était élégante et sa démarche gracieuse, mais Darcy, auquel tout ceci s'adressait, restait inexorablement studieux. En désespoir de cause, elle s'imposa un ultime effort et lança à Elizabeth :

« Miss Eliza, laissez-vous donc persuader de suivre mon exemple et de faire un petit tour dans la pièce. Je vous assure que c'est extrêmement délassant lorsqu'on est restée longtemps assise dans la même position. »

Elizabeth, quoique surprise, accepta volontiers. Quant à l'objectif réel qui se cachait derrière la courtoisie de Miss Bingley, il fut également atteint : Mr Darcy leva le nez. Il était aussi conscient qu'Elizabeth elle-même pouvait l'être de ce que la prévenance de leur hôtesse avait d'insolite, et sans presque s'en rendre compte il ferma son livre. Il fut aussitôt prié de se joindre à elles, mais il refusa, prétextant qu'il ne pouvait imaginer que deux raisons à leur désir de déambuler ainsi et que, dans l'un et l'autre cas, il ne pouvait que faire intrusion.

Que pouvait-il bien vouloir dire ? Miss Bingley brûlait de connaître le fin mot de l'énigme ; et elle demanda à Elizabeth si elle y comprenait quoi que ce fût.

« Absolument rien, répondit cette dernière, mais, croyez-moi, tout ceci cache quelque intention moralisatrice, et notre plus sûr moyen de le décevoir est de ne rien lui demander du tout. »

Miss Bingley, cependant, était bien incapable de décevoir Mr Darcy, et elle s'obstina à le sommer de leur fournir des éclaircissements.

« Je suis tout disposé à m'expliquer, déclara-t-il dès qu'il put se faire entendre. Ou bien vous choisissez cette façon de passer la soirée parce qu'il y a entre vous un secret dont vous voulez vous entretenir, ou alors c'est parce que vous savez pertinemment que ce passe-temps met vos personnes en valeur. Or, dans le premier cas, je vous importunerais au plus haut point ; et dans le second, je vous admire beaucoup mieux de mon fauteuil, au coin du feu.

– Fi donc, l'horreur ! s'écria Miss Bingley. Jamais je n'ai entendu de pareilles insolences. Comment le punir de ce discours ?

– Rien de plus aisé, si vous en avez vraiment envie ! rétorqua Elizabeth. Nous sommes tous en mesure de nous punir et de nous tourmenter les uns les autres. Taquinez-le – moquez-vous de lui. Intimes comme vous l'êtes, vous devez bien connaître le défaut de sa cuirasse.

– Ma foi, je vous donne ma parole d'honneur que non. Je vous certifie que notre intimité ne m'a pas encore permis de le découvrir. Comment voulez-vous taquiner le calme et la présence d'esprit incarnés ? Non, non, je sens bien qu'il peut nous narguer tout à son aise. Quant aux moqueries, ne nous rendons pas ridicules, je vous prie, en essayant de railler sans objet. Ah non, Mr Darcy peut jubiler.

– On ne peut pas se moquer de Mr Darcy ! s'écria Elizabeth. Ma foi, voilà un privilège singulier, et qui le restera, j'espère, car ce serait pour moi une vraie calamité que d'avoir beaucoup de fréquentations de sa trempe. Moi qui adore rire.

– Miss Bingley m'a doté là d'un mérite que nul ne saurait posséder, repartit-il. Les plus sages et les plus louables d'entre nous, je dirais même les plus sages et les plus louables de leurs actions, peuvent être tournés en ridicule par ceux qui estiment qu'une bonne plaisanterie a tous les droits.

– Il existe en effet des gens qui pensent ainsi, mais j'espère ne pas en faire partie. Dieu me préserve de jamais brocarder ce qui est sage ou louable. Je dois dire, en revanche, que les sottises et les absurdités, les caprices et les contradictions m'amusent, et que j'en ris chaque fois que je le peux. Mais j'imagine que ce sont là des travers dont vous êtes justement dépourvu.

– Peut-être est-il impossible d'y échapper complètement, mais j'ai lutté toute ma vie pour éviter de succomber aux défauts qui risquent de défigurer les plus belles intelligences.

– La vanité ou l'orgueil, par exemple ?

– Oui, la vanité est en effet un déplorable travers, mais l'orgueil – lorsqu'il côtoie une véritable supériorité d'esprit – l'orgueil sera toujours suffisamment contrôlé. »

Elizabeth se détourna pour cacher un sourire.

« Vous avez sans doute fini de questionner Mr Darcy, glissa Miss Bingley. Auriez-vous la bonté de nous communiquer les résultats de cet interrogatoire ?

– Il m'a parfaitement convaincue du fait que Mr Darcy est sans défauts. Lui-même ne s'en cache pas, d'ailleurs.

– Ah non, protesta Darcy, je n'ai jamais émis de telles prétentions. J'ai mon lot de défauts, comme tout un chacun, mais je ne crois pas qu'ils relèvent de l'intelligence. Je n'oserais, en revanche, vous vanter mon caractère. Je le crois par trop rigide – trop, en tout cas, pour plaire à la plupart des gens. Je suis incapable d'oublier aussi vite qu'il le faudrait les sottises et les vices d'autrui, ou les affronts qu'on a pu me faire. Mes sentiments ne tournent pas à tous les vents. On pourrait même me qualifier de rancunier, et lorsque je raye quelqu'un de mes tablettes, c'est pour toujours.

– Ah, voilà en effet un grave défaut, constata Elizabeth. La rancune implacable ternit une personnalité. Mais vous avez fait là un choix judicieux, car je ne saurais vraiment pas en rire. Vous voici donc à l'abri de mes sarcasmes.

– Je pense qu'il doit exister chez chacun de nous une tendance à un vice bien particulier, à un défaut naturel, que l'éducation, si excellente soit-elle, ne saurait vaincre tout à fait.

– Et c'est chez vous une propension à haïr votre prochain.

– Et chez vous, répondit-il en souriant, une volonté délibérée de prendre tout ce que l'on dit à contresens.

– Faisons donc un peu de musique, lança Miss Bingley, lassée par une conversation à laquelle elle n'avait aucune part. Louisa, cela ne t'ennuie pas que je réveille Mr Hurst ? »

Comme sa sœur n'élevait aucune objection, elle courut ouvrir le piano, et Darcy, après quelques instants de réflexion, n'en fut pas fâché. Il venait de s'apercevoir qu'il risquait de se laisser accaparer par Elizabeth.

Chapitre XII

Le lendemain après s'être concertée avec sa sœur, Elizabeth écrivit à leur mère pour la prier de bien vouloir envoyer la voiture les chercher dans le courant de la journée. Mais Mrs Bennet, qui avait compté que ses filles resteraient à Netherfield jusqu'au mardi suivant, ce qui donnerait à Jane une semaine entière chez leurs amis, ne put se résoudre à les voir revenir plus tôt. Sa réponse déçut, par conséquent, l'attente d'Elizabeth tout au moins, qui avait hâte de se retrouver chez elle. Mrs Bennet leur faisait savoir qu'il n'y avait pas moyen d'obtenir la voiture avant le mardi, et elle ajoutait, en post-scriptum, que si Mr Bingley et ses sœurs les conviaient à rester encore un peu, elle pouvait fort bien se passer d'elles. Elizabeth, cependant, était résolue à ne pas prolonger indûment leur visite, et ne s'attendait d'ailleurs pas à s'y voir inviter. Craignant, au contraire, qu'on ne trouvât qu'elles s'attardaient plus que de raison, elle supplia Jane d'emprunter immédiatement la voiture de leur hôte, et elles décidèrent pour finir de lui faire savoir qu'elles souhaitaient quitter Netherfield le jour même et de lui présenter leur requête.

Cette démarche souleva la consternation générale; et on les pressa de rester au moins jusqu'au lendemain avec une insistance qui vint à bout des scrupules de Jane. Leur départ fut donc remis au dimanche. Aussitôt, Miss Bingley commença à regretter d'avoir proposé ce délai, car la jalousie et l'animosité que lui inspirait une des deux sœurs outrepassaient de fort loin son affection pour l'autre.

Le maître de maison envisageait avec un véritable chagrin cette séparation si prochaine, et il s'évertua à démontrer à Miss Bennet que tout cela était de la dernière imprudence – car elle n'était pas encore en état de voyager. Mais Jane savait être ferme lorsqu'elle pensait avoir raison.

Mr Darcy, quant à lui, accueillit la nouvelle avec soulagement : Elizabeth était restée bien assez longtemps à Netherfield. Elle l'attirait plus qu'il ne l'eût voulu, si bien que Miss Bingley se montrait discourtoise envers elle et l'importunait, lui, plus que de coutume. Il prit la sage résolution de veiller tout particulièrement à ce qu'aucune marque d'admiration ne lui échappât dorénavant, rien qui pût inciter Elizabeth à se croire capable d'influer sur sa félicité; il sentait, en effet, que si une telle idée l'avait effleurée, sa propre conduite au cours de cette dernière journée ne pourrait que la confirmer ou la détruire. Il s'en tint donc inflexiblement à sa décision et ne lui adressa pas dix mots de tout le samedi. Ils se trouvèrent pourtant seuls ensemble dans la bibliothèque pendant plus d'une demi-heure, mais il garda les yeux rivés fort consciencieusement sur son livre, s'interdisant même de la regarder.

Le dimanche matin, après l'office religieux, survint cette séparation si agréable à presque tout le monde. La courtoisie de Miss Bingley envers Elizabeth et son affection pour Jane augmentèrent vers la fin de minute en minute ; et lorsqu'elles prirent congé, après avoir assuré à la sœur aînée qu'elle serait toujours enchantée de la voir, que ce fût à Longbourn ou à Netherfield, et l'avoir tendrement pressée sur son cœur, elle alla jusqu'à serrer la main de la cadette. Cette dernière fit ses adieux à toute la compagnie de la meilleure humeur du monde.

L'accueil de leur mère ne fut rien moins que cordial. Elle s'étonna de les voir revenir, déclara qu'elles avaient eu tout à fait tort de déranger ainsi leurs amis et proclama que Jane avait certainement repris froid. Leur père, en revanche, sans se laisser aller pour autant à de vives démonstrations de joie, était à l'évidence ravi de les revoir. Il avait eu tout loisir de constater quelle place importante occupaient ses deux aimées dans le cercle de famille. En l'absence de Jane et d'Elizabeth, les conversations de la soirée avaient perdu une bonne partie de leur animation et presque toute trace de bon sens.

Elles retrouvèrent Mary plongée, comme à l'accoutumée, dans l'étude du solfège et de la nature humaine. Elle leur fit admirer de nouvelles citations et les régala de ses dernières réflexions dont la moralité était usée jusqu'à la corde. Les communications de Catherine et de Lydia étaient d'une tout autre sorte. Il s'en était passé et dit des choses au sein du régiment depuis le mercredi précédent : plusieurs officiers avaient récemment dîné chez leur oncle, un simple soldat avait été fouetté, et l'on avait fait une allusion sans équivoque au mariage imminent du colonel Forster.

Chapitre XIII

«J'espère, ma chère, dit Mr Bennet à son épouse lors du petit déjeuner du lendemain, que vous nous avez fait préparer un bon repas aujourd'hui, car j'ai d'excellentes raisons de croire que notre table familiale comptera un convive de plus.

– De qui voulez-vous donc parler, mon ami ? Je ne vois pas qui pourrait venir, je vous assure, à moins que Charlotte Lucas ne décide de passer nous voir, et j'ose espérer que *mes* dîners sont assez bons pour elle. Je ne pense pas qu'elle en mange souvent de pareils chez elle.

– Le convive dont je vous parle est un monsieur, et il n'est pas de nos intimes.»

Les yeux de Mrs Bennet pétillèrent.

«Un monsieur qui n'est pas de nos intimes ! C'est Mr Bingley, je parie. Voyons, Jane... et tu ne m'en as pas soufflé mot... petit masque ! Ma foi, je serai ravie de recevoir Mr Bingley, je ne vous le cache pas. Mais... Dieu du ciel ! quel malheur ! Il n'y a pas moyen de se procurer le moindre bout de poisson aujourd'hui. Lydia, ma chérie, veux-tu sonner? Il faut que je parle à Hill sans perdre un instant.

– Il ne s'agit pas de Mr Bingley, interrompit son mari. C'est un monsieur que je n'ai jamais vu de ma vie.»

Cette déclaration souleva l'étonnement général, et Mr Bennet eut le plaisir de s'entendre harceler de questions par sa femme et ses cinq filles, parlant toutes à la fois.

Après s'être diverti un moment aux dépens de leur curiosité, il s'expliqua:

«Voici à peu près un mois que j'ai reçu une lettre à laquelle j'ai répondu au bout d'une quinzaine de jours, car l'affaire me semblait passablement délicate et je préférais m'en occuper sans trop tarder. Cette missive émanait de mon cousin, Mr Collins, qui, lorsque je serai mort, pourra toutes vous chasser de cette demeure si bon lui semble.

– Ah, mon ami, s'écria sa femme, je ne puis souffrir d'en entendre parler. Ne mentionnez pas, je vous prie, cet homme odieux. Je soutiendrai toujours qu'il est parfaitement inhumain que vos enfants soient ainsi spoliées au profit d'un autre, et je vous assure qu'à votre place cela fait bien longtemps que j'aurais tenté d'y remédier, d'une manière ou d'une autre.»

Elizabeth et Jane se mirent aussitôt en devoir de lui expliquer la nature exacte de la substitution d'héritier. Ce n'était point la première fois, loin de là, mais il s'agissait d'un sujet sur lequel Mrs Bennet refusait d'entendre raison, et elle continua à se répandre en plaintes amères contre ce cruel état de choses qui démunissait totalement une mère et ses cinq filles au profit d'un homme dont personne ne se souciait.

«La chose est inique, en effet, convint Mr Bennet, et jamais Mr Collins ne pourra se faire pardonner ce coupable héritage. Mais si vous voulez bien écouter ce qu'il m'écrit, peut-être serez-vous un peu radoucie par sa façon de s'exprimer.

– Ah non, je suis sûre que non, et je trouve même tout à fait impertinent de sa part de vous adresser la moindre lettre, impertinent et hypocrite de surcroît. Je hais ces faux amis. Pourquoi ne pouvait-il pas continuer à se quereller avec vous, comme le faisait son père?

– Pourquoi, en effet, car il semble avoir eu, à cet égard, quelques scrupules filiaux, comme vous allez l'entendre»:

«Hunsford, près de Westerham, Kent,
15 octobre

«Cher Monsieur,

«Le désaccord qui existait entre mon défunt et honoré père et vous-même m'a toujours causé un réel malaise, et depuis que j'ai eu le malheur de le perdre, j'ai souvent souhaité faire la paix, mais certains doutes m'ont tout d'abord retenu, car je craignais de manquer de respect à sa mémoire en me rapprochant ainsi d'une personne avec qui il lui avait toujours plu d'être brouillé. – Là, vous voyez, ma chère. – Me voici, cependant, enfin parvenu à une décision à ce sujet; ayant, en effet, pris les ordres à Pâques, j'ai eu le bonheur d'être distingué par ma protectrice, Lady Catherine de Bourgh, veuve de Sir Lewis de Bourgh, dont la bonté et la bienveillance m'ont valu d'être promu au rang estimable de titulaire de cette paroisse, où je ferai tout mon possible pour me conduire avec toute la respectueuse gratitude que je dois à cette dame, et pour me tenir prêt aussi à célébrer, sans regimber, tous les rites et cérémonies institués par l'Église d'Angleterre. Or je considère, sachez-le, que ma qualité d'homme d'Église m'impose le devoir de favoriser et de rétablir le bienfait qu'est la paix au sein de toutes les familles se trouvant à portée de mon influence; et c'est sur cet argument que je fonde la conviction que mes présentes tentatives de réconciliation sont hautement estimables et que vous aurez la bonté de ne pas me tenir rigueur de mon titre d'héritier du domaine de Longbourn, au point de laisser cette circonstance vous inciter à repousser le rameau d'olivier que je vous tends. Je ne puis que me désoler d'être, pour vos aimables filles, une source de chagrin, et je vous prie de bien vouloir m'en excuser, tout en vous assurant de ma volonté de les dédommager de toutes les façons possibles – mais nous en reparlerons. Si vous ne voyez aucun inconvénient à me recevoir chez vous, je me promets la satisfaction de vous rendre visite, à vous et à votre famille, le lundi 18 novembre, vers quatre heures de l'après-midi, et j'abuserai probablement de votre hospitalité jusqu'au samedi de la semaine suivante, chose que je puis me permettre sans la moindre inquiétude, car Lady Catherine ne s'oppose absolument pas à une absence dominicale de temps à autre, pourvu, bien sûr, qu'un autre pasteur se soit engagé à célébrer l'office à ma place. Je reste, cher Monsieur, en vous demandant de transmettre mes compliments respectueux à madame votre épouse et à mesdemoiselles vos filles, votre dévoué ami,

«William Collins.»

«C'est donc vers quatre heures que nous devons attendre ce jeune adepte de la paix des familles, conclut Mr Bennet en repliant sa lettre. Ma foi, il me semble tout ce qu'il y a de plus consciencieux et de plus poli, et je n'hésite pas à croire qu'il va devenir pour nous un ami précieux, surtout si Lady Catherine a l'indulgence de l'autoriser à revenir nous voir.

– En tout cas, ce qu'il dit au sujet de nos filles ne manque pas de bon sens, et s'il est disposé à les dédommager, ce n'est pas moi qui le découragerai.

– C'est un sentiment qui lui fait honneur, convint Jane, mais je ne vois pas très bien comment il se propose de nous faire les réparations qu'il nous croit dues.»

Elizabeth avait surtout été frappée par son extraordinaire déférence à l'égard de Lady Catherine et par sa louable intention de ne pas hésiter à baptiser, marier ou enterrer ses paroissiens si les circonstances l'exigeaient.

«J'ai l'impression que ce doit être un original, dit-elle. Je ne parviens pas à imaginer très clairement à qui nous avons affaire. Son style a quelque chose de très pompeux. Et pourquoi diable se croit-il obligé de s'excuser d'être le prochain héritier de Longbourn ? Il ne voudrait quand même pas nous faire croire qu'il renoncerait à ce titre s'il le pouvait. Pensez-vous qu'il puisse s'agir d'un homme sensé, mon père ?

– Non, ma chérie, je ne le pense pas. J'ai même bon espoir qu'il soit tout le contraire. Il y a dans sa lettre un mélange de servilité et de contentement de soi qui promet. Je suis fort impatient de le voir.

– Sous le rapport de la composition, déclara Mary, sa lettre ne me paraît pas prêter flanc à la critique. L'image du rameau d'olivier n'est peut-être pas entièrement neuve, mais je l'y trouve bien exprimée.»

Ni la lettre ni son auteur n'intéressaient le moins du monde Catherine et Lydia. Il était manifestement impossible que leur cousin se présentât en habit rouge, et cela faisait déjà plusieurs semaines qu'elles n'éprouvaient plus aucun plaisir à voir des jeunes gens vêtus d'une autre couleur. Quant à leur mère, l'épître de Mr Collins avait dissipé une bonne partie de son animosité, et elle se préparait à l'accueillir avec un calme qui stupéfiait son mari et ses filles.

Mr Collins arriva fort ponctuellement et fut reçu avec la plus grande courtoisie par toute la famille. Mr Bennet, il est vrai, fut plutôt taciturne, mais les dames étaient toutes disposées à converser, et le visiteur, au demeurant, n'avait nul besoin d'encouragements et ne paraissait aucunement enclin à garder le silence. C'était un grand jeune homme corpulent, de vingt-cinq ans, qui arborait une mine grave et compassée et des manières extrêmement guindées. À peine était-il assis qu'il commençait déjà à féliciter Mrs Bennet d'être la mère d'une pareille brochette de filles, déclarant qu'on lui avait maintes fois vanté leur beauté, mais qu'en l'occurrence la rumeur publique était restée loin au-dessous de la vérité; et il ajouta qu'il ne doutait pas de les voir toutes agréablement mariées, en temps voulu. Ces galanteries n'étaient pas du goût de toutes ses interlocutrices, mais Mrs Bennet, qui n'était pas regardante sur les compliments, lui répondit de fort bonne grâce.

« Vous êtes vraiment trop bon, monsieur, et j'espère de tout mon cœur que vous avez raison, car sans cela Dieu sait si elles seront démunies. Les choses s'arrangent parfois de si étrange façon.

– Vous faites allusion, peut-être, à la substitution d'héritier.

– Eh oui, monsieur, vous m'avez devinée. C'est une affaire bien triste pour mes pauvres filles, vous devez en convenir. Ce n'est pas que je veuille vous critiquer, vous personnellement, car je sais bien que ces choses-là sont le fait du hasard. On ne saurait dire ce qu'il adviendra d'un domaine une fois la substitution décidée.

– Je suis très sensible, madame, au préjudice que subissent mes belles cousines, et j'aurais long à en dire à ce sujet si je ne craignais de paraître présomptueux et irréfléchi. Je puis, toutefois, assurer à ces demoiselles que j'arrive bien décidé à les admirer. Je n'en dirai pas plus à présent. Il se peut, néanmoins, que lorsque nous nous connaîtrons mieux… »

Il fut interrompu par le majordome venu annoncer que le dîner était servi, et les jeunes filles échangèrent des sourires. Leur beauté ne fut point l'unique objet des extases de Mr Collins. Le vestibule, la salle à manger et tout son mobilier furent inspectés et admirés ; et les éloges qu'il étendait à tout ce qui lui tombait sous les yeux eussent flatté l'amour-propre de Mrs Bennet si elle n'avait entretenu l'idée détestable qu'il y voyait surtout son futur héritage. Le dîner, à son tour, fut porté aux nues, et Mr Collins voulut savoir à laquelle de ses belles cousines il fallait attribuer l'excellence de la chère. Mais il fut aussitôt avisé de sa méprise par Mrs Bennet qui lui assura, assez sèchement, qu'ils avaient les moyens de payer une bonne cuisinière et que ses filles n'avaient rien à faire à l'office. Il se désola de l'avoir contrariée. Elle protesta d'un ton radouci qu'elle ne lui en tenait pas rigueur, ce qui n'empêcha pas son cousin de continuer à s'excuser pendant encore un bon quart d'heure

Chapitre XIV

Mr Bennet ne dit pratiquement pas un mot de tout le dîner, mais lorsque les domestiques se furent retirés, il estima qu'il était temps pour lui d'avoir une conversation avec son invité, et il l'aiguilla donc vers un sujet sur lequel il espérait le voir briller en observant que Mr Collins paraissait très heureux d'avoir trouvé pareille protectrice. L'intérêt que montrait Lady Catherine de Bourgh pour ses moindres désirs, la sollicitude avec laquelle elle veillait à son bien-être étaient, lui semblait-il, tout à fait remarquables. Mr Bennet n'aurait su mieux choisir. Les louanges de son cousin furent d'une rare éloquence. Le sujet avait le don d'exacerber son emphase naturelle, et il prit un air important pour affirmer que jamais encore il n'avait eu l'occasion de voir une personne de la noblesse agir ainsi, faire preuve d'une amabilité et d'une condescendance comparables à celles de Lady Catherine envers lui. Elle avait eu l'extrême bonté de se montrer satisfaite des deux sermons qu'il avait déjà eu l'honneur de prononcer devant elle. Elle l'avait, par ailleurs, invité deux fois à dîner à Rosings, et pas plus tard que le samedi précédent, elle l'avait envoyé chercher pour faire le quatrième d'une de ses parties de quadrille. Il savait qu'aux yeux de bien des gens Lady Catherine passait pour orgueilleuse, mais, pour sa part, il devait dire qu'elle avait toujours fait preuve à son égard d'une parfaite courtoisie. Elle s'adressait à lui comme à n'importe quel homme de condition, elle ne voyait aucune objection à ce qu'il fréquentât toutes les demeures du voisinage, et elle l'autorisait même, à l'occasion, à quitter sa paroisse pour aller rendre visite à sa famille. En plus de quoi, elle avait daigné lui conseiller de se marier au plus tôt, pourvu qu'il sût choisir avec discernement. Et elle avait, pour finir, mis un comble à sa bienveillance en venant lui rendre visite dans son humble presbytère, où elle l'avait félicité de toutes les modifications déjà entreprises, et n'avait pas hésité à lui en suggérer d'autres – notamment l'installation d'étagères dans les placards du premier étage.

«J'avoue que toutes ces attentions sont aussi charmantes que courtoises, convint Mrs Bennet, et je veux bien croire que Lady Catherine est une personne particulièrement aimable. Quel dommage que toutes les grandes dames ne lui ressemblent pas davantage ! Habite-t-elle près de chez vous, monsieur ?

– Seul un petit sentier sépare le jardin dans lequel se dresse ma modeste demeure de Rosings Park, la résidence de Sa Seigneurie.

– Je crois vous avoir entendu dire qu'elle était veuve, monsieur. A-t-elle de la famille ?

– Elle n'a qu'une fille, héritière de Rosings et de domaines considérables.

– Ah ! s'écria Mrs Bennet, dans ce cas, elle est plus heureuse que mes filles. Et quel genre de jeune personne est-ce donc ? Est-elle belle ?

– Oh ! c'est une jeune fille tout à fait charmante. Comme le dit Lady Catherine elle-même, pour ce qui est de la véritable beauté, Miss de Bourgh surpasse de très loin les plus ravissantes personnes de son sexe, et ce parce qu'il y a sur tous ses traits une empreinte indéfinissable qui distingue la jeune femme de haute naissance. Elle est, malheureusement, de constitution délicate, ce qui l'a empêchée de progresser autant qu'elle l'aurait dû dans son étude de tous les talents et agréments nécessaires, qu'elle n'aurait point sans cela manquer d'acquérir, comme me l'a expliqué la dame qui a présidé à son éducation et qui vit encore auprès d'elle. Mais elle est fort aimable et daigne souvent venir jusqu'à mon humble demeure dans son petit cabriolet.

– A-t-elle été présentée à la cour ? Je ne me rappelle pas avoir lu son nom dans les comptes rendus des gazettes.

– Son médiocre état de santé ne lui permet pas de résider en ville, et, à cause de cela, comme je l'ai moi-même déclaré un jour à Lady Catherine, la cour britannique s'est trouvée privée de son plus beau fleuron. L'idée a paru plaire à Sa Seigneurie, et vous pensez bien que je suis toujours ravi de profiter de toutes les occasions de lui faire de ces délicats petits compliments, si agréables aux dames. Par exemple, j'ai bien souvent fait remarquer à Lady Catherine que sa charmante fille semblait née pour être duchesse et qu'en accédant ainsi au premier rang de la noblesse, c'est elle qui lui conférerait un rayonnement accru au lieu que le prestige en rejaillisse sur elle. C'est par de semblables petits traits que je satisfais Sa Seigneurie, et il s'agit bien sûr d'un genre d'égards que je me sens tout spécialement tenu de lui montrer.

– Vous avez tout à fait raison, renchérit Mr Bennet, et il est heureux pour vous que vous possédiez ce talent de savoir flatter avec délicatesse. Puis-je vous demander si ces plaisantes attentions vous viennent sous l'impulsion du moment ou si elles sont le fruit de recherches préalables ?

– Elles découlent avant tout de ce qui se dit sur le moment. Certes, je m'amuse bien, parfois, à inventer et à composer de ces petits compliments élégants adaptés à toutes les circonstances de la vie courante, mais je m'efforce toujours de les faire paraître aussi naturels que possible. »

Les vœux de Mr Bennet étaient comblés. Son cousin était aussi ridicule qu'il l'avait espéré. Il l'écouta avec le plus vif plaisir, sans se départir un instant de son air de gravité imperturbable, mais il ne tenta pas de partager sa satisfaction avec quiconque, hormis de rares coups d'œil en direction d'Elizabeth.

Cependant, lorsque arriva l'heure du thé, la dose était suffisante. Mr Bennet fut enchanté de raccompagner son invité au salon, et lorsqu'ils eurent vidé leurs tasses, soulagé de le prier de faire la lecture à ces dames. Mr Collins accepta bien volontiers et l'on sortit un livre. Dès qu'il le vit, cependant, comme tout semblait indiquer qu'il provenait d'une bibliothèque ambulante, le visiteur eut un mouvement de recul et protesta, en s'excusant, qu'il ne lisait jamais de romans. Kitty écarquilla les yeux et Lydia laissa échapper une exclamation. On fit aussitôt passer à Mr Collins d'autres volumes, et, après avoir mûrement réfléchi, il choisit les sermons de Fordyce. Bouche bée, Lydia le regarda ouvrir cet ouvrage et ne lui laissa pas le temps de lire plus de trois pages, d'une voix empreinte de solennelle monotonie, avant de l'interrompre :

« Savez-vous, maman, que mon oncle Philips songe à renvoyer Richard ? Et que, dans ce cas, le colonel Forster pourrait bien le prendre à son service ? C'est ma tante elle-même qui me l'a dit samedi. Demain, j'irai jusqu'à Meryton pour entendre la suite de cette histoire et savoir si Mr Denny est revenu de Londres. »

Ses deux aînées lui enjoignirent aussitôt de tenir sa langue, mais Mr Collins, passablement vexé, posa son volume et déclara :

« J'ai souvent remarqué que les jeunes filles refusent de s'intéresser aux livres d'un caractère sérieux, alors qu'ils ont été écrits uniquement à leur intention. Cela me stupéfie, je l'avoue, car il ne peut certainement rien y avoir de plus avantageux pour elles que de s'instruire. Mais je n'importunerai pas plus longtemps ma jeune cousine. »

Puis se tournant vers Mr Bennet, il lui offrit de faire une partie de trictrac. Celui-ci releva le défi, en déclarant au visiteur qu'il était tout à fait sage de sa part de laisser les jeunes filles à leurs futiles occupations. Mrs Bennet et ses filles aînées le prièrent, très poliment, de bien vouloir pardonner l'interruption de Lydia et lui promirent qu'elle ne se renouvellerait pas s'il consentait à reprendre sa lecture. Mais Mr Collins, après leur avoir assuré qu'il n'en voulait pas le moins du monde à la coupable et qu'il ne considérait pas du tout sa conduite comme un affront, s'assit en compagnie de Mr Bennet à une autre table et se mit à jouer au trictrac.

Chapitre XV

Mr Collins n'était pas un homme intelligent, et son éducation, pas plus que son entourage, n'avait pu remédier à ses insuffisances naturelles; il avait passé la majeure partie de sa vie sous l'égide d'un père illettré et avare, et bien qu'il eût fréquenté l'université, il n'avait fait qu'y végéter le temps nécessaire, sans y nouer la moindre relation utile. Réduit pendant toute sa jeunesse par son père à un état de complète soumission, il avait adopté dès l'enfance une attitude d'extrême humilité, laquelle était désormais contrecarrée par la vanité de son faible intellect, par son mode de vie retiré et par l'idée qu'il se faisait de sa propre importance, après un établissement précoce et inespéré. Un bienheureux hasard l'avait recommandé à Lady Catherine de Bourgh au moment même où le bénéfice de Hunsford se trouvait libre, et le respect que lui inspirait le rang de cette dame, ainsi que la vénération qu'il lui vouait en qualité de protectrice, auxquels venait s'ajouter une excellente opinion de lui-même, de son autorité d'homme d'Église et de ses droits de pasteur, avaient contribué à faire de lui un curieux mélange d'orgueil et de servilité, d'assurance et d'humilité.

Pourvu désormais d'une bonne maison et de revenus tout à fait acceptables, il avait l'intention de se marier ; et en effectuant ses tentatives de réconciliation avec la famille de Longbourn, il guignait une épouse, car il avait décidé de choisir l'une des cinq filles, si toutefois il les trouvait aussi belles et aimables qu'on voulait bien le dire. C'était là son projet de dédommagement – de réparation – pour se faire pardonner d'hériter le bien de leur père ; et il le trouvait excellent, jugeant ce geste à la fois opportun et convenable, sans même parler de tout ce qu'il pouvait avoir d'excessivement généreux et désintéressé de sa part.

Son premier aperçu de la beauté de ses cousines ne fut pas pour l'en détourner. Le ravissant visage de Miss Bennet le confirma au contraire dans son opinion et vint renforcer les strictes notions qu'il se faisait du droit d'aînesse. Son choix fut fait dès la première soirée, mais il fallut y renoncer le lendemain même. Il eut en effet, avant le petit déjeuner, un quart d'heure en tête à tête avec Mrs Bennet, durant lequel la conversation, passant logiquement de son presbytère à l'aveu de cet espoir de lui trouver une maîtresse à Longbourn, amena sur les lèvres de son interlocutrice, en même temps que des sourires complaisants accompagnés de marques générales d'encouragement, une mise en garde contre cette Jane qu'il avait justement distinguée. En ce qui concernait ses filles *cadettes*, elle ne pouvait se hasarder à dire... elle n'était pas en mesure de donner une réponse catégorique... mais elle n'était au courant d'aucune inclination ; sa fille aînée, en revanche, elle pouvait bien l'admettre... elle se sentait même tenue de le laisser entendre... serait, selon toute probabilité, bientôt fiancée.

Mr Collins n'eut plus qu'à délaisser Jane pour Elizabeth – ce qui fut l'affaire d'un instant – pendant que Mrs Bennet attisait le feu. Elizabeth, qui suivait Jane aussi bien dans l'ordre de la beauté que dans celui des naissances, lui succéda tout naturellement.

Mrs Bennet recueillit ces précieuses allusions et ne douta plus de voir deux de ses filles bientôt mariées ; et l'homme dont la veille encore elle ne voulait pas entendre parler occupait maintenant une place de choix dans ses bonnes grâces.

La promenade qu'avait projetée Lydia ne fut pas oubliée ; toutes ses sœurs, sauf Mary, acceptèrent de l'accompagner, et Mr Collins devait leur faire escorte, à la demande de Mr Bennet, fort désireux de se débarrasser de lui et de retrouver la solitude de sa bibliothèque ; car c'était là que son cousin l'avait suivi après le petit déjeuner pour n'en plus bouger, plongé en principe dans l'un des plus énormes volumes qu'elle renfermait, mais beaucoup plus occupé en réalité à décrire à son hôte, sans reprendre haleine, sa maison et son jardin de Hunsford. Ces agissements contrariaient excessivement Mr Bennet. D'ordinaire, il pouvait toujours compter trouver dans sa bibliothèque loisir et tranquillité ; et même s'il acceptait de croiser la sottise et la vanité dans toutes les autres pièces de la maison, comme il le confia à Elizabeth, il avait l'habitude d'en être délivré dans son refuge : il s'empressa donc d'inviter courtoisement Mr Collins à accompagner ses filles dans leur promenade, et ce dernier qui avait, à vrai dire, beaucoup plus de dispositions pour la marche à pied que pour la lecture, fut ravi de fermer son gros livre et de se mettre en route.

Chemin faisant, Mr Collins passa le temps à énoncer de pompeuses platitudes auxquelles répondirent jusqu'à leur arrivée à Meryton les murmures d'assentiment poli de ses cousines. Il ne put ensuite retenir plus longtemps l'attention des deux cadettes. Leurs regards commencèrent aussitôt à balayer la grand-rue en quête d'officiers, et il fallait au moins un chapeau incroyablement seyant ou une mousseline vraiment originale dans l'une des vitrines pour les arracher à cette occupation.

D'ailleurs, l'attention des quatre sœurs ne tarda point à être attirée par un jeune homme d'aspect suprêmement distingué qu'elles n'avaient encore jamais vu et qui déambulait de l'autre côté de la chaussée en compagnie d'un officier. Ce dernier n'était autre que le Mr Denny dont le retour de Londres intéressait tant Lydia, et il s'inclina en les croisant. Elles furent toutes frappées par la prestance de l'inconnu et se demandèrent qui il pouvait bien être ; Kitty et Lydia, fermement résolues à le découvrir si cela se pouvait, s'empressèrent de traverser la rue sous prétexte d'aller faire quelques emplettes indispensables dans l'une des boutiques du trottoir opposé. Or, fort opportunément, au moment même où elles atteignaient ce trottoir, les deux jeunes gens qui revenaient sur leurs pas se trouvèrent devant elles. Mr Denny leur adressa aussitôt la parole et sollicita la permission de leur présenter son ami, Mr Wickham, qui était arrivé la veille avec lui et qui, il se félicitait de le leur apprendre, venait d'accepter un brevet d'officier dans son régiment. C'était exactement ce qu'elles souhaitaient entendre, car il ne manquait plus au jeune homme qu'un uniforme pour le rendre parfaitement irrésistible. Son aspect était des plus séduisants ; il possédait tous les atouts de la beauté, une fière allure, une silhouette élégante et un abord tout à fait plaisant. Il manifesta, sitôt les présentations faites, une flatteuse promptitude à engager la conversation, mais sans outrepasser les limites de la correction et de la bienséance ; et tout le petit groupe était encore occupé à bavarder de façon fort agréable, lorsqu'un bruit de chevaux fit tourner les têtes et que l'on vit approcher

Darcy et Bingley. Dès qu'ils eurent reconnu les jeunes filles, les deux cavaliers se dirigèrent vers elles et entamèrent les politesses d'usage. Bingley se fit leur porte-parole et s'adressa principalement à Miss Bennet. Il lui apprit qu'ils étaient justement en route pour Longbourn, afin de prendre des nouvelles de sa santé. Mr Darcy confirma ces mots par un salut, et il était en train de se jurer qu'il ne regarderait pas Elizabeth, lorsque ses yeux vinrent soudain se poser sur l'inconnu. La jeune fille qui, par hasard, les observait tous deux au moment où leurs regards se croisèrent resta stupéfaite de leurs réactions respectives. Tous deux changèrent de couleur : l'un pâlit, l'autre rougit. Au bout de quelques instants, Mr Wickham porta la main à son chapeau, salut auquel Mr Darcy daigna tout juste répondre. Que pouvait bien cacher tout cela ? Elizabeth ne parvenait pas à l'imaginer, mais elle ne parvenait pas davantage à réprimer son envie de le savoir.

Presque aussitôt, Mr Bingley, sans avoir paru toutefois remarquer ce qui s'était passé, prit congé d'elles et s'éloigna avec son ami.

Mr Denny et Mr Wickham accompagnèrent les jeunes filles jusqu'à la maison de leur oncle, où ils les quittèrent, malgré les invitations à entrer fort pressantes de Miss Lydia et l'intervention de Mrs Philips en personne, qui ouvrit toute grande la fenêtre du salon pour appuyer bruyamment les prières de sa nièce.

Mrs Philips était toujours ravie de voir ses jeunes parentes, et les deux aînées étaient tout spécialement bienvenues, après leur récente absence ; elle commença donc aussitôt à leur expliquer combien elle avait été surprise de leur retour inopiné chez elles, ajoutant qu'elle n'en aurait d'ailleurs rien su, puisque la voiture de leur père n'était pas allée les chercher, si elle n'avait pas rencontré par le plus grand des hasards le commis de Mr Jones qui lui avait appris qu'il ne portait plus de potions à Netherfield, attendu que les demoiselles Bennet n'y étaient plus, mais Jane la rappela à ses devoirs de maîtresse de maison en lui présentant Mr Collins. Mrs Philips le reçut avec toute la courtoisie dont elle était capable, et le jeune homme, pour ne pas être en reste, lui rendit la pareille en la priant d'excuser cette intrusion chez elle sans qu'il lui eût été présenté au préalable, et en se flattant de l'espoir qu'elle la trouverait justifiée par ses liens de parenté avec les jeunes personnes à qui il devait son introduction auprès d'elle. Cet excès de savoir-vivre laissa son interlocutrice toute tremblante, mais elle fut vite arrachée à ses réflexions sur ce premier inconnu par les exclamations et les questions de ses nièces concernant le second. Elle ne put toutefois rien leur révéler à son sujet qu'elles n'eussent déjà appris, à savoir que Mr Denny l'avait ramené de Londres et qu'il avait un brevet de lieutenant dans le régiment. Elle ajouta quand même que cela faisait une heure qu'elle était occupée à le regarder arpenter la rue, et Kitty et Lydia auraient sans doute pris sa suite si Mr Wickham avait reparu, mais malheureusement il ne vint plus à passer devant les fenêtres que quelques officiers qui, en comparaison du nouveau venu, n'étaient plus désormais que des «benêts insupportables». Certains d'entre eux devaient dîner chez les Philips le lendemain, et la tante promit que son mari irait voir Mr Wickham pour lui remettre une invitation, si, de leur côté, les demoiselles de Longbourn acceptaient de venir passer la soirée. L'affaire fut entendue, et Mrs Philips annonça qu'elle comptait organiser un de ces amusants jeux de loto, agréablement tapageurs, suivi d'un petit souper chaud. La perspective de telles délices était fort alléchante, et l'on se sépara d'excellente humeur. Mr Collins se crut obligé de réitérer ses excuses en quittant la pièce, et s'entendit répondre, une fois de plus, avec une inlassable politesse, qu'elles étaient inutiles.

En regagnant Longbourn, Elizabeth conta à sa sœur aînée la petite scène qu'elle avait surprise entre les deux messieurs, mais Jane, qui aurait défendu l'un ou l'autre avec zèle, s'il avait paru être dans son tort, n'était pas plus capable qu'elle d'élucider le mystère.

À son retour, Mr Collins flatta considérablement l'amour-propre de Mrs Bennet en lui faisant l'éloge des manières et de la courtoisie de Mrs Philips. Il lui déclara avec emphase que hormis Lady

Catherine et sa fille, il ne connaissait pas de femme plus élégante, car non seulement elle l'avait reçu avec la plus extrême civilité, mais elle l'avait en outre inclus, sans équivoque possible, dans son invitation du lendemain soir, bien qu'il lui eût été jusqu'à ce jour totalement inconnu. Il n'était certes pas sans se douter que sa parenté avec les Bennet y était pour quelque chose, mais quand même, jamais on ne lui avait témoigné autant d'intérêt.

Chapitre XVI

Les arrangements entre la tante et ses nièces n'ayant soulevé aucune objection, et tous les scrupules de Mr Collins à l'idée d'abandonner Mr et Mrs Bennet pendant son séjour chez eux, ne fût-ce que pour une seule soirée, ayant été combattus avec beaucoup de fermeté, le lendemain soir à l'heure dite, la voiture le conduisit jusqu'à Meryton en compagnie de ses cinq cousines ; et les jeunes filles eurent le plaisir d'apprendre, dès leur entrée au salon, que Mr Wickham avait accepté l'invitation de leur oncle et se trouvait d'ores et déjà sous le même toit qu'elles.

Une fois que la nouvelle eut été communiquée et que tout le monde se fut assis, Mr Collins eut tout loisir de regarder autour de lui et d'admirer, et il fut si frappé par la taille et l'ameublement de la pièce qu'il assura que, pour un peu, il se serait cru dans la petite salle à manger d'été de Rosings ; la comparaison fut d'abord accueillie avec une certaine froideur, mais lorsqu'il eut expliqué à

Mrs Philips ce qu'était Rosings et qui en était la propriétaire, lorsqu'elle eut écouté la description d'un des nombreux salons de Lady Catherine et appris que la cheminée à elle seule n'avait pas coûté moins de huit cents livres, elle perçut toute l'étendue du compliment et ne se serait pas formalisée d'entendre comparer son salon à la chambre de l'intendante.

Le jeune homme passa un moment délicieux, avant l'entrée des messieurs, à lui décrire toute la splendeur de Lady Catherine et de sa vaste demeure, ouvrant parfois une parenthèse à la gloire de son humble presbytère et de toutes les améliorations dont il était présentement l'objet ; il trouva chez Mrs Philips une oreille complaisante, car tous ces discours ne faisaient qu'accroître la haute opinion qu'elle avait de l'importance de son invité, et elle se promettait de rapporter par le menu toutes ces merveilles à ses voisins à la première occasion. L'attente parut en revanche interminable aux jeunes filles, qui n'avaient aucune envie d'écouter leur cousin, et qui n'avaient rien d'autre à faire qu'à déplorer l'absence de piano et à contempler leurs médiocres imitations de porcelaine trônant sur la cheminée. Leur supplice prit fin, cependant. Les messieurs arrivèrent, et lorsque Mr Wickham pénétra dans la pièce, Elizabeth se dit qu'il n'y avait rien eu d'exagéré dans l'admiration avec laquelle elle l'avait regardé la veille et avait depuis songé à lui. Les officiers du régiment étaient, dans leur ensemble, des hommes tout à fait honorables et distingués, et les plus charmants d'entre eux avaient assisté au présent dîner, mais Mr Wickham par sa personne, sa contenance, son allure et sa démarche leur était aussi supérieur qu'eux-mêmes pouvaient l'être à ce lourdaud d'oncle Philips, avec sa grosse figure, qui les suivit dans la pièce, empestant le porto.

Mr Wickham fut l'heureux homme vers qui convergèrent les regards de presque toutes les dames ; Elizabeth fut l'heureuse élue auprès de qui il vint finalement s'asseoir, et sa plaisante façon d'engager aussitôt la conversation, même si ce ne fut que pour constater que la soirée était humide et pour prédire un hiver pluvieux, la convainquit que le sujet le plus banal, le plus ennuyeux et le plus éculé pouvait être rendu intéressant par l'éloquence de celui qui l'abordait.

Mr Collins, lorsqu'il lui fallut disputer l'attention du beau sexe à de tels rivaux, parut destiné à sombrer dans l'insignifiance ; il était certes plus qu'indifférent aux jeunes filles, mais il trouvait encore, de temps à autre, une interlocutrice bienveillante en la personne de Mrs Philips, qui veilla en tout cas à ce qu'il fût abondamment approvisionné en café et en petits fours.

Lorsque les tables de jeu firent leur apparition, il eut à son tour l'occasion de se montrer obligeant en acceptant de faire le quatrième d'une partie de whist.

« Je connais pour l'heure fort mal ce jeu, confia-t-il à la maîtresse de maison, mais je serai enchanté de m'y parfaire, car un homme dans ma position... »

Mrs Philips lui sut gré de sa complaisance, mais elle n'avait pas le temps d'écouter ses explications.

Mr Wickham ne jouait pas au whist, et il fut accueilli avec une vive satisfaction à l'autre table, où il s'installa entre Elizabeth et Lydia. Il parut, tout d'abord, en danger de se laisser totalement accaparer par cette dernière, qui était une bavarde impénitente, mais comme elle était aussi une enragée du loto, elle fut bientôt trop prise par le jeu, trop occupée à faire ses mises et à réclamer ses lots, pour se consacrer à autre chose. Par conséquent, sorti des péripéties générales de la partie, Mr Wickham fut à même de converser avec Elizabeth qui était, quant à elle, toute disposée à l'écouter, bien qu'il n'y eût guère de chances pour qu'il lui révélât ce qu'elle brûlait surtout de connaître, c'est-à-dire l'histoire de ses relations avec Mr Darcy. Elle n'osait même pas mentionner le nom de ce dernier, mais, contre toute attente, sa curiosité fut bientôt satisfaite. Mr Wickham aborda de lui-même le sujet. Il voulut savoir à quelle distance de Meryton se trouvait Netherfield, puis, lorsqu'elle l'eut renseigné, il demanda d'un ton hésitant depuis combien de temps Mr Darcy y séjournait.

« Un mois environ », répondit Elizabeth, puis, ne pouvant se résigner à abandonner le sujet, elle ajouta : « J'ai cru comprendre que ce monsieur possédait de vastes domaines dans le Derbyshire.

– C'est exact, dit Wickham. Sa propriété est superbe et fournit des revenus nets de dix mille livres par an. Vous n'auriez pu trouver personne de mieux placé que moi pour vous renseigner là-dessus... car depuis ma tendre enfance, ma vie a été particulièrement liée à celle de sa famille. »

Elizabeth ne put cacher sa surprise.

« Cette déclaration a certes de quoi vous étonner, Miss Bennet, si vous avez remarqué, comme ce fut sans doute le cas, la froideur de notre rencontre d'hier. Connaissez-vous bien Mr Darcy ?

– Trop bien, à mon goût, s'écria Elizabeth avec chaleur. J'ai passé quatre jours sous le même toit que lui et je le trouve fort désagréable.

– Je n'ai pas, quant à moi, le droit de donner mon opinion là-dessus, déclara Wickham. Je ne saurais d'ailleurs en avoir une. Je le connais trop bien et depuis trop longtemps pour être bon juge. Il m'est impossible de rester impartial. Il me semble, toutefois, que l'opinion que vous avez de lui surprendrait bien des gens... et peut-être ne vous montreriez-vous pas aussi péremptoire ailleurs qu'ici, où vous êtes pour ainsi dire chez vous.

– Sur ma foi, je ne dis rien ici que je n'ose répéter dans toutes les demeures des alentours, hormis Netherfield bien entendu. Il n'est pas du tout apprécié dans le Hertfordshire. Tout le monde est révolté par son orgueil, et je ne crois pas que vous entendrez quiconque en parler plus favorablement.

– J'aurais mauvaise grâce, poursuivit Wickham, à paraître m'affliger de le voir, ou de voir quiconque, estimé à sa juste valeur, mais il me semble que cela ne lui arrive pas souvent. Le monde est aveuglé par sa fortune et par son rang, ou bien intimidé par ses façons hautaines et imposantes, et ne le considère que sous le jour où il lui plaît d'être considéré.

– J'ai beau le connaître à peine, il m'a paru être d'un naturel fort revêche.»

Wickham se contenta de secouer la tête.

«J'aimerais savoir, continua-t-il lorsqu'il put reprendre le fil de la conversation, s'il compte séjourner encore longtemps dans les environs.

– Je n'en ai pas la moindre idée, mais lors de ma visite à Netherfield, je ne l'ai pas entendu parler d'un prochain départ. J'espère que sa présence dans la région ne va pas contrarier vos projets en faveur du régiment.

– Certes non... ce n'est pas à moi à me laisser chasser d'ici par Mr Darcy. Si lui souhaite m'éviter, qu'il s'en aille. Nous ne sommes pas en bons termes, c'est vrai, et il m'est toujours pénible de le rencontrer, mais je n'ai aucune raison de le fuir que je ne puisse clamer à la face du monde: une ferme conviction d'avoir été lésé et de très vifs regrets qu'il soit tel qu'il est. Son père, Miss Bennet, feu Mr Darcy, était l'un des meilleurs hommes qui aient existé et l'ami le plus fidèle que j'aie jamais eu; et il m'est impossible de me trouver en présence de l'actuel Mr Darcy sans être percé jusqu'au fond du cœur par mille tendres souvenirs. Sa conduite à mon égard a été scandaleuse, mais je crois sincèrement que j'aurais pu tout lui pardonner, tout, sauf d'avoir déçu les espérances et déshonoré la mémoire de son père.»

Elizabeth trouvait la conversation de plus en plus passionnante, et elle écoutait avec avidité, mais le sujet était néanmoins trop délicat pour lui permettre de presser son interlocuteur de questions.

Mr Wickham aiguilla l'entretien vers des thèmes plus généraux, Meryton et ses alentours, les gens qu'on y fréquentait, et il parut tout à fait charmé par ce qu'il en avait vu jusque-là, insistant tout particulièrement sur le dernier de ces avantages avec une galanterie discrète, mais sans équivoque.

«C'est la perspective de côtoyer constamment la société, et la bonne société, ajouta-t-il, qui m'a incité avant toute autre chose à rejoindre ce régiment. Je savais qu'il s'agissait d'un corps d'hommes respectables et agréables, mais mon ami Denny a achevé de me tenter par la description de leurs quartiers actuels, ainsi que des très grands égards et des charmantes fréquentations qu'ils ont trouvés à Meryton. Je dois vous avouer que la société de mes semblables m'est nécessaire. J'ai dû essuyer une cruelle désillusion et mon humeur n'est pas faite pour la solitude. Il me faut une occupation et de la compagnie. La vie militaire n'était pas celle à laquelle on me destinait, mais les circonstances me la rendent à présent souhaitable. La religion aurait dû être ma voie – c'est pour l'Église que l'on m'a élevé; et je devrais être à l'heure qu'il est titulaire d'un excellent bénéfice, si le monsieur dont nous parlions à l'instant l'avait voulu.

– Vraiment ?

– Mais oui... feu Mr Darcy m'avait légué le meilleur de ceux dont il disposait, dès que celui-ci se trouverait libre. Il était mon parrain et m'était extrêmement attaché. Je ne me louerai jamais assez de toutes ses bontés. Il voulait m'établir généreusement et pensait l'avoir fait; mais lorsque le bénéfice s'est trouvé à pourvoir, il a été cédé à un autre.

– Juste ciel ! s'écria Elizabeth, mais comment est-ce possible ? Comment n'a-t-on pas tenu compte de ses dernières volontés ? Pourquoi n'avez-vous pas eu recours à la loi pour les faire respecter ?

– Il y avait justement dans les termes du legs un manque de précision qui m'interdisait de plaider. Un homme d'honneur n'aurait eu aucun doute sur les intentions de mon protecteur, mais Mr Darcy fils choisit quant à lui de douter – ou plutôt de considérer qu'il ne s'agissait que d'une simple recommandation, ce qui lui permit d'affirmer que je devais être déchu de tous mes droits par la faute de ma prodigalité, de mon imprudence, bref du premier prétexte qui lui est passé par la tête. Toujours est-il que le bénéfice s'est trouvé libre il y a deux ans, alors que j'avais atteint l'âge requis pour en devenir titulaire, et qu'on y a nommé quelqu'un d'autre ; et je puis jurer que je n'ai à me reprocher aucune faute susceptible de m'en rendre indigne. Je suis d'un naturel vif et irréfléchi, et il a pu m'arriver de dire un peu trop librement devant Mr Darcy ce que je pensais de lui, mais je ne me rappelle rien de plus grave. La vérité, c'est que nous sommes deux hommes fort dissemblables et qu'il me hait.

– Ce que vous m'apprenez me révolte ! Il mériterait d'être cloué au pilori.

– Oh ! cela finira bien par lui arriver… mais ce ne sera pas par mon entremise. Jamais je ne pourrai le défier ni le confondre, tant que je garderai au fond de moi le souvenir de son père. »

Elizabeth fut charmée par de tels sentiments et trouva qu'il avait meilleure grâce que jamais à les exprimer.

« Mais, reprit-elle après un silence, quel motif a bien pu le pousser ? Qu'est-ce donc qui l'a induit à se conduire avec autant de cruauté ?

– Une antipathie profonde et prononcée à mon égard – sentiment que je ne puis attribuer dans une large mesure qu'à la jalousie. Si feu Mr Darcy m'avait moins aimé, son fils m'aurait peut-être mieux supporté ; mais, à ce que je crois, l'attachement inusité que me portait son père l'a irrité dès son plus jeune âge, et il n'était pas de nature à tolérer l'espèce de rivalité qu'il y avait sans cesse entre nous, l'espèce de préférence qui m'était souvent donnée.

– Je ne pensais pas que Mr Darcy fût aussi condamnable. Il ne m'a jamais été sympathique, mais je n'avais point de lui si piètre opinion. J'avais cru comprendre qu'il méprisait son prochain en général, mais je ne soupçonnais pas qu'il pouvait s'abaisser à se venger de façon aussi malveillante, à se montrer aussi injuste, aussi inhumain.»

Puis elle continua, après quelques instants de réflexion:

«Je me rappelle, en effet, l'avoir entendu se vanter, à Netherfield, de l'implacabilité de ses rancunes et de son tempérament intransigeant. Il doit avoir un caractère épouvantable.

– Je ne veux point me prononcer là-dessus, répondit Wickham, je ne saurais me montrer équitable.»

Elizabeth se replongea dans ses pensées, mais au bout de quelques minutes, elle s'exclama:

«Traiter de la sorte le filleul, l'ami, le favori de son père!» Elle aurait aimé ajouter: «Et un jeune homme tel que vous, dont la physionomie seule reflète toute l'excellence!» mais elle se contenta de dire: « Et qui était, je pense, son compagnon d'enfance, avec lequel il était, m'avez-vous dit, particulièrement lié.

– Nous sommes nés dans la même paroisse, dans l'enceinte du même parc, et nous avons passé ensemble la plus grande partie de notre jeunesse. Nous habitions la même demeure, nous partagions les mêmes jeux, nous recevions la même tendresse paternelle. Mon père, après avoir commencé par exercer la profession dont votre oncle Philips est un si distingué représentant, l'abandonna complètement pour se consacrer au service de feu Mr Darcy, et il se dévoua corps et âme à l'administration du domaine de Pemberley. Feu Mr Darcy avait pour lui la plus grande estime et le considérait comme un ami intime en qui il pouvait avoir toute confiance. Il aimait à répéter qu'il avait une dette inestimable envers la surveillance zélée de mon père ; et lorsque au moment de la mort de celui-ci, il lui jura de m'établir dans la vie, je suis convaincu qu'il agissait autant par gratitude envers lui que par amitié pour moi.

– C'est incroyable ! s'écria Elizabeth. Quelle abomination ! Je m'étonne que l'orgueil même de Mr Darcy fils ne l'ait pas amené à se montrer équitable envers vous. Que, faute d'un motif plus noble, il n'ait point été trop fier pour agir malhonnêtement – car je dois bien appeler cela de la malhonnêteté.

– C'est fort étonnant, en effet, convint Wickham, car l'orgueil est à la base de presque tous ses actes. Disons même que ce défaut lui a souvent été d'excellent conseil, qu'il l'a poussé dans la voie de la vertu bien plus sûrement que n'aurait pu le faire un autre sentiment. Mais nous sommes tous faillibles, après tout, et en ce qui concerne sa conduite à mon égard, il a obéi à des instincts plus puissants encore que l'orgueil.

– Cette morgue infernale lui a donc été parfois bénéfique?

– Mais oui. Elle l'a souvent rendu libéral et même généreux, elle l'a incité à donner sans compter, à faire montre de son hospitalité, à aider ses locataires et à secourir les miséreux. L'orgueil familial et l'orgueil *filial*, surtout, ont servi à cela, car il était très fier de la bonté de son père. Ne pas déshonorer son nom, ne pas faillir aux qualités ancestrales des maîtres de Pemberley, ne pas perdre l'influence qu'ils en retiraient, voilà de puissants mobiles. Il possède en outre un orgueil *fraternel* qui, joint à une certaine forme d'affection, en a fait un tuteur plein d'indulgence et de tendresse pour sa sœur; et vous entendrez généralement proclamer qu'il est le plus attentionné et le meilleur des frères.

– Quelle espèce de jeune personne est Miss Darcy?»

Il secoua la tête.

«J'aimerais pouvoir vous dire qu'elle est charmante. Il m'est pénible de dire du mal d'une Darcy, mais elle ressemble trop à son frère – très, très orgueilleuse. Petite fille, elle était fort affectueuse, fort gentille et elle m'aimait tendrement; j'ai passé jadis des heures entières à la distraire. Mais elle n'est désormais plus rien pour moi. C'est une belle jeune fille de quinze ou seize ans, et je me suis laissé dire qu'elle avait tous les talents. Elle vit à Londres, depuis la mort de son père, en compagnie d'une dame qui se consacre à son éducation.»

Après un silence prolongé, Elizabeth tenta de s'intéresser à quelque autre sujet, mais elle ne put, pour finir, s'empêcher d'en revenir à la discussion initiale:

«Je suis fort étonnée de le savoir si lié avec Mr Bingley. Comment celui-ci, qui est la bienveillance faite homme et qui est, à ce que je crois, véritablement estimable, peut-il être l'ami d'un tel individu? Comment parviennent-ils à s'entendre? Connaissez-vous Mr Bingley?

– Pas du tout.

– C'est un homme doux, charmant, affable. Il doit tout ignorer de la véritable nature de Mr Darcy.

– Sans doute. Mais, vous savez, Mr Darcy est très capable de plaire lorsqu'il le souhaite. Ce ne sont pas les dons qui lui manquent. Il sait être un compagnon des plus agréables, s'il estime que cela en vaut la peine. Lorsqu'il évolue parmi ses pairs, c'est un homme fort différent de ce que vous pouvez voir chez les gens moins fortunés. Son orgueil ne l'abandonne jamais, mais chez les riches, il est large d'esprit, juste, sincère, raisonnable, honorable et, pourquoi pas, aimable – compte tenu de sa fortune et de sa prestance.»

Presque aussitôt, la partie de whist se termina, et les joueurs vinrent s'assembler autour de l'autre table. Mr Collins prit place entre Elizabeth et

Mrs Philips, et cette dernière se chargea de lui poser toutes les questions d'usage touchant sa fortune au jeu. La chance ne lui avait guère souri, puisqu'il avait perdu toutes les manches; mais lorsque Mrs Philips parut en concevoir quelque inquiétude, il put lui assurer avec une ferme gravité que la chose n'avait aucune importance, car l'argent était à ses yeux moins que rien, et il la supplia de ne pas se tourmenter.

«Je sais très bien, madame, ajouta-t-il, qu'en s'asseyant à une table de jeu, il faut accepter de s'en remettre au hasard – et Dieu merci, un homme de ma condition n'en est pas à cinq shillings près. Il est certain que bien des gens ne pourraient en dire autant, mais grâce à Lady Catherine de Bourgh, je puis, quant à moi, m'élever loin au-dessus de ces mesquines contingences.»

Ces mots attirèrent l'attention de Mr Wickham, et après avoir dévisagé quelques instants Mr Collins, il demanda à mi-voix à Elizabeth si son parent était intimement lié avec la famille de Bourgh.

«Lady Catherine de Bourgh, expliqua-t-elle, l'a récemment nommé titulaire d'un bénéfice. Je ne saurais vous dire de quelle manière Mr Collins s'est signalé à son attention, mais il ne la connaît certainement pas depuis longtemps.

– Vous savez, bien sûr, que Lady Catherine de Bourgh et Lady Anne Darcy étaient sœurs, et que cette dame est par conséquent la tante de l'actuel Mr Darcy.

– Mais non, absolument pas. J'ignorais tout des liens de parenté de Lady Catherine. Jamais je n'avais entendu parler d'elle jusqu'à avant-hier.

– Sa fille, Miss de Bourgh, est l'héritière d'une immense fortune, et l'on pense que son cousin et elle réuniront un jour leurs biens. »

Cette nouvelle fit sourire Elizabeth, qui songea aussitôt à la pauvre Miss Bingley. Toutes ses prévenances étaient bien inutiles, son affection pour Miss Darcy et les éloges dont elle abreuvait son frère étaient vains et sans espoir, s'il se destinait d'ores et déjà à une autre.

« Mr Collins, reprit-elle, nous chante les louanges de Lady Catherine et de sa fille, mais si j'en crois certains détails qu'il nous a révélés, je crains que sa gratitude ne l'égare et que Sa Seigneurie, bien qu'elle soit sa protectrice, n'en soit pas moins une femme arrogante et vaniteuse.

– Je crois savoir qu'elle l'est, en effet, au plus haut degré, confirma Wickham. Cela fait des années que je ne l'ai point revue, mais je me souviens fort bien que je ne l'ai jamais aimée et qu'elle a toujours eu des façons autoritaires et insolentes. On vante partout sa grande sagesse et son intelligence, mais pour ma part, je serais tenté d'attribuer une partie des qualités qu'on lui prête à son rang et à sa fortune, une autre à ses manières de dictateur, et le reste à l'orgueil de son neveu qui désire que toute sa famille passe pour posséder un entendement de tout premier ordre. »

Elizabeth admit volontiers que cette explication était la plus logique, et ils continuèrent à deviser ainsi, pour leur plus grande satisfaction mutuelle, jusqu'à ce que le repas vînt interrompre la partie de loto et permettre aux autres dames de profiter un peu de Mr Wickham. Il ne pouvait être question de converser au milieu du vacarme qui accompagnait le souper de Mrs Philips, mais les manières du jeune homme charmèrent toute l'assemblée. Tout ce qu'il disait, il le disait bien, et tout ce qu'il faisait, il le faisait avec grâce. Elizabeth s'en retourna chez elle, la tête toute pleine de Mr Wickham. Pendant le trajet de retour, elle ne put cesser de penser à lui et à tout ce qu'il lui avait raconté, mais elle n'eut même pas l'occasion de prononcer son nom, car ni Lydia ni Mr Collins ne se turent une seconde. Lydia n'avait que le mot «loto» à la bouche, et elle ne leur fit grâce d'aucun détail sur les lots qu'elle avait perdus et gagnés. Quant à Mr Collins, entre l'éloge qu'il voulait faire de la courtoisie de Mr et Mrs Philips, ses protestations de désinterêt total sur le chapitre de ses pertes, son énumération de tous les plats du souper, et ses craintes, mille fois répétées, de gêner ses cousines, il n'avait aucune chance de venir à bout de la moitié de ce qu'il avait à dire avant d'arriver à Longbourn.

Chapitre XVII

Le lendemain, Elizabeth rapporta à Jane tout ce qui s'était dit entre Mr Wickham et elle-même. Sa sœur l'écouta, partagée entre l'étonnement et l'inquiétude : elle ne pouvait se résoudre à croire que Mr Darcy fût aussi indigne de l'estime de Mr Bingley ; et pourtant, elle n'était pas non plus de nature à mettre en doute la véracité d'un jeune homme d'aspect aussi engageant que Wickham. La seule idée qu'il avait pu endurer de tels tourments suffisait à mobiliser ses plus tendres sentiments, ce qui ne lui laissait donc qu'une échappatoire : garder à chacun sa confiance, défendre leurs conduites respectives, et mettre sur le compte d'un accident ou d'une méprise tout ce qui ne pouvait s'expliquer autrement.

« Tous deux, conclut-elle, auront été leurrés, d'une façon ou d'une autre, que nous ne saurions concevoir. Des personnes qui avaient intérêt à la brouille les auront peut-être trompés l'un sur l'autre. Bref, il doit exister des causes ou des circonstances que nous ne pouvons deviner et qui les auront éloignés l'un de l'autre, sans qu'aucun des deux soit véritablement à blâmer.

— C'est fort bien dit. Et maintenant, ma chère Jane, que peux-tu avancer en faveur des personnes intéressées mêlées sans doute à l'affaire? Innocente-les aussi, je t'en prie, sinon nous allons être forcées d'avoir mauvaise opinion de quelqu'un.

– Ris de moi autant que tu le voudras, tes moqueries ne me feront pas changer d'avis. Voyons, ma chère Lizzy, songe un peu sous quel jour méprisable cette façon de traiter le favori de son père place Mr Darcy – un jeune homme que son père avait promis d'établir dans la vie. C'est impossible! Aucun homme de cœur, aucun homme qui attache le moindre prix à sa réputation n'en serait capable. Et tu voudrais que ses amis les plus intimes se trompent aussi grossièrement sur son compte? Ah, non.

– Il m'est beaucoup plus aisé de croire que Mr Bingley a pu se laisser abuser que de croire Mr Wickham capable d'inventer de toutes pièces le compte rendu de son passé qu'il m'a fait hier au soir, me citant tout sans hésiter, les noms, les faits, tout. Si son récit est faux, que Mr Darcy vienne donc le démentir. D'ailleurs, son visage respirait la sincérité.

– Cela est certes bien difficile... c'est même désolant. On ne sait que penser.

– Ah ! Je te demande pardon ! On sait exactement quoi penser. »

Mais Jane ne pouvait être sûre que d'une seule chose – c'était que Mr Bingley, s'il s'était effectivement laissé mystifier, serait bien malheureux lorsque l'affaire éclaterait au grand jour.

L'arrivée de quelques-unes des personnes en question vint arracher les deux jeunes filles au bosquet sous les frondaisons duquel se déroulait cet entretien ; Mr Bingley et ses sœurs étaient venus leur remettre en personne leur invitation au bal de Netherfield, qui était fixé au mardi suivant. Les deux visiteuses étaient enchantées de retrouver leur chère Jane ; elles s'écrièrent que cela faisait des lustres qu'elles ne s'étaient vues, et lui demandèrent à plusieurs reprises ce qu'elle était devenue depuis tout ce temps. Elles ne s'intéressèrent pour ainsi dire qu'à elle, évitant autant que possible Mrs Bennet, adressant à peine la parole à Elizabeth, et négligeant tout à fait les trois autres. Elles ne s'attardèrent pas, au demeurant, et quittèrent brusquement leurs sièges, avec une vivacité qui prit leur frère par surprise, avant de se hâter de disparaître, comme impatientes de fuir les politesses de Mrs Bennet.

La perspective du bal était agréable à toutes les dames de Longbourn. Mrs Bennet avait décidé d'y voir un hommage à sa fille aînée, et elle était particulièrement flattée d'avoir reçu son invitation de la bouche même de Mr Bingley, au lieu de se voir adresser un carton cérémonieux. Jane imaginait déjà quel plaisir lui vaudrait toute une soirée en compagnie de ses nouvelles amies, ainsi que les égards de leur frère, tandis qu'Elizabeth se réjouissait par avance à l'idée de danser surtout avec Mr Wickham et d'observer dans l'aspect et le comportement de Mr Darcy la confirmation de tout ce qu'elle venait d'apprendre. Le bonheur que se promettaient Catherine et Lydia dépendait moins d'une seule circonstance ou d'une personne en particulier, car si elles avaient, elles aussi, la ferme intention de passer la moitié de la soirée à danser avec Mr Wickham, il n'aurait su en aucun cas les satisfaire à lui tout seul ; un bal était un bal, après tout. Et Mary elle-même put assurer à sa famille que toutes ces réjouissances n'étaient pas pour lui déplaire.

« Tant qu'on me laisse librement disposer de mes matinées, expliqua-t-elle, cela me suffit. Ce n'est point un sacrifice, à mon sens, que d'assister de temps en temps à des soirées mondaines. Nous avons tous notre dette envers la société, et je fais partie de ceux qui estiment que de brefs intervalles de récréation et d'amusement doivent profiter à tout le monde. »

L'occasion avait mis Elizabeth de si joyeuse humeur qu'elle ne put s'empêcher de demander à Mr Collins, bien qu'elle évitât le plus souvent de lui adresser la parole sans nécessité, s'il avait l'intention d'accepter l'invitation de Mr Bingley, et, dans l'affirmative, s'il lui semblait convenable de prendre part aux distractions de la soirée. Elle fut assez surprise de découvrir que son cousin ne nourrissait à cet égard aucune espèce de scrupule, et qu'il ne craignait pas le moins du monde d'encourir les foudres de l'archevêque, ni même celles de Lady Catherine, s'il se risquait à danser.

«Je vous assure, lui répondit-il, que je ne considère nullement qu'un bal de ce genre, donné par un jeune homme de bonne réputation à des gens respectables, puisse prêter à mal; et je vois même si peu d'objections à danser moi-même que j'espère bien avoir l'honneur d'inviter chacune de mes charmantes cousines dans le courant de la soirée. Je vais d'ailleurs profiter de l'occasion pour vous prier de m'accorder les deux premières danses, Miss Elizabeth, convaincu que ma cousine Jane saura comprendre la raison de cette préférence et n'ira pas y voir un manque de respect de ma part.»

Elizabeth était prise à son propre piège. Elle qui s'était proposé de réserver ces deux danses à Wickham, voilà qu'il lui fallait le remplacer par Mr Collins! Jamais elle n'avait déployé son espièglerie à si mauvais escient. Il n'y avait rien à faire, cependant. Il fallut bien se résigner à différer de quelques instants son bonheur et celui de Mr Wickham, et accepter de la meilleure grâce possible l'offre de son cousin. L'idée que ces galanteries cachaient quelque chose n'était pas pour les lui rendre plus agréables. Il lui parut pour la première fois évident qu'elle avait été distinguée entre toutes ses sœurs pour devenir la maîtresse du presbytère de Hunsford et fournir la quatrième des parties de quadrille de Rosings, en l'absence de convives plus intéressants. Cette réflexion se transforma vite en conviction, à mesure qu'elle constatait que son cousin multipliait les égards envers elle et se hasardait fréquemment à tourner des compliments à la gloire de son esprit et de sa vivacité; or, bien qu'elle fût plus étonnée que proprement flattée par cette victoire de ses charmes, il ne lui fallut pas longtemps pour comprendre que sa mère était plus que satisfaite du tour que prenaient les événements. Elizabeth préféra toutefois ne pas relever les allusions maternelles, sachant bien que la réponse qu'elle avait à donner entraînerait immanquablement une grave dispute. Peut-être Mr Collins ne passerait-il jamais aux actes, et il était inutile de se quereller à son propos avant qu'il n'en fût venu là.

N'eussent été tous les préparatifs en vue du bal de Netherfield et toutes les conversations qui s'y rapportaient, les benjamines de la famille auraient été fort à plaindre car, du jour de l'invitation à celui du bal, il y eut une telle succession d'intermèdes pluvieux qu'il leur fut impossible d'aller une seule fois à Meryton. Impossible de partir en quête de leur tante, de ses nouvelles ou des officiers; il n'y eut pas jusqu'aux roses destinées à orner leurs souliers de bal qu'elles ne fussent obligées de choisir par procuration. Ces intempéries qui paralysaient totalement l'épanouissement de ses relations avec Mr Wickham, furent à deux doigts de lasser la patience d'Elizabeth elle-même; et seule l'alléchante perspective du bal du mardi permit à Catherine et à Lydia d'endurer le vendredi, le samedi, le dimanche et le lundi.

Chapitre XVIII

Avant d'avoir vainement cherché des yeux Mr Wickham parmi l'essaim d'habits rouges qui se pressaient dans le salon de Netherfield, où elle venait de pénétrer, Elizabeth n'avait pas douté un seul instant de sa présence au bal. Sa certitude de l'y retrouver n'avait été entamée par aucune des réflexions qui auraient pu, non sans raison, l'inquiéter. Elle avait apporté à sa toilette plus de soin encore que de coutume et s'était préparée de la meilleure humeur du monde à conquérir tout ce qui pouvait encore lui résister dans ce cœur, convaincue qu'une seule soirée devait en venir à bout. Mais elle fut alors aussitôt assaillie par un soupçon affreux : il avait dû être délibérément omis de l'invitation des Bingley à tous les officiers pour plaire à Mr Darcy; et bien que ce ne fût pas précisément le cas, son absence fut confirmée par son ami, Mr Denny, que Lydia pressa sans tarder de questions et qui leur apprit que Wickham avait été dans l'obligation de se rendre en ville pour affaires, et qu'il n'était pas encore revenu, ajoutant avec un sourire entendu :

« Je ne pense pas que ses affaires l'eussent rappelé à Londres aujourd'hui même, s'il n'avait particulièrement souhaité éviter un certain monsieur qui se trouve ici. »

Lydia n'entendit point cette précision, mais Elizabeth saisit ces quelques mots ; et comme ils la convainquirent que Darcy n'était pas moins responsable de l'absence de Wickham que si sa première hypothèse avait été confirmée, toute sa rancœur se trouva si fortement excitée contre le coupable par sa présente désillusion qu'elle eut peine à faire preuve d'un semblant de politesse lorsqu'il s'approcha presque aussitôt pour s'enquérir courtoisement de sa santé. L'amabilité, l'indulgence, la patience à l'égard de Darcy étaient autant de torts faits à Wickham ! Elle était résolue à couper court à toute conversation, et elle se détourna, en proie à un accès de mauvaise humeur qu'elle ne parvint pas tout à fait à surmonter pour s'adresser à Mr Bingley, dont le parti pris aveugle l'irritait.

Elizabeth, cependant, n'était pas faite pour la maussaderie ; et bien que tous ses espoirs de passer une agréable soirée fussent anéantis, sa gaieté ne tarda guère à reparaître. Après avoir narré par le menu ses peines à Charlotte Lucas, qu'elle n'avait pas vue depuis huit jours, elle se sentit la force d'en venir d'elle-même aux ridicules de son cousin et de le signaler tout spécialement à l'attention de son amie. Il lui fallut, toutefois endurer un regain d'affliction lors des deux premières danses qui furent pour elle une épreuve vexatoire. Mr Collins, maladroit et guindé, qui n'arrêtait pas de s'excuser au lieu de prendre garde à ce qu'il faisait, et qui accomplissait souvent de fausses manœuvres sans même s'en apercevoir, lui fit endurer toutes les affres de la honte et de l'infortune que peut infliger un cavalier déplorable pendant deux danses. Ce fut pour elle un vrai bonheur que d'en être délivrée.

Elle dansa ensuite avec un officier, ce qui lui valut le double plaisir de parler de Wickham et d'apprendre qu'il était aimé de tous. Après quoi elle retourna auprès de Charlotte pour reprendre leur conversation, et ce fut là qu'elle fut soudain accostée par Mr Darcy, qui la prit si parfaitement au dépourvu en l'invitant pour les prochaines danses qu'elle accepta sans bien savoir ce qu'elle faisait Il s'éloigna aussitôt, la laissant fort dépitée d'avoir manqué à ce point de présence d'esprit. Charlotte s'efforça de la consoler.

«Je gage que tu vas le trouver charmant.

– À Dieu ne plaise ! Ce serait le comble de l'infortune ! Trouver charmant un homme que l'on est bien décidée à détester ! Ne parle donc pas de malheur.»

Cependant, lorsque la musique reprit et que Darcy s'approcha pour lui offrir son bras, Charlotte ne put s'empêcher de conseiller tout bas à son amie de ne pas faire la sotte et de ne pas laisser son engouement pour Wickham la faire passer pour acariâtre aux yeux d'un homme qui le valait dix fois. Elizabeth ne répondit rien et prit sa place parmi les danseurs, remplie, à l'idée d'être jugée digne de s'afficher avec Mr Darcy, d'une stupéfaction dont elle voyait le reflet dans les regards de ses voisins. Sans un mot, ils se mirent à danser, et la jeune fille ne tarda point à se dire que leur silence allait s'éterniser jusqu'à la fin, bien décidée tout d'abord à ne pas être la première à le rompre; mais elle s'avisa soudain qu'il serait sans doute plus pénible à son partenaire de l'obliger à converser, si bien qu'elle s'empressa de lui glisser une banalité sur la soirée. Il répondit quelques mots et retomba dans son mutisme. Après une pause de plusieurs minutes, elle revint à la charge:

«C'est votre tour de dire quelque chose, Mr Darcy. Moi, j'ai parlé du bal; à vous donc de me faire une réflexion sur les proportions de la pièce ou le nombre des danseurs.»

Il sourit et lui assura qu'il était prêt à dire tout ce qu'elle souhaitait entendre.

«Fort bien. Cette réponse pourra suffire pour le moment. Peut-être vous ferai-je remarquer tout à l'heure que les bals privés sont beaucoup plus agréables que les bals publics, mais en attendant nous pouvons nous taire.

– Vous faites-vous donc une règle de parler en dansant?

– Quelquefois. Il faut bien échanger deux ou trois mots, voyez-vous. Il pourrait paraître étrange de passer une demi-heure ensemble sans desserrer les dents ; notez que pour satisfaire les goûts de certains, il faudrait arranger la conversation de façon à ce qu'ils aient le moins de choses possible à dire.

– Laissez-vous libre cours à vos sentiments, dans le cas présent, ou bien croyez-vous combler les miens ?

– Les deux, répliqua malicieusement Elizabeth, car j'ai toujours discerné une remarquable similitude dans nos façons de penser. Nous sommes tous deux d'un caractère rébarbatif et taciturne, répugnant à ouvrir la bouche à moins d'être certains de proférer des paroles susceptibles d'éblouir la salle entière et d'être transmises à la postérité avec tout l'éclat d'un proverbe.

– Je puis vous assurer que vous ne tracez pas là un portrait bien ressemblant de vous-même, déclara-t-il. Quant à savoir s'il se rapproche davantage de moi, je ne saurais le dire. Vous le jugez, pour votre part, tout à fait fidèle sans doute.

– Je ne veux pas faire la critique de mes propres œuvres. »

Il ne répondit pas et un nouveau silence s'établit jusqu'à ce qu'ils eussent atteint le bout de la rangée. Darcy demanda alors si ses sœurs et elle n'allaient pas très souvent à Meryton. Elle lui répondit que oui, et fut incapable de résister à la tentation d'ajouter :

« Lorsque vous nous y avez vues, l'autre jour, nous venions tout juste de faire une nouvelle connaissance. »

L'effet de ces paroles fut immédiat. Une expression de hauteur encore plus prononcée se peignit aussitôt sur le visage de Darcy, mais il resta coi, et sa cavalière, tout en se reprochant sa faiblesse, n'eut pas le courage de poursuivre. Le jeune homme finit toutefois par articuler d'une voix contenue :

« Mr Wickham a la chance de posséder des manières si charmantes qu'il est certain de se *faire* des amis, où qu'il arrive ; qu'il soit également certain de les *conserver*, voilà qui est plus douteux.

– Il a eu en effet le malheur de perdre *votre* amitié, rétorqua Elizabeth avec véhémence, et d'une façon dont il aura sans doute à souffrir toute sa vie. »

Darcy n'insista pas et parut désireux de changer de sujet. Au même instant, Sir William Lucas arriva à leur hauteur, très occupé à traverser le groupe de danseurs pour gagner l'autre côté de la pièce ; toutefois, en apercevant Mr Darcy, il s'arrêta, avec un salut d'une extrême courtoisie, pour le complimenter sur sa façon de danser et sur sa partenaire.

« Mon cher monsieur, j'éprouve à vous contempler un plaisir sans mélange ; un art si consommé de la danse ne se rencontre pas souvent. Il est évident que vous appartenez au meilleur monde.

Permettez-moi de vous dire, cependant, que votre belle cavalière vous fait plus qu'honneur, et que j'espère avoir souvent la joie de vous admirer ainsi, surtout lorsqu'un événement éminemment souhaitable (et il coula un regard entendu en direction de Jane et de Bingley) aura eu lieu, n'est-ce pas, ma chère Miss Eliza ? Ah, les félicitations pleuvront dru, alors, j'en prends Mr Darcy à témoin ! Mais je ne veux pas vous importuner plus longtemps, monsieur. Vous ne me saurez aucun gré de vous priver de la conversation ensorcelante de cette jeune personne dont les beaux yeux sont, eux aussi, lourds de reproches. »

Darcy entendit à peine la fin de cette petite tirade, car les allusions de Sir William semblaient l'avoir vivement frappé, et il posa sur Jane et Bingley, qui dansaient ensemble, un regard plein de gravité. Néanmoins, il se ressaisit promptement et se tourna vers sa partenaire :

« L'interruption de Sir William m'a fait oublier de quoi nous parlions.

– Je ne crois pas me rappeler que nous étions en train de parler. Sir William n'aurait pu interrompre deux personnes qui aient moins de choses à dire. Nous avons déjà essayé sans le moindre succès deux ou trois sujets, et je suis bien en peine d'imaginer ce dont nous allons pouvoir nous entretenir à présent.

– Que penseriez-vous de la littérature ? demanda-t-il en souriant.

– La littérature – oh, non ! – je suis sûre que nous ne lisons jamais les mêmes livres, ou en tout cas pas avec les mêmes yeux.

– Je suis navré que vous pensiez cela, mais s'il en est ainsi, nous ne manquerons toujours pas de matière à discussion. Nous pourrons confronter nos opinions divergentes.

– Non, je ne puis parler de livres dans une salle de bal ; j'ai la tête farcie de tas d'autres choses.

– Seul le présent vous occupe dans un tel décor, si je comprends bien ? hasarda-t-il d'un air de doute.

– Oui, toujours », répondit-elle sans bien savoir ce qu'elle disait, car son esprit vagabondait à mille lieues de là, comme le révéla presque aussitôt sa brusque exclamation : « Mr Darcy, je me rappelle vous avoir entendu dire, un jour, que vous ne pardonniez presque jamais ; que votre rancune, une fois encourue, était implacable. Vous êtes très circonspect, j'imagine, dans vos ressentiments ?

– En effet, dit-il d'une voix ferme.

– Et vous ne vous laissez jamais aveugler par les préjugés ?

– J'espère que non.

– C'est qu'il incombe tout particulièrement, voyez-vous, à ceux qui ne changent jamais d'avis d'être certains que leur première opinion sera la bonne.

– Puis-je vous demander à quoi tendent ces questions ?

– Tout simplement à illustrer votre caractère, déclara-t-elle en s'efforçant de se départir de sa gravité. Je tente actuellement de le cerner.

– Et y parvenez-vous ?»

Elle secoua la tête.

«Je n'avance pas d'un pouce. J'entends sur vous des avis si contradictoires que j'en reste tout ébahie.

– Je veux bien croire, répondit-il d'un ton sérieux, que les avis me concernant peuvent varier énormément; et j'aimerais autant, Miss Bennet, que vous ne tentiez pas d'esquisser mon portrait pour le présent, car il y a des raisons de craindre que votre œuvre ne soit ni à votre honneur ni au mien.

– Mais si je ne le fais pas maintenant, je n'en aurai peut-être plus jamais l'occasion.

– Je m'en voudrais de vous priver du moindre plaisir», répliqua-t-il avec froideur. Elle ne dit plus rien et, après avoir achevé leur seconde danse, ils se séparèrent sans un mot, tous deux mécontents, mais pas au même degré, car il y avait dans le cœur de Darcy un sentiment assez puissant pour obtenir sans tarder le pardon d'Elizabeth et diriger toute sa colère contre un autre.

À peine s'étaient-ils quittés que Miss Bingley, arborant une expression de dédain courtois, s'avançait vers Elizabeth et l'accostait en ces termes :

«Eh bien, Miss Eliza, j'apprends que vous vous êtes entichée de George Wickham. Votre sœur vient de me parler de lui et de me poser un millier de questions ; et je m'aperçois que ce jeune homme, malgré tout ce qu'il a trouvé à vous dire, a oublié de vous informer du fait qu'il était le fils du vieux Wickham, le régisseur de feu Mr Darcy. Permettez-moi cependant de vous conseiller, en toute amitié, de ne pas croire aveuglément tout ce qu'il raconte ; car ce qu'il dit de la cruauté de notre ami n'est qu'un tissu de mensonges ; au contraire, Mr Darcy l'a toujours traité avec une bonté remarquable, alors que George Wickham s'est conduit à son égard de façon proprement scandaleuse. Je ne connais pas tous les détails de l'affaire, mais je sais fort bien que Mr Darcy est blanc comme neige ; qu'il ne peut supporter d'entendre prononcer le nom de George Wickham ; et que mon frère, qui ne pouvait guère éviter de l'inclure dans son invitation aux officiers, a été fort soulagé de constater qu'il avait préféré disparaître. Sa venue dans les environs est déjà parfaitement déplacée et je me demande comment il a eu l'outrecuidance de s'y risquer, je vous plains, ma chère, de découvrir ainsi tous les méfaits de votre favori, mais vrai, si l'on songe à ses origines, on ne pouvait guère en espérer mieux.

– À vous entendre, on a l'impression que ses méfaits et ses origines ne sont qu'une seule et même chose, rétorqua Elizabeth furieuse, car vous ne l'avez accusé de rien de plus grave que d'être le fils du régisseur de Mr Darcy, et je puis vous certifier qu'il me l'avait appris lui-même.

– Je vous demande pardon, répondit Miss Bingley, en se détournant avec un sourire de mépris. Ne m'en veuillez pas de cette intervention ; elle partait d'un bon sentiment. »

« Espèce d'insolente ! se dit Elizabeth, *in petto*. Tu te trompes lourdement si tu crois m'influencer par une attaque aussi vile. Je n'y vois rien d'autre que ton parti pris de fermer les yeux et que la malveillance de Mr Darcy. »

Elle partit alors à la recherche de sa sœur aînée, qui s'était engagée à questionner Bingley sur le même sujet. Jane l'accueillit par un sourire si plein de doux contentement, par une expression si rayonnante de bonheur qu'il n'était pas besoin de lui demander si elle était satisfaite du déroulement de la soirée. Elizabeth lut aussitôt ses émotions sur son visage ; et sur le moment sa sollicitude à l'égard de Wickham, son ressentiment envers ses ennemis et tout le reste pâlirent devant l'espoir de voir sa sœur bien près d'atteindre à la félicité.

« Je voulais savoir, commença-t-elle avec un sourire aussi épanoui que celui de Jane, ce que tu avais appris sur Mr Wickham, mais peut-être as-tu été trop agréablement occupée pour songer à une tierce personne, auquel cas tu es toute pardonnée.

– Non pas, répondit Jane, je n'ai pas oublié ; mais je n'ai rien appris qui puisse te satisfaire. Mr Bingley ne connaît pas toute son histoire et ignore absolument tout des circonstances qui ont pu indisposer plus particulièrement Mr Darcy contre lui ; mais il est prêt à répondre de la bonne conduite, de la probité et de l'honneur de son ami, et il est tout à fait convaincu que Mr Wickham a été traité par Mr Darcy avec des ménagements dont il n'était pas digne ; je suis navrée de te dire qu'à l'en croire, et à en croire sa sœur, Mr Wickham est loin d'être un jeune homme irréprochable. Je crains même qu'il n'ait été fort imprudent et n'ait mérité de perdre l'estime de Mr Darcy.

– Mr Bingley ne connaît pas personnellement Mr Wickham.

– Non, il ne l'avait jamais vu avant l'autre matin à Meryton.

– Donc, il n'a fait que te répéter ce qu'il avait entendu dire à son ami. Je suis parfaitement tranquillisée. T'a-t-il parlé du bénéfice ?

– Il ne se rappelle plus très clairement les circonstances, bien que Mr Darcy lui en ait parlé plus d'une fois, mais il lui semble bien que ce legs avait été fait sous toute réserve.

– Je ne doute pas un instant de la sincérité de Mr Bingley, déclara Elizabeth avec chaleur, mais tu voudras bien me pardonner si je ne me laisse pas convaincre par ses seules assurances. Je veux bien croire qu'il a défendu son ami avec beaucoup d'éloquence, mais comme il n'est pas au fait de plusieurs épisodes de cette affaire et qu'il tient le peu qu'il en sait de l'ami en question, je me hasarderai à ne rien changer à l'opinion que j'avais de ces deux messieurs. »

Elle passa alors à un sujet qui leur était plus agréable à l'une comme à l'autre et qui ne risquait pas de susciter entre elles la moindre discorde. Elle fut ravie d'écouter Jane lui confier les heureux, mais modestes espoirs qu'elle avait de posséder le cœur de Bingley, et elle fit son possible pour la persuader qu'elle y régnait en maîtresse. Dès que Mr Bingley en personne vint les rejoindre, Elizabeth s'en fut retrouver Miss Lucas à qui elle finissait tout juste de confier, en réponse à sa question, quel agrément elle avait eu à danser avec son récent partenaire, lorsque Mr Collins s'approcha pour annoncer à sa cousine, d'une voix débordante d'exultation, qu'il avait eu la chance de faire une importante découverte.

«Je viens, expliqua-t-il, de m'apercevoir, à la suite d'un étonnant concours de circonstances, qu'un proche parent de ma protectrice se trouve présentement dans cette salle. Figurez-vous que j'ai entendu ce monsieur citer de sa propre bouche à la jeune femme qui nous a fait les honneurs de la maison les noms de sa cousine, Miss de Bourgh, et de sa tante, Lady Catherine. Que ces coïncidences sont donc merveilleuses ! Qui eût dit que j'allais rencontrer un neveu – peut-être – de Lady Catherine de Bourgh à ce bal ? Je suis bien aise d'avoir fait cette découverte à temps pour aller lui présenter mes respects, comme je me propose de le faire, et je suis sûr qu'il voudra bien m'excuser si je ne l'ai pas fait plus tôt. L'ignorance totale dans laquelle je me trouvais doit plaider en ma faveur.

– Vous ne songez pas à aller vous présenter à Mr Darcy ?

– Si fait. Je vais de ce pas lui demander pardon de ne pas l'avoir déjà salué. Je crois bien qu'il s'agit du propre neveu de Lady Catherine. Eh bien, je suis à même de lui préciser que sa tante se portait à merveille il y a eu hier huit jours. »

Elizabeth s'employa de toutes ses forces à le dissuader de ce projet ; elle lui assura qu'au lieu de penser qu'il rendait hommage à sa tante, Mr Darcy ne manquerait pas de considérer qu'en lui adressant ainsi la parole sans qu'ils eussent été présentés Mr Collins prenait une impertinente liberté ; qu'il n'était d'ailleurs pas nécessaire qu'ils échangeassent le moindre mot ; et qu'en tout cas, il appartenait à Mr Darcy, le premier par le rang, d'en prendre l'initiative. Mr Collins l'écouta avec l'air résolu d'un homme qui n'en veut faire qu'à sa tête et, quand elle se tut, il répondit :

« Ma chère Miss Elizabeth, j'ai la plus haute opinion de votre excellent jugement dans toutes les affaires qui relèvent de votre compétence, mais permettez-moi de vous dire qu'il doit exister une importante différence entre le cérémonial en vigueur chez les particuliers et celui qui régit les membres du clergé ; je vous ferai, en effet, observer qu'à mon sens l'office clérical s'apparente de par sa dignité aux rangs les plus élevés de la noblesse – pourvu que l'on sache conserver en même temps une humilité de bon aloi. Vous m'autoriserez par conséquent à obéir, en cette occasion, aux ordres que me dicte ma propre conscience, laquelle me pousse à accomplir ce que je tiens pour mon devoir. Pardonnez-moi si j'omets de profiter de vos conseils qui me guideront constamment dans tous les autres domaines, même si dans le cas présent il me semble que mon éducation et mes occupations habituelles me préparent mieux qu'une jeune personne telle que vous à décider de ce qui est convenable.»

Et après s'être incliné jusqu'à terre, il la quitta pour aller s'attaquer à Mr Darcy, dont elle attendit avec intérêt la réaction à de telles avances, et dont l'étonnement à se voir aborder de la sorte était évident. Mr Collins fit précéder son discours d'un profond salut et, bien qu'elle ne pût entendre un traître mot de ce qu'il disait, il lui semblait n'en rien perdre, car elle pouvait lire sur ses lèvres les mots «excuser», «Hunsford» et «Lady Catherine de Bourgh». Elle fut mortifiée de voir son cousin se donner ainsi en spectacle à un tel homme. Mr Darcy le contemplait avec une surprise qu'il ne cherchait pas à cacher, et lorsque Mr Collins le laissa enfin parler il répondit avec une politesse distante. Il en fallait plus, cependant, pour décourager son interlocuteur, qui reprit aussitôt la parole, et le mépris de Mr Darcy parut s'accroître à mesure que ce second discours se prolongeait.

Dès qu'il eut pris fin, il se contenta de s'incliner imperceptiblement avant de s'éloigner. Mr Collins revint alors auprès de sa cousine.

«Je vous assure, dit-il, que je n'ai aucune raison d'être mécontent de l'accueil qui m'a été fait. Mr Darcy a semblé ravi de ma sollicitude. Il m'a répondu avec la plus parfaite amabilité et m'a même fait l'honneur de me dire qu'il était assez convaincu du discernement de Lady Catherine pour être certain qu'elle n'accorderait jamais sa confiance à quelqu'un qui n'en fût pas digne. La pensée ne manque pas de délicatesse. Il m'a fait, dans l'ensemble, excellente impression.»

Comme Elizabeth n'était plus désormais absorbée par aucun intérêt personnel, elle put consacrer la majeure partie de son attention à sa sœur et à Mr Bingley; et les prometteuses conjectures qui naquirent de ses observations la rendirent peut-être presque aussi heureuse que Jane. Dans son idée, elle la voyait déjà installée sous ce toit, comblée de toute la félicité que peut procurer un véritable mariage d'inclination; et elle se sentait de force, en pareilles circonstances, à tenter de sympathiser avec les deux sœurs de Bingley. Il ne lui fallut pas longtemps pour constater que les pensées de sa mère suivaient un cours analogue, et elle résolut de ne point se risquer de son côté, de peur d'en entendre trop. Par conséquent, lorsqu'elle s'aperçut, en passant à table, qu'à la suite d'un malencontreux hasard, elles n'étaient séparées l'une de l'autre que par une seule personne (Lady Lucas), elle fut gravement contrariée d'entendre que sa mère s'adressait librement et ouvertement à sa voisine et ne semblait disposée à parler que de son espoir de voir Jane bientôt mariée à Bingley. C'était un sujet passionnant et Mrs Bennet ne paraissait jamais devoir se lasser d'énumérer les multiples avantages de cette union. Elle commença par se féliciter à l'idée que Bingley fût si charmant, si riche et n'habitât qu'à trois miles de chez eux; et puis, n'est-ce pas, l'affection de ses sœurs pour Jane lui était d'un grand réconfort, car elle montrait bien qu'elles souhaitaient cette alliance aussi ardemment qu'elle-même. L'événement était, en outre, des plus prometteurs pour ses cadettes, puisque le beau mariage de Jane allait fort certainement mettre sur leur route d'autres jeunes gens fortunés; enfin, il serait bien agréable à son âge de pouvoir confier ses plus jeunes filles à leur sœur et de ne plus être obligée de sortir plus souvent qu'à son tour. Force était à Mrs Bennet de paraître ravie de cet état de chose car l'étiquette l'exigeait, mais en réalité, personne n'était moins fait qu'elle pour se réjouir de pouvoir rester chez soi, quel que fût son âge. Elle conclut en souhaitant de tout cœur à Lady Lucas un semblable bonheur dans un proche avenir, mais son air triomphant disait assez qu'elle était sûre du contraire.

Ce fut en vain qu'Elizabeth tenta d'endiguer ce flot de paroles et de persuader sa mère de baisser un peu la voix pour peindre le tableau de son contentement ; elle voyait en effet, pour sa plus vive contrariété, que Mr Darcy, qui était assis en face d'elles, n'en perdait pas un mot. Mrs Bennet se contenta de lui reprocher ses scrupules absurdes.

« Et que me fait Mr Darcy, je te prie ? Pourquoi faut-il que j'aie peur de lui ? Nous ne lui devons, ce me semble, aucun égard particulier qui nous obligerait à ne pas prononcer des paroles risquant de lui déplaire.

– Pour l'amour du ciel, ma mère, parlez plus bas. Quel intérêt avez-vous à offenser Mr Darcy ? Ce n'est toujours pas ainsi que vous ferez plaisir à son ami. »

Cependant, aucune de ses objurgations n'y fit. Mrs Bennet s'entêtait à donner son avis à haute et intelligible voix. Elizabeth n'en finissait pas de rougir de honte et de vexation. Elle ne pouvait s'empêcher de jeter de brefs coups d'œil à Mr Darcy, bien que chacun de ces regards vînt confirmer ses craintes ; en effet, même si le jeune homme n'avait pas toujours les yeux fixés sur sa mère, elle était convaincue que son attention ne s'en détournait pas. Elle vit son expression passer peu à peu du mépris indigné à une gravité calme et inflexible.

Mrs Bennet finit, toutefois, par n'avoir plus rien à dire, et Lady Lucas, qui bâillait depuis un bon moment à l'entendre ressasser des délices qu'elle avait peu de chances de partager un jour, put s'abandonner au réconfort de son jambon et de son poulet froids. Elizabeth se sentit revivre. Mais cet intervalle de sérénité fut de courte durée, car dès la fin du souper on se mit à parler musique, et elle dut endurer la mortification de voir Mary se préparer à régaler l'assistance sans presque qu'on l'on eût priée. Elizabeth multiplia les regards appuyés et les silencieuses supplications pour la dissuader de fournir cette preuve de sa complaisance – mais en vain; Mary, enchantée d'avoir une si belle occasion de briller, refusa de comprendre et attaqua aussitôt son air. Sa sœur la contempla, en proie à de pénibles sensations, et elle suivit sa progression le long de plusieurs couplets avec une impatience qui fut bien mal récompensée à la fin du morceau; Mary, en effet, ayant saisi parmi les remerciements des convives une vague allusion à l'espoir qu'elle se laisserait persuader de faire durer le plaisir, entama un autre air sans reprendre haleine. Or son talent n'était nullement à la hauteur d'un tel exploit; sa voix était faible et elle minaudait. Elizabeth était au supplice. Elle regarda Jane pour voir comment elle supportait l'épreuve, mais celle-ci bavardait fort posément avec Bingley. Elle observa alors les sœurs de ce dernier et les vit échanger des signes de dérision et en adresser à Darcy, qui conservait néanmoins son expression de gravité impénétrable. Elle tourna les yeux vers son père, pour le supplier d'intervenir de peur que Mary n'y passât la nuit. Il comprit ce regard, et à peine sa fille avait-elle terminé ce deuxième air qu'il lançait tout fort :

« Voilà qui va très bien, mon enfant. Tu nous as suffisamment comblés comme cela. Laisse donc briller tes amies à présent. »

Mary fit semblant de ne pas avoir entendu, mais elle était assez déconfite ; Elizabeth, peinée pour elle et navrée de la réflexion de son père, se dit que ses scrupules n'avaient servi à rien. On pria d'autres invités de chanter quelque chose.

« Ma foi, fit Mr Collins, si j'avais la chance de posséder une belle voix, je serais ravi, je l'avoue, de faire plaisir à toute la compagnie ; car je tiens la musique pour un divertissement tout à fait innocent et parfaitement compatible avec la dignité ecclésiastique. Je ne veux pas dire par là, cependant, que nous ne saurions y consacrer trop de temps, car nous avons, nous autres, des devoirs plus pressants. Le pasteur d'une paroisse a fort à faire. Il doit, tout d'abord, organiser la gestion du denier du culte, de façon à en tirer lui-même quelque profit sans toutefois mécontenter son protecteur. Il doit aussi composer ses sermons ; et il n'aura pas trop du temps qui lui reste pour remplir ses devoirs paroissiaux, et s'occuper de tenir et d'améliorer sa demeure, qu'il n'a aucune raison de ne pas rendre aussi confortable que possible. Il ne faut surtout pas, en outre, prendre à la légère la nécessité de se montrer attentionné et conciliant envers tout un chacun, et plus particulièrement, bien sûr, envers ceux à qui l'on doit son avancement. Voilà une obligation dont il ne saurait être exempté; et j'aurais bien mauvaise opinion de qui laisserait passer l'occasion de témoigner son respect à tous les membres de la famille qui le protège.»

Et ce fut par un salut en direction de Mr Darcy qu'il conclut ce petit discours prononcé assez haut pour être entendu d'une bonne moitié des convives. Les uns le dévisagèrent avec surprise, les autres sourirent dans leur barbe, mais nul ne parut aussi amusé que Mr Bennet, tandis que sa femme félicitait le plus sérieusement du monde leur cousin pour ces paroles pleines de sagesse et confiait à mi-voix à Lady Lucas que c'était un jeune homme extraordinairement intelligent et estimable.

Elizabeth avait l'impression que si tous les membres de sa famille s'étaient donné le mot pour se faire remarquer tout au long de la soirée, il leur aurait été impossible de tenir leur rôle avec davantage de verve ou de succès; et elle estima fort heureux pour Bingley et pour Jane que quelques-unes de ces exhibitions eussent échappé au jeune maître de maison et qu'il ne fût pas, de toute façon, homme à s'affliger indûment de la sottise dont il avait dû être témoin. Il était déjà assez déplaisant que ses deux sœurs et Mr Darcy eussent eu une si belle occasion de tourner sa famille en ridicule; et elle ne pouvait décider ce qui lui était le plus intolérable, du silencieux mépris du jeune homme ou des sourires narquois des dames.

La fin de la soirée ne fut pas pour la dérider. Elle fut obsédée par Mr Collins qui resta planté à ses côtés sans désemparer ; et s'il ne parvint pas à la persuader de danser de nouveau avec lui, du moins l'empêcha-t-il de danser avec d'autres. Ce fut en vain qu'elle le supplia de choisir une autre cavalière, en vain qu'elle offrit de le présenter à toutes les jeunes filles de la salle. Il lui assura que la danse en soi lui était parfaitement indifférente ; qu'il voulait surtout se concilier ses bonnes grâces à elle par ses délicates attentions, et qu'il ne la quitterait donc plus de la soirée. Il était inutile de discuter sur ce point. Elle ne put que profiter des brefs instants de répit que lui ménagea son amie, Miss Lucas, qui vint les rejoindre à plusieurs reprises et qui eut la gentillesse d'engager la conversation avec Mr Collins.

Ces agissements eurent au moins le mérite de la délivrer de nouvelles avances de la part de Mr Darcy : bien qu'il se trouvât souvent à quelques pas d'elle et tout à fait oisif, il ne s'approcha jamais assez près pour lui parler. Elle se dit que c'était sans doute le résultat de ses allusions à Mr Wickham, et elle s'en réjouit.

Les Bennet furent les derniers à partir ; et grâce aux savantes manœuvres de Mrs Bennet, ils durent même attendre leur voiture encore un quart d'heure après le départ de tous les autres invités, ce qui leur permit de constater avec quelle ferveur certains des habitants de Netherfield avaient hâte de les voir disparaître. Mrs Hurst et sa sœur n'ouvrirent pour ainsi dire pas la bouche, sinon pour se plaindre de leur fatigue, et elles ne cachèrent pas leur impatience de se retrouver seules. Elles découragèrent toutes les tentatives que fit Mrs Bennet pour converser, jetant ainsi sur toute la compagnie une gêne que les longs discours de Mr Collins, occupé à féliciter Mr Bingley et ses sœurs de l'élégance de leur soirée, ainsi que de l'hospitalité et de la courtoisie dont ils avaient fait preuve envers leurs invités, ne furent pas pour dissiper. Darcy ne desserra pas les dents. Mr Bennet, non moins silencieux, se divertissait de la scène. Mr Bingley et Jane se tenaient un peu à l'écart et causaient ensemble. Elizabeth observait un mutisme aussi inébranlable que celui des deux dames de la maison ; et Lydia elle-même était trop lasse pour lancer plus d'un « Dieu, que je suis fatiguée ! » de temps à autre, accompagné d'un bâillement peu discret.

Lorsqu'ils se levèrent enfin pour prendre congé, Mrs Bennet exprima avec une amabilité pleine d'insistance son vif désir de les accueillir tous à Longbourn un jour prochain ; et elle s'adressa tout spécialement à Mr Bingley pour l'assurer du plaisir qu'il leur ferait en venant partager quand il en aurait envie leur repas de famille, sans attendre une invitation dans les règles. Il s'en montra enchanté et reconnaissant, et s'engagea sans hésiter à profiter de la première occasion de leur rendre visite à son retour de Londres, où il devait se rendre dès le lendemain pour un bref séjour.

Mrs Bennet était comblée; et elle quitta les lieux en proie à la délicieuse conviction que, compte tenu du délai nécessaire à l'établissement de tous les documents et à l'acquisition de nouvelles voitures et d'habits de noce, elle verrait très certainement sa fille aînée s'installer à Netherfield dans les trois ou quatre mois à venir. Elle songeait en outre, avec un plaisir moindre, mais cependant considérable, au fait qu'une autre de ses enfants serait bientôt mariée à Mr Collins. Elizabeth était celle de ses filles qu'elle aimait le moins et, quoique le jeune homme et l'union envisagés dans son cas fussent bien assez bons pour elle, ils étaient éclipsés l'un et l'autre par Mr Bingley et Netherfield.

Chapitre XIX

Le lendemain se leva sur une nouvelle scène à Longbourn. Mr Collins fit sa demande dans les règles. Ayant décidé de se manifester sans trop tarder, puisque son absence loin de Hunsford ne devait pas se prolonger au-delà du samedi suivant, et n'étant pas de ceux à qui un manque de confiance en soi risquait de rendre pénible l'instant même de la déclaration, il mit son projet à exécution de façon fort méthodique, en observant scrupuleusement toutes les cérémonies qu'il supposait de mise en pareil cas. Peu de temps après le petit déjeuner, il trouva ensemble Mrs Bennet, Elizabeth et l'une des cadettes, et s'adressa aussitôt à la maîtresse de maison :

« Oserai-je espérer, madame, que vous me seconderez auprès de votre charmante fille Elizabeth si je sollicite l'honneur d'un entretien privé avec elle, dans le courant de la matinée ? »

Avant qu'Elizabeth eût le temps de faire autre

chose que de rougir d'étonnement, Mrs Bennet s'empressa de répondre :

« Mon Dieu, oui. Certainement. Je suis sûre que Lizzy sera très heureuse – je suis sûre qu'elle n'y voit aucune objection. Viens, Kitty, j'ai besoin de toi là-haut. »

Et ramassant son ouvrage, elle se hâtait de disparaître, lorsque Elizabeth la rappela :

« Ma chère mère, ne partez pas ainsi. Je vous demande de rester. Que Mr Collins veuille bien m'excuser. Il ne peut rien avoir à me dire que tout le monde ne puisse entendre. D'ailleurs, je m'en vais, moi aussi.

– Mais non, mais non, tu plaisantes, Lizzy. Je te prie de bien vouloir rester où tu es. »

Puis, comme Elizabeth, aussi contrariée que gênée, semblait bel et bien être sur le point de se sauver, elle ajouta :

« Lizzy, je t'ordonne de rester et d'entendre Mr Collins. »

Elizabeth ne pouvait se soustraire à une telle injonction ; et une minute de réflexion suffit à la convaincre que, de toute façon, il serait plus sage de se débarrasser de cette corvée aussi vite et aussi discrètement que possible. Elle se rassit donc et tenta de masquer, en se penchant avec assiduité sur son ouvrage, des sentiments qui oscillaient entre le désarroi et l'hilarité. Mrs Bennet et Kitty s'éclipsèrent, et dès qu'elles furent sorties, Mr Collins commença :

«Croyez bien, chère Miss Elizabeth, que votre pudeur, loin de vous nuire dans mon esprit, rehausse encore vos autres perfections. Vous m'auriez paru moins aimable si vous n'aviez pas accepté cet entretien un peu à contrecœur; mais permettez-moi de vous assurer que c'est avec la permission de madame votre mère que je m'adresse ainsi à vous. Vous ne pouvez guère ignorer quelle sera la teneur de mon discours, même si votre délicatesse naturelle vous pousse à le feindre; mes égards ont été trop nets pour n'être point compris. Dès mon entrée dans cette demeure, c'est vous que j'ai choisie pour être la compagne de ma vie à venir. Mais avant de me laisser emporter par la passion, peut-être vaut-il mieux que je vous expose les raisons que j'ai de vouloir me marier – et d'être en outre venu dans le Hertfordshire, comme je l'ai fait, avec l'intention avouée d'y trouver une épouse.»

L'idée de Mr Collins, toujours si gourmé et si compassé, se laissant emporter par la passion amena Elizabeth à deux doigts du fou rire et l'empêcha de profiter du léger silence qui suivit pour tenter de le dissuader de continuer; il reprit:

«Les raisons que j'ai de vouloir me marier sont les suivantes: *primo*, j'estime qu'il est indispensable à tout homme d'Église dans une situation aisée, comme je le suis moi-même, de donner l'exemple du mariage dans sa paroisse; *secundo*, je suis convaincu que cela devrait grandement accroître mon bonheur; *tertio*, et c'est peut-être par là que j'aurais dû commencer, c'est justement le conseil, la recommandation de la très noble dame que j'ai l'honneur d'appeler ma protectrice. Elle a par deux fois daigné me donner son opinion là-dessus (sans que je la lui demande, notez-le bien !) ; et le samedi même qui a précédé mon départ de Hunsford – entre deux tours de quadrille, tandis que Mrs Jenkinson arrangeait le petit tabouret sur lequel Miss de Bourgh appuie ses pieds – elle m'a encore déclaré : “Mr Collins, il faut vous marier. Un ecclésiastique tel que vous doit se marier. Faites un choix judicieux, prenez une demoiselle de condition pour ma satisfaction ; et pour la *vôtre* ; veillez à ce que ce soit une personne active, capable de se rendre utile, qui n'ait pas été élevée dans le luxe et qui sache tirer le meilleur parti d'un petit revenu. Voilà mon opinion. Trouvez une telle épouse aussi vite que vous le pourrez, ramenez-la à Hunsford, et je lui rendrai visite.” À ce propos, permettez-moi, ma belle cousine, de vous signaler que je ne considère pas l'intérêt et la bonté de Lady Catherine de Bourgh comme le moindre des avantages que je suis à même de vous offrir. Vous vous apercevrez que ses manières surpassent de très loin la description que j'en ai fait ; et je pense que votre esprit et votre espièglerie lui seront agréables, surtout lorsqu'ils seront tempérés par le silence et le respect que son rang ne manquera pas de vous inspirer. Voilà pour ce qui est de mes idées générales en faveur du mariage; il me reste à vous dire pourquoi j'ai tourné mon regard en direction de Longbourn plutôt que vers mon propre voisinage, où je vous assure que l'on trouve de charmantes jeunes personnes. Mais le fait est que comme je dois, vous le savez, hériter de ce domaine à la mort de votre honoré père (qui devrait, cependant, vivre encore de longues années), je n'ai pu me résoudre à négliger de choisir une épouse parmi ses filles, afin que la perte qu'elles auront à subir leur soit le moins cruelle possible lorsque ce triste événement surviendra – ce qui néanmoins, je vous l'ai déjà dit, n'arrivera peut-être que dans plusieurs années. C'est là le motif qui m'a fait agir, ma belle cousine, et je compte bien qu'il ne me rabaissera point dans votre estime. Et maintenant, il ne me reste plus qu'à vous assurer, dans les termes les plus vifs, de toute la force de mon amour. La fortune me laisse tout à fait indifférent, et je n'aurai vis-à-vis de votre père aucune exigence de ce genre, puisque je sais pertinemment qu'il ne pourrait s'y conformer et que vous ne pouvez espérer rien de plus que le millier de livres, en actions à quatre pour cent, qui ne doit vous revenir qu'après le décès de votre mère. Sur ce point, je garderai donc un silence absolu; et vous pouvez être certaine que lorsque nous serons mariés aucun reproche mesquin ne franchira jamais mes lèvres.»

Il était maintenant tout à fait impérieux de l'interrompre.

«Vous allez trop vite, monsieur, s'écria Elizabeth. Vous oubliez que je n'ai pas encore donné ma réponse. Laissez-moi donc le faire sans plus tarder. Je vous prie d'accepter mes sincères remerciements pour le compliment que représente votre offre. Je suis très sensible à l'honneur que vous me faites, mais il m'est impossible de ne pas la décliner.

– Ce n'est pas à moi, répondit Mr Collins, avec un geste empesé, que vous allez apprendre que les jeunes demoiselles ont pour habitude de repousser l'offre de celui qu'elles ont secrètement l'intention d'épouser, lorsqu'il se déclare pour la première fois ; ni que ce refus se répète parfois à deux, voire à trois reprises. Je ne suis donc en aucune façon découragé par ce que vous me dites et je continue d'espérer vous conduire sous peu à l'autel.

– Mon Dieu, monsieur, s'exclama Elizabeth, voilà un espoir pour le moins singulier, après la réponse que je viens de vous faire. Je vous assure que je ne suis pas de ces femmes, à supposer qu'il en existe vraiment, qui ont l'audace de risquer tout leur bonheur futur en tablant sur une seconde demande. Mon refus est tout ce qu'il y a de sérieux. Vous ne sauriez faire mon bonheur, et je suis certainement la dernière femme au monde qui pourrait contribuer au vôtre. Tenez, si votre amie Lady Catherine venait à me connaître, je suis convaincue qu'elle me jugerait à tous points de vue incapable de vous rendre heureux.

– S'il était certain que Lady Catherine fût de cet avis, commença gravement Mr Collins. Mais non, je ne puis croire que Sa Seigneurie aurait mauvaise opinion de vous. Et je puis vous certifier que lorsque j'aurai l'honneur de la revoir, je saurai trouver les termes les plus élogieux pour lui vanter votre candeur, votre économie et toutes vos autres charmantes qualités.

– Je vous répète, monsieur, qu'il sera inutile de faire mon éloge. Il faut accepter que je sois seule juge de mes décisions et me faire la grâce de croire ce que je dis. Je vous souhaite tout le bonheur et toute la prospérité possibles, et en refusant votre offre je fais tout ce qui est en mon pouvoir pour favoriser ces vœux. Vous avez pu, par cette demande, satisfaire toute la délicatesse de vos sentiments envers ma famille, et vous serez libre, lorsque le domaine de Longbourn vous reviendra, d'en prendre possession sans la moindre arrière-pensée. Nous pouvons donc considérer ce chapitre comme définitivement clos.»

Elle se leva pour quitter la pièce, mais son cousin la retint par ces mots:

«J'espère bien, quand j'aurai l'honneur de vous reparler de tout ceci, recevoir de vous une réponse plus favorable que celle que vous venez de me donner; notez que je suis loin de vous accuser dès à présent de cruauté, car je sais que c'est une coutume fermement établie, chez les personnes de votre sexe, que de refuser un homme à sa première demande; et peut-être venez-vous même de me donner les plus grands encouragements qui se puissent concilier avec la véritable pudeur d'une nature féminine.

– Écoutez, Mr Collins, s'écria Elizabeth avec chaleur, vous me surprenez énormément. Si vraiment ce que je vous ai dit jusqu'ici vous paraît encourageant, je ne sais plus comment formuler mon refus de façon à vous convaincre que c'en est bien un.

– Permettez-moi, ma chère cousine, de me bercer de l'espoir que ce refus, dont vous me parlez, n'est rien d'autre qu'une expression consacrée. Voici, brièvement, mes raisons de penser ainsi: il ne me semble pas que je sois indigne de vous, ni que la position que je vous offre ne soit éminemment souhaitable. Ma situation dans la vie, mes liens avec la famille de Bourgh, ma parenté avec la vôtre, sont autant de circonstances qui plaident en ma faveur; et vous devriez en outre méditer sur le fait qu'en dépit de vos innombrables attraits, il n'est absolument pas dit qu'un autre homme viendra un jour solliciter votre main. Votre fortune est malheureusement si réduite qu'elle risque fort de contrecarrer l'effet produit par votre beauté et vos délicieuses qualités. Comme tout ceci ne me permet pas de conclure que vous pouvez raisonnablement songer à décliner mon offre, je préfère attribuer votre refus à ce désir fort courant, à ce que je crois, chez les élégantes d'aviver mon amour par l'incertitude.

– Je vous assure, monsieur, que je n'ai aucune prétention à cette sorte d'élégance qui consiste à faire souffrir les honnêtes gens. Je préférerais que vous me fissiez le compliment de me croire sincère. Je vous remercie mille fois de l'honneur que vous m'avez fait en m'offrant votre nom, mais il m'est parfaitement impossible de l'accepter. Tous mes sentiments me l'interdisent. Puis-je être plus claire ? Cessez de voir en moi une élégante bien décidée à vous tourmenter, et considérez-moi plutôt comme une créature raisonnable qui vous dit la vérité du fond du cœur.

– Vous êtes parfaitement exquise ! s'écria-t-il d'un ton de galanterie balourde ; et je suis certain que quand mon offre aura été sanctionnée par l'autorité de vos excellents parents, elle vous paraîtra tout à fait agréable. »

Elizabeth refusa de lutter plus longtemps contre cette volonté obstinée de se leurrer, et elle se retira aussitôt sans répondre, bien résolue, si le jeune homme persistait à prendre ses refus pour de flatteurs encouragements, à faire appel à son père, qui saurait mettre fin, de façon péremptoire, à ses prétentions, et dont il ne pourrait en tout cas pas confondre la conduite avec les minauderies et les coquetteries d'une élégante.

Chapitre XX

Mr Collins ne resta pas longtemps livré à la contemplation silencieuse de ses succès amoureux ; car dès que Mrs Bennet, qui rôdait dans le vestibule en attendant la fin de cet entretien, eut vu Elizabeth ouvrir la porte et se diriger d'un pas vif vers l'escalier, elle se précipita dans la petite salle à manger pour féliciter son cousin et se féliciter elle-même, dans les termes les plus chaleureux, à la perspective de voir bientôt renforcés les liens qui les unissaient. Ce fut avec un égal plaisir que Mr Collins reçut ces congratulations et qu'il y répondit, puis il se mit en devoir de lui narrer par le menu cette entrevue dont le résultat devait, ajouta-t-il, lui donner entière satisfaction, puisque le refus catégorique de sa cousine ne provenait, bien évidemment, que de sa pudique timidité et de l'authentique délicatesse de sa nature.

Cette nouvelle, toutefois, ne fut pas sans surprendre Mrs Bennet : elle aurait bien voulu pouvoir se convaincre, elle aussi, que sa fille n'avait eu d'autre intention que d'encourager son prétendant en déclinant son offre, mais elle n'osait le croire, et elle ne put s'empêcher de le dire.

«Mais ne vous inquiétez pas, Mr Collins, ajouta-t-elle, nous saurons amener Lizzy à la raison. Je m'en vais lui parler sur-le-champ. C'est une sotte fieffée, c'est une entêtée, qui ne sait pas ce qui est bon pour elle, mais je la forcerai bien à le comprendre.

– Pardonnez-moi de vous interrompre, madame, s'écria Mr Collins, mais si elle est vraiment telle que vous dites, je ne sais si elle serait l'épouse souhaitable pour un homme de ma condition, qui recherche bien évidemment le bonheur en se mariant. Donc, si elle persiste à repousser mes avances, peut-être vaut-il mieux ne pas la contraindre à les accepter, car si elle possède les défauts dont vous l'accusez, elle ne saurait contribuer à ma félicité.

– Voyons, monsieur, vous vous méprenez sur ce que j'ai dit, protesta l'autre, alarmée. Lizzy ne s'entête que dans les affaires comme celle-ci. Pour le reste, c'est la petite la plus complaisante du monde. Je vais de ce pas trouver Mr Bennet, et nous aurons bientôt réglé tout cela avec elle, vous pouvez en être sûr.»

Sans lui laisser le temps de répondre, elle partit en toute hâte retrouver son mari et fit irruption dans la bibliothèque en clamant:

«Ah, Mr Bennet, on a besoin de vous au plus vite; nous sommes tous sens dessus dessous.

Il faut que vous veniez obliger Lizzy à épouser Mr Collins, car elle jure qu'elle n'en veut pas, et si vous ne vous hâtez pas, c'est lui qui va changer d'avis et qui ne voudra plus d'elle. »

À son entrée dans la pièce, son mari leva les yeux de son livre pour les tourner vers elle avec une tranquille indifférence que cette nouvelle ne perturba pas le moins du monde.

« Malheureusement pour moi, je ne comprends rien à ce que vous me racontez, fit-il lorsqu'elle eut terminé sa harangue. De quoi me parlez-vous ?

– De Mr Collins et de Lizzy. Elle affirme qu'elle ne veut pas de lui et lui commence à dire qu'il ne veut plus d'elle.

– Et que voulez-vous que j'y fasse ? L'affaire me semble désespérée.

– Il faut que vous parliez vous-même à Lizzy. Dites-lui que vous exigez ce mariage.

– Qu'elle descende. Elle saura ce que je pense. »

Mrs Bennet sonna et fit appeler Miss Elizabeth dans la bibliothèque.

« Approche, mon enfant, lança son père en la voyant paraître. Je t'ai envoyé chercher pour une affaire d'importance. J'ai cru comprendre que Mr Collins t'avait demandée en mariage. Est-ce exact ? »

Elizabeth répondit que oui.

« Fort bien... et cette offre, tu l'as refusée ?

– Oui, mon père.

– Parfait. Venons-en donc au fait. Ta mère exige que tu acceptes, n'est-ce pas, Mrs Bennet ?

– Oui, ou je ne veux jamais la revoir.

– Elizabeth, te voici devant un cruel dilemme. À dater de ce jour, tu vas devoir cesser tout commerce avec un de tes deux parents. Ta mère ne veut plus te revoir si tu n'épouses pas Mr Collins, et moi, je ne veux plus te revoir si tu l'épouses. »

La jeune fille ne put réprimer un sourire à l'entendre conclure ainsi un discours commencé aussi gravement ; mais Mrs Bennet, qui avait fini par se persuader que son mari voyait l'affaire du même œil qu'elle, fut cruellement déçue.

« Que dites-vous là, Mr Bennet ? Comment pouvez-vous lui parler de la sorte ? Vous m'aviez promis d'exiger ce mariage.

– Ma chère, rétorqua son époux, j'ai deux petites faveurs à vous demander. Tout d'abord, que vous me laissiez agir, en cette occasion, selon mon bon jugement. Ensuite que vous me laissiez l'usage de ma bibliothèque. Je serais désireux de rester seul ici dès que possible. »

Cependant, malgré la déconvenue que venait de lui infliger son conjoint, Mrs Bennet n'abandonna pas tout de suite la lutte. Elle revint d'innombrables fois à la charge auprès de sa fille, alternant les cajoleries et les menaces. Elle tenta de s'adjoindre le soutien de Jane, mais celle-ci refusa avec la plus grande douceur de s'en mêler ; et la coupable sut, tantôt le plus sérieusement du monde, tantôt avec la plus folle gaieté, parer toutes les attaques. Mais si son humeur variait, son refus, lui, restait inflexible.

Pendant ce temps, Mr Collins méditait dans la solitude sur ce qui venait de se passer. Il avait trop bonne opinion de lui-même pour comprendre à quel motif obéissait sa cousine en déclinant son offre ; et bien que son orgueil fût blessé, c'était la seule souffrance qu'il eût à endurer. Son amour pour Elizabeth était purement imaginaire, et l'idée qu'elle méritait peut-être les reproches de sa mère l'empêchait d'éprouver le moindre regret.

Au plus fort du tumulte, Charlotte Lucas arriva pour passer la journée à Longbourn. Elle fut accueillie dans le vestibule par Lydia, qui fondit sur elle en s'écriant à mi-voix :

« Ah, je suis ravie de te voir, car on s'amuse comme des fous ici ! Devine ce qui s'est passé ce matin. Mr Collins a demandé la main de Lizzy et elle a refusé. »

À peine Charlotte avait-elle eu le temps de répondre que Kitty les rejoignait pour annoncer elle aussi la nouvelle ; et dès leur entrée dans la petite salle à manger où Mrs Bennet se trouvait seule, cette dernière entonna à son tour la même chanson, réclamant la compassion de Miss Lucas et la suppliant de persuader son amie Lizzy de céder aux instances de sa famille entière.

« Faites-le, je vous en prie, ma chère Miss Lucas, ajouta-t-elle d'une voix éplorée, car personne ne me soutient ici, personne ne prend mon parti. On me traite avec la plus grande cruauté et nul n'a pitié de mes pauvres nerfs.»

L'arrivée des deux sœurs aînées dispensa Charlotte de répondre.

«Ah, ouiche, regardez-la donc, continua Mrs Bennet, indifférente à tout, ne se souciant pas plus de nous que si nous n'existions pas, du moment qu'elle n'en fait qu'à sa tête. Mais écoutez-moi bien, Miss Lizzy, s'il vous prend fantaisie de continuer à refuser ainsi toutes les demandes en mariage, vous ne trouverez jamais d'époux – et je peux vous dire que je ne sais pas qui subviendra à vos besoins quand votre père sera mort. Moi, en tout cas, je n'aurai pas de quoi – j'aime autant vous prévenir. À partir d'aujourd'hui tout est fini entre nous. Je vous ai dit, n'est-ce pas, dans la bibliothèque, que je ne vous adresserais plus un mot de ma vie et vous verrez que je tiendrai parole. Quel plaisir aurais-je à parler à des enfants ingrates? Non pas que j'éprouve grand plaisir à parler à qui que ce soit, bien sûr. Les personnes qui souffrent comme moi des nerfs ne sont jamais très portées sur la conversation. Personne ne peut savoir ce que j'endure! Mais c'est toujours la même chose. Si on ne se plaint pas, personne n'a pitié.»

Ses filles écoutèrent cette diatribe en silence, car elles savaient que toute tentative de la raisonner ou de la calmer ne ferait qu'accroître son irritation. Elle continua donc à s'épancher ainsi sans aucune interruption jusqu'à l'arrivée de Mr Collins, qui vint les retrouver l'air plus compassé encore que de coutume. Dès qu'elle l'aperçut, elle dit à ses filles :

« Maintenant, je vous ordonne à toutes de tenir vos langues et de me laisser m'entretenir un peu avec Mr Collins. »

Elizabeth quitta la pièce sans bruit, suivie de Jane et de Kitty, mais Lydia tint bon, résolue à en entendre le plus possible ; et Charlotte, retenue tout d'abord par les effusions de Mr Collins qui la bombarda de questions sur sa santé et celle de toute sa famille, céda ensuite à un bref accès de curiosité, et se contenta de se réfugier dans l'embrasure de la fenêtre, en faisant semblant de ne rien entendre. D'une voix dolente, Mrs Bennet commença :

« Ah, Mr Collins.

– Ma chère dame, répondit-il, gardons à jamais le silence sur cette affaire. Loin de moi, continua-t-il d'un ton qui reflétait assez sa rancœur, la pensée d'en tenir rigueur à votre fille. La résignation aux maux inévitables est notre devoir à tous, en particulier celui d'un jeune homme qui a eu, comme moi, la chance de bénéficier d'un avancement précoce ; et je crois être d'ores et déjà résigné. Je le suis même peut-être d'autant plus que je commence à me demander si j'aurais pu être heureux auprès de ma belle cousine ; j'ai souvent remarqué, en effet, que la résignation n'est jamais si parfaite que lorsque le bienfait qui nous est refusé baisse quelque peu dans notre estime. J'espère, madame, que vous n'y verrez aucune marque d'irrespect envers votre famille, si je me désiste ainsi de mes prétentions à l'amour de votre fille, sans vous avoir priés, Mr Bennet et vous-même, de faire intervenir votre autorité en ma faveur. Je crains de m'être conduit un peu légèrement peut-être en acceptant mon rejet de sa bouche plutôt que de la vôtre; mais nous pouvons tous nous tromper. J'ai certainement été animé dans toute cette affaire par les meilleures intentions. Mon but était de m'attacher une aimable compagne, tout en m'efforçant de contribuer au bien-être de toute votre famille; et si la façon dont je m'y suis pris a été en quoi que ce soit répréhensible, je vous demande, ici même, de bien vouloir me le pardonner.»

Chapitre XXI

La controverse engendrée par la demande en mariage touchait désormais à son terme, si bien qu'Elizabeth n'eut plus guère à souffrir que de la gêne inhérente à ce genre de situation, et aussi, bien sûr, des réflexions acrimonieuses que lâchait de temps en temps sa mère. Quant au héros de l'affaire, ce fut par la raideur de ses manières et par une muette rancune qu'il décida d'exprimer ses sentiments, plutôt que par l'embarras, la tristesse ou la volonté d'éviter la présence de sa cousine. Il ne lui adressa pour ainsi dire plus la parole, et crut bon de réserver à Miss Lucas, pour le restant de la journée, les prévenances assidues dont il avait lui-même été si conscient ; la courtoisie avec laquelle Charlotte voulut bien l'écouter apporta à tout le monde, et surtout à son amie, un répit bienvenu.

Le lendemain, ni la mauvaise humeur de Mrs Bennet, ni son état de santé ne s'étaient améliorés. Mr Collins, de son côté, ne se départait point de son expression d'orgueil outragé. Elizabeth avait espéré que son ressentiment le pousserait à écourter sa visite, mais il ne paraissait pas disposé à modifier ses projets pour si peu. Il avait toujours eu l'intention de partir le samedi et il n'entendait pas avancer son départ d'une minute.

Après le petit déjeuner, les jeunes filles s'en furent jusqu'à Meryton, afin de savoir si Mr Wickham était de retour et de déplorer avec lui son absence au bal de Netherfield. Il les rejoignit dès leur entrée en ville et les accompagna chez leur tante où l'on eut tout loisir de parler des regrets et de la contrariété du jeune homme, ainsi que de la déception de tous. Il avoua, cependant, de lui-même à Elizabeth que son absence avait été délibérée.

« À mesure que la date approchait, expliqua-t-il, je me suis aperçu qu'il valait mieux pour moi ne point me trouver en face de Mr Darcy ; qu'il me serait peut-être trop pénible de rester plusieurs heures de suite dans la même pièce que lui, au sein de la même assemblée, et que cela risquait de provoquer des scènes désagréables pour d'autres que moi seul. »

Elle le félicita chaleureusement de cette abnégation, et ils eurent largement le temps d'épuiser le sujet et de faire ensuite assaut de courtois compliments, car Wickham et un autre officier ayant décidé de raccompagner les demoiselles jusqu'à Longbourn, ce fut à Elizabeth qu'il offrit son bras. Aux yeux de la jeune fille, sa compagnie offrait un double avantage: elle était sensible à l'hommage qui lui était ainsi rendu, et cela lui donnait, en outre, une excellente occasion de présenter le jeune homme à ses parents.

Peu après leur retour à Longbourn, on apporta pour Miss Bennet une lettre qui venait de Netherfield et qui fut ouverte aussitôt. L'enveloppe contenait une feuille d'élégant petit papier, d'un beau vélin, couverte de bout en bout d'une gracieuse écriture de femme; Elizabeth vit sa sœur changer de couleur en la lisant et s'attarder tout particulièrement sur certains passages. Jane se reprit néanmoins promptement, et après avoir rangé la missive, elle s'efforça de participer avec son entrain habituel à la conversation: mais Elizabeth ne put s'empêcher d'en concevoir une inquiétude qui détourna son attention de Wickham lui-même; et dès que les deux officiers eurent pris congé, un bref regard de sa sœur aînée l'invita à la suivre au premier étage. Lorsqu'elles eurent gagné leur chambre, Jane sortit le billet et annonça :

«C'est un mot de Caroline Bingley: son contenu m'a profondément surprise. À l'heure qu'il est, ils ont tous quitté Netherfield, et sont en route pour la capitale sans intention de jamais revenir. Écoute donc ce qu'elle m'écrit.»

Elle lut alors à voix haute la première phrase, dès laquelle Miss Bingley lui apprenait qu'ils venaient tout juste de décider de suivre son frère à Londres sans attendre, et lui faisait part de leur dessein de dîner le jour même chez Mr Hurst, qui possédait une maison dans Grosvenor Street. Elle continuait ainsi :

« Je ne feindrai pas le moindre regret de quitter le Hertfordshire, hormis dans la mesure où cela me prive aussi de vous, ma très chère amie ; mais espérons que l'avenir nous permettra de renouer la délicieuse intimité qui nous unissait, et atténuons, entre-temps, le chagrin de la séparation par des échanges fréquents et sans réserve de correspondance. Je m'en remets à vous sur ce point. »

Elizabeth écouta ces effusions grandiloquentes avec toute l'insensibilité de la méfiance ; et bien que la soudaineté de ce départ ne manquât point de la surprendre, elle ne voyait aucune raison de s'en plaindre : rien ne laissait supposer que l'absence de ses sœurs empêcherait Mr Bingley de revenir à Netherfield ; quant à la perte de leur compagnie, elle était persuadée que Jane aurait tôt fait de s'en consoler avec l'aide de celle de leur frère.

« Il est regrettable, dit-elle après un court silence, que tu n'aies pu voir tes amies avant qu'elles ne quittent la région. Mais ne pouvons-nous espérer que les heureuses retrouvailles qu'anticipe avec tant de plaisir Miss Bingley sont plus proches qu'elle ne le pense, et que la délicieuse intimité que vous avez partagée en tant qu'amies sera renouée avec une satisfaction accrue lorsque vous serez sœurs ? Mr Bingley ne va quand même pas rester à Londres à cause d'elles.

– Caroline affirme péremptoirement qu'aucun d'entre eux ne reviendra dans le Hertfordshire cet hiver. Laisse-moi te lire ceci : "Lorsque mon frère nous a quittés, hier, il pensait régler les affaires qui l'appelaient à Londres en l'espace de trois ou quatre jours ; or, comme nous sommes certaines que cela est impossible et non moins certaines que Charles, lorsqu'il se retrouvera en ville, ne sera plus du tout pressé d'en repartir, nous avons décidé de l'y suivre, afin qu'il ne soit pas obligé de passer ses heures de loisir dans un hôtel peu confortable. Nombre de mes connaissances sont déjà arrivées pour la saison d'hiver : comme j'aimerais pouvoir apprendre que vous avez, vous aussi, ma très chère amie, le projet de venir vous joindre à tout ce beau monde, mais hélas, je n'ose l'espérer. Je forme des vœux sincères pour que vous passiez dans le Hertfordshire des fêtes de Noël aussi joyeuses que le sont d'ordinaire ces festivités, et je suis sûre que vous aurez assez de sigisbées pour ne pas avoir à déplorer la perte des trois dont nous vous privons." Il ressort nettement de tout cela, ajouta Jane, qu'il ne reviendra pas de l'hiver.

– Il en ressort seulement que sa sœur ne veut pas qu'il revienne.

– Pourquoi t'obstiner à le croire ? L'idée doit venir de lui ; il est son propre maître. Mais tu ne sais pas encore tout. Je veux te lire le passage qui me peine plus particulièrement. À toi, j'entends ne rien cacher : "Mr Darcy est impatient de retrouver sa sœur ; et pour tout vous dire, nous ne sommes guère moins désireuses de la revoir. Je ne crois pas qu'il existe une femme au monde capable de rivaliser avec Georgiana Darcy, tant pour la beauté que pour l'élégance ou l'éducation ; et l'affection que nous lui portons, Louisa et moi, se corse d'un sentiment plus intéressant encore puisque nous osons nourrir l'espoir qu'elle sera un jour notre sœur. Je ne sais si je vous ai déjà fait part de mes sentiments là-dessus, mais je ne veux point quitter la région sans vous les confier, et je suis sûre que vous n'y verrez rien d'extravagant. Mon frère éprouve déjà pour elle une vive admiration ; il aura désormais de fréquentes occasions de la voir dans la plus grande intimité ; la famille de Miss Darcy souhaite cette alliance avec autant de ferveur que la nôtre ; et je ne crois pas me laisser aveugler par ma partialité fraternelle en disant que Charles peut prétendre gagner le cœur de n'importe quelle femme. Ai-je donc tort, ma très chère Jane, compte tenu de toutes les circonstances en faveur d'un tel attachement et de l'absence totale d'obstacles, de me flatter du doux espoir de voir s'accomplir un événement qui ferait le bonheur de tant d'entre nous ?" Que dis-tu de ce paragraphe-ci, Lizzy ? demanda Jane quand elle eut fini de le lire. Il me semble que c'est assez clair. Caroline y déclare expressément qu'elle ne s'attend pas à nous voir sœurs un jour, qu'elle ne le souhaite d'ailleurs nullement ; qu'elle est totalement convaincue de l'indifférence de son frère à mon égard; et que, si elle subodore la nature de mes sentiments pour lui, elle me met (fort généreusement !) en garde. Est-il possible de concevoir une autre explication ?

– Mais oui, fort possible; car la mienne est radicalement différente. Veux-tu l'entendre ?

– Volontiers.

– La voici en peu de mots : Miss Bingley voit bien que son frère est amoureux de toi, mais elle veut qu'il épouse Miss Darcy. Elle le suit donc à Londres dans l'espoir de l'y garder, et elle tente de te persuader qu'il ne ressent rien pour toi. »

Jane secoua la tête.

« Je t'assure, Jane, que tu devrais me croire. Quand on vous a vus ensemble, Bingley et toi, on ne saurait douter de son attachement ; Miss Bingley, à coup sûr, n'en doute pas, elle n'est pas si sotte. Je te garantis que si elle avait discerné pour elle-même chez Mr Darcy la moitié de l'amour qu'éprouve son frère à ton égard, elle aurait déjà commandé sa toilette de noces. Mais la vérité, la voici : elle ne nous trouve ni assez riches, ni assez huppées ; et elle est d'autant plus désireuse de marier son frère à Miss Darcy qu'elle se dit que lorsqu'un mariage aura uni leurs deux familles, il sera peut-être plus aisé d'en conclure un second ; ce qui est certes assez ingénieux et qui, je crois, pourrait bien réussir, si l'on éliminait Miss de Bourgh. Mais, ma chérie, tu ne vas quand même pas sérieusement croire, parce que Miss Bingley t'assure que son frère bée d'admiration en voyant Miss Darcy, qu'il est un tant soit peu moins sensible à tes mérites que lorsqu'il a pris congé de toi, mardi dernier; et encore moins qu'elle a le pouvoir de le persuader qu'au lieu d'être épris de toi, il est fou de son amie.

– Si nous avions la même opinion de Miss Bingley, répondit Jane, tes explications me tranquilliseraient tout à fait. Mais je sais la tienne injustement fondée. Caroline est incapable de tromper volontairement quiconque; et en mettant les choses au mieux, je ne puis qu'espérer qu'elle s'abuse elle-même.

– Fort bien. Tu n'aurais pu tomber sur une meilleure idée, puisque tu refuses la consolation des miennes: ton amie s'abuse, c'est une affaire entendue. Maintenant que tu es parvenue à la disculper, tu n'as plus à te faire de mauvais sang.

– Mais, ma chère Lizzy, pourrais-je être heureuse en épousant, à supposer qu'il me le demande un jour, un homme que ses sœurs et ses amis voudraient tous voir marié à une autre?

– À toi d'en décider, répondit Elizabeth, et si, après mûre réflexion, tu estimes que le chagrin que tu éprouverais à contrarier ses deux sœurs risque de se révéler plus fort que le bonheur d'être son épouse, je te conseille, en effet, de renoncer à lui.

– Que vas-tu chercher là? s'écria Jane avec un

pâle sourire; tu sais très bien qu'aussi malheureuse que me rende leur réprobation, je n'hésiterais pas.

– C'est bien ce que je pensais; et puisqu'il en est ainsi, ton cas ne m'inspire guère de compassion.

– Mais s'il ne revient plus de l'hiver, mon choix sera tout fait. Il peut se passer mille choses en l'espace de six mois.»

Elizabeth traita par le plus grand mépris l'idée qu'il pourrait ne plus revenir. Elle n'y voyait que l'effet des désirs intéressés de Caroline; or elle ne pouvait croire un instant que ces désirs, qu'ils fussent exprimés ouvertement ou par le biais d'insinuations, seraient assez puissants pour influencer un jeune homme qui ne dépendait, somme toute, que de lui-même.

Elle exposa à sa sœur, de son ton le plus convaincant, tout ce qu'elle pensait là-dessus, et elle eut bientôt le plaisir de voir quel heureux effet ses paroles produisaient. Jane n'était pas d'un naturel morose; et elle l'amena peu à peu à espérer que Bingley allait revenir à Netherfield et combler ses vœux les plus chers, sans parvenir, cependant, à endormir tout à fait sa défiance d'amoureuse.

Elles décidèrent, d'un commun accord, de ne révéler à Mrs Bennet que le brusque départ de leurs voisines, afin de ne pas lui donner d'inquiétudes quant à la conduite éventuelle de leur frère; mais la nouvelle, même ainsi amputée, suffit à alarmer considérablement leur mère, et elle déplora la malchance extraordinaire qui éloignait les deux dames au moment même où elles commençaient toutes à devenir si intimes. Cependant, après s'être morfondue quelque temps, elle finit par se rasséréner à la pensée que Mr Bingley serait bientôt de retour et viendrait aussitôt dîner à Longbourn; et elle acheva de se rassurer en annonçant son intention de veiller à ce qu'il y eût ce jour-là deux services, bien qu'elle l'eût invité à venir partager sans façon leur repas de famille.

Chapitre XXII

Les Bennet étaient invités à dîner chez les Lucas ; et Miss Lucas, une fois de plus, eut la bonté de passer la majeure partie de la journée à écouter Mr Collins. Elizabeth se ménagea une occasion de l'en remercier.

« Cela le met de bonne humeur, expliqua-t-elle, et je t'en suis plus obligée que je ne le saurais dire. »

Charlotte lui assura qu'elle était ravie de se rendre utile, et que cette idée la dédommageait amplement du petit sacrifice de son temps. Tout ceci était fort charmant ; mais Elizabeth était bien loin de soupçonner toute l'étendue du dévouement de son amie, dont l'objet était tout bonnement de la mettre définitivement à l'abri d'un regain d'assiduité de la part de son prétendant en détournant à son profit l'affection de celui-ci. Telles étaient, en effet, les intentions de Miss Lucas ; et les apparences lui semblaient si prometteuses, lorsqu'on se sépara, tard dans la soirée, qu'elle eût été presque certaine de sa victoire, si Mr Collins n'avait dû quitter le Hertfordshire à si brève échéance. Mais là, elle se montrait injuste envers le caractère fougueux et l'esprit d'indépendance du jeune homme ; lesquels l'incitèrent dès le lendemain matin à s'échapper subrepticement de Longbourn, en déployant des trésors d'habileté, pour courir à Lucas Lodge se jeter à ses pieds. Il était désireux de ne pas éveiller, en partant, l'attention de ses cousines, convaincu qu'en le voyant s'éclipser ainsi, elles ne manqueraient pas de deviner ce qu'il allait faire ; or il n'avait aucune envie que sa tentative fût connue avant de pouvoir annoncer avec certitude qu'elle était couronnée de succès ; et il avait beau se sentir assez sûr de son fait – non sans raison d'ailleurs, car Charlotte s'était montrée passablement encourageante –, après sa mésaventure du mercredi, il était devenu quelque peu méfiant. Il reçut, toutefois, un accueil des plus flatteurs. D'une des fenêtres du premier étage, Miss Lucas le vit se diriger vers la maison, et elle sortit aussitôt dans l'allée, afin de l'y rencontrer par hasard. Jamais, cependant, elle n'aurait osé rêver que tant d'amour et d'éloquence pussent l'y attendre.

Tout fut réglé entre eux pour leur satisfaction mutuelle aussi vite que le permirent les discours ronflants de Mr Collins ; et en pénétrant dans la demeure, il conjura vivement Charlotte de choisir sans plus tarder le jour qui devait faire de lui le plus heureux des hommes; il dut, bien sûr, renoncer pour le moment à cette prétention, mais la jeune fille n'en paraissait pas pour autant encline à badiner avec son bonheur. La sottise dont la nature avait gratifié son soupirant privait nécessairement sa cour de tous les charmes susceptibles d'induire une femme à vouloir la prolonger; et Miss Lucas, qui ne se mariait que dans le dessein pur et désintéressé de s'établir, ne se souciait guère de retarder le moins du monde cet événement.

Ils coururent aussitôt solliciter le consentement de Sir William et de Lady Lucas, lequel fut accordé avec la plus joyeuse alacrité. De par sa situation présente, Mr Collins était un prétendant éminemment souhaitable pour leur fille, à qui ils ne pouvaient assurer qu'une petite dot; et ses espérances futures étaient excessivement belles. Lady Lucas se mit aussitôt à calculer, avec un intérêt considérablement accru, combien d'années Mr Bennet pouvait encore avoir à vivre; et Sir William déclara bien haut que dès que son futur gendre serait entré en possession du domaine de Longbourn, il serait tout à fait séant qu'il fût, ainsi que son épouse, présenté au palais de Saint-James. Bref, cette union comblait d'aise la famille entière. Les sœurs cadettes se prirent à espérer que la date de leur entrée dans le monde en serait avancée d'un an ou deux; et les frères furent délivrés de leurs craintes de voir Charlotte mourir vieille fille. Cette dernière gardait, quant à elle, la tête assez froide.

Sa victoire étant assurée, elle avait désormais tout le temps d'y songer. Ses réflexions lui donnaient, dans l'ensemble, entière satisfaction. Certes, Mr Collins n'était ni intelligent ni agréable ; sa compagnie était éprouvante et son amour pour elle n'existait sans doute que dans son imagination. Mais il n'en serait pas moins son mari. Or Charlotte, sans guère éprouver de respect ni pour le sexe fort ni pour l'institution elle-même, avait toujours visé le mariage : car c'était pour les jeunes personnes bien élevées et peu argentées la seule solution honorable, et bien qu'elles ne pussent compter en tirer beaucoup de félicité, il restait forcément pour elles le moyen le moins pénible d'échapper au besoin. Elle avait à présent ce moyen à sa disposition ; et à vingt-sept ans, sans jamais avoir été jolie, elle avait pleinement conscience de sa bonne fortune. L'aspect le moins plaisant de toute l'affaire était la surprise que cette union allait occasionner à Elizabeth Bennet, à l'amitié de qui elle attachait le plus haut prix. La jeune fille serait abasourdie et risquait fort de la blâmer ; et sa réprobation, sans aller jusqu'à ébranler la résolution de Charlotte, n'en serait pas moins douloureuse à supporter. Elle décida de lui annoncer elle-même la nouvelle, et recommanda donc à son promis de ne pas laisser échapper devant les Bennet, lorsqu'il retournerait dîner à Longbourn, la moindre allusion à ce qui venait de se passer. Il lui jura, bien sûr, le secret d'un ton soumis, mais il eut le plus grand mal à le garder; en effet, la curiosité qu'avait soulevée son absence prolongée se manifesta, dès son retour, par des questions si directes qu'il dut faire preuve d'une adresse considérable pour les éluder, d'autant plus qu'il devait mobiliser en même temps tous ses sentiments d'abnégation, car il brûlait de proclamer le couronnement de sa flamme.

Comme son départ, le lendemain, était fixé à une heure beaucoup trop matinale pour qu'il lui fût possible de prendre alors congé de ses hôtes, la cérémonie des adieux eut lieu au moment où les dames se retirèrent pour la nuit; et Mrs Bennet lui assura de son ton le plus poli et le plus cordial qu'ils seraient extrêmement heureux de le revoir à Longbourn, dès que ses autres occupations lui permettraient de leur rendre une nouvelle visite.

«Ma chère dame, répondit-il, votre invitation m'est d'autant plus agréable que je n'en espérais pas moins de votre part; et vous pouvez être certaine que je m'en prévaudrai le plus tôt possible.»

L'étonnement fut général; et Mr Bennet, qui était à cent lieues de souhaiter un si prompt retour, se hâta de glisser:

«Mais cela ne risquerait-il pas de vous attirer les foudres de Lady Catherine, mon cher cousin? Mieux vaut négliger votre famille que de vous mettre en danger de mécontenter votre protectrice.

– Mon cher monsieur, répondit Mr Collins, je vous sais particulièrement gré de cette bienveillante mise en garde, et vous pensez bien que je n'irais jamais prendre une initiative aussi importante sans être assuré du consentement de Lady Catherine.

– Vous ne sauriez être trop prudent. Exposez-vous à tout, plutôt qu'à son déplaisir ; et si vous sentez qu'une nouvelle visite ici serait de nature à l'indisposer, ce qui me paraît extrêmement probable, eh bien, restez tranquillement chez vous, et consolez-vous en songeant que nous ne nous en formaliserons point.

– Cher monsieur, croyez que ma gratitude est grandement excitée par ces affectueux conseils ; et comptez que je vous adresserai là-dessus une lettre de remerciement, ainsi bien sûr que pour toutes les autres marques d'estime que vous m'avez prodiguées durant mon séjour dans le Hertfordshire. Quant à mes belles cousines, même si mon absence est trop brève pour que mes souhaits soient ici nécessaires, je me permets de former les meilleurs vœux pour leur santé et leur bonheur à toutes, sans excepter ma cousine Elizabeth. »

Les dames se retirèrent alors, après les civilités d'usage, toutes également étonnées de constater que leur cousin envisageait de revenir si vite. Mrs Bennet souhaitait en inférer qu'il songeait à faire sa cour à l'une de ses cadettes, et pensait que l'on pourrait peut-être persuader Mary d'accepter sa main. Celle-ci avait bien meilleure opinion que les autres des capacités de Mr Collins ; elle avait souvent été frappée par le bon sens de ses remarques; et bien qu'il fût loin d'être aussi intelligent qu'elle-même, elle croyait assez qu'engagé à lire et à se cultiver par un exemple tel que le sien, il pourrait devenir un compagnon fort agréable. Mais le lendemain matin sonna le glas de tous ces nouveaux espoirs. Miss Lucas arriva tout de suite après le petit déjeuner, et au cours d'un entretien en tête à tête avec Elizabeth, elle lui narra les événements de la veille.

Au cours des deux derniers jours, Elizabeth avait, en effet, été frappée par l'idée que Mr Collins pourrait bien se croire amoureux de son amie. mais elle n'avait pas envisagé un seul instant que Charlotte fut plus capable qu'elle d'encourager ses avances; sa stupeur fut donc telle qu'elle en oublia sur le coup les limites de la bienséance et ne put retenir cette exclamation:

«Toi, fiancée à Mr Collins! Voyons, ma chère Charlotte, c'est impossible!»

Lorsqu'elle, s'entendit si franchement reprocher sa conduite, Miss Lucas, qui avait su conserver une contenance impassible pour dévoiler son secret, ne put dissimuler une certaine confusion; mais comme elle avait peu ou prou prévu cette réaction, elle reprit vite son sang-froid et répondit d'un ton posé:

«Pourquoi parais-tu si surprise, ma chère Eliza? Te semble-t-il donc incroyable que Mr Collins puisse s'attirer les bonnes grâces d'une femme parce qu'il n'a pas eu l'heur de te plaire?»

Mais Elizabeth s'était déjà ressaisie; et au prix d'un grand effort, elle se sentit le courage d'assurer d'une voix suffisamment ferme à son amie que la perspective d'une telle union lui était extrêmement agréable et qu'elle lui souhaitait tout le bonheur possible.

«Je vois bien ce que tu penses, répondit Charlotte; tu dois être étonnée, d'autant plus étonnée qu'il n'y a pas si longtemps, c'était toi que désirait épouser Mr Collins. Mais lorsque tu auras eu le temps d'y réfléchir, j'espère que tu approuveras ma décision. Je n'ai rien d'une romantique, tu le sais, j'ai toujours eu les pieds sur terre. Je ne demande qu'un agréable foyer; et compte tenu du caractère, des relations et de la position de ton cousin, je suis persuadée que mes chances d'être heureuse auprès de lui sont aussi grandes que celles dont peuvent se vanter la plupart des gens en convolant.

– Sans aucun doute», répondit doucement Elizabeth; et après un silence embarrassé, elles rejoignirent le reste de la famille. Charlotte ne s'attarda guère et son amie resta seule, à méditer sur ce qu'elle venait d'apprendre. Il lui fallut longtemps pour commencer seulement à accepter l'idée d'une union aussi dégradante. Si étrange que pût lui paraître la pensée que Mr Collins avait trouvé le moyen de faire deux demandes en mariage en trois jours, ce n'était rien à côté de ce qu'elle éprouvait à se dire que la seconde avait été agréée. Elizabeth s'était toujours doutée que l'opinion de Charlotte sur le mariage ne concordait pas tout à fait avec la sienne, mais jamais elle n'aurait cru possible que, mise au pied du mur, son amie pût sacrifier ainsi tous les plus nobles principes aux avantages matériels. Charlotte mariée à Mr Collins, c'était un tableau humiliant ! Et au chagrin de la voir se déshonorer ainsi et perdre son estime s'ajoutait la désolante conviction qu'il était impossible qu'elle connût même un semblant de bonheur dans l'existence qu'elle avait choisie.

Chapitre XXIII

Elizabeth, assise en compagnie de sa mère et de ses sœurs, songeait à ce qu'elle venait d'apprendre et doutait qu'il lui fût loisible d'en parler, lorsque Sir William Lucas en personne fit son apparition, chargé par sa fille de venir annoncer ses fiançailles aux Bennet. Ce fut en prodiguant les compliments et en se félicitant à la perspective de voir ainsi alliées leurs deux maisons qu'il dévoila la vérité – à un auditoire non seulement étonné, mais incrédule; car Mrs Bennet protesta aussitôt, avec plus d'insistance que de courtoisie, qu'il devait faire erreur; et Lydia, dont l'étourderie se doublait fréquemment d'impolitesse, s'exclama:

«Bonté divine! Comment pouvez-vous raconter de telles fariboles, Sir William? Ne savez-vous donc pas que Mr Collins veut épouser Lizzy?»

Il ne fallait rien de moins que la complaisance d'un courtisan pour essuyer de telles remarques sans se fâcher: mais le savoir-vivre de Sir William lui permit de tout supporter sans broncher; et s'il pria fermement ses voisines de l'autoriser à leur certifier la véracité de ses propos, il écouta toutes leurs impertinences avec la patience la plus méritoire.

Elizabeth, qui se sentait tenue de le tirer d'une situation fort déplaisante, se hâta d'intervenir et de confirmer la nouvelle, en précisant que Charlotte en personne lui avait déjà tout révélé ; elle s'efforça de mettre un terme aux exclamations de sa mère et de ses sœurs en adressant à Sir William de chaleureuses félicitations, auxquelles vinrent se joindre aussitôt celles de Jane, et en se lançant dans des considérations volubiles sur le bonheur qui devait résulter de cette union, sur l'excellente réputation de Mr Collins, et sur la distance fort commode qui séparait Hunsford de Londres.

Mrs Bennet était, en vérité, trop accablée par ce coup du sort pour trouver grand-chose à dire à leur voisin ; mais dès qu'il eut tourné les talons, elle ne fut pas longue à épancher sa bile. Elle persista tout d'abord à ne pas croire un mot de la nouvelle ; ensuite, elle se déclara convaincue que Mr Collins s'était laissé entortiller ; après quoi elle prédit qu'ils ne seraient jamais heureux ensemble ; et, pour finir, elle annonça que les fiançailles seraient vite rompues. Elle tira, en tout cas, de l'affaire les deux conclusions qui s'imposaient : l'une, étant qu'il fallait considérer Elizabeth comme la véritable cause de tout le mal, et l'autre qu'elle-même avait été traitée par tout le monde avec une extrême barbarie ; et elle passa tout le reste de la journée à ressasser ces deux griefs. Rien ne pouvait la consoler, rien ne pouvait l'apaiser. Sa rancune fut d'ailleurs longue à s'éteindre. Ce ne fut qu'au bout d'une semaine qu'elle put s'empêcher de quereller Elizabeth dès qu'elle l'apercevait ; un mois entier s'écoula avant qu'elle consentît à converser avec Sir William et Lady Lucas sans leur dire de sottises ; et il fallut attendre bien plus longtemps encore pour qu'elle envisageât seulement de pardonner à leur fille.

Son mari éprouva en cette occasion des émotions beaucoup moins tumultueuses, et dont la nature lui parut même fort agréable ; car il était charmé, disait-il, de découvrir que Charlotte Lucas, qu'il avait toujours crue pleine de bon sens, était aussi sotte que sa femme et plus sotte que sa fille !

Jane voulut bien reconnaître que ce mariage n'était pas sans la surprendre ; mais elle s'étendit moins sur son étonnement que sur son fervent désir de voir les deux fiancés heureux ensemble, sans qu'Elizabeth pût lui faire admettre que la chose était très improbable. Kitty et Lydia étaient bien loin de jalouser Miss Lucas, puisque Mr Collins n'était qu'un pasteur, et elles ne prirent d'intérêt à cette union que dans la mesure où elle constituait une nouvelle à répandre dans tout Meryton.

Lorsqu'elle se vit en posture de faire miroiter à son tour à sa voisine la satisfaction que lui procurait le beau mariage de sa fille, Lady Lucas ne put se retenir de triompher ; et elle multiplia les visites à

Longbourn, pour dire à quel point elle était comblée, bien que les regards torves et les réflexions désobligeantes de Mrs Bennet fussent de nature à ternir toute espèce de jubilation.

Il y avait désormais entre Elizabeth et Charlotte une contrainte qui leur imposait un silence mutuel sur le chapitre de ce mariage; Elizabeth était même persuadée qu'aucune véritable intimité ne pourrait subsister entre elles. La déception que lui causait son amie la rapprocha, avec une tendresse accrue, de sa sœur aînée, dont elle était sûre que la droiture et la délicatesse ne se démentiraient jamais et dont le bonheur lui paraissait de plus en plus compromis à mesure que les jours passaient, car Bingley était maintenant absent depuis une semaine et il n'avait pas encore été question de son retour.

Jane avait répondu sans tarder à la lettre de Caroline, et elle comptait à présent les jours qui la séparaient du moment où elle pouvait raisonnablement espérer recevoir de ses nouvelles. La lettre de remerciement promise par Mr Collins arriva le mardi, adressée à Mr Bennet et reflétant toute la solennelle gratitude qu'aurait pu exciter une année entière de séjour au sein de leur famille. Après avoir soulagé sa conscience sur ce point, il s'empressait de les informer, avec des envolées presque lyriques, du bonheur qu'il éprouvait à se savoir maître du cœur de leur charmante voisine, Miss Lucas, expliquant ensuite que ce n'avait été que dans le but de profiter de la compagnie de sa fiancée qu'il s'était montré aussi prompt à gratifier leur aimable désir de le revoir chez eux, où il espérait être en mesure de revenir dès le lundi en quinze; en effet, ajoutait-il, Lady Catherine approuvait si fort ces noces qu'elle souhaitait les voir célébrer dans les plus brefs délais, argument qui devait, lui semblait-il, persuader sans discussion possible sa chère Charlotte de désigner le jour prochain qui ferait de lui le plus heureux des hommes.

Le retour de leur cousin dans le Hertfordshire n'était plus désormais pour Mrs Bennet une cause de réjouissance. Au contraire, elle était aussi disposée à s'en plaindre que son mari. Il était bien étrange, en vérité, que le jeune homme choisît de résider à Longbourn plutôt qu'à Lucas Lodge; sans compter que c'était aussi fort malcommode et que cela les dérangerait excessivement. Elle avait horreur de recevoir des visites tant que son état de santé demeurait si médiocre, et les amoureux étaient, de tous les invités, les plus détestables. C'était par ces doux murmures que s'épanchait Mrs Bennet, lorsqu'elle n'était pas occupée à se lamenter sur l'absence prolongée de Mr Bingley.

À ce propos, ni Jane ni Elizabeth n'étaient tranquilles. Les jours se succédaient sans apporter de lui d'autres nouvelles que celles qui firent bientôt autorité à Meryton, selon lesquelles il ne devait plus revenir à Netherfield de l'hiver; ces on-dit avaient le don de mettre Mrs Bennet en fureur et elle ne manquait jamais de les contredire, en les qualifiant de mensonges éhontés.

Elizabeth elle-même commençait à craindre non pas que Bingley fût indifférent, mais que ses sœurs fussent parvenues à le retenir à Londres. Elle avait beau n'admettre qu'à contrecœur une idée aussi néfaste au bonheur de Jane, aussi nuisible à l'honneur et à la fidélité de son amoureux, elle ne parvenait pas à l'empêcher de revenir souvent la tourmenter. Elle redoutait que les effets conjugués des cœurs secs de ses sœurs et de la toute-puissance de son ami, bien secondés par les attraits de Miss Darcy et les plaisirs de la capitale, n'eussent raison de l'amour de Bingley.

Quant à la principale intéressée, l'anxiété qu'elle endurait en se voyant maintenue dans cet état d'incertitude était bien entendu plus cruelle encore; mais quoi qu'elle ressentît, elle préférait le garder pour elle, et le sujet n'était jamais évoqué entre les deux sœurs. Leur mère, en revanche, ne s'embarrassait point de scrupules aussi délicats, si bien qu'il ne s'écoulait guère une heure sans qu'elle fit allusion à Bingley, sans qu'elle exprimât son impatience de le voir revenu, ou même sans qu'elle sommât brusquement sa fille aînée d'avouer que s'il ne revenait pas, elle s'estimerait victime de la pire noirceur. Il fallait toute la ferme douceur de Jane pour parer ces attaques avec un semblant de sérénité.

Le lundi en quinze, Mr Collins, toujours ponctuel, se présenta chez eux, mais l'accueil qu'il reçut à Longbourn ne fut pas tout à fait aussi gracieux que lors de sa première visite. Il était trop content, cependant, pour exiger de grands égards; et fort heureusement pour ses hôtes, sa cour empressée les débarrassait en grande partie de sa compagnie. Il passait le plus clair de ses journées chez les Lucas et ne regagnait parfois Longbourn qu'à point nommé pour s'excuser de son absence avant que la famille ne montât se coucher.

Mrs Bennet était vraiment fort à plaindre. La moindre allusion à tout ce qui touchait de près ou de loin à cette union la plongeait dans un abîme de mauvaise humeur; or, où qu'elle allât, on ne lui parlait de rien d'autre. La seule présence de Miss Lucas lui était odieuse. Elle voyait en elle, avec une haine jalouse, celle qui devait lui succéder comme maîtresse de Longbourn. Chaque fois que Charlotte venait en visite, elle en déduisait qu'elle cherchait à empiéter sur sa future position; et chaque fois qu'elle adressait, en aparté, quelques mots à son fiancé, Mrs Bennet était persuadée qu'ils parlaient du domaine et qu'ils étaient en train de décider de les mettre dehors, elle et ses filles, dès que son mari aurait trépassé. Elle se plaignit amèrement de tout ceci à ce dernier.

«Convenez, Mr Bennet, dit-elle, qu'il m'est bien pénible d'accepter que Charlotte Lucas devienne un jour maîtresse de cette demeure. Dire que je vais être obligée de lui céder la place et que je vais vivre assez longtemps pour la voir y tenir mon rôle !

– Allons donc, ma chère, ne vous laissez pas aller à ces sinistres prémonitions. Tâchons de nourrir de plus douces pensées. Nous pouvons, par exemple, nous flatter de l'espoir que c'est moi qui vous survivrai. »

Cette idée n'était pas, bien sûr, pour réconforter sa femme ; si bien qu'au lieu de lui répondre, elle continua comme si de rien n'était :

« Je ne puis me résoudre à me dire qu'ils posséderont un jour tout notre domaine. S'il n'y avait pas cette substitution, cela me serait égal.

– Qu'est-ce qui vous serait égal ?

– Tout me serait égal.

– Remercions le ciel de ce que vous n'avez pas encore atteint un tel degré d'insensibilité.

– Je ne saurais, Mr Bennet, remercier le ciel de quoi que ce soit qui touche à cette substitution. Je ne puis comprendre comment on peut être assez inhumain pour spolier ainsi ses propres filles ; et pour les beaux yeux de Mr Collins, en plus ! Pourquoi faut-il que ce soit lui qui l'ait, plutôt qu'un autre ?

– Je vous laisse le soin d'en décider », répondit son époux.

Chapitre XXIV

La lettre de Miss Bingley arriva et mit fin à toute incertitude. Dès la toute première phrase, elle assurait à Jane qu'ils étaient tous installés en ville pour l'hiver, et elle terminait en exprimant le regret qu'avait son frère de n'avoir pu présenter ses respects à ses amis du Hertfordshire avant de quitter la région.

Le temps de l'espoir était révolu, tout à fait révolu ; et lorsque Jane put se ressaisir suffisamment pour terminer la lecture de sa lettre, elle n'y trouva guère pour la réconforter que les protestations d'amitié de celle qui l'avait écrite. La majeure partie en était consacrée à l'éloge de Miss Darcy. Ses nombreux attraits étaient encore une fois énumérés avec insistance ; et Caroline était tout heureuse de mettre en avant leur intimité croissante et de se hasarder à prédire l'accomplissement prochain des souhaits qu'elle avait dévoilés à son amie dans sa première épître. Elle avait aussi le plaisir de lui faire savoir que son frère résidait à présent chez Mr Darcy, et elle s'extasiait au passage sur les projets qu'avait ce dernier pour un mobilier neuf.

Elizabeth, à qui Jane s'empressa de communiquer ces nouvelles, l'écouta en proie à une silencieuse indignation. Son cœur était partagé entre sa compassion pour sa sœur et son courroux contre tous les autres. Caroline avait beau affirmer que son frère était épris de Miss Darcy, elle n'en croyait rien. Elle ne doutait pas plus qu'avant de sa réelle tendresse pour Jane ; et si disposée qu'elle fût à le trouver charmant, elle ne pouvait songer sans colère, sans mépris même, à cette docilité de caractère, à ce manque coupable de volonté qui faisaient à présent de lui l'esclave de ses amis calculateurs et le poussaient à sacrifier ainsi son bonheur aux caprices de leurs inclinations. Cependant, s'il n'avait eu que son propre bonheur à immoler, il eût été en droit de le malmener tout à son aise ; mais celui de Jane était aussi en jeu et elle aurait cru le jeune homme plus conscient de cet état de choses. Bref, le sujet était de ceux sur lesquels on pouvait méditer interminablement, sans que cela fût d'aucune utilité. Elle n'avait que cette affaire en tête ; et pourtant, que l'amour de Bingley se fût vraiment éteint de lui-même, ou qu'il eût été anéanti par l'intervention de tiers, qu'il se fût rendu compte de l'attachement de Jane, ou que celui-ci lui eût échappé, quel que fût le cas, bien que l'opinion qu'elle-même avait de lui dût forcément s'en ressentir, la situation de Jane restait la même et sa tranquillité d'esprit également perturbée.

Jane laissa passer un jour ou deux avant de trouver le courage de dévoiler ses sentiments à sa sœur ; mais enfin, Mrs Bennet les ayant laissées seules ensemble après s'être emportée plus longtemps que de coutume contre Netherfield, et son locataire, elle ne put retenir cet aveu :

« Ah, si seulement notre chère mère était plus maîtresse d'elle-même ; elle ne peut imaginer le chagrin que me causent ses perpétuelles récriminations contre lui. Mais je ne veux point me plaindre. Ma peine ne durera guère. Je parviendrai à l'oublier et tout redeviendra comme avant. »

Elizabeth posa sur elle un regard où se mêlaient l'affection et l'incrédulité, et ne répondit rien.

« Tu doutes de moi ? s'écria Jane, dont les joues se colorèrent légèrement. Il n'y a aucune raison, je t'assure. Peut-être survivra-t-il dans mon souvenir comme l'homme le plus aimable que j'aie jamais connu, mais c'est tout. Je n'ai rien à espérer, ni à craindre, et rien à lui reprocher. Dieu merci, je n'ai pas ce chagrin-là… Je vais donc certainement tenter de surmonter… »

Elle ajouta bientôt d'une voix plus ferme :

« Je puis du moins, dans l'immédiat, trouver consolation à me dire que mon unique erreur a été une erreur de jugement, et que je suis la seule à en pâtir.

– Ma chère Jane, s'exclama Elizabeth, tu es trop bonne. Ta douceur et ton désintéressement sont vraiment angéliques; je ne sais que te dire. Il me semble que je ne t'ai jamais appréciée à ta juste valeur, que je ne t'ai jamais aimée comme tu le mérites.»

Miss Bennet se défendit vivement d'être digne de telles louanges, qu'elle attribua à la chaleureuse affection de sa sœur.

«Ah, non, protesta sa cadette, ce n'est pas juste. Toi, tu as le droit de trouver tout le monde respectable, et tu te désoles si tu m'entends critiquer qui que ce soit. Et moi, je ne demande rien d'autre que de te trouver, toi, parfaite, et aussitôt tu t'insurges. Ne crains pas de me voir tomber dans l'excès, ou usurper ton privilège d'indulgence universelle. C'est inutile. Il y a bien peu de gens que j'aime vraiment, et moins encore que j'estime. Plus je découvre le monde, moins j'en suis satisfaite; et chaque jour qui passe renforce ma conviction que la race humaine dans son ensemble est une race incohérente, et qu'on ne peut guère accorder de foi aux apparences du mérite ou du sens commun. Je viens d'en avoir deux exemples tout récemment: l'un dont je ne parlerai point, et l'autre qui est le mariage de Charlotte. Il est impensable! À tous points de vue impensable!

– Ma chère Lizzy, ne te laisse pas aller à nourrir de tels sentiments. Ils détruiront ton bonheur. Tu ne tiens pas suffisamment compte des différences de situation et de caractère. Songe un peu à la respectabilité de Mr Collins et au tempérament prudent et posé de Charlotte. Rappelle-toi, aussi, qu'elle vient d'une famille nombreuse, et que du point de vue matériel, elle fait un excellent mariage; et sois donc prête à croire, pour le bien de tous, qu'elle éprouve peut-être pour notre cousin quelque chose qui ressemble à de la considération et de l'estime.

– Pour te faire plaisir, je tenterais de croire presque n'importe quoi, mais personne ne gagnerait rien à se persuader d'une chose pareille; car si je pensais que Charlotte avait pour lui la moindre considération, j'aurais encore plus mauvaise opinion de son intelligence que je n'ai à présent de son cœur. Voyons, Jane, Mr Collins est un homme vaniteux, sentencieux, étroit d'esprit et sot : tu le sais aussi bien que moi; et tu dois bien sentir, comme je le fais, que la femme qui accepte de l'épouser ne peut avoir une mentalité irréprochable. Tu ne la défendras pas, même s'il s'agit de Charlotte Lucas. Tu ne vas pas, pour disculper une seule personne, fausser le sens des mots principe et intégrité, tu ne vas pas tenter de prendre, et de me faire prendre, l'égoïsme pour de la prudence, ni soutenir que l'indifférence au danger est un gage de bonheur.

– Je t'assure que je trouve les termes que tu emploies sur leur compte à tous deux trop catégoriques, répondit Jane; et j'espère qu'ils te le prouveront en étant heureux ensemble. Mais ne parlons plus d'eux. Tu as fait tantôt allusion à une autre affaire. Tu as parlé de *deux* exemples. Il m'est impossible de ne pas te comprendre, mais je t'en supplie, ma chère Lizzy, ne me fais pas la peine de penser que la personne en question est condamnable, ni de dire que tu lui retires ton estime. Il ne faut pas être si prompt à se croire l'objet de cruautés délibérées. Il ne faut pas non plus s'attendre à ce qu'un jeune homme plein d'entrain se montre toujours prudent et circonspect. Ce n'est bien souvent rien d'autre que notre propre vanité qui nous trompe. Les femmes croient toujours que les marques d'admiration veulent dire plus qu'elles ne le font.

– Et les hommes veillent à ce qu'il en soit ainsi.

– S'ils le font à dessein, rien ne peut justifier leur conduite ; mais je ne pense pas du tout qu'il y ait dans le monde autant de calculs qu'on veut bien le croire.

– Je suis bien loin d'insinuer que Mr Bingley a pu agir le moins du monde par calcul, répondit Elizabeth ; mais sans songer à mal faire, ni à rendre les autres malheureux, on peut se tromper et on peut blesser. L'étourderie, le manque de considération pour les sentiments d'autrui, et l'absence de volonté font très bien l'affaire.

– Imputes-tu sa conduite à l'un de ces défauts ?

– Oui, au dernier. Mais si je continue, je vais te contrarier en disant ce que je pense de personnes que tu estimes. Arrête-moi pendant qu'il en est encore temps.

– Tu persistes donc à le croire sous la coupe de ses sœurs ?

– Oui, sans oublier son ami.

– Non, c'est impossible. Pourquoi voudraient-elles l'influencer ? Elles ne peuvent souhaiter que son bonheur ; et s'il m'est attaché, aucune autre femme ne peut le rendre heureux.

– Tu pars d'un principe erroné. Elles peuvent souhaiter tout autre chose que son bonheur : par exemple le voir accroître sa fortune et sa position dans le monde ; le voir épouser une jeune fille qui possède tous les attraits de l'argent, d'une haute naissance et de l'orgueil.

– Il ne fait aucun doute qu'elles aimeraient le voir choisir Miss Darcy, répondit Jane, mais ce peut être pour des raisons plus louables que tu ne le supposes. Elles la connaissent depuis beaucoup plus longtemps qu'elles ne me connaissent moi ; comment s'étonner qu'elles l'aiment davantage ? Cependant, quels que soient leurs désirs, il est fort improbable qu'elles soient allées contre ceux de leur frère. Quelle sœur s'imaginerait en droit de le faire, à moins qu'il n'existe de très sérieuses objections à son choix ? Si elles le pensaient amoureux de moi, elles ne chercheraient pas à nous séparer ; car s'il l'était, elles n'y parviendraient point. En supposant l'existence d'un tel amour, tu fais agir tout le monde d'une manière dénaturée et coupable, et tu me rends, moi, fort malheureuse. Ne me désespère pas en avançant une telle idée. Je n'ai pas honte de m'être trompée... disons, du moins, que j'endure un tourment léger, bénin, en comparaison de ce que je devrais souffrir s'il me fallait les mépriser, lui ou ses sœurs. Laisse-moi plutôt envisager l'affaire sous son meilleur jour, sous le jour qui permet de l'expliquer.»

Elizabeth ne pouvait lui refuser cette faveur; et de ce moment, le nom de Mr Bingley fut presque entièrement banni de leurs conversations.

Mrs Bennet continua à s'étonner et à se plaindre de ne pas le voir revenir; Elizabeth eut beau lui fournir presque tous les jours une explication sans équivoque de cette absence, elle paraissait incapable de jamais parvenir à l'envisager sans perplexité. Sa fille s'efforça pourtant de la convaincre de ce qu'elle-même ne croyait pas du tout, c'est-à-dire de ce que les égards de Bingley pour Jane avaient simplement été le fait d'un penchant banal et passager qui s'était évanoui dès qu'il avait cessé de la voir; sur le moment, Mrs Bennet voulait bien admettre la vraisemblance de cette affirmation, mais il fallait répéter jour après jour la même histoire. Ce qui réconfortait le mieux la mère éplorée, c'était de se dire que Mr Bingley ne pouvait manquer de revenir passer l'été.

Mr Bennet adopta une tout autre attitude.

«Eh bien, Lizzy, dit-il un jour, j'apprends que ta sœur a des peines de cœur. Je l'en félicite. Hormis le mariage, rien ne plaît tant aux filles qu'un bon chagrin d'amour, de temps à autre. Cela leur occupe l'esprit et les distingue en quelque sorte de leurs compagnes. À quand ton tour? Tu ne supporteras guère de te laisser longtemps dépasser par Jane. Saisis donc l'occasion. Il y a en ce moment assez d'officiers à Meryton pour causer des déconvenues à toutes les jeunes filles du royaume. Que dirais-tu de Wickham? C'est un charmant garçon, par qui tu pourrais être fière d'être désespérée.

– Je vous remercie, mon père, mais j'aimerais autant quelqu'un de moins séduisant. Nous ne pouvons pas toutes avoir la chance de Jane.

– En effet, reconnut Mr Bennet, mais il est bien réconfortant de se dire que, quoi qu'il puisse t'arriver dans ce domaine, tu es la fille d'une mère attentionnée qui saura toujours exploiter au mieux la situation.»

La fréquentation de Mr Wickham se révéla d'une réelle utilité pour dissiper la mélancolie que les fâcheux événements de ces dernières semaines faisaient peser sur plusieurs membres de la famille Bennet. On le voyait très souvent, et, à tous ses autres charmes, venait maintenant s'ajouter l'extrême liberté qui marquait leurs rapports. Tout ce dont Elizabeth avait déjà entendu le récit, tout ce que Mr Darcy devait au jeune homme et tout ce qu'il lui avait fait endurer était désormais ouvertement reconnu et discuté par tous; et chacun était ravi de se rappeler combien il avait exécré le coupable avant même d'avoir su un mot de cette affaire.

Seule Miss Bennet parvenait à imaginer qu'il y avait peut-être des circonstances atténuantes dont on ignorait tout dans le Hertfordshire: sa douce et ferme candeur plaidait toujours en faveur de l'indulgence, et la portait à envisager qu'il pouvait s'agir d'une méprise. À part elle, cependant, tout le monde s'accordait à condamner Mr Darcy comme le pire des hommes.

Chapitre XXV

Après avoir passé une semaine à épancher son amour et à échafauder des projets de bonheur, Mr Collins fut rappelé loin de son aimable Charlotte par l'arrivée du samedi. Cependant, il pouvait, pour sa part, alléger le tourment de la séparation en préparant l'arrivée à Hunsford de sa future épouse, car il avait de bonnes raisons de supposer que peu après son prochain retour dans le Hertfordshire, elle fixerait enfin le jour qui devait faire de lui le plus heureux des hommes. Il prit congé de ses parents de Longbourn avec autant de solennité que la première fois; présenta derechef à ses belles cousines ses vœux de santé et de bonheur, et promit à leur père une autre lettre de remerciement.

Le lundi suivant, Mrs Bennet eut le plaisir d'accueillir son frère et sa belle-sœur qui venaient, comme d'habitude, passer les fêtes de Noël dans le Hertfordshire. Mr Gardiner était un homme intelligent et distingué, très supérieur à sa sœur, tant par sa nature que par son éducation. Les dames de Netherfield auraient eu peine à croire qu'un homme qui vivait du fruit de son négoce et qui pouvait de chez lui apercevoir ses propres entrepôts fût aussi policé et aussi agréable. Mrs Gardiner, qui comptait plusieurs années de moins que ses deux belles-sœurs, était une femme charmante, intelligente et élégante, ce qui en faisait la favorite de ses nièces de Longbourn. Il existait entre elle et les deux aînées surtout une affection tout à fait particulière. Jane et Elizabeth séjournaient fréquemment à Londres, chez leur tante.

Dès son arrivée, la première occupation de Mrs Gardiner fut de distribuer ses cadeaux et de décrire les derniers caprices de la mode. Une fois qu'elle eut fini, elle eut à jouer un rôle moins actif. Ce fut son tour d'écouter. Mrs Bennet avait maints griefs à lui communiquer et beaucoup à se plaindre. Ils avaient tous été bien malheureux depuis la dernière visite de sa sœur. Deux de ses filles avaient été sur le point de se marier, et puis finalement rien n'avait abouti.

«Je ne blâme pas Jane, continua-t-elle, car Jane aurait bien pris Mr Bingley si elle l'avait pu. Mais Lizzy ! Ah, ma sœur ! Qu'il m'est donc pénible de me dire qu'elle pourrait à cette heure être la femme de Mr Collins, si elle n'était pas aussi contrariante. Il lui a fait sa demande ici même, dans cette pièce, et elle a refusé. Et le résultat, c'est que Lady Lucas aura une fille mariée avant moi, et que le domaine de Longbourn n'est pas près de revenir à mes enfants. Vous savez, ma sœur, ces Lucas sont des finauds. Ils ne pensent qu'à faire main basse sur tout ce qu'ils peuvent s'approprier. Je suis navrée d'avoir à les critiquer ainsi, mais c'est la pure vérité. En tout cas, me voilà bien nerveuse et bien mal en point, à force d'être tant tracassée par ma propre famille et d'avoir des voisins qui pensent d'abord à eux au lieu de penser aux autres. Toutefois, votre visite juste en ce moment m'est d'un grand réconfort, et je suis bien contente d'apprendre ce que vous avez à nous dire des manches longues.»

Mrs Gardiner, à qui les principaux détails de ces deux affaires avaient déjà été révélés dans la correspondance que Jane et Elizabeth entretenaient avec elle, répondit fort brièvement, et par compassion pour ses nièces détourna la conversation.

Lorsqu'elle se retrouva plus tard seule avec Elizabeth, elle revint sur la déception de l'aînée des deux sœurs.

«Il me semble que c'eût été un excellent mariage pour Jane, dit-elle. Je suis désolée que l'affaire ait tourné court. Mais c'est une chose que l'on voit si souvent! Un jeune homme tel que vous me dépeignez Mr Bingley tombe si facilement amoureux d'une jolie fille pour quelques semaines, et puis, lorsque le hasard les sépare, l'oublie si facilement aussi que ce genre d'inconstance est monnaie courante.

– Voilà une consolation excellente dans son genre, répondit Elizabeth, mais qui ne nous convient pas. Car nous ne souffrons pas par hasard. Il n'arrive quand même pas si souvent que l'ingérence de tierces personnes persuade un jeune homme parfaitement indépendant de bannir de son cœur une jeune fille dont quelques jours auparavant il était violemment épris.

– Mais cette expression "violemment épris" est si galvaudée, si incertaine, si imprécise qu'elle ne me révèle rien. On l'appliquera aussi bien à ce que l'on ressent pour quelqu'un que l'on connaît depuis une demi-heure à peine qu'à un véritable et solide attachement. Dis-moi, je te prie, quel degré de violence avait atteint l'amour de Mr Bingley ?

– Jamais je n'ai vu de penchant aussi prometteur ; il était en passe de ne plus faire attention à personne et de se laisser tout à fait accaparer par Jane. Cela s'accentuait et se remarquait de plus en plus à chacune de leurs rencontres. Au bal qu'il nous a donné, il a offensé deux ou trois jeunes personnes en ne les invitant pas à danser ; et je lui ai, moi qui vous parle, adressé par deux fois la parole sans recevoir de réponse. Connaissez-vous de plus indiscutables symptômes ? La grossièreté généralisée n'est-elle pas l'essence même de l'amour ?

– Oui-da ! de ce genre d'amour que je le soupçonne d'avoir éprouvé. Pauvre Jane ! Elle me fait de la peine, car elle n'est pas de nature à s'en remettre immédiatement. Il eût mieux valu que cela t'arrivât à toi, Lizzy; ta gaieté t'aurait plus vite tirée d'affaire. Mais dis-moi, crois-tu que nous pourrions la persuader de repartir pour Londres avec nous ? Un changement de décor pourrait être utile... et peut-être un bref répit, loin de chez elle, lui sera-t-il salutaire.»

Elizabeth fut enchantée de cette proposition, et se déclara persuadée que sa sœur accepterait avec empressement.

«J'espère, ajouta Mrs Gardiner, qu'elle ne se laissera influencer par aucune considération concernant ce jeune homme. Nous habitons des quartiers si éloignés, toutes nos connaissances sont si différentes et nous sortons si peu, comme tu le sais, qu'il est fort improbable qu'ils se rencontrent, à moins qu'il ne vienne la voir spécialement.

– Ce qui est tout à fait impossible; car il est désormais sous la surveillance de Mr Darcy, lequel ne souffrirait pas davantage qu'il rendît visite à Jane dans un pareil quartier ! Qu'allez vous imaginer là, ma très chère tante ? Peut-être Mr Darcy a-t-il entendu parler de Gracechurch Street, mais un mois entier d'ablutions ne lui suffirait pas à se sentir lavé de toute impureté s'il lui arrivait un jour d'y mettre les pieds; et croyez-moi, Mr Bingley ne sort jamais sans lui.

– Tant mieux. Je préfère qu'ils ne se revoient pas. Mais j'y songe, Jane ne correspond-elle pas avec la sœur ? Dans ce cas, il sera difficile à cette jeune personne de ne pas venir la voir.

– Bah ! elle cessera toute fréquentation. »

Mais bien qu'elle se déclarât sûre de la chose, et sûre aussi que l'on empêcherait Bingley de voir Jane, ce qui était encore plus important, Elizabeth se sentait là-dessus en proie à de telles trépidations qu'elle resta convaincue, lorsqu'elle y réfléchit, qu'elle ne jugeait pas la cause totalement désespérée. Il était possible, il était même probable, pensait-elle parfois, que la tendresse du jeune homme serait ranimée et l'influence de ses amis victorieusement combattue par celle plus naturelle des charmes de Jane.

Miss Bennet accepta avec joie l'invitation de sa tante, mais sans avoir autrement les Bingley en tête, à ce moment-là, qu'en formant l'espoir de pouvoir passer de temps en temps une matinée avec Caroline sans crainte de rencontrer son frère, puisqu'ils n'habitaient point la même demeure.

Les Gardiner restèrent une semaine à Longbourn ; et entre les Philips, les Lucas et les officiers, ils n'eurent pas une soirée libre. Mrs Bennet avait si bien fait les choses, dans son souci de distraire son frère et sa belle-sœur, qu'ils ne prirent pas un seul repas en famille. Lorsque la soirée se passait à Longbourn, il fallait toujours compter sur la présence de quelques officiers, parmi lesquels on pouvait être certain de trouver Mr Wickham ; en ces occasions, Mrs Gardiner, mise en éveil par les éloges chaleureux que lui en faisait Elizabeth, les observa tous deux avec une extrême attention. Ce qu'elle vit ne lui permit pas de les croire très sérieusement épris, mais leur préférence mutuelle était assez nette pour lui causer une légère inquiétude; et elle résolut d'en toucher un mot à sa nièce, avant de quitter le Hertfordshire, afin de lui souligner toute l'imprudence qu'il y aurait à encourager semblable attachement.

Wickham, pourtant, indépendamment de toutes ses qualités personnelles, possédait un sûr moyen de plaire à Mrs Gardiner. Dix ou douze ans auparavant, lorsqu'elle n'était pas encore mariée, elle avait passé un temps considérable dans la région du Derbyshire dont il était justement originaire. Ils avaient donc de nombreuses relations en commun; et bien que Wickham ne fût guère retourné dans ce comté depuis la mort de Mr Darcy père, cinq ans auparavant, il lui était néanmoins possible de donner à Mrs Gardiner, sur ses nombreux amis d'antan, des renseignements plus récents que ceux qu'elle avait pu obtenir.

Mrs Gardiner avait visité Pemberley, et connaissait fort bien feu Mr Darcy de réputation. Il y avait donc là une source intarissable de bavardages. En comparant ses souvenirs de l'endroit à la description minutieuse que pouvait lui en faire Wickham, et en tressant sa part de couronnes à la mémoire de son propriétaire disparu, elle faisait leur joie à tous deux. Lorsqu'elle apprit de quelle indigne façon l'actuel Mr Darcy l'avait traité, elle tenta de se rappeler dans ce qu'elle avait entendu dire des dispositions de ce monsieur, alors qu'il n'était encore qu'un tout jeune homme, quelques propos qui pussent concorder avec le récit de l'officier; et elle crut enfin pouvoir affirmer qu'elle se souvenait avoir jadis entendu parler de Mr Fizwilliam Darcy comme d'un jeune garçon aussi orgueilleux que désagréable.

Chapitre XXVI

Comme elle se l'était promis, Mrs Gardiner catéchisa fort gentiment Elizabeth, dès qu'elle eut l'occasion de lui parler seule à seule; après lui avoir donné son avis en toute honnêteté, elle continua ainsi:

«Tu es trop intelligente, Lizzy, pour tomber amoureuse uniquement parce qu'on te conseille d'éviter de le faire; je ne crains donc pas de te parler ouvertement. Sans rire, j'aimerais que tu te tiennes sur tes gardes. Ne va pas t'engager ni tenter d'engager Wickham dans une idylle que votre manque de fortune à tous deux rendrait si imprudente. Je n'ai rien contre lui, personnellement: c'est un jeune homme des plus intéressants; et s'il possédait la fortune qui lui revient de droit, il me semble que tu ne saurais mieux choisir. Mais les choses étant ce qu'elles sont, il ne faut pas céder à ton engouement. Tu as du bon sens, et nous espérons tous que tu l'exerceras. Ton père, j'en suis sûre, compte fermement sur ta résolution et ta bonne conduite. Et tu n'as pas le droit de le décevoir.

– Ma chère tante, que vous voilà donc grave.

– Certes, et j'espère t'inciter à suivre mon exemple.

– Eh bien, dans ce cas, il n'y a aucune raison de vous inquiéter. Je veillerai à prendre soin de moi-même, et de Mr Wickham par la même occasion. Et si je puis l'en empêcher, il ne tombera pas amoureux de moi.

- Elizabeth, pour le moment, tu ne me parais pas très sérieuse.

– Je vous demande pardon. Attendez, je recommence. À l'heure actuelle, je ne suis pas amoureuse de Mr Wickham ; non, certainement pas. Mais il est, sans l'ombre d'un doute, l'homme le plus charmant que j'aie jamais vu... et s'il devait s'éprendre sincèrement de moi... tenez, je crois qu'il vaut mieux qu'il évite de le faire. J'en vois toute l'imprudence. Ah ! cet abominable Mr Darcy ! La bonne opinion que mon père a de moi me fait grand honneur ; et je serais fort malheureuse de devoir y renoncer. Notez, cependant, que mon père a un faible pour Mr Wickham. Bref, ma chère tante, je serais navrée de vous causer du chagrin, aux uns ou aux autres ; mais comme nous pouvons constater, tous les jours que Dieu fait, que, lorsqu'ils sont amoureux, c'est rarement le manque de moyens immédiats qui empêche les jeunes gens de se lier entre eux, comment puis-je vous promettre de résister plus sagement à la tentation que tant de mes semblables ? Comment saurais-je, d'ailleurs, que la sagesse serait effectivement de résister ? Tout ce à quoi je puis m'engager, par conséquent, c'est à ne point faire preuve de précipitation. Je ne serai pas pressée de me croire l'objet de sa flamme. Quand je serai en sa compagnie, je ne formulerai aucun souhait. Bref, je ferai de mon mieux.

– Peut-être sera-t-il préférable que tu le dissuades de venir trop souvent ici. Évite en tout cas de rappeler à ta mère de l'inviter.

– Comme je l'ai fait l'autre jour, dit Elizabeth avec un sourire penaud ; en effet, je serai mieux avisée de m'en abstenir. Mais n'allez pas croire qu'il soit toujours un visiteur aussi assidu. C'est en votre honneur qu'il a été aussi souvent convié cette semaine. Vous connaissez ma mère et ses idées sur la nécessité de rassembler du monde autour de ceux qu'elle aime. Mais trêve de plaisanteries, je vous promets sur mon honneur d'essayer d'agir le plus sagement possible ; et maintenant j'espère que vous voilà tranquillisée. »

Sa tante lui assura qu'elle l'était pleinement ; et lorsque Elizabeth l'eut remerciée de sa tendre sollicitude, elle mit fin à cette entrevue remarquable en cela qu'il est rare de voir donner sur un sujet aussi délicat des conseils dont le destinataire ne prenne point ombrage.

Peu de temps après que les Gardiner et Jane

eurent quitté le Hertfordshire, Mr Collins y revint; mais son arrivée ne dérangea guère ses cousins de Longbourn, car il s'installa cette fois chez les Lucas. Le mariage était désormais imminent, et Mrs Bennet s'y était enfin suffisamment résignée pour le juger inévitable, et pour déclarer même à plusieurs reprises, d'un ton fielleux, qu'elle souhaitait aux deux époux «bien du bonheur». La cérémonie était fixée au jeudi et le mercredi, Miss Lucas vint faire à Longbourn sa visite d'adieu; lorsqu'elle se leva pour prendre congé, Elizabeth, honteuse des félicitations hargneuses de sa mère et de son évidente mauvaise grâce, et sincèrement émue quant à elle, raccompagna son amie jusqu'à la porte d'entrée. En descendant l'escalier, Charlotte lui dit:

«Je compte avoir souvent de tes nouvelles, Eliza.

– Tu en auras, c'est certain.

– Et puis, j'ai une autre faveur à te demander. Viendras-tu me voir?

– Mais j'espère bien que nous nous retrouverons souvent dans le Hertfordshire.

– Il n'est guère probable que je puisse quitter le Kent avant un certain temps. Promets-moi donc de venir à Hiinsford.»

Elizabeth n'envisageait pas de gaieté de cœur une telle visite, mais elle ne pouvait refuser.

«Mon père et Maria doivent venir au mois de mars, ajouta Charlotte, et j'espère que tu consentiras à les accompagner. Je t'assure, Eliza, que ta venue me causera autant de plaisir que la leur. »

Le mariage fut célébré : les jeunes mariés partirent pour le Kent dès la sortie de l'église, et l'événement suscita toutes les remarques que l'on a l'habitude de faire ou d'entendre en pareil cas. Elizabeth ne tarda pas à avoir des nouvelles de son amie, et leur correspondance s'établit avec la même régularité et la même fréquence que par le passé : mais pas avec la même franchise, car c'était impossible. Jamais Elizabeth ne pouvait s'adresser à Charlotte sans se dire que tout le charme de leur intimité était révolu ; et bien qu'elle fût décidée à ne pas être la première à négliger leurs échanges épistolaires, c'était plutôt au nom de ce qui avait existé entre elles que de ce qui existait encore. Les premières missives de Charlotte suscitèrent au demeurant un vif intérêt : comment n'être pas curieuse de savoir ce qu'elle aurait à dire de sa nouvelle demeure, ce qu'elle penserait de Lady Catherine et si elle oserait se déclarer heureuse ? Mais Elizabeth comprit, dès la première lettre, que son amie s'exprimerait sur tous ces points exactement comme elle aurait pu s'y attendre. Charlotte écrivait d'une plume allègre, semblait environnée de bien-être, et ne mentionnait rien dont elle ne pût se louer. Tout lui plaisait : la maison, son mobilier, le voisinage et les routes ; quant à l'attitude de Lady Catherine, elle était tout à fait amicale et obligeante. C'était le tableau de Hunsford et de Rosings que leur avait tracé Mr Collins, mais nuancé par l'intelligence. Elizabeth se rendit compte qu'il lui faudrait attendre d'être sur place pour savoir le reste.

Jane avait déjà écrit quelques lignes à sa sœur pour lui annoncer qu'ils étaient arrivés à Londres sans encombre; Elizabeth espérait bien que dans sa prochaine lettre elle serait à même de lui donner des nouvelles des Bingley.

L'impatience avec laquelle elle attendait cette seconde épître fut, comme il arrive souvent, bien mal récompensée. Jane avait passé une semaine entière dans la capitale, sans recevoir le moindre mot de Caroline. Elle s'expliquait néanmoins la chose en supposant que la dernière lettre qu'elle avait écrite à son amie, depuis Longbourn, s'était perdue.

«Ma tante, continuait-elle, se rend demain dans leur quartier, et j'en profiterai pour me présenter chez les Hurst, dans Grosvenor Street.»

Elle écrivit de nouveau après cette visite qui lui avait permis de revoir Miss Bingley.

«Je n'ai pas trouvé Caroline très en train, notait-elle, mais elle s'est montrée ravie de me voir et m'a reproché de ne pas l'avoir prévenue de ma venue à Londres. J'avais donc raison; ma dernière lettre ne lui était pas parvenue. J'ai demandé comment allait leur frère, bien sûr. Il se portait comme un charme, mais il était tellement pris par Mr Darcy qu'elles-mêmes ne le voyaient presque jamais. J'ai découvert aussi qu'elles attendaient Miss Darcy à dîner : que j'aimerais la voir ! Ma visite ne s'est guère prolongée, parce que Caroline et Mrs Hurst devaient sortir. Je ne doute pas de les voir bientôt ici même. »

Elizabeth secoua la tête en lisant ces mots. Elle était convaincue que seul un bienheureux hasard pourrait révéler à Mr Bingley la présence de sa sœur dans la capitale.

Quatre semaines passèrent sans que Jane aperçût le jeune homme. Elle tenta de se persuader qu'elle n'en éprouvait aucun regret ; mais elle ne put, en tout cas, rester plus longtemps aveugle à l'indifférence de Miss Bingley. Après l'avoir attendue tous les matins, pendant quinze jours, et avoir inventé tous les soirs une excuse nouvelle pour la justifier, elle vit enfin arriver son amie ; mais la brièveté de sa visite et, plus encore, l'altération de son comportement ne permirent pas à Jane de se leurrer davantage. La lettre qu'elle écrivit alors à sa sœur témoignera de ses sentiments :

« Je sais bien que ma très chère Lizzy est incapable de se réjouir à mes dépens de sa plus grande perspicacité, si je lui avoue m'être totalement méprise sur l'affection que me portait Miss Bingley. Et pourtant, ma chérie, bien que les événements t'aient donné raison, ne me crois pas obstinée si je persiste à affirmer qu'étant donné son attitude ma confiance était pour le moins aussi naturelle que tes soupçons. Je ne comprends absolument pas pourquoi elle a tenu à se lier plus spécialement avec moi ; mais je sais que si les mêmes circonstances devaient se reproduire, je me laisserais encore une fois abuser. Caroline ne m'a rendu ma visite qu'hier, sans m'avoir adressé, entre-temps, le plus court billet, la moindre ligne. Et lorsqu'elle s'est enfin présentée, il était clair que cela ne lui causait aucun plaisir ; elle s'est à peine excusée, avec la plus grande froideur, de n'être point venue plus tôt, elle n'a exprimé aucune espèce d'envie de me revoir, et s'est montrée, à tous points de vue, sous un jour si totalement différent qu'après son départ je me suis juré de ne pas donner suite à cette entrevue. Je la plains, même si je ne puis m'empêcher de la blâmer. Car elle a très mal agi en me distinguant comme elle l'a fait ; je puis dire sans arrière-pensée que c'est elle qui la première a fait progresser notre intimité. Elle me fait pitié, cependant, parce qu'elle doit bien sentir qu'elle est en tort ; et parce que je suis certaine que sa froideur est due à l'inquiétude qu'elle éprouve pour son frère. Il est inutile que je m'en explique davantage ; et bien que nous sachions, nous, que cette inquiétude est dénuée de fondement, son existence justifie aisément l'attitude de Caroline à mon égard ; et Mr Bingley mérite si bien l'affection de sa sœur que les craintes qu'elle a pu nourrir le concernant sont aussi naturelles qu'estimables. Je ne puis que m'étonner, cependant, de la voir si anxieuse, car s'il avait eu pour moi la moindre tendresse, nous aurions dû nous revoir il y a bien, bien longtemps. Il sait que je suis à Londres, une remarque de sa sœur m'en a convaincue; et pourtant la façon dont elle s'exprime donnerait plutôt à penser qu'elle essaie de se persuader qu'il est épris de Miss Darcy. Je n'y comprends rien. Si je ne craignais de me montrer trop dure, je serais presque tentée de dire que tout ceci me paraît dénoter une nette apparence de duplicité. Mais je m'efforcerai de bannir toutes ces douloureuses pensées, et de ne songer qu'à ce qui peut me rendre heureuse: ton affection et la bonté inlassable de mes chers oncle et tante. Écris-moi bien vite. Miss Bingley m'a laissé entendre qu'il ne retournerait jamais à Netherfield et qu'il avait l'intention de renoncer à son bail, mais sans autre précision. Mieux vaut donc ne pas en parler. Je suis ravie d'apprendre que tu as reçu de si bonnes nouvelles de nos amis de Hunsford. Va donc les voir, je t'en prie, avec Sir William et Maria. Je suis sûre que tu feras un agréable séjour. Ta sœur, etc.»

Cette lettre ne fut pas sans peiner Elizabeth; mais elle reprit courage en se disant qu'au moins Jane n'était plus désormais la dupe de sa soi-disant amie. Il n'y avait maintenant plus rien à attendre de Mr Bingley. Elizabeth ne souhaitait même plus le voir reprendre sa cour. Chaque fois qu'elle repensait à sa conduite, il baissait dans son estime; et pour le punir, et peut-être aussi pour le bien de Jane, elle se prit à espérer vivement qu'il épouserait bientôt la sœur de Mr Darcy, puisque, d'après ce qu'en avait dit Mr Wickham, elle lui ferait amplement regretter celle qu'il avait délaissée.

Ce fut vers cette époque que Mrs Gardiner rappela à sa nièce ce qu'elle avait promis concernant l'officier, et lui en demanda des nouvelles ; ce qu'Elizabeth avait à écrire était de nature à satisfaire plutôt sa tante qu'elle-même. L'apparente préférence du jeune homme avait cessé d'exister, il ne la courtisait plus, il était le chevalier servant d'une autre. Elizabeth était assez fine observatrice pour le remarquer, mais elle n'avait aucun chagrin à le constater, ni à le mentionner. Son cœur n'avait été qu'effleuré, et sa vanité était flattée par la conviction intime qu'il lui aurait gardé toute sa tendresse, si leurs fortunes respectives le lui avaient permis. En effet, la soudaine acquisition d'un héritage de dix mille livres était le plus grand charme de la jeune personne qu'il poursuivait maintenant de ses assiduités ; Elizabeth, toutefois, moins clairvoyante peut-être dans son cas que dans celui de Charlotte, ne lui faisait nullement grief de ce désir d'indépendance matérielle. Au contraire, rien n'aurait pu lui sembler plus naturel ; et tout en supposant qu'il avait dû se faire quelque peu violence pour renoncer à elle, elle était prête à reconnaître que sa décision était aussi sage que désirable, pour l'un comme pour l'autre, et elle formait des vœux sincères pour son bonheur.

C'était ce qu'elle expliquait à sa tante, et après l'avoir mise au fait de tous les détails, elle continuait :

« Je suis à présent convaincue, ma bonne tante, que je n'ai jamais été bien amoureuse ; car eussé-je véritablement éprouvé cette passion pure et exaltante, j'en serais désormais réduite à exécrer son seul nom et à le vouer aux gémonies. Or, en fait, de gémonies, je ne ressens à son égard qu'une franche cordialité et, qui plus est, une parfaite indifférence à l'égard de Miss King. Je ne parviens pas à me découvrir le moindre atome de haine pour elle, et je ne répugne nullement à la trouver tout à fait charmante. Où serait l'amour là-dedans ? Ma vigilance a donc porté ses fruits ; j'éveillerais bien sûr un intérêt beaucoup plus vif chez tout le voisinage si j'étais éperdue d'amour, mais je ne puis dire que je regrette ma relative insignifiance. La notoriété se paie parfois trop cher. Kitty et Lydia prennent cette désertion beaucoup plus à cœur que moi. Elles sont bien jeunes pour connaître la vie, et n'ont pas encore acquis la conviction mortifiante que les beaux jeunes gens doivent avoir de quoi vivre tout autant que les laids. »

Chapitre XXVII

Janvier, puis février s'écoulèrent ainsi, sans événements plus marquants pour la famille Bennet, et les journées ne différaient guère que par les variations de température et d'humidité qui se faisaient sentir lors des promenades jusqu'à Meryton. En mars, Elizabeth devait se rendre à Hunsford. Elle n'avait pas, tout d'abord, envisagé très sérieusement d'y aller ; mais Charlotte, comme elle ne tarda pas à s'en apercevoir, comptait sur sa venue, et elle en arriva peu à peu à songer à cette visite non seulement avec davantage de certitude, mais aussi avec davantage de plaisir. L'absence avait aiguisé son désir de revoir son amie, en même temps qu'elle émoussait son dégoût pour Mr Collins. Le projet promettait de la dépayser ; et comme avec une telle mère et des sœurs cadettes aussi peu faites pour lui tenir agréablement compagnie, sa vie de famille n'avait guère de chances d'être idéale, un peu de changement était toujours le bienvenu en tant que tel. Sans compter que le voyage lui permettrait d'apercevoir Jane à Londres ; bref, lorsque l'heure du départ fut proche, Elizabeth aurait déploré le moindre contretemps. Fort heureusement, tout se passa le mieux du monde, et s'organisa, pour finir, comme l'avait initialement prévu Charlotte. Elizabeth devait accompagner Sir William et sa fille cadette. On eut l'idée, le temps aidant, d'agrémenter le voyage en y ajoutant une nuit dans la capitale, ce qui en fit la perfection même.

Le seul regret d'Elizabeth était de quitter son père, à qui elle allait certainement manquer et qui, lorsqu'il la vit prête à partir, en fut si marri qu'il lui demanda d'écrire et promit presque de répondre.

Ses adieux à Mr Wickham furent empreints d'une franche cordialité, surtout de la part du jeune homme. La cour empressée qu'il faisait maintenant à une autre ne pouvait lui faire oublier qu'Elizabeth avait été la première à susciter ses égards et à les mériter, la première à l'écouter et à le plaindre, la première qu'il eût admirée ; et il y eut dans sa façon de prendre congé d'elle, de lui souhaiter tous les plaisirs possibles, en lui rappelant ce qu'elle pouvait s'attendre à trouver en la personne de Lady Catherine de Bourgh et en espérant que leurs opinions sur cette dame – et sur tout le monde, d'ailleurs – concorderaient toujours, il y eut dans tout cela une sollicitude et un intérêt qui, pensait-elle, devaient la lier à lui à jamais par une estime très sincère ; elle le quitta convaincue que, marié ou célibataire, il resterait toujours son idéal de tout ce qui était aimable et charmant.

Ce n'étaient pas ses compagnons de voyage du lendemain qui risquaient de lui faire oublier les attraits de Wickham. Sir William Lucas et sa fille Maria, bonne personne au demeurant, mais la tête aussi vide que son père, n'avaient rien à dire qui valût la peine d'être entendu, et elle les écouta avec à peu près autant d'intérêt que le roulement de la voiture. Elizabeth appréciait fort les absurdités, mais cela faisait trop longtemps qu'elle connaissait son voisin. Il ne pouvait plus rien lui apprendre de nouveau sur les merveilles de sa présentation à la Cour ou de son anoblissement ; et ses politesses étaient aussi éculées que ses anecdotes.

La distance était de vingt-quatre miles et ils se mirent en route de si bonne heure qu'ils atteignirent Gracechurch Street à midi. Quand la voiture vint s'arrêter devant la porte de Mr Gardiner, Jane était à l'une des fenêtres du salon, guettant leur arrivée ; et lorsqu'ils pénétrèrent dans le vestibule, elle s'y trouvait pour les accueillir ; et sa sœur, après l'avoir dévisagée avec attention, eut le plaisir de constater que ni sa santé ni sa beauté ne semblaient s'être altérées. Dans l'escalier se tenait un petit groupe de fillettes et de garçonnets que leur impatience de voir paraître leur cousine Elizabeth avait poussés hors du salon, mais que leur timidité empêchait de s'aventurer plus bas, car ils ne l'avaient pas revue depuis l'année précédente. Tout n'était que joie et bienveillance. La journée s'écoula fort agréablement; on courut les magasins tout le jour et l'on passa la soirée au théâtre.

Là, Elizabeth parvint à s'assurer un siège à côté de sa tante. La conversation porta d'abord sur sa sœur; et elle fut plus peinée que surprise d'apprendre, en réponse aux mille questions qu'elle avait à faire, que Jane, bien qu'elle luttât toujours pour ne point perdre courage, traversait parfois des crises de mélancolie. Il y avait cependant bon espoir que cela ne se prolongerait guère. Mrs Gardiner lui conta aussi en détail la visite de Miss Bingley à Gracechurch Street, et elle lui rapporta certains entretiens qu'elle-même avait eus avec Jane en diverses occasions et qui l'avaient convaincue que sa nièce avait, dans le fond de son cœur, renoncé à l'idée de toute relation avec les Bingley.

La tante se mit alors à taquiner sa seconde nièce sur la désertion de Wickham et lui fit compliment de la sérénité avec laquelle elle prenait la chose.

« Mais, ma chère Elizabeth, ajouta-t-elle, quelle espèce de personne est donc Miss King ? Je serais désolée de penser que notre ami peut être intéressé.

– Voyons, ma chère tante, voulez-vous me dire quelle est la différence entre l'intérêt et la prudence dans les affaires matrimoniales ? Où finit la sagesse et où commence la cupidité ? À Noël, vous redoutiez qu'il ne m'épouse, moi, car c'eût été inconsidéré; et à présent qu'il cherche à plaire à une jeune fille qui ne possède pourtant que dix mille livres, vous voudriez qu'il soit intéressé.

– Si tu veux bien me dire, tout simplement, quelle espèce de jeune fille est Miss King, je saurai quoi penser.

– C'est une charmante personne, je crois. Je n'en ai jamais entendu dire de mal.

– Mais il ne lui avait jamais prêté la moindre attention avant que la mort de son grand-père ne la rendît maîtresse de cette fortune?

– Non... pourquoi l'aurait-il fait? S'il lui était interdit de gagner mon cœur parce que je n'avais pas d'argent, pour quelle raison serait-il allé courtiser une jeune fille dont il ne se souciait pas et qui était aussi démunie que moi?

– Mais il me paraît indélicat de sa part de la distinguer de la sorte, si peu de temps après son héritage.

– Un homme acculé par le manque d'argent n'a pas de temps à perdre avec toutes les élégantes convenances que les autres ont tout loisir d'observer. Si elle n'élève aucune objection, pourquoi le ferions-nous?

– Le fait qu'elle n'élève aucune objection ne le justifie pas, lui. Il dénote tout au plus un certain manque de sa part à elle... manque d'intelligence ou de sensibilité.

– Ma foi, s'écria Elizabeth, pensez ce que vous

voudrez. Qu'il soit donc cupide, et qu'elle soit sotte.

– Non, Lizzy, c'est justement ce que je ne veux pas. Je serais désolée, vois-tu, d'avoir mauvaise opinion d'un jeune homme qui a vécu si longtemps dans le Derbyshire.

– Bah ! si ce n'est que cela, j'ai quant à moi une opinion déplorable des jeunes gens qui vivent dans le Derbyshire ; et leurs amis intimes qui habitent le Hertfordshire ne valent guère mieux. J'en ai par-dessus la tête de tous ces messieurs. Dieu soit loué, je m'en vais demain là où je suis sûre de trouver un homme qui ne possède pas l'ombre d'une qualité, et qui ne brille ni par ses manières ni par son intelligence. Finalement, les imbéciles sont les seuls hommes agréables à fréquenter.

– Prends garde, Lizzy, voilà une réflexion qui me paraît singulièrement amère. »

Cependant, avant de se trouver séparée de Mrs Gardiner par la fin de la pièce, Elizabeth eut le bonheur inattendu d'être invitée à accompagner son oncle et sa tante lors d'un voyage d'agrément qu'ils se proposaient de faire pendant l'été.

« Nous n'avons pas encore tout à fait décidé jusqu'où il nous emmènerait, dit Mrs Gardiner, mais nous pousserons peut-être jusqu'à la région des Lacs. »

Aucun projet n'aurait pu plaire davantage à la jeune fille et elle accepta l'offre avec autant d'empressement que de reconnaissance.

« Ma chère, ma très chère tante, s'écria-t-elle avec transport, quel délice ! quelle félicité ! Vous me rendez la vie et la vigueur. Adieu à la déception et à la morosité. Que sont les hommes en comparaison des rochers et des montagnes ? Ah ! quelles heures d'extase nous allons passer ! Et lorsque nous reviendrons enfin, nous ne serons pas de ces voyageurs incapables de donner une seule idée précise de ce qu'ils ont vu. Nous saurons, nous, où nous sommes allés, nous nous rappellerons les lieux que nous aurons visités. Nous ne ferons pas, dans notre imagination, des salades de tous les lacs, montagnes et fleuves ; et lorsque nous tenterons de décrire un endroit particulier, nous ne commencerons pas par nous quereller pour savoir où il se trouve exactement. Que nos premières effusions soient moins insupportables que celles de la majorité des voyageurs. »

Chapitre XXVIII

Tout ce qui les attendait pendant le trajet du lendemain était pour Elizabeth nouveau et plein d'intérêt ; elle se mit donc en route d'excellente humeur, car la belle mine de sa sœur lui ôtait toute crainte pour sa santé, et la perspective de son périple estival vers le nord lui était une source de constantes délices.

Lorsqu'ils quittèrent la grand-route pour le chemin de Hunsford, tous les yeux se mirent en quête du presbytère, et l'on s'attendait à le découvrir à chaque détour du sentier. La route était bordée d'un côté par la clôture qui ceignait le domaine de Rosings Park. Elizabeth sourit en se remémorant tout ce qu'elle avait entendu dire de ses occupantes.

On aperçut enfin le presbytère. Le jardin qui descendait en pente douce jusqu'à la route, la maison qui se dressait au milieu, la clôture verte et la haie de lauriers, tout annonçait qu'ils atteignaient leur destination. Mr Collins et Charlotte parurent dans l'encadrement de la porte, et ce fut au milieu des saluts et des sourires de tous que la voiture vint s'arrêter devant la petite barrière qui menait par un court sentier de gravier jusqu'à la demeure. Les arrivants sautèrent à bas de leur véhicule, ravis de retrouver leurs hôtes. Mrs Collins accueillit son amie avec le plus vif plaisir, et en se voyant si affectueusement reçue, Elizabeth acheva de se réjouir d'être venue. Elle constata immédiatement que le mariage n'avait en rien transformé les manières de son cousin : sa courtoisie empesée était toujours telle qu'elle la connaissait, et il la retint plusieurs minutes près de la barrière pour lui demander des nouvelles de toute sa famille. Puis il les accompagna à l'intérieur, sans perdre un autre instant, sinon celui qui fut nécessaire pour signaler à leur attention l'élégance de l'entrée ; et dès qu'ils furent dans le salon, il leur souhaita une seconde fois, avec une formalité ostentatoire, la bienvenue dans son humble logis, et répéta sans en omettre une seule toutes les offres de rafraîchissement que leur proposait sa femme.

Elizabeth s'était préparée à le voir dans toute sa splendeur ; et elle ne put s'empêcher de se dire qu'en leur faisant remarquer les belles proportions de la pièce, son aspect et son mobilier, il s'adressait tout spécialement à elle, comme pour mieux lui faire sentir tout ce qu'elle avait perdu en refusant sa main. Mais bien que tout lui parût élégant et confortable, elle ne put le gratifier du moindre soupir de regret; elle posa, au contraire, sur son amie un regard ébahi, à la voir si joyeuse en compagnie d'un tel mari. Chaque fois que Mr Collins proférait des paroles dont sa femme avait de bonnes raisons de rougir, ce qui n'était certainement pas rare, Elizabeth tournait involontairement les yeux vers Charlotte. Elle vit, une fois ou deux, ses joues se colorer légèrement; mais en règle générale, la jeune femme était assez avisée pour ne point entendre. Après qu'ils furent restés assis assez longtemps pour admirer chacun des meubles du salon, du buffet au pare-feu, et pour narrer les péripéties de leur voyage et de leur bref séjour dans la capitale, Mr Collins les convia à venir faire un tour dans le jardin, vaste et bien disposé, qu'il soignait de ses propres mains. Travailler dans son jardin était l'un de ses plus respectables plaisirs; et sa cousine admira avec quel parfait sérieux Charlotte leur vantait la salubrité de cette occupation et leur avouait qu'elle l'y encourageait le plus possible. Une fois dehors, tout en conduisant ses invités à travers un véritable dédale de petits sentiers qui s'entrecroisaient, sans presque leur laisser le temps de formuler les compliments qu'il ne cessait pourtant de réclamer, le maître de maison leur fit admirer tous les panoramas, avec une précision méticuleuse qui ne faisait aucune part à la beauté. Il pouvait leur citer le nombre exact de champs qui s'étendaient dans toutes les directions, et leur dire sans se tromper combien le bosquet le plus distant comptait d'arbres. Mais parmi toutes les vues dont s'enorgueillissait son jardin, ou même la région, voire le royaume tout entier, aucune ne pouvait se comparer à la perspective sur Rosings que leur ménageait, à travers les arbres qui bordaient le parc, une ouverture pratiquée presque en face du presbytère. C'était une superbe demeure moderne, fort bien située au sommet d'une petite hauteur.

De son jardin, Mr Collins les aurait volontiers fait passer dans ses deux prairies ; mais les dames, dont les chaussures étaient trop délicates pour affronter les traces de gelées blanches, s'en retournèrent ; et tandis que Sir William accompagnait son gendre, Charlotte fit visiter la maison à sa sœur et à son amie, ravie, fort probablement, d'avoir ainsi l'occasion de tout leur montrer sans le concours de son mari. L'édifice était plutôt petit, mais solidement construit et fort bien conçu ; et tout y était installé et arrangé avec une élégance et une unité de goût qu'Elizabeth mit entièrement au compte de Charlotte. Lorsque l'on parvenait à oublier le maître des lieux, il régnait véritablement dans toute la demeure une franche atmosphère de confort, et à en juger par le plaisir évident qu'y prenait son amie, la visiteuse se dit qu'il devait être souvent oublié.

On leur avait déjà annoncé que Lady Catherine se trouvait encore dans la région. Il fut de nouveau question de sa présence au dîner lorsque Mr Collins se mêla à la conversation pour observer :

«Eh oui, Miss Elizabeth, vous allez avoir l'honneur de rencontrer Lady Catherine de Bourgh, dimanche prochain, à l'église, et je n'ai pas besoin d'ajouter qu'elle va vous enchanter. Elle n'est qu'amabilité et condescendance, et je ne doute pas qu'elle voudra bien vous honorer d'un peu de son attention, après l'office. J'hésite à peine à vous affirmer qu'elle vous inclura, vous-même et ma sœur Maria, dans toutes les invitations qu'elle voudra bien avoir l'obligeance de nous adresser pendant votre séjour ici. La façon dont elle traite ma chère Charlotte est délicieuse. Nous dînons deux fois par semaine à Rosings, et jamais on ne nous laisse rentrer à pied. Immanquablement, Sa Seigneurie nous fait raccompagner dans sa voiture. Je devrais dire dans l'une de ses voitures, car elle en a plusieurs.

– Lady Catherine est une personne éminemment respectable et pleine de bon sens, ajouta Charlotte, et c'est une voisine extrêmement attentionnée.

– C'est bien vrai, ma chère, c'est justement ce que je dis. C'est une de ces personnes pour lesquelles on ne saurait montrer trop de déférence.»

On consacra la plus grande partie de la soirée à passer en revue les nouvelles du Hertfordshire, et à se redire ce qu'on s'était déjà écrit; et lorsque ces mondanités eurent pris fin, Elizabeth put méditer, dans la solitude de sa chambre, sur le bonheur de son amie, comprendre avec quelle adresse Charlotte savait guider son époux, avec quel calme elle le supportait, et reconnaître pour finir que tout cela était fort bien fait. Elle put aussi prévoir le déroulement de sa visite au presbytère, leurs paisibles occupations de tous les jours, les interruptions assommantes de Mr Collins, et les folles gaietés de leurs relations avec Rosings. Sa vive imagination en eut vite réglé tous les détails.

Le lendemain, vers le milieu de la journée, elle était dans sa chambre, où elle se préparait pour sortir en promenade, lorsqu'elle fut avertie, par un soudain vacarme au rez-de-chaussée, du fait que le désordre régnait céans ; ayant un instant tendu l'oreille, elle distingua les pas précipités de quelqu'un qui montait l'escalier quatre à quatre, en l'appelant à tue-tête. Elle ouvrit la porte et trouva sur le palier Maria, qui s'écria, d'une voix entrecoupée par l'agitation :

« Ah, ma chère Eliza ! Je t'en prie, viens vite jusqu'à la salle à manger, tu vas voir un spectacle qui en vaut la peine ! Je ne te dis pas ce que c'est. Dépêche-toi, descendons à l'instant. »

Ce fut en vain qu'Elizabeth la pressa de questions ; Maria refusa d'en dire plus ; et elles descendirent en courant dans la salle à manger qui donnait sur la route, afin de contempler cette vision miraculeuse ; il s'agissait de deux dames, assises dans un petit cabriolet arrêté devant la barrière du jardin.

«C'est tout? s'écria Elizabeth. Moi qui croyais, pour le moins, que les cochons avaient envahi le jardin, et tu ne trouves à me montrer que Lady Catherine et sa fille.

– Voyons, Eliza, ce n'est pas Lady Catherine, répondit Maria, que cette erreur scandalisait. La vieille dame est Mrs Jenkinson, qui vit avec elles. Et l'autre est Miss de Bourgh. Regarde-la donc. Vois-tu comme elle est chétive? Qui eût cru qu'elle pouvait être si maigre et si petite!

– Elle est abominablement mal élevée pour garder Charlotte dehors par ce vent. Pourquoi n'entre-t-elle pas?

– Oh, Charlotte dit qu'elle ne descend pour ainsi dire jamais de voiture. C'est vraiment une faveur insigne lorsqu'elle accepte d'entrer ici.

– Sa physionomie me plaît, déclara Elizabeth, frappée par d'autres idées. Elle a l'air maladif et revêche. Oui, elle lui ira fort bien. C'est exactement la femme qu'il lui faut.»

Mr Collins et Charlotte se tenaient tous les deux près de la barrière et conversaient avec les dames; et au grand amusement d'Elizabeth, Sir William avait pris position dans l'encadrement de la porte, afin de contempler plus à son aise toute la grandeur qu'il avait sous les yeux, et s'inclinait respectueusement chaque fois que le regard de Miss de Bourgh se tournait vers lui.

Ils ne trouvèrent enfin plus rien à se dire; les promeneuses se remirent en route, et les Collins rentrèrent chez eux. Mr Collins n'eut pas plus tôt aperçu les jeunes filles qu'il commença à les féliciter de leur bonne fortune, laissant à sa femme le soin de leur en expliquer la raison en leur apprenant qu'ils étaient tous invités à dîner à Rosings le lendemain.

Chapitre XXIX

Le plaisir triomphal que retirait Mr Collins de cette invitation était sans nuage. Il ne désirait rien tant que de pouvoir étaler ainsi, sous les yeux de ses invités éblouis, la splendeur de sa protectrice, et de faire d'eux les témoins de tous les égards qu'elle avait envers lui-même et son épouse ; or n'était-ce pas un exemple frappant de la complaisance de Lady Catherine, un exemple qu'il ne savait du reste comment admirer à sa juste valeur, que de lui permettre de le faire à si brève échéance ?

« Je vous avoue, dit-il, que je n'aurais pas été plus surpris que cela de nous voir tous conviés par Sa Seigneurie à prendre le thé et à passer la soirée à Rosings, dimanche. Je connais assez sa grande affabilité pour m'être attendu à la chose. Mais qui eût pu prévoir de tels égards ? Qui eût été imaginer que nous allions recevoir une invitation à dîner chez elle (et *a fortiori* une invitation qui n'excepte personne), si peu de temps après votre arrivée ?

– Je suis, quant à moi, d'autant moins étonné de ce qui arrive, répondit Sir William, que ma position dans la société m'a permis d'apprendre à connaître les manières des grands de ce monde. À la Cour, de tels exemples d'élégante courtoisie ne sont pas rares. »

Pendant tout le reste de la journée et tout le lendemain matin, il ne fut guère question d'autre chose que de leur visite à Rosings. Mr Collins leur expliqua soigneusement ce à quoi ils devaient s'attendre, afin que le spectacle des magnifiques salons, des innombrables serviteurs et du splendide repas ne les confondît pas totalement.

Lorsque les dames se retirèrent pour aller s'apprêter, il dit à Elizabeth :

« N'allez surtout pas, ma chère cousine, vous tourmenter à propos de votre toilette. Lady Catherine est loin de compter trouver chez nous cette élégance de mise qui leur convient, à elle et à sa fille. Je vous conseille donc de mettre tout simplement ce que vous avez apporté de plus beau, il est inutile d'aller chercher plus loin. Lady Catherine n'aura pas plus mauvaise opinion de vous, si vous êtes simplement vêtue. Elle aime à voir respecter les différences de rang. »

Pendant que les visiteurs s'habillaient, il vint frapper, à deux ou trois reprises, à leurs portes respectives pour leur recommander de faire vite, car Lady Catherine avait horreur qu'on la fit attendre pour le dîner. Toutes ces descriptions de

Sa Seigneurie et de son mode de vie, plus intimidantes les unes que les autres, finirent par terroriser Maria Lucas, qui n'était guère accoutumée à la vie mondaine; et son entrée à Rosings la fit passer par toutes les angoisses qu'avait endurées son père à l'époque de sa présentation au palais de Saint-James.

Comme il faisait beau, on parcourut à pied la charmante promenade d'un demi-mile à travers le parc. Chaque domaine a ses beautés et ses perspectives; Elizabeth trouva donc beaucoup d'agréments dans celui de Rosings, sans toutefois parvenir à éprouver les transports d'admiration que s'attendait à observer son cousin, et elle ne fut pas davantage impressionnée par l'énumération qu'il leur fit de toutes les fenêtres de la façade principale, ni par la somme qu'avait à l'origine coûtée à Sir Lewis de Bourgh l'ensemble des vitres de la demeure.

Lorsqu'ils gravirent les marches du perron, la frayeur de Maria redoubla, et Sir William luimême perdit un peu de son flegme. Le courage d'Elizabeth ne lui fit pas défaut. Rien de ce qu'on lui avait dit de Lady Catherine ne laissait présager qu'elle brillât par ses talents extraordinaires ou ses vertus miraculeuses, et elle pensait pouvoir affronter sans trembler la simple majesté de l'argent et du rang.

Après avoir franchi le vestibule, dont Mr Collins, pâmé, leur signala au passage les nobles proportions et les riches ornements, ils suivirent les valets de pied le long d'une antichambre jusqu'au salon où se tenaient Lady Catherine, sa fille et Mrs Jenkinson. Sa Seigneurie, avec sa condescendance habituelle, se leva pour les accueillir ; et comme Mrs Collins était convenue avec son mari que ce serait à elle que reviendrait le soin de faire les présentations, tout fut fait le plus correctement du monde, sans les litanies d'excuses et de remerciements qu'il se serait cru tenu d'ajouter.

Malgré son passage au palais de Saint-James, Sir William était si totalement abasourdi par la grandeur qui l'environnait qu'il eut tout juste le courage de s'incliner jusqu'à terre et de prendre un siège sans souffler mot ; et sa fille cadette, qui défaillait presque d'épouvante, s'assit sur l'extrême bord de sa chaise, ne sachant plus quelle contenance adopter. Elizabeth resta parfaitement maîtresse d'elle-même et capable d'observer d'un œil serein les trois dames qui se trouvaient devant elle. Lady Catherine était grande et corpulente, et ses traits accusés avaient pu jadis être beaux. Son expression n'était guère avenante, et l'accueil qu'elle leur réserva ne risquait guère de leur laisser oublier l'infériorité de leur rang. Ce n'était pas par le silence qu'elle cherchait à intimider : mais toutes ses paroles étaient proférées sur un ton autoritaire qui allait de pair avec la haute opinion qu'elle paraissait avoir d'elle-même et qui évoqua aussitôt dans l'esprit d'Elizabeth le souvenir de Mr Wickham ;

et à en juger par tout ce dont elle avait été témoin le jour même, elle se dit que Lady Catherine était exactement telle qu'il la lui avait dépeinte.

Lorsque après avoir étudié la mère, dont la contenance et le maintien ne tardèrent pas à lui rappeler Mr Darcy, elle tourna les yeux vers la fille, elle fut tentée de partager l'étonnement de Maria en la voyant si maigre et si petite. Il n'y avait, ni de silhouette, ni de visage, aucune ressemblance entre les deux dames. Miss de Bourgh était pâle et maladive : ses traits, sans être laids, étaient insignifiants ; et elle ne parlait presque jamais, sinon en aparté à Mrs Jenkinson, dont l'aspect était totalement passe-partout, et qui ne s'occupait que d'écouter sa jeune élève et de lui protéger les yeux des lumières trop vives.

Au bout de quelques instants, on envoya tous les invités à la fenêtre admirer le paysage, sous la houlette de Mr Collins, chargé de leur en signaler les merveilles, et Lady Catherine fut assez bonne pour leur faire savoir que la vue était beaucoup plus belle en été qu'à l'heure actuelle.

Le dîner fut tout à fait somptueux, et ils eurent droit à tous les domestiques et à tous les articles de vaisselle que leur avait promis Mr Collins ; comme il le leur avait également annoncé, il fut placé, selon la volonté de Sa Seigneurie, en bout de table, où il s'assit d'un air qui donnait à penser que la vie ne pouvait rien lui offrir de plus exaltant. Il découpait, mangeait et louait avec un zèle irrépressible; chaque nouveau plat était accueilli par ses éloges d'abord, puis par ceux de Sir William, qui s'était désormais suffisamment ressaisi pour faire écho à tout ce que disait son gendre, au point qu'Elizabeth se demanda comment Sa Seigneurie pouvait supporter ce duo exaspérant. Mais la noble dame paraissait comblée par cet excès d'admiration, et les sourires s'épanouissaient sur ses lèvres, surtout s'il s'avérait que le mets qu'on apportait était inconnu de ses invités. Leur petite assemblée ne brillait pas par la conversation. Elizabeth était toute prête à deviser si l'occasion s'en présentait, mais elle était assise entre Charlotte et Miss de Bourgh – or la première était occupée à écouter Lady Catherine, et la seconde ne lui adressa pas la parole de tout le dîner. Mrs Jenkinson surveillait avant tout le faible appétit de Miss de Bourgh, la pressant de goûter à tout et craignant qu'elle ne fût indisposée. Maria ne songeait même pas à risquer la moindre parole, et les messieurs n'ouvraient la bouche que pour manger et pour admirer.

Quand les dames regagnèrent le salon, elles n'y trouvèrent guère d'autre occupation que d'écouter Lady Catherine pérorer, ce qu'elle fit sans interruption jusqu'à l'arrivée du café, pontifiant à propos de tout et de rien de façon si péremptoire qu'il était aisé de comprendre qu'elle ne s'entendait pas souvent contredire. Elle s'enquit, avec un sans-gêne minutieux, des moindres soucis domestiques de Charlotte, et l'accabla de conseils quant à la meilleure façon d'y faire face ; elle lui expliqua comment tout organiser dans un ménage aussi réduit que le sien, et lui détailla les soins à donner à ses vaches et à ses volailles. Elizabeth s'aperçut que rien de ce qui pouvait permettre à cette grande dame de dicter sa volonté aux autres n'était jugé indigne de son intérêt. Elle émailla, d'ailleurs, sa conversation avec Mrs Collins de toutes sortes de questions adressées à ses deux autres invitées, à Elizabeth surtout, dont elle connaissait moins bien les antécédents, et qui, comme elle le fit observer à Charlotte, était une jeune fille tout à fait distinguée et jolie. Elle lui demanda, en différentes occasions, combien elle avait de sœurs, si elles étaient plus âgées ou plus jeunes qu'elle, si aucune d'entre elles semblait devoir se marier bientôt, si elles étaient belles, où elles avaient reçu leur éducation, quel genre de voiture possédait son père et quel avait été le nom de jeune fille de sa mère. Elizabeth sentait bien toute l'impertinence de cet interrogatoire, mais elle y répondit avec la plus parfaite placidité. Lady Catherine lui dit alors :

« Le domaine de votre père est soumis à une substitution, si je ne m'abuse, au profit de Mr Collins ? Je m'en réjouis pour vous, continua-t-elle en se tournant vers Charlotte, mais sans cela, je ne vois aucune raison de substituer les héritiers pour écarter les filles d'une succession. La chose n'a pas été jugée nécessaire dans la famille de Sir Lewis de Bourgh. Savez-vous jouer du piano et chanter, Miss Bennet ?

– Un peu.

- Ah, dans ce cas... un jour ou l'autre, nous serons ravies de vous entendre. Notre instrument est merveilleux et sans doute bien supérieur à celui dont... bref, vous l'essaierez un de ces jours. Vos sœurs savent-elles aussi jouer et chanter ?

– Une d'entre elles, oui.

– Pourquoi n'avez-vous pas toutes appris ? Vous auriez dû apprendre toutes les cinq. Toutes les demoiselles Webb savent jouer, et leur père n'a pas d'aussi beaux revenus que le vôtre. Savez-vous dessiner ?

– Non, pas du tout.

– Comment, aucune de vous ?

– Non, aucune.

– Voilà qui est fort singulier. Mais j'imagine que vous n'avez pas eu l'occasion d'apprendre. Votre mère aurait dû vous emmener à Londres tous les ans, au printemps, afin que vous pussiez profiter des leçons des meilleurs maîtres.

– Ma mère n'aurait sans doute pas demandé mieux, mais mon père déteste Londres.

– Votre préceptrice vous a-t-elle quittées ?

– Nous n'en n'avons jamais eu.

– Quoi, pas de préceptrice ! Comment est-ce possible ? Élever cinq filles chez soi, sans préceptrice ! C'est la première fois que j'entends une chose pareille. Votre mère a dû être l'esclave de votre éducation. »

Elizabeth ne put réprimer un sourire, en lui assurant qu'il n'en avait rien été.

« Mais alors, qui vous a instruites ? Qui s'est occupé de vous ? Sans préceptrice, votre éducation a dû être fort négligée.

– En comparaison d'autres familles, je crois en effet qu'elle l'a été ; mais celles d'entre nous qui souhaitaient s'instruire n'ont jamais manqué des moyens de le faire. On nous a toujours encouragées à lire, et nous avons eu tous les maîtres nécessaires. Celles qui le désiraient, toutefois, ne se sont pas privées de paresser.

– Oui, je veux bien le croire : mais c'est justement ce qu'évitent les préceptrices ; et si j'avais connu votre mère, je lui aurais très vivement conseillé d'en retenir une. Je dis toujours qu'il ne saurait y avoir d'éducation sans une instruction solide et régulière, et personne d'autre qu'une préceptrice ne peut y pourvoir. Vous seriez stupéfaite d'apprendre combien de familles j'ai pu aider dans ce domaine. Je suis toujours enchantée de trouver une bonne place pour mes protégées. C'est grâce à moi que quatre nièces de Mrs Jenkinson ont pu obtenir d'excellentes situations ; et tenez, l'autre jour encore, j'ai été en mesure de recommander une autre jeune personne que l'on n'avait fait que mentionner en ma présence, et la famille qui l'a engagée en est absolument enchantée. Vous ai-je dit, Mrs Collins, que Lady Metcalfe était venue hier me remercier ? Elle m'assure que Miss Pope est un trésor : “Lady Catherine, m’a-t-elle dit, vous m’avez donné un trésor.” L’une ou l’autre de vos sœurs cadettes a-t-elle déjà fait son entrée dans le monde, Miss Bennet ?

– Mais oui, madame, toutes.

– Toutes ! Comment ? Vous allez toutes les cinq dans le monde ? C’est inouï ! Et vous n’êtes que la deuxième, m’avez-vous dit ? Voilà que les cadettes vont dans le monde avant que les aînées soient mariées. Vos sœurs cadettes doivent pourtant être très jeunes.

– Oui, la dernière n’a pas seize ans. Sans doute est-elle, en effet, un peu trop jeune pour paraître dans le monde. Mais en vérité, madame, il serait bien dur, me semble-t-il, pour les sœurs cadettes de se voir privées de leur part de gaieté et de distractions parce que leurs aînées n’ont peut-être pas les moyens ou l’envie de se marier tôt. La dernière-née a droit, tout autant que la première, aux plaisirs de la jeunesse. Sans compter qu’il est difficile de cloîtrer les gens pour un pareil motif ! Il me paraît singulièrement impropre à favoriser l’amour fraternel ou la délicatesse d’esprit.

– Ma parole, dit Sa Seigneurie, vous donnez votre avis avec beaucoup d’assurance pour quelqu’un d’aussi jeune. Quel âge avez-vous donc, je vous prie ?

– Avec trois sœurs cadettes déjà lancées dans le monde, répondit Elizabeth en souriant, Votre Seigneurie ne peut guère s’attendre à ce que je l’avoue. »

Lady Catherine parut fort surprise de ne pas recevoir une réponse directe; et son invitée subodora qu'elle devait être la première à oser badiner ainsi avec tant de majestueuse impertinence.

« Vous ne pouvez avoir plus de vingt ans, c'est certain : vous n'avez donc aucune raison de cacher votre âge.

– Je n'ai pas encore vingt et un ans. »

Lorsque les messieurs furent venus les rejoindre et que l'on eut pris le thé, des serviteurs vinrent disposer les tables de jeu. Lady Catherine, Sir William et les Collins s'installèrent pour une partie de quadrille; et comme Miss de Bourgh décida pour sa part de jouer au casino, les deux jeunes invitées purent partager avec Mrs Jenkinson l'honneur de lui servir de partenaires. Leur table atteignait les sommets de la bêtise : on n'y échangeait pour ainsi dire pas une parole qui n'eût trait à la partie, sauf lorsque Mrs Jenkinson s'inquiétait de savoir si Miss de Bourgh avait trop chaud ou trop froid, ou si elle recevait trop ou pas assez de lumière. L'autre table était beaucoup plus animée. On y entendait surtout Lady Catherine, qui, lorsqu'elle n'était pas occupée à faire remarquer les erreurs des trois autres, leur rapportait quelque petite histoire dont elle était l'héroïne. Mr Collins s'ingéniait à approuver tout ce que disait Sa Seigneurie, à la remercier chaque fois qu'il gagnait et à lui demander pardon s'il avait l'impression de gagner trop. Sir William ne parlait guère, occupé qu'il était à engranger dans sa mémoire les anecdotes et les grands noms.

Lorsque Lady Catherine et sa fille eurent joué suffisamment à leur goût, les parties s'achevèrent, la voiture fut offerte à Mrs Collins, qui l'accepta volontiers, et on la fit aussitôt réclamer. En attendant, la compagnie se groupa autour de l'âtre pour entendre Lady Catherine décider quel temps il ferait le lendemain. L'arrivée de la voiture les arracha à cette occupation ; et après plusieurs discours de remerciement de la part de Mr Collins, ponctués par autant de saluts de Sir William, ils prirent congé. La voiture s'était à peine ébranlée que Mr Collins priait sa cousine de lui dire ce qu'elle pensait de tout ce qu'elle avait vu à Rosings ; par amitié pour Charlotte, elle professa une admiration bien supérieure à ce qu'elle éprouvait en réalité. Mais elle eut beau se fouiller l'esprit pour trouver quelques louanges adéquates, le résultat fut loin de satisfaire son cousin, qui se sentit très vite dans l'obligation de se consacrer personnellement à l'éloge de sa protectrice.

Chapitre XXX

Sir William ne passa qu'une semaine à Hunsford; mais sa visite fut assez longue pour le convaincre que sa fille était fort bien établie, et qu'elle possédait un mari et une voisine comme on en rencontrait peu. Pendant le séjour de son beau-père, Mr Collins consacra toutes ses matinées à le promener dans son cabriolet et à lui faire admirer la contrée: mais après son départ, la famille reprit le cours de ses activités habituelles, et Elizabeth fut soulagée de constater que ce changement ne l'obligeait pas à supporter plus souvent la compagnie de son cousin; en effet, il passait maintenant le plus clair de son temps, entre le petit déjeuner et le dîner, à travailler dans le jardin, lorsqu'il n'était pas occupé à lire et à écrire – et surtout à regarder par la fenêtre – dans sa petite bibliothèque qui donnait sur la route. Le salon dans lequel se tenaient les dames ouvrait sur l'arrière de la demeure. Elizabeth s'était tout d'abord étonnée que Charlotte n'eût pas plutôt prévu à cet effet la pièce qui servait de salle à manger, car elle était plus vaste et d'un aspect plus agréable : mais elle ne tarda pas à comprendre que son amie avait eu une excellente raison d'agir ainsi, car le maître de maison aurait certainement passé beaucoup moins de temps dans son propre cabinet si les dames avaient disposé d'une pièce aussi animée que la sienne ; et elle se dit que cet arrangement était tout à l'honneur de Charlotte.

Du salon, elles ne pouvaient rien voir de ce qui se passait dans le chemin, et elles étaient par conséquent tributaires de Mr Collins si elles désiraient savoir quelles voitures s'y aventuraient, et avec quelle fréquence, en particulier, Miss de Bourgh passait devant chez eux dans son cabriolet, événement qu'il ne se lassait jamais de venir leur annoncer, bien qu'il se répétât presque tous les jours. La jeune fille s'arrêtait assez souvent au presbytère, pour de brèves conversations avec Charlotte, mais elle ne se laissait presque jamais convaincre de descendre de voiture.

Rares étaient les journées où Mr Collins ne se rendait pas à Rosings, et rares aussi celles où sa femme ne jugeait pas nécessaire de l'accompagner ; et avant de se rappeler qu'il existait sans doute d'autres bénéfices dont Lady Catherine pouvait disposer à sa guise, Elizabeth eut beaucoup de mal à s'expliquer pourquoi ils sacrifiaient ainsi tant d'heures. Sa Seigneurie leur faisait de temps à autre l'honneur d'une visite, et dans ces moments-là rien de ce qui se passait dans la pièce n'échappait à son œil inquisiteur. Elle s'enquérait de leurs occupations; elle examinait leurs ouvrages et leur conseillait de s'y prendre autrement; elle critiquait l'agencement du mobilier et détectait la négligence de la soubrette; et si elle acceptait le moindre rafraîchissement ce n'était, à l'évidence, que pour avoir la satisfaction de constater que les rôtis de Mrs Collins étaient trop copieux pour sa table.

Elizabeth ne fut pas longue à comprendre que si la noble dame n'exerçait point de fait la fonction de magistrat dans le comté, elle n'en était pas moins un juge fort zélé dans sa propre paroisse, dont Mr Collins veillait à lui rapporter tous les incidents, si anodins fussent-ils; et dès que les paysans étaient enclins à se montrer querelleurs ou mécontents, voire par trop pauvres, elle se mettait en route pour le village afin de régler leurs différends, de faire taire leurs revendications, et de restaurer par ses semonces l'harmonie et l'abondance.

La distraction que représentaient les dîners à Rosings se répétait à raison de deux fois par semaine; et compte tenu de la disparition de Sir William, laquelle entraîna à son tour celle d'une des deux tables de jeu, chacun de ces dîners fut l'exacte réplique du premier. Les autres invitations étaient rares; et, dans l'ensemble, le train de vie de la région était au-dessus des moyens des

Collins. Cela n'était pas, toutefois, pour déplaire à Elizabeth qui passait, tout bien considéré, un fort agréable séjour : il y avait de charmantes demi-heures de conversation avec Charlotte, et il faisait si beau pour cette époque de l'année qu'elle prenait souvent grand plaisir à être dehors. Sa promenade favorite, qu'elle arpentait fréquemment pendant que les autres partaient rendre visite à leur protectrice, longeait le petit bois ouvert à tous qui bordait l'un des côtés du parc ; il s'y trouvait un délicieux petit sentier bien abrité que personne d'autre qu'elle ne semblait apprécier et où elle se sentait hors d'atteinte de la curiosité de Lady Catherine.

La première quinzaine de leur séjour s'écoula ainsi, fort paisiblement. Pâques approchait, et la semaine qui précédait cette fête devait voir l'arrivée à Rosings d'un visiteur qui, dans un cercle aussi restreint, ne pouvait être que d'importance. Elizabeth avait appris, peu après sa venue dans le Kent, que l'on y attendait Mr Darcy dans les semaines à venir ; et bien qu'elle ne connût pour ainsi dire personne qu'elle ne lui préférât, sa présence leur permettrait néanmoins de contempler un nouveau visage, lors de leurs réunions vespérales, et elle pourrait en outre s'amuser à vérifier la faillite indiscutable de tous les desseins qu'avait sur lui Miss Bingley, en observant la façon dont il se comporterait vis-à-vis de sa cousine, à qui le destinait de toute évidence Lady Catherine. Cette dernière leur annonça sa venue sur un ton de franche satisfaction, leur parla de lui dans des termes qui dénotaient la plus vive admiration, et parut presque courroucée de découvrir que Miss Lucas et Miss Bennet avaient déjà eu de nombreuses occasions de le voir.

L'heure exacte de son arrivée fut aussitôt connue au presbytère, car Mr Collins passa toute la matinée à déambuler dans les environs immédiats des deux pavillons qui encadraient l'entrée du chemin de Hunsford, à seule fin d'en être averti dans les plus brefs délais; et après s'être incliné en voyant la voiture s'enfoncer dans le parc, il se dépêcha de rentrer chez lui, porteur de ce précieux renseignement. Le lendemain matin, il se précipita à Rosings pour y présenter ses respects. Il y avait là deux neveux de Lady Catherine à qui les adresser, car Mr Darcy avait amené avec lui un certain colonel Fitzwilliam, fils cadet de son oncle, Lord X; et à la surprise générale, lorsque Mr Collins s'en retourna chez lui, les deux arrivants l'accompagnèrent. De la fenêtre du bureau de son mari, Charlotte les vit traverser la route, et elle courut aussitôt au salon pour annoncer aux autres l'honneur qui leur était fait, en ajoutant:

«C'est toi, Eliza, que je dois remercier de cette délicate attention. Jamais Mr Darcy ne serait venu me voir aussi vite.»

À peine Elizabeth avait-elle eu le temps de désavouer ce compliment qu'un coup de sonnette annonçait leur approche, et presque aussitôt les trois messieurs pénétrèrent dans la pièce. Le colonel Fitzwilliam, qui ouvrait la marche, devait avoir une trentaine d'années; il n'était point beau, mais sa personne et son abord étaient suprêmement distingués. Mr Darcy était en tous points semblable à ce qu'il avait été dans le Hertfordshire, il présenta ses hommages à Mrs Collins avec sa réserve accoutumée; et quels que pussent être ses sentiments envers l'invitée de la maison, il la salua avec toutes les apparences du plus parfait sang-froid. Elizabeth se contenta de faire une révérence, sans prononcer un mot.

Le colonel Fitzwilliam lança aussitôt la conversation, avec toute l'aisance d'un homme du monde, et bavarda de façon fort plaisante; mais son cousin, lorsqu'il eut adressé à Mrs Collins un vague compliment sur sa maison et son jardin, resta un moment sans desserrer les dents. Il finit, cependant, par recouvrer un semblant de politesse pour demander à Elizabeth des nouvelles de sa famille. Elle lui fit la réponse habituelle à ce genre de question, puis après une courte pause, elle ajouta:

«Ma sœur aînée séjourne en ville depuis trois mois. Ne vous y êtes-vous donc jamais croisés?»

Elle savait pertinemment que non: mais elle était désireuse de l'amener à trahir jusqu'à quel point il était au courant de ce qui s'était passé entre les Bingley et Jane; et il lui parut en effet légèrement confus en répondant qu'il n'avait pas eu le plaisir de revoir Miss Bennet. Elle n'insista pas davantage, et peu après les deux messieurs se retirèrent.

Chapitre XXXI

Les manières du colonel Fitzwilliam suscitèrent la plus vive admiration au presbytère, et les trois dames étaient persuadées que sa venue allait considérablement accroître le plaisir qu'elles prenaient aux mondanités de Rosings. Plusieurs jours s'écoulèrent, cependant, sans que les Collins reçussent la moindre invitation, car tant qu'il y avait d'autres visiteurs sur place, leur présence n'était plus nécessaire; ce ne fut que le jour de Pâques, soit presque une semaine après l'arrivée des deux cousins, qu'on leur fit l'honneur de songer à eux, et encore étaient-ils simplement priés de se rendre à Rosings dans la soirée, après l'office divin. Depuis huit jours, ils n'avaient guère vu Lady Catherine ni sa fille. Le colonel était venu plus d'une fois leur rendre visite, mais ils n'avaient aperçu Mr Darcy qu'à l'église.

L'invitation fut acceptée, bien entendu, et à l'heure indiquée ils rejoignirent le petit groupe assemblé dans le salon de Lady Catherine. Sa

Seigneurie les accueillit courtoisement, mais sans cacher que leur compagnie était loin de lui sembler aussi désirable que lorsqu'elle n'avait personne d'autre sous la main ; elle était, de fait, presque accaparée par ses neveux, à qui elle s'adressait principalement, surtout Darcy, et ne s'occupait guère de ses autres invités.

Le colonel Fitzwilliam parut sincèrement enchanté de les voir : toute distraction était pour lui la bienvenue quand il séjournait à Rosings ; en plus de quoi, la ravissante amie de Mrs Collins avait su le charmer tout à fait. Il vint aussitôt s'asseoir près d'elle et lui parla de façon si agréable du Kent et du Hertfordshire, des voyages et des plaisirs du foyer, des nouveautés littéraires et musicales qu'Elizabeth se trouva mieux divertie qu'elle ne l'avait jamais été en ces lieux ; ils devisaient tous deux avec tant de verve et de volubilité qu'ils attirèrent l'attention de Sa Seigneurie en personne, ainsi que celle de Mr Darcy. Les yeux de ce dernier n'avaient pas tardé à se tourner vers eux de façon répétée, avec une certaine curiosité ; et au bout d'un moment Lady Catherine fit savoir plus ouvertement qu'elle partageait ce sentiment, puisqu'elle ne se fit pas scrupule de lancer :

« Qu'est-ce donc que vous racontez, Fitzwilliam ? De quoi parlez-vous ? Que dites-vous à Miss Bennet ? Je veux savoir de quoi il s'agit.

– Nous parlons musique, madame, répondit-il lorsqu'il lui devint impossible de ne pas le faire.

– Musique ! Alors, parlez plus fort, s'il vous plaît. C'est de tous les sujets celui qui m'enchante le plus. Si vous parlez musique, je vais être obligée de me joindre à votre conversation. J'imagine qu'il n'y a guère de personnes, de par l'Angleterre, qui en retirent un plaisir plus réel que le mien, ou qui possèdent un goût plus sûr dans ce domaine. Si je l'avais apprise, j'aurais été un véritable prodige. Tout comme Anne, d'ailleurs, si sa santé lui avait permis de s'y consacrer. Je suis certaine qu'elle aurait été une interprète adorable. Georgiana fait-elle des progrès, Darcy ?

Mr Darcy lui vanta affectueusement la belle maîtrise que possédait déjà sa sœur.

« Je suis ravie que vous m'en fassiez un si bon rapport, répondit sa tante ; dites-lui de ma part, je vous prie, qu'elle ne peut espérer exceller dans cet art si elle ne s'exerce pas avec assiduité.

– Je vous assure, madame, répondit-il, qu'elle n'a aucun besoin de ce conseil. Elle y travaille avec zèle.

– Tant mieux. On ne saurait faire trop de gammes ; et dans ma prochaine lettre, je lui enjoindrai de ne les négliger sous aucun prétexte. Je dis souvent aux jeunes demoiselles qu'on ne peut devenir excellente musicienne sans faire de constants exercices. J'ai déjà dit plusieurs fois à Miss Bennet qu'elle ne jouera jamais vraiment bien, si elle n'en fait pas davantage ; et comme Mrs Collins ne possède pas d'instrument, je l'autorise bien volontiers, comme je le lui ai souvent dit, à venir tous les jours à Rosings travailler sur le piano qui se trouve dans la chambre de Mrs Jenkinson. Elle ne dérangerait personne, voyez-vous, dans ce coin de la maison.»

Mr Darcy sembla quelque peu honteux de l'impertinence de sa tante et ne répondit rien.

Lorsqu'ils eurent pris le café, le colonel Fitzwilliam rappela à Elizabeth qu'elle avait promis de lui jouer quelque chose, et elle alla aussitôt s'installer au clavier. Il approcha un siège tout près du sien. Lady Catherine écouta la moitié d'un air, avant de reprendre sa conversation avec son autre neveu, jusqu'au moment où ce dernier s'éloigna d'elle pour se diriger, du pas mesuré qui lui était habituel, vers le piano et s'y accouder de façon à pouvoir admirer au mieux la contenance de la belle interprète. Elizabeth observa ce manège et saisit la première occasion de faire une pause pour se tourner vers lui avec un sourire taquin et lui lancer:

«C'est sans doute dans le but de m'effrayer, Mr Darcy, que vous vous dérangez ainsi pour venir m'écouter. Mais sachez que je refuse de me troubler, bien que votre sœur soit une pianiste accomplie. Il y a en moi une opiniâtreté qui m'interdit de me laisser impressionner au gré des autres. Mon courage redouble toujours à chaque tentative d'intimidation.

– Je ne vous dirai pas que vous vous trompez, répondit-il, car vous ne sauriez sérieusement croire que j'aie le moindre dessein de vous faire peur ; et cela fait assez longtemps que j'ai la joie de vous connaître pour savoir que vous prenez quelquefois un malin plaisir à émettre des opinions qui ne sont pas les vôtres. »

Elizabeth rit de bon cœur à cette description et dit au colonel :

« Votre cousin va vous donner une belle idée de moi, et vous apprendre à ne pas croire un mot de ce que je raconte. Quelle malchance pour moi de retrouver ainsi, dans une contrée où j'espérais bien me faire un tant soit peu valoir, un homme si parfaitement à même de dévoiler ma véritable nature ! Franchement, Mr Darcy, il n'est pas très généreux de faire connaître ainsi tout ce que vous avez appris à mon détriment dans le Hertfordshire, et permettez-moi de vous dire que ce n'est pas non plus très politique, car c'est me pousser à vous rendre la pareille, et je vais peut-être révéler ici même des secrets qui risquent de scandaliser votre famille.

– Je ne vous crains pas, dit-il en souriant.

– Ah, je vous en prie, dites-moi un peu ce dont vous pouvez l'accuser, s'écria le colonel Fitzwilliam. Je serais curieux de savoir comment il se comporte parmi des inconnus.

– Eh bien, vous allez le savoir. Mais préparez-vous à des révélations extrêmement pénibles. Sachez que la toute première fois où je l'ai vu, dans le Hertfordshire, c'était au bal... et à ce bal, que croyez-vous qu'il fit ? Il ne dansa que quatre danses ! Je suis navrée de vous infliger ce chagrin, mais c'est la pure vérité. Il ne dansa que quatre danses, malgré la rareté des cavaliers ; et je puis vous certifier, en connaissance de cause, que plus d'une jeune fille en était réduite à faire tapisserie. Mr Darcy, vous ne pouvez nier les faits.

– Je n'avais pas alors l'honneur de connaître d'autres dames que celles que j'accompagnais.

– C'est vrai, et chacun sait qu'il est impossible de se faire présenter dans une salle de bal. Eh bien, colonel, que vous jouerai-je à présent ? Mes doigts sont à vos ordres.

– Peut-être, ajouta Darcy, aurais-je agi avec plus de discernement en cherchant à me faire présenter, mais je suis incapable de me faire valoir auprès de gens que je ne connais point.

– Demanderons-nous à votre cousin pour quelle raison ? reprit Elizabeth en s'adressant toujours au colonel. Lui demanderons-nous pourquoi un homme intelligent et instruit, habitué à la vie mondaine, n'est pas capable de se faire valoir auprès de gens qu'il ne connaît point ?

– Je puis répondre moi-même à votre question, sans avoir recours à lui, dit Fitzwilliam. C'est parce qu'il ne veut pas s'en donner la peine.

– Il est indéniable que je ne possède pas ce talent qu'ont certains de pouvoir converser sans réserve avec des gens que je vois pour la première fois, déclara Darcy. Je ne parviens pas à me mettre à l'unisson, ni à paraître m'intéresser à leurs affaires, comme je le vois souvent faire.

– Mes doigts, fit observer Elizabeth, ne se meuvent pas sur ce clavier avec la maîtrise que je remarque chez tant d'autres femmes. Ils n'ont ni la même force, ni la même vélocité, et sont incapables de rendre les mêmes nuances. Mais je me suis toujours dit que c'était ma faute – parce que je ne prends pas la peine de travailler. Ce n'est pas du tout que je croie mes doigts moins capables d'une exécution magistrale que ceux d'une autre. »

Darcy sourit et dit :

« Vous avez parfaitement raison. Vous avez employé votre temps de façon beaucoup plus utile. Aucun de ceux qui ont le privilège de vous entendre n'irait imaginer qu'il y a dans votre exécution la moindre faille. Nous ne nous adressons, ni vous ni moi, à des inconnus. »

Sur ces entrefaites, ils furent interrompus par Lady Catherine, curieuse de savoir de quoi ils parlaient. Elizabeth se remit aussitôt à jouer. La maîtresse de maison s'approcha et, après avoir écouté quelques minutes, confia à Darcy :

« Miss Bennet ne jouerait pas mal du tout si elle travaillait davantage et pouvait bénéficier des leçons d'un maître londonien. Elle possède un excellent doigté, mais son goût ne vaut pas celui d'Anne. Anne aurait été une merveilleuse interprète si sa santé lui avait permis d'étudier le piano. »

Elizabeth regarda Darcy pour voir avec quel empressement il se joignait à cet éloge de sa cousine; mais elle ne put ni cette fois, ni plus tard discerner chez lui le moindre symptôme amoureux; et sur la foi de son comportement à l'égard de Miss de Bourgh, elle conclut au bénéfice de Miss Bingley qu'il aurait aussi bien pu l'épouser, elle, eût-elle été sa cousine.

Lady Catherine poursuivit sa critique de l'exécution d'Elizabeth, en y mêlant de nombreux conseils relatifs au phrasé et au goût. La jeune invitée les accepta avec toute la patience d'une personne bien élevée; et à la demande des deux neveux elle resta au piano jusqu'à ce que la voiture de Sa Seigneurie fût prête à raccompagner au presbytère les Collins et leurs visiteuses.

Chapitre XXXII

Le lendemain matin, Elizabeth était seule, occupée à écrire à Jane, tandis que Mrs Collins et Maria étaient parties régler certaines affaires au village, lorsqu'elle eut la surprise d'entendre sonner à la porte, ce qui annonçait à coup sûr une visite. N'ayant pas entendu de voiture, elle se dit qu'il pourrait bien s'agir de Lady Catherine ; et dans cette crainte, elle se hâtait de faire disparaître sa lettre à demi-écrite, afin d'échapper aux questions impertinentes, lorsque la porte s'ouvrit et qu'à sa grande stupeur Mr Darcy, et nul autre que lui, pénétra dans la pièce.

Il parut lui aussi fort étonné de n'y trouver qu'elle et la pria de lui pardonner son intrusion, en lui expliquant qu'il avait cru comprendre que toute la famille était présente.

Ils s'assirent aussitôt, et lorsque Elizabeth eut fini de demander des nouvelles des habitants de Rosings, ils semblèrent en danger de sombrer dans un silence total. Il devint donc absolument nécessaire de trouver quelque chose à dire ; et en désespoir de cause, la jeune fille, se remémorant les circonstances de leur dernière rencontre dans le Hertfordshire et curieuse de savoir ce qu'il aurait à dire au sujet de leur départ précipité, finit par remarquer :

« Avec quelle soudaineté vous avez tous quitté Netherfield, en novembre dernier, Mr Darcy ! Mr Bingley a dû être agréablement surpris de vous revoir tous aussi rapidement ; car, si je ne m'abuse, il n'était parti lui-même que de la veille. J'espère que ses sœurs et lui se portaient bien, lorsque vous avez quitté Londres ?

– Parfaitement bien, je vous remercie. »

Elle comprit qu'il n'avait pas l'intention de s'étendre sur ce point et après un court silence, elle ajouta :

« J'ai cru comprendre que Mr Bingley n'avait guère l'intention de revenir un jour à Netherfield ?

– Je ne l'ai jamais entendu dire une chose pareille ; mais il est probable qu'il y passera dorénavant fort peu de temps. Il possède de nombreux amis, et il arrive à un âge où le nombre des amis et, partant, celui des obligations mondaines ne cessent d'augmenter.

– S'il ne compte venir que rarement à Netherfield, il serait plus avantageux pour ses voisins qu'il abandonne définitivement cette demeure, car nous pourrions alors y voir s'installer une famille susceptible de s'y fixer pour de bon. Cela dit, peut-être n'a-t-il pas loué ce domaine pour le bien-être du voisinage, mais pour le sien propre, si bien qu'il faut s'attendre à le voir le garder ou le quitter selon ce même critère.

– Je ne serais pas étonné, dit Darcy, s'il le cédait à d'autres dès qu'il recevra une offre acceptable. »

Elizabeth ne répondit pas. Elle n'osait se risquer à parler plus longtemps de Bingley ; et ne trouvant plus rien à dire, elle était à présent résolue à laisser au jeune homme le soin d'alimenter la conversation.

Il saisit l'allusion et remarqua bientôt :

« Cette demeure me paraît tout à fait confortable. Je crois que Lady Catherine a pris soin d'y apporter de nombreux aménagements, lorsque Mr Collins est venu s'installer à Hunsford.

– Je crois que oui, en effet – et je suis sûre qu'elle n'aurait pu combler de ses bienfaits un bénéficiaire plus reconnaissant.

– Mr Collins semble avoir été très heureux dans le choix de son épouse.

– Oh, que oui ! Ses amis peuvent se réjouir pour lui, car il a eu la chance de trouver l'une des rares femmes de bon sens susceptibles d'accepter sa main et de le rendre heureux en l'acceptant. Mon amie est douée d'une vive intelligence – encore que je ne sois pas sûre de considérer son mariage comme le plus judicieux de ses actes. Elle semble, néanmoins, parfaitement heureuse ; et il est certain que du point de vue de la prudence, c'est pour elle un excellent parti.

– Il doit lui être bien agréable de se trouver fixée à une distance aussi commode de sa famille et de ses amis.

– Vous appelez cela une distance commode? Il y a près de cinquante miles.

– Et qu'est-ce que cinquante miles de bonnes routes? À peine plus d'une demi-journée de voyage. Certes oui, je persiste à trouver cette distance fort commode.

– Jamais je n'aurais songé à la considérer comme l'un des avantages de cette union, s'écria Elizabeth. Il ne me serait jamais venu à l'idée de dire que Mrs Collins vivait près de sa famille.

– C'est une preuve de votre attachement pour le Hertfordshire. J'imagine que tout ce qui n'est pas dans le voisinage immédiat de Longbourn vous paraît lointain.»

Il prononça ces mots avec une espèce de sourire qu'Elizabeth crut pouvoir interpréter; il devait se dire qu'elle songeait à Jane et à Netherfield, et elle rougit en répondant:

«Je ne veux pas dire par là qu'une jeune femme ne saurait habiter trop près de chez ses parents. La proximité et l'éloignement sont purement relatifs, et dépendent de nombreuses circonstances fort variables. Dès que l'on est assez fortuné pour pouvoir se désintéresser du coût d'un voyage, la distance n'est plus un problème. Mais ce n'est point le cas ici. Mr et Mrs Collins jouissent de revenus appréciables, mais qui ne sauraient leur permettre de voyager fréquemment – et je suis certaine que mon amie ne s'estimerait voisine de sa famille que si la distance qui les séparait était deux fois moindre.»

Mr Darcy rapprocha un peu sa chaise de celle d'Elizabeth et déclara:

«Voyons, vous n'avez point, quant à vous, le droit d'être si fort attachée à votre région. Il est impossible que vous ayez toujours vécu à Longbourn.»

Elizabeth laissa transparaître sa surprise. Le jeune homme parut changer soudain d'humeur; il recula son siège, saisit un journal sur la table et se mit à le parcourir, tout en demandant d'un ton plus froid:

«Le Kent vous plaît-il?»

Il s'ensuivit alors, sur les mérites de cette contrée, un bref dialogue, aussi indifférent que laconique de part et d'autre – assez vite interrompu par l'arrivée de Charlotte et de sa sœur qui rentraient de leur promenade. Le tête-à-tête les étonna. Mr Darcy expliqua à la suite de quelle méprise il était venu importuner Miss Bennet, et après s'être attardé encore quelques instants, sans trouver grand-chose à dire à quiconque, il s'en alla.

«Qu'est-ce que cela veut donc dire? s'écria Charlotte dès qu'il eut disparu. Ma chère Eliza, il doit être amoureux de toi, sans quoi il ne nous aurait jamais rendu une visite aussi familière.»

Mais lorsque Elizabeth lui décrivit le mutisme de leur visiteur, cette explication parut plus qu'improbable, même à la bienveillante Charlotte; après avoir émis diverses conjectures, elles en furent réduites à supposer, pour finir, qu'il n'était venu au presbytère que parce qu'il ne trouvait rien d'autre à faire, ce qui était d'autant plus vraisemblable qu'à cette époque de l'année la pêche et la chasse étaient fermées. À l'intérieur, il y avait certes Lady Catherine, sa bibliothèque et sa salle de billard, mais les jeunes gens ne peuvent passer tout leur temps enfermés; et que ce fût à cause de la proximité du presbytère, ou du charme de la promenade, ou de celui des habitants, les deux cousins se laissaient tenter de venir sonner à sa porte presque tous les jours. Ils arrivaient à différentes heures de la matinée, parfois séparément parfois ensemble, et de temps en temps accompagnés de leur tante. Il était aisé de voir que le colonel Fitzwilliam venait les visiter parce qu'il goûtait leur société, et cette conviction ne pouvait que le rendre plus aimable encore; le plaisir qu'elle prenait à se trouver en sa compagnie, ainsi que l'admiration qu'il lui témoignait n'étaient pas sans rappeler à Elizabeth son favori d'antan, George Wickham; et si, lorsqu'elle les comparait, elle discernait dans les manières du colonel de cette douceur qui l'avait subjuguée chez l'autre officier, elle estimait qu'il était sans doute le plus intelligent des deux.

Quant à savoir pourquoi Mr Darcy venait aussi souvent au presbytère, voilà qui était plus difficile à comprendre. Ce ne pouvait être pour l'agrément de leur compagnie, car il lui arrivait fréquemment d'y passer des quarts d'heure entiers sans ouvrir la bouche; et lorsqu'il avait quelque chose à dire, il semblait que ce fût davantage par nécessité que par goût – c'était pour sacrifier aux convenances et non par plaisir personnel. Il se montrait rarement très animé, et Mrs Collins ne savait que penser de lui. Le fait que le colonel Fitzwilliam se moquât parfois de la stupidité de son cousin indiquait bien que ce n'était pas là son comportement habituel, ce que Charlotte n'aurait jamais pu concevoir à partir de ses propres observations; et comme elle eût aimé croire que cette métamorphose était un effet de l'amour, et que l'objet de cet amour n'était autre que son amie Eliza, elle s'employa avec beaucoup de diligence à découvrir ce qu'il en était: elle le surveilla de près à chacune des réunions de Rosings et toutes les fois où il venait à Hunsford, mais sans grand succès. Il regardait certes beaucoup Elizabeth, mais l'expression de ce regard prêtait à discussion. Il était soutenu, scrutateur, ferme, mais elle se demandait souvent s'il reflétait une grande admiration, et parfois même il lui semblait que ce n'était que pure distraction.

Elle avait une ou deux fois soulevé auprès de son amie l'idée que Mr Darcy pourrait bien être épris d'elle, mais cette dernière l'avait toujours tournée en dérision; et Mrs Collins ne se sentait pas le droit d'insister, de peur de donner naissance à des espoirs qui risquaient, malgré tout, de se solder par une déconvenue; car dans son esprit, il ne faisait pas l'ombre d'un doute que toute l'antipathie d'Elizabeth se volatiliserait si jamais elle pouvait croire le jeune homme à sa portée.

Parfois, au gré des projets optimistes qu'elle formait pour sa visiteuse, Charlotte envisageait de la marier au colonel Fitzwilliam. Il était sans contredit de loin le plus charmant des deux: il admirait très certainement Elizabeth, et sa position sociale était plus qu'acceptable; mais en contrepartie, Mr Darcy possédait au sein de l'Église d'Angleterre une influence considérable dont son cousin était entièrement dépourvu.

Chapitre XXXIII

Il arriva plus d'une fois qu'Elizabeth, au cours de ses pérégrinations dans le parc, rencontrât à l'improviste Mr Darcy. Elle était sensible à la malchance maligne qui s'acharnait à le conduire là où personne d'autre ne venait; et afin d'éviter que la chose ne se répétât, elle prit soin de lui faire savoir, dès la première fois, qu'il s'agissait d'un de ses repaires favoris. Il lui parut donc bien étrange de l'y voir reparaître une deuxième fois, ce qu'il fit pourtant, et même une troisième. Il devait y venir animé par la volonté de nuire, ou alors par un désir de faire pénitence; car, en ces occasions, il ne se contentait pas de lui adresser quelques questions polies, suivies d'un silence contraint, avant de décamper au plus vite; non, il jugeait bel et bien nécessaire de revenir sur ses pas pour l'accompagner. Il se montrait toujours aussi avare de paroles, et elle-même ne se donnait guère la peine de parler ni d'écouter; elle fut pourtant frappée, la troisième fois qu'ils se rencontrèrent ainsi, par les questions bizarres et décousues qu'il lui faisait – sur le plaisir qu'elle avait à séjourner à Hunsford, sur son amour des promenades solitaires, et sur ce qu'elle pensait du bonheur de Mr et Mrs Collins; frappée aussi de constater qu'en lui parlant de Rosings, dont elle ne comprenait pas très bien la disposition intérieure, il parût s'attendre à ce que ce fût là qu'elle résidât, elle aussi, chaque fois qu'elle reviendrait dans le Kent. C'était bien ce que ses paroles donnaient à entendre. Se pouvait-il qu'il eût le colonel Fitzwilliam en tête? Elle se dit que s'il sous-entendait vraiment quelque chose, il devait faire allusion à ce qui pouvait survenir de ce côté-là. Cette idée la décontenança quelque peu, et elle fut bien contente d'atteindre la grille qui perçait la clôture du parc juste en face du presbytère.

Un jour qu'elle était occupée à relire, en marchant, la dernière lettre de Jane, s'attardant sur certains passages qui trahissaient en proie à quelle mélancolie sa sœur les avait écrits, elle s'aperçut, en levant les yeux, qu'au lieu d'être encore une fois surprise par Mr Darcy, elle avait devant elle le colonel en personne. Elle rangea aussitôt sa lettre, et se força à sourire en disant:

«Je ne savais pas qu'il vous arrivait de venir vous promener par ici.

– Je viens de faire le tour du parc, répondit-il, comme je le fais généralement tous les ans, et j'avais l'intention de terminer par une visite au presbytère. Comptez-vous aller beaucoup plus loin ?

– Non, j'étais sur le point de m'en retourner. »

Elle fit aussitôt demi-tour et ils reprirent ensemble le chemin de chez les Collins.

« Votre départ est donc définitivement fixé à samedi ? demanda-t-elle.

– Oui – à moins que Darcy ne le repousse encore une fois. Mais je suis à sa disposition. Il arrange tout exactement comme cela lui plaît.

– Et si les arrangements ne lui plaisent pas tout à fait, du moins prend-il grand plaisir à être celui qui décide. Je ne connais personne qui semble aimer davantage que Mr Darcy le pouvoir d'en faire à sa tête.

– Il aime, en effet, beaucoup que tout lui cède, répondit le colonel. Mais n'en sommes-nous pas tous là ? Il se trouve simplement que cela lui est bien plus facile qu'à la plupart des autres, parce qu'il est riche et que tant d'autres sont pauvres. Je vous parle en connaissance de cause. Un fils cadet, voyez-vous, doit se résigner tout jeune à l'abnégation et à la dépendance.

– À mon avis, le fils cadet d'un comte ne peut guère être habitué ni à l'une ni à l'autre. Voulez-vous me dire franchement, s'il vous plaît, ce que vous connaissez à l'abnégation et à la dépendance ? Quand le manque d'argent vous a-t-il jamais interdit d'aller où vous vouliez ou de vous procurer tout ce dont vous aviez envie ?

– Voici des questions bien assenées – et j'aurais peut-être mauvaise grâce, en effet, à me prétendre victime de pareilles infortunes. Mais je puis néanmoins, dans des affaires autrement importantes, avoir à souffrir de mon état impécunieux. Les fils cadets ne peuvent pas épouser qui ils veulent.

– Sauf lorsqu'ils veulent des femmes fortunées, ce qui arrive, je crois, le plus souvent.

– Avec notre habitude de dépenser sans compter, nous sommes à la merci des autres, et rares sont les hommes de ma condition en mesure de se marier sans tenir compte des questions d'argent.»

«Cette allusion m'est-elle destinée?» se demanda Elizabeth; et cette idée la fit rougir; mais elle se ressaisit très vite et reprit d'un ton badin:

«Et dites-moi, je vous prie, quel est le prix habituel pour le fils cadet d'un comte? À moins que le frère aîné ne soit particulièrement souffreteux, j'imagine qu'il ne doit pas excéder cinquante mille livres.»

Il lui répondit sur le même ton, et le sujet fut abandonné. Cependant, afin de rompre un silence qui risquait d'inciter son compagnon à la croire affectée par ce qui venait d'être dit, elle s'empressa de reprendre:

«Je suppose que si votre cousin vous a amené avec lui, c'était surtout dans le dessein d'avoir quelqu'un à sa disposition. Je m'étonne qu'il ne se marie point, afin de se procurer de façon durable ce genre de commodité. Mais peut-être sa sœur fait-elle aussi bien l'affaire pour le moment; et comme elle se trouve sous sa seule protection, il peut bien faire d'elle ce qu'il veut.

– Non pas, dit le colonel, c'est un privilège qu'il doit partager avec moi. Je suis moi aussi le tuteur de Miss Darcy.

– Vraiment? Et quelle espèce de tuteur faites-vous donc? Votre pupille vous donne-t-elle beaucoup de fil à retordre? Les jeunes filles de son âge sont parfois un peu difficiles à tenir; et si elle possède la nature d'une vraie Darcy, peut-être aime t-elle aussi n'en faire qu'à sa tête.»

Elle s'aperçut, en disant cela, qu'il fixait sur elle un regard pénétrant; et la façon dont il lui demanda aussitôt pourquoi elle semblait croire Miss Darcy susceptible de leur causer des inquiétudes la convainquit qu'elle avait sans le vouloir frôlé la vérité. Elle se hâta de répondre:

«Vous n'avez rien à craindre. Jamais je n'ai rien entendu de défavorable sur son compte; et je veux bien croire qu'il s'agit de la personne la plus docile du monde. Elle est adorée de deux dames de ma connaissance, Mrs Hurst et Miss Bingley. Je crois vous avoir entendu dire que vous les connaissiez aussi.

– Très peu. Leur frère est un homme charmant et distingué – c'est un grand ami de Darcy.

– Certes, dit sèchement Elizabeth – Mr Darcy est d'une bonté exceptionnelle envers lui et il en prend prodigieusement soin.

– Soin ! Ma foi, oui, je crois, en effet, que Darcy prend soin de lui dans les domaines où il en a le plus besoin. J'ai même cru comprendre, d'après une phrase qu'a laissée échapper mon cousin en venant ici, que Bingley lui devait une fière chandelle. Mais je ferais mieux de me taire, car je n'ai aucun droit de supposer qu'il s'agissait bien de lui. Ce ne sont que des conjectures.

– Que voulez-vous dire ?

– C'est une histoire que Darcy ne voudrait sûrement pas voir s'ébruiter, car si la famille de la jeune personne venait à l'entendre, ce serait fort gênant.

– Vous pouvez compter sur ma discrétion.

– Et rappelez-vous que je n'ai guère de raisons de croire qu'il s'agit bien de Bingley. Darcy m'a simplement confié ceci : qu'il se félicitait d'avoir récemment évité à un ami les inconvénients d'une union tout à fait imprudente, mais sans mentionner ni les noms, ni aucun autre détail ; et je ne me suis douté qu'il parlait de Bingley que parce que j'imagine volontiers qu'il est homme à se fourrer dans un guêpier de ce genre, et parce que je sais qu'ils ont passé ensemble tout l'été dernier.

– Mr Darcy vous a-t-il donné les raisons de cette ingérence ?

– J'ai eu l'impression que la jeune personne laissait beaucoup à désirer.

– Et quels stratagèmes a-t-il employés pour les séparer ?

— Il ne m'a pas parlé de ses stratagèmes, répondit Fitzwilliam en souriant. Il ne m'a dit que ce que je viens de vous répéter. »

Elizabeth resta muette, et poursuivit son chemin, le cœur tout gonflé d'indignation. Après l'avoir observée un instant, le colonel lui demanda ce qui la rendait si songeuse.

« Je pense à ce que vous venez de m'apprendre, dit-elle. La conduite de votre cousin n'est pas à ma convenance. Pourquoi s'est-il posé en juge ?

– Vous seriez assez encline à trouver son zèle injustifié ?

– Je ne vois pas de quel droit Mr Darcy s'est permis de décider que le penchant de son ami était indésirable ; ni pourquoi, en se fondant sur son seul jugement, il s'est mis en tête de déterminer et de décréter ce qui devait faire son bonheur. Mais, se reprit-elle, comme nous ignorons tout des circonstances, il serait injuste de le condamner. Il est probable qu'il n'y avait guère d'amour de part et d'autre.

– Votre conjecture est assez naturelle, reconnut Fitzwilliam, mais elle ternit de façon navrante la gloire de mon cousin. »

Il lança ces mots en manière de boutade, mais ce portrait de Mr Darcy parut si exact à son interlocutrice qu'elle n'osa se risquer à répondre ; elle détourna donc abruptement la conversation pour parler de choses et d'autres jusqu'à ce qu'ils eussent atteint le presbytère. Là, dès que le visiteur se fut retiré, elle courut s'enfermer dans sa chambre pour y réfléchir sans interruption à tout ce qu'elle venait d'entendre. Il était impossible de croire qu'il pût s'agir d'autres personnes que celles qu'elle connaissait. Il ne pouvait quand même pas y avoir *deux* hommes au monde sur lesquels Mr Darcy fût capable d'exercer une influence aussi illimitée. Elle n'avait jamais douté, bien sûr, qu'il eût été mêlé aux mesures prises pour séparer Bingley de Jane; mais c'était à Miss Bingley qu'elle avait toujours prêté le rôle d'instigatrice et d'âme du complot. Cependant, si la vanité du jeune homme ne l'égarait pas, c'était par sa faute – pour satisfaire sa morgue et son caprice – que Jane avait tant souffert et continuait encore de souffrir. Il avait anéanti, momentanément, tout espoir de bonheur pour le cœur le plus affectueux, le plus généreux de la terre; et nul ne pouvait dire avec certitude de quelle durée serait le mal qu'il avait infligé.

«La jeune personne laissait beaucoup à désirer», avait dit le colonel Fitzwilliam; ce qui laissait à désirer, c'était sans doute qu'elle eût un oncle notaire de province, et l'autre négociant à Londres.

«Car Jane elle-même, s'exclama-t-elle, ne peut absolument rien laisser à désirer – elle aussi belle qu'elle est bonne! Son intelligence est supérieure, son esprit cultivé, ses manières exquises. On ne saurait non plus rien reprocher à mon père, qui, malgré une certaine excentricité, possède des talents que Mr Darcy lui-même ne dédaignerait pas, et une respectabilité qu'il n'atteindra probablement jamais.»

Lorsqu'elle songea à sa mère, à vrai dire, son assurance se trouva quelque peu ébranlée ; mais elle refusa d'admettre que ce qui laissait en effet à désirer chez elle eût pesé bien lourd dans l'esprit de Mr Darcy, dont la fierté devait, elle en était convaincue, être plus profondément blessée par le manque de conséquence de la future belle-famille de son ami que par son manque de bon sens ; et elle finit par se persuader qu'il avait été régi, dans toute cette affaire, d'abord par la plus détestable espèce d'orgueil, et ensuite par le désir de conserver Mr Bingley à sa sœur.

L'agitation et les larmes qu'occasionnèrent ces réflexions lui valurent une migraine qui s'aggrava si fort, vers le soir, qu'Elizabeth, poussée en outre par sa répugnance à revoir Mr Darcy, résolut de ne pas accompagner ses cousins à Rosings où ils devaient aller prendre le thé. Charlotte, voyant qu'elle était réellement souffrante, n'insista pas et s'efforça, dans la mesure du possible, d'empêcher son mari de le faire ; mais Mr Collins ne put cacher combien il craignait de voir Lady Catherine s'irriter de cette défection.

Chapitre XXXIV

Lorsqu'ils furent partis, Elizabeth, comme si elle eût voulu porter à son comble sa colère contre Mr Darcy, s'employa à relire toutes les lettres que lui avait écrites Jane depuis qu'elle était dans le Kent. Sa sœur ne s'y plaignait jamais ouvertement, ne cherchait pas à ressusciter le passé, ne soufflait mot de ses souffrances actuelles. Mais dans chacune de ses lettres, et à chaque ligne ou presque, Elizabeth discernait la disparition totale de cette jovialité qui avait toujours caractérisé son style épistolaire, et qui, reflétant la sérénité d'une âme en paix avec elle-même et bien disposée envers tout le monde, ne s'était pour ainsi dire jamais démentie. Elle releva, avec une attention qu'elle ne leur avait certes pas accordée à la première lecture, toutes les phrases qui trahissaient une impression de désarroi. La façon éhontée dont Mr Darcy avait cru bon de se vanter des chagrins qu'il avait pu infliger aiguisait sa compassion pour la douleur de Jane. Il lui était réconfortant de se dire que ce monsieur devait quitter Rosings le surlendemain, et plus encore de penser que dans moins de deux semaines, elle-même aurait retrouvé sa sœur et pourrait s'efforcer de lui rendre la joie de vivre par tous les moyens que lui inspirerait son affection.

Elle ne pouvait songer au départ de Darcy sans se rappeler que son cousin partait avec lui ; mais le colonel Fitzwilliam lui avait clairement laissé entendre qu'il n'avait aucune espèce d'intention à son égard, et tout charmant qu'il fût, elle n'était pas disposée à se mettre en peine pour lui.

Elle en était là de ses considérations, lorsque son attention fut attirée par le bruit de la sonnette ; et elle se sentit envahie par un émoi passager à la pensée que c'était peut-être le colonel en personne, qui s'était déjà présenté auparavant tard dans la journée, venu tout exprès prendre de ses nouvelles. Mais cette idée fut presque aussitôt infirmée, et des émotions tout à fait différentes s'emparèrent d'elle, lorsque à son immense stupéfaction, elle vit Mr Darcy s'avancer dans la pièce. D'une voix précipitée, il commença aussitôt par s'enquérir de sa santé, attribuant sa visite au désir qu'il avait de la savoir remise. Elle lui répondit avec une courtoise froideur. Il s'assit quelques instants, puis il se leva pour arpenter la pièce. Elizabeth, quoique étonnée, ne souffla mot. Après plusieurs minutes de silence, il s'approcha d'elle, en proie à une agitation manifeste, et déclara :

« C'est est en vain que je lutte. Rien n'y fait. Je ne suis plus maître de mes sentiments. Permettez moi de vous dire avec quelle ardeur je vous admire et je vous aime. »

La stupeur d'Elizabeth était inexprimable. Elle ouvrit de grands yeux, rougit, douta d'avoir bien entendu et resta muette. Il y vit un encouragement suffisant, et la confession de tout ce qu'il ressentait à son égard, et ce depuis déjà longtemps, suivit aussitôt. Il parlait bien, mais il lui fallait rendre compte de sentiments autres que le seul amour, et il ne se montra pas moins éloquent sur le chapitre de l'orgueil que sur celui de la tendresse. Il précisa combien il était conscient de l'infériorité d'Elizabeth, de la dégradation que c'était pour lui, des obstacles familiaux que sa raison avait toujours dressés devant son inclination, avec une insistance et une chaleur qui paraissaient en rapport avec le sentiment de sa propre valeur qu'il violait ainsi, mais qui n'étaient pas de nature à favoriser sa requête.

En dépit de sa profonde antipathie, la jeune fille ne pouvait rester insensible au compliment que représentait l'amour d'un tel homme, et bien que ses intentions ne variassent pas un seul instant, elle commença par plaindre la douleur qu'allait lui occasionner son refus, jusqu'au moment où les discours de Darcy excitèrent à tel point son ressentiment qu'elle sentit toute compassion fondre devant la colère. Elle s'évertua, néanmoins, à rester maîtresse d'elle-même, afin de lui répondre posément lorsqu'il en aurait terminé. Il conclut sa déclaration en soulignant la force d'un attachement dont il n'avait, malgré tous ses efforts, pu venir à bout, et en exprimant son espoir de le voir à présent récompensé par le consentement de celle qui en était l'objet. Alors même qu'il prononçait ces mots, elle n'avait aucune peine à voir qu'il ne doutait pas un instant de recevoir une réponse favorable. Il parlait, certes, de craintes et d'angoisses, mais sa physionomie exprimait la plus complète assurance. Cette circonstance ne pouvait qu'exaspérer davantage la jeune fille; et lorsqu'il se tut, elle sentit son visage se colorer, tandis qu'elle répondait:

«Il est, je crois, d'usage, dans ce genre de situation, d'exprimer sa gratitude pour l'amour qui vous est ainsi dévoilé, même si l'on est incapable d'y répondre par un pareil amour. Il est naturel d'éprouver un sentiment d'obligation, et si je pouvais ressentir la moindre reconnaissance, il ne me resterait plus qu'à vous remercier. Mais cela m'est impossible – je n'ai jamais recherché votre bonne opinion et vous me l'avez certainement accordée bien à contrecœur. Je suis navrée d'avoir fait souffrir quiconque. Ces tourments, cependant, je les ai infligés sans le vouloir, et j'ose espérer qu'ils seront de courte durée. Les sentiments qui ont, à ce que vous me dites, si longtemps différé l'éclosion de votre amour ne sauraient guère tarder à le terrasser après cette explication.»

Mr Darcy, adossé à la cheminée, les yeux fixés sur le visage d'Elizabeth, sembla saisir ces paroles avec autant de rancune que de surprise. Il pâlit de colère; chacun de ses traits laissait transparaître le tumulte qui régnait dans son esprit. Il s'efforçait, toutefois, de conserver son flegme, ne fût-ce qu'en apparence, et il ne voulait pas ouvrir la bouche avant d'être certain qu'il y était parvenu. Le silence fut affreusement pénible pour la jeune fille. Finalement, Darcy reprit d'une voix qui se forçait à rester calme:

«Et c'est là tout ce que je vais avoir l'honneur d'espérer en guise de réponse! Peut-être pourrais-je vous demander de bien vouloir me dire pourquoi, avec un aussi piètre semblant de courtoisie, vous me repoussez ainsi? Mais cela n'a guère d'importance.

– Je pourrais tout aussi bien vous demander, moi, répondit-elle, pourquoi, dans le dessein si évident de m'offenser et de m'insulter, vous avez choisi de me dire que vous m'aimiez en dépit de votre volonté, de votre raison et même de votre réputation. N'y avait-il pas là de quoi justifier mon impolitesse, si vraiment j'ai été impolie? Mais j'ai d'autres griefs. Vous le savez pertinemment. Si mes propres sentiments ne m'avaient pas incitée à vous éconduire, s'ils ne vous avaient été qu'indifférents, voire favorables, croyez-vous que la moindre considération aurait pu me tenter de dire oui à l'homme par qui vient d'être anéanti, peut-être pour toujours, le bonheur de ma sœur bien-aimée ?»

À ces mots, Mr Darcy changea de couleur ; mais ce ne fut qu'une émotion passagère, et il l'écouta sans chercher à l'interrompre, tandis qu'elle continuait :

«J'ai toutes les raisons du monde d'avoir mauvaise opinion de vous. Rien ne saurait justifier le rôle inique et mesquin que vous avez joué dans cette affaire. Vous n'oserez pas, vous ne pouvez pas nier avoir été le principal, sinon le seul agent de leur séparation ; nier les avoir exposés l'un à se voir blâmer par tous pour son caractère capricieux et instable, l'autre tournée en dérision pour ses espoirs déçus, et forcés d'endurer tous les deux le plus vif chagrin.»

Elle reprit haleine, et constata, non sans indignation, qu'il l'écoutait avec une expression qui disait assez qu'il n'éprouvait pas l'ombre d'un remords. Il lui adressa même un sourire de feinte incrédulité.

«Pouvez-vous nier ces agissements ?» répéta-t-elle.

Il répondit alors, avec une tranquillité affectée :

«Je n'ai aucune envie de nier que j'ai fait tout ce qui était en mon pouvoir pour séparer mon ami de votre sœur, ni que je me réjouis de mon succès. Je me suis montré plus tendre envers lui qu'envers moi-même.»

Elizabeth ne daigna pas relever cette aimable

remarque, dont le sens ne lui échappa pas pour autant et ne fut pas pour l'apaiser.

«Mais mon antipathie n'est pas fondée uniquement sur cette affaire, poursuivit-elle. Depuis longtemps, déjà, je savais quoi penser de vous. Votre personnalité m'avait été dévoilée par les confidences que m'a faites voici maintenant plusieurs mois Mr Wickham. Qu'avez-vous à me dire là-dessus? Par quel imaginaire preuve d'amitié comptez-vous vous disculper dans son cas? Ou plutôt par quelle fausseté espérez-vous abuser les autres?

– Vous vous intéressez de bien près aux affaires de ce monsieur, jeta Darcy d'un ton moins tranquille, tandis que son visage s'empourprait.

– Comment ne pas s'intéresser à lui quand on connaît l'étendue de son infortune?

– Son infortune! répéta Darcy avec mépris. Oui, parlons en effet de son infortune.

– Et elle est entièrement de votre fait, s'écria Elizabeth en haussant le ton. C'est vous qui l'avez réduit à cet état de pauvreté – de relative pauvreté. C'est vous qui lui avez refusé des avantages dont vous ne pouviez ignorer qu'ils lui étaient destinés. C'est vous qui l'avez privé, pendant les meilleures années de sa vie, de cette indépendance qu'il méritait et qui lui était due, de surcroît! C'est vous qui avez fait tout cela! et vous osez pourtant traiter son infortune par le mépris et le ridicule.

– Voici donc l'opinion que vous avez de moi! tonna Darcy en parcourant la pièce d'un pas précipité. Voici le peu d'estime que vous me portez ! Je vous remercie de vous en être expliquée si complètement. Selon ces critères, mes fautes sont en effet bien graves. Mais peut-être, ajouta-t-il en s'arrêtant net et en se tournant vers elle, auriez-vous pu oublier ces offenses, si je ne vous avais pas atteinte dans votre orgueil en vous confessant honnêtement tous les scrupules qui m'ont longtemps empêché d'en arriver à former un dessein sérieux. Ces accusations acharnées eussent été réprimées sans doute, si j'avais, avec un peu plus d'habileté, su dissimuler ma lutte intérieure et vous flatter de la conviction que je cédais à un amour sans réserve et sans mélange, à la raison, à la réflexion, à tout ce qui se peut. Mais sachez que je hais tout ce qui ressemble à de la fausseté. Et que je n'ai pas honte des sentiments que je vous ai dévoilés. Ils étaient naturels et justes. Vous attendiez-vous à ce que je me réjouisse de l'infériorité de votre famille ? À ce que je me félicitasse d'espérer m'allier à des gens dont la condition est si nettement au-dessous de la mienne ? »

Elizabeth sentait sa colère monter à chacun de ses mots ; elle s'efforça pourtant de parler d'un ton posé en répondant :

« Vous vous trompez, monsieur, en supposant que votre façon de vous déclarer m'a influencée autrement qu'en m'épargnant la compassion que j'aurais pu éprouver à refuser votre offre, si vous vous étiez comporté en homme bien élevé. »

Elle le vit sursauter à ces mots; mais il ne dit rien et elle continua:

«Vous n'auriez pu trouver aucune manière de m'offrir votre main qui fût susceptible de me la faire accepter.»

Il manifesta encore une fois une vive surprise, et la regarda d'un air où se mêlaient l'incrédulité et la mortification. Elle reprit:

«Depuis le début, depuis le tout premier instant, pourrais-je presque dire, de nos relations, votre comportement, en me persuadant au plus haut degré de votre arrogance, de votre vanité et de votre égoïste dédain des sentiments d'autrui, a suffi à établir cette trame de réprobation sur laquelle les événements ultérieurs sont venus tisser une antipathie irrévocable; et je ne vous connaissais pas depuis un mois que je vous considérais déjà comme le dernier homme au monde que l'on parviendrait jamais à me convaincre d'épouser.

– Vous en avez dit plus qu'assez, mademoiselle. Je saisis parfaitement les dispositions où vous êtes, et je n'ai plus qu'à avoir honte de ce qu'ont pu être les miennes. Pardonnez-moi de vous avoir dérangée si longtemps, et veuillez accepter mes meilleurs vœux de santé et de bonheur.»

Sur ces mots, il sortit précipitamment, et elle l'entendit presque aussitôt ouvrir la porte d'entrée et quitter la demeure. Le tumulte qui régnait dans son esprit avait désormais atteint un douloureux paroxysme d'intensité. Elle ne pouvait plus se soutenir, et par pure faiblesse, elle se rassit et pleura pendant une demi-heure. Son étonnement, en songeant à ce qui venait de se passer, s'accroissait à chaque évocation. Dire qu'elle venait de recevoir une demande en mariage de la part de Mr Darcy ! Qu'il était amoureux d'elle depuis tant de mois ! Amoureux au point de souhaiter l'épouser, en dépit de toutes les objections qui l'avaient amené à empêcher l'union de son ami avec Jane et qui avaient dû le frapper avec au moins autant de force dans son propre cas. C'était presque incroyable ! Il était flatteur d'avoir su inspirer, sans le vouloir, une aussi violente passion. Mais son orgueil, son abominable orgueil, cet aveu sans vergogne de tout ce qu'il avait fait au détriment de Jane, l'assurance impardonnable avec laquelle il avait reconnu ses torts, sans pouvoir les justifier, et son manque de cœur en parlant de Mr Wickham, à l'égard de qui il n'avait même pas cherché à nier sa cruauté, ne tardèrent pas à évincer l'apitoiement qui l'avait soudain saisie à la pensée de cet amour pour elle.

Elle resta abîmée dans des réflexions orageuses jusqu'à ce que le bruit de la voiture de Lady Catherine vînt lui faire sentir combien peu elle était en état d'affronter le regard de Charlotte, et elle s'empressa de gagner sa chambre.

Chapitre XXXV

Le lendemain, en s'éveillant, Elizabeth était toujours en proie aux pensées et aux réflexions qui avaient fini par lui fermer les yeux la veille. Elle ne parvenait pas à se remettre de la surprise que lui avait causée cette scène: il lui était impossible de songer à autre chose; et dans l'incapacité de se consacrer à la moindre occupation, elle décida, peu après le petit déjeuner, de s'accorder un peu de grand air et d'exercice. Elle se dirigeait déjà vers son sentier favori, lorsque la pensée que Mr Darcy venait parfois s'y promener l'arrêta, et au lieu de pénétrer dans le parc, elle s'enfonça plus avant dans l'allée qui l'éloignait de la grand-route. L'un des côtés de ce chemin était lui aussi bordé par la clôture de Rosings, et elle ne tarda pas à passer devant une des grilles qui donnaient accès au domaine.

Lorsqu'elle eut parcouru deux ou trois fois cette partie du sentier, elle fut tentée, en voyant quel beau temps il faisait, de s'arrêter devant la grille pour contempler le parc. Les cinq semaines qu'elle avait désormais passées dans le Kent avaient opéré de profonds changements dans le paysage, et chaque jour qui passait voyait s'épaissir les frondaisons des premiers arbres à reverdir. Elizabeth était sur le point de continuer sa promenade, lorsqu'elle entrevit au loin, dans l'espèce de petit bosquet qui longeait le parc, une silhouette masculine qui se dirigeait vers elle ; et saisie par la crainte qu'il ne s'agit de Mr Darcy, elle battit aussitôt en retraite. Mais la personne en question était à présent assez proche pour la voir, et s'avança avec empressement en prononçant son nom. Elizabeth s'était détournée ; mais en s'entendant ainsi appeler, elle revint vers la grille, bien que la voix fût en effet celle de Mr Darcy. Il l'avait atteinte à son tour ; et après lui avoir tendu une lettre qu'elle prit instinctivement, il dit, avec une expression de calme hautain :

« Voici déjà un moment que je fais les cent pas dans ce bosquet dans l'espoir de vous voir. Voulez-vous me faire l'honneur de lire cette lettre ? »

Puis, après s'être légèrement incliné, il repartit vers le bosquet et disparut bientôt à son regard.

Ce fut sans en attendre le moindre plaisir, mais avec la plus vive curiosité qu'Elizabeth ouvrit ce pli, et son étonnement s'accrut lorsqu'elle constata que l'enveloppe renfermait deux feuillets noircis de bout en bout par une écriture extrêmement serrée. L'intérieur de l'enveloppe en était, lui aussi, entièrement couvert. S'enfonçant plus avant dans le sentier, elle se mit à lire. La lettre était datée du jour même, à huit heures du matin, à Rosings, et commençait ainsi :

« Mademoiselle, ne soyez point saisie, en recevant cette lettre, par la crainte qu'elle contienne une répétition des sentiments, ou une réitération des offres qui vous étaient hier au soir si repoussants. Je vous écris sans la moindre intention de vous blesser, non plus que de m'humilier, en m'attardant sur des souhaits que nous ne saurions oublier assez vite, pour notre bonheur à tous deux ; et j'aurais même tâché de nous exempter du pénible devoir de tracer et de parcourir ces mots, si ma réputation n'avait exigé qu'ils fussent écrits et lus. Je vous demande donc pardon pour le sans-gêne avec lequel je m'impose à votre attention ; je sais que votre cœur ne me l'accordera pas volontiers, mais je vous le réclame au nom de la justice.

Vous m'avez hier accusé de deux méfaits de nature bien différente et dont la gravité était loin d'être égale. Vous m'avez tout d'abord reproché d'avoir, sans tenir compte de leurs inclinations réciproques, détaché Mr Bingley de votre sœur – puis d'avoir, au mépris de diverses obligations, au mépris de tout honneur et de toute humanité, détruit la prospérité immédiate et brisé l'avenir de Mr Wickham. En rejetant ainsi, par pur caprice, le compagnon de ma jeunesse et le favori reconnu de mon père, un jeune homme qui n'avait en outre d'autre espoir que notre protection et qui avait été habitué à nous voir l'exercer en sa faveur, je me serais rendu coupable d'un forfait auquel on ne saurait sérieusement comparer la séparation de deux jeunes gens dont l'affection ne datait, somme toute, que de quelques semaines. Mais j'espère être désormais à l'abri des sévères reproches dont vous m'avez accablé hier avec tant de libéralité, à propos de ces deux affaires, lorsque vous aurez pris connaissance du compte rendu que voici de mes actes et de leurs motifs. Si, par la faute de cette explication que je me dois à moi-même, je me trouve dans la nécessité de vous exposer des sentiments susceptibles de blesser les vôtres, je ne puis que vous en demander pardon. Je dois me plier à cette obligation, et il serait absurde de me confondre davantage en excuses. Peu après mon arrivée dans le Hertfordshire, je m'aperçus, comme bien d'autres, que Bingley préférait votre sœur aînée à toutes les autres jeunes personnes des environs. Mais ce ne fut qu'au bal de Netherfield que j'en vins à craindre qu'il n'éprouvât pour elle un penchant plus sérieux. Je l'avais déjà souvent vu amoureux. En cette occasion, cependant, tandis que j'avais l'honneur de danser avec vous, je compris pour la première fois, à la suite d'une remarque fortuite de Sir William Lucas, que les prévenances de Bingley pour votre sœur avaient donné naissance à l'attente générale de leur mariage.

Sir William en parla comme d'un événement assuré, dont seule la date restait encore incertaine. Dès ce moment, je surveillai attentivement la conduite de mon ami; et je constatai alors que son amour pour Miss Bennet allait bien au-delà de tout ce que je l'avais jamais vu éprouver. J'observai aussi votre sœur. Sa contenance et ses manières étaient aussi ouvertes, gaies et charmantes que d'habitude, mais elles ne semblaient refléter aucune tendresse particulière; et à la fin de la soirée, mon examen m'avait convaincu qu'elle recevait certes avec plaisir les attentions de Bingley, mais qu'elle ne cherchait aucunement à les provoquer par la réciprocité de ses sentiments. Si *vous* ne vous êtes point trompée là-dessus, c'est *moi* qui dois faire erreur. La connaissance intime que vous avez du cœur de votre sœur plaide en faveur de cette seconde éventualité. Si c'est en effet le cas, et si ma méprise m'a amené à la rendre malheureuse, votre ressentiment n'a rien que de raisonnable. Mais je ne me ferai pas scrupule d'affirmer que la contenance et la physionomie sereines de Miss Bennet étaient de nature à persuader l'observateur le plus perspicace que, malgré toute la douceur de son caractère, son cœur n'était pas de ceux qui se laissent facilement gagner. Il est certain que j'avais envie qu'elle fût indifférente; mais j'ose prétendre que mes investigations et mes décisions ne sont pas, en règle générale, influencées par mes désirs ou mes craintes. Je me fondais pour le croire sur ma conviction impartiale, tout comme je me fondais pour l'espérer sur ma raison. Mes objections à cette union n'étaient pas seulement celles qui, comme je vous l'ai avoué hier soir, n'ont pu être surmontées dans mon propre cas que par l'extrême violence de ma passion; la médiocrité de votre famille ne pouvait être un aussi grand mal pour mon ami que pour moi. Mais il y avait d'autres raisons de regimber, des raisons qui existent d'ailleurs toujours et qui sont aussi valides dans un cas que dans l'autre, mais que j'avais été tenté d'oublier, parce que je ne les avais plus immédiatement sous les yeux. Ces raisons doivent être exposées, en peu de mots. La condition sociale de votre famille maternelle, bien qu'elle laissât à désirer, n'était rien en comparaison de la totale inconvenance dont se rendaient fréquemment, je dirais même presque uniformément, coupables votre mère elle-même, vos trois sœurs cadettes, voire, à l'occasion, votre père. Pardonnez-moi – il m'est douloureux de vous offenser. Mais au milieu du chagrin que doivent vous causer ces défauts chez vos plus proches parents, et de votre déplaisir à les voir souligner ainsi, laissez-vous consoler à l'idée que votre sœur aînée et vous-même avez, tout le monde s'accorde à le reconnaître, le mérite de ne jamais, pour votre part, vous exposer à ce blâme, ce qui fait honneur aussi bien à vos intelligences qu'à vos caractères. J'ajouterai seulement qu'après les événements de la soirée en question, mon opinion concernant tous les intéressés se trouva confirmée, et que tous les motifs que j'avais déjà de vouloir préserver mon ami d'une union que je tenais pour déplorable en sortirent renforcés. Il quitta Netherfield pour Londres dès le lendemain, comme vous vous le rappelez certainement, bien décidé à y revenir sans tarder. Je vais à présent vous expliquer mon rôle dans cette affaire. Ses sœurs avaient conçu une inquiétude égale à la mienne : nous ne tardâmes pas à découvrir la concordance de nos sentiments, et convaincus tous trois qu'il ne fallait pas perdre une minute pour détacher Bingley, nous décidâmes aussitôt de le rejoindre à Londres. Nous partîmes donc – et là, je me chargeai volontiers du soin de démontrer à mon ami les inconvénients évidents de son choix. Je les lui décrivis et soulignai avec la plus grande vigueur. Mais pour autant que ces remontrances fussent de nature à ébranler ou à retarder sa décision, elles n'auraient pu, je pense, empêcher au bout du compte ce mariage, si je ne les avais secondées en persuadant Bingley, comme je n'hésitai pas à le faire, de l'indifférence de votre sœur. Il avait, jusque-là, cru qu'elle répondait à son amour par un amour sincère, sinon égal au sien. Mais mon ami possède une grande modestie naturelle, qui le pousse à se fier plus volontiers à mon jugement qu'au sien. Il ne me fut donc pas bien difficile de le convaincre de son erreur. Et lorsqu'il fut animé par cette conviction, il ne me fallut guère plus d'un instant pour le dissuader de retourner dans le Hertfordshire. Je ne me repens point d'avoir agi ainsi. Il n'y a, dans toute cette affaire, qu'une seule partie de ma conduite à laquelle je ne puis songer avec satisfaction ; c'est de m'être abaissé à dissimuler, en cachant à Bingley la présence à Londres de votre sœur. J'en fus avisé dès que Miss Bingley l'eut apprise ; mais son frère l'ignore encore. Il est fort probable que leur rencontre n'eût point tiré à conséquence ; mais son attachement pour elle ne me paraissait pas encore suffisamment éteint pour qu'il pût la revoir sans danger. Peut-être cette dissimulation, cette feinte étaient-elles indignes de moi. Mais enfin, ce qui est fait est fait, et dans les meilleures intentions. Je n'ai, à ce sujet, plus rien à ajouter, plus d'excuse à vous offrir. Si j'ai blessé votre sœur dans son affection, je l'ai fait sans le savoir ; et bien que les mobiles auxquels j'ai obéi puissent vous paraître insuffisants, je n'ai pas encore, quant à moi, appris à les condamner. – En ce qui concerne cette autre accusation, beaucoup plus grave, d'avoir porté préjudice à Mr Wickham, je ne puis la réfuter qu'en vous exposant dans leur totalité ses rapports avec ma famille. J'ignore de quoi il a pu plus *particulièrement* m'accuser ; mais je puis vous fournir plus d'un témoin, dont l'intégrité ne saurait être contestée, prêt à vous certifier la véracité de mon récit. Mr Wickham est le fils d'un homme fort respectable qui s'occupa pendant des années de régir tous nos domaines de Pemberley, et la probité avec laquelle il s'acquitta de ses devoirs incita bien naturellement mon père à vouloir lui être utile à son tour ; il ne ménagea donc pas ses bontés à George Wickham, qui était son filleul. Il l'envoya à ses frais d'abord au collège, puis à Cambridge ; cette assistance était fort importante, car le père de Mr Wickham, sans cesse appauvri par la prodigalité de son épouse, n'aurait pu lui faire donner l'éducation d'un homme de condition. Mon père ne goûtait pas seulement la compagnie de ce jeune homme, dont les manières ont toujours été fort engageantes, il avait aussi de lui la meilleure opinion et, espérant bien le voir embrasser la profession ecclésiastique, il avait l'intention de l'établir dans cette voie. Quant à moi, cela fait bien des années que j'ai commencé à le considérer sous un jour radicalement différent. Les tendances dissolues et l'absence de principes qu'il prenait soin de dissimuler à son protecteur ne pouvaient échapper à l'œil d'un jeune homme du même âge ou presque, qui avait en outre de multiples occasions, que ne pouvait avoir mon père, de voir son âme à nu. Et là encore, je vais être obligé de vous faire de la peine – dans quelle mesure, vous seule pouvez le dire. Mais quels que soient les sentiments qu'ait su vous inspirer Mr Wickham, ce n'est pas l'idée que je m'en fais qui m'empêchera de vous dévoiler sa véritable nature. Au contraire, cela m'incite doublement à le faire. Mon excellent père mourut il y a de cela cinq ans ; et jusqu'à la fin, son affection pour Mr Wickham resta si vive que, dans son testament, il me recommanda tout particulièrement de favoriser son avancement de la meilleure façon que le permettrait sa profession. Si Mr Wickham se décidait à entrer dans les ordres, il désirait qu'un bénéfice d'une grande valeur, dont ma famille peut disposer à son gré, lui fût destiné dès qu'il deviendrait libre. Il y avait aussi un legs d'un millier de livres. Son père ne survécut guère au mien ; et moins de six mois après ces tristes événements, Mr Wickham m'écrivit pour m'annoncer qu'il renonçait finalement à entrer dans les ordres, et qu'il espérait que je ne jugerais pas déraisonnable de sa part de me réclamer une compensation pécuniaire immédiate, en lieu et place de l'avancement dont il ne pourrait plus désormais bénéficier. Il avait, ajoutait-il, l'intention d'étudier le droit, et je devais bien comprendre que les intérêts d'un millier de livres ne suffiraient point à le faire vivre. Je souhaitais qu'il fût sincère, sans oser le croire ; mais, en tout cas, j'étais tout disposé à accéder à ses désirs. Je savais que Mr Wickham n'était pas fait pour une carrière religieuse. L'affaire fut assez vite réglée. Il renonçait à toute prétention à notre aide dans le domaine ecclésiastique, à supposer qu'il lui fût jamais possible d'y prétendre, et il acceptait en contrepartie trois mille livres. Nos relations semblaient devoir en rester là. J'avais trop mauvaise opinion de lui pour l'inviter à Pemberley ou pour le fréquenter en ville. Je crois qu'il résidait principalement à Londres, mais ses études de droit n'étaient plus qu'une façade; et se trouvant désormais libéré de toute contrainte, il mena une vie d'oisiveté et de dissipation. Pendant près de trois ans, je n'en eus plus guère de nouvelles; mais à la mort du titulaire du bénéfice qu'on lui avait destiné, il vint en solliciter par écrit la remise. Il m'assura, et je n'eus aucune peine à le croire, qu'il se trouvait dans une situation financière déplorable. Il n'avait tiré aucun profit de ses études de droit, et il était désormais résolu à se faire ordonner, si je consentais à lui accorder le bénéfice en question – ce dont il ne doutait point, disait-il, car il savait fort bien que je n'avais pas d'autre protégé et que je n'avais pu oublier les intentions de mon vénéré père. Vous ne sauriez me blâmer d'avoir refusé de donner suite à cette requête, ni d'avoir résisté à toutes celles qui suivirent. Sa rancune fut à la mesure de sa détresse financière – et il fut sans nul doute aussi violent dans ses médisances sur mon compte auprès de tierces personnes que dans les reproches qu'il m'adressa directement. Après cela, nous abandonnâmes tout semblant de relations. Je ne sais de quoi il vécut. Mais l'été dernier, il s'imposa de nouveau à mon attention, d'une façon plus que douloureuse. Il me faut à présent faire état de circonstances que je préférerais oublier et qu'aucune obligation autre que la présente ne pourrait m'induire à confier à âme qui vive. Ayant dit cela, je ne doute point de votre discrétion. Ma sœur, de plus de dix ans ma cadette, fut placée sous la tutelle du colonel Fitzwilliam, le neveu de ma mère, et sous la mienne. Voici un an environ, elle quitta son pensionnat, et nous lui donnâmes un train de maison à Londres ; et l'été dernier, accompagnée de la dame que nous avions chargée de veiller sur son éducation, elle partit pour Ramsgate, où se rendit aussi Mr Wickham, à dessein très certainement ; il s'avéra en effet, par la suite, qu'il existait déjà certaines accointances entre lui et Mrs Younge, dont nous ne soupçonnions pas, hélas ! la véritable mentalité ; ce fut avec la complicité et l'aide de cette personne qu'il s'insinua si loin dans les bonnes grâces de Georgiana, dont le cœur tendre conservait un souvenir encore net de sa bonté pour elle lorsqu'elle était petite, qu'il la persuada qu'elle était amoureuse de lui et la fit consentir à s'enfuir avec lui pour l'épouser en secret. Elle n'avait alors que quinze ans, et c'est là son excuse ; et après vous avoir dévoilé toute l'étendue de sa folie, je suis heureux d'ajouter que ce fut elle-même qui me la confessa. Je les rejoignis à l'improviste un jour ou deux avant cette escapade ; et ce fut alors que Georgiana, incapable de supporter l'idée de peiner et d'offenser un frère qu'elle révérait presque à l'égal d'un père, m'avoua leur dessein. Je vous laisse imaginer ce que j'éprouvai et les mesures que je pris. Par considération pour la réputation de ma sœur et pour ses sentiments, je ne pouvais démasquer publiquement Mr Wickham ; mais je lui écrivis et il quitta immédiatement la ville ; et je donnai, bien entendu, son congé à Mrs Younge. Le but que visait Mr Wickham était sans conteste la fortune de ma sœur, qui se monte à trente mille livres ; mais je ne puis m'empêcher de penser que l'espoir de se venger de moi fut aussi pour lui un puissant motif. Sa vengeance eût été, en effet, complète. Voici, mademoiselle, le récit fidèle de tous les événements auxquels nous avons été mêlés tous deux ; et si vous voulez bien ne pas le rejeter absolument comme un tissu de mensonges, j'espère que vous m'absoudrez à l'avenir de cette accusation de cruauté envers Mr Wickham. Je ne sais de quelle façon, par quelle espèce de fausseté il vous en a fait accroire ; mais on ne saurait sans doute s'étonner de son succès, puisque vous ignoriez auparavant tout de nous. Il vous était impossible de le démasquer, et votre nature n'est certes pas portée à la défiance. Vous vous demanderez peut-être pourquoi je ne vous ai pas confié tout cela hier soir. C'est que je n'étais pas alors assez maître de moi pour savoir ce que je pouvais, ce que je devais vous révéler. En ce qui concerne la véracité de mon récit, je puis en appeler tout spécialement au témoignage du colonel Fitzwilliam qui, en raison de notre proche parenté et de notre constante intimité, et plus encore en sa qualité d'exécuteur testamentaire de mon père, ne pouvait être tenu dans l'ignorance quant au détail de toutes ces transactions. Si la haine que vous me portez ôte toute valeur à mes affirmations, vous ne pouvez pour cette même raison refuser de vous fier à mon cousin ; et afin que vous ayez la possibilité de le questionner avant notre départ, je tâcherai de saisir quelque occasion de vous remettre ce pli dans le courant de la matinée. Je me contenterai d'ajouter : Dieu vous bénisse.

Fitzwilliam Darcy. »

Chapitre XXXVI

Si elle ne s'était certes pas attendue, lorsque Mr Darcy lui avait remis sa lettre, à ce qu'elle contînt une réitération de ses offres, Elizabeth avait été bien en peine d'imaginer le moins du monde ce qu'elle pouvait renfermer. Mais quelle qu'en fût la teneur, on devine aisément avec quel intérêt elle en prit connaissance, et quelles émotions contradictoires cette lecture excita. Les sentiments qu'elle éprouvait, à mesure qu'elle la déchiffrait, étaient presque impossibles à définir. Ce fut d'abord avec stupeur qu'elle comprit qu'il croyait être en mesure de se justifier ; et elle resta persuadée qu'il ne pouvait fournir aucune explication qu'un homme décemment honteux de sa conduite n'eût préféré cacher. Animée par un violent préjugé contre tout ce qu'il pourrait lui écrire, elle se mit en devoir de parcourir sa version des événements de Netherfield. Elle la dévora avec un intérêt qui lui permettait à peine de la comprendre ; et dans son impatience de savoir ce que pourrait révéler la phrase suivante, elle n'arrivait plus à saisir la signification de celle qu'elle avait sous les yeux. Elle décréta d'emblée que sa prétendue conviction de l'indifférence de Jane était mensongère; quant à la description de ses véritables, de ses pires objections à l'union de sa sœur et de Bingley, elle en fut trop outrée pour avoir la moindre envie de juger celui qui la faisait en toute équité; son style ne reflétait pas la contrition, mais la hauteur. Il n'était qu'orgueil et qu'insolence.

Mais lorsque cet exposé fut suivi par ce qu'il avait à dire de Mr Wickham – lorsqu'elle lut, avec des idées un peu plus claires, la relation d'événements, qui, si elle était exacte, devait anéantir toutes ses précieuses convictions du mérite de l'officier, et qui possédait une ressemblance si inquiétante avec ce qu'il lui avait confié de sa propre histoire –, elle devint la proie de sentiments encore plus pénibles à supporter et plus difficiles à définir. L'étonnement, l'inquiétude et même l'horreur l'accablaient. Elle aurait voulu n'en rien croire, allant jusqu'à s'exclamer à plusieurs reprises: «Tout ceci doit être faux! C'est impossible! C'est un tissu de mensonges éhontés!» – et lorsqu'elle eut achevé sa lecture, sans avoir toutefois véritablement pris connaissance des deux dernières pages, elle referma brusquement la missive, en jurant qu'elle n'en tiendrait aucun compte et qu'elle n'y jetterait plus jamais les yeux.

Dans cet état de complète agitation, incapable de fixer ses pensées, elle marcha droit devant elle;

mais rien n'y fit : au bout de quelques secondes, elle rouvrit sa lettre. Se ressaisissant de son mieux, elle reprit la lecture mortifiante de tout ce qui avait trait à Wickham, et elle parvint à se maîtriser au point de peser la signification de chaque phrase. Le récit des rapports du jeune homme avec les maîtres de Pemberley correspondait en tous points à celui qu'elle avait entendu de sa bouche ; et la bonté de feu Mr Darcy, dont elle pouvait désormais admirer l'étendue, était parfaitement conforme à ce qu'il lui en avait dit. Jusque-là, chacune des deux versions confirmait l'autre ; mais lorsqu'elle en arriva au testament, la différence était considérable. Ce que Wickham lui avait dit du bénéfice était encore tout frais dans sa mémoire ; en se remémorant chacune de ses paroles, elle ne put éviter de sentir qu'il y avait, de part ou d'autre, une grossière fourberie, et pendant quelques instants, elle se flatta de l'idée que ses désirs ne l'égaraient point. Mais lorsqu'elle eut lu et relu, avec l'attention la plus soutenue, tous les détails qui suivaient aussitôt, la façon dont Wickham avait renoncé à toutes ses prétentions à cette faveur, dont il avait reçu en dédommagement la somme énorme de trois mille livres, force lui fut, encore une fois, d'hésiter. Elle interrompit sa lecture, évalua toutes les circonstances d'un œil qu'elle voulait impartial – réfléchit à la vraisemblance de chaque déclaration – mais sans grand succès. D'un côté comme de l'autre, elle ne trouvait que des assertions. Elle reprit sa lettre. Chaque ligne, cependant, lui prouvait avec une clarté accrue qu'il existait de cette affaire, dans laquelle elle avait cru impossible qu'aucun artifice fût capable de peindre la conduite de Mr Darcy sous des couleurs autres que celles de l'infamie, une interprétation qui d'un bout à l'autre devait l'innocenter totalement.

L'accusation de prodigalité et de dissipation générale qu'il ne se faisait point scrupule de porter contre Mr Wickham la choqua au plus haut point; d'autant plus d'ailleurs qu'elle n'avait aucune preuve qu'elle fût injuste. Jamais elle n'avait entendu parler de l'officier avant son arrivée dans le régiment cantonné à Meryton, où il s'était engagé sur les instances d'un autre jeune homme avec qui il avait renoué de vagues relations en le retrouvant par hasard à Londres. On ne savait, dans le Hertfordshire, rien d'autre de sa vie passée que ce qu'il avait bien voulu en dire lui-même. Quant à sa véritable nature, Elizabeth eût-elle eu à sa disposition le moyen de s'en informer qu'elle n'eût pas éprouvé la moindre envie de le faire. La contenance, la voix, les manières du jeune homme l'avaient immédiatement paré de toutes les vertus. Elle tenta de se rappeler quelque exemple de sa bonté, quelque trait remarquable d'intégrité ou de bienveillance, susceptibles de le protéger des attaques de Mr Darcy; ou en tout cas, en confirmant la prédominance de ses qualités, de racheter les travers bénins dans la catégorie desquels elle voulait essayer de ranger ce que Mr Darcy lui avait dépeint comme des années entières d'oisiveté et de vice. Mais aucun souvenir de ce genre ne vint à son secours. Elle le revoyait aussitôt devant elle, brillant de tous les charmes de sa personne et de sa conversation, mais elle ne parvenait à évoquer aucune vertu plus substantielle que l'approbation de tout le voisinage et l'estime que ses talents mondains lui avaient value au mess des officiers. Après s'être attardée un long moment sur ce point, elle se remit encore une fois à lire. Mais hélas ! l'histoire qui suivait de ses desseins sur Miss Darcy se trouvait en partie confirmée par ce qui s'était dit entre le colonel Fitzwilliam et elle-même pas plus tard que la veille ; et pour finir, elle était invitée à se faire confirmer la vérité de chaque détail par le colonel en personne – dont elle avait déjà appris la part qu'il prenait à toutes les affaires de son cousin, et dont elle n'avait aucune raison de mettre la probité en doute. Elle se sentit, un temps, presque décidée à le consulter, mais cette idée, combattue tout d'abord par ce qu'une telle démarche aurait de gênant, finit par être tout à fait bannie par la conviction que jamais Mr Darcy n'eût hasardé une telle proposition, s'il n'avait été certain de la corroboration de son cousin.

Elle se rappelait parfaitement tout ce qui s'était dit lors de son premier entretien avec Wickham, à la soirée de Mrs Philips. Nombre de ses expressions lui revenaient clairement à l'esprit. Et maintenant seulement, elle était frappée par toute l'incorrection qu'il y avait eu à faire de telles confidences à une inconnue, et elle se demanda comment elle ne s'en était pas aperçue plus tôt. Elle comprit avec quelle indélicatesse le jeune homme s'était mis en avant, et combien ses déclarations étaient peu en accord avec sa conduite. Elle se souvint qu'il s'était vanté de n'avoir aucune crainte de rencontrer Mr Darcy – ce dernier pouvait quitter la région, avait-il dit, mais lui ne bougerait pas d'un pouce ; et pourtant, dès la semaine suivante, il s'était bien gardé de paraître au bal de Mr Bingley. Elle se rappela aussi qu'avant le départ des habitants de Netherfield, il n'avait raconté son histoire qu'à elle seule ; mais à peine avaient-ils quitté la demeure qu'on en parlait partout ; et il n'avait eu alors aucune hésitation, aucun scrupule à souiller la réputation de Mr Darcy, bien qu'il lui eût affirmé que son respect pour le père le retiendrait toujours de démasquer le fils.

Que tout ce qui concernait Wickham lui apparaissait à présent sous un jour différent ! Ses prévenances auprès de Miss King n'étaient plus désormais que l'effet de visées uniquement et bassement intéressées ; et la médiocrité de sa propre fortune n'était plus une preuve de la modération de l'officier, mais de son désir avide de s'octroyer une dot, si modique fût-elle. Sa conduite envers elle-même n'obéissait plus maintenant à un mobile acceptable : ou bien il avait été induit en erreur quant à la véritable étendue de sa fortune, ou bien il n'avait fait que flatter sa propre vanité en encourageant la préférence qu'elle avait, pensait-elle, fort imprudemment montrée. Ses ultimes efforts en faveur du jeune homme se firent de plus en plus faibles ; et pour achever de justifier Mr Darcy, elle dut bien reconnaître que Mr Bingley, questionné par Jane, avait depuis longtemps confirmé son entière innocence ; qu'en dépit de ses manières orgueilleuses et rébarbatives, elle n'avait à aucun moment de leurs rapports – rapports qui ces temps derniers les avaient fréquemment rapprochés et lui avaient permis de se familiariser avec son caractère – rien observé qui dénotât chez lui un manque de principes ou d'équité – rien qui révélât des habitudes immorales ou irréligieuses ; que dans sa propre famille, il était estimé et apprécié ; que Wickham lui-même avait admis qu'il était bon frère, et qu'elle l'avait assez souvent entendu parler de sa sœur avec affection pour le juger capable de tendres sentiments ; que si ses actes avaient été tels que les avait peints Wickham, s'il avait violé aussi grossièrement tout ce qui était juste, il ne lui aurait guère été possible de le cacher ; et que toute amitié entre un être coupable d'une telle noirceur et un homme aussi charmant que Mr Bingley aurait été incompréhensible.

Elle se sentit bientôt tout à fait écrasée de honte. Elle ne pouvait songer ni à Darcy, ni à Wickham, sans se dire qu'elle avait cédé à l'aveuglement, à la partialité, au préjugé et à la déraison.

« Que ma conduite a donc été méprisable ! s'écria-t-elle. Moi qui étais si fière de mon discernement ! Moi qui avais si bonne opinion de mes capacités ! Moi qui ai si souvent dédaigné la généreuse candeur de ma sœur, et flatté ma vanité par une méfiance inutile ou gratuite ! Ah, me voici bien humiliée par cette découverte, mais c'est une humiliation justement méritée ! Eussé-je été amoureuse, je n'aurais pu montrer un plus lamentable aveuglement. Mais c'est la vanité et non l'amour qui m'a rendue sotte. Flattée par la préférence de l'un et vexée par l'indifférence de l'autre dès le premier instant de nos relations, j'ai brigué le parti pris et l'ignorance, et j'ai chassé, pour l'un comme pour l'autre, toute espèce de raison. Jusqu'à aujourd'hui, je me suis leurrée sur moi-même. »

D'elle-même à Jane, de Jane à Bingley, toute une association d'idées vint presque aussitôt lui rappeler que, sur ce point, l'explication de Mr Darcy lui avait paru fort insuffisante ; et elle la relut à son tour. Bien différent fut l'effet d'un second examen. Comment refuser dans ce cas d'ajouter foi à ses affirmations, puisqu'elle avait été obligée de le faire dans l'autre ? Il prétendait ne s'être jamais douté de l'attachement de sa sœur ; et elle ne put s'empêcher de se rappeler quelle avait toujours été l'opinion de Charlotte là-dessus. Elle ne put nier davantage l'exactitude du portrait qu'il traçait de Jane. Elle savait bien que les émotions de sa sœur, malgré leur réelle ardeur, n'apparaissaient guère, et que sa physionomie et ses manières constamment souriantes n'allaient pas souvent de pair avec une grande sensibilité.

Lorsqu'elle en arriva au passage de la lettre où il était question de sa famille dans des termes aussi désagréablement, mais aussi justement réprobateurs, elle en éprouva une sévère mortification. Le bien-fondé de ces accusations lui parut trop évident pour qu'elle pût les nier ; et les événements du bal de Netherfield, auxquels il faisait particulièrement allusion, puisqu'ils étaient venus renforcer ses préventions antérieures, n'auraient pu se graver de façon plus pénible dans l'esprit du jeune homme que dans le sien.

Elle lui sut gré du compliment qu'il leur adressait, à elle et à sa sœur. Il adoucissait son désarroi, mais il ne pouvait la consoler du mépris que s'était ainsi attiré, de son propre fait, le reste de sa famille ; et à se dire que le chagrin de Jane était, somme toute, l'œuvre de ses plus proches parents, à songer que leur mérite à toutes deux ne pouvait être que constamment amoindri par l'incorrection de leur conduite à eux, elle sombra comme elle ne l'avait encore jamais fait dans un abîme de découragement.

Après qu'elle eut erré le long du sentier pendant deux heures, en proie à toutes sortes de pensées, tout occupée à passer les événements en revue, à évaluer les probabilités, et à s'habituer de son mieux à des changements aussi soudains et aussi radicaux, la fatigue et la conscience de son absence prolongée la ramenèrent enfin vers le presbytère; elle s'efforça, en y pénétrant, de paraître aussi enjouée que de coutume, et résolut de réprimer toutes les réflexions qui risquaient de lui interdire de se joindre à la conversation.

On lui annonça aussitôt que chacun des deux hôtes de Rosings était venu en son absence; Mr Darcy n'était resté que quelques minutes, le temps de leur faire ses adieux, mais le colonel avait passé au moins une heure en leur compagnie, dans l'espoir de son retour, et s'était presque décidé à partir à sa recherche. Elizabeth parvint tout juste à feindre le regret de l'avoir manqué, alors qu'au contraire, elle s'en réjouissait. Le colonel Fitzwilliam ne l'intéressait plus. Elle ne pouvait penser qu'à sa lettre.

Chapitre XXXVII

Les deux messieurs quittèrent Rosings le lendemain matin ; et Mr Collins, qui s'était posté près des pavillons afin de leur faire un ultime salut, eut le plaisir d'annoncer en rentrant au presbytère qu'ils paraissaient en parfaite santé et d'humeur aussi égale que le permettait la triste scène d'adieu qui venait de se dérouler chez leur tante ; ce fut là qu'il courut aussitôt consoler Lady Catherine et sa fille ; et à son retour, il leur transmit, avec une vive satisfaction, un message de Sa Seigneurie qui se sentait, disait-elle, si morose qu'elle éprouvait le désir de les avoir tous à dîner le soir même.

Elizabeth ne put revoir Lady Catherine sans songer qu'elle aurait pu, si elle l'avait voulu, se présenter à cette heure devant elle en qualité de future nièce ; et elle fut incapable de retenir un sourire en imaginant l'indignation de la noble dame. « Qu'aurait-elle dit ? Comment se serait-elle comportée ? » furent les questions qu'elle s'amusa à se poser.

La conversation porta aussitôt sur le vide qu'avait laissé le récent départ.

«J'y suis extrêmement sensible, sachez-le bien, leur confia Lady Catherine. Personne, je crois, n'est aussi affecté que moi par l'éloignement de ceux que j'aime. Mais je suis tout spécialement attachée à ces deux jeunes gens; et je sais qu'ils m'aiment énormément! Ils étaient désespérés de partir! Comme ils le sont toujours, d'ailleurs. Ce cher colonel a réussi à faire à peu près bonne figure presque jusqu'à la fin; mais Darcy paraissait excessivement abattu – plus encore, m'a-t-il semblé, que l'année dernière. Son attachement pour Rosings ne fait que croître, c'est certain.»

Mr Collins avait un compliment et une allusion tout prêts à être intercalés, lesquels furent accueillis par les sourires bienveillants de la mère et de la fille.

Après le dîner, Lady Catherine fit remarquer que Miss Bennet ne paraissait guère en train; et ayant aussitôt expliqué cette mélancolie en avançant l'idée que la jeune fille n'avait aucune envie de rentrer chez elle, elle ajouta:

«Mais dans ce cas, il faut écrire à votre mère pour lui demander de rester encore un peu; Mrs Collins sera ravie de vous garder auprès d'elle, j'en suis sûre.

– Je suis infiniment reconnaissante à Votre Seigneurie pour cette charmante invitation, répondit Elizabeth; mais il ne m'est pas possible de l'accepter. Je dois être à Londres samedi prochain.

– Mais alors, à ce train-là, vous ne serez restée ici que six semaines. Je comptais que vous y passeriez deux mois. Je l'ai même dit à Mrs Collins avant votre arrivée. Rien ne peut vous obliger à repartir si vite. Mrs Bennet s'accommodera certainement de votre absence encore une quinzaine de jours.

– Mais pas mon père. Il m'a écrit la semaine dernière pour me prier de revenir au plus vite.

– Bah, votre père se passera de vous, bien entendu, si votre mère le peut. Les filles ne comptent jamais autant pour leur père. Et tenez, si vous restez encore un mois entier, il me sera possible de vous ramener moi-même jusqu'à Londres, car je dois m'y rendre au début du mois de juin pour une semaine; et comme Dawson ne voit aucun inconvénient à conduire la calèche, il y aura bien assez de place pour l'une de vous deux – et même, si le temps était encore frais, j'accepterais de vous prendre toutes les deux, car vous n'êtes ni l'une ni l'autre bien épaisses.

– C'est trop de bonté, madame; mais je crois que nous allons devoir nous en tenir à notre projet original.»

Lady Catherine parut se résigner.

«Il faudra les faire escorter par un domestique, Mrs Collins. Vous savez que je dis toujours ce que je pense, et je ne puis supporter l'idée de savoir que deux jeunes filles de bonne famille voyagent toutes seules par la malle-poste. C'est tout à fait inconvenant. Il faut absolument vous arranger pour envoyer quelqu'un. J'ai une sainte horreur de ce genre de négligence. Les jeunes demoiselles devraient toujours être correctement accompagnées et protégées, comme le veut leur condition. Lorsque ma nièce Georgiana s'est rendue à Ramsgate l'été dernier, j'ai exigé qu'elle eût avec elle deux serviteurs. Miss Darcy, fille de feu Mr Darcy de Pemberley et de Lady Anne, n'aurait pu se permettre de paraître avec un équipage plus réduit. Je veille tout particulièrement aux détails de cet ordre. Envoyez donc John avec ces deux demoiselles, Mrs Collins. Je suis bien aise d'avoir songé à en parler ; car il serait vraiment déshonorant pour *vous* de les laisser partir seules.

– Mon oncle a prévu d'envoyer un de ses domestiques nous chercher.

– Ah ! Votre oncle, dites-vous ? Il emploie donc un domestique ? Je suis contente de savoir qu'un membre de votre famille se donne la peine de penser à tout cela. Où changerez-vous de chevaux ? Oh, à Bromley, bien sûr. Dites que vous venez de ma part à l'auberge de la Cloche, vous y serez bien reçues. »

Lady Catherine avait quantité d'autres questions à leur poser au sujet de leur voyage, et comme elle n'y répondait pas toujours elle-même, il était indispensable de lui prêter attention, ce dont

Elizabeth se félicita; car elle avait l'esprit si préoccupé qu'elle eût risqué, sans cela, d'oublier où elle se trouvait. Il lui fallut attendre ses rares instants de solitude pour se plonger dans ses réflexions: chaque fois qu'elle était livrée à elle-même, elle ne manquait pas de le faire avec un immense soulagement; et pas un jour ne passait sans une de ces promenades solitaires au cours desquelles elle pouvait s'abandonner entièrement aux délices de ses désagréables souvenirs.

Elle fut bientôt en passe de savoir par cœur la lettre de Mr Darcy. Elle en disséqua chaque phrase; et ses sentiments envers celui qui l'avait écrite variaient énormément selon les moments. Quand elle se rappelait en quels termes il lui avait demandé sa main, elle débordait encore d'indignation: mais lorsqu'elle songeait avec quelle injustice elle l'avait accusé et rabroué, sa colère se retournait contre elle-même; et les espoirs déçus de son soupirant finirent par exciter sa compassion. Elle lui savait gré de son amour; elle éprouvait du respect pour sa moralité; mais elle ne parvenait point à le trouver aimable; et pas une fois elle ne se repentit d'avoir refusé son offre, pas une fois elle ne sentit la moindre envie de le revoir jamais. Elle trouvait dans sa propre conduite passée une source intarissable de mortification et de regret; et dans les déplorables défauts de sa famille matière à un chagrin plus pénible encore. Il n'y avait aucun espoir d'y remédier. Son père, qui se contentait d'en rire, ne se donnerait jamais la peine de réprimer la folle étourderie de ses deux plus jeunes filles; et sa mère, dont les propres manières laissaient tant à désirer, n'avait même pas conscience du mal. Elizabeth et Jane avaient souvent conjugué leurs efforts pour tenter de mettre un frein aux excès de Catherine et de Lydia; mais tant que celles-ci se sentaient soutenues par l'indulgence maternelle, quel espoir pouvait-on nourrir de les corriger? Catherine, faible, grincheuse et complètement sous la coupe de sa cadette, s'était toujours offusquée de leurs conseils; et Lydia, opiniâtre et évaporée, ne les écoutait même pas. Elles étaient toutes deux ignorantes, paresseuses et vaniteuses. Tant qu'il resterait un seul officier à Meryton, elles lui feraient les yeux doux; et tant que Meryton resterait à un mile de Longbourn, elles s'y rendraient tous les matins.

L'inquiétude d'Elizabeth pour Jane était un autre souci majeur; et l'explication de Mr Darcy, en lui permettant de rendre à Bingley toute son estime, avait rehaussé à ses yeux l'importance de ce qu'avait perdu sa sœur. Il était prouvé que l'amour du jeune homme avait été sincère, et sa conduite exempte de tout blâme, à moins qu'on ne songeât à lui reprocher d'avoir eu une trop grande confiance en son ami. Combien douloureuse était donc la pensée que Jane avait été privée d'une union si désirable, à tous points de vue, d'une union qui lui promettait tant de félicité, par la sottise et l'inconvenance de sa propre famille !

Si l'on songe qu'à ces considérations venait s'ajouter la révélation de la duplicité de Wickham, on n'aura aucune peine à croire que cette heureuse nature, qui n'avait jusque-là guère connu la tristesse, était à présent si profondément affectée qu'il lui était presque impossible de feindre un semblant de gaieté.

Les invitations à Rosings furent aussi fréquentes, au cours de la dernière semaine, qu'elles l'avaient été au début de leur séjour. On y passa l'ultime soirée ; et Sa Seigneurie s'enquit encore une fois, dans le plus grand détail, de tous les préparatifs du voyage ; elle leur dicta ses instructions quant à la meilleure manière de faire ses malles, et leur indiqua avec tant d'insistance la seule et unique façon de plier une robe que Maria se crut obligée, à son retour au presbytère, d'anéantir tout le travail de la matinée pour refaire ses paquets de fond en comble.

Quand sonna l'heure de la séparation, Lady Catherine leur souhaita, avec sa condescendance habituelle, un excellent voyage et les invita à revenir séjourner chez les Collins l'année suivante ; et Miss de Bourgh alla jusqu'à se donner la peine de faire une révérence et de leur tendre la main à toutes deux.

Chapitre XXXVIII

Le samedi matin, Elizabeth et Mr Collins se retrouvèrent seuls quelques instants à la table du petit déjeuner, avant l'arrivée des deux autres ; il profita de l'occasion pour lui adresser les civilités d'adieu dont il estimait ne pouvoir se dispenser.

«Je ne sais, Miss Elizabeth, commença-t-il, si Mrs Collins vous a déjà fait savoir à quel point elle vous est reconnaissante d'avoir eu la bonté de venir nous voir ; mais je suis bien certain que vous ne partirez pas de chez nous sans qu'elle vous en ait remerciée. Nous avons été, je vous assure, très sensibles à la faveur de votre compagnie. Nous savons combien notre humble demeure est peu faite pour tenter qui que ce soit. Notre frugal mode de vie, l'exiguïté de nos appartements, le nombre réduit de notre domesticité, et notre existence à l'écart du monde doivent rendre Hunsford bien terne pour une jeune demoiselle telle que vous ; mais j'espère que vous ne mettez pas en doute la gratitude qu'excite votre complaisance, ni notre volonté de faire tout ce qui était en notre pouvoir pour éviter que votre séjour ne fût trop déplaisant.»

Elizabeth s'empressa de le remercier à son tour, en lui assurant qu'elle avait été fort heureuse. Elle avait passé six excellentes semaines, et son plaisir de retrouver Charlotte, sans parler des charmantes attentions dont elle avait été l'objet, suffisait à la convaincre que c'était elle qui restait leur obligée. Mr Collins en fut flatté; et ce fut avec une solennité plus amène qu'il reprit:

«Je suis comblé d'apprendre que votre séjour ne vous a point semblé trop morne. Nous avons certainement fait de notre mieux; et comme il nous est, fort heureusement, possible de vous mettre à même de fréquenter une société suprêmement distinguée, et, du fait de nos liens avec Rosings, de disposer bien souvent du moyen de vous distraire de notre humble cercle de famille, je pense que nous pouvons nous flatter de l'espoir que votre visite à Hunsford n'a pas été tout à fait ennuyeuse. Notre situation vis-à-vis de Lady Catherine et de sa famille est, il faut le dire, le genre d'avantage et de bienfait dont peu de gens peuvent se prévaloir. Vous avez vu sur quel pied nous sommes auprès d'elle. Avec quelle fréquence nous sommes invités. Pour ne rien vous cacher, je dois avouer qu'en dépit de tous les désagréments de cet humble presbytère, je ne saurais considérer quiconque y séjourne comme un objet de pitié, tant qu'il peut ainsi partager notre intimité avec Rosings. »

Arrivé là, il ne trouva plus de mots assez puissants pour rendre toute la noblesse de ses émotions et il fut obligé d'arpenter la pièce, pendant qu'Elizabeth s'efforçait de concilier, en quelques courtes phrases, la courtoisie et la sincérité.

« Bref, ma chère cousine, vous pourrez donner de nous dans le Hertfordshire une image des plus favorables. Je me flatte, en tout cas, de cet espoir. Vous avez été témoin, jour après jour, des grands égards qu'a Lady Catherine pour Mrs Collins ; et, tout bien considéré, j'ose croire que votre amie ne vous a point paru avoir choisi un sort trop misérable – mais peut-être vaut-il mieux garder le silence là-dessus. Permettez-moi simplement de vous assurer, ma chère Miss Elizabeth, que je puis vous souhaiter de tout cœur et en toute cordialité une pareille félicité conjugale. Ma chère Charlotte et moi-même ne faisons qu'un et la même pensée nous anime. Il y a sur tous les sujets une remarquable concordance entre nos caractères et nos idées. On nous dirait conçus l'un pour l'autre. »

Elizabeth put déclarer sans mentir qu'une telle circonstance était un sûr gage de bonheur, et ajouter avec la même sincérité qu'elle était fermement convaincue des avantages domestiques de son cousin et qu'elle s'en réjouissait. Elle ne fut pas fâchée, cependant, de voir la récitation de tous ces bienfaits interrompue par l'entrée de la dame qui en était la source. Pauvre Charlotte ! Il était bien affligeant de la laisser en pareille compagnie ! Mais elle l'avait choisie les yeux grands ouverts ; et bien qu'elle regrettât de toute évidence le départ de ses visiteuses, elle ne paraissait pas réclamer leur compassion. Sa maison et son ménage, sa paroisse et son poulailler, ainsi que tout ce qui s'y rapportait, n'avaient point encore perdu leurs attraits.

La voiture arriva enfin, on y arrima les malles, on déposa à l'intérieur toutes sortes de paquets et on put annoncer qu'elle était prête à partir. Après d'affectueux adieux à son amie, Elizabeth fut escortée jusqu'au véhicule par Mr Collins ; et tout en traversant le jardin, il la chargea de transmettre son plus respectueux souvenir à toute sa famille, sans oublier d'en remercier chaque membre pour toutes les bontés qui lui avaient été prodiguées à Longbourn pendant l'hiver, ainsi que ses compliments à Mr et Mrs Gardiner, bien qu'il n'eût pas l'honneur de les connaître. Il lui offrit sa main pour monter en voiture, Maria suivit, et la portière allait être fermée lorsqu'il leur rappela soudain, non sans consternation, qu'elles avaient oublié de lui laisser le moindre message d'adieu pour les dames de Rosings.

« Mais, ajouta-t-il aussitôt, vous désirez sans aucun doute leur faire parvenir vos plus humbles respects, ainsi que vos sincères remerciements pour toutes les bontés dont elles vous ont comblées tout au long de votre séjour ici. »

Elizabeth n'opposa aucune objection : la portière put enfin être close et la voiture s'ébranla.

« Bonté divine ! s'écria Maria au bout de quelques minutes ; j'ai l'impression que cela ne fait qu'un jour ou deux que nous sommes arrivées ! et pourtant il s'en est passé, des choses !

– Plus qu'on ne saurait le dire, soupira sa compagne.

– Nous avons dîné neuf fois à Rosings, sans compter les deux fois où nous y avons pris le thé ! Que je vais avoir de choses à raconter ! »

Elizabeth ajouta *in petto* : « Et moi, que je vais en avoir à taire ! »

Le voyage s'accomplit dans un silence relatif et dans le calme le plus absolu ; et moins de quatre heures après leur départ de Hunsford, elles s'arrêtaient devant la maison de Mr Gardiner où elles devaient passer quelques jours.

Jane avait bonne mine, mais sa sœur n'eut guère d'occasions d'observer son humeur, au milieu de toutes les distractions que leur tante avait eu la bonté de leur ménager. Jane, cependant, devait regagner Longbourn avec elle, et elle aurait alors tout loisir de la surveiller.

En attendant, ce ne fut qu'au prix d'un puissant effort qu'elle parvint à attendre d'être rentrée chez elles pour mettre sa sœur au courant de la demande en mariage de Mr Darcy. À se dire qu'elle était en mesure de la stupéfier par ses révélations, tout en flattant au plus haut point les derniers vestiges de vanité que sa propre raison n'était point encore parvenue à chasser, elle était si tentée de tout lui raconter que rien n'aurait pu l'en dissuader, n'eût été l'indécision qui la tenaillait quant à la portée exacte de ses confidences, et sa crainte, une fois qu'elle aurait abordé le sujet, de se laisser entraîner à répéter quelque détail concernant Bingley, qui ne pourrait qu'achever d'affliger Jane.

Chapitre XXXIX

Ce fut dans la deuxième semaine de mai que les trois jeunes filles quittèrent ensemble Gracechurch Street pour la ville de X, dans le Hertfordshire; et quand elles arrivèrent en vue de l'auberge où il était convenu que la voiture de Mr Bennet viendrait les chercher, elles aperçurent, vivants témoignages de la ponctualité du cocher, aussi bien Kitty que Lydia, penchées à l'une des fenêtres du premier étage. Cela faisait plus d'une heure que ces deux jeunes personnes se trouvaient seules sur les lieux, fort agréablement occupées à visiter une boutique de modiste qui faisait face à l'auberge, à contempler la sentinelle qui montait la garde, et à assaisonner une salade au concombre.

Après avoir accueilli leurs sœurs, elles leur firent triomphalement admirer une table où l'on avait disposé le genre de viandes froides que recèlent d'ordinaire les garde-manger d'auberge, en s'exclamant: «N'est-ce pas gentil? N'est-ce pas une bonne surprise?

– Et c'est nous qui vous invitons toutes, ajouta Lydia ; mais il faudra nous prêter de l'argent, parce que nous venons de dépenser tout le nôtre dans cette boutique, en face. »

Et de sortir aussitôt ses emplettes.

« Regardez, j'ai acheté ce chapeau. Je ne le trouve pas très flatteur, mais je me suis dit que je ferais aussi bien de le prendre. Dès que nous serons à la maison, je le démantèlerai entièrement pour voir si je n'arrive pas à en tirer quelque chose de mieux. »

Ses sœurs s'étant écriées que c'était une horreur, elle reprit avec la plus parfaite insouciance :

« Bah, il y en avait deux ou trois autrement laids dans la boutique ; et quand j'aurai acheté du satin d'une plus jolie teinte pour l'orner de frais, je gage qu'il sera tout à fait convenable. De toute façon, nous pourrons bien nous attifer n'importe comment cet été, une fois que le régiment aura quitté Meryton, et il s'en va dans quinze jours.

– Est-ce bien vrai ? s'exclama Elizabeth, avec la plus franche satisfaction.

– Il doit prendre de nouveaux quartiers près de Brighton ; et je voudrais tellement que papa nous y emmène passer tout l'été ! Ce serait une idée délicieuse et je suis bien sûre que cela ne coûterait à peu près rien. Maman a terriblement envie d'y aller, elle aussi ! Pensez un peu quel épouvantable été nous allons passer autrement. »

«Oui, se dit Elizabeth, ce serait, en effet, une idée exquise et nous pourrions nous ridiculiser à tout jamais. Dieu du ciel ! Brighton et un camp entier de soldats, pour nous à qui un malheureux petit régiment de la garde nationale et les bals mensuels de Meryton ont déjà fait perdre la tête ! »

«Et maintenant, j'ai une autre nouvelle, annonça Lydia en passant à table. Devinez un peu. C'est une excellente nouvelle, une merveilleuse nouvelle, et qui touche une personne que nous aimons toutes.»

Jane et Elizabeth échangèrent un regard et s'empressèrent de renvoyer le serviteur. Lydia se mit à rire.

«Oui-da, je reconnais bien là vos convenances et votre discrétion. Vous avez eu peur que le serviteur n'entende, comme s'il s'en souciait ! Je suis certaine qu'il entend plus souvent qu'à son tour des choses bien pires que ce que j'ai à vous apprendre. Cela dit, il est affreux, ce garçon ! Je suis bien aise qu'il soit parti. Jamais je n'ai vu un menton aussi démesuré. Bien, mais revenons-en à ma nouvelle: il s'agit de notre cher Wickham; c'était trop bon pour le serviteur, pas vrai ? Eh bien, voilà – il n'y a plus de danger que Wickham épouse Mary King ! Elle est partie chez son oncle à Liverpool, partie pour de bon. Wickham est sauvé.

– Et Mary King aussi ! ajouta Elizabeth. Sauvée d'un mariage fort imprudent sur le plan matériel.

– Ma foi, elle est plus que niaise d'être partie, s'il lui plaisait.

– Mais j'espère qu'aucun des deux n'était profondément attaché à l'autre, s'inquiéta Jane.

– Je suis sûre que lui, en tout cas, ne l'était pas. Il s'est toujours soucié d'elle comme d'une guigne, je t'en réponds. Comment voudrais-tu qu'on s'attache à ce petit laideron, avec son museau piqué de son ? »

Elizabeth fut choquée de se dire que, si elle était pour sa part incapable d'une telle vulgarité d'*expression*, le *sentiment* qu'elle avait auparavant nourri dans son sein et cru généreux n'était guère moins bas que celui de sa sœur !

Dès qu'elles eurent fini de manger, les aînées payèrent le repas, et firent demander leur voiture ; non sans ingéniosité, les cinq jeunes filles, avec toutes leurs boîtes, sacs à ouvrage et autres paquets, sans oublier l'assommante addition des emplettes de Kitty et Lydia, parvinrent à s'y caser.

« Comme nous voilà gentiment entassées ! s'écria Lydia. Je suis bien contente d'avoir acheté ce chapeau, ne serait-ce que parce que cela nous fait un paquet de plus ! Bon, alors mettons-nous à notre aise, tout douillettement, et n'arrêtons plus de parler et de rire jusqu'à la maison. Et pour commencer, racontez donc un peu ce que vous avez fait depuis que vous êtes parties. Avez-vous côtoyé d'agréables jeunes gens ? Vous ont-ils conté fleurette ? J'espérais beaucoup qu'une de vous deux aurait déniché un mari avant de revenir. Ma parole, Jane va bientôt tourner à la vieille fille. Elle a presque vingt-trois ans ! Peste ! C'est que j'aurais honte, moi, de n'être point mariée à cet âge. Vous ne pouvez pas savoir combien ma tante Philips voudrait vous voir mariées. Elle dit que Lizzy aurait mieux fait de prendre Mr Collins ; mais moi, je ne vois pas ce qu'il y aurait eu de drôle. Mon Dieu ! ce que j'aimerais me marier avant tout le monde ! comme ça, c'est moi qui serais votre chaperon dans tous les bals. Figurez-vous que nous nous sommes follement amusés l'autre jour, chez le colonel Forster ! Kitty et moi devions y passer la journée, et Mrs Forster avait promis qu'on danserait un peu le soir (à propos, nous sommes au mieux, Mrs Forster et moi !) ; alors nous avons demandé aux deux Harrington de se joindre à nous, mais Harriet était malade, si bien que Penelope a été obligée de venir seule ; et alors, devinez ce que nous avons fait. Nous avons habillé Chamberlayne en femme tout exprès pour faire croire que c'était une dame – c'était d'un cocasse ! Personne ne savait rien, sauf le colonel et Mrs Forster, et Kitty et moi, et aussi ma tante, à qui nous avons été forcés d'emprunter une robe ; et vous ne pouvez pas vous imaginer comme il était bien déguisé ! Quand Denny et Wickham et Pratt et deux ou trois autres sont arrivés, ils ne l'ont absolument pas reconnu. Mon Dieu ! Ce que j'ai pu rire ! Et Mrs Forster aussi. J'ai cru mourir. C'est ça qui leur a donné des soupçons, d'ailleurs, et ils n'ont pas mis longtemps à découvrir le pot aux roses. »

Ce fut par de semblables histoires de leurs soirées et de leurs excellentes farces que Lydia, secondée par les remarques et les précisions de Kitty, s'efforça de distraire ses compagnes jusqu'à Longbourn. Elizabeth écoutait le moins possible, mais elle ne pouvait éviter d'entendre prononcer à tout instant le nom de Wickham.

L'accueil de leurs parents fut des plus tendres. Mrs Bennet était ravie de voir Jane toujours aussi belle ; et plus d'une fois, pendant le dîner, Mr Bennet dit de lui-même à Elizabeth :

« Je suis content de te revoir, Lizzy. »

Il y avait foule autour de la table, car presque tous les Lucas étaient venus chercher Maria et entendre ses nouvelles, si bien qu'un vaste éventail de sujets occupait la compagnie : Lady Lucas questionnait Maria, assise en face d'elle, sur la santé et le poulailler de sa fille aînée ; Mrs Bennet était doublement active, puisqu'elle recueillait auprès de Jane, dont elle était séparée par plusieurs convives, tous les détails sur les dernières modes de la capitale pour les transmettre ensuite aux filles cadettes de ses voisins ; quant à Lydia, dont la voix dominait le brouhaha, elle énumérait à qui voulait l'entendre les divers plaisirs de la matinée :

« Ah, Mary, disait-elle, je regrette bien que tu ne sois pas venue, car nous nous sommes follement amusées! À l'aller, Kitty et moi avons baissé tous les stores de la voiture pour faire croire qu'il n'y avait personne dedans; et moi, j'aurais pu continuer comme cela tout du long, mais Kitty a été malade; et puis quand nous sommes arrivées à l'auberge, je trouve que nous nous sommes vraiment conduites de façon princière, car nous avons invité les trois autres au meilleur repas froid qui se puisse imaginer, et si tu étais venue, nous t'aurions invitée aussi. Et quand nous sommes reparties, c'était d'un drôle! J'ai cru que nous ne tiendrions jamais dans la voiture. J'ai pensé mourir de rire. Et nous avons eu un trajet des plus joyeux jusqu'à la maison! Nous avons parlé et ri si fort qu'on aurait pu nous entendre à dix miles à la ronde!»

À quoi Mary répondit d'un ton docte:

«Loin de moi, ma chère sœur, l'idée de dénigrer de tels amusements. Sans doute seraient-ils pour flatter la majorité des esprits féminins, mais je t'avoue qu'ils n'auraient pour moi aucun charme. Je leur préfère infiniment un livre.»

Mais Lydia n'entendit pas un mot de ce discours. Elle écoutait rarement les autres plus de trente secondes et ne se donnait jamais la peine de tenir compte de ce que disait Mary.

Après le repas, Lydia pressa vivement les autres jeunes filles de faire un tour jusqu'à Meryton, pour voir comment se portait tout le monde; mais Elizabeth refusa catégoriquement d'en entendre parler. Il ne serait pas dit que les demoiselles Bennet ne pouvaient passer plus d'une demi-journée chez elles sans se lancer aussitôt aux trousses des officiers. Son refus partait, d'ailleurs, d'un second motif. Elle redoutait de revoir Wickham, et elle était bien résolue à l'éviter le plus longtemps possible. Le soulagement qu'elle éprouvait, pour sa part, à l'idée que le régiment serait bientôt parti, était inexprimable. Dans quinze jours, il ne serait plus là, et une fois que Wickham aurait disparu, elle espérait fort n'avoir plus jamais de raison de se tourmenter par sa faute.

Il ne lui fallut guère plus de quelques heures pour constater que le voyage à Brighton, auquel Lydia avait fait allusion à l'auberge, était un fréquent sujet de discussion entre ses parents. Elizabeth comprit aussitôt que son père n'avait aucune intention de céder; mais ses réponses étaient tout à la fois si vagues et si équivoques que sa mère, quoique souvent découragée, ne désespérait pas encore tout à fait de l'emporter.

Chapitre XL

Elizabeth ne pouvait plus contenir son impa tience d'apprendre à Jane ce qui lui était arrivé, et, après avoir décidé de taire à sa sœur tous les détails qui la concernaient personnellement et l'avoir préparée à entendre quelque chose de surprenant, elle lui narra enfin, dès le lendemain matin, le plus clair de son entrevue avec Mr Darcy

L'étonnement de Miss Bennet fut très vite combattu par la vive tendresse fraternelle qui lui faisait paraître tout naturel que l'on aimât Elizabeth; et toute espèce de surprise céda bientôt le pas à d'autres émotions. Elle était profondément navrée que Mr Darcy eût choisi de déclarer sa flamme d'une manière si peu propice à la faire agréer; mais elle se désolait bien davantage encore du chagrin qu'avait dû lui occasionner le refus de sa sœur.

«Il avait tort d'être si certain de son succès, dit-elle, et il aurait mieux fait, à coup sûr, de masquer cette certitude; mais songe donc combien sa déception a dû s'en trouver accrue.

– Je t'assure, répondit Elizabeth, que je le plains de tout mon cœur; mais il est animé par d'autres sentiments qui ne mettront sans doute pas longtemps à chasser celui qu'il a pour moi. Tu ne me blâmes point, en tout cas, de l'avoir éconduit?

– Te blâmer? Certes, non.

– Mais tu me blâmes d'avoir défendu Wickham avec une telle ardeur?

– Non – je ne sache pas que tu aies eu tort de dire ce que tu as dit là.

– Mais c'est que tu ne sais pas tout; attends que je te confie ce qui s'est passé dès le lendemain.»

Elle lui parla alors de la lettre, dont elle lui révéla le contenu dans la mesure où il avait trait à George Wickham. Quel terrible coup pour la pauvre Jane, qui aurait volontiers parcouru le monde sans vouloir admettre qu'il y eût réunie dans toute la race humaine autant de noirceur qu'elle en voyait s'étaler là dans un seul individu! Et la disculpation de Darcy, bien qu'elle lui mît un peu de baume au cœur, ne suffisait point à la consoler d'une telle découverte. Elle s'employa avec ferveur à prouver qu'il devait y avoir erreur, et à tenter d'innocenter l'un sans accabler l'autre.

«Rien n'y fera, lui dit Elizabeth; tu ne parviendras jamais à les rendre honnêtes tous les deux. Fais ton choix, car tu vas être obligée de te contenter d'un seul. Ils ne possèdent à eux deux qu'une certaine quantité de mérite, laquelle suffit tout juste à fabriquer un seul homme de bien et n'a point cessé, ces temps derniers, de faire la navette entre les deux. Pour ma part, je suis encline à croire qu'elle revient en totalité à Mr Darcy, mais tu es libre de penser ce que tu veux.»

Il lui fallut un bon moment, cependant, avant de parvenir à dérider sa sœur.

«Je ne crois pas avoir jamais été si cruellement déçue, dit Jane. Penser que Wickham est un tel scélérat ! C'est presque à n'y pas croire. Et ce pauvre Mr Darcy ! Ma chère Lizzy, songe seulement combien il a dû souffrir. Quelle amère déconvenue ! Sachant, qui plus est, quelle piètre opinion tu avais de lui ! Et se trouver ainsi contraint de te dévoiler l'inconduite de sa sœur ! C'est vraiment trop désolant, je suis sûre que tu en conviendras.

– Non pas, mes regrets et ma compassion s'évanouissent quand je t'en vois si prodigue. Je sais que tu vas si généreusement le réhabiliter que mon insouciance et mon indifférence vont croissant de minute en minute. Ta libéralité me rend avare; lamente-toi encore un peu sur son sort, et j'aurai le cœur aussi léger qu'une plume.

– Pauvre Wickham ! Il y a dans toute sa contenance une telle expression de vertu ! Tant de franchise et de douceur dans ses manières !

– Il est certain que l'éducation de ces deux jeunes gens a été faite en dépit du bon sens. C'est l'un qui possède toutes les qualités et c'est l'autre qui en paraît pourvu.

– Je n'ai jamais pensé que Mr Darcy *semblât* aussi dépourvu de qualités que tu voulais bien le dire.

– Moi qui comptais pourtant faire la preuve de mon intelligence hors du commun en le prenant ainsi en haine, sans l'ombre d'une raison ! Dame, une antipathie de cet acabit, cela vous aiguise l'esprit, cela vous permet d'exercer librement votre verve. On peut se montrer perpétuellement insultant sans jamais rien dire de juste ; mais on ne peut quand même pas être toujours à se moquer d'un homme sans tomber, de loin en loin, sur une remarque spirituelle.

– Lizzy, la première fois que tu as lu cette lettre, je suis sûre que tu n'as pu traiter l'affaire comme tu le fais à présent.

– Quant à cela, tu as tout à fait raison. Dieu sait que j'étais troublée, profondément troublée – je puis même dire malheureuse. Et je n'avais personne, vois-tu, à qui confier ce que j'éprouvais, pas de Jane auprès de moi pour me réconforter et me dire que je n'avais pas été aussi faible, aussi vaniteuse, aussi ridicule que je le pensais ! Tu ne peux savoir à quel point tu m'as manqué !

– Quel malheur que tu aies employé des termes aussi catégoriques pour parler de Wickham à Mr Darcy, car ils nous paraissent à présent tout à fait injustifiés !

– C'est certain. Mais lorsqu'on se laisse aller, comme moi, à encourager les préjugés, on finit immanquablement par avoir le malheur de s'exprimer avec amertume. Cela dit, j'aimerais connaître ton avis sur un point. Peux-tu me dire si je dois ou non révéler d'une manière générale la véritable nature de Wickham ? »

Miss Bennet réfléchit un instant avant de répondre :

« Il n'y a sûrement aucune nécessité de le démasquer de façon aussi désastreuse. Qu'en penses-tu, toi ?

– Qu'il n'y faut point songer. Mr Darcy ne m'a pas autorisée à rendre sa lettre publique. Au contraire, il comptait bien me voir garder pour moi, dans la mesure du possible, tout ce qui touche à sa sœur ; et si je m'efforce d'ouvrir les yeux des gens sur le reste de la conduite de Wickham, qui va me croire ? Tout le monde est si violemment prévenu contre Mr Darcy que la simple tentative de le faire apparaître sous un jour favorable suffirait à tuer la moitié des bonnes gens de Meryton. C'est au-dessus de mes forces. Wickham sera bientôt parti ; en sorte que sa véritable mentalité n'importera plus à personne. D'ici quelque temps, l'affaire éclatera au grand jour, et nous pourrons alors rire de tous les sots qui ne se doutaient de rien. Pour le moment, je préfère n'en pas souffler mot.

– Tu as tout à fait raison. D'autant que la révélation de ses erreurs passées risquerait de le discréditer à tout jamais. Peut-être se repent-il à présent de ses mauvaises actions et souhaite-t-il tenter de rétablir sa bonne renommée. Il ne faut point l'acculer au désespoir. »

Le tumulte qui régnait dans l'esprit d'Elizabeth fut apaisé par cet entretien. Elle s'était enfin délivrée de deux des secrets qui lui pesaient tant depuis quinze jours, et elle était certaine de trouver chez Jane une oreille complaisante chaque fois qu'elle aurait envie de reparler de l'un ou de l'autre. Mais il y avait encore un épisode, tapi dans l'ombre, que la prudence lui interdisait de mentionner. Elle n'osait révéler à sa sœur l'autre moitié de la lettre de Mr Darcy, ni lui expliquer avec quelle sincérité Mr Bingley l'avait aimée. C'était un secret qu'elle ne pouvait partager avec quiconque ; et elle se rendait bien compte que seule une complète explication entre tous les intéressés pourrait lui permettre de se décharger de ce dernier fardeau de mystère.

« Et de toute façon, se dit-elle, si jamais les choses en arrivaient là, ce qui est fort improbable, je ne pourrais dévoiler que ce que Bingley lui apprendrait lui-même de façon beaucoup plus agréable. Le droit de tout dire ne m'appartiendra qu'une fois qu'il aura perdu toute valeur ! »

À présent qu'elles étaient rentrées chez elle, elle avait tout loisir d'observer quelles étaient véritablement les dispositions de sa sœur. Jane n'était point heureuse. Elle nourrissait toujours à l'égard de Bingley les plus tendres sentiments. Comme il ne lui avait jusque-là jamais pris fantaisie de se croire éprise de quiconque, son attachement possédait toute l'ardeur d'un premier amour, et du fait de son âge et de son caractère, il se distinguait en outre par une constance qui n'est pas souvent l'apanage de ces premiers transports; et elle chérissait si tendrement le souvenir du jeune homme, le préférait si nettement à tous les autres qu'il lui fallait faire appel à toute sa raison et à toute sa volonté de ne pas peiner ceux qui l'aimaient pour ne pas se complaire à des regrets susceptibles de nuire à sa propre santé et à leur tranquillité d'esprit.

«Eh bien, Lizzy, demanda un jour Mrs Bennet, que dis-tu à présent de la triste histoire de Jane? Pour ma part, je suis bien décidée à n'en plus jamais reparler à âme qui vive. Je le disais encore l'autre jour à ta tante Philips. Mais je ne crois pas que Jane ait revu Bingley une seule fois à Londres. On peut dire, en tout cas, que c'est un jeune malappris – car j'imagine qu'il n'y a plus désormais la moindre chance qu'il l'épouse. Il n'est pas question de sa venue à Netherfield cet été; et j'ai pourtant interrogé toutes les personnes qui pouvaient en être averties.

– Je ne pense pas que nous le reverrons jamais à Netherfield.

– Ah, fort bien, c'est comme il voudra. Personne ne lui demande d'y venir; il n'empêche que je dirai toujours qu'il s'est abominablement mal conduit vis-à-vis de ma fille; et si j'étais Jane, jamais je ne l'aurais toléré. Ma foi, mon unique consolation est de me dire qu'elle va sûrement en mourir de chagrin et qu'alors il sera bien honteux de ce qu'il a fait.»

Elizabeth, cependant, incapable de trouver dans cette éventualité le moindre réconfort, ne répondit point.

«Alors, Lizzy, reprit bientôt sa mère, les Collins vivent donc fort à leur aise, à ce qu'il paraît? Parfait, parfait, j'espère pour eux que cela durera. Et comment mange-t-on chez eux? Je veux bien croire que Charlotte est excellente ménagère. Si elle est à moitié aussi grippe-sou que sa mère, elle ne doit pas jeter l'argent par les fenêtres. Je gagerais que leur train de vie ne pèche pas par excès de prodigalité.

– Non, pas le moins du monde.

– Elle doit avoir l'œil à tout, tu peux me croire. Oh, que oui! Ce n'est toujours pas eux qui risquent de dépasser leurs revenus. Ils ne seront jamais à court d'argent. Baste, grand bien leur fasse! Et puis j'imagine qu'ils parlent souvent de leur installation à Longbourn, quand ton père ne sera plus. Ils se croiront chez eux, je parie, dès que je serai veuve.

– C'était un sujet qu'ils ne pouvaient guère aborder en ma présence.

– Non; c'eût été plus qu'étrange. Mais je suis bien sûre qu'ils n'arrêtent pas d'en parler entre eux. Ma foi, s'ils peuvent vivre sans remords dans une demeure qui ne leur appartient pas légitimement, c'est tant mieux pour eux. Moi, j'aurais honte de profiter de ce que l'on a détourné à mon avantage.»

Chapitre XLI

La première semaine du retour fut vite écoulée. La seconde commença. C'était la dernière que le régiment devait passer à Meryton, et toutes les jeunes filles du voisinage dépérissaient à vue d'œil. La désolation était quasi universelle. Seules les aînées de la famille Bennet n'avaient point perdu le manger, le boire et le dormir, et parvenaient encore à vaquer à leurs occupations habituelles. Cette insensibilité leur était d'ailleurs constamment reprochée par Kitty et Lydia, qui étaient au comble du désespoir et ne pouvaient comprendre cet absolu manque de cœur chez des membres de leur propre famille.

« Dieu du ciel ! Qu'allons-nous devenir ? Que pouvons-nous faire ? s'exclamaient-elles à tout propos, avec l'amertume des grandes douleurs. Comment peux-tu sourire ainsi, Lizzy ? »

Leur tendre mère partageait leur chagrin ; elle se rappelait tous les tourments qu'elle avait endurés dans des circonstances analogues, vingt-cinq années auparavant.

« Je vous assure, déclara-t-elle, que j'ai pleuré deux jours entiers quand le régiment du colonel Millar est parti. Je pensais mourir de chagrin.

– Je suis certaine que je vais en mourir, moi, s'écria Lydia.

– Si seulement nous pouvions aller à Brighton ! soupira Mrs Bennet.

– Ah oui ! si nous pouvions aller à Brighton ! Mais papa est si méchant !

– Et pourtant, quelques bains de mer me rendraient la santé à tout jamais.

– Et ma tante Philips est sûre qu'à moi aussi, cela me ferait le plus grand bien », ajouta Kitty.

Telles étaient les lamentations qui résonnaient sans trêve à travers toute la maison. Elizabeth faisait de son mieux pour s'en divertir ; mais tout son plaisir était terni par la honte. Elle eut de nouveau conscience de tout ce qu'il y avait de fondé dans les objections de Mr Darcy ; et jamais elle n'avait été aussi disposée à lui pardonner de s'être ingéré dans les affaires de son ami.

Mais le désastreux avenir auquel Lydia se sentait promise devint soudain radieux ; car Mrs Forster, l'épouse du colonel du régiment, l'invita à l'accompagner à Brighton. Cette inestimable amie, qui était encore toute jeune, n'était mariée que depuis peu. Une certaine ressemblance dans leurs caractères, leur belle humeur surtout, l'avait rapprochée de Lydia, et depuis trois mois qu'elles se connaissaient, cela en faisait deux qu'elles étaient amies intimes.

Il est presque impossible de décrire par quels transports d'allégresse Lydia accueillit cette invitation, sa vénération pour Mrs Forster, le ravissement de Mrs Bennet et la mortification de Kitty. Sans se soucier un instant de ce que pouvait éprouver sa sœur, Lydia, extasiée, se précipita avec frénésie aux quatre coins de la demeure pour réclamer les félicitations de toute la maisonnée, riant et parlant encore plus bruyamment que de coutume; tandis que dans le salon, l'infortunée Kitty se lamentait sur son sort, énumérant d'une voix plaintive les griefs les plus absurdes.

«Je ne comprends pas pourquoi Mrs Forster ne m'invite pas, moi aussi, s'écria-t-elle, même si je ne suis pas sa meilleure amie. J'ai autant de droits que Lydia à recevoir une invitation, et même davantage, puisque j'ai deux ans de plus qu'elle.»

Ce fut en vain qu'Elizabeth l'incita à la raison et Jane à la résignation. L'invitation était d'ailleurs si loin d'éveiller chez Elizabeth les douces émotions qu'elle suscitait chez sa mère et chez Lydia qu'elle la considérait comme l'arrêt de mort de tout espoir de voir sa jeune sœur s'assagir un jour; et, si odieuse qu'elle risquât de paraître, au cas où sa démarche viendrait à être connue, elle ne put s'empêcher de conseiller secrètement à son père de ne point l'autoriser à partir. Elle lui fit remarquer toute l'inconvenance du comportement général de Lydia, le peu de profit qu'elle pourrait tirer de son amitié avec une jeune femme telle que

Mrs Forster, et le risque de voir son étourderie s'aggraver, au contraire, sous la tutelle d'une pareille compagne, et à Brighton, de surcroît, où les tentations seraient nécessairement bien plus grandes que chez elle. Il l'écouta avec attention et répondit :

« Lydia ne sera pas satisfaite tant qu'elle ne se sera pas publiquement ridiculisée, et jamais nous ne pourrons nous attendre à ce qu'elle le fasse de façon moins onéreuse et moins dérangeante pour le reste de la famille que dans les circonstances actuelles.

– Si vous saviez, reprit Elizabeth, à quel point il peut nous être néfaste à tous de voir l'opinion publique sans cesse alertée par la tenue inconsidérée et imprudente de Lydia – que dis-je ? à quel point cela nous a *déjà* été néfaste –, je suis sûre que vous en jugeriez autrement.

– Cela nous a déjà été néfaste ! répéta Mr Bennet. Qu'est-ce à dire ? A-t-elle donc fait fuir un de tes amoureux ? Pauvre petite Lizzy ! Mais ne sois donc pas malheureuse. Les jeunes gens trop délicats pour supporter l'idée de s'allier à un peu de bêtise ne valent pas un regret. Allons, dresse-moi un peu la liste de tous les piteux individus qu'a éloignés la sottise de Lydia.

– Mais non, vous faites erreur. Je n'ai rien à déplorer de tel. Je ne suis pas venue me plaindre de torts particuliers, mais de torts généraux. Notre conséquence et notre respectabilité dans le monde ne peuvent que souffrir de l'extravagante frivolité, de l'outrecuidance et du mépris de toute retenue qui sont à la base même de son caractère. Pardonnez-moi – car je vais être brutale. Si vous, mon cher père, ne vous donnez pas la peine de freiner ses dispositions exubérantes, et de lui apprendre que ses occupations actuelles ne doivent pas devenir le but de toute son existence, il sera bientôt impossible de la corriger. Son caractère sera formé ; et elle sera à seize ans la coquette la plus endurcie qui ait jamais couvert de ridicule elle-même et toute sa famille. Et une coquette, qui plus est, au sens le plus dégradant et le plus vil du terme ; dépourvue de tout attrait autre que sa jeunesse et sa personne ; et de par son ignorance et sa vacuité d'esprit, tout à fait incapable de parer la moindre attaque de ce mépris universel que ne manquera pas d'exciter sa rage de plaire. Et Kitty se trouve exposée aux mêmes dangers. Elle suivra Lydia dans tous ses débordements : la vanité, l'ignorance, l'oisiveté et la plus complète absence de modération ! Voyons, mon cher père, comment pouvez-vous croire qu'elles ne seront pas en butte à la réprobation et au mépris partout où elles iront, et que leurs sœurs ne seront pas, elles aussi, bien souvent associées à leur disgrâce ? »

Mr Bennet vit qu'elle s'exprimait du fond du cœur et il lui prit affectueusement la main pour répondre :

« Ne te fais donc pas de souci, ma chérie. Où que vous soyez, Jane et toi, vous ne pourrez manquer d'y être respectées et estimées; et ce n'est pas parce que vous avez deux – je puis même dire trois – grandes sottes de sœurs que vous paraîtrez moins aimables. Nous n'aurons pas un instant de paix à Longbourn si Lydia ne va pas à Brighton. Qu'elle y aille donc. Le colonel Forster est un homme de bon sens qui veillera à ce qu'il ne lui arrive rien de vraiment fâcheux; et Dieu merci, elle est trop pauvre pour être la proie d'un mauvais sujet. À Brighton, elle aura encore moins d'importance, fût-ce en tant que vulgaire coquette, qu'elle n'en a eu ici. Les officiers y trouveront des femmes plus dignes de leurs égards. Espérons donc plutôt que son séjour là-bas la persuadera de son insignifiance. De toute façon, si sa conduite se détériore encore un tant soit peu, nous aurons bientôt le droit de la séquestrer pour le restant de ses jours.»

Elizabeth dut se contenter de cette réponse; mais son opinion ne s'en trouva aucunement modifiée, et elle le quitta déçue et désolée. Elle n'était pas de nature, toutefois, à accroître ses contrariétés en les remâchant. Elle avait la conviction d'avoir accompli son devoir; et son caractère lui interdisait de se mettre martel en tête pour des maux inévitables ou de les aggraver par son anxiété.

Si Lydia et sa mère avaient connu la teneur de son entretien avec son père, elles ne seraient jamais parvenues, fût-ce en conjuguant leurs volubilités, à exprimer toute leur indignation. Dans l'esprit de Lydia, un séjour à Brighton réunissait toutes les possibilités de bonheur terrestre. Elle voyait, avec l'œil fécond de l'imagination, les rues de cette joyeuse station balnéaire remplies d'officiers. Elle se voyait, elle, recevant les hommages de dizaines et de vingtaines d'hommes qu'elle ne connaissait pas encore. Elle se figurait toutes les splendeurs du camp : ses tentes s'alignant avec une superbe régularité, bondées de jeunesse et de gaieté, resplendissant de l'éclat écarlate des uniformes ; et pour compléter le tableau, elle s'imaginait, assise sous un de ces abris, occupée à faire les yeux doux à une bonne demi-douzaine d'officiers.

Qu'aurait-elle ressenti, si elle avait su que sa sœur cherchait à l'arracher à toutes ces voluptés, réelles et imaginaires ? Sans doute ses sentiments n'eussent-ils été compris que par sa mère, qui aurait éprouvé à peu près les mêmes. Seul le départ de Lydia pour Brighton la consolait de la triste conviction que son mari n'avait, pour sa part, aucune intention de s'y rendre.

Elles restèrent, toutefois, dans l'ignorance la plus complète de cette conversation ; et leurs transports se poursuivirent, presque sans interruption, jusqu'au jour du départ.

Elizabeth devait à présent revoir Mr Wickham pour la dernière fois. Comme elle s'était déjà trouvée à plusieurs reprises en sa compagnie depuis son retour, sa gêne s'était à peu près dissipée ; et l'émoi plus doux qui l'avait agitée naguère n'existait plus. Elle avait même appris à discerner dans cette suavité qui l'avait tout d'abord captivée une affectation et une monotonie bien faites pour dégoûter et pour lasser. Elle tirait, en outre, une nouvelle source de mécontentement de la conduite actuelle du jeune officier à son égard; car l'intention qu'il n'avait pas tardé à manifester de lui refaire une cour aussi empressée qu'aux premiers temps de leurs relations ne pouvait, après ce qui s'était passé, qu'exaspérer Elizabeth. Elle perdit toute compassion envers lui, en se voyant l'objet d'une galanterie aussi vaine que frivole; et tout en la repoussant avec fermeté, elle ne put rester insensible au reproche implicite que constituait cette conviction évidente chez Wickham que sa vanité serait flattée et son cœur reconquis dès qu'il renouvellerait les hommages qu'il avait cru bon, pour une période et un motif indéterminés, de réserver à une autre.

La veille du départ du régiment, il vint dîner à Longbourn avec d'autres officiers; or Elizabeth était si peu disposée à le quitter en bons termes qu'en s'entendant questionner sur son séjour à Hunsford, elle lui fit savoir que Mr Darcy, et le colonel Fitzwilliam avaient tous deux passé trois semaines à Rosings et lui demanda s'il connaissait ce dernier.

Il parut tout à la fois surpris, mécontent et inquiet; mais s'étant presque aussitôt ressaisi, il retrouva le sourire pour lui répondre qu'il l'avait jadis beaucoup fréquenté; et après avoir observé que c'était un homme des plus distingués, il voulut connaître l'opinion d'Elizabeth à son sujet. Elle en fit un chaleureux éloge. Affectant l'indifférence, il continua bientôt:

«Combien de temps dites-vous qu'il est resté à Rosings?

– Près de trois semaines.

– Et vous l'avez vu souvent?

– Oui, presque tous les jours.

– Ses manières sont fort différentes de celles de son cousin.

– En effet; mais je trouve que Mr Darcy gagne à être connu.

– Vraiment! s'écria Wickham avec un regard qui n'échappa point à l'œil d'Elizabeth. Et oserai-je vous demander.»

Mais il s'interrompit et ajouta d'une voix plus enjouée:

«Est-ce en amabilité qu'il gagne? A-t-il donc daigné nuancer son style habituel d'un brin de courtoisie? Car je n'ose espérer, continua-t-il, qu'il ait gagné quoi que ce soit pour ce qui est de l'essentiel.

– Ah, non! répondit Elizabeth. Pour ce qui est de l'essentiel, je crois qu'il est toujours pareil à lui-même.»

En entendant sa réponse, Wickham parut incapable de décider s'il devait se réjouir de ces paroles ou se défier au contraire de ce qu'elles signifiaient. Il y avait, dans l'expression de la jeune fille, quelque chose qui le poussait à écouter avec une attention empreinte d'appréhension et d'inquiétude, tandis qu'elle ajoutait :

« Quand j'ai dit qu'il gagnait à être connu, je ne voulais pas dire par là que sa mentalité ou ses manières avaient fait le moindre progrès ; mais simplement qu'en le connaissant mieux, on comprenait mieux son caractère. »

Le trouble de Wickham se traduisit par sa rougeur subite et son embarras manifeste ; il garda le silence quelques instants, jusqu'au moment où, ayant surmonté sa gêne, il se tourna derechef vers sa voisine pour dire de sa voix la plus douce :

« Vous qui connaissez si bien mes sentiments à son égard, vous n'aurez aucune peine à comprendre avec quelle sincérité je me réjouis d'apprendre qu'il a le bon goût de se parer, tout au moins, du *masque* de l'honnête homme. Son orgueil, sous ce rapport, peut rendre service, sinon à lui-même, du moins à beaucoup d'autres, car il le dissuadera de se livrer à des débordements aussi odieux que ceux dont j'ai eu à pâtir. Je crains seulement qu'il n'adopte cette espèce de circonspection à laquelle vous faites, me semble-t-il, allusion, que lors de ses visites à sa tante, dont la bonne opinion et le discernement lui inspirent un respectueux effroi. Je sais que la peur qu'il a de cette dame a toujours agi, lorsqu'ils sont ensemble ; et il faut en attribuer une bonne part au désir qu'il a de favoriser cette union avec Miss de Bourgh, qui lui tient, j'en suis convaincu, particulièrement à cœur.»

En l'écoutant, Elizabeth ne put se retenir de sourire, mais elle ne répondit que par un bref signe de tête. Elle comprenait qu'il voulait aborder le chapitre de ses sempiternelles récriminations, et elle n'était pas d'humeur à lui faire le plaisir de l'écouter. Pendant tout le reste de la soirée, il fit montre de sa jovialité habituelle, mais il ne rechercha plus la compagnie d'Elizabeth; ils se quittèrent enfin avec une politesse mutuelle et animés, peut-être, par un désir non moins mutuel de ne plus jamais se revoir.

Lorsque les convives se séparèrent, Lydia partit avec Mrs Forster à Meryton d'où elles devaient se mettre en route à la première heure le lendemain. Ses adieux à sa famille furent plus bruyants que pathétiques. Kitty fut la seule à verser des pleurs, mais c'étaient des pleurs de contrariété et d'envie. Mrs Bennet se montra prolixe dans les souhaits de bonheur qu'elle adressa à sa fille, et péremptoire dans ses injonctions de bien veiller, surtout, à ne pas laisser passer une seule occasion de s'amuser autant qu'elle le pourrait – et il y avait, pour une fois, de bonnes raisons de croire que ses conseils seraient consciencieusement suivis; les saluts plus discrets des sœurs aînées, noyés par les clameurs d'allégresse avec lesquelles Lydia prit congé d'elles, passèrent inaperçus.

Chapitre XLII

Si l'opinion d'Elizabeth avait été entièrement fondée sur ce qu'elle voyait dans sa propre famille, elle n'aurait pu se faire une idée bien attrayante du bonheur conjugal ou des joies du foyer. Son père, captivé par la jeunesse et la beauté, et par cette apparence de bonne humeur qu'elles engendrent fréquemment, avait épousé une femme dont la faible intelligence et l'étroitesse d'esprit avaient, dès les premiers temps de leur union, mis un terme à toute affection véritable. Le respect, l'estime et la confiance s'en étaient allés à jamais, entraînant à leur suite tous les espoirs de félicité domestique. Mr Bennet, toutefois, n'était pas homme à tenter d'adoucir une désillusion qu'il devait à sa seule imprudence par aucun de ces plaisirs qui consolent trop souvent les malheureux de leurs sottises ou de leurs vices. Il aimait la campagne et les livres; et c'était de ces goûts que découlaient désormais ses plus vives satisfactions. Quant à sa femme, elle n'avait guère contribué à le rendre heureux, sinon dans la mesure où elle l'avait parfois diverti par son ignorance et sa bêtise. En général, ce ne sont point les joies dont un homme aime être redevable à son épouse ; mais quand les gens ne possèdent pas de qualités, l'authentique philosophe s'efforcera de tirer parti de leurs défauts.

Elizabeth, cependant, n'avait jamais été aveugle à tout ce que la conduite de son père en tant qu'époux pouvait avoir d'inconvenant. Elle en avait toujours été peinée ; mais comme elle avait le plus grand respect pour les capacités de Mr Bennet et qu'elle lui savait gré de l'affection qu'il lui témoignait, elle faisait de son mieux pour oublier ce qu'elle ne pouvait ignorer, et pour bannir de ses pensées cette déplorable habitude qu'il avait de manquer à ses devoirs et à la bienséance en exposant sa femme au mépris de ses propres enfants. Jusque-là, pourtant, elle n'avait jamais ressenti aussi profondément à quels désagréments devaient être exposés les enfants d'un ménage aussi mal assorti, ni saisi avec autant d'acuité les maux que pouvait leur valoir le triste parti que leur père tirait de ses talents – lesquels talents, utilisés à bon escient, eussent au moins pu sauvegarder la respectabilité de ses filles, s'ils ne suffisaient point à élargir l'esprit de sa femme.

Une fois qu'elle eut fini de se féliciter d'être débarrassée de Wickham, Elizabeth trouva peu d'autres raisons de se réjouir du départ du régiment. Leurs réceptions mondaines étaient moins variées que par le passé; et il y avait à la maison une mère et une sœur dont les perpétuelles récriminations élevées contre l'ennui de tout ce qui les entourait, jetaient une véritable ombre de mélancolie sur le cercle de famille; et même si l'on pouvait espérer que Kitty recouvrerait, le temps aidant, le peu de sens commun qu'elle possédait, à présent que ceux qui lui troublaient l'esprit avaient disparu, sa sœur cadette, dont on pouvait craindre le pire, compte tenu de son caractère, risquait fort de se laisser irrémédiablement gagner par la sottise et la suffisance, dans ce lieu doublement dangereux qu'était une station balnéaire transformée en campement militaire. Tout bien considéré, donc, Elizabeth s'aperçut, comme d'aucuns l'avaient fait avant elle, qu'un événement attendu avec la plus vive impatience ne lui apportait pas, en se réalisant, toute la satisfaction qu'elle s'en était promise. Il fallut, par conséquent, remettre à une date ultérieure le commencement de la véritable félicité; trouver quelque autre projet auquel rattacher tous ses vœux et tous ses espoirs; et, en savourant une fois encore des plaisirs anticipés, se consoler de la présente désillusion et préparer la prochaine. Son voyage dans la région des Lacs devint désormais l'objet de ses plus douces pensées: c'était son plus sûr réconfort, au cours des heures difficiles que la mauvaise humeur de sa mère et de Kitty rendait inévitables; et si seulement elle avait pu associer Jane à ses projets, ils eussent été en tous points parfaits.

« Mais il est bien heureux, se disait-elle, que tous mes désirs ne soient pas exaucés. Si tout était arrangé pour le mieux, je n'échapperais point à la déconvenue. Mais ainsi, portant en moi une source d'incessants regrets du fait de l'absence de ma sœur, je puis raisonnablement espérer voir s'accomplir tous mes autres souhaits de bonheur. Un projet dont chaque partie est chargée de promesses ne peut jamais réussir entièrement ; et une déception généralisée n'est souvent évitée que par la grâce d'une petite contrariété particulière. »

En partant, Lydia avait promis d'écrire très souvent et dans le plus grand détail à sa mère et à Kitty ; mais ses lettres, si elles se faisaient longtemps attendre, ne prenaient pas longtemps à lire. Dans les épîtres qu'elle adressait à sa mère, elle se contentait d'annoncer que Mrs Forster et elle-même revenaient tout juste de la bibliothèque où les avaient accompagnées tel et tel officiers, et où elles avaient admiré des bibelots ravissants dont elle était tout à fait folle ; qu'elle avait fait l'emplette d'une robe neuve ou d'une nouvelle ombrelle qu'elle aurait aimé pouvoir décrire plus longuement, mais elle était obligée de conclure avec la plus extrême précipitation, car elle entendait Mrs Forster qui l'appelait pour partir au camp ; et de celles qu'elle envoyait à sa sœur, pourtant plus étoffées, il y avait encore moins à apprendre, car elles étaient émaillées d'un nombre bien trop important de mots soulignés pour qu'il fût possible de les rendre publiques.

Après les deux ou trois premières semaines de son absence, la santé, la bonne humeur et la joie de vivre refirent une timide apparition à Longbourn. Tout paraissait plus gai. Les familles qui étaient parties passer l'hiver en ville commencèrent à revenir, et l'on vit refleurir les élégances et les mondanités estivales. Mrs Bennet recouvra la sérénité quinteuse qui lui était coutumière; et dès la mi-juin, Kitty était déjà si bien guérie qu'elle était capable de fouler les trottoirs de Meryton sans se mettre à pleurer – l'événement parut si prometteur à Elizabeth qu'elle se prit à espérer que dès la Noël suivante, sa sœur serait déjà devenue assez raisonnable pour ne pas nommer un officier ou un autre plus d'une fois par jour, à moins qu'à la suite d'une cruelle et perfide décision du ministère de la Guerre, un autre régiment ne fût venu prendre ses quartiers à Meryton.

La date fixée pour le début du fameux voyage vers le nord ne cessait de se rapprocher, et il ne restait plus qu'une quinzaine de jours d'attente, lorsque arriva une lettre de Mrs Gardiner, qui, tout à la fois, en retardait le départ et en abrégeait la durée. Mr Gardiner ne pouvait, pour raison d'affaires, se mettre en route qu'au cours de la seconde quinzaine de juillet et il ne devait pas rester plus d'un mois absent de Londres; or, comme cela leur laissait trop peu de temps pour aller si loin et visiter tout ce qu'ils s'étaient proposé de voir, ou pour le visiter du moins tout à loisir et à leur aise, comme ils l'avaient escompté, ils étaient obligés de renoncer aux Lacs et de se limiter à un périple plus réduit; selon l'état actuel de leur projet, ils ne s'aventureraient donc pas plus loin vers le nord que le Derbyshire. Il y avait, dans ce comté, assez de choses à voir pour meubler la majeure partie de leurs trois semaines de séjour; et ce projet avait pour Mrs Gardiner des attraits particuliers. En effet, la ville où elle avait jadis passé plusieurs années de sa vie, et où ils devaient à présent s'arrêter quelques jours, excitait sans doute autant sa curiosité que toutes les beautés tant de fois vantées de Matlock, de Chatsworth, de Dovedale ou du Peak.

Elizabeth était cruellement déçue: elle brûlait d'envie de voir les Lacs, et elle était d'avis qu'ils auraient sûrement eu le temps de pousser jusque-là. Mais il était de son devoir d'invitée de se montrer satisfaite – et il était certainement dans son tempérament d'être heureuse; si bien qu'elle fut très vite consolée.

De nombreuses idées étaient associées à ce nom de Derbyshire. Il lui était impossible de le lire sans songer aussitôt à Pemberley et à son propriétaire.

«Mais quoi, se dit-elle, je puis quand même pénétrer dans son comté en toute impunité et y dérober quelques morceaux de spath pétrifié sans qu'il s'en aperçoive.»

La période d'attente était maintenant doublée. Quatre semaines devaient passer avant l'arrivée de ses oncle et tante. Elles finirent, pourtant, par s'écouler, et l'on vit paraître à Longbourn Mr et Mrs Gardiner, accompagnés de leurs quatre enfants. Ces derniers, deux fillettes de six et huit ans, et deux garçonnets plus petits, devaient y être tout spécialement confiés aux tendres soins de leur cousine Jane, qu'ils adoraient tous et que sa solide intelligence et sa douceur de caractère prédisposaient justement à s'occuper d'eux sur tous les plans – à les instruire, à les distraire et à les aimer.

Les Gardiner ne passèrent qu'une nuit à Longbourn, et dès le lendemain ils se mirent en route avec Elizabeth, en quête de dépaysement et de plaisirs. Ils étaient au moins assurés d'une satisfaction – celle que pouvait leur procurer leur parfaite entente à tous trois – tant sur le plan de la santé et de la bonne humeur, pour supporter les désagréments, que sur celui de la gaieté, pour aviver toutes les joies, et sur celui de l'affection et de l'intelligence pour pouvoir se distraire les uns les autres, si aucune source extérieure ne s'offrait.

L'objet de notre ouvrage n'est point de décrire le Derbyshire, ni aucun des lieux remarquables jalonnant la route qu'ils devaient emprunter pour s'y rendre – Oxford, Blenheim, Warwick, Kenilworth, Birmingham, et bien d'autres, sont assez connus comme cela. C'est, à présent, une petite partie du Derbyshire qui nous intéresse. Ce fut vers la petite ville de Lambton, où avait habité par le passé Mrs Gardiner, et où elle avait entendu dire dernièrement que résidait encore une de ses anciennes connaissances, qu'ils se dirigèrent, après avoir admiré les principales merveilles de la contrée ; et à cinq miles seulement de Lambton, comme Elizabeth l'apprit de la bouche de sa tante, était situé le domaine de Pemberley. Il n'était pas tout à fait sur leur route, mais le détour n'était que d'un mile ou deux. En discutant leur itinéraire, la veille au soir, Mrs Gardiner avait exprimé l'envie de revoir cet endroit. Mr Gardiner y consentit bien volontiers, et ils sollicitèrent aussitôt l'assentiment d'Elizabeth.

« Ma chérie, n'aimerais-tu point voir une demeure dont tu as tellement entendu parler ? lui demanda sa tante. Et à laquelle sont associées plusieurs personnes de ta connaissance. Wickham y a passé toute sa jeunesse, tu sais. »

Elizabeth était bien embarrassée. Elle sentait qu'elle n'avait rien à faire à Pemberley, et elle dut finalement feindre une aversion pour ce projet. Force lui était d'avouer, répondit-elle, qu'elle en avait par-dessus la tête des demeures ancestrales : après en avoir visité un si grand nombre, elle ne se sentait plus aucun goût pour les beaux tapis et les rideaux de satin.

Mrs Gardiner lui reprocha de raisonner comme une sotte.

«S'il ne s'agissait que d'une vaste bâtisse, richement meublée, dit-elle, je ne m'en soucierais pas davantage; mais le parc est délicieux. Il contient quelques-uns des plus jolis bois du royaume.»

Sa nièce n'insista pas; mais en son for intérieur, elle ne pouvait consentir. La pensée qu'elle risquait de croiser Mr Darcy en visitant l'endroit lui traversa aussitôt l'esprit. Ce serait épouvantable! Cette seule idée la fit rougir; et elle se dit qu'il vaudrait encore mieux s'expliquer ouvertement avec sa tante plutôt que de s'exposer à une pareille mésaventure. Un aveu, cependant, n'était pas non plus sans inconvénients; elle décida, pour finir, de ne s'y résoudre qu'en désespoir de cause, si elle découvrait, après avoir posé quelques discrètes questions, que les Darcy séjournaient actuellement chez eux.

Aussi, lorsqu'elle se retira pour la nuit, demanda-t-elle à la servante de l'auberge si Pemberley n'était pas un fort bel endroit, quel était le nom de son propriétaire, et, d'une voix plus inquiète, s'il était venu y passer l'été. Un non fort bienvenu répondit à cette dernière question; et ses craintes étant désormais apaisées, la jeune voyageuse eut tout loisir de ressentir, elle aussi, une vive curiosité de voir l'endroit; en sorte que lorsque le sujet fut remis sur le tapis, le lendemain matin, et que son assentiment fut de nouveau sollicité, elle put répondre aussitôt, avec toute l'indifférence voulue, que cette idée n'avait rien pour lui déplaire.

Ils se mirent donc en route pour Pemberley.

Chapitre XLIII

Ce ne fut pas sans une certaine agitation qu'Elizabeth guetta, chemin faisant, la première apparition des bois de Pemberley; et lorsque la voiture tourna enfin devant le pavillon du concierge pour s'engager dans l'allée, son émoi devint extrême.

Le parc était immense et renfermait une grande diversité de paysages. Ils y pénétrèrent à l'un de ses points les plus bas et roulèrent un certain temps au milieu d'un bois ravissant qui couvrait une étendue considérable.

Elizabeth avait trop de pensées en tête pour converser, mais cela ne l'empêchait point de contempler et d'admirer tous les sites et les panoramas qui s'offraient. Pendant un demi-mile, ils suivirent un chemin qui montait doucement et se trouvèrent enfin au sommet d'une éminence assez élevée, où le bois prenait fin et où le regard était immédiatement attiré par Pemberley House, située sur l'autre versant de la vallée dans laquelle la route s'enfonçait de façon assez abrupte, en serpentant. C'était une vaste et belle demeure en pierre, construite sur un monticule, qui se détachait contre les crêtes de hautes collines boisées ; devant elle, un ruisseau d'une certaine importance avait été agrandi, mais sans que cela parût artificiel. Ses rives n'étaient ni trop dépouillées, ni faussement ornées. Elizabeth était émerveillée. Jamais elle n'avait vu un lieu aussi avantagé par la nature, un lieu où la beauté existante eût été si peu contrecarrée par le mauvais goût. Ils étaient tous trois transportés d'admiration ; et sur le moment, elle se dit que ce n'eût pas été un mince honneur que d'être maîtresse de Pemberley !

La voiture descendit la colline, franchit le pont et vint s'immobiliser devant la porte de l'édifice ; et tandis qu'elle l'observait ainsi de tout près, Elizabeth fut soudain reprise par sa crainte d'en rencontrer le propriétaire. Elle redoutait que la servante de l'auberge ne se fût trompée. Ayant demandé s'il était possible de visiter l'endroit, ils furent priés d'entrer dans le vestibule ; et tout en attendant l'intendante, Elizabeth eut tout loisir de s'étonner de se voir arrivée en ces lieux.

L'intendante se présenta : il s'agissait d'une femme déjà âgée, d'aspect fort respectable, beaucoup moins élégante et plus amène que la jeune fille ne se l'était imaginée. Ils la suivirent dans la petite salle à manger, qui était une vaste pièce aux harmonieuses proportions, richement meublée.

Après un bref regard autour d'elle, Elizabeth gagna l'une des fenêtres pour admirer la vue. De loin, la colline couronnée d'arbres qu'ils venaient de descendre paraissait plus abrupte et n'en était que plus belle. Partout le parc était superbement agencé ; et elle observa avec ravissement toute la scène, la rivière, les arbres éparpillés sur ses bords et les sinuosités de la vallée, aussi loin que portait le regard. À mesure qu'ils passaient de pièce en pièce, tous ces éléments du décor changeaient de position ; mais de chaque fenêtre le panorama était délicieux. Les salles étaient spacieuses et belles, et leur mobilier en rapport avec la fortune de leur propriétaire ; mais Elizabeth put constater, en admirant cette preuve de goût, qu'il n'était ni trop voyant, ni inutilement luxueux – moins splendide que celui de Rosings, mais plus proche de la véritable élégance.

« Et dire que j'aurais pu être maîtresse de cette demeure ! se dit-elle. Dire que toutes ces pièces pourraient m'être à cette heure familières ! Qu'au lieu de les visiter en étrangère, je pourrais me réjouir de les posséder et d'y accueillir mon oncle et ma tante. Mais non, se reprit-elle, cela n'aurait pu être ; mon oncle et ma tante eussent été perdus pour moi à jamais ; je n'aurais pas eu le droit de les inviter. »

Cette idée lui vint à point nommé – elle l'empêcha d'éprouver ce qui s'apparentait fort à du regret.

Elle brûlait d'envie de demander à l'intendante si son maître était bel et bien absent, mais elle n'en avait pas le courage. Son oncle finit, toutefois, par poser la question ; et elle se détourna, le cœur battant, tandis que Mrs Reynolds répondait que oui, puis ajoutait aussitôt :

« Mais nous l'attendons demain, accompagné de nombreux amis. »

Avec quelle ferveur Elizabeth se réjouit-elle alors du fait que leur propre venue n'eût pas été différée de vingt-quatre heures par quelque circonstance imprévue !...

Sa tante l'appela soudain pour lui montrer une peinture. Elle s'approcha et vit un portrait de Mr Wickham, accroché parmi plusieurs autres miniatures au-dessus de la cheminée. Mrs Gardiner lui demanda en souriant s'il lui plaisait. L'intendante s'avança et leur expliqua qu'il s'agissait d'un jeune homme, fils du régisseur de son défunt maître, que ce dernier avait élevé à ses frais.

« Il s'est récemment engagé dans l'armée, ajouta-t-elle ; mais je crains qu'il n'ait mal tourné. »

Mrs Gardiner regarda sa nièce avec un sourire qu'Elizabeth n'eut pas la force de lui rendre.

« Et voici mon maître, continua Mrs Reynolds en indiquant une seconde miniature. Le portrait est fort ressemblant. Il a été fait en même temps que l'autre – voici à peu près huit ans.

– J'ai beaucoup entendu parler de la prestance de votre maître, répondit Mrs Gardiner en l'examinant ; c'est un beau visage, en effet. Mais, voyons, tu peux nous dire, Lizzy, s'il est ou non ressemblant. »

Le respect de Mrs Reynolds pour Elizabeth parut s'accroître à ce sous-entendu.

« Cette jeune demoiselle connaît donc Mr Darcy ? »

Elizabeth rougit.

« Un peu, dit-elle.

– Et ne trouvez-vous pas, mademoiselle, que c'est un bien beau jeune homme ?

– Si fait, fort beau.

– Moi, en tout cas, je n'en connais pas d'aussi beau ; mais dans la galerie, là-haut, vous verrez un meilleur portrait de lui, plus grand. Cette pièce-ci était la préférée de mon défunt maître, et les miniatures sont restées exactement comme elles étaient de son vivant. Il les aimait beaucoup. »

Elizabeth comprit comment il se faisait que celle de Mr Wickham s'y trouvât encore.

Mrs Reynolds attira alors leur attention sur un petit portrait de Miss Darcy, exécuté alors qu'elle n'avait que huit ans.

« Miss Darcy est-elle aussi belle que son frère ? demanda Mr Gardiner.

– Oh oui : c'est la plus belle demoiselle qu'on puisse voir ; et elle est si savante ! Elle joue du piano et elle chante toute la sainte journée. Dans la pièce voisine, il y a un nouvel instrument qu'on vient d'apporter pour elle – c'est un cadeau de mon maître ; elle arrive ici demain, avec lui. »

Mr Gardiner, dont les manières étaient ouvertes et engageantes, encouragea ces bavardages par ses questions et ses remarques ; que ce fût par fierté ou par attachement, Mrs Reynolds prenait à l'évidence le plus grand plaisir à parler de son maître et de sa jeune sœur.

« Votre maître passe-t-il beaucoup de temps à Pemberley chaque année ?

– Pas autant que je le voudrais, monsieur : mais j'imagine que, l'un dans l'autre, il doit bien nous consacrer la moitié de son année ; et Miss Darcy vient toujours y passer l'été. »

Sauf, songea Elizabeth, lorsqu'elle s'en va à Ramsgate.

« Si votre maître se mariait, vous le verriez peut-être plus souvent.

– Oui, monsieur ; mais je ne saurais dire *quand* il s'y décidera. Je ne connais personne d'assez bien pour lui. »

Mr et Mrs Gardiner échangèrent un sourire. Elizabeth ne put s'empêcher de remarquer :

« Voici, me semble-t-il, une opinion qui est tout à son honneur.

– Je ne vous dis là que la pure vérité, et c'est ce que diront tous ceux qui le connaissent », repartit l'intendante.

Elizabeth trouvait que Mrs Reynolds s'avançait peut-être un peu trop ; et ce fut avec un étonnement croissant qu'elle l'entendit ajouter :

« Jamais il ne m'a dit une parole méchante de

toute sa vie, et je le connais pourtant depuis qu'il a quatre ans.»

C'était là une louange plus extraordinaire encore que les autres, et plus contraire aussi à la conviction intime d'Elizabeth. Elle avait toujours été fermement persuadée qu'il n'avait point bon caractère. Sa curiosité était piquée au vif ; elle brûlait d'en entendre plus ; et elle sut gré à son oncle de s'exclamer :

«Il n'y a guère de gens dont on puisse en dire autant. Vous avez bien de la chance d'avoir un tel maître.

– Pour ça oui, monsieur, et je le sais bien. Je pourrais parcourir le monde entier que je n'en trouverais pas de meilleur. Mais j'ai toujours observé que ceux qui sont bons quand ils sont petits restent bons en grandissant ; et il a toujours été le plus gentil et le plus généreux enfant de la terre.»

Elizabeth ouvrait de grands yeux. «S'agit-il vraiment de Mr Darcy ?» se demandait-elle.

«Son père était un excellent homme, fit remarquer Mrs Gardiner.

– Oui, madame, vous avez raison ; et son fils sera exactement comme lui – une vraie providence pour les pauvres.»

Elizabeth écoutait, à la fois stupéfaite et sceptique, impatiente d'en savoir plus. Dès qu'elle passait à autre chose, Mrs Reynolds ne l'intéressait plus. Ce fut en vain qu'elle leur expliqua le sujet des tableaux, qu'elle leur précisa les dimensions des pièces et le prix du mobilier. Mr Gardiner, fort diverti par l'espèce de parti pris quasi familial auquel il attribuait cet éloge outré du maître des lieux, en revint très vite à celui-ci; et l'intendante s'attarda avec feu sur les nombreux mérites de Mr Darcy, tandis qu'ils gravissaient tous ensemble les marches de l'escalier d'honneur.

«C'est le meilleur des propriétaires et le meilleur des maîtres, dit-elle. Il n'est pas comme ces jeunes freluquets d'aujourd'hui qui ne pensent qu'à eux. Vous ne trouverez pas un seul de ses locataires ou de ses domestiques pour dire du mal de lui. Il y a des gens qui le prétendent orgueilleux; mais je vous assure que je ne m'en suis jamais aperçue. Si vous m'en croyez, c'est tout simplement parce qu'il ne jacasse pas à tort et à travers, comme le font les autres.»

«Sous quel jour séduisant tout ceci le fait-il apparaître!» se dit Elizabeth.

«Ce portrait si flatteur, chuchota sa tante chemin faisant, ne concorde pas tout à fait avec sa conduite à l'égard de notre pauvre ami.

– Peut-être nous trompons-nous.

– Cela m'étonnerait; nous tenons l'histoire de trop bonne source.»

Dès qu'ils eurent atteint le vaste palier du premier étage, l'intendante les fit passer dans un ravissant salon, récemment meublé dans un style plus élégant et plus léger que les appartements du rez-de-chaussée; et elle leur annonça qu'il venait tout juste d'être redécoré pour faire plaisir à Miss Darcy, qui s'était entichée de la pièce lors de son dernier séjour à Pemberley.

« Il est certainement bon frère », dit Elizabeth en se dirigeant vers une des fenêtres.

Mrs Reynolds imaginait déjà le ravissement de Miss Darcy lorsqu'elle pénétrerait dans la pièce.

« Et c'est toujours ainsi avec lui, ajouta-t-elle. Dès qu'il y a moyen de combler les vœux de sa sœur, c'est ordonné instantanément. Il n'y a rien qu'il ne fasse pour elle. »

Il ne leur restait plus à visiter que la galerie de tableaux et deux ou trois des principaux appartements. La première contenait beaucoup de fort belles œuvres : mais Elizabeth ne connaissait rien à la peinture ; et elle s'était volontairement détournée des tableaux qu'elle avait déjà vus en bas pour contempler quelques pastels de Miss Darcy, dont les sujets lui avaient paru plus intéressants, et aussi plus intelligibles.

Il y avait là de nombreux portraits de famille, mais qui n'étaient guère susceptibles de retenir l'attention de quelqu'un d'étranger. Elizabeth passa son chemin, à la recherche du seul visage dont elle pourrait reconnaître les traits. Elle le trouva enfin – et s'arrêta devant un portrait étonnamment ressemblant de Mr Darcy, sur les lèvres de qui flottait un sourire qu'elle se rappelait lui avoir vu, parfois, lorsqu'il la regardait. Elle resta plusieurs minutes à le contempler fixement, et retourna le voir avant de quitter la galerie. Mrs Reynolds leur précisa qu'il avait été peint du vivant de Mr Darcy père.

À ce moment précis, Elizabeth était, sans conteste, animée à l'égard du modèle par des sentiments plus doux qu'ils ne l'avaient jamais été au plus fort de leurs relations. L'apologie qu'en avait faite Mrs Reynolds n'était pas un de ces petits éloges de rien du tout. Quelles louanges peuvent avoir plus de poids que celles d'une domestique intelligente ? En tant que frère, que propriétaire, que maître, elle réfléchit que c'était de lui seul que dépendait le bonheur de bien des gens ! Combien de plaisir ou de chagrin n'était-il pas en mesure de dispenser ! Que de bien ou de mal ne pouvait-il pas faire ! Or tout ce qu'en avait dit son intendante avait été en sa faveur ; et tandis qu'elle se tenait ainsi devant la toile sur laquelle il était représenté et d'où il semblait la dévisager, elle songea avec une gratitude nouvelle et plus profonde que jamais à l'amour de Darcy pour elle ; elle ne voulut s'en rappeler que l'ardeur et préféra atténuer l'indélicatesse avec laquelle il l'avait exprimé.

Lorsqu'ils eurent parcouru toute la partie de la demeure qui était ouverte au public, ils redescendirent ; et là, prenant congé de l'intendante, ils furent confiés aux bons soins du jardinier qui les attendait à la porte d'entrée.

En traversant la pelouse pour gagner le bord de la rivière, Elizabeth se retourna afin de contempler encore une fois l'édifice; son oncle et sa tante s'arrêtèrent, eux aussi, et tandis que Mr Gardiner supputait la date exacte de sa construction, le propriétaire en personne déboucha tout à coup du sentier qui menait, à l'arrière, vers les écuries.

Ils étaient à une cinquantaine de pieds l'un de l'autre, et l'arrivée de Mr Darcy fut si soudaine qu'il était impossible d'échapper à sa vue. Leurs regards se croisèrent aussitôt, et leurs joues à tous deux s'empourprèrent. Le jeune homme tressaillit violemment, et parut un instant cloué au sol par la stupeur; mais retrouvant promptement ses esprits, il s'avança vers le petit groupe et s'adressa à Elizabeth en des termes sinon parfaitement calmes, du moins parfaitement courtois.

Instinctivement, elle s'était détournée; mais à son approche, elle s'immobilisa pour recevoir son salut avec une gêne que rien ne parvenait à vaincre. Si sa présence en ces lieux, ou sa ressemblance avec le tableau qu'ils venaient tout juste de contempler n'avaient point suffi à convaincre les Gardiner que Mr Darcy se tenait à présent devant eux, la surprise que refléta le visage du jardinier en apercevant son maître les aurait aussitôt renseignés. Ils restèrent un peu à l'écart, pendant que le jeune homme s'entretenait avec leur nièce, laquelle, étonnée et confuse, osait à peine lever les yeux vers lui et répondait sans savoir ce qu'elle disait aux questions polies qu'il lui posait sur toute sa famille. Stupéfaite de la transformation qui paraissait s'être opérée dans ses manières depuis leur dernière entrevue, elle sentait son embarras s'accroître à chacune des phrases qu'il prononçait ; et comme elle était en même temps assaillie de plus belle par tous ses scrupules relatifs à l'inconvenance de cette visite chez lui, les quelques minutes qu'ils passèrent ensemble comptèrent parmi les plus pénibles de son existence. Mr Darcy ne paraissait d'ailleurs guère plus à l'aise ; lorsqu'il parlait, ce n'était plus de ce ton posé qu'elle connaissait si bien ; et la façon dont il lui demanda plusieurs fois de suite, d'une voix précipitée, depuis quand elle avait quitté Longbourn et séjournait dans le Derbyshire dénotait clairement le tumulte de sa pensée.

Il parut enfin à court d'idées ; et après être resté quelques instants devant elle sans rien trouver à ajouter, il se ressaisit brusquement et prit congé d'elle.

Les autres la rejoignirent aussitôt et prononcèrent quelques phrases admiratives sur la tournure du jeune homme ; mais Elizabeth n'en entendit pas un traître mot et les suivit en silence, entièrement absorbée par ses pensées. Elle était au comble de la honte et de la contrariété. Sa présence en ces lieux était on ne pouvait plus désastreuse et déplacée ! Qu'il avait donc dû la trouver étrange ! Sous quel jour fâcheux une telle démarche pouvait-elle apparaître à un homme aussi vaniteux ! Il risquait de penser qu'elle s'était délibérément remise sur son chemin ! Ah, pourquoi était-elle venue ? Ou pourquoi était-il, lui, arrivé ainsi, un jour avant la date prévue ? Ne fussent-ils sortis de la maison que dix minutes plus tôt, ils eussent été trop loin de lui pour qu'il la reconnût ; car, à l'évidence, il descendait à l'instant de cheval ou de voiture. La malignité du hasard n'en finissait pas de la faire rougir. Et ce comportement si radicalement métamorphosé – que fallait-il en inférer ? Il était déjà stupéfiant qu'il eût seulement daigné lui adresser la parole ! – mais qu'il l'eût fait de manière si courtoise, qu'il se fût ainsi enquis de sa famille ! Jamais encore elle ne l'avait vu se montrer aussi peu imposant, jamais il ne lui avait parlé sur un ton aussi aimable que lors de cette rencontre imprévue. Quel contraste frappant avec les dernières paroles qu'il lui eût dites à Rosings Park, en lui remettant sa lettre ! Elle ne savait que penser, ni comment s'expliquer la chose.

Ils s'étaient à présent engagés dans une allée ravissante qui longeait la rivière, et chacun de leurs pas présentait à leurs regards un site plus noble encore, ou un plus bel aperçu des bois dont ils se rapprochaient ; mais il fallut un certain temps à Elizabeth pour en prendre conscience ; et bien qu'elle répondît de façon mécanique aux exclamations répétées de ses compagnons, et parût tourner le regard vers tout ce qu'ils lui montraient, elle ne distinguait rien de ce qu'elle avait sous les yeux. Ses pensées étaient entièrement concentrées vers l'endroit de Pemberley House, quel qu'il fût, où se trouvait à présent Mr Darcy. Elle était éperdue d'envie de savoir ce qui lui passait en ce moment même par la tête ; de quelle manière il songeait à elle ; et si, en dépit de tout, elle lui était encore chère. Peut-être n'avait-il été poli que parce qu'il se sentait parfaitement à l'aise ; pourtant, il y avait eu dans sa voix des inflexions qui n'étaient pas celles du sang-froid. Elle n'aurait su dire s'il avait éprouvé plus de chagrin ou de plaisir à la revoir, mais, à coup sûr, il en avait été profondément troublé.

Cependant, les remarques que firent les Gardiner sur sa distraction finirent par l'arracher à ses pensées et elle sentit la nécessité de retrouver un semblant de sérénité.

Ils pénétrèrent dans les bois et, abandonnant momentanément le bord de l'eau, ils escaladèrent une hauteur d'où, par endroits, lorsqu'une ouverture parmi les arbres laissait le regard s'évader, on avait toutes sortes de vues charmantes sur la vallée, sur les collines qui leur faisaient face et dont la plupart étaient couronnées d'une longue étendue boisée, et aussi épisodiquement sur la rivière. Mr Gardiner exprima son désir de faire le tour du parc, mais il craignait que la promenade ne fût trop longue. Ce fut avec un sourire triomphant que le jardinier leur apprit qu'elle était de dix miles. L'affaire était entendue ; et ils suivirent le parcours habituel qui les ramena, au bout d'un certain temps, par une descente à travers bois, jusqu'au cours d'eau dont les rives étaient à cet endroit particulièrement rapprochées. Ils le franchirent grâce à un pont dont la simplicité ne déparaît pas le paysage: c'était un lieu moins orné que tous ceux qu'ils avaient vus jusque-là; et la vallée, qui n'était plus ici qu'une gorge, ne laissait passer, au milieu des taillis touffus qui la bordaient, que la rivière et un étroit sentier. Elizabeth aurait bien voulu en explorer les sinuosités; mais lorsqu'ils eurent traversé le pont et vu à quelle distance ils se trouvaient de la maison, Mrs Gardiner, qui n'était pas habituée aux longues promenades, fut incapable de continuer et ne songea qu'à regagner la voiture au plus vite. Force fut donc à sa nièce de se soumettre et ils reprirent le chemin de la demeure, sur la rive opposée, en coupant au plus court;ils n'avançaient pas vite, cependant, car Mr Gardiner, bien qu'il n'eût guère d'occasions de s'adonner à ce passe-temps, aimait beaucoup pêcher, et il était si occupé à guetter les apparitions intermittentes des truites dans la rivière et à questionner le jardinier à ce sujet qu'il avait peine à mettre un pied devant l'autre. Tandis qu'ils flânaient ainsi, ils eurent de nouveau la surprise – et l'étonnement d'Elizabeth ne fut pas moindre que la première fois – d'apercevoir Mr Darcy qui venait vers eux et qui n'était d'ailleurs plus très éloigné. Comme le sentier était moins abrité de ce côté-ci que de l'autre, ils purent le voir avant qu'il ne fût à leur hauteur. Elizabeth, quelle que fût sa stupeur, était du moins mieux préparée qu'avant à le rencontrer, et elle résolut d'adopter une physionomie et une voix tout à fait calmes, s'il avait vraiment l'intention de venir les retrouver. Elle crut, en effet, pendant quelques instants, qu'il allait sans doute s'enfoncer dans un autre sentier. Cette idée ne dura que le temps d'un détour qui le déroba un moment à leur vue ; dès qu'ils eurent tourné le coin, il était devant eux. Au premier coup d'œil, elle vit qu'il n'avait rien perdu de sa récente amabilité ; et pour ne pas être en reste de courtoisie, elle se mit aussitôt à s'extasier sur les beautés de l'endroit ; mais à peine eut-elle proféré les mots « ravissant » et « charmant » qu'elle fut frappée par une idée fâcheuse et se dit que, venant d'elle, tout éloge de Pemberley risquait de prêter le flanc à une malencontreuse interprétation. Elle changea de couleur et se tut.

Mrs Gardiner se tenait quelques pas derrière elle ; et Mr Darcy, profitant du silence d'Elizabeth, la pria de lui faire l'honneur de le présenter à ses amis. C'était là une preuve de civilité à laquelle elle ne s'attendait aucunement ; et elle eut le plus grand mal à réprimer un sourire, en le voyant rechercher ainsi la compagnie de ceux-là mêmes contre lesquels son orgueil s'était révolté, lorsqu'il lui avait demandé sa main.

« Quelle ne va pas être sa surprise, se dit-elle, quand il saura qui ils sont ! Il les prend à cette heure pour des gens de qualité. »

Elle s'empressa, néanmoins, de faire les présentations ; et tout en précisant leurs liens de parenté, elle coula, à la dérobée, un regard au jeune homme pour voir comment il supportait le coup ; elle s'attendait vaguement à le voir déguerpir à toutes jambes et fuir des compagnons aussi déplorables. Qu'il fût *surpris* de leur identité, c'était l'évidence même : il se maîtrisa, toutefois, avec courage ; et loin de décamper, il rebroussa chemin pour les accompagner et engagea aussitôt la conversation avec Mr Gardiner. Elizabeth ne put se retenir d'être heureuse, de triompher. Il était réconfortant de lui faire savoir qu'il y avait aussi dans sa famille des personnes dont elle n'avait pas à rougir. Elle écouta fort attentivement tout ce qui se disait entre les deux messieurs, et se félicita de toutes les expressions, de toutes les remarques de son oncle qui révélaient son intelligence, son goût et ses bonnes manières.

La conversation roula bientôt sur la pêche, et elle entendit Mr Darcy inviter, avec la plus grande courtoisie, Mr Gardiner à venir pêcher chez lui aussi souvent qu'il le voudrait pendant son séjour dans les environs, offrant en même temps de lui prêter tout le matériel nécessaire et lui indiquant les endroits de la rivière les plus propices à cet exercice. Mrs Gardiner, qui cheminait à côté d'Elizabeth, lui exprima toute sa surprise par un regard éloquent. Sa nièce ne répondit rien, mais elle était extrêmement flattée ; le compliment ne pouvait être destiné qu'à elle seule. Sa stupéfaction, cependant, était sans limite; et elle ne cessait de se répéter:

«Pourquoi est-il si différent? D'où ce changement peut-il venir? Ce n'est quand même pas pour moi, ce ne peut être pour l'amour de *moi* que ses manières se sont ainsi radoucies. Il n'est pas possible que mes reproches de Hunsford aient opéré une telle métamorphose. Il ne se peut pas qu'il m'aime encore.»

La promenade se poursuivit quelque temps de la sorte, les deux dames marchant devant et les deux messieurs derrière, puis un petit changement s'effectua lorsqu'on se remit en route après être descendu jusqu'au bord de l'eau examiner de plus près une curieuse plante aquatique. Il eut pour origine Mrs Gardiner qui, fatiguée par les activités de la matinée, trouva le bras de sa nièce trop faible pour la soutenir et lui préféra celui de son mari. Mr Darcy vint prendre sa place aux côtés d'Elizabeth et ils repartirent ensemble. La jeune fille fut la première à rompre le court silence. Elle tenait à faire savoir à son compagnon qu'elle s'était assurée de son absence avant de se hasarder chez lui, et elle commença donc par remarquer que son arrivée avait été tout à fait inattendue:

«Car votre intendante, ajouta-t-elle, nous a certifié que vous ne seriez pas là avant demain; et d'ailleurs, avant de quitter Bakewell, nous avions cru comprendre qu'on ne vous attendait pas immédiatement par ici.»

Il reconnut que c'était l'entière vérité; et précisa qu'une affaire à régler avec son régisseur l'avait obligé à précéder de quelques heures ses compagnons de voyage.

«Ils me rejoindront demain à la première heure, poursuivit-il, et parmi eux figurent quelques personnes qui ont l'avantage de vous connaître – Mr Bingley et ses sœurs.»

Elizabeth ne répondit que par une légère inclinaison de tête. Ses pensées s'envolèrent aussitôt vers l'entrevue au cours de laquelle ils avaient pour la dernière fois mentionné le nom de Mr Bingley; et à en juger par la couleur de ses joues, les pensées du jeune homme suivaient un cours identique.

«Il s'y trouve aussi, continua-t-il après une brève pause, une autre personne qui aimerait tout particulièrement faire votre connaissance. Me permettrez-vous de vous présenter ma sœur pendant votre séjour à Lambton, ou bien est-ce trop vous demander?»

Cette requête suscita, bien entendu, une vive surprise; trop vive même pour qu'elle sût comment elle en était venue à y céder. Elle comprit aussitôt que si Miss Darcy éprouvait la moindre envie de la connaître, cette envie ne pouvait lui venir que de son frère, et, sans aller chercher plus loin, l'idée était agréable; il était rassérénant de constater que le ressentiment de Darcy ne lui avait pas donné mauvaise opinion d'elle.

Ils longeaient à présent le sentier sans rien dire, chacun profondément plongé dans ses pensées. Elizabeth n'était pas à son aise – la chose était en vérité impossible – mais elle était flattée et contente. Ce désir de lui présenter sa sœur était un compliment des plus galants. Ils ne tardèrent pas à laisser les deux autres loin derrière eux, et lorsqu'ils atteignirent la voiture, Mr et Mrs Gardiner avaient encore un quart de mile à parcourir.

Il la pria alors de bien vouloir entrer dans la maison, mais elle lui assura qu'elle n'était pas fatiguée et ils attendirent ensemble sur la pelouse. Pendant ces quelques instants, ils auraient pu se dire toutes sortes de choses, et le silence était plus que gênant. Elizabeth voulait converser, mais il semblait y avoir un embargo sur tous les sujets. Elle finit par se rappeler qu'elle était en voyage, et ils s'entretinrent, sans désemparer, de Matlock et de Dovedale. Le temps et Mrs Gardiner n'avançaient pas vite, cependant – et dès avant la fin de ce tête-à-tête la patience et les idées d'Elizabeth étaient presque épuisées.

Dès que Mr et Mrs Gardiner les eurent rejoints, les trois visiteurs furent conviés avec insistance à entrer prendre quelques rafraîchissements ; mais ils déclinèrent l'offre et l'on se sépara avec la plus extrême politesse de part et d'autre. Mr Darcy donna la main aux dames, pour les aider à monter en voiture, et lorsque celle-ci s'ébranla, Elizabeth le vit se diriger lentement vers sa demeure.

Aussitôt, son oncle et sa tante laissèrent libre cours à leurs impressions ; l'un et l'autre déclarèrent qu'ils l'avaient trouvé bien supérieur au portrait qu'on leur en avait tracé.

« Il est parfaitement bien élevé, poli et simple, dit Mr Gardiner.

– Il y a en effet chez lui quelque chose d'un peu compassé, ajouta sa femme, mais qui n'affecte que sa tournure et qui n'a rien de déplaisant. Je puis à présent dire, avec son intendante, que s'il y a des gens qui le trouvent orgueilleux, moi, je ne m'en suis pas aperçue.

– Son comportement à notre égard m'a tout bonnement abasourdi. Ce n'était plus de la politesse, c'était de la sollicitude ; et une sollicitude qui n'avait aucune raison d'être. Ses relations avec Elizabeth étaient des plus anodines.

– Il est certain, Lizzy, reprit Mrs Gardiner, qu'il n'est pas aussi beau que Wickham ; ou plutôt qu'il n'a pas son charme, car ses traits sont parfaitement réguliers. Mais comment en es-tu venue à nous faire de lui un portrait aussi déplaisant ? »

Elizabeth se justifia de son mieux : elle expliqua qu'elle s'était senti davantage d'inclination pour lui lorsqu'elle l'avait revu dans le Kent que la première fois, et qu'elle ne l'avait jamais trouvé aussi charmant qu'aujourd'hui.

« Mais peut-être a-t-il la courtoisie un peu fantasque, déclara son oncle. C'est souvent le cas de ces grands personnages ; et c'est pourquoi je ne le prendrai pas au mot quant à cette partie de pêche, car il pourrait changer d'avis un autre jour et me faire chasser de ses terres.»

Elizabeth se dit qu'ils n'avaient point du tout compris la véritable nature de Mr Darcy, mais elle ne répondit rien.

«Si je me fiais à ce que nous venons de voir, poursuivit Mrs Gardiner, je ne le croirais vraiment pas capable de traiter quiconque aussi cruellement qu'il a traité le pauvre Wickham. Il n'a pas l'air d'un homme malveillant. Au contraire, sa bouche prend une expression fort douce quand il parle. Et il y a dans toute sa contenance une espèce de dignité qui laisserait bien présager de son cœur. En tout cas, il est certain que la brave dame qui nous a fait visiter la demeure le prend pour un véritable saint! À certains moments, j'ai eu le plus grand mal à ne pas éclater de rire. Mais il est, j'imagine, un maître généreux, ce qui, aux yeux d'un domestique, le pare aussitôt de toutes les vertus.»

Elizabeth se sentit tenue de dire quelques mots afin de justifier la conduite de Darcy à l'égard de Wickham; et elle laissa donc entendre, avec la plus grande circonspection, que d'après ce qu'elle avait appris de la famille du jeune homme dans le Kent, ses actes étaient passibles d'une tout autre interprétation; et qu'il ne fallait pas croire aveuglément qu'il fût si noir, ni que Wickham fût si blanc qu'on l'avait pensé dans le Hertfordshire.

Pour confirmer ses dires, elle leur révéla les détails de toutes les transactions pécuniaires auxquelles les deux jeunes gens avaient été mêlés, sans préciser d'où elle les tenait, mais en leur certifiant qu'il s'agissait d'une source digne de foi.

Mrs Gardiner manifesta de la surprise et du désarroi : mais comme ils approchaient à présent des lieux où elle avait jadis été si heureuse, elle oublia tout pour céder au charme de ses souvenirs ; et elle était beaucoup trop occupée à indiquer à son époux tous les endroits intéressants des environs pour penser à autre chose. Malgré la fatigue que lui avait occasionnée la promenade dans le parc, à peine eurent-ils fini de dîner qu'elle partait à la recherche de son amie d'antan, et l'on passa la soirée à goûter les plaisirs de relations renouées après plusieurs années d'interruption.

Les événements de la journée avaient été trop fertiles en rebondissements pour qu'Elizabeth eût beaucoup d'attention à consacrer à ces nouveaux amis ; et elle n'était capable de rien sinon de penser, et de penser avec stupeur, à la courtoisie de Mr Darcy et surtout à ce désir qu'il avait exprimé de lui présenter sa sœur.

Chapitre XLIV

Elizabeth avait décidé, en son for intérieur, que Mr Darcy lui amènerait sa sœur le lendemain de l'arrivée de celle-ci à Pemberley; et elle était donc bien résolue de ne pas s'éloigner de l'auberge de toute la matinée. Mais elle s'était trompée dans ses prévisions; car ce fût le matin qui suivit sa propre arrivée à Lambton que les visiteurs se présentèrent. Les Gardiner et elle s'étaient promenés dans le bourg en compagnie de quelques-uns de leurs nouveaux amis; ils venaient tout juste de regagner l'auberge afin d'y faire toilette pour aller dîner chez la famille en question, lorsqu'un bruit de voiture les attira à la fenêtre, et ils virent approcher un cabriolet dans lequel étaient assis un monsieur et une dame. Elizabeth, ayant aussitôt reconnu la livrée, devina de quoi il s'agissait et plongea dans l'étonnement son oncle et sa tante en leur apprenant l'honneur qui lui était fait. Mr et Mrs Gardiner n'en revenaient pas; et la mine embarrassée qu'avait prise la jeune fille pour les aviser de la chose, venant s'ajouter à la visite elle-même, ainsi qu'à plusieurs événements survenus la veille, leur ouvrit des perspectives nouvelles sur toute cette affaire. Rien ne le leur avait jusque-là laissé entrevoir, mais il leur parut soudain évident qu'il n'y avait d'autre moyen d'expliquer une telle marque d'attention de la part de Mr Darcy que de lui supposer un penchant pour leur nièce. Tandis que ces idées prenaient corps dans leurs cerveaux, les violentes émotions qui agitaient le sein d'Elizabeth ne cessaient de s'intensifier. Elle était la première surprise de se sentir aussi troublée; mais parmi tant de causes d'inquiétude, elle tremblait que la partialité du frère n'en eût trop dit en sa faveur; et animée par un désir plus qu'ordinaire de plaire, elle se croyait, bien entendu, incapable d'y parvenir.

Elle quitta la fenêtre, de peur d'être vue; et tandis qu'elle faisait les cent pas dans la pièce, en s'efforçant de reprendre son calme, elle surprit chez son oncle et sa tante des regards d'étonnement interrogateur qui ne firent qu'aggraver les choses.

Miss Darcy et son frère parurent et la redoutable présentation s'effectua. Ce ne fut pas sans ébahissement qu'Elizabeth s'aperçut que sa visiteuse était au moins aussi tremblante qu'elle-même. Depuis son arrivée à Lambton, elle avait entendu dire que Miss Darcy était excessivement fière; mais il lui suffit de quelques minutes d'observation, à peine, pour se convaincre qu'elle était surtout excessivement timide. Elle eut le plus grand mal à lui arracher autre chose qu'un oui ou un non.

La jeune fille était grande et plus plantureuse qu'Elizabeth ; et bien qu'elle n'eût guère plus de seize ans, sa silhouette était déjà celle d'une femme faite, et son aspect très féminin et gracieux. Elle était moins belle que son frère, mais son visage reflétait l'intelligence et la gentillesse, et ses manières étaient parfaitement douces et dénuées de prétention. Elizabeth, qui avait pensé trouver en elle une observatrice douée d'autant de perspicacité et d'aplomb que Mr Darcy naguère, fut soulagée de constater une telle différence de tempérament.

Au bout de quelques instants, le jeune homme annonça à Elizabeth que Bingley se proposait lui aussi de venir la saluer ; et à peine avait-elle eu le temps d'exprimer son plaisir et de se préparer à l'accueillir que l'on entendit dans l'escalier un pas rapide et que Bingley pénétra dans la pièce. Cela faisait déjà longtemps que toute la colère d'Elizabeth contre lui s'était évanouie ; mais en eût-elle éprouvé encore le moindre vestige qu'il n'aurait guère pu résister à la franche cordialité avec laquelle il s'exprima en la revoyant. Il s'enquit de sa famille sur ton amical, mais sans aller au-delà des généralités, et fit montre, dans sa contenance et ses paroles, de toute la charmante aisance qu'elle lui connaissait.

Il éveillait chez Mr et Mrs Gardiner un intérêt à peine moindre que celui d'Elizabeth. Ils souhaitaient depuis fort longtemps le rencontrer. D'ailleurs, tout le petit groupe de visiteurs excitait leur plus vive curiosité. Les soupçons qui venaient tout juste de les effleurer au sujet de Mr Darcy et de leur nièce les incitaient à les observer tous deux avec une attention discrète, mais soutenue ; et ils ne tardèrent pas à être pleinement convaincus que l'un des deux, du moins, savait ce que c'était qu'aimer. Ils gardèrent de légers doutes quant aux sentiments de la jeune fille ; mais il était plus qu'évident que le jeune homme débordait d'admiration.

Elizabeth, de son côté, avait fort à faire. Elle voulait saisir les émotions de chacun de ses trois visiteurs, maîtriser en même temps les siennes, et se rendre agréable à tout le monde ; et c'était dans cette dernière entreprise, où elle craignait le plus d'échouer, qu'elle était le plus sûre de réussir, car ceux à qui elle s'efforçait de plaire étaient prévenus en sa faveur. Bingley était prêt, Georgiana encline et Darcy décidé à se laisser charmer.

À la vue de Bingley, les pensées d'Elizabeth s'envolèrent bien sûr vers Jane ; et, mon Dieu, que n'eût-elle pas donné pour savoir si celles du jeune homme avaient pris la même direction ! Quelquefois, elle s'imaginait qu'il parlait moins qu'avant, et une ou deux fois elle se complut à croire qu'il cherchait, en la regardant, à discerner une ressemblance. Mais, même si elle prenait là ses désirs pour des réalités, elle ne pouvait se méprendre quant à l'attitude de Bingley envers Miss Darcy, que l'on avait posée en rivale de Jane. A aucun moment leur expression, à l'un comme à l'autre, ne laissa transparaître d'affection particulière. Il n'y eut rien entre eux qui pût justifier les espoirs de Miss Bingley. Sur ce point, Elizabeth fut très vite rassurée; et avant la fin de la visite, deux ou trois petites circonstances vinrent dénoter, selon son interprétation anxieuse, que Bingley n'évoquait pas sans tendresse le souvenir de Jane et qu'il eût souhaité prononcer quelques mots susceptibles d'aiguiller la conversation vers elle, s'il l'avait osé. À un moment où tous les autres parlaient ensemble, il fit observer à Elizabeth, sur un ton où elle sentit poindre un regret véritable, que cela faisait bien longtemps qu'il n'avait eu le plaisir de la voir; et sans lui laisser le temps de répondre, il ajouta:

«Cela fait plus de huit mois. Nous ne nous sommes pas revus depuis le 26 novembre, où nous avons tous passé la soirée ensemble, au bal de Netherfield.»

La jeune fille fut ravie de constater que sa mémoire était si fidèle; et il profita peu après de ce que personne ne les écoutait pour lui demander si *toutes* ses sœurs se trouvaient à Longbourn. Ni cette question ni la remarque précédente ne paraissaient tirer à conséquence; mais l'expression et l'accent du jeune homme étaient lourds de sous-entendus.

Elle ne fut pas souvent en mesure de tourner le regard vers Mr Darcy; mais chaque fois qu'elle l'apercevait du coin de l'œil, elle discernait chez lui une expression de complaisance générale, et tout ce qu'il disait était articulé sur un ton si dépourvu de hauteur ou de dédain envers ses hôtes qu'elle put se persuader que la transformation remarquée la veille dans ses manières, même si elle ne devait être qu'éphémère, avait tout au moins duré plus d'une journée. En le voyant rechercher ainsi la compagnie et quémander la bonne opinion de personnes avec qui toute relation eût été une disgrâce quelques mois plus tôt; en remarquant sa courtoisie, non seulement envers elle-même, mais envers ceux qu'il avait ouvertement méprisés, et en se remémorant leur dernière et orageuse entrevue au presbytère de Hunsford, elle avait le plus grand mal à masquer sa surprise, tant la différence, tant le changement étaient prononcés et tant ils s'imposaient avec force à son esprit. Jamais, même en compagnie de ses chers amis de Netherfield, ou de ses distinguées parentes de Rosings, il ne s'était montré si désireux de plaire, si peu conscient de sa grandeur, si dépourvu de sa réserve obstinée qu'il l'était à présent, alors que la réussite de ses tentatives n'avait aucune importance et que le seul fait d'adresser la parole à ceux qu'il comblait d'égards eût suffi à lui attirer les railleries et la réprobation aussi bien des dames de Netherfield que de celles de Rosings.

Les visiteurs s'attardèrent plus d'une demi-heure; et lorsqu'ils se levèrent pour partir, Mr Darcy pria sa sœur de se joindre à lui pour convier Mr et Mrs Gardiner et Miss Bennet à venir dîner à Pemberley avant de quitter la région.

Miss Darcy obéit volontiers, bien que son ton hésitant indiquât à quel point elle était peu habituée à lancer des invitations. Mrs Gardiner regarda sa nièce, afin de savoir dans quelles dispositions se trouvait celle que cette demande concernait au premier chef, mais Elizabeth s'était détournée. Croyant, toutefois, deviner que cette volonté délibérée d'éviter son regard traduisait plutôt une gêne passagère qu'un désir de refuser, et constatant que son mari, qui était d'un naturel fort sociable, était tout à fait disposé à accepter, elle se hasarda à répondre favorablement et l'on tomba d'accord sur le surlendemain.

Bingley se déclara enchanté d'être sûr de revoir Elizabeth, à qui il avait encore des tas de choses à dire, et beaucoup de questions à poser concernant tous leurs amis du Hertfordshire. La jeune fille, qui en déduisit qu'il souhaitait l'entendre parler de sa sœur, en fut bien contente; et pour cette raison, et quelques autres encore, elle put, une fois que leurs invités les eurent quittés, songer avec une certaine satisfaction à la demi-heure qui venait de s'écouler et qui ne lui avait pourtant pas semblé bien agréable sur le moment. Impatiente de se retrouver seule et redoutant des questions ou des allusions de la part de son oncle et de sa tante, elle ne resta avec eux que le temps d'apprendre que Bingley leur avait fait excellente impression, avant de se retirer à la hâte pour aller s'apprêter.

Elle n'avait, pourtant, aucune raison de craindre la curiosité des Gardiner; ils ne souhaitaient nullement forcer ses confidences. Il leur paraissait évident qu'elle connaissait Mr Darcy beaucoup mieux qu'ils ne l'avaient supposé jusque-là; et non moins évident qu'il était fort épris d'elle. Toutes ces circonstances suscitaient, certes, leur intérêt, mais n'auraient pu justifier le moindre interrogatoire.

Dorénavant, il leur tenait à cœur d'avoir bonne opinion de Mr Darcy; et ce qu'ils avaient vu de lui jusqu'à présent était irréprochable. Ils ne pouvaient qu'être sensibles à sa courtoisie; et eussent-ils tracé son portrait d'après leurs propres impressions et ce que leur avait confié sa domestique, sans tenir compte de ce qu'ils avaient pu entendre ailleurs, jamais leurs amis du Hertfordshire qui l'avaient rencontré n'auraient reconnu Mr Darcy. Mais ils étaient désormais désireux de croire son intendante; et ils ne tardèrent pas à se dire que le témoignage d'une personne qui le connaissait depuis qu'il avait quatre ans et dont la respectabilité était manifeste ne pouvait être rejeté à la légère. Rien non plus, dans ce qu'avaient pu leur communiquer leurs amis de Lambton, n'était sus ceptible d'infirmer les propos de Mrs Reynolds.

Ils n'avaient rien d'autre à reprocher à Darcy que son orgueil; or il était sans doute orgueilleux, et même s'il ne l'était pas, ce défaut lui serait naturellement imputé par les habitants d'une petite bourgade à la vie sociale de laquelle il ne prenait aucune part. Chacun, en revanche, s'accordait à reconnaître que c'était un homme généreux et qu'il faisait beaucoup de bien parmi les pauvres.

En ce qui concernait Wickham, les visiteurs découvrirent assez vite qu'on ne le tenait guère en estime dans la région; en effet, bien qu'on n'y connût que fort imparfaitement la nature de ses démêlés avec le fils de son protecteur, il était de notoriété publique qu'en quittant le Derbyshire, il avait laissé derrière lui de lourdes dettes dont Mr Darcy s'était ensuite acquitté.

Quant à Elizabeth, ses pensées, ce jour-là, étaient fixées sur Pemberley encore plus intensément que la veille; et la soirée, qui lui parut pourtant bien longue à s'écouler, ne lui laissa pas le temps de cerner les sentiments que lui inspirait un de ceux qui s'y trouvaient; après s'être mise au lit, elle resta éveillée pendant deux heures entières, essayant d'y voir clair en elle-même. Elle ne le haïssait certainement pas. Non, sa haine s'était évanouie depuis déjà longtemps, et cela faisait presque aussi longtemps qu'elle avait honte d'avoir jamais pu éprouver à son égard une aversion qui méritât ce nom. Le respect engendré par la conviction qu'il possédait de nobles qualités, bien qu'elle ne l'eût d'abord éprouvé qu'à contrecœur, avait depuis un certain temps cessé d'outrager ses sentiments; et il se transformait désormais en une émotion d'une nature plus tendre, après l'hommage si louangeur qu'elle avait entendu la veille et qui éclairait la personnalité du jeune homme sous un jour tellement favorable. Mais par-dessus tout, par-dessus le respect et l'estime, elle sentait au fond d'elle-même un motif de bienveillance qu'elle ne pouvait négliger. C'était la gratitude; elle lui savait gré non seulement de l'avoir aimée naguère, mais de l'aimer encore assez pour lui pardonner la manière revêche et acrimonieuse dont elle l'avait éconduit et toutes les accusations injustes dont elle avait accompagné son rejet. Lui qui aurait dû, elle en avait été persuadée, l'éviter comme sa pire ennemie, il avait paru, en la retrouvant par hasard, tout à fait désireux de poursuivre leurs relations et, sans étaler avec indélicatesse son intérêt pour elle, sans se permettre de lui témoigner la moindre attention particulière, il recherchait les bonnes grâces de ses compagnons de voyage et se donnait la peine de lui faire connaître sa sœur. Une telle métamorphose chez un homme aussi orgueilleux excitait non seulement la surprise, mais la reconnaissance – car c'était à l'amour, à un amour ardent, qu'il fallait l'attribuer; et ce sentiment faisait naître en elle une impression qui méritait d'être encouragée, puisque, même si elle restait difficile à définir, elle était loin d'être désagréable.

Elizabeth éprouvait envers Darcy du respect, de l'estime, de la gratitude, elle s'intéressait sincèrement à son bien-être; et elle ne se demandait plus que deux choses: dans quelle mesure elle souhaitait que ce bien-être dépendît d'elle, et dans quelle mesure elle travaillerait à leur bonheur à tous deux en faisant usage du pouvoir qu'elle croyait encore posséder sur lui pour l'inciter à lui redemander sa main.

Au cours de la soirée, il avait été convenu entre la tante et la nièce que l'exemple de courtoisie de Miss Darcy, venue les voir le jour même de son arrivée à Pemberley, qu'elle n'avait atteint que pour un petit déjeuner tardif, devait être imité, bien qu'il ne pût être égalé, par un semblable effort de leur part; et il leur avait paru tout indiqué de lui rendre visite chez elle dès le lendemain matin. Elles avaient donc pris leurs dispositions en conséquence. Elizabeth en était ravie, même si elle était bien en peine de se répondre lorsqu'elle se demandait pourquoi.

Mr Gardiner les quitta peu après le petit déjeuner. La partie de pêche était revenue la veille dans la conversation et il avait été officiellement convié à venir retrouver à midi quelques-uns des messieurs qui séjournaient à Pemberley.

Chapitre XLV

Elizabeth, désormais convaincue que l'antipathie de Miss Bingley à son égard avait eu la jalousie pour origine, ne put s'empêcher de se dire que la jeune femme verrait d'un fort mauvais œil sa venue à Pemberley, et elle était curieuse de savoir avec quel semblant de courtoisie elle allait reprendre leurs relations.

Dès l'arrivée des deux visiteuses, on leur fit traverser le vestibule pour les introduire dans un salon que son exposition au nord rendait délicieux pendant l'été. Il ouvrait, par de grandes portes-fenêtres, sur une vue fort délassante des hautes collines boisées situées derrière la demeure, avec au premier plan les superbes chênes et marronniers d'Espagne éparpillés sur la pelouse qui les en séparait.

Elles furent accueillies par Miss Darcy, qui s'était installée dans ce salon en compagnie de Mrs Hurst, de Miss Bingley et de Mrs Annesley, la dame qui veillait sur elle à Londres. Georgiana les salua très courtoisement, mais sans parvenir à se départir de cette gaucherie qui, bien qu'elle provînt de sa timidité et de sa crainte de mal faire, pouvait facilement faire croire à qui se sentait inférieur qu'elle était fière et réservée. Mrs Gardiner et sa nièce, toutefois, étaient capables de faire la part des choses et de la plaindre.

Mrs Hurst et Miss Bingley bornèrent leurs saluts à des révérences ; et dès qu'elles furent toutes assises, un silence, aussi gênant que peuvent l'être d'ordinaire de tels silences, s'établit pendant quelques instants. Mrs Annesley, dont l'aspect était à la fois distingué et agréable, fut la première à le rompre et ses efforts pour lancer les mondanités suffirent à montrer qu'elle possédait plus de véritable savoir-vivre que les deux autres dames ; ce furent principalement elle et Mrs Gardiner qui firent les frais de la conversation, secondées de temps à autre par les interventions d'Elizabeth. Miss Darcy paraissait regretter de ne pas avoir le courage de se joindre à leurs discours ; et elle hasardait parfois une brève remarque lorsqu'elle risquait le moins d'être entendue.

Elizabeth s'aperçut vite qu'elle était étroitement surveillée par Miss Bingley et qu'il lui était impossible de dire un mot, surtout à Miss Darcy, sans attirer aussitôt son attention. Cette circonstance ne l'eût d'ailleurs nullement dissuadée de causer avec la jeune fille, si elles n'avaient été assises à une distance fort malcommode l'une de l'autre; elle n'était pas fâchée, néanmoins, d'être ainsi dispensée d'avoir beaucoup à dire, car elle était accaparée par ses pensées. S'attendant à tout moment à voir entrer quelques-uns des messieurs, elle était partagée entre l'espoir et la crainte de voir parmi eux le maître de maison; et elle ne parvenait pas à décider si le premier l'emportait sur la seconde. Après qu'un quart d'heure se fut écoulé sans qu'on entendît la voix de Miss Bingley, celle-ci tira Elizabeth de ses réflexions en lui demandant d'un ton froid comment se portait sa famille. La réponse fut tout aussi indifférente et brève, et Miss Bingley n'insista pas.

Ce fut ensuite l'entrée de serviteurs chargés de viandes froides, de gâteaux et d'un choix de tous les plus beaux fruits de saison qui vint faire diversion; mais il fallut d'abord que Mrs Annesley multipliât les mimiques et les sourires entendus à l'intention de Miss Darcy pour la rappeler à ses devoirs de maîtresse des lieux. À présent, toute la compagnie allait avoir de la besogne, car si elles n'étaient pas toutes capables de parler, elles pouvaient toutes manger; et les majestueuses pyramides de raisins, de brugnons et de pêches eurent tôt fait de les rassembler autour de la table.

Tandis que l'on se restaurait ainsi, Elizabeth eut une excellente occasion de décider si elle craignait de voir entrer Mr Darcy plus qu'elle ne l'espérait, puisqu'elle put constater quels sentiments l'emportaient quand il parut enfin; aussitôt, bien qu'elle eût juré l'instant d'avant que ses espoirs étaient les plus forts, elle se mit à regretter sa venue.

Cela faisait quelque temps qu'il était auprès de Mr Gardiner, fort occupé à pêcher dans la rivière avec deux ou trois des invités de la maison, et il ne l'avait quitté qu'en apprenant que Mrs Gardiner et sa nièce se proposaient de rendre visite à Georgiana. Dès qu'elle le vit, Elizabeth prit la judicieuse décision de se montrer tout à fait à l'aise et détachée – résolution d'autant plus facile à prendre, mais peut-être aussi d'autant moins facile à respecter qu'elle vit bien que l'on nourrissait à leur égard les plus vifs soupçons et qu'il n'y avait, pour ainsi dire, pas un regard qui ne fût prêt à épier le comportement du jeune homme à son entrée dans la pièce. Et c'était chez Miss Bingley que cette espèce de curiosité aux aguets se lisait le plus ouvertement, en dépit des sourires qui s'épanouissaient sur ses lèvres dès qu'elle adressait la parole à ceux qu'elle surveillait ainsi ; car la jalousie ne l'avait point encore découragée, et ses coquetteries à l'intention de Mr Darcy étaient loin d'être révolues. En présence de son frère, Miss Darcy s'efforça de participer davantage à la conversation ; Elizabeth comprit qu'il était fort désireux de les voir faire toutes deux plus ample connaissance et qu'il favorisait, autant qu'il le pouvait, toutes leurs tentatives dans ce domaine. Miss Bingley s'en avisa aussi ; et la colère lui ôtant toute prudence, elle saisit la première occasion de lancer sur un ton de courtoisie méprisante :

«Dites-moi, Miss Eliza, le régiment de la garde nationale n'a-t-il point quitté Meryton ? Ce doit être une lourde perte pour votre famille.»

En présence de Darcy, elle n'osait mentionner le nom de Wickham ; mais Elizabeth comprit aussitôt que c'était à lui qu'elle pensait ; et les divers souvenirs qui se rattachaient à ce nom lui causèrent un moment de désarroi ; faisant, cependant, un effort résolu pour repousser cette attaque venimeuse, elle répondit presque aussitôt à la question d'un ton parfaitement calme. Tandis qu'elle parlait, cependant, un coup d'œil involontaire lui permit d'entrevoir Darcy, le visage empourpré, qui la regardait fixement, et sa sœur, accablée de honte et incapable de lever les yeux. Si seulement Miss Bingley avait su quel tourment elle infligeait à sa très chère amie Georgiana, elle aurait sûrement ravalé son allusion ; mais elle ne s'y était risquée que dans la seule intention de confondre Elizabeth, en évoquant l'idée d'un homme dont elle la croyait éprise, désireuse de la pousser à trahir une tendresse qui ne pouvait que lui nuire auprès de Darcy, et peut-être aussi de rappeler à ce dernier toutes les sottises et les absurdités qui rattachaient au régiment plusieurs membres de la famille Bennet. Jamais elle n'avait su quoi que ce fût de la fugue méditée par Miss Darcy, laquelle n'avait été révélée à personne à qui on pouvait la cacher, en dehors d'Elizabeth ; et le frère de la jeune fille avait été particulièrement soucieux de la dissimuler à toute la famille de Bingley, en raison de ce désir que lui avait naguère prêté Elizabeth de voir cette famille devenir un jour celle de Georgiana. Il avait sans nul doute caressé ce projet ; et sans le laisser sciemment guider sa tentative de séparer le jeune homme de Miss Bennet, il était probable que ce désir avait accru sa vive inquiétude pour le bonheur de son ami.

Toutefois, le flegme d'Elizabeth eut tôt fait d'apaiser l'émotion de Darcy ; et comme Miss Bingley, contrariée et déçue, n'osait s'aventurer plus près de Wickham, Georgiana finit elle aussi par se ressaisir, bien qu'elle n'eût plus la force d'articuler un autre mot. Pourtant son frère, dont elle ne se sentait pas le courage d'affronter le regard, se rappelait à peine le rôle qu'elle avait joué dans l'affaire ; et les circonstances destinées à détourner ses pensées d'Elizabeth paraissaient les avoir fixées sur elle avec un plaisir décuplé.

La visite ne se prolongea guère après la question et la réponse mentionnées plus haut ; et tandis que Mr Darcy raccompagnait les deux dames jusqu'à leur voiture, Miss Bingley épancha sa bile en dénigrant la personne d'Elizabeth, sa conduite et sa toilette. Mais Georgiana refusa de faire chorus. Les éloges de son frère avaient suffi à la prédisposer en faveur de la visiteuse : Darcy était infaillible dans son jugement, et il avait parlé d'Elizabeth dans des termes tels qu'ils ne permettaient pas à sa sœur de la trouver autre que ravissante et délicieuse.

Lorsque le maître de maison regagna le salon, Miss Bingley ne put s'empêcher de lui répéter en partie ce qu'elle venait de dire.

« Qu'Eliza Bennet est donc peu en beauté, aujourd'hui, Mr Darcy ! s'écria-t-elle. Jamais je n'ai vu quelqu'un d'aussi changé qu'elle depuis cet hiver. La voilà devenue si brune et si peu soignée ! Louisa et moi étions justement en train de dire que nous ne l'aurions pas reconnue. »

Si peu qu'il goûtât de tels propos, Mr Darcy se contenta de répondre froidement qu'il ne remarquait aucun changement, sinon le teint assez hâlé d'Elizabeth – lequel n'avait rien de miraculeux chez quelqu'un qui faisait un voyage estival.

« Pour ma part, reprit-elle, je dois bien avouer que je ne lui ai jamais trouvé la moindre beauté. Elle a le visage trop mince ; son teint n'a aucun éclat ; et ses traits n'ont point de noblesse. Son nez manque de caractère ; les contours n'en sont pas définis. Les dents sont passables, mais ne sortent pas de l'ordinaire ; quant à ses yeux, que l'on a parfois dits si remarquables, je n'ai jamais pu m'expliquer ce qu'ils avaient de rare. Ils ont une expression perçante et acariâtre qui me déplaît souverainement ; et il y a dans toute sa contenance une suffisance dépourvue de distinction qui me paraît insupportable. »

Convaincue comme elle l'était que Darcy admirait fort Elizabeth, Miss Bingley n'avait pas choisi le meilleur moyen de s'attirer ses bonnes grâces ;

mais la colère, on l'a souvent dit, est mauvaise conseillère ; et en le voyant enfin quelque peu agacé, elle remporta tout le succès qu'elle était en droit d'espérer. Il gardait, cependant, un silence obstiné ; et bien résolue à l'obliger à parler, elle poursuivit :

« Je me souviens à quel point nous avons tous été ébahis, lorsque nous avons fait sa connaissance dans le Hertfordshire, d'apprendre qu'elle passait pour une beauté renommée ; et je vous entends encore nous déclarer un soir où ils avaient dîné à Netherfield : "*Elle*, une beauté ! Autant dire que sa mère est un bel esprit." Mais ensuite, elle a semblé vous plaire davantage, et je crois même qu'il fut un temps où vous la trouviez assez jolie.

– En effet, répondit Darcy, incapable de se contenir davantage ; mais ce n'était qu'au tout début de nos relations ; car cela fait maintenant plusieurs mois que je la tiens pour une des plus superbes femmes que je connaisse. »

Sur ces mots, il s'en fut, laissant Miss Bingley à la satisfaction de l'avoir forcé à dire ce qui ne pouvait être douloureux qu'à elle seule.

En regagnant l'auberge, Mrs Gardiner et sa nièce parlèrent de tout ce qui s'était passé au cours de leur visite, sauf de ce qui les avait intéressées au premier chef. Elles passèrent en revue les physionomies et les comportements de chacun, hormis ceux de la personne qui avait principalement retenu leur attention. Il fut question de sa sœur, de ses amis, de sa demeure, de ses fruits, de tout, mais pas de lui ; pourtant Elizabeth était fort désireuse de savoir ce qu'en pensait sa tante, et cette dernière aurait été bien aise d'entendre la jeune fille en parler la première.

Chapitre XLVI

Elizabeth avait été fort déçue, à leur arrivée à Lambton, de n'y point trouver une lettre de Jane; et sa déception s'était renouvelée les deux matins qu'ils y avaient passés depuis; mais le troisième, elle put cesser de maugréer, car deux lettres arrivèrent ensemble pour innocenter sa sœur, sur l'une desquelles il était indiqué qu'elle avait été acheminée vers une fausse adresse. Elizabeth ne s'en étonna pas, en voyant de quelle écriture illi sible Jane l'avait libellée.

Le courrier était arrivé au moment où ils s'ap prêtaient à sortir se promener; et son oncle et sa tante partirent ensemble, la laissant savourer sa lecture à loisir. C'était la lettre égarée qu'il fallait lire en premier, car elle avait été envoyée cinq jours auparavant. Il ne s'agissait, au début, que d'un compte rendu fort banal de toutes les petites distractions et réceptions de Longbourn, ainsi que des nouvelles du voisinage; mais la seconde moitié, datée du lendemain et écrite dans un état d'agitation évident, contenait des révélations autrement importantes. Voici ce qu'elle lut :

« Depuis que je t'ai écrit ce qui précède, très chère Lizzy, un événement est survenu, d'une nature tout à fait inattendue et très sérieuse ; mais je crains de t'alarmer – sois sûre que nous allons tous bien. Ce que j'ai à te dire concerne la pauvre Lydia. Il nous est arrivé hier soir, à minuit, alors que nous venions tous de monter nous coucher, un exprès du colonel Forster nous informant qu'elle était partie pour l'Écosse avec un de ses officiers ; pour ne rien te cacher, avec Wickham. Tu imagines notre surprise. Kitty, toutefois, savait, semble-t-il, plus ou moins à quoi s'en tenir. Je suis navrée, profondément navrée. C'est un mariage si imprudent, d'un côté comme de l'autre ! Mais je veux espérer que tout ira pour le mieux, et que l'on s'est mépris sur la personnalité de Wickham. Je puis aisément le croire irréfléchi et inconsidéré, mais sa décision (et nous pouvons nous en féliciter) ne dénote aucune vilenie. Son choix a du moins le mérite d'être désintéressé, car il doit bien savoir que notre père ne peut rien donner à Lydia. Notre pauvre mère est au désespoir. Notre père a mieux supporté le coup. Je remercie le ciel que nous ne leur ayons jamais confié les accusations portées contre Wickham ; nous devons nous efforcer de les oublier nous-mêmes. Ils sont partis samedi soir, vers minuit, à ce qu'on pense, mais on ne s'est aperçu de leur absence qu'à huit heures hier matin. Et l'exprès nous a été aussitôt dépêché. Ma chère Lizzy, ils ont dû passer à moins de dix miles de chez nous. Nous avons cru comprendre que le colonel Forster serait bientôt ici. Lydia a laissé quelques lignes à sa femme, pour l'informer de ses intentions. Je dois conclure, car je ne puis rester longtemps loin de ma pauvre mère. Je crains que tu n'aies le plus grand mal à comprendre de quoi il retourne, mais je sais à peine ce que je t'écris.»

Sans même s'accorder le temps de réfléchir et sans vraiment savoir ce qu'elle ressentait, Elizabeth, dès qu'elle eut fini de lire, s'empara de la seconde lettre et, l'ayant décachetée avec une impatience fébrile, elle lut ce qui suit: le pli avait été écrit le lendemain du jour où le premier avait été envoyé.

«Tu auras désormais reçu, ma très chère sœur, la lettre que je t'ai écrite à la hâte; j'espère que celle-ci sera plus intelligible, mais bien que je ne sois point pressée par le temps, je suis si bouleversée que je ne puis te jurer d'être cohérente. Très chère Lizzy, je ne sais trop comment te l'annoncer, mais, j'ai pour toi de mauvaises nouvelles qui ne peuvent attendre. Si imprudent que puisse paraître un mariage entre Mr Wickham et notre pauvre Lydia, nous sommes à présent fort anxieux de savoir qu'il a bien été contracté, car il n'y a que trop de raisons de craindre qu'ils ne se soient pas rendus en Écosse. Le colonel Forster est arrivé hier, ayant quitté Brighton la veille, quelques heures à peine après son exprès. Or, bien que la courte lettre de Lydia à Mrs F. leur eût donné à croire qu'ils partaient pour Gretna Green, Denny a laissé échapper une phrase exprimant sa conviction que W. n'avait jamais eu l'intention de s'y rendre, ni même d'épouser Lydia ; sa remarque a été rapportée au colonel qui, aussitôt alarmé, a quitté Brighton pour retrouver leurs traces. Il a pu les suivre facilement jusqu'à Clapham, mais pas au-delà ; car arrivés là, ils sont montés dans une voiture de louage et ils ont renvoyé le véhicule qui les avait amenés d'Epsom. Tout ce que l'on sait, depuis, c'est qu'on les a vus prendre la route de Londres. Je ne sais que penser. Après avoir fait toutes les recherches possibles de ce côté-là de la capitale, le colonel est venu jusque dans le Hertfordshire, où il a renouvelé avec inquiétude ses questions à tous les péages et aux auberges de Barnet et de Hatfield, mais sans aucun succès – car personne n'avait vu passer un couple répondant à leur signalement. Animé par la plus charitable sollicitude, il a poussé jusqu'à Longbourn et nous a fait part de ses appréhensions d'une manière qui faisait amplement honneur à son bon cœur. Je les plains sincèrement, Mrs F. et lui-même ; mais nul ne saurait songer à les blâmer. Notre détresse est immense, ma chère Lizzy. Mon père et ma mère craignent le pire, mais je ne puis me résoudre à croire Wickham aussi vil. Toutes sortes de circonstances ont pu les inciter à préférer se marier discrètement à Londres plutôt qu'à s'en tenir à leur projet initial; et même s'il était, lui, capable de nourrir de tels desseins à l'égard d'une jeune personne telle que Lydia, ce dont je doute, puis-je la croire, elle, si insensible à tout ce qu'elle se doit? Non, c'est impossible! Je suis peinée d'apprendre, cependant, que le colonel n'est pas disposé à répondre de leur mariage: il a secoué la tête quand j'ai exprimé mes espoirs, déclarant qu'il craignait que W. ne fût pas digne de confiance. Ma pauvre mère est fort souffrante et garde la chambre. Si seulement elle parvenait à prendre sur elle, tout irait mieux, mais il n'y faut pas songer; quant à mon père, je ne l'ai jamais de ma vie vu dans un tel état. La pauvre Kitty s'est fait quereller pour avoir caché leur attachement; mais comme Lydia lui avait fait promettre le secret, on ne peut guère s'en étonner. Je suis vraiment contente, ma chère Lizzy, que la plupart de ces lamentables scènes t'aient été épargnées; mais à présent que le premier choc est passé, t'avouerai-je que je suis impatiente de te revoir? Je ne suis point, toutefois, assez égoïste pour insister si cela vous dérange. Adieu! Je reprends la plume pour faire ce que je viens de dire que je ne ferais pas; mais les circonstances sont telles que je ne puis m'empêcher de vous supplier tout de bon de revenir ici le plus tôt possible. Je connais assez nos chers oncle et tante pour ne pas craindre de vous le demander, et j'ai même une autre requête à présenter à mon oncle. Mon père part pour Londres à l'instant, avec le colonel Forster, afin d'essayer de retrouver Lydia. Je n'ai pas la moindre idée de ce qu'il compte faire, mais l'excès de son désarroi lui interdit de prendre de façon calme et avisée les mesures qui s'imposent, et le colonel doit être de retour à Brighton demain soir. Tu comprendras qu'au milieu d'une pareille crise, les conseils et l'aide de mon oncle seraient inestimables; il devinera sans peine ce que je ressens et je m'en remets à sa bonté.»

«Ah! mon oncle, où est mon oncle?» s'écria Elizabeth en bondissant de son siège dès qu'elle eut fini de lire, tant elle était impatiente de rejoindre Mr Gardiner sans perdre un seul de ces précieux instants; mais au moment où elle atteignait la porte, celle-ci fut ouverte par un serviteur qui introduisit Mr Darcy. Ce dernier sursauta en voyant la pâleur de la jeune fille et son air agité, et avant qu'il ne se fût ressaisi suffisamment pour la questionner, Elizabeth, dans l'esprit de qui primait avant tout la situation de Lydia, s'exclama d'une voix précipitée:

«Je vous prie de m'excuser, mais je dois vous laisser. Il faut que je voie Mr Gardiner à l'instant pour une affaire qui ne saurait attendre! Je n'ai pas une minute à perdre.

– Grand Dieu! que vous arrive-t-il?» s'écria Darcy avec plus d'émotion que de souci des convenances; puis, se reprenant aussitôt: «Je ne veux pas vous retenir, mais laissez-moi ou laissez le serviteur aller chercher Mr et Mrs Gardiner. Vous n'êtes pas en état de le faire ; vous ne pouvez y aller. »

Elizabeth hésita, mais ses genoux se dérobaient sous elle, et elle comprit qu'elle ne gagnerait rien à tenter de se lancer à leur poursuite. Elle rappela donc le domestique et le chargea, d'une voix si entrecoupée qu'elle en était presque inintelligible, de ramener ses maîtres au plus vite.

Tandis qu'il se retirait, elle s'assit, incapable de se soutenir plus longtemps, et elle semblait si affreusement mal en point que Darcy ne put se résoudre à la quitter, ni s'empêcher de lui dire, d'une voix pleine de douceur et de commisération :

« Permettez-moi d'appeler votre femme de chambre. Ne pourriez-vous rien prendre qui soit susceptible de vous aider à vous remettre ? Un verre de vin ; voulez-vous que j'aille en chercher un ? Vous êtes au plus mal.

– Non, je vous remercie, répondit-elle en s'efforçant de se dominer. Je ne suis absolument pas souffrante. Je me porte comme un charme. Je suis simplement bouleversée par d'affreuses nouvelles que je viens de recevoir de Longbourn. »

Cette seule allusion la fit fondre en larmes, et pendant quelques instants, elle fut incapable d'articuler un autre mot. Darcy était sur des charbons ardents, mais il ne sut que murmurer d'indistinctes condoléances et rester à l'observer dans un silence compatissant. Elle finit par continuer :

«Je reçois à l'instant une lettre de Jane qui m'annonce un malheur épouvantable. Nous ne pourrons tenir la chose longtemps secrète. Ma plus jeune sœur a abandonné tous ses amis – elle s'est enfuie, elle a remis son sort entre les mains de… de Mr Wickham. Ils ont quitté Brighton ensemble. Vous le connaissez trop bien pour ne pas deviner la suite. Elle n'a ni fortune, ni relations, rien qui soit susceptible de le tenter – elle est perdue à tout jamais.»

Darcy était pétrifié par la stupeur.

«Quand je pense, poursuivit Elizabeth d'une voix encore plus agitée, que j'aurais pu éviter cela ! Moi qui savais quel homme il était vraiment ! Si seulement j'avais révélé à ma famille ne fût-ce qu'une partie de son histoire – une partie de ce que j'avais appris ! Si l'on avait su qui il était vraiment, rien de tout cela ne serait arrivé. Mais c'est trop tard à présent, tout est trop tard.

– Je suis profondément désolé, s'écria Darcy, désolé – horrifié. Mais est-ce bien certain, est-ce absolument certain ?

– Oh, oui ! Ils ont quitté Brighton ensemble dimanche dans la nuit et on a suivi leurs traces presque jusqu'à Londres, mais pas au-delà : il est sûr et certain qu'ils ne sont pas allés en Écosse.

– Et qu'a-t-on fait, qu'a-t-on tenté de faire pour la retrouver ?

– Mon père s'est rendu à Londres, et Jane a écrit pour implorer sans plus tarder l'aide de mon oncle; nous serons partis, je l'espère, d'ici une demi-heure. Mais il n'y a rien à faire; je sais fort bien que tout est inutile. Comment pourrait-on faire pression sur un tel homme? Comment parvenir seulement à les découvrir? Je n'ai pas le moindre espoir. C'est en tous points affreux!»

Darcy secoua la tête, sans rien dire.

«Quand je pense que je savais, moi, à quoi m'en tenir sur son compte! Ah! si seulement j'avais su ce que je pouvais, ce que je devais faire! Mais je ne savais pas – j'ai eu peur d'aller trop loin. Quelle erreur! Quelle funeste erreur!»

Darcy ne répondit pas. Il paraissait à peine l'entendre et arpentait la pièce, plongé dans une profonde méditation, les sourcils froncés, l'air sombre. Elizabeth ne tarda pas à s'en apercevoir et comprit aussitôt. Son pouvoir sur lui était en train de sombrer; tout devait succomber devant une telle preuve de faiblesse familiale, une telle certitude de la disgrâce la plus absolue. Elle ne pouvait ni s'en étonner, ni l'en blâmer, mais la conviction qu'il devait se faire violence pour renoncer à elle ne lui mettait pas le moindre baume au cœur, n'atténuait en rien sa désolation. Elle était, au contraire, conçue tout exprès pour l'éclairer sur ses propres désirs; et jamais elle n'avait senti aussi sincèrement qu'elle aurait pu l'aimer qu'à présent, où tout amour était vain.

Les préoccupations égoïstes, cependant, si elles pouvaient s'immiscer, ne pouvaient l'accaparer.

Lydia – l'humiliation et le chagrin qu'elle faisait peser sur eux tous – eut tôt fait de supplanter ses propres peines; et se cachant le visage dans son mouchoir, Elizabeth oublia tout le reste; au bout de plusieurs minutes, ce fut la voix de son compagnon qui vint la tirer de son désespoir et elle l'entendit lui dire, sur un ton qui tout en exprimant sa compassion reflétait aussi sa réserve:

«Je crains que vous ne souhaitiez depuis un bon moment déjà mon absence, et je n'ai pas d'excuse à faire valoir pour m'être imposé si longtemps, sinon mon intérêt réel quoique impuissant. Plût à Dieu que je fusse en mesure de dire ou de faire quoi que ce soit, afin de vous apporter la moindre consolation dans cette épreuve! Mais je ne veux point vous tourmenter avec de vains souhaits qui semblent vouloir vous arracher à tout prix un mot de gratitude. Ce douloureux événement va, je le crains, priver ma sœur du plaisir de vous accueillir aujourd'hui à Pemberley.

– Oh, oui. Voulez-vous avoir l'obligeance de présenter nos excuses à Miss Darcy? Dites-lui que des affaires urgentes nous ont rappelés chez nous sans tarder. Cachez le plus longtemps possible la triste vérité. Je sais bien qu'elle sera vite ébruitée.»

Il l'assura promptement de sa discrétion, se déclara encore une fois sincèrement peiné du malheur qui la frappait, souhaita voir l'affaire se conclure plus heureusement qu'il n'y avait présentement lieu de l'espérer et, après l'avoir chargée de transmettre ses respects à son oncle et sa tante, il la quitta avec un seul véritable regard d'adieu.

En le voyant sortir, Elizabeth se dit qu'il était bien improbable qu'ils se revissent jamais dans les termes de franche cordialité qui avaient marqué leurs diverses rencontres du Derbyshire ; et en jetant un regard rétrospectif à l'ensemble de leurs relations, si fertiles en contradictions et en changements, elle soupira de la perversité de ses sentiments, puisqu'elle aurait maintenant souhaité poursuivre leurs rapports, alors qu'elle se serait naguère réjouie d'en voir la fin.

Si tant est que l'amour puisse être solidement fondé sur la gratitude et l'estime, le revirement des affections d'Elizabeth ne paraîtra pas plus improbable que critiquable. Mais s'il en va autrement, si la tendresse qui jaillit de telles sources est déraisonnable ou dénaturée, en comparaison de cette flamme si souvent décrite qui naît dès la première rencontre entre deux êtres, et avant même qu'ils n'aient échangé deux mots, il n'y a plus rien à dire pour sa défense, sinon qu'elle avait voulu se conformer à cette seconde méthode en s'entichant de Wickham et que celle-ci lui avait assez mal réussi pour qu'elle pût se sentir le droit d'en revenir à l'autre façon, plus banale, de tomber amoureuse. Quoi qu'il en fût, elle le vit partir avec regret ; et, dès qu'elle se reprit à songer à l'infamie de Lydia, elle trouva une cause de détresse supplémentaire dans ce premier exemple des suites que leur réservait ce lamentable événement. Depuis qu'elle avait lu la deuxième lettre de Jane, elle n'avait pas imaginé un seul instant que Wickham eût l'intention d'épouser leur sœur. Personne d'autre que Jane, se dit-elle, n'aurait pu se flatter d'un tel espoir. Quant à elle, la surprise était la moindre de ses émotions devant le tour qu'avait pris l'affaire. Tant qu'elle n'avait eu connaissance que de la première lettre, elle était restée stupéfaite, interdite même, de savoir que Wickham allait s'unir à une jeune fille qu'il ne pouvait en aucun cas épouser pour son argent; et elle ne parvenait absolument pas à s'expliquer comment Lydia était parvenue à le séduire. Mais à présent, tout n'était que trop clair. Pour un attachement de ce genre, sa sœur possédait bien assez de charmes; et bien qu'Elizabeth ne crût pas qu'elle eût délibérément consenti à cette fugue sans avoir l'intention de se marier, il ne lui était pas difficile d'imaginer que ni sa vertu, ni son intelligence ne sauraient l'empêcher d'être une proie aisée pour son compagnon.

Jamais elle n'avait remarqué, tant que le régiment était resté dans le Hertfordshire, que Lydia éprouvât pour Wickham la moindre préférence; mais elle était convaincue que sa sœur n'avait eu besoin que d'encouragements pour s'éprendre de qui que ce fût. Elle s'était amourachée tantôt d'un officier, tantôt d'un autre, selon que leurs attentions envers elle les imposaient à son esprit. Son affection n'avait cessé de passer de l'un à l'autre, ne restant en tout cas jamais sans objet. Quelle coupable folie que la négligence, que l'indulgence malavisée, quand on avait affaire à une pareille nature – ah ! comme elle s'en rendait maintenant amèrement compte !...

Elle était folle d'impatience de rentrer à Longbourn – d'entendre, de voir, d'être sur place pour partager avec Jane tous les soucis qui devaient à présent retomber sur elle seule, dans une famille aussi perturbée : le père absent, la mère incapable de prendre sur elle et réclamant, au contraire, des soins continuels ; et bien qu'elle fût presque persuadée qu'on ne pouvait plus rien faire pour sauver Lydia, l'intervention de son oncle lui semblait de la plus haute importance, et jusqu'à son arrivée dans la pièce, elle dut endurer de pénibles tourments. Mr et Mrs Gardiner, fort inquiets, regagnèrent l'auberge au plus vite, s'imaginant, à entendre le domestique, que leur nièce s'était brusquement trouvée mal ; mais après les avoir aussitôt rassurés sur ce point, elle s'empressa de leur faire savoir pourquoi elle les avait envoyé chercher ainsi, en leur lisant les deux lettres à voix haute et en insistant sur le post-scriptum de la seconde avec une énergie frémissante.

Quoique Lydia n'eût jamais été très chère à son oncle et à sa tante, ceux-ci ne pouvaient manquer d'être profondément affligés. Ce n'était pas la seule Lydia, mais la famille entière qui était concernée ; et après les premières exclamations de surprise et d'horreur, Mr Gardiner promit de faire tout ce qui serait en son pouvoir. Bien qu'elle n'en eût pas attendu moins de sa part, Elizabeth le remercia avec des larmes de reconnaissance ; et comme ils étaient poussés tous trois par le même élan, tous les détails de leur voyage furent organisés sans perdre un instant. Il fallait se mettre en route au plus vite.

« Mais que faire au sujet de notre invitation à Pemberley ? s'écria Mrs Gardiner. John nous a dit que Mr Darcy était avec toi lorsque tu nous as envoyé chercher ; était-ce exact ?

– Oui ; et je lui ai dit qu'il nous serait impossible de respecter nos engagements. De ce côté-là, tout est réglé. »

« Tout est réglé, répéta sa tante en courant dans sa chambre pour se préparer. Sont-ils donc assez bien ensemble pour qu'elle lui révèle la vérité ? Ah, si seulement je savais ce qu'il en est ! »

Mais de tels souhaits étaient vains ; ou ne pouvaient, au mieux, que la distraire un peu dans la précipitation et la confusion de l'heure qui suivit. Si Elizabeth avait eu le temps de rester oisive, elle aurait juré qu'il était impossible à quelqu'un d'aussi malheureux qu'elle de trouver à s'occuper ; mais elle dut partager avec sa tante le soin des préparatifs, et notamment écrire des billets d'excuse à tous leurs amis de Lambton, en leur donnant une fausse explication de ce départ si soudain. Une heure, cependant, leur suffit pour tout faire, et

Mr Gardiner ayant entre-temps réglé la note de l'aubergiste, il ne leur resta plus qu'à partir ; et après toutes les affres de la matinée, Elizabeth se retrouva beaucoup plus tôt qu'elle ne l'aurait cru possible installée dans la voiture et en route pour Longbourn.

Chapitre XLVII

«J'ai reconsidéré toute cette affaire, Elizabeth, lui dit son oncle, tandis que leur voiture quittait la ville; et franchement, après mûre réflexion, je suis beaucoup plus enclin à me ranger à l'avis de ta sœur aînée. Il me paraît si improbable qu'un homme puisse nourrir de tels desseins envers une jeune fille qui est loin d'être sans protection et sans amis, et qui était même l'invitée de son propre colonel, que je suis fortement tenté d'espérer que tout va rentrer dans l'ordre. Peut-il croire que la famille de Lydia ne va pas se manifester? Peut-il s'attendre à être de nouveau reçu au sein de son régiment après un tel affront au colonel Forster? La tentation est sans commune mesure avec le risque qu'il prendrait.

– Le croyez-vous vraiment? s'écria sa nièce, dont le visage s'éclaira un bref instant.

– Ma foi, renchérit Mrs Gardiner, je commence à être du même avis que ton oncle. Je ne puis croire qu'il se rendrait coupable d'un manquement aussi outrageux à toutes les règles de la bienséance, de l'honneur et de l'intérêt. Peux-tu, donc, toi, Lizzy, douter de lui au point de l'en croire capable ?

– Peut-être pas de négliger ses propres intérêts. Mais je puis le croire très capable de se moquer de tout le reste. Plaise au ciel qu'il en soit ainsi ! Je n'ose y croire, cependant. Pourquoi, dans ce cas, n'auraient-ils pas continué jusqu'en Écosse ?

– D'abord, répondit Mr Gardiner, nous n'avons aucune preuve irréfutable qu'ils n'y sont pas allés.

– Ah, mais le fait qu'ils aient préféré continuer en voiture de louage est une telle présomption ! Sans compter que l'on n'a trouvé aucune trace de leur passage sur la route de Barnet.

– Fort bien – mais même en supposant qu'ils soient à Londres, peut-être n'y sont-ils que dans le but de s'y cacher, sans aller chercher pire. Il est peu probable qu'ils roulent sur l'or, l'un comme l'autre ; et ils peuvent fort bien s'être dit qu'il leur serait possible de se marier de façon beaucoup plus économique, quoique moins expéditive, à Londres qu'en Écosse.

– Mais pourquoi tous ces mystères ? Pourquoi redouter d'être découverts ? Pourquoi ce mariage doit-il se faire en secret ? Ah, non, non, c'est fort improbable. Vous voyez bien, d'après ce qu'en dit Jane, que son ami le plus proche était persuadé qu'il n'avait aucune intention de se marier. Jamais Wickham n'épousera une femme sans argent.

Il n'en a pas les moyens. Et que peut donc faire valoir Lydia, quels charmes possède-t-elle, en dehors de sa jeunesse, sa bonne santé et sa bonne humeur, pour l'inciter à renoncer, par amour pour elle, à tout espoir de s'établir par un beau mariage ? Quant à savoir jusqu'à quel point la crainte de se déconsidérer aux yeux du régiment s'élèvera contre une fugue déshonorante, je ne saurais le dire, car j'ignore tout des effets que pourrait avoir un semblable faux pas. Mais pour ce qui est de votre autre objection, j'ai bien peur qu'elle ne soit point valide. Lydia n'a point de frères susceptibles de prendre sa défense ; et il a fort bien pu s'imaginer, à en juger par la conduite de mon père, par son indolence et le peu d'intérêt qu'il semble prendre à ce qui se passe chez lui, qu'il resterait, tant en pensée qu'en action, aussi indifférent que peut l'être un père en pareille occasion.

– Mais enfin, peux-tu croire Lydia si totalement fermée à toute considération étrangère à son amour qu'elle consentira à vivre avec lui sous un régime autre que celui du mariage ?

– Il peut vous paraître scandaleux, et il l'est, en effet, répondit Elizabeth les larmes aux yeux, que l'on soit incapable, sur un tel point, de répondre sans hésiter du sens du devoir et de la vertu de sa propre sœur. Mais, franchement, je ne sais que vous dire. Peut-être suis-je injuste envers elle. Elle est très jeune, voyez-vous ; jamais on ne s'est donné la peine de lui apprendre à penser aux choses sérieuses, et depuis six mois, que dis-je? depuis un an, elle n'a eu en tête que les divertissements et les vanités. On l'a laissée disposer de son temps de la façon la plus oisive et la plus frivole qui soit, et adopter toutes les opinions qui lui passaient par la tête. Depuis que le régiment a pris ses quartiers à Meryton, elle n'a plus pensé qu'à l'amour, aux coquetteries et aux officiers. À force de ne songer qu'à cela et de ne parler de rien d'autre, elle a tout fait pour accroître la – comment dirai-je? – la susceptibilité de sentiments déjà assez passionnés par eux-mêmes. Et vous savez comme moi que Wickham possède, tant par sa personne que par ses manières, tous les charmes qui peuvent captiver une femme.

– Mais, persista sa tante, tu vois bien que Jane ne croit point Wickham assez vil pour tenter une chose pareille.

– Qui Jane a-t-elle jamais trouvé vil? Et qui croirait-elle capable d'un tel forfait, quelle que soit sa conduite passée, si on ne lui en fournissait la preuve indubitable? Je puis vous assurer, cependant, que Jane sait aussi bien que moi ce que vaut Wickham. Nous savons l'une et l'autre qu'il a toujours mené une vie dissolue, à tous les sens du terme. Qu'il n'a pas plus d'intégrité que d'honneur. Et qu'il est aussi faux et trompeur qu'il est séduisant.

– Et de tout cela, tu es vraiment certaine? s'écria Mrs Gardiner, fort curieuse de savoir d'où elle tirait cette assurance.

– Absolument, répondit Elizabeth en rougissant. Je vous ai révélé, l'autre jour, sa conduite infâme à l'égard de Mr Darcy ; et vous avez entendu de vos propres oreilles, lors de votre dernier séjour à Longbourn, en quels termes il parlait d'un homme qui l'a traité avec autant d'indulgence et de générosité. Or il y a d'autres circonstances que je n'ai pas le droit – qui ne méritent pas d'être étalées au grand jour ; mais toujours est-il que ses mensonges sur toute la famille de Pemberley sont sans fin. D'après ce qu'il a dit de Miss Darcy, je m'attendais tout à fait à trouver une jeune personne orgueilleuse, distante et désagréable. Et pourtant, il devait savoir qu'elle est tout le contraire. Il ne peut pas ignorer qu'elle est aussi charmante et dénuée de prétention qu'elle nous est apparue.

– Mais Lydia ne sait donc rien de tout cela. Comment se fait-il qu'elle n'ait pas la moindre idée de ce dont Jane et toi semblez si bien informées ?

– Hélas, non – et c'est bien là le pire de toute l'affaire. Jusqu'à mon voyage dans le Kent, où j'ai eu l'occasion de voir si fréquemment Mr Darcy et son cousin, le colonel Fitzwilliam, j'ignorais moi-même tout de la vérité. Et quand je suis rentrée à Longbourn, le régiment devait quitter Meryton la semaine ou la quinzaine suivante. Cela étant, ni Jane, à qui j'avais tout raconté, ni moi n'avons jugé nécessaire de révéler à d'autres ce que nous savions ; car à quoi cela aurait-il servi d'anéantir la bonne opinion que tout le monde avait de lui ?

Et même, lorsqu'il a été décidé de laisser Lydia partir pour Brighton avec Mrs Forster, je n'ai jamais songé un instant à lui ouvrir les yeux sur la véritable nature de Wickham. L'idée qu'il pût la prendre pour cible ne m'a pas seulement effleurée. Et vous pensez bien que jamais, au grand jamais, je n'eusse été imaginer que cette invitation aurait des conséquences aussi lamentables.

– Donc, quand ils sont partis pour Brighton, tu n'avais aucune raison de les croire épris l'un de l'autre ?

– Pas la moindre. Je ne me rappelle pas la plus légère marque d'affection, d'un côté comme de l'autre; d'ailleurs, s'il y en avait eu, vous vous doutez bien que ce n'était pas dans notre famille que la chose eût risqué de passer inaperçue. Lorsqu'il s'est engagé dans le régiment, elle était certes toute prête à l'admirer; mais nous en étions toutes là. Toutes les jeunes filles de Meryton et des alentours ont été folles de lui pendant les deux premiers mois; jamais, cependant, il ne lui a témoigné le moindre empressement; si bien qu'après une courte période d'admiration extravagante et démesurée, son engouement pour lui est retombé, et d'autres officiers, qui la traitaient avec plus d'égards, sont rentrés en faveur.»

On comprendra sans peine que rien de nouveau ne pouvait sortir de leurs constantes discussions des craintes, des espoirs et des conjectures que leur inspirait cet intéressant sujet, mais qu'aucun autre ne parvint à les accaparer longtemps, tant que dura le trajet. Il ne quitta pas un seul instant les pensées d'Elizabeth. Il y était fixé par la plus aiguë de toutes les douleurs, celle qu'engendre un sentiment de culpabilité, et elle ne parvint pas à trouver une seconde de répit ou d'oubli.

Ils firent diligence; et après n'avoir passé qu'une seule nuit en route, ils atteignirent Longbourn pour le dîner du lendemain. Ce fut un réconfort pour Elizabeth de se dire que Jane n'aurait pas à endurer le tourment d'une longue attente.

Les petits Gardiner, attirés par le bruit d'une voiture, s'étaient assemblés sur le perron, en la voyant pénétrer dans le parc; et lorsque le véhicule vint s'arrêter devant la porte, la joyeuse surprise qui illumina leurs minois et se traduisit par toutes sortes de bonds et de cabrioles fut le premier et le plus agréable témoignage de bienvenue.

Elizabeth sauta à bas de la voiture et, après un baiser hâtif à chacun de ses petits cousins, elle se précipita dans le vestibule où elle fut aussitôt accueillie par Jane, descendue en courant des appartements de leur mère.

Tout en l'étreignant affectueusement, Elizabeth ne perdit pas un instant pour lui demander si l'on avait la moindre nouvelle des fugitifs, tandis que leurs yeux à toutes deux se remplissaient de larmes.

«Pas encore, répondit Jane. Mais à présent que mon cher oncle est là, j'espère que tout ira pour le mieux.

– Mon père est-il à Londres ?

– Oui, il est parti mardi, comme je te l'ai fait savoir.

– A-t-il écrit souvent ?

– Nous n'avons eu qu'une seule lettre. Il m'a adressé quelques lignes mercredi pour m'annoncer qu'il était arrivé sans encombre, et me donner ses directives comme je l'avais supplié de le faire. Il s'est contenté d'ajouter qu'il ne récrirait pas avant d'avoir quelque chose d'important à nous communiquer.

– Et ma mère – comment va-t-elle ? Comment allez-vous toutes ?

– Notre mère ne va point trop mal, je pense, encore qu'elle ait été très secouée. Elle est là-haut et sera sûrement très contente de vous voir, tous trois. Pour le moment, elle ne quitte pas son boudoir. Mary et Kitty vont fort bien, Dieu merci.

– Mais toi – comment te sens-tu ? s'écria Elizabeth. Tu es pâle. Quelles épreuves tu as dû endurer ! »

Sa sœur lui assura, cependant, qu'elle se sentait parfaitement bien ; et leur conversation, entamée pendant que Mr et Mrs Gardiner se consacraient à leurs enfants, fut bientôt interrompue par l'arrivée de tout ce petit monde. Jane courut au-devant de ses oncle et tante, pour les accueillir et les remercier tous deux, partagée entre les sourires et les larmes.

Lorsqu'ils furent passés au salon, toutes les questions qu'Elizabeth avait déjà posées furent répétées, bien entendu, par les Gardiner, et il s'avéra vite que Jane n'avait rien de nouveau à leur apprendre. Toutefois, l'espoir optimiste que lui insufflait sa propre bonté d'âme ne l'avait point encore quittée; elle persistait à croire que tout finirait bien et s'attendait chaque matin à voir arriver une lettre, soit de Lydia, soit de leur père, qui viendrait expliquer la conduite des fugitifs et peut-être annoncer leur mariage.

Mrs Bennet, dont ils gagnèrent les appartements après quelques minutes d'entretien, leur fit précisément l'accueil que l'on pouvait attendre; il n'y manquait ni les larmes, ni les lamentations teintées de regret; non plus que les invectives contre l'infâme comportement de Wickham, ou les plaintes concernant ses propres souffrances et la barbarie avec laquelle on la traitait. Bref, elle parvint à blâmer tout le monde, hormis celle dont la malencontreuse indulgence était la principale raison des errements de sa fille.

«Si j'avais pu, s'écria-t-elle, avoir gain de cause et partir pour Brighton avec toute ma famille, rien de ceci ne serait arrivé: mais il n'y avait personne pour s'occuper de ma pauvre, chère Lydia. Pourquoi les Forster l'ont-ils perdue de vue un seul instant? Je suis sûre qu'ils se sont rendus coupables de la plus grossière négligence, car ce n'est pas le genre d'enfant à faire des fredaines, si elle avait été convenablement surveillée. J'ai toujours pensé qu'il ne fallait pas la confier à des gens de leur espèce ; mais on ne m'a pas écoutée, comme d'habitude. Pauvre chère petite ! Et maintenant, voilà que Mr Bennet est parti, et je sais bien qu'il se battra avec Wickham, dès qu'il le retrouvera, et qu'il se fera tuer. Et alors, qu'adviendra-t-il de nous toutes ? À peine sera-t-il mis en terre que les Collins nous chasseront d'ici ; et si vous n'avez pas pitié de nous, mon frère, je ne sais pas ce que nous allons devenir. »

Tout le monde se récria en entendant des prévisions aussi catastrophiques ; et Mr Gardiner, après l'avoir assurée de toute son affection pour elle-même et toute sa famille, lui déclara qu'il comptait partir pour Londres dès le lendemain et qu'il seconderait Mr Bennet dans toutes ses tentatives pour retrouver Lydia.

« Ne cédez donc point à ces inquiétudes inutiles, ajouta-t-il. Il est certes sage de se préparer au pire, mais il n'y a aucune raison de s'y attendre à coup sûr. Il n'y a pas tout à fait une semaine qu'ils ont quitté Brighton. D'ici quelques jours, nous aurons peut-être appris quelque chose ; et tant que nous ne saurons pas qu'ils ne sont pas mariés, et n'ont aucune intention de l'être, il ne faut pas désespérer de leur union. Dès que j'arriverai en ville, j'irai trouver mon frère, et je le ramènerai à Gracechurch Street ; nous pourrons alors étudier ensemble ce qu'il convient de faire.

– Ah, mon cher frère, répondit Mrs Bennet, je ne pouvais rien désirer de plus. Et je vous en prie, quand vous serez à Londres, arrangez-vous pour les trouver, où qu'ils soient ; et s'ils ne sont pas déjà mariés, mariez-les de force. Et surtout, ne les laissez pas attendre le trousseau, mais dites au contraire à Lydia qu'elle aura tout l'argent qu'elle voudra pour l'acheter ensuite, après le mariage. Et par-dessus tout, empêchez Mr Bennet de se battre. Dites-lui dans quel état pitoyable je suis, que je suis folle de terreur ; et que j'ai de telles crises de tremblements et de frissons partout, de tels spasmes au côté, de tels maux de tête, et le cœur qui bat si violemment que je ne peux me reposer ni jour, ni nuit. Et dites à ma chère Lydia de ne rien commander pour son trousseau avant de m'avoir vue, car elle ne sait pas du tout quelles sont les meilleures maisons de gros. Ah, mon frère, que vous êtes bon ! Je sais que vous arrangerez tout. »

Mais Mr Gardiner, tout en lui répétant qu'il ferait tout son possible pour y réussir, ne put se retenir de l'exhorter à la modération, aussi bien dans ses espoirs que dans ses craintes ; et après lui avoir ainsi tenu compagnie jusqu'à l'heure du dîner, ils la laissèrent s'épancher dans le giron de l'intendante, qui s'occupait d'elle lorsque ses filles étaient retenues ailleurs.

Bien que son frère et sa sœur estimassent, par-devers eux, qu'il n'y avait aucune raison pour qu'elle se tînt ainsi à l'écart de toute sa famille, ils ne firent rien pour s'y opposer, car ils savaient qu'elle n'était pas assez avisée pour tenir sa langue devant les domestiques qui servaient à table, et ils jugeaient donc préférable qu'une seule personne, celle à qui l'on pouvait le mieux se fier, fût le témoin de ses craintes et de ses états d'âme.

Dans la salle à manger, ils ne tardèrent pas à être rejoints par Mary et Kitty, qui avaient été jusque-là trop affairées dans leurs chambres respectives pour paraître devant eux. L'une quittait à peine ses livres et l'autre sa toilette. Cependant, leurs visages à toutes deux étaient relativement sereins; et l'on ne discernait ni chez l'une ni chez l'autre le moindre changement, sinon que la perte de sa sœur préférée, ou peut-être la colère qu'elle-même avait encourue dans l'affaire, avait encore accentué la note pleurnicharde dans la voix de Kitty. Quant à Mary, elle était assez maîtresse de ses émotions pour chuchoter à Elizabeth, d'un air grave et réfléchi, dès qu'elles furent assises à table:

«Voici une bien pénible affaire qui fera sans doute beaucoup jaser. Mais nous devons faire front à la vague de malveillance, et déverser mutuellement dans nos seins meurtris le baume de la consolation fraternelle.»

Constatant alors qu'Elizabeth ne paraissait pas disposée à répondre, elle ajouta:

«Si funeste que soit cet événement pour Lydia, nous pouvons en tirer une utile leçon: c'est que la perte de sa vertu est, pour une femme, irréparable, qu'un seul faux pas la précipite dans une déchéance sans fin, que sa réputation est aussi fragile qu'elle est belle, et qu'elle ne saurait se montrer trop circonspecte dans ses démêlés avec les mauvais sujets du sexe opposé.»

Elizabeth, ébahie, leva les yeux au ciel, mais elle ne se sentit pas le courage de répondre. Mary n'en cessa pas moins de se consoler à grand renfort d'exemples moralisateurs tirés du mal qui les frappait.

Après le repas, les deux aînées réussirent à s'isoler pendant une demi-heure; Elizabeth en profita aussitôt pour poser toutes sortes de questions auxquelles Jane était non moins désireuse de répondre. Après avoir déploré en termes très généraux les terribles conséquences de cet événement, qu'Elizabeth tenait déjà comme assurées et dont Jane ne pouvait repousser absolument l'éventualité, la cadette continua:

«Mais raconte-moi donc par le menu tout ce que je ne sais pas encore. Donne-moi d'autres détails. Qu'a dit le colonel Forster? Ne s'étaient-ils donc doutés de rien avant la disparition de Lydia? Ils ont pourtant dû les voir sans cesse ensemble.

– Le colonel nous a avoué qu'il avait souvent soupçonné un penchant, surtout de la part de Lydia, mais rien qui fût susceptible de l'inquiéter. Il m'a fait tant de peine! Il a montré pour nous les plus grands égards et la plus extrême bonté. Il comptait de toute façon venir ici, afin de nous assurer de toute sa sollicitude, avant même de se douter qu'ils n'étaient pas allés jusqu'en Écosse: lorsque la rumeur s'est répandue, elle n'a fait que hâter son voyage.

– Et Denny était vraiment convaincu que Wickham ne voulait pas se marier? Était-il au courant de leurs intentions? Le colonel l'avait-il vu personnellement?

– Oui; mais interrogé par le colonel en personne, Denny a nié avoir eu vent du moindre projet et n'a pas voulu se prononcer à ce sujet. Il n'a pas non plus voulu réitérer sa conviction qu'il n'y aurait point de mariage, et cela, vois-tu, m'incite à penser qu'on l'aura peut-être mal compris auparavant.

– Et jusqu'à l'arrivée du colonel, j'imagine qu'aucun d'entre vous n'avait eu l'idée de douter qu'ils fussent effectivement mariés?

– Comment une pareille idée nous serait-elle venue? J'étais un peu soucieuse – un peu inquiète pour le bonheur de notre sœur, en la supposant mariée à un tel homme, car je savais qu'il n'avait pas toujours eu une conduite irréprochable. Mon père et ma mère ignoraient la chose et se bornaient à trouver cette union bien imprudente. C'est alors que Kitty a avoué, avec la satisfaction bien naturelle d'en savoir plus long que tout le monde, que dans sa dernière lettre, Lydia lui avait laissé entendre ce qui allait se passer. Cela faisait, semble-t-il, plusieurs semaines qu'elle les savait amoureux l'un de l'autre.

– Mais pas avant le départ pour Brighton ?
– Non, je ne crois pas.
– Et le colonel paraissait-il avoir mauvaise opinion de Wickham, lui aussi ? Connaît-il sa véritable nature ?
– Je dois bien t'avouer qu'il s'est montré beaucoup moins élogieux dans ses propos qu'il ne l'était avant. Il le croit irréfléchi et prodigue ; et depuis que cette triste affaire a éclaté, on dit qu'il a quitté Meryton endetté jusqu'au cou ; mais j'espère que ce n'est pas vrai.
– Ah, Jane, si nous avions été moins secrètes, si nous avions révélé ce que nous savions de lui, rien de ceci ne serait arrivé.
– Peut-être, en effet, cela eût-il mieux valu, concéda Jane.
– Mais il paraissait injustifiable d'étaler ainsi au grand jour les fautes passées de quelqu'un, sans connaître ses dispositions actuelles.
– Nous étions animées par les meilleures intentions.
– Le colonel Forster a-t-il pu vous répéter la teneur du billet que Lydia a laissé à sa femme ?
– Il l'a même apporté avec lui pour nous le faire lire. »
Jane sortit alors la courte missive de son calepin et la tendit à sa sœur. Voici ce qu'elle contenait :

« Ma chère Harriet,
« Tu vas rire quand tu sauras où je suis partie,

et je ne puis me retenir de pouffer moi-même en imaginant ta surprise demain matin, dès que l'on s'apercevra de mon absence. Je m'en vais à Gretna Green, et si tu ne devines pas avec qui, je te prendrai pour une sotte, car je n'aime qu'un seul homme au monde et c'est un ange. Jamais je ne pourrais être heureuse sans lui, alors je ne vois pas ce que je fais de mal en le suivant ainsi. Ne prends donc pas la peine de faire savoir à Longbourn que je suis partie, si cela t'ennuie, car leur surprise n'en sera que plus grande quand je leur écrirai moi-même et que je signerai Lydia Wickham. Que ce sera donc drôle ! J'en ris tellement que je n'arrive plus à écrire. Aie, je te prie, la bonté de m'excuser auprès de Pratt avec qui j'avais promis de danser ce soir. Dis-lui que j'espère qu'il me pardonnera quand il saura tout, et ajoute que je danserai très volontiers avec lui au prochain bal où nous nous reverrons. J'enverrai chercher mes affaires quand je serai de retour à Longbourn ; mais j'aimerais bien que tu demandes à Sally de raccommoder le grand accroc que j'ai fait à ma robe de mousseline brodée avant de la ranger dans la malle. Au revoir. Fais toutes mes amitiés au colonel. J'espère que vous porterez un toast à notre bon voyage. Avec toute l'affection de ton amie,

Lydia Bennet. »

« Ah, Lydia, pauvre insensée, écervelée ! s'écria Elizabeth quand elle eut fini de lire. Est-ce là une lettre à écrire en un pareil moment ! Mais du moins indique-t-elle clairement qu'elle avait, pour sa part, des intentions sérieuses. Quoi qu'il ait pu la persuader de faire ensuite, elle n'a pas *prémédité* son infamie. Mon pauvre père ! Quel coup terrible pour lui !

– Jamais je n'ai vu quelqu'un d'aussi hébété. Il a été incapable d'articuler un seul mot pendant une bonne dizaine de minutes. Ma mère s'est sentie aussitôt au plus mal, et toute la maison était sens dessus dessous.

– Ah, Jane, s'écria Elizabeth, restait-il un seul de nos domestiques qui ne connût pas toute l'histoire dès la fin de la première journée ?

– Je ne sais. Je l'espère. Mais il est si difficile de surveiller sa langue en de tels moments ! Ma mère avait une attaque de nerfs, et j'ai eu beau m'efforcer de lui porter secours de toutes les façons possibles, je crains de ne pas avoir fait ce qu'il fallait ; mais j'étais moi-même si horrifiée par ce qui risquait d'arriver que j'ai eu toutes les peines du monde à garder les idées claires.

– Tous les soins que tu as dû lui prodiguer t'ont exténuée. Tu as mauvaise mine. Ah, que n'étais-je auprès de toi ! Il t'a fallu supporter seule tous les soucis et toutes les angoisses.

– Mary et Kitty ont été très serviables et elles auraient volontiers partagé toutes mes fatigues, j'en suis sûre, mais j'ai préféré les éviter à l'une comme à l'autre. Kitty est frêle est délicate, et

Mary étudie tant qu'il ne faut pas empiéter sur ses heures de repos. Ma tante Philips est venue à Longbourn le mardi, après le départ de mon père; et elle a eu la bonté de rester avec nous jusqu'au jeudi. Elle nous a été à toutes d'une grande utilité et d'un grand réconfort, et Lady Lucas a été tout à fait gentille: elle est venue jusqu'ici à pied le mercredi matin pour nous présenter ses condoléances et nous offrir ses services ou ceux de ses filles, si elles pouvaient nous aider le moins du monde.

– Elle aurait mieux fait de rester chez elle, s'écria Elizabeth; peut-être cela partait-il d'un bon sentiment, mais quand un semblable malheur vous frappe, on ne saurait se tenir trop à l'écart de ses voisins. Tout secours est impossible et toute compassion intolérable. Qu'ils triomphent donc de loin et qu'ils s'en contentent!»

Elle s'enquit alors en détail de toutes les mesures qu'avait pensé prendre leur père, une fois à Londres, pour retrouver sa fille.

«Il avait, à ce que je crois, répondit Jane, l'intention de se rendre à Epsom, où ils ont changé de chevaux pour la dernière fois, afin de voir les postillons et de tâcher d'apprendre quelque chose de leur part. Il voulait avant tout découvrir le numéro de la voiture de louage qui les a pris en charge à Clapham. Elle avait amené un autre client de Londres; et comme il pensait qu'on avait pu remarquer une dame et un monsieur qui changeaient ainsi de véhicule, il voulait questionner les gens à Clapham. S'il parvenait à découvrir où le cocher avait déposé son client précédent, il était décidé à y poursuivre son enquête, et il espérait pouvoir ainsi connaître le numéro de la voiture et son point d'attache. Je ne crois pas qu'il ait eu d'autres projets ; mais il avait tellement hâte de partir et il était dans un tel état d'agitation que j'ai déjà eu le plus grand mal à apprendre ce que je viens de te dire. »

Chapitre XLVIII

Tout le monde avait espéré voir arriver une lettre de Mr Bennet le lendemain matin, mais la poste vint sans apporter la moindre ligne de sa main. Sa famille savait bien qu'il était, en temps ordinaire, le correspondant le plus négligent et le plus lent qui fût; mais on avait cru qu'en de telles circonstances, il prendrait la peine de faire un effort. On en fut réduit à se dire qu'il n'avait rien d'agréable à annoncer, mais même de *cela* on eût été content d'être avisé. Mr Gardiner n'avait attendu que le courrier pour se mettre en route.

Après son départ, la famille de Longbourn était du moins assurée d'être tenue au courant de tout ce qui se passerait; et il promit, en prenant congé, de persuader son beau-frère de regagner sa demeure au plus tôt, ce qui fut d'un grand réconfort à Mrs Bennet, qui voyait là le seul moyen d'éviter que son mari ne fût tué en duel.

Mrs Gardiner et ses enfants devaient passer encore quelques jours dans le Hertfordshire, car elle pensait pouvoir être utile à ses nièces. Elle partageait avec elles les soins à donner à sa belle-sœur et savait invariablement trouver les mots pour les consoler au cours de leurs heures de liberté. Leur autre tante venait elle aussi leur rendre de fréquentes visites, toujours dans le but, disait-elle, de leur redonner un peu de joie de vivre et de courage, mais comme elle ne se présentait jamais sans avoir quelque nouvel exemple de la prodigalité ou de la dissipation de Wickham à leur communiquer, elle les quittait en général plus abattues qu'elle ne les avait trouvées en arrivant.

Tout Meryton semblait s'efforcer de noircir l'homme qui, trois mois auparavant à peine, avait été un ange de pureté. On révéla qu'il était le débiteur de tous les négociants de l'endroit, et que ses intrigues amoureuses, auxquelles on donnait le nom plus flatteur de séductions, s'étendaient à toutes leurs familles. Tout le monde s'accordait à dire que c'était le jeune homme le plus dissolu de la terre; et chacun commença à s'apercevoir qu'il s'était en réalité toujours méfié de ses airs vertueux. Elizabeth, bien qu'elle ne crût pas la moitié de ce qu'on racontait, en croyait néanmoins suffisamment pour être plus certaine que jamais de la disgrâce irrémédiable de sa sœur; et Jane elle-même, qui en croyait encore moins, abandonna presque tout espoir, d'autant plus que l'on avait à présent passé la date à laquelle aurait dû arriver la lettre annonçant qu'ils s'étaient mariés en Écosse, ce dont elle n'avait jamais voulu tout à fait désespérer.

Mr Gardiner quitta Longbourn le dimanche; le mardi, sa femme reçut une lettre de lui: il annonçait que dès son arrivée, il était allé trouver son beau-frère et l'avait persuadé de venir s'installer chez lui, dans sa maison de Gracechurch Street. Que Mr Bennet s'était rendu à Epsom et Clapham avant son arrivée, mais sans pouvoir y obtenir de renseignements intéressants; et qu'il était à présent résolu à faire le tour des principaux hôtels de la capitale, car il pensait que les fugitifs étaient peut-être descendus dans l'un d'eux, en arrivant à Londres, avant de s'être procuré un logement. Mr Gardiner, pour sa part, ne croyait guère au succès d'une telle démarche; mais comme son beau-frère semblait fort désireux de l'entreprendre, il avait l'intention de l'assister de son mieux. Il ajoutait que pour le moment Mr Bennet ne paraissait pas vouloir quitter Londres et il promettait de redonner très vite de leurs nouvelles. Suivait le post-scriptum que voici:

«J'ai écrit au colonel Forster afin de le prier de découvrir, si cela se peut, auprès des amis intimes que comptait Wickham parmi ses officiers, si celui-ci avait des parents ou des amis susceptibles de savoir dans quelle partie de Londres il se terre actuellement. S'il y avait quelqu'un à qui s'adresser pour obtenir un tel renseignement, cela pourrait être d'une importance capitale. Pour le moment, nous n'avons rien qui puisse guider nos recherches. Le colonel fera, j'en suis sûr, tout ce qui est en son pouvoir pour nous donner satisfaction sur ce point. Mais, à la réflexion, peut-être Lizzy pourrait-elle nous dire mieux que quiconque s'il possède encore de la famille.»

Elizabeth n'eut aucune peine à deviner d'où il tirait ce respect de son savoir; mais elle n'était pas en mesure de lui communiquer le moindre indice qui fût de nature à mériter un tel compliment.

Elle n'avait jamais entendu dire qu'il eût d'autre famille que son père et sa mère, lesquels étaient tous deux morts depuis plusieurs années. Il était possible, cependant, que certains de ses camarades de régiment fussent capables de les renseigner; et tout en se gardant d'y compter trop fermement, c'était du moins un faible espoir auquel se raccrocher.

Chaque jour qui passait était désormais un jour d'angoisse pour les habitantes de Longbourn, et l'anxiété atteignait son comble à l'heure où devait arriver la poste. Dès le matin, l'attente d'une lettre mettait leur patience à rude épreuve. Car c'était par ce moyen que leur seraient communiquées toutes les nouvelles, bonnes ou mauvaises, et l'on comptait, à mesure que les jours s'écoulaient, en recevoir d'importantes.

Mais avant que ne leur parvînt la seconde lettre de Mr Gardiner, il en arriva une pour Mr Bennet, d'une tout autre provenance, puisqu'elle émanait de Mr Collins ; Jane, à qui son père avait enjoint d'ouvrir tout le courrier qui pourrait lui être adressé en son absence, ne se fit pas faute de la lire ; et sa sœur cadette, qui savait quelles absurdités contenaient en général les lettres de leur cousin, en fit autant. Elle lut ce qui suit :

« Mon cher Monsieur,

« Je me sens dans l'obligation, de par notre parenté et par la position que j'occupe, de vous adresser toutes mes condoléances, à l'occasion du cruel malheur qui vous frappe et dont nous a informés hier une lettre du Hertfordshire. Soyez certain, cher Monsieur, que Mrs Collins et moi-même sommes de tout cœur avec vous et toute votre respectable famille en votre présente affliction, qui doit être d'autant plus amère qu'elle provient d'une cause que le temps ne pourra jamais effacer. Je ne manquerai pas de vous présenter tous les arguments susceptibles d'adoucir une peine si profonde ; ni de vous réconforter, dans des circonstances qui doivent être pour un père désolantes entre toutes. La mort de votre fille eût été un bienfait, en comparaison. Et l'on peut d'autant plus déplorer cet événement qu'il y a de fortes raisons de penser, à ce que me dit ma chère Charlotte, que la conduite licencieuse de votre fille est le résultat d'un triste excès d'indulgence ; encore que je sois enclin à penser, si cela peut vous consoler, vous et Mrs Bennet, qu'elle doit être vicieuse de nature, sans quoi elle n'aurait pu se rendre coupable d'un forfait aussi monstrueux à un âge aussi tendre. Quoi qu'il en soit, vous êtes éminemment à plaindre, et c'est une opinion que partagent avec moi non seulement Mrs Collins, mais aussi Lady Catherine et sa fille, à qui j'ai narré toute l'affaire. Elles pensent, comme moi, que ce faux pas de l'une de vos filles ne peut que nuire aux perspectives de toutes les autres : car, comme le dit Lady Catherine avec sa condescendance habituelle, qui acceptera de s'allier à une telle famille ? Considération qui m'incite, d'ailleurs, à songer avec une satisfaction accrue à certain événement du mois de novembre dernier ; en eût-il été autrement, en effet, je serais à l'heure qu'il est mêlé à votre chagrin et à votre déshonneur. Je vous conseille donc, mon cher Monsieur, si vous m'y autorisez, de vous rasséréner du mieux que vous pourrez, de retirer à tout jamais votre affection à cette enfant indigne, et de la laisser cueillir seule les fruits de son hideux péché. Croyez, cher Monsieur, etc. »

Mr Gardiner attendit d'avoir reçu la réponse du colonel Forster avant d'écrire une deuxième fois ; mais il n'avait rien d'agréable à leur communiquer. Pour autant que l'on sût, Wickham n'avait aucune famille avec laquelle il entretînt le moindre rapport, et il était certain qu'il n'avait aucun proche parent en vie. Il avait eu naguère de nombreuses relations; mais depuis qu'il s'était engagé dans le régiment, il n'était pas resté avec quiconque sur un pied d'amitié. Personne ne paraissait donc pouvoir donner plus particulièrement de ses nouvelles. Et, indépendamment de sa crainte d'être découvert par la famille de Lydia, l'état lamentable de ses finances devait, plus que jamais, l'inciter à disparaître; on venait, en effet, tout juste de s'apercevoir qu'il avait laissé derrière lui des dettes de jeu considérables. Le colonel Forster estimait qu'un millier de livres ne suffirait pas à rembourser tout ce qu'il devait à Brighton. Il s'était lourdement endetté par toute la ville, mais ses dettes d'honneur étaient plus désastreuses encore. Mr Gardiner ne chercha pas à taire tous ces détails aux dames de Longbourn; Jane en fut atterrée.

« Un joueur ! s'écria-t-elle. Il ne manquait plus que cela ! Je n'en avais pas la moindre idée. »

Mr Gardiner ajoutait que ses nièces pouvaient s'attendre à voir revenir leur père dès le lendemain, samedi. En effet, découragé par l'insuccès de toutes ses tentatives, il avait cédé aux objurgations de son beau-frère qui le pressait de rejoindre sa famille et de lui confier le soin de faire tout ce qui pourrait servir leurs desseins. Lorsque Mrs Bennet apprit cette nouvelle, elle n'en retira pas toute la satisfaction qu'avaient escomptée ses filles, au vu des craintes qu'elle avait manifestées jusque-là pour la vie de son époux.

«Comment ! Il rentre chez nous sans ma pauvre Lydia ? s'indigna-t-elle. Mais il n'est pas question qu'il quitte Londres sans les avoir retrouvés. Qui va se battre avec Wickham pour le forcer à se marier, s'il s'en va ?»

Comme Mrs Gardiner souhaitait rejoindre son mari, il fut décidé qu'elle partirait pour Londres, avec ses enfants, le jour où Mr Bennet en reviendrait, et la voiture de Longbourn les emporta donc jusqu'à la première halte, d'où elle ramena son maître.

Mrs Gardiner quitta Longbourn en proie à toute la perplexité qui la tenaillait depuis le Derbyshire sur le compte d'Elizabeth et de leur ami de Pemberley. Jamais sa nièce n'avait mentionné de son propre chef le nom du jeune homme ; et l'espèce de demi-espoir qu'avait nourri la tante de voir une lettre de Darcy poursuivre Elizabeth jusque chez elle ne s'était point matérialisé. Depuis son retour, la jeune fille n'avait pas reçu un seul pli qui pût venir de si loin.

Or, comme la pénible situation de leur famille suffisait amplement à justifier la visible mélancolie d'Elizabeth, sa tante ne put donc rien en inférer, même si la jeune fille, pour sa part, qui avait désormais à peu près fait le tour de ses sentiments, était parfaitement consciente du fait que si elle n'avait point connu Darcy, elle aurait sans doute mieux supporté la crainte de voir Lydia déshonorée à tout jamais. Cela lui aurait, pensait-elle, épargne une nuit blanche sur deux.

Lorsqu'il arriva chez lui, Mr Bennet avait, selon toute apparence, recouvré son habituelle sérénité de philosophe. Il ne se montra pas plus volubile que de coutume ; ne souffla pas mot de l'affaire qui l'avait entraîné à Londres ; et il fallut quelque temps à ses filles pour avoir le courage de lui en parler.

Ce ne fut que l'après-midi, lorsqu'il les rejoignit pour le thé, qu'Elizabeth se risqua à aborder le sujet ; encore, lorsqu'elle lui eut brièvement fait part de son chagrin pour tout ce qu'il avait dû endurer, se borna-t-il à dire :

« N'en parlons plus. Qui plus que moi mérite d'en souffrir ? Tout est ma faute et il est bon que j'y sois sensible.

– Ne soyez point trop dur envers vous-même, protesta Elizabeth.

– Tu as raison de me mettre en garde contre ce mal. La nature humaine y est si encline, en effet ! Non, Lizzy, laisse-moi, une fois dans ma vie, me pénétrer de tous les torts que j'ai eus. Je ne crains guère d'être accablé par mes sentiments. Ils passeront bien assez vite.

– Pensez-vous qu'ils soient à Londres ?

– Oui ; où pourraient-ils mieux se cacher ?

– Et puis Lydia a toujours eu envie d'aller à Londres, intervint Kitty.

– Dans ce cas, elle doit être satisfaite, dit son père sèchement ; d'autant que son séjour là-bas risque de se prolonger indéfiniment. »

Puis, après un bref silence, il ajouta :

« Lizzy, je ne t'en veux point de m'avoir donné en mai dernier des conseils parfaitement justifiés, ce qui, en l'occurrence, me semble témoigner d'une certaine grandeur d'âme. »

Ils furent interrompus par Jane, qui venait chercher le thé de sa mère.

« Que voilà une jolie comédie ! s'écria son père. Vrai, elle fait plaisir à voir ; cela vous donne tant d'élégance à l'infortune ! Un autre jour, j'en ferai autant ; je resterai cloîtré dans ma bibliothèque, en peignoir et en bonnet de nuit, et je tâcherai de vous déranger le plus que je pourrai : ou peut-être attendrai-je plutôt que Kitty fasse une fugue.

– Ce n'est pas moi qui ferais une fugue, papa, protesta Kitty d'une voix dolente. Moi, si on me laissait aller à Brighton, je me tiendrais mieux que Lydia.

– Toi, à Brighton ! Je ne te laisserais même pas aller jusqu'à Eastbourne, dût-on m'offrir cinquante livres ! Non, Kitty, j'aurai du moins appris à être prudent et c'est toi qui en feras les frais. Jamais plus un officier ne passera le seuil de ma demeure, ils n'auront même plus le droit de traverser le village. Les bals seront strictement interdits, à moins qu'une de tes sœurs ne te quitte pas d'une semelle. Et tu ne seras pas autorisée à mettre le nez dehors si tu n'es pas capable de prouver que tu as consacré dix minutes par jour à une occupation raisonnable. »

Kitty, qui prenait toutes ces menaces au sérieux, fondit en larmes.

«Allons, allons, reprit son père, ne sois donc pas malheureuse. Si tu es sage pendant les dix années à venir, je t'emmènerai voir un défilé militaire la onzième.»

Chapitre XLIX

Deux jours après le retour de Mr Bennet, Elizabeth et Jane se promenaient ensemble dans le petit bosquet situé derrière la maison, lorsqu'elles aperçurent l'intendante qui se dirigeait vers elles; croyant qu'elle venait les chercher de la part de leur mère, elles s'avancèrent à sa rencontre; mais au lieu de leur délivrer le message attendu, la domestique dit à Miss Bennet, dès que les deux jeunes filles l'eurent rejointe:

«Je vous demande pardon si je vous interromps, mademoiselle, mais j'espérais que vous aviez reçu de bonnes nouvelles de la ville, alors je me suis permis de venir vous interroger.

– Comment cela, Hill? Nous n'avons rien reçu de la ville.

– Ma chère demoiselle, s'écria Mrs Hill stupéfaite, ne savez-vous donc point qu'il vient d'arriver un exprès pour mon maître, de la part de Mr Gardiner? Cela fait bien une demi-heure qu'il est là, et le maître a reçu une lettre.»

À ces mots, les deux sœurs détalèrent aussitôt, trop avides de savoir pour s'attarder davantage. Elles traversèrent le vestibule, se précipitèrent jusqu'à la petite salle à manger, d'où elles passèrent dans la bibliothèque : leur père n'y était point ; et elles s'apprêtaient à monter le chercher au premier étage, auprès de leur mère, lorsqu'elles se heurtèrent au majordome qui leur dit :

« Si vous cherchez notre maître, mesdemoiselles, il est parti en direction du petit bois. »

Nanties de ce renseignement, elles retraversèrent aussitôt le vestibule comme des flèches, et s'élancèrent sur la pelouse à la poursuite de leur père, qui continuait posément son chemin vers le petit bois attenant au pré.

Jane, qui n'était point si légère que sa sœur et qui était moins accoutumée à courir, fut bien-tôt distancée, tandis qu'Elizabeth hors d'haleine rattrapait Mr Bennet et s'écriait d'un ton pressant :

« Ah, mon père, les nouvelles, quelles sont les nouvelles ? Mon oncle vous a donc écrit ?

– Oui, je viens de recevoir une lettre par exprès.

– Et alors, que vous annonce-t-il – est-ce bon ou mauvais ?

– Quelle bonne nouvelle pourrions-nous espérer ? répondit-il en sortant la lettre de sa poche ; mais peut-être désirez-vous la lire. »

Elizabeth la lui prit impatiemment des mains, au moment où Jane les rejoignait.

«Lis donc à voix haute, reprit leur père, car j'ai à peine compris ce qu'il m'écrivait.

«"Gracechurch Street, lundi 2 août.

Mon cher frère,

Me voici enfin à même de vous faire parvenir des nouvelles de ma nièce, et des nouvelles qui, dans l'ensemble, devraient, je l'espère, vous donner satisfaction. Peu après votre départ, samedi, j'ai eu la chance d'apprendre dans quel quartier de Londres ils se trouvaient. Je me réserve de vous donner tous les détails lorsque nous nous reverrons. Qu'il vous suffise de savoir qu'ils sont découverts; je les ai vus tous les deux"...

– Alors, c'est ce que j'avais toujours espéré, s'écria Jane; ils sont mariés!

– "Je les ai vus tous les deux, poursuivit Elizabeth. Ils ne sont pas mariés et, pour autant que j'aie pu en juger, ils n'avaient aucune intention de l'être; mais si vous consentez à respecter les engagements que je me suis hasardé à prendre en votre nom, j'espère que la cérémonie ne tardera plus. Tout ce qui vous est demandé, c'est d'assurer, par contrat, à votre fille sa part équitable des cinq mille livres destinées à vos enfants après votre décès et celui de ma sœur; et de vous engager, par ailleurs, à lui verser, de votre vivant, la somme de cent livres par an. Voici les conditions auxquelles, tout bien considéré, je n'ai pas hésité à souscrire à votre place, pour autant que je m'y sois cru autorisé. Je vous envoie cette lettre par courrier exprès, afin de ne pas différer d'un instant votre réponse. Vous comprendrez aisément, en lisant ceci, que la situation de Mr Wickham n'est pas aussi désespérée qu'on a bien voulu le dire. Les gens se sont trompés là-dessus, et je suis heureux de vous apprendre qu'il y aura même, une fois toutes ses dettes acquittées, une petite somme à mettre au nom de ma nièce, en plus de sa propre fortune. Si, comme je l'escompte, vous me donnez toute liberté d'agir en votre nom dans toute cette affaire, je prie sans plus tarder Haggerston de rédiger un contrat en bonne et due forme. Il n'y aura aucun besoin, pour vous, de revenir à Londres ; restez donc tranquillement à Longbourn et comptez sur ma diligence et mon zèle. Faites-moi parvenir votre réponse au plus vite et veillez bien à vous montrer tout à fait explicite. Il nous a paru préférable que ma nièce vienne habiter chez nous jusqu'à son mariage, et j'espère que vous nous approuverez. Elle doit arriver aujourd'hui. Je vous écrirai de nouveau dès que de nouvelles décisions auront été prises. Votre dévoué, etc.

Edward Gardiner.»

Est-ce possible ? s'exclama Elizabeth lorsqu'elle eut fini sa lecture. Se peut-il vraiment qu'il l'épouse ?

– Wickham n'est donc pas aussi dépravé que nous l'avons cru, renchérit sa sœur. Mon cher père, je me réjouis pour vous.

– Avez-vous déjà répondu? s'inquiéta Elizabeth.

– Non, mais il va falloir y songer.»

Elle le supplia aussitôt, avec la plus extrême ferveur, de ne pas perdre un seul instant.

«Ah, mon cher père, s'écria-t-elle, rentrez immédiatement écrire cette lettre. Dites-vous bien qu'en pareil cas, chaque minute compte.

– Laissez-moi écrire à votre place, ajouta Jane, si la chose vous est désagréable.

– Elle m'est parfaitement désagréable, répondit-il, mais il n'y a pas moyen de l'éviter.»

Et sur ces mots, il rebroussa chemin avec ses filles pour regagner la maison.

«Et puis-je vous demander...? commença Elizabeth; mais j'imagine qu'il faut accepter ces conditions.

– Les accepter! J'ai plutôt honte qu'il réclame si peu.

– Et elle *doit* l'épouser! Un homme pareil!

— Oui, oui, elle doit l'épouser. Il n'y a rien d'autre à faire. Mais il y a deux choses que j'aimerais savoir: d'abord, combien d'argent votre oncle a-t-il dû débourser pour conclure ce mariage; et ensuite, comment diable vais-je pouvoir le lui rendre?

– De l'argent! Mon oncle! s'écria Jane. Mais à quoi songez-vous, mon père?

– Je songe qu'aucun homme sensé n'accepterait d'épouser Lydia pour l'infime tentation de recevoir cent livres par an de mon vivant, et cinquante après ma mort.

– C'est tout à fait vrai, convint Elizabeth, bien que cela ne me soit point venu à l'idée. Il a fallu régler ses dettes et ajouter encore une petite somme ! Ah, c'est sûrement l'œuvre de mon oncle, le bon, l'excellent homme ! J'ai peur qu'il ne se soit mis dans l'embarras. Une petite somme n'y aurait pas suffi.

– Certes non, dit son père. Wickham est un imbécile s'il accepte de la prendre pour moins de dix mille livres : je serais désolé d'avoir un tel reproche à lui adresser dès le premier instant de notre parenté.

– Dix mille livres ! À Dieu ne plaise ! Comment pourriez-vous seulement en rembourser la moitié ? »

Leur père ne répondit point ; et chacun d'eux, plongé dans ses pensées, garda le silence jusqu'à la maison. Mr Bennet s'en fut écrire sa lettre dans sa bibliothèque et ses deux filles gagnèrent la petite salle à manger.

« Ainsi, ils vont vraiment se marier ! répéta Elizabeth dès qu'elles se retrouvèrent seules. Que cela est donc étrange ! Et dire que nous devons nous en féliciter. Que nous en sommes réduits à nous réjouir de les voir unis, si minces que soient leurs chances d'être heureux et si méprisable que soit Wickham ! Ah, Lydia !

– Je me console, répondit Jane, à l'idée qu'il n'épouserait sûrement pas Lydia s'il n'avait point pour elle une sincère affection. Même si notre bon oncle a avancé une somme pour acquitter ses dettes, je ne puis croire qu'elle se monte à dix mille livres, ni même à quelque chose d'approchant. Il a une famille à charge et peut avoir d'autres enfants. Comment pourrait-il se démunir fût-ce de cinq mille livres ?

– Si nous parvenons jamais à apprendre à combien se montaient les dettes de Wickham, dit Elizabeth, et quelle somme a été placée par contrat au nom de notre sœur, nous saurons exactement ce que Mr Gardiner a fait pour eux, car Wickham n'a pas un sou vaillant. Jamais nous ne pourrons assez remercier mon oncle et ma tante de toutes leurs bontés. Des années de gratitude ne suffi raient pas à les dédommager du sacrifice qu'ils font en acceptant de la recevoir sous leur toit et de lui offrir ainsi leur protection et leur réputation. Elle doit être chez eux, à l'heure qu'il est ! Si tant de bienveillance ne lui fait pas amèrement regretter ses fautes, elle ne mérite pas d'être heureuse un jour ! Comment a-t-elle osé se présenter devant ma tante, après ce qu'elle a fait !

– Nous devons nous efforcer d'oublier tout ce qui s'est passé, de part et d'autre, dit Jane. J'espère et je crois qu'ils peuvent encore être heureux. En acceptant de réparer ses torts, Wickham nous donne, je veux m'en convaincre, la preuve qu'il est rentré dans le droit chemin. Leur amour mutuel les assagira; et je suis prête à gager qu'ils vont s'établir si honnêtement et vivre de façon si raisonnable que l'on finira peut-être un jour par oublier complètement leur imprudence passée.

– Leur inconduite a été telle, rétorqua Elizabeth, que ni toi, ni moi, ni personne ne pourrons jamais l'oublier. Ce n'est même pas la peine d'y songer.»

L'idée leur vint brusquement que leur mère était fort probablement dans la plus complète ignorance de ce qui venait de se passer. Elles coururent donc jusqu'à la bibliothèque demander à leur père s'il ne souhaitait point qu'elles lui apprissent la nouvelle. Il était occupé à écrire, et sans lever le nez, il répondit d'un ton froid:

«Comme vous voudrez.

– Pouvons-nous prendre la lettre de mon oncle, pour la lui lire?

– Prenez ce qu'il vous plaira et disparaissez.»

Elizabeth prit la lettre sur son bureau et les deux sœurs montèrent ensemble au premier étage. Mary et Kitty se trouvaient l'une et l'autre auprès de leur mère: une seule lecture suffirait donc à tout le monde. Après les avoir sommairement préparées à une bonne nouvelle, Jane lut la lettre à voix haute. Mrs Bennet ne se tenait plus de joie. Dès qu'elle entendit sa fille aînée dire que Mr Gardiner espérait voir Lydia bientôt mariée, elle laissa exploser son allégresse, et chaque nouvelle phrase intensifiait son exultation. Elle était à présent aussi violemment grisée par le bonheur qu'elle avait pu être énervée par l'inquiétude et la contrariété. Il lui suffisait de savoir que sa fille allait se marier. Nulle crainte concernant son bonheur futur, nulle honte au souvenir de son inconduite passée ne venaient la troubler.

«Ah, ma Lydia, ma Lydia chérie! s'écria-t-elle; c'est merveilleux! Elle va se marier! Je vais la revoir! Mariée à seize ans! Mon bon, mon cher frère! Je savais que tout irait bien – qu'il saurait tout arranger. Dieu, que j'ai hâte de la revoir! Et de revoir ce cher Wickham! Mais le trousseau, le trousseau de mariage! Il faut que j'écrive à ma sœur Gardiner à l'instant même. Lizzy, ma chérie, cours vite trouver ton père pour lui demander combien il compte donner à Lydia. Non, attends, je vais y aller moi-même. Sonne, Kitty, sonne donc Hill. Je serai habillée en un tournemain. Ma Lydia, ma Lydia chérie! Comme nous allons rire ensemble, quand nous nous reverrons!»

Sa fille aînée s'efforça de modérer quelque peu l'ardeur de ces transports en lui soulignant les obligations auxquelles les soumettait la générosité de Mr Gardiner.

«Car c'est en grande partie à sa bonté, ajouta t-elle, que nous devons cet heureux dénouement. Nous sommes persuadées qu'il s'est engagé à fournir une aide pécuniaire à Mr Wickham.

– Et alors? protesta sa mère. C'est bien normal;

n'est-ce pas à l'oncle de Lydia qu'il appartient de le faire ? S'il n'avait pas eu de famille, c'est moi et mes enfants qui aurions hérité de tous ses biens, tu sais ; et c'est la première fois qu'il nous donne quoi que ce soit, en dehors de quelques cadeaux. Mon Dieu, que je suis heureuse ! J'aurai bientôt une fille mariée. Mrs Wickham ! Que cela sonne donc bien ! Elle qui n'a eu ses seize ans qu'en juin ! Ma chère Jane, je suis si agitée que je ne vais pas pouvoir écrire ; alors c'est toi qui vas le faire sous ma dictée. Nous nous arrangerons plus tard avec ton père, pour les questions d'argent ; mais il faut commander le trousseau de toute urgence. »

Et elle commençait déjà à énumérer tous les métrages de calicot, de mousseline et de batiste, et n'aurait pas tardé à dicter une commande fort considérable, si Jane n'avait pas réussi à la convaincre d'attendre que son père fût libre pour le consulter. Une journée de retard n'avait aucune importance, fit-elle remarquer ; et sa mère était trop béate pour faire preuve de son entêtement habituel. D'autant que de nouveaux projets lui venaient en tête.

« Je vais aller jusqu'à Meryton dès que je serai habillée, décida-t-elle, afin d'annoncer cette bonne, cette excellente nouvelle à ma sœur Philips. Et en revenant, je pourrai m'arrêter chez Lady Lucas et chez Mrs Long. Kitty, descends donc demander la voiture. Je suis sûre que cela me fera le plus grand bien de m'aérer un peu. Mes enfants, avez-vous besoin de quoi que ce soit à Meryton ? Ah ! voici Hill. Ma chère Hill, vous a-t-on annoncé la bonne nouvelle ? Miss Lydia va se marier ; et vous aurez tous un bol de punch pour fêter son mariage. »

Mrs Hill s'empressa d'exprimer toute sa joie. Elizabeth reçut, comme les autres, ses félicitations, puis, écœurée par tant de sottise, elle courut se réfugier dans sa chambre, afin de pouvoir y réfléchir tout à son aise. En mettant les choses au mieux, la situation de la pauvre Lydia ne pourrait jamais être que fort médiocre ; mais il fallait s'estimer heureuse qu'elle ne fût pas pire. Elle le sentait bien ; et si elle ne pouvait espérer que l'avenir apporterait à sa sœur le bonheur conjugal et la prospérité matérielle, en songeant rétrospectivement à toutes les craintes qu'elle nourrissait encore sur son compte deux heures auparavant, elle ne pouvait manquer de se dire que l'affaire avait pris un tour inespéré.

Chapitre L

Mr Bennet avait souvent regretté, avant les récents événements, de ne pas avoir mis de côté, chaque année, de quoi subvenir plus amplement aux besoins de ses enfants et de sa femme, si elle lui survivait, au lieu de dépenser tout son revenu. Il le regrettait à présent plus amèrement que jamais. Eût-il fait son devoir sur ce plan, ce n'était point à son oncle que Lydia eût été redevable du peu d'honneur et de réputation qu'il fallait maintenant lui acheter. La satisfaction d'être parvenu à contraindre l'un des plus mauvais sujets d'Angleterre de devenir son époux aurait pu revenir à qui de droit.

Il était véritablement soucieux de se dire qu'une entreprise aussi peu avantageuse à quiconque avait dû être menée à bien aux dépens de son beau-frère; et il était résolu à découvrir, s'il le pouvait, l'étendue de la somme et à s'acquitter de sa dette dans les plus brefs délais.

Aux premiers temps de son union, Mr Bennet avait jugé inutile de faire des économies; car ils allaient bien sûr avoir un fils. Lequel fils devait faire annuler la substitution d'héritier dès sa majorité, en sorte que la veuve et les autres enfants se trouveraient pourvus. Cinq filles étaient venues au monde l'une après l'autre, et l'on attendait encore le garçon ; bien des années après la naissance de Lydia, Mrs Bennet était restée persuadée qu'il allait voir le jour. On avait fini par désespérer de le voir jamais apparaître, mais il était alors trop tard pour songer à épargner. Mrs Bennet n'était pas douée pour les économies ; et si son mari n'avait point tenu aussi farouchement à son indépendance, ils eussent sans aucun doute vécu au-dessus de leurs moyens.

Cinq mille livres avaient été placées, par contrat de mariage, au nom de Mrs Bennet et des enfants à venir. C'était toutefois aux parents de décider par testament dans quelles proportions cette somme devait être répartie entre ces derniers. L'affaire était désormais entendue, du moins en ce qui concernait Lydia ; et Mr Bennet ne pouvait hésiter à entériner la proposition qui lui était soumise. Ce fut en des termes qui, malgré leur extrême concision, exprimaient sa profonde reconnaissance envers la bonté de son beau-frère, qu'il coucha sur le papier sa complète approbation de tout ce qui avait été fait et son empressement à respecter tous les engagements pris en son nom. Jamais il ne s'était imaginé jusque-là que si l'on parvenait à obliger Wickham à épouser sa fille, cela pourrait se faire sans qu'il en fût davantage incommodé. La pension de cent livres par an qu'il devait verser au jeune couple lui en coûterait, en réalité, à peine dix ; car entre sa nourriture, son argent de poche et les sommes dont sa mère ne cessait de lui faire cadeau, les frais que lui avait occasionnés Lydia avant son mariage n'avaient guère été inférieurs.

C'était, en outre, une autre agréable surprise que de voir cette union si heureusement conclue, après si peu d'efforts de sa part ; car à présent, il ne souhaitait rien tant que de se laver les mains de toute cette affaire. Une fois apaisés les premiers transports de rage qui l'avaient lancé aux trousses de sa fille, il retomba tout naturellement dans son indolence d'antan. Sa lettre à Mr Gardiner fut dépêchée dans les meilleurs délais ; car s'il était long à se mettre à l'œuvre, il expédiait la besogne au plus vite. Il demandait à être informé dans le détail de tout ce qu'il devait à son frère ; mais son courroux contre Lydia était encore trop fort pour qu'il lui fît parvenir le moindre message.

La bonne nouvelle se répandit très vite à travers toute la demeure, et fit, à une allure proportionnelle, le tour du voisinage, où on la supporta avec philosophie. Il eût certes été infiniment plus bénéfique à l'intérêt des conversations que Miss Lydia Bennet en eût été réduite à accepter la charité publique ; ou bien – et cette possibilité était encore plus séduisante – qu'elle eût été obligée de vivre retranchée du monde, dans quelque ferme isolée. Mais son mariage donnait déjà bien du travail à toutes les langues ; et les pieux souhaits formulés pour son salut final par toutes les fielleuses vieilles dames de Meryton, depuis sa fugue, ne perdirent presque rien de leur virulence à l'annonce de cette rédemption imprévue, car, avec un tel mari, son malheur était assuré.

Cela faisait deux semaines que Mrs Bennet n'avait point paru au rez-de-chaussée, mais en ce jour béni, elle reprit sa place au bout de la table familiale, d'une humeur insupportablement enjouée. Pas un vestige de honte ne venait ternir son triomphe. Le mariage d'une de ses filles, qui était l'objet de ses plus chers désirs depuis que Jane avait seize ans, était à présent sur le point de s'accomplir, et elle était, aussi bien en pensée qu'en paroles, tout à fait obnubilée par cet attirail inséparable des noces élégantes que sont les belles mousselines, les voitures neuves et les domestiques. Elle cherchait activement, dans toute la région, une demeure qui pût convenir à sa fille ; et sans savoir, sans même se demander quels seraient les revenus du jeune couple, elle en rejetait déjà plusieurs qui péchaient, selon elle, par l'exiguïté ou la médiocrité.

« Haye Park pourrait suffire, disait-elle, si les Goulding s'en allaient, ou alors le grand manoir de Stoke, si le salon était plus vaste ; mais Ashworth est vraiment trop loin. Je ne supporterais pas qu'elle vécût à plus de dix miles de chez moi; quant à Purvis Lodge, les combles sont épouvantables.»

Son mari la laissa babiller ainsi sans l'interrompre, tant que les serviteurs restèrent dans la pièce. Mais dès qu'ils se furent retirés, il lui dit:

«Mrs Bennet, avant que vous n'ayez pris sur vous de retenir un de ces endroits, ou même tous, pour votre fille et son mari, entendons-nous bien. Il est au moins une demeure du voisinage où ils ne seront jamais admis. Je refuse d'encourager leur impudence à tous deux en les recevant à Longbourn.»

Une longue dispute suivit cette déclaration; mais Mr Bennet ne céda pas; une seconde querelle éclata presque aussitôt; et Mrs Bennet, au comble de la stupeur et de l'indignation, apprit que son époux refusait d'avancer une seule guinée pour acheter le trousseau de sa fille. Il affirma qu'elle ne recevrait de lui, en cette occasion, aucune marque d'affection, quelle qu'elle fût. Mrs Bennet en croyait à peine ses oreilles. Il lui semblait que son mari venait de franchir les bornes de l'impossible en poussant sa colère jusqu'à un degré de ressentiment si inconcevable qu'il entendait refuser à sa fille un privilège sans lequel son mariage paraissait à peine valide. Elle était beaucoup plus sensible au discrédit qu'il y aurait pour Lydia à se marier sans trousseau qu'elle ne l'avait été au déshonneur encouru en s'enfuyant en compagnie de Wickham et en vivant avec lui pendant quinze jours avant de l'épouser.

Elizabeth était désormais tout à fait désolée d'avoir, sous l'effet de sa détresse passagère, révélé à Mr Darcy toutes ses craintes pour le sort de sa sœur ; car à présent qu'un mariage allait à si brève échéance mettre un terme honorable à ces débordements, on pouvait espérer en cacher le début peu reluisant à tous ceux qui n'en avaient point été les témoins directs.

Elle ne redoutait nullement de voir l'événement s'ébruiter davantage par la faute du jeune homme. Il y avait peu de personnes au monde sur la discrétion de qui elle eût plus volontiers compté ; mais d'un autre côté, il n'y en avait guère non plus qu'elle n'eût été plus mortifiée de savoir informées de l'inconduite de sa sœur. Non pas, d'ailleurs, parce que cela risquait de lui porter personnellement préjudice ; car il semblait y avoir désormais entre eux un gouffre infranchissable. À supposer que le mariage de Lydia eût été conclu sur les bases les plus respectables, il ne fallait pas songer un instant à voir Mr Darcy s'allier à une famille aux défauts de laquelle venait maintenant s'ajouter la parenté la plus proche qui fût avec l'homme qu'il méprisait à si juste titre.

Pouvait-elle s'étonner de le voir reculer à cette seule idée ? Ce désir de mériter son estime, qu'il avait, elle en était sûre, manifesté dans le Derbyshire, ne pouvait raisonnablement survivre à un tel coup. Elle en était humiliée, chagrinée; elle se repentait, sans trop savoir de quoi. Elle se mit à convoiter jalousement sa bonne opinion, maintenant qu'elle ne pouvait plus espérer en retirer le moindre bienfait. Elle aurait voulu avoir de ses nouvelles, à l'heure où elle paraissait avoir le moins de chances d'en obtenir. Elle était convaincue qu'elle aurait pu être heureuse auprès de lui, alors qu'il était peu probable qu'ils se revissent jamais.

Combien il aurait jubilé, se disait-elle souvent, s'il avait su que cette offre, si fièrement repoussée quatre mois seulement auparavant, eût été aujourd'hui reçue avec joie et gratitude ! Il était, à n'en pas douter, aussi magnanime qu'on pouvait l'être. Mais n'étant malgré tout qu'un simple mortel, il n'aurait pu s'empêcher de jubiler.

Elle commença à comprendre qu'il était précisément, par son caractère et ses qualités, l'homme qui lui eût le mieux convenu. Il possédait une intelligence et des dispositions qui, quoique fort éloignées des siennes, eussent comblé tous ses vœux. Ils auraient, l'un et l'autre, tiré le plus grand avantage de leur union : la grâce et la gaieté d'Elizabeth auraient pu adoucir l'esprit de Darcy et assouplir ses manières; tandis que le jugement, la culture et l'expérience du jeune homme lui auraient été à elle plus profitables encore.

Mais ce mariage si bien assorti ne pouvait plus désormais venir enseigner aux multitudes admiratives ce qu'était véritablement la félicité conjugale. Une union d'une tout autre nature, mais qui interdisait absolument l'existence de la première, devait bientôt être contractée par sa sœur.

Elle ne parvenait pas à concevoir comment Wickham et Lydia allaient pouvoir mener une existence à peu près indépendante. Mais elle n'avait, en revanche, aucune peine à imaginer de quel bonheur éphémère pourrait jouir un couple qui n'était uni que parce que ses passions étaient plus fortes que sa vertu

Une nouvelle lettre de Mr Gardiner suivit de peu la dernière. Il y répondait succinctement aux remerciements de Mr Bennet, en lui assurant qu'il était plus qu'heureux de contribuer au bien-être de sa famille; et il terminait en le priant de ne plus jamais lui parler d'un remboursement. Il écrivait surtout pour annoncer que Mr Wickham avait décidé de quitter la garde nationale.

«Dès que le mariage eut été arrangé, écrivait-il, je n'eus de cesse qu'il s'y résolût. Et je pense que vous conviendrez avec moi que son départ de ce régiment est éminemment souhaitable, tant pour lui que pour ma nièce. Il a désormais l'intention de s'engager dans l'armée régulière; et il compte encore, parmi ses anciens amis, quelques personnes susceptibles de favoriser sa carrière militaire et disposées à le faire. On lui a promis un brevet d'enseigne dans le régiment du général X, qui est présentement cantonné dans le Nord. C'est un autre avantage qu'il soit situé si loin de nos régions. Wickham paraît plein de bonne volonté; et j'espère qu'entourés de visages nouveaux, parmi des gens auprès de qui ils auront tous deux une réputation à défendre, ils sauront faire preuve d'un peu plus de prudence. J'ai écrit au colonel Forster pour l'informer de tous ces arrangements et le prier d'assurer à tous les créditeurs de Mr Wickham à Brighton même et dans les environs qu'ils seraient bientôt payés, ce à quoi je me suis personnellement engagé. Pouvez-vous prendre la peine d'en faire autant auprès de ses créditeurs de Meryton, dont vous trouverez ci-joint la liste qu'il m'en a fournie lui-même ? Il a bien voulu me confier toute l'étendue de ses dettes; j'ose du moins espérer qu'il ne nous aura point trompés là-dessus. Haggerston a reçu nos instructions et tout devrait être réglé d'ici une semaine. Lydia et lui pourront alors rejoindre le nouveau régiment, à moins qu'ils ne reçoivent auparavant une invitation à Longbourn; Mrs Gardiner m'a laissé entendre que ma nièce est fort désireuse de vous revoir tous, avant de quitter le Sud. Elle se porte bien et me prie de la rappeler, en toute soumission, à votre bon souvenir et à celui de sa mère. Votre dévoué, etc.

E. Gardiner.»

Mr Bennet et ses filles aînées saisissaient aussi clairement que Mr Gardiner tous les avantages qu'il y aurait pour Wickham à changer de régiment, mais Mrs Bennet était loin d'en être satisfaite. Voir sa fille partir s'installer dans le Nord, au moment même où elle avait pensé tirer de sa présence autant de plaisir que d'orgueil, car elle n'avait en aucune façon renoncé à voir le couple s'établir dans le Hertfordshire, était pour elle une cruelle désillusion ; sans compter qu'il était vraiment dommage que Lydia dût quitter un régiment où elle connaissait tout le monde et où elle avait un si grand nombre de favoris.

« Elle aime tant Mrs Forster qu'il est parfaitement inhumain de l'envoyer ailleurs ! déclara-t-elle. Et je ne parle pas de tous les jeunes gens pour qui elle a une affection particulière. Peut-être les officiers ne seront-ils pas aussi agréables dans le régiment du général X. »

Mr Bennet commença par opposer un refus catégorique à la prière (car ce n'était au fond rien d'autre) que lui faisait sa fille de bien vouloir la réintégrer dans le cercle de famille, avant son départ pour le Nord. Mais Elizabeth et Jane, qui souhaitaient toutes deux, afin de ménager les sentiments de leur sœur et sa réputation, qu'elle reçût de ses parents un gage d'affection à l'occasion de son mariage, le supplièrent avec tant de ferveur, mais aussi tant de raison et de douceur, de l'accueillir à Longbourn avec son époux dès qu'ils seraient mariés, qu'il se laissa convaincre de suivre leurs conseils et d'exaucer leurs désirs.

Et leur mère, quant à elle, eut la satisfaction de se dire qu'elle aurait l'occasion d'emmener sa fille mariée parader dans les environs, avant qu'elle ne fût bannie vers les régions septentrionales. Par conséquent, lorsque Mr Bennet répondit à la lettre de son beau-frère, il autorisa le couple à se présenter devant lui, et il fut décidé que dès la fin de la cérémonie nuptiale, les jeunes gens partiraient pour Longbourn. Elizabeth fut néanmoins surprise de voir Wickham consentir à la chose; et si elle n'avait dû suivre que sa propre inclination, elle n'eût rien désiré moins que de le revoir.

Chapitre LI

Le jour du mariage arriva; et les deux sœurs aînées de Lydia étaient sans doute beaucoup plus émues qu'elle. La voiture partit chercher les jeunes mariés dans la ville de X, et devait les ramener à temps pour le dîner. Elizabeth et Jane attendaient avec angoisse ces retrouvailles; Jane tout spécialement, qui prêtait à sa jeune sœur les sentiments qu'elle-même aurait pu éprouver, eût-elle été la coupable, et qui souffrait mille morts à la pensée de ce que Lydia devait endurer.

Ils arrivèrent. La famille s'était assemblée, pour les recevoir, dans la petite salle à manger. Au bruit de la voiture qui s'arrêtait devant la porte, le visage de Mrs Bennet s'éclaira d'un large sourire; celui de son époux resta d'une gravité impénétrable; ceux de ses filles reflétaient l'inquiétude, l'anxiété et le malaise.

La voix de Lydia résonna dans le vestibule; la porte s'ouvrit à la volée et elle se précipita dans la pièce. Sa mère s'avança pour l'étreindre et la fêter avec extase; puis, avec un sourire affectueux, elle tendit la main à Wickham, qui avait suivi sa femme dans la pièce, et elle leur adressa tous ses vœux de bonheur avec une promptitude qui indiquait assez qu'elle ne doutait pas un instant de les voir heureux.

L'accueil que leur réserva Mr Bennet, vers qui ils se tournèrent ensuite, fut nettement moins cordial. Sa physionomie parut gagner en sévérité et il desserra à peine les dents. À vrai dire, l'outrecuidance et la désinvolture du jeune couple étaient faites tout exprès pour l'exaspérer. Elizabeth était outrée, et Miss Bennet elle-même en fut scandalisée. Lydia était toujours la même : indomptée, impudente, débridée, tapageuse et sans crainte. Elle passa d'une sœur à l'autre pour réclamer leurs félicitations ; et lorsque l'on s'assit enfin, elle s'empressa de parcourir la pièce du regard, remarqua un changement insignifiant, et fit observer, avec un grand rire, que cela faisait bien longtemps qu'elle n'y était pas revenue.

Wickham ne paraissait pas moins à l'aise que son épouse ; mais ses manières avaient toujours été si charmantes que, si sa réputation et son mariage avaient été tels qu'on aurait pu les souhaiter, les sourires et la grâce avec lesquels il se prévalut de leurs nouveaux liens de parenté auraient dû réjouir tout le monde. Elizabeth ne l'avait pas, jusque-là, cru capable d'un tel aplomb ; mais elle s'assit, en se jurant de ne plus jamais, à l'avenir, fixer de limites à l'assurance d'un effronté. Elle n'en finissait pas de rougir, non plus que Jane mais les joues de ceux qui les plongeaient ainsi dans l'embarras ne changèrent point de couleur.

La conversation ne risquait guère de languir. Les langues de la mariée et de sa mère ne pouvaient ni l'une ni l'autre aller assez bon train; et Wickham, qui s'était assis non loin d'Elizabeth, commença aussitôt à demander des nouvelles de toutes les personnes qu'il connaissait dans la région avec une aisance pleine de bonhomie qu'elle ne se sentit pas capable d'imiter pour lui répondre. Ils paraissaient n'avoir, Lydia et lui, que de délicieux souvenirs. Rien, dans les récents événements, ne semblait leur occasionner de détresse; et la jeune mariée mit d'elle-même la conversation sur des sujets auxquels ses sœurs n'auraient pour rien au monde voulu faire allusion.

«Quand je pense qu'il y a trois mois que je suis partie, s'écria-t-elle: vrai, j'ai l'impression que cela fait à peine quinze jours; et pourtant, il s'en est passé, des choses, entre-temps. Juste ciel! quand je suis partie, Dieu sait que je ne songeais pas du tout à me marier avant de revenir! Même si je m'étais déjà dit que ce serait assez farce.»

Son père leva les yeux au ciel, Jane semblait navrée, Elizabeth lança à Lydia un regard appuyé; mais celle-ci, qui ne voyait ni n'entendait jamais ce qu'elle avait choisi d'ignorer, continua gaiement:

«Dites, maman, tous nos voisins savent-ils que je suis mariée d'aujourd'hui ? J'avais peur qu'ils ne fussent point au courant ; alors comme nous avons dépassé William Goulding, dans son cabriolet, j'étais bien décidée à le lui faire savoir ; aussi ai-je baissé la vitre de son côté, et retiré mon gant, en posant simplement ma main sur le rebord, pour qu'il puisse voir mon alliance, et puis je lui ai fait des tas de sourires et de signes de tête.»

Elizabeth fut incapable d'en supporter davantage. Elle se leva et quitta la pièce en courant, pour ne revenir qu'en entendant les autres traverser le vestibule jusqu'à la salle à manger. Elle les rejoignit alors suffisamment tôt pour voir Lydia, tout affairée, courir se placer ostensiblement à la droite de sa mère, en lançant à sa sœur aînée :

«Ah, Jane, c'est moi qui ai la préséance maintenant, et il va bien falloir que tu me cèdes ta place, puisque je suis mariée.»

Il ne fallait pas s'attendre, à mesure que les heures passaient, à voir Lydia faire montre de cette confusion dont elle avait été, dès le début, si totalement dépourvue. Son assurance et sa bonne humeur allaient croissant. Elle mourait d'impatience de voir Mrs Philips, les Lucas et tous leurs autres voisins et de s'entendre appeler «Mrs Wickham» par chacun d'eux ; en attendant, elle s'en fut, après le repas, faire miroiter son alliance sous le nez de Mrs Hill et des deux femmes de chambre et se glorifier de son mariage.

« Alors, maman, reprit-elle quand ils eurent tous regagné le salon, que pensez-vous de mon mari ? N'est-ce pas qu'il est fort beau ? Je suis sûre que toutes mes sœurs me l'envient. Je leur souhaite d'avoir seulement la moitié de ma bonne fortune. Il faut les envoyer à Brighton. C'est là qu'on attrape les maris. Quel dommage, maman, que nous n'y soyons pas toutes allées !

– C'est bien vrai ; et si j'avais eu gain de cause, c'est ce que nous aurions fait. Mais, ma chère Lydia, je suis tout à fait fâchée de te voir partir si loin. Ne peux-tu l'éviter ?

– Ah, dame ! non ; mais ce n'est vraiment pas grave. J'en suis même enchantée. Il faudra que vous veniez nous voir, avec papa et mes sœurs. Nous allons passer tout l'hiver à Newcastle ; je gage qu'il y aura des bals, et je veillerai à leur procurer à toutes d'agréables cavaliers.

– Ah, je ne demanderais pas mieux, déclara sa mère.

– Et puis, en repartant, vous pourriez laisser avec moi une ou deux d'entre elles, et je ne doute pas de leur dénicher un mari avant la fin de l'hiver.

– Je te remercie infiniment de ces bonnes pensées, rétorqua Elizabeth, mais je n'apprécie pas particulièrement la façon dont tu t'y es prise pour dénicher le tien. »

Les jeunes époux ne devaient pas rester plus de dix jours à Longbourn. Mr Wickham avait reçu son affectation avant de quitter Londres et il était tenu de rejoindre son régiment dans la quinzaine.

Mrs Bennet était la seule à déplorer la brièveté de leur séjour; et elle en tira tout le parti possible en multipliant les visites en compagnie de sa fille et les invitations à venir passer la soirée à Longbourn. Ces réunions étaient, d'ailleurs, au goût de toute la maisonnée; car les membres de la famille qui réfléchissaient étaient encore plus désireux d'éviter de rester en petit comité que ceux qui ne réfléchissaient pas.

La tendresse de Wickham pour sa jeune femme était précisément telle qu'Elizabeth se l'était imaginée: bien inférieure à celle de Lydia pour lui. Elle n'avait guère eu besoin de ses présentes observations pour deviner, à la tournure de l'affaire, que c'était à l'ardeur des sentiments de sa sœur qu'il fallait imputer cette fugue, beaucoup plus qu'à celle du jeune homme; et elle se serait même étonnée qu'il se fût enfui ainsi avec elle, sans en être plus épris que cela, si elle n'avait eu la certitude que sa fuite avait été rendue nécessaire par la situation désespérée de ses finances; et dans ce cas, il n'était certes pas homme à laisser passer l'occasion de s'esquiver en bonne compagnie.

Lydia en était éperdument amoureuse. Il était, quoi qu'il advînt, son cher Wickham; personne ne pouvait lui être comparé. Il faisait tout mieux que tout le monde; et elle était convaincue qu'il tuerait, le 1er septembre, plus de gibier que tous les autres chasseurs du royaume.

Un matin, peu après leur arrivée, se trouvant en compagnie de ses deux sœurs aînées, elle dit à Elizabeth :

« Voyons, Lizzy, je crois bien ne pas t'avoir décrit mon mariage. Tu n'étais pas là lorsque j'ai tout raconté à maman et aux autres. N'es-tu donc pas curieuse de savoir comment tout a été arrangé ?

– Pas du tout, répondit Elizabeth ; à mon avis, c'est un sujet qu'on ne saurait suffisamment taire

– Allons donc ! Que tu es étrange ! Mais il faut quand même que je te dise comment il s'est passé. Nous nous sommes mariés, figure-toi, à l'église de Saint-Clément, parce que le logement de Wickham se trouvait dans cette paroisse. Et il était convenu que nous nous y retrouverions tous à onze heures. Mon oncle, ma tante et moi devions y aller ensemble ; et les autres devaient nous rejoindre à l'église. Bon, le lundi matin arrive, j'étais dans un bel état de nerfs ! J'avais tellement peur, vois-tu, qu'il n'y ait un empêchement, je t'assure que cela m'aurait rendue tout à fait folle. Et pendant que je m'habillais, ma tante n'a pas arrêté de me faire des prêchi-prêcha et des palabres, comme si elle me lisait un sermon. Heureusement, je n'en ai pas entendu un mot sur dix, car tu penses bien que moi, je n'avais que mon cher Wickham en tête. Je mourais d'envie de savoir s'il allait mettre son habit bleu pour notre mariage. Bon, nous avons pris le petit déjeuner à dix heures, comme d'habitude : j'ai cru que nous n'en finirions jamais ; d'ailleurs, soit dit en passant, je ne te cacherai pas que mon oncle et ma tante ont été odieux pendant tout le temps où je suis restée chez eux. Tu me croiras si tu veux, mais en quinze jours, je n'ai pas mis le nez dehors. Pas une seule soirée, pas une partie de plaisir, rien. Je sais bien que la saison était finie mais enfin le Petit Théâtre était ouvert. Bref, juste au moment où la voiture s'avance devant la porte, voilà qu'on vient dire à mon oncle que cet abominable Mr Stone a besoin de le voir pour affaires. Et comme tu le sais, quand ils commencent tous les deux, ils n'en finissent plus. Bon, j'étais tellement affolée que je ne savais plus quoi faire, parce que c'était mon oncle qui devait me conduire à l'autel ; et si nous arrivions en retard, nous ne pourrions plus nous marier ce jour-là. Mais, heureusement, il est revenu au bout de dix minutes, et nous avons pu partir aussitôt. De toute façon, je me suis rappelé, après coup, que si lui n'avait pas pu assister au mariage, rien ne nous aurait obligés à le remettre pour autant, puisque Mr Darcy aurait très bien pu le remplacer.

– Mr Darcy ! répéta Elizabeth au comble de la stupeur.

– Eh, oui ! il devait être là avec Wickham, tu sais bien. Ah, Dieu du ciel ! J'ai complètement oublié ! Je n'aurais pas dû en souffler mot. Moi qui avais si fidèlement promis ! Que va dire Wickham ? Cela devait rester absolument secret !

– Si c'est un secret, intervint Jane, n'ajoute pas un mot de plus. Tu peux compter sur mon entière discrétion.

Et sur la mienne, renchérit Elizabeth, pourtant dévorée de curiosité ; nous ne te poserons aucune question.

– Merci, lui dit Lydia ; car si tu en posais, je te raconterais certainement tout, et alors Wickham serait furieux. »

Après de tels encouragements, Elizabeth fut obligée de se sauver en courant pour se contraindre à ne pas l'interroger.

Il lui était impossible, cependant, de vivre dans l'ignorance sur un tel sujet ; ou il lui était du moins impossible de ne pas tenter de se renseigner. Mr Darcy avait assisté au mariage de sa sœur. C'était précisément la cérémonie, c'était justement la compagnie avec lesquelles il semblait avoir le moins à faire et qu'il aurait dû avoir la plus grande envie d'éviter. Des hypothèses saugrenues, forgées à la hâte, se succédaient dans l'esprit d'Elizabeth, mais aucune ne la satisfit. Celles qui lui plaisaient le mieux, car elles plaçaient la conduite de Darcy sous le jour le plus noble, lui semblaient aussi les plus improbables. Incapable de supporter plus longtemps cette incertitude, elle s'empara aussitôt d'une feuille de papier et elle écrivit une courte lettre à sa tante, pour lui demander d'élucider le mystère que Lydia avait involontairement dévoilé, si toutefois cela était compatible avec le secret que l'on avait voulu garder.

« Vous comprendrez sans peine, ajouta-t-elle, à quel point je suis curieuse de savoir comment il se fait qu'une personne qui n'a aucun lien de parenté avec notre famille, et qui nous est relativement étrangère, se soit trouvée parmi vous en de tels instants. Répondez-moi par retour du courrier je vous en supplie, et expliquez-moi tout – à moins qu'il n'y ait des raisons vraiment impératives de garder l'affaire aussi secrète que semblait le penser Lydia ; auquel cas il faudra que j'essaie de me contenter de ne rien savoir.

Ce dont je ne ferai rien, du reste, se dit-elle *in petto* en terminant sa lettre ; alors, ma chère tante, si vous ne me révélez pas la vérité de façon honorable, j'en serai certainement réduite à employer des ruses et des stratagèmes pour la découvrir. »

Son délicat sens de l'honneur interdisait à Jane de faire, lors de ses tête-à-tête avec Elizabeth, la moindre allusion à ce qu'avait laissé échapper Lydia ; la cadette ne s'en plaignait pas : tant qu'elle ne saurait pas si elle pouvait espérer obtenir une réponse à ses questions, elle préférait ne point avoir de confidente.

Chapitre LII

Elizabeth eut la satisfaction de recevoir une réponse à sa lettre dès le premier instant où cela fut possible. À peine la missive fut-elle en sa possession qu'elle courut jusqu'au petit bois où elle risquait le moins d'être dérangée ; et s'asseyant sur l'un des bancs, elle se prépara à passer un moment délicieux, car la longueur de la lettre lui disait assez qu'il ne s'agissait pas d'un refus.

«Gracechurch Street, 6 septembre

Ma chère nièce,

Je viens de recevoir ta lettre et je vais consacrer toute la matinée à y répondre, car je prévois qu'un petit billet ne suffirait point à contenir tout ce que j'ai à te dire. Je dois t'avouer que ta requête me surprend ; de ta part à toi, je ne m'y attendais point. Ne crois pas, cependant, que j'en sois fâchée, car je veux simplement dire par là que je ne t'aurais pas imaginée en peine de t'expliquer la chose.

Si tu préfères ne pas me comprendre, pardonne mon impertinence. Ton oncle est aussi surpris que moi ; et s'il n'avait pas été convaincu que tu étais directement concernée, rien n'aurait pu l'inciter à agir comme il l'a fait. Mais si tu m'écris vraiment en toute innocence et en toute ignorance, je dois être plus explicite. Le jour même de mon retour de Longbourn, ton oncle reçut une visite tout à fait inattendue. Mr Darcy se présenta chez nous et resta enfermé avec lui plusieurs heures. Tout était déjà terminé avant mon arrivée ; si bien que je n'ai pas eu à endurer comme toi, à ce qu'il semble, les affres de la curiosité inassouvie. Il était venu annoncer à Mr Gardiner qu'il avait découvert où se trouvaient ta sœur et Mr Wickham et qu'il leur avait parlé à tous deux – à Wickham plusieurs fois, à Lydia une seule. D'après ce que j'ai cru comprendre, il avait quitté le Derbyshire dès le lendemain de notre départ, et s'était rendu à Londres dans le but de les rechercher. Le motif invoqué était le suivant : c'était par sa faute, il en était convaincu, que la bassesse de Wickham n'avait pas été rendue suffisamment publique pour qu'il fût impossible aux jeunes filles de bonne famille de l'aimer ou de se fier à lui. Il mit généreusement tous les torts sur le compte de son orgueil mal placé, avouant qu'il avait jusque-là estimé indigne de lui d'étaler sa vie privée aux yeux de tous. Sa réputation devait se suffire à elle-même. Il ne faisait donc que son devoir, dit-il, en s'entremettant pour tenter de remédier à un mal dont il était la cause. S'il obéissait à un autre motif, cela ne serait pas, à ce que je pense, pour le déshonorer. Il dut passer plusieurs jours en ville avant de parvenir à les débusquer ; mais il avait de quoi guider ses recherches, ce qui n'était pas notre cas ; ce fut d'ailleurs une autre des raisons qui l'incitèrent à nous suivre. Il connaissait, semble-t-il, une dame, une certaine Mrs Younge qui fut naguère préceptrice de Miss Darcy et qui fut congédiée pour avoir encouru la réprobation de notre ami, mais il ne nous a pas donné d'autres précisions là-dessus. Elle s'installa alors dans une vaste demeure d'Edward Street où elle subvient depuis à ses besoins en prenant des locataires. Cette Mrs Younge était, il le savait, intimement liée avec Wickham ; et ce fut auprès d'elle qu'il se rendit, dès son arrivée en ville, pour avoir des nouvelles du fugitif. Mais il lui fallut bien deux ou trois jours pour parvenir à lui soutirer les renseignements qu'il voulait. J'imagine qu'elle se refusa à trahir le secret tant que Darcy n'eut pas recouru à la subornation ou à la corruption, car elle savait bel et bien où se cachait Wickham. Ce dernier s'était d'ailleurs rendu directement chez elle en arrivant de Brighton, et si elle avait été en mesure de les recevoir, ils se seraient installés dans sa demeure. Quoi qu'il en fût, notre noble ami finit par se procurer l'adresse tant désirée. Lydia et Wickham habitaient X Street. Il alla voir Wickham, puis il insista pour voir aussi ta sœur.

Il nous a confié qu'il avait tout d'abord espéré la persuader d'abandonner sa honteuse situation et de retourner dans sa famille, dès que celle-ci aurait pu être amenée à l'accueillir, et il lui offrit de faire pour cela tout ce qui serait en son pouvoir. Mais il put constater que Lydia était obstinément résolue à rester où elle était. Elle n'avait aucune envie de revoir sa famille; elle n'avait nul besoin des services de Mr Darcy; et elle ne voulait pas entendre parler de quitter Wickham. Elle était sûre qu'ils allaient se marier, tôt ou tard, et la date exacte n'avait aucune importance. Si tels étaient ses sentiments, il ne restait plus, se dit-il, qu'à assurer et arranger en toute hâte un mariage qui, comme il l'avait appris sans peine dès sa toute première conversation avec Wickham, n'entrait nullement dans les intentions de ce monsieur. Celui-ci avoua qu'il était forcé de quitter le régiment en raison de diverses dettes d'honneur qui se faisaient fort pressantes; et il n'eut aucun scrupule à mettre les tristes conséquences de la fugue de Lydia entièrement sur le compte de sa sottise à elle. Il entendait rendre sans plus tarder son brevet d'officier; quant à l'avenir qui l'attendait, il n'était pas en mesure de hasarder la moindre conjecture. Il faudrait bien aller quelque part, mais s'il ne savait pas où, il savait en revanche qu'il n'aurait aucun moyen de subsistance. Mr Darcy lui demanda pourquoi il n'avait pas aussitôt épousé ta sœur. On savait, certes, que Mr Bennet n'était pas bien riche, mais il aurait quand même pu faire quelque chose pour son gendre et ce mariage eût été, à tout prendre, à l'avantage de Wickham. Mais il apprit, en réponse à cette question, que ce dernier caressait encore l'espoir de s'établir définitivement en épousant une femme fortunée dans quelque autre pays. Sa situation était telle, cependant, qu'il ne risquait guère de résister à la tentation d'un secours immédiat. Ils se revirent donc à plusieurs reprises, car il y avait ample matière à discussion. Inutile de te dire que Wickham se montra trop gourmand, mais qu'il fut enfin réduit à être raisonnable. Une fois que tout eut été arrangé entre eux, Mr Darcy se prépara à en informer ton oncle, et il fit une première visite à Gracechurch Street dans la soirée qui précéda mon retour. Mr Gardiner, cependant, ne pouvait recevoir personne; et Mr Darcy apprit, en questionnant le domestique, que ton père était encore auprès de lui, mais devait quitter Londres le lendemain matin. Il ne lui semblait pas qu'il pût aussi aisément s'entendre avec ton père qu'avec ton oncle, si bien qu'il différa volontiers leur entretien jusqu'au départ de Mr Bennet. Il ne laissa point son nom, et sur le moment, on sut seulement qu'un monsieur était venu pour affaires. Le samedi, il revint. Ton père était parti, ton oncle était visible, et, comme je te l'ai dit plus haut, ils eurent un très long entretien. Ils se revirent le dimanche, ce qui me permit à moi aussi de le saluer. Il fallut attendre le lundi pour que tout fût enfin réglé : aussitôt, on dépêcha le messager exprès à Longbourn. Mais notre visiteur fit preuve d'un grand entêtement. Je crois bien, Lizzy, qu'en définitive c'est l'obstination qui est son véritable défaut. On lui a, en diverses occasions, reproché toutes sortes de choses, mais c'est par là qu'il pèche véritablement. Il fallait à tout prix que ce fût lui qui fît tout ce qu'il y avait à faire, et je t'assure cependant (et je ne le dis point pour en être remerciée, alors n'en parlons plus) que ton oncle aurait bien volontiers pris tous les frais à sa charge. Ils se chamaillèrent longuement à ce sujet, et Dieu sait pourtant que ni le monsieur ni la demoiselle en question ne le méritaient. Mais pour finir, ton oncle fut obligé de s'incliner, et au lieu de pouvoir rendre service à sa nièce, il dut se résigner à passer sans doute pour le bienfaiteur qu'il n'était pas, ce qu'il n'accepta que tout à fait à contrecœur ; et je crois sincèrement que ta lettre de ce matin l'a comblé d'aise, parce qu'elle exigeait des explications qui allaient le dépouiller de ses vertus usurpées et rendre à César ce qui lui appartient de droit. Mais, Lizzy, personne d'autre que toi, ou que Jane à la rigueur, ne doit en savoir un mot. Tu as, j'imagine, une fort bonne idée de tout ce qui a été fait pour le jeune couple. Il va falloir acquitter les dettes de Wickham, lesquelles se montent, je crois, à nettement plus de mille livres, fournir un autre millier à mettre au nom de Lydia en plus de celui qu'elle aura de son père, et enfin acheter le nouveau brevet d'officier. La raison pour laquelle tout ceci devait être fait par Mr Darcy, et par nul autre que lui, est celle que je t'ai donnée plus haut. C'était par sa faute, à cause de sa réserve et de son manque de considération, que l'on avait pu s'abuser sur le compte de Wickham et qu'il avait été, par conséquent, reçu et fêté partout. Peut-être y avait-il, en effet, un fond de vérité là-dedans ; encore que je doute que l'on puisse imputer cette fugue à la réserve de Mr Darcy ou à la réserve de quiconque. Mais en dépit de toutes ces belles paroles, ma chère Lizzy, tu peux être absolument sûre que jamais ton oncle n'aurait cédé, s'il ne lui avait pas prêté une autre raison de s'intéresser à cette affaire. Une fois que tout eut été réglé, il retourna auprès de ses amis qui séjournaient toujours à Pemberley; mais il fut convenu qu'il reviendrait à Londres le jour du mariage, pour mettre un point final à toutes les transactions financières. Je crois à présent t'avoir tout dit. Mon récit devrait, me dis-tu, t'occasionner une grande surprise ; j'espère, en tout cas, qu'il ne te causera aucun déplaisir. Lydia vint aussitôt s'installer chez nous et Wickham y fut reçu sans aucune restriction. Il se montra exactement tel que je l'avais connu dans le Hertfordshire ; mais j'aurais préféré ne point te dire combien je fus peu satisfaite de sa conduite à elle, tout au long de son séjour chez nous, si la lettre que m'a adressée Jane mercredi dernier ne m'avait laissé deviner qu'elle ne s'était pas mieux tenue à Longbourn, en sorte que ce que j'ai à en dire ne risque pas de te causer de nouveaux chagrins. Je lui ai parlé très sérieusement, à plusieurs reprises, en soulignant toute l'immoralité de ce qu'elle avait fait et toutes les souffrances qu'elle avait infligées à sa famille. Si elle m'a entendue, cela a dû être tout à fait par hasard, car je suis bien sûre qu'elle n'a rien écouté. Par moments, elle m'a mise véritablement hors de moi; mais aussitôt j'ai songé à mes chères Elizabeth et Jane, et pour l'amour de vous, je me suis armée de patience envers Lydia. Mr Darcy revint au jour dit, et, comme te l'a appris Lydia, assista au mariage. Le lendemain, il vint dîner chez nous, et il devait de nouveau quitter Londres le mercredi ou le jeudi. Seras-tu très fâchée contre moi, chère petite Lizzy, si je profite de cette occasion pour te dire (ce que je n'ai jamais eu le front de faire auparavant) combien il me plaît? Il s'est montré à notre égard en tous points aussi charmant que lorsque nous l'avons vu dans le Derbyshire. Son intelligence et les opinions qu'il professe me satisfont pleinement; il ne lui manque guère qu'un peu de vivacité, et s'il fait un mariage avisé, sa femme pourra l'aider à en acquérir. Je l'ai trouvé bien cachottier; il n'a pour ainsi dire pas prononcé ton nom. Mais il paraît que les cachotteries sont de mise. Pardonne-moi, je t'en prie, si je vais un peu trop loin, ou en tout cas n'aie pas la cruauté, pour me punir, de me bannir de P. Je ne serai pas satisfaite tant que je n'aurai pas fait le tour du parc. Un phaéton point trop haut, attelé d'une jolie paire de petits chevaux, serait l'idéal. Mais je dois ranger ma plume. Cela fait une demi-heure que les enfants me réclament. À toi bien sincèrement,

«M. Gardiner.»

Le contenu de cette lettre jeta Elizabeth dans un émoi où elle eût été bien en peine de dire si le plaisir l'emportait sur le chagrin. Les conjectures vagues et nébuleuses, nées de son incertitude quant à ce que Mr Darcy avait pu faire pour favoriser le mariage de sa sœur – conjectures qu'elle avait craint d'encourager, car il lui semblait y voir un excès de bonté trop beau pour être vrai, et qu'elle avait en même temps redouté de voir confirmées, en raison de la douloureuse obligation qu'entraînerait un tel bienfait –, s'étaient concrétisées au-delà de tout ce qu'elle aurait pu imaginer ! Il les avait suivis tout exprès à Londres ; il s'était imposé tout le dérangement et la mortification inhérents à de telles recherches, au cours desquelles il avait été contraint de supplier une femme qu'il devait haïr et mépriser, et réduit à côtoyer – à côtoyer de façon répétée – à raisonner, à convaincre, et pour finir à soudoyer l'homme qu'il devait entre tous vouloir éviter et dont le seul nom lui était odieux. Tout cela, il l'avait fait pour sauver de l'infamie une jeune fille à l'égard de qui il ne pouvait pas avoir plus d'affection que d'estime. Le cœur d'Elizabeth lui chuchotait bien que c'était pour elle qu'il s'était donné tant de peine. Mais cet espoir ne tarda point à être contrecarré par d'autres considérations; et elle comprit bientôt que sa vanité elle-même ne suffirait point à lui faire croire que l'amour de Darcy pour elle, pour une femme qui lui avait déjà refusé sa main, fût assez fort pour terrasser un sentiment aussi naturel que sa répugnance à se trouver apparenté à Wickham. Beau-frère de Wickham! Tout son orgueil devait se révolter à cette seule pensée. Il avait, certes, agi avec beaucoup de générosité. Elle avait même honte de penser à tout ce qui lui était dû. Mais il avait, pour justifier son intervention, avancé une raison qui n'était nullement impossible à croire. Il était logique qu'il se fût senti dans son tort; il était généreux et il avait les moyens de l'être; et bien qu'elle refusât de se placer au centre de ses préoccupations, elle pouvait concevoir qu'un reliquat de tendresse pour elle eût incité le jeune homme à s'entremettre ainsi dans une affaire qui menaçait aussi gravement sa tranquillité d'esprit. Il lui était douloureux, excessivement douloureux, de savoir qu'ils avaient envers lui des obligations dont ils ne pourraient jamais s'acquitter. Ils lui devaient la rédemption de Lydia, sa réputation, tout. Ah, qu'elle se repentait amèrement à présent de tous les sentiments inamicaux qu'elle avait naguère encouragés, de toutes les impertinences qu'elle avait pu décocher. Elle en était humiliée pour elle-même; mais elle était fière de lui – fière que, dans la cause de l'honneur et de la compassion, il eût été capable de prendre ainsi sur lui-même. Elle relut à de multiples reprises l'éloge qu'en faisait sa tante. Il était bien insuffisant, mais il lui fut agréable. Elle éprouva même un certain plaisir, teinté toutefois de mélancolie, en découvrant à quel point Mr et Mrs Gardiner avaient tous deux été intimement convaincus qu'il subsistait entre Mr Darcy et elle-même de l'affection et de la confiance

Un bruit de pas la tira de son siège et de ses réflexions; et avant d'avoir eu le temps de s'engager dans un autre sentier, elle fut rejointe par Wickham.

«Je crains d'avoir interrompu votre promenade solitaire, ma chère belle-sœur, dit-il en arrivant à sa hauteur.

– En effet, répondit-elle avec un sourire, mais il ne s'ensuit pas que l'interruption est forcément malvenue.

– Cela me chagrinerait énormément. Nous avons toujours été bons amis, tous les deux, et nous voici maintenant encore plus proches.

– C'est vrai. Les autres vont-ils aussi sortir prendre l'air?

– Je ne sais. Mrs Bennet et Lydia s'en vont à Meryton avec la voiture. Ainsi, ma chère sœur, j'apprends de nos oncle et tante que vous vous êtes rendue à Pemberley.»

Elle acquiesça.

«C'est un plaisir que je ne puis que vous envier, et pourtant, je crois bien que je ne serais pas de force à le supporter, sans quoi je m'y serais arrêté en me rendant à Newcastle. Et vous avez vu la vieille intendante, j'imagine? Pauvre Reynolds, elle a toujours eu un tel faible pour moi! Mais, bien sûr, elle n'aura pas mentionné mon nom.

– Si fait.

– Et qu'a-t-elle donc dit?

– Que vous vous étiez engagé dans l'armée, et qu'elle craignait que vous n'eussiez… mal tourné. Quand on habite si loin les uns des autres, voyez-vous, les choses finissent par être étrangement déformées.

– C'est certain», répondit-il en se mordant les lèvres.

Elizabeth espérait l'avoir réduit au silence; mais il ne tarda pas à reprendre:

«J'ai eu la surprise de trouver Darcy en ville le mois dernier. Nous nous sommes croisés à plusieurs reprises. Je me demande bien ce qu'il pouvait y faire.

– Peut-être vaquait-il aux préparatifs de ses noces avec Miss de Bourgh, riposta Elizabeth. Ce devait être une affaire d'importance pour l'amener à Londres à cette époque de l'année.

– Sans aucun doute. L'avez-vous vu pendant votre séjour à Lambton? J'ai cru comprendre que oui, à ce que m'ont dit les Gardiner.

– C'est exact; il nous a présenté sa sœur.

– Vous a-t-elle plu?

– Beaucoup.

– J'ai entendu dire, en effet, qu'elle s'était incroyablement amendée depuis un an ou deux. La dernière fois que je l'ai vue, elle ne promettait guère. Je suis fort content qu'elle vous ait plu. J'espère qu'elle tournera bien, elle.

– Je le pense; elle a passé l'âge vraiment difficile.

– Êtes-vous allés jusqu'au village de Kympton?

– Je ne crois pas m'en souvenir.

– Si j'en fais état, c'est simplement parce que c'est là que se trouve le bénéfice qui aurait dû me revenir. Un endroit délicieux! Excellent presbytère! La situation semblait faite tout exprès pour me convenir.

– Cela vous aurait donc plu de faire des sermons?

– Cela m'aurait comblé. La tâche, voyez-vous, aurait fait partie de mes devoirs de pasteur, et l'effort qu'elle exige ne m'aurait pas coûté longtemps. Il faut se résigner à son sort; mais, tout de même, quelle aubaine c'eût été pour moi! La tranquillité, l'isolement d'une telle existence auraient exaucé tous mes vœux de bonheur! Mais cela ne devait pas être. Avez-vous jamais entendu Darcy parler de cette affaire, quand vous l'avez vu dans le Kent?

– J'ai entendu dire, en effet, par quelqu'un dont l'autorité me paraissait aussi *fondée* que la sienne, que le bénéfice ne vous avait été légue que sous toutes réserves et selon le bon plaisir de son possesseur actuel.

– Tiens, tiens ! Oui, il y a du vrai là-dedans ; je vous l'avais d'ailleurs dit dès le début, si vous vous rappelez.

– J'ai entendu dire, aussi, qu'il fut un temps ou vous goûtiez beaucoup moins l'art du sermon que vous ne semblez le faire à présent ; vous auriez même explicitement déclaré que vous n'entreriez jamais dans les ordres, et toute l'affaire aurait été réglée en conséquence.

– Allons donc ! eh bien, ce n'était pas totalement dénué de fondement. Vous vous souvenez sans doute de ce que je vous ai dit là-dessus la première fois que nous en avons parlé. »

Ils étaient à présent presque à la porte de la demeure, car Elizabeth avait marché d'un bon pas pour se débarrasser de lui ; et comme elle ne voulait pas, par affection pour sa sœur, se fâcher avec son beau-frère, elle se contenta de répondre avec un sourire plein de gentillesse :

« Allons, Mr Wickham, nous sommes frère et sœur, vous le savez. Ne nous querellons pas pour des histoires anciennes. J'espère qu'à l'avenir, nous serons toujours du même avis. »

Elle lui tendit la main ; il la baisa avec une affectueuse galanterie, bien qu'il eût le plus grand mal à faire bonne contenance, et ils entrèrent dans la maison.

Chapitre LIII

Cette conversation satisfit si pleinement Mr Wickham qu'il ne chercha plus jamais à se mortifier lui-même, ni à courroucer sa chère belle-sœur en remettant le sujet sur le tapis; et elle fut ravie de constater qu'elle en avait assez dit pour le faire taire.

Le jour du départ fut bientôt venu, pour lui et Lydia, et Mrs Bennet dut se résoudre à une séparation qui risquait fort de se prolonger au moins un an, car son mari n'entrait pas le moins du monde dans son projet de se rendre à Newcastle avec toute sa famille.

«Ah, ma Lydia chérie, s'écria-t-elle, quand nous reverrons-nous?

– Ah, dame, je n'en sais rien. Peut-être pas avant deux ou trois ans.

– Écris-moi très souvent, ma chérie.

– Aussi souvent que je le pourrai. Mais vous savez bien que nous autres, femmes mariées, n'avons guère le temps d'écrire. Que mes sœurs m'écrivent. Elles n'auront rien de mieux à faire.»

Les adieux de Mr Wickham furent beaucoup plus tendres que ceux de son épouse. Il fit le joli cœur et tourna toutes sortes de gracieux compli ments.

«C'est le plus charmant garçon que j'aie jamais vu, déclara Mr Bennet dès qu'ils eurent quitté la place. Il minaude, et sourit, et nous fait la cour à tous. Je suis prodigieusement fier de lui. Je mets Sir William Lucas soi-même au défi de me trouver un gendre plus délectable.»

La perte de sa fille préférée laissa Mrs Bennet abattue pendant plusieurs jours.

«Je me dis souvent, observa-t-elle, qu'il n'y a rien de plus triste que de se séparer de ceux qu'on aime. Sans eux, on se sent tout abandonné.

– Voilà ce qui arrive, voyez-vous, ma mère, quand on marie ses enfants, répondit Elizabeth. Consolez-vous donc à l'idée que les quatre autres sont encore filles.

– Cela n'a rien à voir. Lydia ne me quitte pas parce qu'elle est mariée; mais uniquement parce qu'il se trouve que le régiment de son mari est cantonné si loin. S'il était plus près, elle ne serait point partie aussi vite.»

Toutefois, elle fut bientôt tirée de l'état de mélancolie où l'avait jetée ce départ, et son esprit s'ouvrit derechef aux trépidations de l'espoir, grâce à une nouvelle qui commença alors à circuler dans Meryton. L'intendante de Netherfield avait reçu l'ordre de faire tous les préparatifs nécessaires au séjour de son maître, qui devait arriver d'ici un jour ou deux, afin de passer plusieurs semaines à chasser. Mrs Bennet ne tenait plus en place. Elle contemplait Jane, puis elle souriait et secouait la tête, tour à tour.

« Tiens, tiens, ainsi Mr Bingley nous revient, ma sœur (car c'était Mrs Philips qui était venue annoncer la nouvelle). Ma foi, grand bien lui fasse. Remarquez que je ne m'en soucie guère. Il ne nous intéresse pas, voyez-vous, et je puis vous assurer que je n'ai aucune envie de le revoir jamais. Mais, cela dit, qu'il vienne donc à Netherfield, si cela lui chante. Et qui sait ce qui pourra en résulter ? Mais peu nous importe. Vous savez fort bien, ma sœur, que nous étions convenues, voici déjà longtemps, de ne plus jamais en souffler mot. Et son retour, donc, est vraiment certain ?

– Vous pouvez y compter, répondit l'autre, car Mrs Nichols était à Meryton, hier au soir ; je l'ai vue passer devant chez moi, et je suis sortie tout exprès pour tirer l'affaire au clair ; et elle m'a dit elle-même que c'était la pure vérité. Il arrivera jeudi, au plus tard, et plus probablement mercredi. Elle allait justement chez le boucher, à ce qu'elle m'a confié, commander de la viande pour mercredi, et elle a trois paires de canards juste à point pour être mangés. »

Miss Bennet n'avait pu sans changer de couleur entendre la nouvelle. Cela faisait à présent plusieurs mois qu'elle n'avait pas prononcé le nom de

Bingley devant Elizabeth; mais dès qu'elles se retrouvèrent seules ensemble, elle lui dit:

«J'ai bien vu que tu me regardais, Lizzy, lorsque notre tante nous a rapporté le bruit qui court; et je sais que j'ai dû te paraître embarrassée; mais ne va point t'imaginer que c'était pour une raison frivole. Sur le moment, je me suis troublée justement parce que j'ai deviné qu'on allait m'observer. Je puis t'assurer que cette nouvelle ne me cause pas plus de plaisir que de peine. Je ne me réjouis que d'une seule chose, c'est qu'il vienne seul; car ainsi, nous le verrons moins souvent. Non pas que je ne sois sûre de moi-même, mais je redoute les réflexions d'autrui.»

Elizabeth ne savait trop quoi penser. Si elle n'avait point revu Bingley dans le Derbyshire, elle aurait pu croire qu'il ne revenait en effet que dans le but allégué; mais elle le jugeait toujours épris de Jane, et elle ne parvenait point à décider s'il était plus probable qu'il revenait *avec* la permission de son ami, ou au contraire qu'il était assez audacieux pour se hasarder sans elle.

«Il est bien injuste, cependant, se disait-elle parfois, que ce pauvre garçon ne puisse venir habiter une demeure qu'il a louée le plus légitimement du monde, sans donner prise à toutes ces spéculations. Je ne veux point me mêler de tout cela.»

Elle n'avait aucune peine à constater qu'en dépit de toutes ses protestations de parfaite indifférence, qu'elle exprimait d'ailleurs en toute sincérité, la nouvelle du retour de Bingley n'était pas sans affecter la sérénité de sa sœur. Elle l'avait rarement vue d'humeur aussi inquiète et aussi inégale.

Le sujet débattu avec tant de chaleur par leurs parents, près d'un an auparavant, revint bientôt dans leur conversation.

« Dès l'instant où Mr Bingley sera de retour, mon ami, déclara Mrs Bennet, vous irez, bien sûr, lui rendre visite.

– Non, non et non. Vous m'avez obligé à le faire l'année dernière, en me promettant qu'il épouserait une de mes filles si j'allais le voir. Mais il n'en a rien été, et je refuse d'être encore une fois le dindon de la farce. »

Sa femme s'efforça de lui démontrer que tous les messieurs du voisinage étaient absolument tenus de faire acte de courtoisie envers Mr Bingley pour saluer son retour à Netherfield.

« Sachez que c'est une étiquette que je méprise, rétorqua-t-il. S'il se plaît en notre compagnie, libre à lui de la rechercher. Il sait où nous habitons. Quant à moi, je n'ai aucune intention de passer mon temps à pourchasser mes voisins chaque fois qu'ils s'en vont et qu'ils reviennent.

– Ma foi, tout ce que je sais, c'est que l'on vous prendra pour un grossier personnage si vous n'allez pas le voir. Mais, quoi qu'il en soit, ce n'est pas cela qui m'empêchera de l'inviter à dîner chez nous, vous pouvez m'en croire. Nous devons convier Mrs Long et les Goulding sous peu. Ce qui, en nous comptant, fera justement treize à table, en sorte qu'il sera le bienvenu. »

Réconfortée par cette décision, elle parvint à supporter d'autant mieux l'impolitesse de son mari; pourtant, elle était sérieusement mortifiée à l'idée que, par la faute de Mr Bennet, tous leurs voisins auraient l'occasion de revoir Mr Bingley avant eux. Comme le jour de son arrivée approchait, Jane confia à sa sœur:

« Je commence à regretter ce retour. La chose en soi est sans importance; je suis capable de le revoir sans la moindre gêne; mais il m'est presque insupportable d'en entendre parler ainsi sans trêve. Ma mère ne songe pas à mal; mais elle ne peut savoir, personne ne peut savoir à quel point ses bavardages me font souffrir. Que je serai donc contente lorsque ce séjour à Netherfield aura pris fin !

– Je voudrais pouvoir trouver des paroles de consolation, lui répondit Elizabeth; mais cela m'est tout à fait impossible. Tu ne peux que souffrir de cet état de choses, et la satisfaction que l'on éprouve d'ordinaire à exhorter ceux qui souffrent à se résigner m'est refusée, car tu es toujours d'une patience d'ange. »

Mr Bingley arriva. Par le truchement des domestiques, Mrs Bennet parvint à en être informée dès la première heure, de façon à allonger au maximum tous les instants d'inquiétude et de contrariété qui lui seraient dévolus. Elle compta les jours qui devaient s'écouler avant qu'il ne fût convenable de lancer une invitation, désespérant de le voir avant. Mais trois jours après son arrivée dans le Hertfordshire, elle le vit dès le matin, par la fenêtre de son boudoir, pénétrer à cheval dans leur propriété et se diriger vers la maison.

Aussitôt, elle appela ses filles auprès d'elle à grands cris, pour leur faire partager sa joie. Jane resta obstinément assise à la table; mais Elizabeth, pour apaiser leur mère, s'approcha de la fenêtre – elle jeta un coup d'œil –, vit qu'il était accompagné de Mr Darcy – et retourna s'asseoir auprès de sa sœur.

«Il y a un monsieur avec lui, maman, s'écria Kitty; qui cela peut-il bien être?

– Sans doute un de ses amis, ma chérie; je ne saurais vraiment pas te dire.

– Tiens! reprit Kitty, on dirait exactement cet homme qui est déjà venu l'année dernière. Mister, comment s'appelait-il déjà – ce grand monsieur, si orgueilleux?

– Dieu du ciel! Mr Darcy! Mais c'est pourtant vrai, je crois. Ma foi, tous les amis de Mr Bingley seront toujours les bienvenus chez nous, inutile de le dire; mais sans cela, je dois bien dire que sa seule vue m'est odieuse.»

Jane regarda Elizabeth, partagée entre l'étonnement et la sollicitude. Elle ignorait presque tout de leurs rencontres dans le Derbyshire, et elle était, de ce fait, fort sensible à la gêne que devait éprouver sa sœur en revoyant son ancien prétendant presque pour la première fois depuis qu'elle avait reçu sa lettre de justification. Les deux jeunes filles étaient très mal à l'aise. Chacune souffrait pour l'autre, et bien sûr pour elle-même; et leur mère continua à exprimer son animosité envers Mr Darcy, à qui elle ne comptait témoigner la moindre civilité qu'au titre d'ami de Mr Bingley, sans être entendue d'elles. Mais Elizabeth avait des raisons d'être troublée que ne pouvait soupçonner sa sœur à qui elle n'avait pas encore eu le courage de montrer la lettre de Mrs Gardiner, ni de confier le revirement de ses sentiments à l'égard de Darcy. Pour Jane, ce dernier n'était qu'un homme dont sa sœur avait repoussé la demande en mariage et sous-estimé les mérites; mais pour elle, qui était plus amplement informée, il était celui à qui toute leur famille était redevable du plus précieux des bienfaits, et envers qui elle éprouvait un intérêt peut-être moins tendre, mais en tout cas aussi raisonnable et aussi mérité que celui de Jane pour Bingley. La stupéfaction que lui causaient sa venue – sa venue à Netherfield, à Longbourn – et sa volonté de la revoir égalait presque celle qu'elle avait ressentie en le retrouvant si méconnaissable, dans le Derbyshire.

Le sang, qui s'était retiré de ses joues, y revint un instant avec un éclat accru, et un sourire de ravissement aviva le lustre de ses yeux, lorsqu'elle se dit, le temps d'un éclair, que l'amour et les désirs du jeune homme devaient être toujours aussi vifs; mais elle ne voulait pas se sentir trop sûre de sa victoire.

«Que je voie, d'abord, comment il se comporte, se dit-elle; il sera alors amplement temps d'espérer.»

Elle redoubla donc d'assiduité à son ouvrage, et s'efforça de reprendre son calme, sans oser lever les yeux, jusqu'à ce qu'une curiosité inquiète l'incitât à dévisager sa sœur au moment où le domestique approchait de la porte. Jane était un peu plus pâle que de coutume, mais plus sereine qu'Elizabeth ne s'y était attendue. À l'entrée des deux messieurs, son visage s'empourpra; pourtant, elle les accueillit avec une aisance de bon aloi, et sut d'emblée éviter de laisser paraître aussi bien le moindre symptôme de ressentiment que les marques de complaisance inutile.

Elizabeth ne fut pas plus volubile que ne l'exigeaient les règles du savoir-vivre, et elle se remit à son ouvrage avec un zèle qu'il ne suscitait pas souvent. Elle n'avait risqué qu'un bref coup d'œil du côté de Darcy. Il avait l'air grave qui lui était habituel; plus proche, lui sembla-t-il, de l'ancienne contenance qu'elle lui avait connue l'année précédente que de ce qu'elle avait vu à Pemberley. Mais peut-être ne pouvait-il, en présence de sa mère, être tel qu'il était avec son oncle et sa tante. L'hypothèse était douloureuse, mais nullement improbable.

À Bingley aussi, elle n'avait fait que jeter un regard, et ce bref examen le lui avait montré à la fois content et gêné. Mrs Bennet le reçut avec un excès de courtoisie qui remplit ses deux aînées de honte, surtout en comparaison de la politesse froide et cérémonieuse qu'elle réservait à son ami.

Elizabeth, en particulier, sachant que c'était lui que sa mère aurait dû remercier d'avoir sauvé sa fille préférée d'une infamie irrémédiable, était fort douloureusement peinée et désolée de cette injuste distinction entre les deux jeunes gens.

Darcy, après avoir demandé à Elizabeth comment se portaient Mr et Mrs Gardiner, question à laquelle elle ne put répondre sans confusion, ne dit presque plus un mot. Il n'était pas assis près d'elle : peut-être était-ce la raison de son silence ; mais il n'en avait pas été de même dans le Derbyshire. Là, quand il ne pouvait lui parler, il avait devisé avec ses compagnons. Mais à présent, des minutes entières s'écoulaient sans que l'on entendit le son de sa voix ; et lorsque, de temps en temps, incapable de résister à un élan de curiosité, elle levait les yeux vers lui, c'était pour le trouver aussi souvent occupé à regarder Jane qu'elle-même, et pour le surprendre plus d'une fois absorbé dans la contemplation du plancher. Il paraissait à l'évidence plus songeur et moins désireux de plaire que la dernière fois où ils s'étaient vus Elle en était déçue, et s'en voulait de l'être.

«Pouvais-je m'attendre à autre chose? se disait elle. Mais alors, pourquoi est-il venu?»

Elle n'était pas d'humeur à converser avec quelqu'un d'autre que lui; et à lui, pourtant, elle avait à peine le courage d'adresser un mot.

Elle finit par s'enquérir de sa sœur, mais ne put aller plus loin.

«Cela fait bien longtemps que vous êtes parti, Mr Bingley», observa Mrs Bennet.

Il en convint volontiers.

«Je commençais à craindre de ne jamais vous revoir. Les gens disaient, d'ailleurs, que vous aviez l'intention de donner votre congé définitif pour la Saint-Michel; mais j'espère, toutefois, que ce n'est pas vrai. Il y a eu bien du changement par ici, depuis votre départ. Miss Lucas s'est mariée et installée dans le Kent; et l'une de mes filles aussi s'est mariée. J'imagine que vous l'avez appris; au reste, vous avez dû voir cela dans les journaux. Je sais que l'annonce a paru dans le *Times* et dans *Le Courrier*, encore qu'elle ait laissé beaucoup à désirer. Elle disait simplement: "Dernièrement Mr George Wickham à Miss Lydia Bennet", sans souffler mot de la situation de son père, ni de son adresse, ni de quoi que ce soit. C'est mon frère Gardiner qui l'a rédigée, pourtant, et je ne m'explique pas comment il a pu bâcler cela de la sorte. L'avez-vous vue?»

Bingley répondit que oui et lui présenta ses félicitations. Elizabeth n'osait lever les yeux. Elle fut de ce fait, dans l'incapacité d'observer l'expression de Mr Darcy.

«Il est parfaitement délicieux, je dois dire, d'avoir une fille bien mariée, continua sa mère; mais d'un autre côté, Mr Bingley, il m'est bien douloureux d'être ainsi séparée d'elle. Ils sont partis à Newcastle, figurez-vous, une ville qui se trouve tout à fait au nord, à ce qu'il paraît, et ils vont y rester je ne sais combien de temps. C'est là qu'est cantonné le régiment de mon gendre; car, vous n'ignorez pas, je suppose, qu'il a quitté la garde nationale pour l'armée régulière. Dieu merci! il a tout de même quelques amis, bien qu'il n'en ait peut-être pas autant qu'il le mérite.»

Elizabeth, qui savait ce trait destiné à Mr Darcy, était au comble de la honte et de la contrariété, au point qu'elle faillit quitter la pièce. Cette pique eut néanmoins le don de l'inciter, beaucoup plus efficacement que tout ce qui s'était dit jusque-là, à se joindre à la conversation; et elle demanda à Bingley s'il avait l'intention de séjourner longtemps dans la région. Quelques semaines, pensait-il.

«Quand vous aurez tué tout votre gibier, Mr Bingley, reprit Mrs Bennet, veuillez donc, je vous en prie, avoir l'obligeance de venir ici chasser tout ce qu'il vous plaira sur les terres de Mr Bennet. Je suis sûre qu'il sera enchanté de vous accueillir et qu'il vous réservera les plus beaux coups de fusil.»

Le désarroi d'Elizabeth allait croissant, à chacune

de ces prévenances si inutiles, si excessives ! Elle était persuadée que si les belles espérances dont ils s'étaient tous flattés l'année précédente, concernant Mr Bingley, devaient se représenter maintenant, l'affaire ne pourrait que se solder très vite par le même cuisant échec. À cet instant, elle se dit que des années de félicité ne suffiraient pas à les dédommager, Jane et elle, d'aussi cruels moments d'embarras.

« Le plus cher de mes désirs, se dit-elle en son for intérieur, est de ne plus jamais avoir à les côtoyer ni l'un ni l'autre. Leur compagnie ne peut me valoir aucun plaisir susceptible de pallier les affres que j'endure actuellement ! Dieu fasse que je ne les revoie jamais plus ! »

Pourtant, cette détresse que des années de bonheur ne suffiraient pas à effacer se trouva presque aussitôt considérablement amoindrie, lorsqu'elle observa combien la beauté de sa sœur aînée ranimait la flamme de son ancien soupirant. À son entrée dans la pièce, il n'avait pas trouvé grand-chose à lui dire ; mais de minute en minute, il paraissait s'intéresser davantage à elle. Il la retrouvait aussi ravissante que par le passé ; aussi charmante et aussi simple, quoique un peu moins prompte à converser. Jane était particulièrement désireuse de se comporter avec le plus parfait naturel, et elle était sincèrement, persuadée qu'elle bavardait aussi librement qu'à l'accoutumée ; mais elle avait la tête si bourdonnante de pensées qu'elle ne se rendait pas toujours compte de ses silences.

Lorsque les deux messieurs se levèrent pour partir, Mrs Bennet n'eut garde d'oublier ses courtoises intentions, et ils furent invités à dîner à Longbourn à quelques jours de là.

« Vous me devez bien cette visite, Mr Bingley, ajouta-t-elle ; car quand vous êtes parti en ville, l'hiver dernier, vous aviez promis de venir prendre un repas en famille avec nous dès votre retour. Vous voyez que je ne l'ai pas oublié ; et je vous assure que j'ai été fort déçue de ne pas vous voir revenir pour respecter vos engagements. »

Bingley eut l'air assez déconcerté par cette remarque et balbutia quelques mots exprimant son regret d'avoir été retenu par ses affaires. Puis les deux jeunes gens prirent congé.

Mrs Bennet avait eu grande envie de les retenir à dîner le soir même ; mais bien qu'elle tînt toujours fort bonne table, elle estimait qu'il ne fallait pas moins de deux rôts pour séduire un homme sur qui elle avait des visées aussi importantes, ou satisfaire l'appétit et l'orgueil d'un autre qui possédait dix mille livres de rentes.

Chapitre LIV

Dès qu'ils furent partis, Elizabeth sortit à son tour pour tenter de retrouver sa bonne humeur ; ou, en d'autres termes, pour songer, sans interruption, à des sujets qui ne pouvaient que l'en priver davantage. Le comportement de Mr Darcy l'étonnait autant qu'il la mortifiait.

« Pourquoi donc être venu, se disait-elle, si c'était pour rester silencieux, grave et insensible ? »

Elle ne trouvait à cela aucune explication satisfaisante.

« Puisqu'il a pu continuer à se montrer aimable et charmant envers mon oncle et ma tante, lorsqu'il était en ville, pourquoi pas envers moi ? S'il me craint, pourquoi venir ici ? S'il ne se soucie plus de moi, pourquoi ce mutisme ? Quel homme ! Quel homme exaspérant ! Ne pensons plus à lui. »

Elle réussit, pendant quelques brefs instants, à s'en tenir involontairement à cette résolution, car Jane vint la rejoindre, arborant une mine enjouée qui montrait bien qu'elle était plus satisfaite de leurs deux visiteurs que sa cadette.

«À présent que cette première rencontre est passée, dit Miss Bennet, je me sens tout à fait à l'aise. Je connais la limite de mes forces, et jamais plus je ne serai gênée par sa présence. Je suis ravie qu'il vienne dîner mardi. Chacun pourra voir alors que nous n'entretenons, l'un et l'autre, que des rapports on ne peut plus banals et indifférents.

– Pour ça oui, fort indifférents, s'écria Elizabeth en riant. Ah, Jane, prends garde.

– Ma chère Lizzy, tu ne me crois quand même pas assez faible pour courir cette fois le moindre risque?

– Je crois que tu cours un fort grand risque de le rendre plus amoureux de toi que jamais.»

Elles ne revirent plus les deux jeunes gens avant le mardi; et Mrs Bennet, entre-temps, s'abandonna à tous les heureux pronostics qu'avaient ressuscités le bon naturel et les politesses anodines de Bingley en l'espace d'une demi-heure.

Le mardi était priée à Longbourn une nombreuse compagnie; et les deux convives attendus avec le plus d'agitation se présentèrent à l'heure dite, ce qui était tout à l'honneur de leur ponctualité de chasseurs. Lorsqu'on gagna la salle à manger, Elizabeth observa avec intérêt Mr Bingley pour voir s'il allait reprendre auprès de sa sœur la place qui avait été la sienne à chacun de leurs dîners passés. Sa mère, animée par une semblable pensée, se garda avec prudence d'inviter le jeune homme à venir s'asseoir à ses côtés. En pénétrant dans la pièce, il parut hésiter, mais Jane, fort opportunément, jeta un regard à la ronde et lui sourit : le sort en était jeté. Il prit place auprès d'elle.

Elizabeth, triomphante, tourna aussitôt les yeux vers son ami. Il prenait la chose avec une noble indifférence ; et elle aurait volontiers cru que Bingley avait reçu de lui l'autorisation d'être heureux, si elle ne l'avait vu, lui aussi, regarder Mr Darcy, avec une expression où l'amusement le disputait à l'alarme.

Tout au long du repas, il laissa transparaître à l'égard de Jane une admiration qui, bien qu'elle fût plus circonspecte qu'auparavant, convainquit Elizabeth que si on le laissait libre d'agir à sa guise, le bonheur de sa sœur, et celui du jeune homme par ricochet seraient vite assurés. Même si elle n'osait en préjuger tout à fait, ce fut avec plaisir qu'elle observa les attentions de Bingley. Elle n'eut d'ailleurs aucune autre raison de se réjouir. Mr Darcy était placé presque aussi loin d'elle qu'il pouvait l'être. Il était le voisin de sa mère. Elle ne savait que trop combien cette proximité était peu faite pour leur plaire, à l'un comme à l'autre, ou pour les montrer sous leur meilleur jour. Elle était trop éloignée pour entendre ce qu'ils avaient à dire ; mais elle voyait combien leurs échanges étaient rares, et leurs manières froides et guindées chaque fois qu'ils avaient lieu. La mauvaise grâce de sa mère intensifiait encore plus douloureusement, dans l'esprit d'Elizabeth, le sentiment de tout ce que sa famille devait à Darcy; et par instants, elle aurait tout donné pour avoir le privilège de lui faire savoir que sa bonté n'était pas ignorée d'eux tous et ne leur était pas à tous indifférente.

Elle espérait que la soirée leur fournirait quelque occasion de s'entretenir; que toute cette visite n'allait pas s'écouler sans leur permettre d'engager une conversation poussée au-delà des saluts cérémonieux qu'ils avaient échangés à l'entrée du jeune homme. Anxieuse et mal à l'aise, elle trouva l'intervalle que les dames durent passer au salon, en attendant la venue des messieurs, si ennuyeux et si morne qu'elle en devint presque impolie. Il lui semblait que cette arrivée représentait sa dernière chance de passer une soirée réussie.

«S'il ne vient pas aussitôt auprès de moi, se dit-elle, je saurai que je n'ai plus rien à attendre de lui.»

Les messieurs firent leur apparition; et elle eut l'impression qu'il était tout disposé à répondre à ses vœux; mais hélas! Les dames s'étaient massées autour de la table où Miss Bennet faisait le thé et où Elizabeth servait le café, et elles y formaient un groupe si compact qu'il n'y avait pas à ses côtés le moindre espace où l'on pût glisser une chaise. Et en voyant les messieurs approcher, une des jeunes invitées se serra tout contre Elizabeth, en lui chuchotant:

« Ces hommes ne viendront pas nous séparer, je m'y refuse. Nous ne voulons pas d'eux, n'est-ce pas ? »

Darcy s'était déjà retiré dans une autre partie de la pièce. Elle le suivit des yeux, envia tous ceux à qui il adressait la parole, eut tout juste assez de patience pour servir du café à ceux qui souhaitaient en prendre, puis se mit à rager contre sa propre sottise !

« Un homme dont j'ai déjà une fois repoussé les offres de mariage ! Comment ai-je pu être assez niaise pour penser voir renaître son amour ? Existe-t-il un homme au monde qui ne se rebellerait pas à l'idée d'être assez faible pour demander deux fois sa main à la même femme ? C'est une indignité qui leur est odieuse entre toutes. »

Elle reprit un peu courage, cependant, en le voyant rapporter lui-même sa tasse vide ; et elle en profita pour demander :

« Votre sœur est-elle toujours à Pemberley !

– Oui ; elle doit y rester jusqu'à Noël.

– Toute seule ? Tous ses amis sont donc repartis ?

– Mrs Annesley est auprès d'elle. Les autres sont partis pour Scarborough depuis déjà trois semaines. »

Elle ne trouvait plus rien à dire ; mais si lui souhaitait prolonger cette conversation, peut-être serait-il mieux inspiré. Il resta, cependant, plusieurs minutes à ses côtés sans dire un mot ; et finalement, comme la même jeune fille recommençait à chuchoter à l'oreille d'Elizabeth, il s'éloigna.

Lorsqu'on eut débarrassé les tasses et installé les tables de jeu, toutes les dames se levèrent, et Elizabeth se reprit à espérer qu'il allait bientôt la rejoindre, mais toutes ses illusions furent réduites à néant quand il tomba dans les griffes de sa mère, qui guettait avec rapacité les joueurs de whist, et prit place peu après au milieu d'un groupe. Elle renonça alors à toute idée de plaisir. Ils étaient confinés pour le reste de la soirée à des tables différentes, et elle n'avait plus rien à espérer, sinon de voir le regard de Darcy se tourner assez souvent vers la partie de la pièce où elle se trouvait, pour qu'il en fût réduit à jouer aussi déplorablement qu'elle-même.

Mrs Bennet avait formé le projet de garder les deux messieurs de Netherfield à souper; mais, malheureusement, leur voiture fut demandée avant toutes les autres et elle n'eut même pas l'occasion de les retenir.

«Eh bien, mes enfants, dit-elle dès que les derniers invités furent partis, que pensez-vous de cette journée? Je peux vous dire qu'à mon avis, tout s'est remarquablement bien passé. Le dîner était un des plus appétissants que j'aie jamais goûtés. Le gibier était cuit à point – et chacun a reconnu qu'il n'avait jamais vu un cuissot de cette taille. La soupe était cent fois meilleure que celle que nous avons eue chez les Lucas la semaine passée; et Mr Darcy lui-même a concédé que les perdrix étaient merveilleusement préparées; or j'imagine qu'il emploie au moins deux ou trois cuisiniers français. Quant à toi, ma Jane, jamais je ne t'ai vue plus belle. Mrs Long en est convenu, quand je lui ai demandé si elle n'était pas de mon avis. Et que croyez-vous qu'elle a ajouté? "Ah! Mrs Bennet, nous allons enfin la voir installée à Netherfield." Ce sont ses propres mots. On peut dire, vraiment, que Mrs Long est la crème des femmes – et ses nièces sont des petites fort bien élevées et point du tout jolies. Je les aime énormément.»

Bref, Mrs Bennet était d'excellente humeur: ce qu'elle avait pu observer du comportement de Bingley envers Jane suffisait à la convaincre que le mariage de sa fille était enfin assuré; et elle nourrissait pour les siens des espoirs si extravagants, lorsqu'elle était bien lunée, qu'elle fut cruellement déçue de ne pas voir le jeune homme arriver dès le lendemain pour faire sa demande dans les règles.

«J'ai passé une journée fort agréable, déclara Miss Bennet à Elizabeth. Toute la compagnie semblait si bien choisie, si parfaitement assortie! J'espère que nous nous réunirons souvent ainsi.»

Elizabeth sourit.

«Lizzy, ne souris donc pas. Tu ne dois point douter de moi. Cela me mortifie. Je t'assure que j'ai désormais appris à goûter sa conversation de jeune homme aimable et intelligent, sans attendre autre chose de lui. Je suis tout à fait convaincue par la façon dont il se comporte à présent à mon égard qu'il n'a jamais eu le dessein de se faire aimer de moi. Il se trouve tout simplement qu'il a la chance de posséder des manières plus enga geantes et qu'il est animé par un plus vif désir de plaire que tous les autres hommes.

– Tu es d'une grande cruauté, répondit sa sœur; tu m'interdis de sourire, et tu m'y incites par chacune de tes paroles.

– Qu'il est donc difficile d'être crue, dans certains cas !

– Et qu'il est impossible d'y parvenir dans d'autres !

— Mais pourquoi veux-tu donc tant me persuader que j'éprouve des sentiments plus ardents que je ne l'avoue ?

— C'est une question à laquelle je suis bien en peine de répondre. Nous aimons tous à donner des leçons, bien que nous ne puissions enseigner que ce qui ne mérite pas d'être appris. Pardonne-moi ; et si tu persistes dans ton indifférence, ne me prends plus pour confidente. »

Chapitre LV

Quelques jours après ce dîner, Mr Bingley revint à Longbourn, tout seul. Son ami était parti le matin même pour Londres et comptait être de retour dans une dizaine de jours. Bingley passa plus d'une heure avec les Bennet et fut de la meilleure humeur du monde. Mrs Bennet le pria de rester dîner; mais il dut lui avouer qu'à son très vif regret, il était déjà retenu ailleurs.

«J'espère, lui dit-elle, que nous aurons plus de chance la prochaine fois que vous viendrez.»

Il serait particulièrement heureux n'importe quel autre jour, etc.; et si elle voulait bien l'y autoriser, il se permettrait de revenir les voir très bientôt.

«Seriez-vous libre demain?»

Mais oui, il était parfaitement libre toute la journée du lendemain; et il accepta l'invitation avec alacrité.

Il vint donc, et de si bonne heure qu'aucune des dames n'était prête. Et Mrs Bennet, en peignoir, à moitié coiffée, de courir jusqu'à la chambre de sa fille aînée, en clamant :

« Jane, ma chérie, dépêche-toi donc de descendre. Il est arrivé – Mr Bingley est ici. Il y est, je t'assure. Dépêche-toi, dépêche-toi donc. Vite, Sarah, venez immédiatement chez Miss Bennet et aidez-la à enfiler sa robe. Laissez donc les cheveux de Miss Lizzy.

– Nous descendrons dès que nous le pourrons, répondit Jane. Mais je crois bien que Kitty est plus avancée que nous deux, car cela fait une demi-heure qu'elle est montée se préparer.

– Ah ! au diable Kitty ! Que vient-elle faire là-dedans ? Allons, fais vite, fais vite ! Où est ta ceinture, ma chérie ? »

Mais lorsque sa mère fut repartie, Jane refusa catégoriquement de descendre sans l'une ou l'autre de ses sœurs.

Au cours de la soirée transparut ce même désir de laisser Bingley et Jane seuls ensemble. Lorsqu'on eut pris le thé, Mr Bennet se retira, comme à son habitude, dans sa bibliothèque, et Mary monta dans sa chambre travailler son piano. Se voyant ainsi débarrassée de deux obstacles sur cinq, Mrs Bennet passa plusieurs minutes à regarder Elizabeth et Catherine et à multiplier les clins d'œil, sans obtenir le moindre résultat. Elizabeth refusait d'y prendre garde ; et Kitty, lorsqu'elle s'en aperçut enfin, s'écria en toute candeur :

«Qu'avez-vous donc, maman? Pourquoi me faites-vous signe ainsi? Que faut-il que je fasse?

– Mais rien, voyons, mon petit, rien du tout. Je ne te fais pas signe.»

Elle resta assise sans rien ajouter encore cinq minutes; puis, incapable de laisser passer une aussi belle occasion, elle se leva brusquement, en disant à Kitty:

«Viens avec moi, ma chérie. J'ai à te parler.»

Et elle l'entraîna hors de la pièce. Aussitôt, Jane adressa à Elizabeth un regard exprimant la détresse que lui causaient de telles manigances et la suppliant de ne pas s'y prêter à son tour. Au bout de quelques minutes, Mrs Bennet entrouvrit la porte et appela:

«Lizzy, mon enfant, j'ai à te parler.»

Elizabeth fut bien obligée de sortir.

«Autant les laisser seuls ensemble, tu sais, lui dit sa mère dès qu'elle eut gagné le vestibule. Kitty et moi montons nous installer dans mon boudoir.»

Elizabeth n'essaya même pas de raisonner sa mère, mais se contenta d'attendre paisiblement dans le vestibule qu'elle et Kitty eussent disparu, avant de regagner le salon.

Ce jour-là, les machinations de Mrs Bennet restèrent sans effet. Bingley était paré de toutes les qualités sauf une: il n'était pas le prétendant déclaré de sa fille. Son aisance et sa gaieté en faisaient un convive idéal; et il supportait le zèle malavisé de la mère, il écoutait toutes les sottises qu'elle débitait avec une indulgence et une sérénité dont la fille lui était particulièrement reconnaissante.

Il y eut à peine besoin de le prier à rester souper ; et avant qu'il ne prît congé, il fut décidé principalement par son entremise à lui et par celle de Mrs Bennet, qu'il viendrait le lendemain matin chasser avec le maître de maison.

De ce jour, Jane ne parla plus de son indifférence. Pas un mot ne fut échangé entre les deux sœurs concernant Bingley ; mais Elizabeth monta se coucher animée par l'heureuse conviction que l'affaire serait rapidement conclue, à moins que Mr Darcy ne revînt avant la date prévue. Sérieusement, cependant, elle était assez sûre que tout ceci s'était déroulé avec la bénédiction de ce dernier.

Bingley fut ponctuel au rendez-vous ; et il passa la matinée en compagnie de Mr Bennet, comme il avait été convenu. Ce dernier se montra beaucoup plus agréable qu'il ne s'y était attendu. Il n'y avait chez son jeune voisin ni présomption, ni sottise susceptibles d'exciter ses moqueries ou de le plonger dans un silence dégoûté ; et jamais Bingley ne l'avait vu aussi communicatif et aussi peu excentrique que ce jour-là. Il ramena bien entendu son hôte dîner à Longbourn ; et tout au long de la soirée, Mrs Bennet déploya encore une fois des trésors d'ingéniosité pour éloigner tout le monde du jeune homme et de sa fille aînée. Elizabeth, qui avait une lettre à écrire, partit s'installer dans le petit salon peu après qu'on eut pris le thé; car, comme les autres étaient sur le point de commencer une partie de cartes, il n'y avait assurément pas besoin d'elle pour déjouer les stratagèmes de sa mère.

Mais lorsqu'elle regagna le grand salon, une fois sa lettre terminée, elle constata, avec une vive surprise, qu'il y avait tout lieu de craindre que sa mère n'eût été trop fine pour elle. Car en ouvrant la porte, elle aperçut sa sœur et Bingley, debout l'un près de l'autre devant la cheminée, apparemment absorbés par leur conversation; et même si leur attitude n'avait éveillé chez elle aucun soupçon, leurs visages à tous deux, lorsqu'ils se tournèrent brusquement vers elle en s'écartant l'un de l'autre, les auraient trahis. La situation était passablement gênante pour eux; mais infiniment plus pour elle, lui sembla-t-il. Personne ne souffla mot; et la sœur cadette était sur le point de se retirer comme elle était venue, lorsque Bingley, qui avait, comme Jane, fini par s'asseoir, bondit soudain sur ses pieds et, après avoir chuchoté quelques mots à l'oreille de Miss Bennet, s'esquiva en courant.

Jane n'avait aucune raison de cacher à sa sœur une nouvelle qui ne pouvait manquer de la rendre heureuse; et l'étreignant aussitôt, elle lui avoua, avec le plus vif émoi, qu'elle était la plus heureuse femme de la terre.

«C'est trop de bonheur! ajouta-t-elle, beaucoup

trop. Je ne le mérite pas. Ah, pourquoi tout le monde n'est-il pas aussi comblé que moi ? »

Elizabeth la félicita avec une sincérité, une chaleur, un ravissement que les mots ne traduisaient que médiocrement. Chacune de ses paroles d'affection était pour Jane une nouvelle source de joie, mais elle ne voulut pas s'attarder trop longtemps en compagnie de sa cadette, ni lui confier présen tement la moitié de ce qu'elle avait à lui dire.

« Il faut que je monte immédiatement voir ma mère, s'écria-t-elle. Je ne voudrais pour rien au monde me jouer de son affectueuse sollicitude, ni la laisser apprendre la chose d'une autre bouche que la mienne. Il est déjà parti voir mon père. Ah, Lizzy, quand je pense que ce que j'ai à annoncer va faire tant de plaisir à toute ma chère famille ! Comment vais-je supporter un tel excès de félicité ? »

Elle courut aussitôt auprès de sa mère, qui avait délibérément interrompu la partie de cartes et s'était réfugiée au premier étage avec Kitty.

Restée seule, Elizabeth se prit à sourire de la rapidité et de la facilité avec lesquelles s'était finalement conclue une affaire qui leur avait occasionné auparavant tant de mois de perplexité et de chagrin.

« Et voilà, se dit-elle, le résultat de toute l'in quiète prudence de son ami ! de tous les mensonges et les ruses de sa sœur ! Voilà le résultat le plus heureux, le plus sage et le plus logique ! »

Au bout de quelques instants, elle vit revenir Bingley, dont l'entretien avec leur père avait été aussi concis que pertinent.

«Où est votre sœur? s'empressa-t-il de demander en entrant dans la pièce.

– Elle est montée chez ma mère. Elle ne tardera sûrement pas à redescendre.»

À ces mots, fermant la porte, il s'avança vers elle pour lui réclamer ses meilleurs vœux de bonheur et l'affection d'une sœur. Elizabeth l'assura, en toute honnêteté et du fond du cœur, de tout le plaisir qu'elle éprouvait à l'idée de leur future parenté. Ils se serrèrent la main avec la plus franche cordialité; puis, en attendant le retour de Jane, elle dut écouter tout ce qu'il avait à lui dire de sa propre félicité et des perfections de celle qu'il aimait; et bien que ce fût un amoureux qui parlât, Elizabeth croyait sincèrement que tous ses espoirs d'être heureux étaient fondés et raisonnables, car ils reposaient sur la vive intelligence de Jane et sur ses dispositions quasi angéliques, ainsi que sur la grande ressemblance de caractère entre les deux fiancés et la communauté de leurs goûts.

La soirée se termina dans l'euphorie générale; la satisfaction qui habitait Miss Bennet teintait son visage d'une charmante roseur d'animation qui la rendait plus ravissante que jamais. Kitty souriait niaisement et minaudait, en espérant que ce serait bientôt son tour. Mrs Bennet ne parvenait pas à donner son consentement, ni à marquer son approbation en termes suffisamment chaleureux pour exprimer tout ce qu'elle ressentait, et pourtant elle entretint Bingley là-dessus pendant une demi-heure sans désemparer; et lorsque Mr Bennet vint les rejoindre pour le souper, sa voix et sa contenance indiquaient clairement à quel point il était content.

Pas un mot, cependant, ne franchit ses lèvres à ce sujet, jusqu'à ce que leur visiteur eût pris congé; mais dès qu'il eut disparu, il se tourna vers sa fille aimée et lui dit:

«Jane, je te félicite. Tu seras très heureuse.»

Aussitôt, Jane courut à lui pour l'embrasser et le remercier de sa bonté.

«Tu es une excellente enfant, répondit-il, et je suis ravi de penser que tu vas être aussi agréablement mariée. Je n'ai pas la moindre crainte quant à votre félicité conjugale. Vos tempéraments sont loin d'être dissemblables. Vous êtes tous les deux si complaisants que vous ne parviendrez jamais a prendre de décision; si indulgents que tous vos domestiques vous voleront; et si généreux que vous ne cesserez de dépasser vos revenus.

– J'espère bien que non. Je serais impardon nable si je me montrais imprudente ou écervelée dans les affaires d'argent.

– Dépasser leurs revenus! Mais que nous chantez-vous là, mon cher Mr Bennet? s'écria sa femme. Enfin, il a quatre ou cinq mille livres par an, et fort probablement davantage.»

Puis, se tournant vers sa fille:

«Ah, ma Jane, ma Jane chérie, je suis si heureuse! Je suis convaincue que je ne vais pas fermer l'œil de la nuit. Je savais bien que cela devait arriver. J'ai toujours dit que cela finirait ainsi. J'étais bien sûre que ce n'était pas pour rien que tu étais aussi belle! Je me rappelle que la toute première fois où je l'ai vu, quand il est arrivé dans le Hertfordshire, je me suis dit que vous alliez certainement vous aimer. Ah, c'est le plus beau jeune homme de la terre!»

Wickham, Lydia, tout cela était oublié. Jane était sans contredit son enfant préférée. Pour le moment, les autres ne comptaient plus.

Les deux benjamines ne tardèrent pas à solliciter les faveurs de leur sœur aînée, en prévision des avantages dont elle pourrait à l'avenir les faire profiter. Mary réclama le libre accès à la bibliothèque de Netherfield; et Kitty supplia de tout son cœur qu'on y donnât quelques bals chaque hiver.

À dater de cette soirée, Bingley devint, bien entendu, un visiteur de tous les jours; arrivant souvent avant le petit déjeuner et s'attardant immanquablement jusqu'à l'après-souper; à moins que quelque voisin barbare, que l'on ne pouvait suffisamment exécrer, ne lui eût adressé une invitation à dîner qu'il se croyait tenu d'accepter.

Elizabeth n'avait désormais plus guère d'occasions de bavarder avec sa sœur; car, tant que

Bingley était présent, Jane n'avait plus d'oreilles que pour lui ; mais la cadette s'aperçut néanmoins qu'elle leur était d'une utilité considérable pendant les heures inévitables de séparation. En l'absence de Jane, son fiancé s'attachait toujours aux pas d'Elizabeth pour avoir le plaisir de parler d'elle; et lorsque Bingley était reparti, Jane recherchait constamment le même sein où s'épancher.

« Il m'a rendue bien heureuse, confia-t-elle un soir à sa sœur, en me disant qu'il avait tout ignoré de ma venue en ville au printemps dernier ! Je n'aurais pas cru la chose possible.

– Moi, je m'en doutais, répondit Elizabeth. Mais comment t'a-t-il expliqué cela ?

– Il a fallu que ce soit l'œuvre de ses sœurs. Il est certain qu'elles n'étaient pas favorables à son inclination pour moi, ce dont je ne puis m'étonner, car il aurait pu faire un choix beaucoup plus avantageux sous bien des rapports. Mais quand elles verront, ce qui ne manquera pas d'arriver je l'espère, que leur frère est heureux auprès de moi, elles en prendront leur parti, et nous serons de nouveau en bons termes – encore que nous ne puissions jamais plus être aussi proches que nous l'avons été naguère.

– Voici les paroles les plus implacables que je t'aie jamais entendue prononcer, déclara Elizabeth. Fort bien ! Je dois dire que je serais plus que contrariée de te voir encore une fois dupe de la feinte affection de Miss Bingley.

– Croirais-tu, Lizzy, que lorsqu'il est parti à Londres, en novembre dernier, il m'aimait vraiment, et qu'il a fallu qu'on le persuadât de mon indifférence pour l'empêcher de revenir ici?

– Il faut avouer qu'il a commis là une légère méprise; mais qui est à mettre sur le compte de sa modestie.»

Cette remarque lança inévitablement Jane dans un panégyrique à la gloire de l'humilité de son fiancé et du peu de valeur qu'il accordait à toutes ses charmantes qualités.

Elizabeth fut bien aise de constater qu'il n'avait point révélé l'ingérence de son ami; en effet, sa sœur avait beau posséder le cœur le plus généreux et le plus indulgent qui fût, c'était, à n'en pas douter, un trait qui l'eût prévenue contre le coupable.

«Je suis, sans contredit, la personne la plus heureuse qui ait jamais existé! s'écria Jane. Ah, Lizzy, pourquoi suis-je ainsi distinguée entre toutes mes sœurs pour jouir d'un bienfait qu'elles ne connaissent pas? Si seulement je te savais aussi comblée que moi! S'il existait pour toi un autre homme aussi parfait!

– Tu pourrais bien m'en trouver quarante que je ne serais jamais aussi heureuse que toi. Tant que je n'aurai pas ton caractère et ta bonté, je ne pourrai jamais jouir du même bonheur. Non, non, laisse-moi donc me débrouiller seule; et peut-être, si j'ai beaucoup de chance, arriverai-je à découvrir, le temps aidant, un second Mr Collins.»

Le tour qu'avaient pris les événements à Longbourn ne pouvait rester longtemps secret. Mrs Bennet fut autorisée à tout révéler à voix basse à Mrs Philips, laquelle se risqua, sans la permission de quiconque, à en faire autant auprès de tous ses voisins de Meryton.

Aussitôt, on décréta que les Bennet étaient les gens les plus heureux de la terre; et pourtant cela ne faisait guère plus de quelques semaines, au lendemain de la fugue de Lydia, que l'on s'était accordé à les juger promis à toutes les infortunes.

Chapitre LVI

Un matin, une huitaine de jours après les fian çailles de Bingley et de Jane, alors que le jeune homme était assis avec les dames de la maison dans la salle à manger de Longbourn, un bruit de voiture au-dehors attira tous les regards vers la fenêtre ; et ils aperçurent un véhicule à quatre chevaux qui longeait la pelouse. Il était encore trop tôt pour les visites, et d'ailleurs l'équipage ne ressemblait à aucun de ceux de leurs voisins. Les bêtes étaient des chevaux de poste ; et ni la voiture ni la livrée du domestique qui la précédait ne leur étaient familières. Comme il était néanmoins certain que quelqu'un approchait, Bingley persuada aussitôt Miss Bennet de se soustraire à toutes les obligations que risquait de leur imposer cette intrusion en allant se promener en sa compagnie dans le bosquet. Tous deux s'éclipsèrent et les trois autres continuèrent à échanger d'infructueuses conjectures, jusqu'au moment où la porte s'ouvrit et où leur visiteuse parut. C'était Lady Catherine de Bourgh.

Toutes trois s'attendaient, bien sûr, à quelque surprise mais leur stupeur fut bien plus grande qu'elles ne l'auraient cru ; et celle de Mrs Bennet et de Kitty, à qui l'arrivante était pourtant parfaitement inconnue, n'égala point celle d'Elizabeth.

À son entrée dans la pièce, Lady Catherine arborait une mine plus rébarbative encore que de coutume ; elle ne répondit aux saluts d'Elizabeth que par un très léger signe de tête, et s'assit sans un mot. La jeune fille avait nommé Sa Seigneurie à sa mère dès son arrivée, bien que la noble dame n'eût pas réclamé de présentations.

Mrs Bennet, tout ébaubie, mais néanmoins flattée d'accueillir une visiteuse d'un rang aussi illustre, la reçut avec la plus grande courtoisie. Après être restée assise quelques instants, sans ouvrir la bouche, Lady Catherine lança sèchement à Elizabeth :

« J'espère que vous allez bien, Miss Bennet. Cette dame est votre mère, j'imagine ? »

Elizabeth répondit fort succinctement que oui.

« Et c'est là, je suppose, une de vos sœurs ?

– Oui, madame, intervint Mrs Bennet, enchantée de pouvoir adresser la parole à une Lady Catherine. C'est l'avant-dernière de mes filles. La plus jeune de toutes vient de se marier, et l'aînée se trouve quelque part dans le parc, où elle se promène avec un jeune homme qui fera, à ce que je pense, bientôt partie de notre famille.

– Le parc que vous avez ici est bien exigu, répliqua Lady Catherine après une courte pause.

– Je veux bien croire qu'il n'est rien en comparaison de celui de Rosings, madame; mais je vous certifie qu'il est beaucoup plus grand que celui de Sir William Lucas.

– La pièce que voici doit être fort malcommode pour les soirées d'été: les fenêtres donnent en plein ouest.»

Mrs Bennet lui assura qu'on ne s'y tenait jamais après le dîner; puis elle ajouta:

«Puis-je me permettre de demander si Votre Seigneurie a quitté Mr et Mrs Collins en bonne santé?

– Oui, fort bonne. Je les ai vus avant-hier soir.»

Elizabeth s'attendait à la voir à présent lui remettre une lettre de Charlotte, car elle n'imaginait pas quel autre motif aurait pu expliquer cette visite. Mais nulle lettre ne fit son apparition et elle resta tout à fait perplexe.

Fort courtoisement, Mrs Bennet pria Lady Catherine d'accepter quelques rafraîchissements, mais celle-ci refusa avec beaucoup de fermeté et sans grande amabilité de prendre quoi que ce fût; puis, en se levant, elle lança à Elizabeth:

«Miss Bennet, il me semble apercevoir une espèce de jolie petite friche sur le côté de votre pelouse. Je serais ravie d'aller y faire quelques pas, si vous voulez bien consentir à m'accompagner.

– Va donc, mon petit, s'écria sa mère, et montre à Sa Seigneurie toutes nos promenades. Je crois que l'ermitage lui plaira.»

Elizabeth obéit; et après avoir couru dans sa chambre chercher son ombrelle, elle escorta leur noble visiteuse au rez-de-chaussée. En traversant le vestibule, Lady Catherine ouvrit les portes de la petite salle à manger et du salon, puis, ayant déclaré, après un bref examen qu'il s'agissait de pièces fort convenables, elle poursuivit son chemin.

Sa voiture attendait devant la porte, et Elizabeth vit au passage que la dame de compagnie était restée dedans. Elles longèrent en silence l'allée de gravier qui menait au petit bois: Elizabeth était résolue à ne pas se mettre en frais pour une femme qui était plus que jamais au comble de l'insolence et de l'impolitesse.

«Comment ai-je jamais pu penser que son neveu lui ressemblait?» se demanda-t-elle en scrutant son visage.

Dès qu'elles se furent enfoncées dans le bois, Lady Catherine commença en ces termes:

«Vous n'êtes sûrement pas en peine, Miss Bennet, de deviner pourquoi je suis ici. Votre cœur, votre conscience doivent bien vous dire ce que je veux.»

Elizabeth la contempla, sincèrement ébahie.

«Je vous assure que vous vous trompez, madame; je suis tout à fait incapable de m'expliquer à quoi je dois l'honneur de votre visite.

– Miss Bennet, reprit Sa Seigneurie d'une voix courroucée, vous devriez savoir qu'on ne badine pas avec moi. Mais si peu sincère que vous choisissiez d'être, il n'en ira point de même pour moi. On a toujours célébré la droiture et la franchise de mon caractère ; et dans une cause aussi grave que celle qui m'amène, je ne faillirai certainement pas à ma réputation. Une nouvelle, d'une nature fort alarmante, m'est parvenue voici deux jours. On m'a appris que non seulement votre sœur était sur le point de faire un mariage fort avantageux, mais que *vous*, vous, Miss Elizabeth Bennet, alliez, selon toute probabilité, vous unir peu après à mon neveu, à mon propre neveu, Mr Darcy. Or, bien que je sache qu'il ne peut s'agir que d'un mensonge éhonté, bien que je me refuse à lui faire l'injure de croire qu'il peut y avoir là-dedans une parcelle de vérité, j'ai instantanément décidé de me rendre ici même, afin de vous faire connaître mes sentiments.

– Si vous jugiez la chose impossible, répondit Elizabeth en rougissant de surprise et de dédain, je m'étonne que vous ayez pris la peine de venir de si loin. Qu'espérait donc Votre Seigneurie ?

– J'exige que sans tarder cette rumeur soit partout démentie.

– Votre venue à Longbourn, pour nous voir, ma famille et moi, semblera plutôt la confirmer, rétorqua froidement Elizabeth ; à supposer que cette rumeur existe vraiment.

– À supposer ! Prétendez-vous donc l'ignorer ? Ne vous êtes-vous pas employés à la répandre, tous tant que vous êtes ? Ne savez-vous point que ce bruit circule un peu partout ?

– C'est la première fois que j'en entends parler.
– Et pouvez-vous aussi m'assurer qu'il n'est aucunement *fondé*?
– Je ne prétends pas rivaliser de franchise avec Votre Seigneurie. Il se peut que vous posiez des questions auxquelles je choisirai de ne pas répondre.
– Voilà qui est intolérable. Miss Bennet, je vous somme de me renseigner. Vous a-t-il – mon neveu vous a-t-il demandé votre main?
– Votre Seigneurie vient de déclarer que c'était impossible.
– Dieu sait que ce devrait l'être, que ce doit l'être, tant qu'il conserve l'usage de sa raison. Mais vos artifices et vos coquetteries ont pu, dans un moment d'engouement, lui faire oublier ce qu'il se doit à lui-même et ce qu'il doit à toute sa famille. Vous avez pu le séduire.
– Dans ce cas, je serais bien la dernière à le confesser.
– Miss Bennet, savez-vous à qui vous parlez? Je n'ai pas été habituée à m'entendre répondre de la sorte. Je suis, pour ainsi dire, sa plus proche parente, et j'ai le droit de connaître tous ses secrets les plus intimes.

Mais vous n'avez pas le droit de connaître les *miens*; et votre conduite d'aujourd'hui n'est pas faite pour m'encourager à me montrer explicite.
– Que je me fasse bien comprendre. Cette union, à laquelle vous avez la prétention d'aspirer,

ne saurait avoir lieu. Non, jamais. Mr Darcy est fiancé à *ma fille*. Et maintenant, qu'avez-vous à dire ?

– Simplement ceci : que si c'est effectivement le cas, vous ne pouvez avoir aucune raison de supposer qu'il me demandera ma main. »

Lady Catherine hésita un instant, puis elle reprit :

« La nature de ces fiançailles est assez particulière. Depuis leur plus tendre enfance, ils sont destinés l'un à l'autre. C'était le plus cher souhait de sa défunte mère, ainsi que le mien. Ils étaient encore au berceau que nous projetions déjà leur mariage ; et maintenant, alors même que les vœux des deux sœurs sont sur le point de s'accomplir, ces noces vont-elles être contrecarrées par une jeune personne de naissance inférieure, tout à fait dépourvue de conséquence, et sans la moindre attache avec notre famille ? N'avez-vous donc aucun égard pour les désirs de ses proches ? Pour ses fiançailles tacites avec Miss de Bourgh ? Êtes-vous donc dénuée de tout sens de la délicatesse et des convenances ? Ne m'avez-vous pas entendue dire qu'il était destiné depuis sa première heure à sa cousine ?

– Si fait, et je l'avais déjà entendu dire avant. Mais qu'est-ce que cela peut me faire ? S'il n'y a point d'autre objection à mon mariage avec votre neveu, ce n'est certainement pas de savoir que sa mère et sa tante souhaitaient toutes deux le voir épouser Miss de Bourgh qui m'en dissuadera. Vous avez, l'une et l'autre, fait tout ce que vous pouviez faire en projetant cette union. Son accomplissement dépendait d'autres personnes. Si Mr Darcy ne se sent ni par son honneur, ni par son inclination engagé envers sa cousine, pourquoi ne ferait-il pas un autre choix ? Et si ce choix se portait sur moi, pourquoi ne pourrais-je l'accepter ?

– Parce que l'honneur, les convenances, la prudence, et même l'intérêt vous l'interdisent. Oui, Miss Bennet, l'intérêt ; n'espérez pas, en effet, recevoir de sa famille ou de ses amis la moindre marque d'estime, si vous allez volontairement contre leurs désirs à tous. Vous serez blâmée, ignorée et méprisée par tous ceux qui le connaissent. Cette alliance avec vous sera une disgrâce ; aucun d'entre nous ne prononcera même votre nom.

– Voilà, évidemment, d'épouvantables calamités, répondit Elizabeth. Cependant, l'épouse de Mr Darcy devrait trouver dans sa situation même de si extraordinaires sources de félicité qu'elle ne pourrait avoir, tout bien considéré, aucune raison de se plaindre de son sort.

– Peut-on être aussi entêtée, aussi opiniâtre ! J'ai honte pour vous ! Est-ce donc là toute votre gratitude pour mes égards du printemps dernier ? Ne me devez-vous rien pour cela ? Asseyons-nous. Vous devez bien comprendre, Miss Bennet, que je suis venue ici implacablement résolue à imposer na volonté ; et que rien ne m'en détournera. Je n'ai pas l'habitude de me plier aux caprices de n'importe qui. On ne m'a pas accoutumée à tolérer les déceptions.

– Voilà qui rend la présente situation de Votre Seigneurie encore plus pitoyable ; mais qui n'aura sur moi aucun effet.

– Veuillez ne pas m'interrompre ! Entendez-moi en silence. Ma fille et mon neveu sont faits l'un pour l'autre. Ils descendent, par leurs mères, de la même illustre lignée ; et par leurs pères, de familles qui, sans posséder de titres de noblesse, sont néanmoins respectables, honorables et anciennes. D'un côté comme de l'autre, leur fortune est grandiose. Ils sont voués l'un à l'autre par la voix de chaque membre de leurs maisons respectives ; et par quoi seraient-ils séparés ? – par les prétentions arrivistes d'une jeune personne sans nom, sans relations et sans fortune ! Et il faudrait supporter cela ? Mais non, cela ne doit pas être et cela ne sera pas ! Si vous saviez ce qui est bon pour vous, vous ne souhaiteriez même pas quitter le milieu où vous avez été élevée.

– En épousant Mr Darcy, je ne sache pas que je quitterais mon milieu. Il est homme de condition ; je suis, moi, la fille d'un homme de condition ; jusque-là nous sommes égaux.

– Certes. Vous êtes, en effet, la fille d'un homme de condition. Mais qu'était votre mère ? Que sont vos oncles et tantes ? N'imaginez pas que j'ignore leurs situations.

– Quelle que soit ma parenté, rétorqua Eliza beth, si votre neveu s'en accommode, elle ne vous regarde en rien.

– Répondez-moi une fois pour toutes : avez-vous accepté de l'épouser ? »

Elizabeth aurait volontiers refusé de répondre à cette question, s'il ne s'était agi que de satisfaire les caprices de Lady Catherine, mais elle préféra admettre, après un instant de réflexion :

« Non. »

Lady Catherine se rasséréna.

« Et me promettez-vous de ne jamais accepter ?

– Je ne vous promets rien de tel.

– Miss Bennet, je suis aussi outrée que surprise. Je m'attendais à trouver une jeune personne plus raisonnable. Mais n'allez point vous leurrer de l'espoir que je céderai. Je ne m'en irai pas d'ici avant de vous avoir arraché la promesse que je réclame.

– Et moi, je ne vous la ferai certainement *jamais*. Ce ne sont pas vos méthodes d'intimidation qui risquent de me faire agir de façon aussi ridicule. Votre Seigneurie veut voir Mr Darcy épouser sa fille ; mais suffirait-il que je vous fasse cette promesse à laquelle vous tenez tant pour rendre leur mariage plus probable ? Admettons qu'il me soit attaché : l'inciterais-je, en refusant sa main, à courir aussitôt l'offrir à sa cousine ? Permettez-moi de vous dire, Lady Catherine, que les arguments que vous avez avancés pour justifier votre incroyable démarche ont été aussi frivoles que la démarche elle-même était malvenue. Vous vous êtes lourdement trompée sur mon caractère, si vous pensez pouvoir m'influencer par de tels raisonnements. Je ne saurais dire dans quelle mesure votre neveu tolère que vous vous immisciez ainsi dans ses affaires; mais vous n'avez à coup sûr aucun droit de vous mêler des miennes. Je vous prierai donc de cesser de m'importuner à ce sujet.

– Pas si vite, je vous prie. Je suis loin d'avoir terminé. À toutes les objections que j'ai déjà fait valoir, je dois encore en ajouter une autre. Sachez que je ne suis pas sans connaître tous les détails de la scandaleuse escapade de votre plus jeune sœur. Je sais tout; je sais que son mariage avec ce jeune homme a été un mariage de raccroc, conclu aux frais de votre père et de votre oncle. Et c'est cette fille qui deviendrait la sœur de mon neveu? C'est son mari, c'est le fils du régisseur de son défunt père, qui deviendrait son frère? Juste ciel! à quoi songez-vous donc? Voudriez-vous contaminer de la sorte les bois de Pemberley?

– Vous ne pouvez désormais plus rien avoir à ajouter, répondit Elizabeth d'un ton plein de ressentiment. Vous m'avez insultée de toutes les façons possibles. Je vous demande de me laisser rentrer chez moi.»

Ce disant, elle se leva. Lady Catherine l'imita, et elles prirent le chemin de la maison. Sa Sei gneurie était au comble de la rage.

« Vous n'avez donc aucun égard pour l'honneur et la réputation de mon neveu ! Cœur de pierre ! Égoïste ! Ne vous rendez-vous donc pas compte qu'en s'alliant à quelqu'un comme vous, il se déshonorerait aux yeux de tous ?

– Lady Catherine, je n'ai plus rien à dire. Vous connaissez mes sentiments.

– Vous êtes donc résolue à l'épouser ?

– Je n'ai rien dit de tel. Je suis simplement résolue à faire, ce qui peut, selon moi, assurer mon bonheur, sans m'en référer à vous, ni à toute autre personne qui me soit aussi complètement étrangère.

– C'est fort bien. Donc, vous refusez de m'obliger. Vous refusez d'obéir aux décrets du devoir, de l'honneur et de la gratitude. Vous êtes bien décidée à le déconsidérer auprès de tous ses amis et à l'exposer au mépris du monde.

– Ni le devoir, ni l'honneur, ni la gratitude ne peuvent m'imposer le moindre décret dans le cas qui nous occupe, répliqua Elizabeth. Je ne violerais les principes d'aucun des trois en devenant la femme de Mr Darcy. Quant au ressentiment de ses parents ou à l'indignation du monde, je puis vous dire que si les premiers étaient effectivement irrités par son mariage avec moi, cela ne me causerait pas une seconde d'inquiétude – et que le monde en général est beaucoup trop avisé pour partager leur mépris.

– Et voilà donc le fond de votre pensée ! Voilà

votre décision suprême ! Parfait. Je sais ce qui me reste à faire. N'allez pas vous imaginer, Miss Bennet, que votre ambition sera jamais satisfaite. Je suis venue vous mettre à l'épreuve. J'espérais vous trouver raisonnable ; mais comptez sur moi, j'aurai gain de cause. »

La noble dame continua à vitupérer de la sorte jusqu'à ce qu'elles fussent arrivées à la portière de sa voiture, où elle se retourna brusquement, en lançant :

« Je ne vous salue pas, Miss Bennet. Je ne vous prie pas de transmettre mes compliments à votre mère. Vous ne méritez point de tels égards. Je suis excessivement mécontente. »

Elizabeth ne répondit pas ; et sans même tenter de persuader Sa Seigneurie de rentrer un instant dans la maison, elle y pénétra d'un pas tranquille. Elle entendit la voiture s'éloigner tandis qu'elle montait l'escalier. Sa mère l'attendait avec impatience à la porte de son boudoir, afin de savoir pourquoi Lady Catherine n'avait point voulu entrer se reposer.

« Elle n'en a pas eu envie, dit sa fille ; elle a préféré partir.

– C'est une fort belle femme ! Et elle a fait preuve d'une incroyable courtoisie en s'arrêtant ici ! Car je suppose qu'elle est simplement venue nous dire que les Collins se portaient bien. Elle est probablement en route pour je ne sais où ; et en passant par Meryton, elle a dû se dire qu'elle ferait aussi bien de te rendre visite. J'imagine qu'elle n'avait rien de particulier à te dire, Lizzy ? »

Elizabeth fut bien obligée de se rendre coupable d'un léger mensonge ; car il lui était franchement impossible de rapporter à sa mère la teneur de leur conversation.

Chapitre LVII

Elizabeth eut le plus grand mal à surmonter le trouble qui régnait dans son esprit après cette incroyable visite; et pendant plusieurs heures, elle ne put penser à rien d'autre. Lady Catherine avait, semblait-il, bel et bien pris la peine de venir depuis Rosings à seule fin de rompre ses présumées fiançailles avec Mr Darcy. Le projet était, certes, des plus judicieux! Mais la jeune fille ne parvint pas à s'expliquer quelle pouvait être l'origine de cette rumeur, jusqu'au moment où elle se rappela que Darcy était l'ami intime de Bingley et elle-même la sœur de Jane; il n'en fallait pas plus, à un moment où, dans l'attente d'un premier mariage, tout le monde se mêlait d'en annoncer un second, pour lancer l'idée. D'ailleurs, ne s'était-elle pas dit, elle aussi, que le mariage de sa sœur allait nécessairement les amener, Darcy et elle, à se côtoyer? Si bien que ses voisins de Lucas Lodge (car c'était, pensait-elle, par le truchement de leur correspondance avec les Collins que la nouvelle avait dû parvenir aux oreilles de Lady Catherine) n'avaient fait que considérer comme presque certain et imminent un événement dont elle avait, elle-même, envisagé la possibilité à une date indéterminée.

Toutefois, en repassant dans son esprit les paroles de Lady Catherine, elle ne pouvait s'empêcher de redouter les suites de l'affaire, si la noble dame persistait à s'ingérer. D'après ce qu'elle avait dit de sa volonté inébranlable d'empêcher cette union, l'idée vint à Elizabeth qu'elle devait méditer une attaque directe auprès de son neveu; or la jeune fille n'osait préjuger de la réaction de ce dernier lorsque sa tante lui brosserait le tableau de tous les maux inhérents à une alliance avec les Bennet. Elle ne savait pas quelle affection il nourrissait exactement envers Lady Catherine, ni jusqu'à quel point il se fiait à son jugement, mais il était naturel de penser que son opinion d'elle devait être bien meilleure que celle que pouvait avoir Elizabeth; et il était certain qu'en lui énumérant tous les désavantages d'une union avec une jeune personne dont la famille immédiate était si inférieure à la sienne, sa tante allait le frapper au défaut de sa cuirasse. Étant donné l'idée qu'il se faisait de sa propre dignité, il se dirait sans doute que les arguments qu'Elizabeth avait trouvés si faibles et si ridicules étaient somme toute empreints de bon sens et puissamment raisonnés.

S'il avait auparavant hésité sur la conduite à

suivre, ce dont elle avait souvent eu l'impression, les conseils et les supplications d'une si proche parente allaient peut-être vaincre tous ses doutes et le persuader une fois pour toutes d'être aussi heureux que pouvait le rendre une dignité sans tache. Auquel cas, il ne reviendrait plus. Il était fort possible que Lady Catherine le vît en repassant par Londres; et il se garderait alors de reparaître à Netherfield, comme il l'avait promis à Bingley.

«Donc, si son ami reçoit, dans les jours qui viennent, quelque lettre d'excuse pour justifier qu'il ne respecte point ses engagements, se dit-elle, je saurai ce qu'il faut en conclure. Et je renoncerai alors à tout espoir, à tout désir de le voir me rester fidèle. S'il se contente de me regretter, alors qu'il aurait pu gagner mon cœur et ma main, je cesserai bien vite de soupirer pour lui.»

Le reste de la famille fut tout ébahi d'apprendre l'identité de la visiteuse; mais chacun eut l'obligeance de s'expliquer la chose en formant des conjectures analogues à celles qui avaient déjà apaisé la curiosité de Mrs Bennet; ce qui épargna à Elizabeth toutes sortes de questions embarrassantes.

Le lendemain matin, en descendant de sa chambre, elle fut accostée par son père qui sortait de sa bibliothèque, une lettre à la main.

«Lizzy, lui dit-il, j'allais justement te chercher; entre donc chez moi un instant.»

Elle le suivit aussitôt, d'autant plus curieuse de savoir ce qu'il avait à lui dire qu'elle croyait deviner un rapport avec la lettre qu'il tenait. Elle songea soudain que celle-ci émanait peut-être de Lady Catherine, et elle envisagea avec désarroi toutes les explications qui s'ensuivraient.

Son père s'avança jusqu'à la cheminée, devant laquelle ils s'assirent tous deux. Puis il dit :

« J'ai reçu ce matin une lettre qui m'a étonné au plus haut point. Étant donné qu'elle te concerne au premier chef, il est bon que tu en sois informée. Je ne me doutais pas que deux de mes filles étaient sur le point de convoler. Permets-moi de te féliciter, car ta conquête est d'importance.

À ces mots, le sang afflua aux joues d'Elizabeth, instantanément convaincue que la lettre venait non pas de la tante, mais du neveu ; et elle n'avait pas encore décidé si elle devait se réjouir de le voir enfin s'expliquer, ou se formaliser qu'il ne lui eût pas plutôt écrit à elle, lorsque son père continua.

« Tu parais embarrassée. Les jeunes filles sont souvent bien fines dans ce genre d'affaires ; mais, malgré toute ta sagacité, je crois pouvoir te mettre au défi de découvrir le nom de ton soupirant. C'est Mr Collins qui m'écrit.

– Mr Collins ! et que peut-il bien avoir à dire ?

– Quelque chose d'éminemment pertinent, bien entendu. Il commence par me féliciter à l'approche des noces de ma fille aînée, dont il a eu vent, semble-t-il, grâce aux commérages de ces braves Lucas. Je ne vais pas mettre ta patience à rude épreuve en te lisant ce qu'il me dit là-dessus. Voici plutôt ce qui te concerne: "À présent que je vous ai présenté toutes les sincères félicitations de Mrs Collins, ainsi que les miennes, à l'occasion de cet heureux événement, permettez-moi de vous donner un bref et discret conseil à propos d'une autre nouvelle que nous tenons de même source. Tout laisse à penser que votre fille Elizabeth ne portera pas longtemps le nom de Bennet après que sa sœur aînée y aura renoncé; et l'on peut à juste titre considérer celui dont elle doit partager le sort comme l'un des plus illustres personnages du royaume." Parviens-tu à deviner, Lizzy, de qui il peut s'agir? "Le jeune homme en question est comblé, à un étonnant degré, de tous les bienfaits que pourrait désirer le commun des mortels: un splendide domaine, une noble famille et de multiples bénéfices ecclésiastiques à pourvoir à sa guise. Pourtant, en dépit de si puissantes tentations, permettez-moi de vous mettre en garde, ma cousine Elizabeth et vous-même, contre tous les maux auxquels vous vous exposeriez en vous empressant d'accepter les offres de ce monsieur, dont vous aurez, bien sûr, envie de vous prévaloir sans tarder." As-tu la moindre idée, Lizzy, de l'identité du prétendant? Mais voici que la vérité nous est enfin révélée: "Voici pourquoi je vous avertis ainsi: nous avons de bonnes raisons de penser que sa tante, Lady Catherine de Bourgh, ne voit point ce mariage d'un très bon œil." Eh oui, c'est de Mr *Darcy* qu'il s'agit ! Alors, Lizzy, avoue que j'ai réussi à t'étonner. Parmi tous ceux que tu connais, Mr Collins et les Lucas auraient-ils pu tomber sur un homme dont le seul nom soit mieux fait pour démentir la véracité de leurs propos ? Mr Darcy qui ne remarque jamais une femme, sinon pour discerner une tare, et qui ne t'a sans doute jamais regardée de sa vie ! C'est admirable ! »

Elizabeth tenta de partager l'hilarité de son père, mais elle parvint tout juste à grimacer un sourire contraint. Jamais il n'avait exercé sa verve d'une manière qui lui fût aussi peu agréable.

« N'est-ce point cocasse ?

– Si fait. Continuez, s'il vous plaît.

– "Dès que j'eus mentionné la probabilité de cette union devant Sa Seigneurie hier au soir, elle nous a fait connaître, avec sa condescendance habituelle, ses sentiments à ce sujet ; et il nous est apparu qu'en raison de diverses objections, de caractère familial, qu'elle élève contre ma cousine, jamais elle ne consentirait à voir son neveu contracter ce qu'elle a appelé une alliance aussi déplorable. J'ai pensé qu'il était de mon devoir de communiquer au plus vite tous ces renseignements à ma cousine, afin qu'elle-même et son noble admirateur sachent bien à quoi ils s'exposent, et n'aillent point s'engager trop précipitamment dans un mariage qui n'a pas reçu toutes les sanctions qui conviennent.” Mr Collins ajoute par ailleurs : “Je suis sincèrement ravi que l’on ait si adroitement étouffé la triste affaire de ma cousine Lydia, et je m’inquiète seulement de constater que personne ou presque ne semble ignorer qu’ils ont vécu ensemble avant le mariage. Je ne dois pas, cependant, négliger les devoirs de ma charge, ni hésiter à vous faire part de mon immense surprise en apprenant que vous avez reçu le jeune couple chez vous, aussitôt après leur union. C’était encourager le vice ; et si j’avais été pasteur de Longbourn, je m’y serais opposé avec acharnement. Il fallait certes leur pardonner, en tant que chrétien, mais ne jamais plus les autoriser à vous revoir, ni permettre que l’on prononçât leurs noms devant vous.” Voilà l’idée qu’il se fait de la charité chrétienne ! Quant au reste de son épître, il n’y est question que de l’état de sa chère Charlotte et de leur espoir d’être bientôt parents d’un petit rameau d’olivier. Eh bien, Lizzy, on dirait que cela ne te divertit point. Tu ne vas pas jouer les pimbêches, j’espère, ni t’estimer offensée par ces cancans futiles. Car, après tout, pourquoi sommes-nous sur terre sinon pour prêter le flanc aux railleries de nos voisins et nous moquer d’eux à notre tour ?

– Oh, je trouve cela tout à fait réjouissant, s’écria Elizabeth. Mais c’est si étrange,

– Certes, et c’est justement ce qui en fait tout le sel. S’ils avaient choisi n’importe qui d’autre, cela serait tombé à plat ; mais ce sont sa parfaite indifférence à *lui* et *ton* antipathie marquée qui rendent la chose si merveilleusement absurde ! J'ai beau détester écrire, pour rien au monde je ne renoncerais à ma correspondance avec Mr Collins. Tiens, quand je lis une de ses lettres, je suis bien obligé de le préférer à Wickham lui-même, et pourtant, Dieu sait si j'apprécie l'impudence et l'hypocrisie de mon gendre. Mais dis-moi, Lizzy, qu'a donc pensé Lady Catherine de cette nouvelle ? Est-elle venue te refuser son consentement ? »

À cette question, sa fille ne répondit que par un éclat de rire ; et comme il l'avait posée sans la moindre arrière-pensée, il ne la mit pas dans l'embarras en insistant. Jamais Elizabeth n'avait eu autant de mal à donner le change. Il fallait absolument rire alors qu'elle avait envie de pleurer. Son père l'avait cruellement mortifiée en faisant allusion à l'indifférence de Mr Darcy ; et elle ne put que s'étonner de ce manque de pénétration, ou craindre que ce ne fût peut-être pas son père qui eût la vue trop courte, mais bien elle qui eût l'imagination trop vive.

Chapitre LVIII

Loin de recevoir de son ami la fameuse lettre d'excuses qu'Elizabeth attendait à demi, Mr Bingley eut le plaisir d'amener Mr Darcy à Longbourn quelques jours à peine après la visite de Lady Catherine. Les deux jeunes gens arrivèrent de bonne heure; et avant que Mrs Bennet n'eût trouvé le temps d'annoncer à Darcy qu'ils avaient vu sa tante, comme sa fille redoutait à tout instant de l'entendre faire, Bingley, qui avait envie de se retrouver seul avec Jane, proposa une promenade. L'acquiescement fut presque général. Mrs Bennet n'était pas accoutumée à marcher et Mary n'en avait jamais le temps, mais les cinq autres partirent tous ensemble. Bingley et Jane, toutefois, ne tardèrent pas à rester loin derrière. Ils flânèrent de leur côté, laissant Elizabeth, Kitty et Darcy se distraire les uns les autres. Aucun des trois n'avait grand-chose à dire; Kitty était trop intimidée par le jeune homme pour bavarder; Elizabeth était en train de prendre, en son for intérieur, une résolution désespérée; et peut-être Darcy en faisait-il autant de son côté.

Ils suivirent la route qui menait à Lucas Lodge, car Kitty voulait rendre visite à Maria; et comme Elizabeth ne voyait pas l'utilité d'en faire une corvée générale, lorsque sa sœur s'arrêta chez leurs voisins, elle continua bravement son chemin en tête à tête avec Mr Darcy. C'était l'instant ou jamais de mettre son projet à exécution; et profitant de ce que son courage ne l'eût point encore abandonnée, elle commença:

«Mr Darcy, je suis quelqu'un de fort égoïste, et pour laisser libre cours à mes sentiments, je n'hésiterai pas à blesser les vôtres. Je ne puis me dispenser plus longtemps de vous remercier pour votre inestimable bonté envers ma pauvre sœur. Depuis que l'on m'a tout révélé, mon plus cher désir a été de vous dire à quel point je vous en suis reconnaissante. Et si le reste de ma famille connaissait la vérité, je n'aurais pas seulement ma propre gratitude à vous exprimer.

– Je suis navré, profondément navré, répondit Darcy d'un ton à la fois ému et surpris, que l'on ait cru bon de vous informer d'un geste qui a pu, bien à tort, vous causer de la gêne. Je n'aurais pas cru Mrs Gardiner si peu digne de confiance.

– Non, il ne faut pas blâmer ma tante. Ce fut d'abord Lydia qui, par étourderie, me laissa soupçonner que vous aviez été mêlé à l'affaire; et vous pensez bien qu'après cela, je n'ai eu de cesse qu'on ne m'en eût révélé tous les détails. Permettez-moi de vous remercier, encore et encore, au nom de tous les miens, pour la généreuse compassion qui vous a incité à vous donner tant de peine et à supporter de si nombreuses mortifications, à seule fin de retrouver les fugitifs.

– Si vous tenez absolument à me remercier, répondit-il, que ce soit en votre seul nom. Je ne tenterai pas de nier que le désir de vous rendre heureuse est venu renforcer tout ce qui me poussait déjà à intervenir. Mais votre famille ne me doit rien. Avec tout le respect que je lui dois, je crois bien n'avoir songé qu'à vous seule.»

Elizabeth était trop confuse pour articuler un mot. Après un court silence, son compagnon ajouta: «Vous êtes trop généreuse pour vous jouer de moi. Si vos sentiments n'ont point changé depuis le mois d'avril, dites-le-moi sans tarder. Ma tendresse et mes vœux sont toujours aussi constants· mais un mot de vous les fera taire à jamais.»

Elizabeth, consciente de tout ce que la position du jeune homme pouvait avoir de particulièrement gênant et de cruellement incertain, se contraignit alors à répondre; et elle lui laissa entendre aussitôt, quoique d'un ton hésitant, que ses sentiments s'étaient si radicalement transformés, depuis l'époque à laquelle il venait de faire allusion, qu'elle recevait à présent avec gratitude et avec joie ses protestations d'amour. Le bonheur que firent naître ces paroles était sans doute plus profond que tout ce qu'avait jamais connu Darcy; et il s'épancha, en cette occasion, avec autant de bon sens et de feu que le fait d'ordinaire un homme éperdument amoureux. Si Elizabeth avait eu le courage de croiser son regard, elle aurait pu voir combien cette expression de sincère extase qui transfigurait tout son visage le mettait en valeur; mais si elle était trop troublée pour regarder, elle pouvait du moins écouter; et il exprima des émotions qui, en lui prouvant combien elle lui était chère, rehaussaient à chaque instant le prix de son amour pour elle.

Ils marchèrent droit devant eux, sans savoir où ils allaient. Il y avait trop à penser, à éprouver, à dire pour pouvoir songer à autre chose. Elle ne tarda pas à apprendre qu'ils devaient la présente explication aux efforts de Lady Catherine, qui était en effet allée voir son neveu en repassant par Londres et qui lui avait raconté sa visite à Longbourn, le motif de celle-ci et la teneur de son entretien avec Elizabeth, s'appesantissant avec insistance sur toutes les expressions de cette dernière, qu'elle jugeait caractéristiques de son esprit de contradiction et de son arrogance, convaincue que ce récit devait l'aider à arracher à son neveu la promesse que la jeune fille avait refusé de lui faire. Malheureusement pour Sa Seigneurie, cette intervention avait eu précisément l'effet contraire.

«Ces mots m'apprirent à espérer, confia-t-il, comme je ne m'étais, pour ainsi dire, jamais permis de le faire jusque-là. Je connaissais assez votre caractère pour être certain que si vous aviez été absolument et irrévocablement décidée à me repousser, vous l'auriez admis, en toute simplicité et en toute franchise, devant Lady Catherine. »

Elizabeth rougit, puis elle se mit à rire en répondant :

« Oui, vous connaissez assez ma franchise, en effet, pour m'en croire capable. Après vous avoir jeté à la face toutes sortes d'abominations, je ne pouvais éprouver le moindre scrupule à vous dénigrer auprès de toute votre famille.

– Que m'avez-vous donc dit qui ne fût amplement mérité ? Car, même si vos accusations étaient mal fondées, conçues à partir de prémisses erronées, ma conduite envers vous, en cette occasion, était passible des plus sévères remontrances. Elle était impardonnable. Je n'y puis songer sans me haïr.

– Nous n'allons pas nous disputer l'honneur d'avoir mérité ce soir-là le blâme le plus sévère, dit Elizabeth. Si l'on y regarde bien, ni votre conduite, ni la mienne n'étaient au-dessus de tout reproche ; mais depuis, nous avons, je l'espère, fait tous deux des progrès en matière de courtoisie.

– Je ne puis m'absoudre aussi aisément. Le souvenir de ce que j'ai dit alors, de ma conduite, de mes manières, de mon langage tout au long de cette entrevue, m'est encore à présent, et m'a été depuis tous ces mois indiciblement odieux. Jamais je n'oublierai la réprimande que vous m'avez si justement décochée: "Si vous vous étiez comporté en homme bien élevé." Ce furent vos propres paroles. Vous ne savez pas, vous ne pouvez guère imaginer à quel point elles m'ont torturé; bien qu'il m'ait fallu quelque temps, je l'avoue, avant d'être assez raisonnable pour admettre qu'elles étaient justes.

– Je ne m'attendais certes point à ce qu'elles vous fissent si forte impression. Jamais je n'eusse pensé que vous pussiez les prendre tellement à cœur.

– Je le crois sans peine. Vous me jugiez alors dénué de toute espèce d'intégrité, de cela je suis certain. Je n'oublierai jamais quel air vous aviez pour me dire que je n'aurais pu vous offrir ma main d'aucune façon qui fût susceptible de vous la faire accepter.

– Ah, ne me répétez pas ce que j'ai dit alors. Tous ces souvenirs sont à proscrire. Je vous assure que cela fait bien longtemps que j'en suis éperdue de honte.»

Darcy lui parla alors de sa lettre.

«M'a-t-elle, demanda-t-il… m'a-t-elle promptement fait remonter dans votre estime? En la lisant, avez-vous accordé la moindre foi à son contenu?»

Elle expliqua quels avaient été ses effets sur elle et comment tous ses anciens préjugés avaient été progressivement vaincus.

«Je savais, reprit-il, que ce que j'écrivais allait vous être douloureux, mais il le fallait. J'espère que vous avez détruit ce document. Il y avait, au début tout particulièrement, un passage que je craindrais fort de vous voir en mesure de relire. J'ai encore en mémoire certaines expression qui pourraient à juste titre me valoir votre haine.

– Je le brûlerai fort volontiers, si vous estimez que je ne puis continuer à vous aimer sans cela; mais, quoique nous ayons tous deux de bonnes raisons de penser que mes opinions ne sont pas tout à fait irrévocables, j'ose espérer qu'elles ne varient point aussi facilement que cela le laisserait supposer.

– Lorsque je vous ai écrit, répondit Darcy, je me croyais parfaitement calme et maître de moi; mais je suis désormais convaincu que cette lettre fut rédigée au comble de l'amertume.

— Peut-être le début en était-il amer, mais pas la fin. Votre adieu était la charité même. Mais ne songez plus à la lettre. Les sentiments de celui qui l'a écrite et de celle qui l'a lue sont aujourd'hui si profondément différents de ce qu'ils étaient alors qu'il convient d'oublier tous les chagrins qui s'y rattachent. Vous allez apprendre un peu de ma philosophie. N'évoquez du passé que ce qui peut vous être agréable.

– Je ne puis croire que vous ayez besoin d'une telle philosophie, Vos souvenirs à vous doivent être si parfaitement exempts de reproches que la satisfaction que vous en retirez ne tient pas à la philosophie mais, ce qui vaut beaucoup mieux, à l'ignorance. Il n'en va pas de même pour moi, cependant. De pénibles réminiscences s'imposent à mon esprit, et je ne puis, ni ne dois les chasser. Toute ma vie, j'ai vécu en égoïste, de fait, sinon par conviction. Dans mon enfance, on m'a enseigné où était le bien, mais on ne m'a pas appris à amender mon caractère. On m'a inculqué d'excellents principes, mais on m'a laissé les suivre dans l'orgueil et la suffisance. Étant malheureusement fils unique (et pendant plusieurs années enfant unique), j'ai été gâté par mes parents qui, tout en étant eux-mêmes vertueux (mon père, surtout, qui était la bienveillance et l'amabilité incarnées), m'ont autorisé, m'ont encouragé, m'ont presque appris à être égoïste et arrogant, à ne me soucier que de ma propre famille, à mépriser le reste de mes semblables, à souhaiter, en tout cas, mésestimer leur intelligence et leur valeur en comparaison des miennes. Ainsi ai-je vécu, de huit à vingt-huit ans ; et ainsi pourrais-je encore continuer de vivre si je ne vous avais pas connue, ma chère, mon adorable Elizabeth ! Que ne vous dois-je pas ! Vous m'avez donné une leçon, bien cruelle certes au début, mais infiniment profitable. Vous m'avez fort justement humilié. Je suis venu vers vous sans douter un instant que vous me feriez bon accueil. Vous m'avez démontré à quel point mes prétentions de plaire à une femme qui en valût la peine étaient injustifiées.

– Vous étiez donc convaincu de me plaire ?

– Mais oui, je l'étais. Qu'allez-vous penser de ma vanité ? Je croyais que vous souhaitiez, que vous attendiez même mes avances.

– Sans doute mes manières vous ont-elles induit en erreur, mais c'était bien involontaire, je vous l'assure. Je n'ai jamais voulu vous tromper, mais ma gaieté a pu, souvent, m'entraîner trop loin. Combien vous avez dû me haïr après cette soirée !

– Vous haïr ! Peut-être, au début, ai-je éprouvé de la colère, mais elle n'a pas tardé à se retourner contre le vrai coupable.

– J'ai presque peur de vous demander ce que vous avez pensé de moi, lorsque nous nous sommes revus à Pemberley. Avez-vous trouvé ma venue déplacée ?

– Certes, non, je n'ai rien éprouvé d'autre qu'une vive surprise.

– Votre surprise n'aurait pu être plus vive que la mienne, en vous retrouvant si empressé envers moi. Ma conscience me disait assez que je ne méritais aucun excès de politesse, et, pour tout vous avouer, je ne m'attendais pas à en recevoir plus que mon dû.

– Mon but, alors, répondit Darcy, était de vous montrer, en déployant toute la courtoisie dont j'étais le maître, que je n'avais point la mesquinerie de vous en vouloir ; et j'espérais obtenir votre pardon, atténuer votre dédain, en vous laissant voir que vos reproches n'étaient pas restés sans effet. Je ne saurais vous dire au bout de combien de temps mon ancienne ardeur a reparu, mais je ne pense pas qu'il se soit écoulé plus d'une demi heure après que je vous ai revue.»

Il lui confia ensuite à quel point Georgiana avait été ravie de faire sa connaissance, et déçue de voir leurs relations si brutalement interrompues ; ce qui les amena, bien sûr, à la cause de cette interruption, et elle apprit bientôt qu'il avait formé le dessein de quitter le Derbyshire à sa suite et de se mettre à la recherche de Lydia avant même d'avoir quitté l'auberge, ce fameux matin, en sorte que la gravité et l'air soucieux qu'elle avait remarqués étaient entièrement dus à la lutte intérieure que n'avait pu manquer d'occasionner une telle décision. Elle lui redit encore une fois toute sa gratitude, mais le sujet leur était trop pénible à tous deux pour qu'ils s'y attardassent davantage.

Après avoir parcouru plusieurs miles sans se presser, trop occupés pour s'en apercevoir, ils constatèrent enfin, en consultant leurs montres, qu'il était temps de rentrer.

«Qu'ont donc pu devenir Mr Bingley et Jane?» se demandèrent-ils alors, ce qui entraîna, bien entendu, la discussion de leur situation. Darcy se réjouissait de leurs fiançailles, que son ami lui avait annoncées sans perdre un instant.

«Je veux savoir si cela vous a surpris, dit Elizabeth.

– Aucunement. J'avais senti, en partant, que l'événement ne pouvait tarder.

– Autrement dit, vous lui aviez donné votre permission. Je m'en doutais.»

Et Darcy eut beau se récrier en entendant ce mot, elle comprit que c'était en effet le cas.

«La veille de mon départ pour Londres, dit-il, je lui ai fait un aveu que j'aurais dû, à ce que je pense, lui faire depuis longtemps. Je lui ai expliqué tout ce qui avait rendu mon intervention dans ses affaires aussi absurde qu'impertinente. Il en est resté stupéfait. Jamais il n'avait eu le moindre soupçon. J'ai ajouté qu'en outre, je pensais m'être trompé en supposant, comme je l'avais fait, qu'il était indifférent à votre sœur ; et comme je n'avais aucune peine à constater que son amour pour elle n'avait point faibli, je n'ai pas douté un instant de les voir heureux ensemble.»

Elizabeth ne put retenir un sourire en apprenant avec quelle désinvolture il avait manœuvré son ami.

«Vous êtes-vous fondé sur vos propres observations, demanda-t-elle, pour lui assurer que ma sœur l'aimait, ou simplement sur ce que je vous avais appris au printemps dernier ?

– Sur mes observations. Je l'avais surveillée de très près, lors des deux récentes visites que je vous avais rendues ; et j'étais convaincu de sa tendresse.

– Et j'imagine que votre parole l'a aussitôt convaincu, lui aussi ?

– En effet. Bingley est la modestie faite homme. Il est si peu sûr de lui qu'il n'avait pas voulu, dans un cas aussi grave, se fier à son propre jugement; mais il accepte si aveuglément le mien que tout s'en est trouvé facilité. J'ai dû lui confesser une ruse dont il m'a voulu pendant quelque temps, non sans raison. Je n'ai pu me résoudre à lui cacher que votre sœur avait passé trois mois en ville l'hiver dernier, que je l'avais su, et que je le lui avais sciemment dissimulé. Il était furieux. Mais je suis sûr que son courroux n'a duré que tant qu'il n'a pas été tout à fait sûr des sentiments de Miss Bennet. À présent, il m'a cordialement pardonné.»

Elizabeth mourait d'envie de faire remarquer que Mr Bingley était vraiment un ami modèle; si facile à manier qu'il en était inestimable; mais elle se retint. Elle se rappela que Darcy n'avait pas encore appris à se faire taquiner, et qu'il était tout de même un peu tôt pour commencer. Il continua donc à l'entretenir du bonheur qui attendait Bingley et qui ne devait, bien sûr, être inférieur qu au sien propre, jusqu'à ce qu'ils eussent regagné Longbourn. Ils se séparèrent dans le vestibule.

Chapitre LIX

«Ma chère Lizzy, jusqu'où êtes-vous donc allés?» fut la question que lança Jane à sa sœur dès son entrée au salon, et que reprirent tous les autres lorsqu'on passa à table. Elle ne trouva rien à répondre, sinon qu'ils avaient marché au hasard jusqu'à ce qu'elle ne sût plus du tout où ils étaient. Ce disant, elle s'empourpra, mais ni sa rougeur ni rien d'autre ne fit soupçonner la vérité.

La soirée s'écoula paisiblement, sans donner lieu au moindre incident qui sortît de l'ordinaire. Les fiancés officiels ne cessèrent de bavarder et de rire; les fiancés officieux gardèrent le silence. Darcy n'était pas de nature à exprimer son trop-plein de bonheur par des accès de gaieté: et Elizabeth, agitée et anxieuse, se savait plutôt qu'elle ne se sentait heureuse; car, en plus de la confusion inhérente aux premiers transports, elle devait se préparer à d'autres épreuves. Elle imaginait par avance les réactions de sa famille lorsqu'elle ferait connaître sa situation; elle savait parfaitement qu'aucun d'eux sauf sa sœur aînée n'avait de sympathie envers Darcy ; et elle craignait même que les autres n'éprouvassent une aversion que ni sa fortune ni son rang ne pourraient dissiper.

Ce soir-là, elle ouvrit son cœur à Jane. Bien que celle-ci n'eût guère l'habitude de se montrer sceptique, elle fut pour une fois totalement incrédule.

« Tu plaisantes, Lizzy. C'est impossible ! Fiancée à Mr Darcy ! Non, non, tu ne m'y prendras point : je sais que cela ne se peut.

– Voilà qui commence à merveille ! Tu étais mon unique espoir ; et si tu mets ma parole en doute, je puis être sûre à présent que personne d'autre ne me croira. Et pourtant, je te jure que je parle sérieusement. Je ne dis que la vérité. Il m'aime encore et nous sommes fiancés. »

Jane la dévisagea d'un air incertain.

« Ah, Lizzy, comment le croire ? Je sais combien il te déplaît.

– Tu ne sais rien du tout. Il faut vite oublier tout cela. Peut-être ne l'ai-je pas toujours aimé aussi tendrement qu'aujourd'hui ; mais dans des cas tels que le nôtre, il est impardonnable d'avoir bonne mémoire. C'est d'ailleurs la dernière fois que je m'en souviens moi-même. »

Miss Bennet était toujours l'image même de la stupeur. Elizabeth lui assura encore une fois, avec plus de gravité, qu'elle disait la vérité.

« Grand Dieu ! Est-ce vraiment possible ? Mais je vois bien qu'il faut que je te croie ! s'écria Jane.

Ma chère, ma très chère Lizzy, j'aimerais, je veux te féliciter ; mais es-tu bien certaine – pardonne cette question – es-tu bien certaine de pouvoir être heureuse avec lui ?

– Quant à cela, il n'y a pas l'ombre d'un doute. Nous avons déjà décidé que nous allions être le ménage le plus heureux de la terre. Mais cela te fait-il plaisir, Jane ? Seras-tu contente de l'avoir pour beau-frère ?

– Oh, infiniment. Rien n'aurait pu nous causer plus de joie, à Bingley comme à moi. Mais nous y avions déjà songé et nous avions conclu que c'était impossible. Et tu l'aimes vraiment suffisamment ? Ah, Lizzy, tout vaut mieux que de se marier sans amour. Es-tu bien sûre que tes sentiments pour lui sont tels qu'ils devraient être ?

– Oh, que oui ! Quand je t'aurai tout révélé, tu vas même trouver qu'ils vont au-delà de ce qu'ils devraient être.

– Que veux-tu dire ?

– Eh bien, je dois t'avouer que je le trouve encore plus aimable que Bingley. J'ai peur que tu ne me grondes.

– Voyons, ma chérie, sois raisonnable, je t'en prie. Je veux que nous parlions très sérieusement. Confie-moi donc sans tarder tout ce que je dois savoir. Peux-tu me dire depuis combien de temps tu l'aimes ?

– Cela s'est fait si graduellement que je serais bien en peine d'en fixer le début ; je crois, quand même, que cela doit remonter à la première fois que j'ai vu son merveilleux parc, à Pemberley.»

Cependant, sa sœur l'ayant suppliée une nouvelle fois d'être sérieuse, elle ne se fit plus prier; et la solennelle assurance de son attachement eut bientôt satisfait Jane. Une fois convaincue sur ce point, Miss Bennet se trouva comblée.

«Me voici maintenant pleinement heureuse, dit-elle, car tu vas jouir d'un bonheur égal au mien. J'ai toujours eu de l'intérêt pour lui. Ne fût-ce qu'à cause de son amour pour toi, je ne pouvais que l'estimer; mais à présent que le voici à la fois l'ami de Bingley et ton mari, seuls Bingley et toi-même me serez plus chers. Mais, sais-tu, Lizzy, que tu t'es montrée fort secrète, fort réservée à mon égard? Tu m'as pour ainsi dire tout caché de ce qui s'était passé à Pemberley et à Lambton! Tout ce que j'en sais, je le tiens d'un autre que toi.»

Elizabeth lui expliqua les raisons de sa discrétion. Elle n'avait pas voulu lui parler de Bingley; et incertaine de ses propres sentiments, elle avait pareillement évité le nom de son ami; mais à présent, elle ne voulait plus taire à sa sœur la part que ce dernier avait prise au mariage de Lydia. Elle lui raconta tout et elles passèrent la moitié de la nuit à bavarder.

«Juste ciel! s'écria Mrs Bennet, debout à sa fenêtre le lendemain matin, voilà que ce détestable Mr Darcy revient nous voir avec notre cher Bingley! N'a-t-il pas honte de nous importuner ainsi de ses visites ? Je pensais, quant à moi, qu'il s'en irait chasser, ou que sais-je, et qu'il n'aurait point l'idée de nous infliger sa compagnie. Qu'allons-nous faire de lui ? Lizzy, il va falloir que tu retournes te promener avec lui, sans quoi il risque de s'accrocher aux basques de Bingley. »

Elizabeth ne put retenir un éclat de rire en entendant cette objurgation si propice à ses vœux ; pourtant, elle était sincèrement contrariée d'entendre sa mère affubler systématiquement Darcy de l'épithète qu'elle avait employée.

Dès son entrée, Bingley lui jeta un regard si expressif et lui serra si chaleureusement la main qu'elle ne douta plus de sa mise dans le secret ; et il lança presque aussitôt :

« Voyons, Mrs Bennet, n'avez-vous point, dans les environs, d'autres chemins où Lizzy pourrait retourner se perdre aujourd'hui ?

– Je conseille à Mr Darcy, à Lizzy et à Kitty de pousser jusqu'au mont Oakham, ce matin, dit Mrs Bennet. C'est une longue promenade, fort agréable, et Mr Darcy ne connaît pas la vue.

– Cela conviendra fort bien aux deux premiers, répondit Bingley, mais je suis sûr que ce sera trop loin pour Kitty. N'est-ce pas, Kitty ? »

Celle-ci reconnut qu'elle préférait rester à la maison. Darcy annonça qu'il était tout à fait curieux de découvrir la vue, et Elizabeth y consentit en silence. Tandis qu'elle montait se préparer, sa mère la suivit en disant :

«Je suis vraiment navrée, Lizzy, de t'obliger à supporter toute seule ce détestable individu; mais j'espère que cela ne t'ennuie pas trop. C'est pour le bien de Jane, vois-tu; d'ailleurs, ce n'est pas la peine de lui parler, juste un mot de temps en temps, alors ne va pas te creuser la cervelle.»

Ils décidèrent, en se promenant, que Darcy demanderait le consentement de Mr Bennet dans le courant de la soirée: Elizabeth se réserva de solliciter celui de sa mère. Elle ne parvenait pas à imaginer comment celle-ci prendrait la chose; il lui semblait parfois douteux que la richesse et la grandeur de son fiancé fussent suffisantes pour venir à bout de la haine que lui vouait Mrs Bennet; mais qu'elle fût violemment opposée à ce mariage, ou qu'elle lui fût au contraire violemment favorable, une chose restait sûre, c'était qu'en aucun cas sa réaction ne saurait refléter la moindre intelligence; et Elizabeth eût préféré mourir plutôt que de voir Mr Darcy témoin de ses premiers transports d'allégresse, comme de ses premiers éclats de réprobation.

Ce soir-là, peu après que Mr Bennet se fut retiré dans sa bibliothèque, elle vit Mr Darcy se lever pour le suivre, et ce spectacle la plongea dans une extrême agitation. Elle ne craignait point un refus de son père, mais elle savait qu'il allait être malheureux, et il lui était douloureux de se dire que c'était par sa faute, que c'était elle, sa fille préférée, qui allait le désoler par son choix, l'emplir de craintes et de regrets en accordant sa main ; elle resta donc abîmée dans sa détresse jusqu'au retour de Mr Darcy, dont le sourire lui apporta un peu de réconfort. Au bout de quelques instants, il s'approcha de la table où elle était assise avec Kitty, et sous couvert d'admirer son ouvrage, il lui souffla tout bas :

« Allez trouver votre père ; il veut vous voir dans la bibliothèque. »

Elle partit aussitôt.

Son père faisait les cent pas dans la pièce, l'air grave et soucieux.

« Lizzy, dit-il, qu'es-tu en train de faire ? Es-tu devenue folle pour accepter cet homme ? Ne l'as-tu pas toujours exécré ? »

Combien amèrement elle se prit alors à regretter que ses opinions passées n'eussent point été plus raisonnables, ses déclarations plus modérées ! Cela lui eût épargné des explications et des aveux plus que gênants ; mais ils étaient à présent nécessaires, et elle assura à son père, non sans confusion, qu'elle était sincèrement éprise de Mr Darcy.

« En d'autres mots, tu es bien décidée à l'épouser. Il est fort riche, évidemment, et tu auras de plus belles toilettes et de plus somptueux équipages que Jane. Mais te rendront-ils heureuse ?

– N'avez-vous d'autre objection, demanda Elizabeth, que votre conviction de mon indifférence ?

– Aucune. Nous savons tous que c'est un homme

orgueilleux et désagréable; mais cela n'aurait pas d'importance, si tu l'aimais vraiment.

– Je l'aime, je vous jure que je l'aime, répondit-elle les larmes aux yeux. Il m'est plus cher que tout. Son orgueil n'a rien que de légitime. Il est parfaitement aimable. Vous ne savez pas qui il est véritablement; alors, je vous en prie, ne me chagrinez point en me parlant de lui en ces termes.

– Lizzy, reprit son père, je lui ai donné mon consentement. C'est, du reste, le genre d'homme à qui je n'oserais jamais refuser rien de ce qu'il daigne me demander. Et à présent, je te le donne à toi, si tu es décidée à l'épouser. Mais laisse-moi te persuader d'y renoncer. Je connais ton caractère, Lizzy. Je sais que tu ne pourras pas être heureuse, ni en règle avec toi-même, si tu n'as pas pour ton mari une sincère estime; si tu ne le considères pas comme ton supérieur. Si tu choisis un époux qui ne te vaut pas, ta vive intelligence te fera courir de graves dangers. Tu ne pourras guère éviter la honte, ni le chagrin. Mon enfant, ne m'inflige pas la douleur de te voir, toi aussi, incapable de respecter la personne avec qui tu vas partager ta vie. Tu ne sais point ce que tu risques.»

Elizabeth, que ces paroles affectaient encore davantage, lui répondit avec ferveur et gravité; et finalement, en lui répétant à de multiples reprises que Mr Darcy était vraiment l'objet de sa flamme, en lui expliquant le revirement progressif qu'avait subi son opinion de lui, en lui déclarant sa certitude que l'amour du jeune homme n'était pas le caprice d'une heure, mais avait au contraire survécu à l'épreuve de plusieurs mois d'incertitude, et en lui énumérant avec fougue toutes les vertus de son prétendant, elle parvint à vaincre l'incrédulité de son père et à lui faire accepter son choix.

« Ma foi, ma chérie, dit-il lorsqu'elle se tut, je n'ai plus rien à dire. S'il en est ainsi, il te mérite. Je n'aurais pu, ma Lizzy, accorder ta main à quelqu'un qui n'en fût pas digne. »

Afin de consolider cette favorable impression, elle lui confia alors ce que Mr Darcy avait, de son plein gré, fait pour Lydia. Il l'écouta avec stupéfaction.

« C'est vraiment la soirée des miracles ! Ainsi, c'est Darcy qui a tout fait : conclu le mariage, fourni l'argent, acquitté les dettes de ce drôle, et acheté son brevet ! Eh bien, tant mieux. Cela va m'éviter de gaspiller énormément de temps et d'argent. Si tout cela avait été l'œuvre de ton oncle, il aurait fallu le rembourser, et je l'aurais fait ; mais ces jeunes amoureux pleins d'ardeur n'en font qu'à leur tête. Demain, j'offrirai de le dédommager, lui se mettra à extravaguer et à tempêter au sujet de son amour pour toi, et tout sera dit. »

Il se remémora ensuite l'embarras de sa fille, quelques jours plus tôt, lorsqu'il lui avait lu la lettre de Mr Collins ; et après l'avoir asticotée quelques instants, il la laissa enfin partir, en ajoutant, au moment où elle quittait la pièce :

« S'il vient des jeunes gens pour demander la main de Mary ou de Kitty, envoie-les-moi, je suis à leur entière disposition. »

Elizabeth était désormais soulagée d'un grand poids ; et après s'être recueillie pendant une demi-heure dans le calme de sa chambre, elle put aller rejoindre les autres passablement sereine. Tout était encore trop neuf pour qu'elle eût recouvré sa gaieté, mais la soirée s'écoula fort tranquillement ; il n'y avait plus aucune démarche à redouter, et seul le temps leur apporterait la douceur de l'aisance et de la familiarité.

Lorsque sa mère monta dans son boudoir, un peu plus tard, elle l'y suivit, et lui annonça l'importante nouvelle. Celle-ci produisit un effet extraordinaire ; car, en l'entendant, Mrs Bennet resta paralysée sur son siège, incapable d'articuler une syllabe. Et ce ne fut qu'au bout de longues minutes qu'elle parvint à saisir de quoi il s'agissait, bien qu'elle ne fût point en retard, d'habitude, pour croire tout ce qui était à l'avantage de ses filles ou qui leur arrivait sous forme de prétendant. Elle commença enfin à se remettre, à s'agiter sur sa chaise, à se lever, à se rasseoir, à s'exclamer et à s'extasier.

« Juste ciel ! Dieu me bénisse ! Quand j'y pense ! Doux Jésus ! Mr Darcy ! Qui l'eût cru ? Mais est-ce bien vrai ? Ah, Lizzy, ma douce ! Que tu vas être riche et importante ! Vas-tu en avoir, de l'argent, et des bijoux, et des voitures ! Jane n'aura rien en comparaison – rien du tout. Je suis si contente – si heureuse ! C'est un homme si charmant ! Si séduisant ! D'une si belle taille ! Ah, ma chère Lizzy ! Dis-lui bien, je t'en prie, que je regrette de l'avoir tant détesté jusqu'à maintenant. J'espère qu'il ne m'en tiendra pas rigueur. Ma Lizzy, ma Lizzy chérie. Une demeure en ville ! Tout ce qu'il y a de plus délicieux ! Trois filles mariées ! Dix mille livres par an ! Ah, Seigneur ! Que vais-je devenir ? Tout cela va me rendre folle. »

Ces propos disaient assez qu'il n'y avait point à douter de son approbation ; et sa fille, ravie d'avoir été la seule à entendre ces effusions, s'éclipsa dès qu'elle le put. Mais elle n'était pas dans sa chambre depuis trois minutes que sa mère vint l'y rejoindre.

« Mon trésor, s'écria-t-elle, je n'ai que ce mariage en tête. Dix mille livres par an, et sans doute plus ! C'est autant qu'un lord ! Une dispense spéciale – il faut que tu te maries par dispense spéciale, il le faut. Mais, mon cher amour, dis-moi un peu de quel plat raffole Mr Darcy, afin que j'en fasse préparer pour demain. »

Ces remarques auguraient bien mal de la façon dont sa mère risquait d'accueillir le jeune homme ; et Elizabeth s'aperçut que, malgré sa certitude de posséder le cœur de Darcy et le consentement de ses parents, il lui restait encore quelque chose à désirer. Mais le lendemain s'écoula beaucoup plus agréablement qu'elle ne l'aurait cru ; car Mrs Bennet était, par bonheur, si fort intimidée par son futur gendre qu'elle ne se hasarda pas à lui adresser la parole, sinon lorsqu'elle pouvait lui prodiguer le moindre égard ou témoigner du respect pour ses opinions.

Elizabeth eut la satisfaction de voir que son père prenait la peine d'apprendre à connaître le jeune homme; et Mr Bennet put bientôt assurer à sa fille que Darcy s'élevait d'heure en heure dans son estime.

«J'admire énormément mes trois gendres, dit-il. Sans doute Wickham reste-t-il mon préféré; mais je crois que j'aurai autant d'affection pour ton mari que pour celui de Jane.»

Chapitre LX

L'heureuse nature d'Elizabeth lui ayant permis de retrouver très vite son entrain habituel, elle somma Mr Darcy de lui expliquer comment il avait jamais pu s'éprendre d'elle.

«Qu'est-ce qui vous y a donc incité? demanda-t-elle. Je conçois, certes, que vous ayez continué fort gentiment une fois que vous eûtes sauté le pas; mais qu'est-ce donc qui vous a encouragé à le faire?

– Je ne saurais fixer l'heure ou le lieu, le regard ou les mots qui ont assis les fondations de mon amour. Cela fait trop longtemps. J'étais en plein milieu avant d'avoir compris que je commençais.

– Vous m'aviez dès le départ dénié la moindre beauté, et quant à mes manières, mon attitude envers vous a toujours, pour le moins, frisé l'impolitesse, et jamais je ne vous ai adressé la parole sans avoir plutôt envie de vous blesser. Allons, soyez franc, est-ce mon impertinence qui vous a plu?

– Votre vivacité d'esprit, oui.

– Autant dire tout de suite mon impertinence. Car ce n'était rien d'autre. La vérité, c'est que vous en aviez par-dessus la tête de la courtoisie, de la déférence, des égards trop zélés. Vous aviez une indigestion de ces femmes qui ne parlaient, n'agissaient, ne pensaient que pour gagner votre seule approbation. J'ai piqué votre curiosité et votre intérêt, parce que je leur ressemblais si peu. N'eussiez-vous point été véritablement aimable, vous m'auriez détestée pour ma peine : mais en dépit du mal que vous vous donniez pour masquer votre nature profonde, vos sentiments ont toujours été nobles et justes ; et au fond de votre cœur, vous n'aviez que le plus vif mépris pour les personnes qui vous courtisaient ainsi sans vergogne. Et voilà – je viens de vous épargner l'effort de me fournir une explication ; et par ma foi, tout bien considéré, je commence à trouver la mienne tout à fait raisonnable. Vous ne me connaissiez, certes, aucune qualité particulièrement méritoire – mais songe-t-on à de tels détails quand on s'éprend de quelqu'un ?

– Votre affectueuse sollicitude pour Jane, lorsqu'elle était souffrante à Netherfield, n'était-elle pas le garant de vos qualités de cœur ?

— Adorable Jane ! Qui ne se mettrait en vingt pour elle ? Mais surtout, n'hésitez point à transformer cela en vertu. Mes qualités se trouvent désormais sous votre protection, et il vous appartient de les exagérer autant que vous le pourrez; et moi, en contrepartie, je dois me ménager des occasions de vous taquiner et de vous quereller le plus souvent possible; et je vais commencer sans attendre, en vous priant de me dire pourquoi vous avez tant rechigné à vous déclarer enfin. Qu'était-ce donc qui vous poussait à me fuir, lorsque vous êtes revenu ici et que vous avez dîné chez nous ensuite? Pourquoi, surtout lors de votre première visite, aviez-vous l'air de ne point vous soucier de moi?

– Parce que vous étiez grave et silencieuse et que vous ne m'avez donné aucun encouragement.

– Mais j'étais fort embarrassée.

– Et moi aussi.

– Vous auriez pu me parler davantage quand vous êtes venu dîner.

– Un homme qui aimait moins aurait pu parler plus.

– Quel dommage que vous ayez toujours une réponse raisonnable à m'opposer, et que je sois, moi, suffisamment raisonnable pour la croire! Je me demande quand même combien de temps vous auriez attendu ainsi, si l'on vous avait laissé faire. J'aimerais savoir quand vous auriez fini par en venir au fait, si je ne vous avais point forcé la main! Ma volonté de vous remercier pour votre bonté envers Lydia a certainement porté ses fruits. Trop bien même, je le crains; que devient la morale, en effet, si notre bonheur à tous deux a pour origine une promesse trahie? Car jamais je n'aurais dû faire allusion à cette affaire. Voilà qui est bien fâcheux.

– Ne vous mettez donc pas en peine. La morale sera saine et sauve. Ce sont les inqualifiables efforts de Lady Catherine pour nous séparer qui m'ont ôté mes derniers doutes. Ce n'est donc pas à votre fervent désir d'exprimer votre gratitude que je dois mon bonheur actuel. Je n'étais pas d'humeur à attendre vos ouvertures. Les propos de ma tante m'avaient rendu l'espoir, et j'étais résolu à savoir au plus tôt à quoi m'en tenir.

– Lady Catherine nous a rendu là un fier service, ce qui devrait la combler d'aise, car elle adore se rendre utile. Mais dites-moi donc, pourquoi être revenu à Netherfield ? Était-ce pour le simple plaisir de venir jusqu'à Longbourn vous plonger dans l'embarras ? Ou bien aviez-vous un dessein plus sérieux en tête ?

— Le véritable but de mon voyage était de vous voir, vous, et de tâcher de découvrir si je pouvais nourrir l'espoir de jamais parvenir à me faire aimer de vous. Mon but avoué, ou celui, du moins, que je m'avouais à moi-même, était de constater si votre sœur avait toujours de la tendresse pour Bingley et, dans l'affirmative, de faire à celui-ci l'aveu que je lui ai fait depuis.

– Aurez-vous jamais le courage d'annoncer à Lady Catherine le coup qui la menace ?

– Je manquerais plutôt de temps que de courage, Elizabeth. Mais je dois, en effet, la prévenir ;

et si vous voulez bien me donner une feuille de papier, je vais m'exécuter dans l'instant.

– Et si je n'avais point, moi aussi, une lettre à écrire, je pourrais m'asseoir auprès de vous et m'extasier sur la régularité de vos lignes, comme le fit naguère une autre jeune personne. Mais, tout comme vous, j'ai une tante, que je n'ai pas le droit de négliger plus longtemps. »

En raison de sa répugnance à lui avouer combien elle avait surestimé son degré d'intimité avec Mr Darcy, Elizabeth n'avait pas encore répondu à la longue lettre de Mrs Gardiner ; mais ayant désormais à communiquer une nouvelle qui, elle le savait, serait la bienvenue, elle eut presque honte de s'apercevoir que son oncle et sa tante avaient déjà perdu trois jours de bonheur, et elle écrivit aussitôt ce qui suit :

« Je vous aurais déjà remerciée, ma chère tante, comme j'aurais dû le faire, pour votre longue, votre bonne, votre satisfaisante lettre, si détaillée ; mais, pour ne rien vous cacher, j'étais trop grognon pour vous écrire. Vous supposiez des choses qui n'étaient pas. Mais à présent, supposez tout ce que vous voudrez ; lâchez la bride à votre imagination ; laissez votre esprit vagabonder à sa guise parmi toutes les fantaisies que peut vous inspirer le sujet, et à moins de me croire bel et bien mariée, vous ne risquez guère de vous tromper. Il faut que vous m'adressiez bien vite une autre lettre, dans laquelle vous ferez de lui un éloge beaucoup plus dithyrambique que dans la dernière. Je vous remercie mille et deux mille fois de ne pas être allée jusqu'aux Lacs. Comment ai-je pu être assez sotte pour en avoir envie? Votre idée de phaéton autour du parc est délicieuse. Nous en ferons le tour tous les jours. Je suis la plus heureuse des créatures du bon Dieu. Peut-être d'autres l'ont-ils dit avant moi, mais personne n'avait d'aussi bonnes raisons. Je suis même plus heureuse que Jane; elle ne fait que sourire, moi, je ris de toutes mes dents. Mr Darcy me prie de vous transmettre toute l'affection qu'il peut réussir à me soustraire. Il faudra que vous veniez tous à Pemberley pour Noël. Votre nièce, etc.»

La lettre de Mr Darcy à Lady Catherine était dans une tout autre veine, et bien différente encore était celle que Mr Bennet envoya à Mr Collins, en réponse à sa dernière missive.

«Cher Monsieur,

«Je dois, une fois de plus, venir vous réclamer des félicitations. Elizabeth sera bientôt l'épouse de Mr Darcy. Consolez Lady Catherine de votre mieux. Mais si j'étais vous, je me rangerais du côté du neveu. Il a davantage de bénéfices à sa disposition. Sincèrement à vous, etc.»

Les congratulations qu'adressa Miss Bingley à son frère, à l'approche de son mariage, furent aussi affectueuses que mensongères. Elle alla même jusqu'à écrire à Jane, à cette occasion, afin de lui réitérer toutes ses anciennes protestations d'amitié. Jane ne s'y laissa point prendre, mais elle en fut touchée; et bien qu'elle ne se fiât plus à sa future belle-sœur, elle ne put s'empêcher de lui envoyer une réponse beaucoup plus bienveillante qu'elle ne le méritait.

La joie qu'exprima Miss Darcy, en apprenant une nouvelle identique, fut aussi sincère que celle qu'éprouvait son frère à la lui annoncer. Deux feuilles de papier, entièrement couvertes des deux côtés, ne suffirent point à contenir ses épanchements, ni son profond désir de mériter la tendresse de celle qui allait devenir sa sœur.

Avant que ne pussent parvenir à Mr Bennet la réponse de Mr Collins, ou les félicitations de son épouse pour Elizabeth, la famille de Longbourn apprit que le couple en personne venait d'arriver à Lucas Lodge. La raison de ce séjour inopiné ne tarda point à être connue. Lady Catherine avait été plongée dans une telle rage par ce que lui annonçait la lettre de son neveu que Charlotte, qui se réjouissait sincèrement de cette union, avait absolument tenu à s'éloigner pour attendre la fin de l'orage. Dans cette conjoncture, la venue de son amie emplit Elizabeth d'un authentique plaisir, même si, au cours de leurs entrevues, lorsqu'elle voyait son fiancé en butte à toutes les simagrées et à l'obséquieuse courtoisie du mari, il lui arrivait parfois de se dire que ce plaisir était bien cher payé. Mr Darcy, cependant, supportait l'épreuve avec un calme admirable. Il était même capable d'écouter sans, broncher Sir William Lucas lorsque celui-ci le félicitait d'avoir su s'approprier le plus étincelant joyau du royaume et lui exprimait son vil espoir de les revoir souvent, son épouse et lui, au palais de Saint-James. S'il haussait les épaules, ce n'était qu'après que Sir William les avait perdus de vue.

La vulgarité de Mrs Philips était un autre fardeau, plus lourd encore peut-être, imposé à la longanimité de Darcy; car, bien qu'elle fût, à l'instar de sa sœur, trop terrorisée par le jeune homme pour lui parler avec la familiarité qu'encourageait la gentillesse de Bingley, il n'en restait pas moins que chaque fois qu'elle ouvrait la bouche, elle était d'une affligeante trivialité. Et le respect qu'elle éprouvait pour son futur neveu, bien qu'il atténuât ses éclats de voix, n'avait aucune chance de la rendre plus élégante. Elizabeth faisait tout son possible pour protéger Darcy des assiduités de sa mère et de sa tante, et veillait de son mieux à ne l'exposer qu'à sa société à elle ou à celle des membres de sa famille avec qui il pouvait converser sans que cela tournât à la pénitence; et, quoique les sentiments de gêne qu'occasionnaient toutes ces contraintes privassent cette période des fiançailles d'une grande partie de son charme, ils ne faisaient qu'accroître les espoirs qu'elle nourrissait pour l'avenir; et elle attendait avec un plaisir sans mélange le moment où ils quitteraient une atmosphère si pesante à l'un comme à l'autre pour aller goûter tout le bien-être et le raffinement de leur vie de famille à Pemberley.

Chapitre LXI

Heureux jour, pour les sentiments maternels de Mrs Bennet, que celui où elle se sépara de ses deux plus charmantes filles. On devinera sans peine avec quel orgueil béat elle rendit, par la suite, visite à Mrs Bingley et parla de Mrs Darcy. J'aimerais pouvoir ajouter, par égard pour sa famille, que l'accomplissement de son vœu le plus cher, en voyant ainsi établies plusieurs de ses enfants, eut le bienheureux effet de faire d'elle pour le restant de ses jours une femme intelligente, aimable et instruite; mais peut-être fut-il préférable pour son mari, qui n'eût sans doute pas goûté un bonheur conjugal d'une nature aussi insolite, qu'elle restât, à l'occasion, victime de ses nerfs, et sans désemparer la plus sotte des femmes.

Mr Bennet souffrit énormément du départ de sa deuxième fille; sa tendresse pour elle le sortait plus souvent de chez lui que toute autre obligation. Il se faisait une joie de se rendre à Pemberley, surtout quand on l'y attendait le moins.

Mr Bingley et Jane ne passèrent qu'une année à Netherfield. Le proche voisinage de leur mère et de leurs parents de Meryton n'était pas souhaitable, fût-ce pour un caractère aussi facile que celui de Bingley et un cœur aussi affectueux que celui de Jane. Le plus cher désir des deux sœurs du jeune homme fut alors exaucé, puisqu'il acheta un domaine dans un comté voisin du Derbyshire ; en sorte qu'Elizabeth et Jane, en plus de toutes leurs autres sources de félicité, eurent la satisfaction de n'habiter qu'à trente miles l'une de l'autre.

Kitty passait, pour son plus grand avantage, le plus clair de son temps chez l'une ou l'autre de ses deux aînées. Au sein d'une société aussi nettement supérieure à tout ce qu'elle avait connu jusque-là, elle s'améliora prodigieusement. Elle n'était pas d'une nature aussi incorrigible que Lydia ; et soustraite à l'influence de cette dernière, elle devint, grâce aux soins et aux conseils de ses sœurs, moins irritable, moins ignorante et moins insipide. On veilla, bien sûr, soigneusement à l'empêcher de reprendre sa néfaste intimité avec sa cadette ; et Mrs Wickham eut beau l'inviter fréquemment à venir séjourner chez elle, en multipliant les promesses de bals et de jeunes gens, jamais son père ne consentit à la laisser accepter.

Mary fut la seule des cinq à rester chez ses parents ; et elle fut alors bien obligée de s'arracher au perfectionnement de ses multiples talents, pour la bonne raison que Mrs Bennet était tout à fait incapable de rester seule. La jeune fille en fut réduite à mener une existence plus mondaine, mais sans perdre pour autant sa faculté de tirer d'utiles leçons de chacune des visites qu'on leur rendait ; et comme elle n'était plus mortifiée par les comparaisons entre la beauté de ses sœurs et la sienne, son père subodorait qu'elle se résignait sans trop de répugnance à tous ces changements.

Quant à Wickham et à Lydia, les mariages de leurs sœurs ne révolutionnèrent en rien leurs caractères. Le jeune homme accepta, avec philosophie, de se dire qu'Elizabeth serait désormais mise au courant de tout ce qu'elle ignorait encore sur son ingratitude et sa fausseté ; et, en dépit de cela, il ne désespérait pas tout à fait de voir Darcy se laisser un jour convaincre de faire sa fortune. La lettre de félicitations qu'Elizabeth reçut de Lydia, à l'occasion de son mariage, lui fit comprendre qu'un tel espoir était caressé sinon par Wickham lui-même, du moins par sa femme. Voici ce qu'elle écrivait :

« Ma chère Lizzy,

« Reçois tous mes vœux de bonheur. Si tu aimes Mr Darcy à moitié autant que j'aime, moi, mon cher Wickham, tu dois être fort heureuse. Il est bien doux pour nous de te savoir si riche ; et quand tu n'auras rien de mieux à faire, j'espère que tu songeras à nous. Je suis sûre que Wickham serait enchanté d'obtenir une position à la Cour ; et je ne crois pas que nous aurons tout à fait de quoi vivre, si personne ne nous aide. N'importe quelle position rapportant trois ou quatre cents livres par an ferait l'affaire; toutefois, n'en parle pas à Mr Darcy, si cela te gêne.

Ta sœur, etc.»

Il se trouvait que cela gênait excessivement Elizabeth, qui s'efforça de mettre fin, par sa réponse, à toute supplication et à tout espoir de cet ordre. Elle les secourait, cependant, très souvent par l'envoi des sommes qu'elle parvenait à amasser en pratiquant ce qu'on pourrait appeler l'économie dans ses propres dépenses. Il lui avait toujours paru évident que des revenus aussi modiques, confiés aux mains de deux personnes aux besoins aussi démesurés et si peu soucieuses de l'avenir, ne sauraient en aucun cas suffire à les faire vivre; aussi, chaque fois que les Wickham changeaient de garnison, Jane ou elle ne manquaient jamais d'être sollicitées, afin de les aider à régler leurs dettes. Leur mode d'existence resta des plus précaires, même une fois que la paix eut renvoyé les militaires dans leurs foyers. Ils ne cessaient de vagabonder de ville en ville, en quête d'un loyer peu coûteux, et de dépenser plus qu'ils ne l'auraient dû. L'affection de Wickham pour son épouse sombra rapidement dans l'indifférence: celle de Lydia ne lui survécut guère; mais malgré son jeune âge et ses manières, elle conserva toutes les prétentions à la respectabilité que lui avait values son mariage.

Bien que Darcy refusât de recevoir Wickham à Pemberley, il voulut bien, pour l'amour d'Elizabeth, continuer à favoriser sa carrière ; Lydia vint parfois y séjourner, lorsque son mari était parti se distraire à Londres ou à Bath ; et tous deux firent chez les Bingley des visites si prolongées qu'elles finirent par lasser la bienveillance du maître de maison et qu'il se gendarma au point de dire qu'il songeait à leur faire comprendre qu'on souhaitait leur départ.

Miss Bingley fut profondément ulcérée du mariage de Darcy ; mais comme il lui semblait préférable de conserver le droit de fréquenter Pemberley, elle abandonna toute trace de ressentiment ; elle resta plus attachée que jamais à Georgiana, presque aussi empressée auprès de Darcy qu'elle avait pu l'être par le passé ; et elle s'acquitta de tous les arriérés de courtoisie qu'elle devait à Elizabeth.

Pemberley était désormais le foyer de Georgiana ; et l'affection des deux sœurs était en tous points telle que Darcy l'avait espéré. Elles eurent la chance de pouvoir s'aimer aussi tendrement qu'elles en avaient eu l'intention. Georgiana avait pour Elizabeth une admiration sans bornes, même si au début elle avait écouté avec un étonnement qui frisait l'inquiétude le ton enjoué et taquin sur lequel celle-ci s'adressait à Darcy. Lui envers qui elle avait toujours conservé un respect qui étouffait presque son affection, elle le voyait à présent ouvertement en butte aux plaisanteries. Elle en tira une leçon qu'elle n'avait encore jamais eu l'occasion d'apprendre. Grâce aux enseignements d'Elizabeth, elle commença à saisir qu'une épouse peut prendre avec son mari des libertés qu'un frère ne tolérera pas toujours de la part d'une sœur de plus de dix ans sa cadette.

Lady Catherine fut tout à fait outrée par le mariage de son neveu; et comme elle choisit d'épancher, dans sa réponse à la lettre qui lui annonçait les fiançailles, toute l'authentique franchise de son caractère, elle adressa à Darcy une épître si injurieuse, tout particulièrement à l'égard d'Elizabeth, qu'ils cessèrent pendant quelque temps d'entretenir le moindre rapport. Mais pour finir, cédant aux instances de sa jeune femme, il accepta d'oublier cet affront et de tenter une réconciliation; et, après une légère résistance, sa tante renonça de son côté à sa rancune, poussée soit par son affection pour lui, soit par sa curiosité de savoir comment se comportait son épouse; et elle daigna venir les voir à Pemberley, malgré la contamination qui avait frappé tous ses bois non seulement à cause de l'arrivée d'une telle maîtresse, mais aussi à cause des fréquents séjours qu'y faisaient ses oncle et tante de la Cité.

Ils restèrent, en effet, avec les Gardiner sur un pied d'extrême intimité. Darcy avait, tout comme

Elizabeth, la plus sincère affection pour eux; et ni l'un ni l'autre ne se départirent jamais de la plus chaleureuse reconnaissance envers les personnes qui, en amenant Elizabeth dans le Derbyshire, avaient été à l'origine de leur union.

Impression réalisée par

BUSSIÈRE

GROUPE CPI

à Saint-Amand-Montrond (Cher)
en juin 2006

Dépôt légal : juin 2004.
Numéro d'impression : 062289/1.

Imprimé en France